戀愛中的女人

Women in Love

經典文學系列28

戀愛中的女人

Women in Love

D.H. 勞倫斯 著
黑　馬譯

經典文學系列28

戀愛中的女人
Women in Love

作者　勞倫斯（D.H. Lawrence）
譯者　黑　馬
系列主編　汪若蘭
責任編輯　翁淑靜
封面設計　林翠之
電腦排版　辰皓電腦排版股份有限公司
發行人　郭重興
出版　貓頭鷹出版社
發行　城邦文化事業股份有限公司
台北市信義路二段213號11樓
電話：（02）2396-5698
傳眞：（02）2357-0954
郵撥帳號　1896600-4　城邦文化事業股份有限公司
網址　www.cite.com.tw
email　service@cite.com.tw
香港發行　城邦（香港）出版集團
香港北角英皇道310號雲華大廈4/F, 504室
新馬發行　城邦（新馬）出版集團
電話：（603）90563833
傳眞：（603）90562833
印刷　成陽印刷股份有限公司
初版　2001年3月
定價　320元
ISBN　957-469-251-5

國家圖書館出版品預行編目資料

戀愛中的女人／D.H.勞倫斯著；黑馬譯.-- 初版.--臺北市：貓頭鷹出版：城邦文化發行，2001〔民90〕
面；　公分. --（經典文學系列；28）
譯自：Women in love
ISBN　957-469-251-5（平裝）

873.57　　　89018216

編輯前言

享受閱讀經典的樂趣

貓頭鷹出版社繼推出卞之琳新譯的《莎士比亞四大悲劇》後，陸續推出一系列經典文學，主要是希望作爲一個介面，引導讀者重新認識經典的眞實面貌。經典之所以能夠歷經歲月熬煉流傳下來，並且在不同環境歷經不同語言翻譯移置，而仍一直吸引不同的文化族群閱讀，自有其動人之魅力。然由於目前常見之版本多爲二三十年前的舊譯，也欠缺向讀者對作品重要性與時代意義的說明，使經典令人覺得難以親近，在影音圖像風靡的世代中更顯過時。

所幸近年來精通各種語文的人才與研究學者越來越多，不但有較多新的譯本出現提供忠實可靠的文本選擇，並且有專精的學者提供清晰的導讀，讓讀者透過更流暢清楚的閱讀經驗，眞正體會經典的眞諦與涵意。另一方面，針對讀者閱讀視覺而作的重新編排與包裝設計，也賦予經典一個現代面貌，拉近讀者與經典的距離，讓經典更平易近人，讀者更容易享受閱讀的樂趣。

貓頭鷹經典文學編輯室　謹識

我需要與你奇妙的結合，既不是相會，也不是相混，而是一種平衡，兩個人純粹的平衡——就像星與星之間保持平衡那樣。

——第十三章　米　諾

目錄

導讀

殘缺的平衡

林怡俐

《戀愛中的女人》以兩位女主角為故事中心，她們的戀愛情史與對生命的探索是小說的骨架。但是，真正代表作者發言的人是男主角之一的伯金，透過他，勞倫斯把他的人生哲學觀傳達給讀者；與伯金配成對的女主角厄秀拉則受他影響。兩人對生命的體認不斷互動、更新、蛻變，得以達到相當程度的平衡，雖然仍不是完美，但彼此尊重，給對方自主的空間。

厄秀拉和伯金首次單獨相處就有了心靈交通的機會。那時候，她正沿著湖邊小徑漫步，而他正好在岸邊修補小船。他邀她乘舟到湖中小島，到了島上之後他們討論死亡和人類的墮落和衰敗，他們也為「愛」的定義起爭執。在島上伯金採了數朵雛菊，扔在水中漂流，厄秀拉觸景心動，彷彿被什麼「控制了」，情愫也就由此孳生。其實這一幕是有象徵意義的，伯金所修補的船隻像是一艘救生艇，要載著他和厄秀拉脫離毀滅人類的洪流，小島一遊是他們日後長途旅行的前奏。小島上淨是有毒性的怪異植物，厄秀拉忙著閃躲，伯金卻是披荊斬棘地前進；這也象徵他是她的領導人，帶領她認清生命的黑暗面以及人類的失敗命運。

伯金厭惡世界的態度是明顯的，他說：「人類是一株爬滿苦果的死樹。」他執意要讓厄秀拉真實地面對人類的枯萎腐爛。他認為人的生命是殘缺的，沒有意義也沒有尊嚴；沒有人類的世界，則會是「純淨美好的」。厄秀拉雖然得依賴伯金來認識生命的黑暗消極面，但是她所堅持的人與人之間無欺瞞的愛漸漸改變伯金的思維方式。她的活力、她的機智、她那直接了當的反擊力吸引了他。她自稱為「脫繮的馬」，她可以為了自己的幸福與父權對抗，父親的一巴掌使她毅然離家出走，要走出自己的人生；因此，伯金有再強的主導意志，也難以全然使她屈服。伯金早先強調對厄秀拉沒有愛的感覺，且認為自己也沒有愛的需要；他堅信「愛是枝節，根是超越愛，純粹孤獨的我，它與什麼也不相合、不相混、永遠不會」。可是，他純哲學性的思維經過她的批判與調和，得以折衷。他說：「我需要與你奇妙的結合，既不是相會，也不是相混，而是一種平衡，兩個人純粹的平衡——就像星與星之間保持平衡那樣。」透過厄秀拉，伯金開始有了柔情，他會主動輕柔地吻她，體驗激情和慾望，最後他內心裡兩個敵對的殘缺自我終於找到了平衡點。

厄秀拉雖是充滿激情，但當伯金只要柔情時，她也能克制自己來配合他，她懂得尊重對方的感覺，他們倆人的結合代表著哲學抽象思想與真實情感經驗的妥協和綜合。在整部小說中，伯金和厄秀拉有許多的爭執和對立的看法，兩人在互動中，交叉影響對方，最後結為夫妻，其基礎卻不是傳統的愛與慾，而是一種沉靜且非人的結合。他們的結合是兩性平衡，沒有哪一方是轄制者，哪一方是被奴役的，雙方是互補互動的。

勞倫斯所強調的平衡哲學觀也可以從杰拉德和戈珍的關係來求得反證。故事開始不久，兩姊妹就目睹杰拉德面對隆隆而過的礦坑火車強弩著阿拉伯母馬。杰拉德神色嚴峻，大力用馬刺夾著馬腹，母馬喘著粗氣咆哮，腹部流出一股血水，雙目充滿驚恐的神情；人與馬交戰著，雙方都耗費巨大的力量，汗流浹背，結果是杰拉德勝利，母馬屈服了。杰拉德認為身為馬的主人就有權力隨心所欲來轄制牠，強迫牠面對一節節沉重駛過的車廂；但是旁觀者如厄秀拉和戈珍，甚至鐵道守門人均不以為然。戈珍看到這一幕，一時天旋地轉昏了過去，回過神時礦車仍在行駛中，她覺得心變得冷且痲木。厄秀拉譴責杰拉德殘酷對待動物，因為他大可以離開平交道幾步，不必折磨母馬至流血的地步；但是杰拉德認為，他要全然掌控馬兒，方能駕馭牠，牠必須學會忍受噪音。戈珍則抗議他那傲慢的態度。

杰拉德以最新的機器掌控礦業，他對待礦工就像他對待母馬一樣。他重視秩序和實用性，當工人體力不夠好或不夠專業就毫不留情地請他們走路，甚至連父親為老幹部求情也不給面子。杰拉德一心一意要使地下無生命的物質隸屬於他的意志，為了與物質世界鬥爭，他就得把完美的工具加以組織成為有秩序的機械架構，它代表人獨特的意志，重複地轉動著，為了實現某種目的，杰拉德幾乎是抱持著宗教狂熱的態度進行這份重整的工作。

戈珍本來期待自己的藝術家特質可以影響杰拉德，但是，她只能滿足杰拉德的情慾飢渴，卻無法使他如死寂般的生命力復甦。他只有本能的需要，卻無法對生命產生熱情與真誠。戈珍的創造力來自對大自然和其所蘊育的小動物的細微觀察，她的情感是強烈的、豐富的；杰拉德在她身上感受到「創造性熱量直刺入他的血管，賦予他新的生命」。他將自己體內被壓抑的黑暗和腐蝕性的死寂發洩在她身上，藉此換得新活力的感覺。當他躺在她的懷裡，感受她那有如母性大地的豐饒，他僵硬的生命變靈活了，她是他的救贖，他安然入睡；但是她卻清醒地看著他那具行屍走肉般的軀殼，心裡明白他離她十分遙遠，他像是「黑水下的一塊水晶石」，貌美卻冰冷。她的熱量只能使他的肉體和頭腦短暫復甦，卻無法使他的靈魂甦醒。

戈珍事實上有她的局限，她把藝術和生活分開，因此她的作品是狹隘的，也造成她在創作和生活中充滿挫折感。她對人、事、物的看法無法像厄秀拉那般有彈性、多面性。她的熱能因此也是有限的，不可能改造杰拉德所代表的機械文明和秩序。這一對情人的互動無法像伯金和厄秀拉一般達到平衡的美好結局，注定要以悲劇收場。杰拉德失去戈珍就注定要毀滅，而且是如戈珍無心的預言，他被封凍在冰天雪地的山坡上，像顆美麗冰冷的水晶石。勞倫斯藉著杰拉德和戈珍的失敗，證明在情感與理智的認知上若無法達到某種程度的相融與平衡，「關係」是無法持久的。

小說的主要架構是「戀愛中的兩姊妹」，但是伯金和杰拉德才是勞倫斯藉以代表兩種對世界不同看法的哲學觀。伯金的看法雖是負面的、殘缺的，但是有調整的空間，他和厄秀拉的互動使兩人得以找到平衡點相互扶持，但又能各自堅持某種獨立的思考方向。杰拉德卻是冷硬無法更新的，他的摧毀性使戈珍有限的救贖無效，兩人當中無法找到平衡點，他甚至還想毀滅她，她只有棄他而去。藉著兩個對比的結局，勞倫斯突顯他所提倡的哲學觀——在醜陋殘缺的生命中尋找「平衡關係」。

譯序

荒原上的苦難歷程

黑馬

譯完這部長篇，費力地畫上最後一個句號，恨不得跟勞倫斯的作品永別！他給人太多的苦難，太多的折磨。不用說譯一遍，就是讀一遍你都會感到心靈在冥冥中所受的撕裂與煎熬，然而伴隨而來的是創痛的快感。

讀這部小說，恰如在荒原上絕望地爬行，只有一絲亮光、一線幻景還讓你希冀未泯，這就是愛。可是，這愛卻是何等苦澀的體驗！

至此，不由得念起女作家張愛玲的話：「時代是倉促的，已經在破壞中，還有更大的破壞要來。有一天，我們的文明，不論是昇華還是沉浮，都要成為過去。如果我最常用的字是『荒涼』，那是因為思想背景裡有這惘惘的威脅①。」

我以為D．H．勞倫斯正是以這種心境寫作這部巨著的。小說留給讀者的，只能是荒蕪的寂寥。至於那心靈荒原上的情、慾、愛，真可以用大詩人邁克爾．德雷頓的幾行素體詩來描摹：

愛在吐出最後一線喘息，
忠誠跪在死榻一隅，
純眞正在雙目緊閉……[2]

小說伊始，我們已經看到這樣一個女人：她面色蒼白，故作高雅，其實是個女魔，一個性變態的女人。她兇狠、狡詐，一心要佔有男人的靈魂。她為變態的強烈情慾所驅使，對男人可以竭盡溫情，一旦遭到挫敗，她會像瘋子一樣報復，大家閨秀的高雅此時會喪失殆盡，只露出魔鬼的本來面目。她是一個瘋狂的劊子手，她就是貴婦人赫麥妮。

小說向我們展示出的倫敦城，是一座人間地獄。龐巴多酒館更是個烏煙瘴氣的鬼窟。一群行屍走肉般的男女，無望地及時行樂，鬼混度日。他們心靈空虛，萬念俱灰，煙酒也無法排遣心中無端的苦悶與孤獨，情慾的放縱只能加深心靈的痛苦。好一幅世紀末的群像！

勞倫斯用更多的篇幅描寫伯金和厄秀拉、杰拉德和戈珍這兩對情人苦澀的戀情，寫他們的追求。他們身處在一個悲劇的氛圍中，心頭籠罩著總也拂不去的陰影。他們試圖用愛——異性的及同性的來填補心靈的孤獨，可是陌生的心總也無法溝通。他們甚至失去了生的意志——愛不起來、活著無聊、結著憂怨、繫著壓抑。鬱悶的心境令人難以將息。

伯金是一個天生的悲劇之子，他有著過於纖弱的靈魂與羸弱的體質，這些足以鑄就他悲劇的氣質。這樣一個痛苦的精靈在冷酷無情的工業文明時代只能活得更累，苦難更為深重。他冷漠、憂鬱、絕望，總在痛苦地思索人類的命運與人生的意義，但得出的都是悲劇性的結論：人類已日暮途窮，機器文明將導致人類的徹底毀滅。

這個悲劇之子在愛情上同樣苦苦地求索。貴婦人赫麥妮在千方百計纏著他，那強烈的變態情慾令伯金厭惡，可他又捨不得與她斷絕關係，最終自食其果，險些被赫麥妮殺死。他追求才女厄秀拉，他們雙雙追求一種靈與肉和諧的性關係。可是他們始終達不到這個高尚的境界。冥冥中的憂鬱、陌生與苦楚阻隔著他們，時有情慾的放縱也成過眼煙雲。與此同時，伯金無法抵抗杰拉德的魅力，他需要杰拉德的同性友誼做他愛情生活的補充。他與杰拉德時有衝突，無法達到親同手足的程度。這又是一種折磨。

由此可見，伯金是一個現代的悲劇浪漫者。他預感大難臨頭，對社會和世界早已絕望，因此要追求一個個人圓滿的結局了此一生。

伯金是不幸的，個性悲劇與社會現實的黑暗只能把他一步步推向苦難的深淵。他的愛，他的思索與追求，是資本主義工業文明條件下知識分子的痛苦寫照。欲哭無淚、欲罷不能、不堪回首、前景叵測，此乃伯金的苦難歷程。

杰拉德．克里奇是一個值得深思的人物。他是一位工業大亨，勞倫斯稱之為「和平時期的拿破崙，又一個俾斯麥」。他一心只想發展企業，增加利潤，像一部高精密的機器不知疲憊地運轉。他對工人冷酷無情，毫無人性與人道可言；他信奉科學和設備，不知不覺中自己卻成了機器的奴隸。隨著企業的大發展和資本的大幅度增加，他突然發現自己已經異化為非人。他心靈空虛、毫無情感，空有一具美男子的軀殼，深感疲乏無力，生的慾望早已喪失殆盡。他時而會在夢中驚醒，在無限的孤獨中瑟瑟發抖，生怕有朝一日變成一具行屍走肉。他是一個精神上的閹人，心早已死了。

為了尋回真實的自己，他想到了愛，想藉此良方起死回生。他先是與女模特兒米納蒂鬼混，後又糾纏良家女兒戈珍。可是死人是無法愛的，他身上那股死亡氣息只能令戈珍窒息。最終戈珍棄他而去，投入了一個德國雕塑師的懷抱。杰拉德氣急敗壞，在精神錯亂中死在冰天雪地的阿爾卑斯山谷中。一具心靈冰冷荒蕪的軀體葬在冰谷中，這兒是他最恰當的歸宿。

這是一篇感覺與斷想式的譯書體會，不知讀者以為然否？

譯者儘管近年來從事勞倫斯作品的專門研究，花費了一定心血，仍感到理解勞倫斯是件困難的事。勞倫斯最反對「理解」二字，而偏愛「感覺」與「體驗」。看來讀他的作品我們也得少點理性而多點直覺才好。

僅以此拙譯就教於廣大讀者。歡迎對譯文提出批評。

——一九八八年七月於北京

本書是在一九九六年第五版的基礎上加以修訂並根據企鵝出版公司的最新版本增加了三

十五個註釋後的最新譯本，但仍保留一九八八年的初版譯序。

——一九九八年十一月於北京

①張愛玲：〈傳奇〉再版自序，《張愛玲短篇小說集》，皇冠出版社。
②邁克爾·德雷頓：〈愛之永訣〉，《英詩金庫》，牛津大學出版社。

第一章　姊妹倆

在貝多弗父親的房子裡，布朗溫家兩姊妹厄秀拉和戈珍坐在凸肚窗窗台上，一邊繡花、繪畫，一邊聊著。厄秀拉正在繡一件色彩鮮艷的東西，戈珍膝蓋上放著一塊畫板在畫畫兒。她們默默地繡著、畫著，想到什麼就說點什麼。

「厄秀拉，」戈珍說，「你眞不想結婚嗎？」

厄秀拉把刺繡攤在膝上抬起頭來，神情平靜、若有所思地說：「我不知道，這要看怎麼講了。」

戈珍有點吃驚地看著姊姊，看了好一會兒。「這個嘛，」戈珍調侃地說，「一般來說指的就是那回事！但是，你不覺得你應該，嗯，」她有點神色黯然地說，「不應該比現在的處境更好一點嗎？」

厄秀拉臉上閃過一片陰影。「應該，」她說，「不過我沒把握。」

戈珍又不說話了，有點不高興了，她原本要得到一個確切的答覆。

「你不認爲一個人需要結婚的經驗嗎？」她問。

「你認爲結婚是一種經驗嗎？」厄秀拉反問。

「肯定是，不管怎樣都是，」戈珍冷靜地說。「可能這經驗讓人不愉快，但肯定是一種經驗。」

「那不見得，」厄秀拉說，「也許倒是經驗的結束呢。」

戈珍筆直地坐著，認眞聽厄秀拉說這話。

「當然了，」她說，「必須要考慮到這點。」說完後，她們不再說話了。戈珍幾乎是氣呼呼地抓起橡皮，開始擦掉畫上去的東西。厄秀拉專心地繡她的花兒。

「有像樣的人求婚你不考慮接受嗎？」戈珍問。

「我都回絕了好幾個了，」厄秀拉說。

「眞的?!」戈珍緋紅了臉問：「什麼值得你這麼做？你眞有什麼想法嗎？」

「一年中有好多人求婚，我喜歡上了一個非常好的人，太喜歡他了。」厄秀拉說。

「眞的！是不是你讓人家引誘了？」

「可以說是，也可以說不是，」厄秀拉說。「一到那時候，壓根兒就沒了引誘這一說。要是我讓人家引誘了，我早立即結婚了。我受的是不結婚的引誘。」說到這裡，兩姊妹的臉色明朗起來，感到樂不可支。

「太棒了，」戈珍叫道，「這引誘力也太大了，不結婚！」她們兩人相對大笑起來，但她們心裡感到可怕。

這以後她們沉默了好久，厄秀拉仍舊繡花兒，戈珍照舊畫她的素描。姊妹倆都是大姑娘了，厄秀拉二十六，戈珍二十五。但她們都像現代女性那樣，看上去冷漠、純潔，不像青春女神，反倒更像月神。戈珍很漂亮、皮膚柔嫩，體態婀娜，人也溫順。她身著一件墨綠色綢上衣，領口和袖口上都鑲著藍色和綠色的亞麻布褶邊兒，腳上穿的襪子則是翠綠色的。她看上去與厄秀拉正相反。她時而自信，時而羞赧，而厄秀拉則敏感，充滿信心。本地人被戈珍那泰然自若的神態和毫無掩飾的舉止所驚詫，說她是個「伶俐的姑娘」。她剛從倫敦回來，在那兒住了幾年，在一所藝術學校邊工作邊學習，儼然是個藝術家。

「我現在在等一個男人的到來，」戈珍說著，突然咬住下嘴唇，一半是狡獪的笑，一半是痛苦相，做了個奇怪的鬼臉。厄秀拉被嚇了一跳。

「你回家來，就是爲了在這兒等他？」她笑道。

「得了吧，」戈珍刺耳地叫道，「我才不會犯神經去找他呢。不過嘛，要是眞有那麼一個人，相貌出眾、風采照人，又有足夠的錢，那——」戈珍有點不好意思，話沒說完。然後她盯著厄秀拉，好像要看透她似的。「你不覺得你都感到厭煩了嗎？」她問姊姊，「你是否發現什麼都無法實現？什麼都實現不了！一切都還未等開花兒就凋謝了。」

「什麼沒開花就凋謝了？」厄秀拉問。

「嗨，什麼都是這樣，所有的事情都是這樣。」姊妹倆不說話了，都在朦朦朧朧地考慮著自己的命運。

「眞是夠可怕的，」厄秀拉說，停了一會兒又說：「不過你想通過結婚達到什麼目的嗎？」

「那是下一步的事兒，不可避免。」戈珍說。厄秀拉思考著這個問題，心中有點發苦。她在威利・格林中學教書，工作好幾年了。

「我知道，」她說，「人一空想起來似乎都那樣，要是設身處地地想想就好了。想想吧，想想你了解的一個男人，每天晚上回家來，對你說聲『哈囉』，然後吻你——」

誰都不說話了。

「沒錯，」戈珍小聲說，「這不可能。男人不可能這樣。」

「當然還有孩子——」厄秀拉遲疑地說。

戈珍的表情嚴峻起來。

「你眞想要孩子嗎，厄秀拉？」她冷冷地問。聽她這一問，厄秀拉臉上露出迷惑不解的表情。

「我覺得這個問題離我還太遠，」她說。

「你是這種感受嗎？」戈珍問，「我從來沒想過生孩子，沒那感受。」

戈珍毫無表情地看著厄秀拉。厄秀拉皺起了眉頭。

「或許這並不是眞的，」她支吾道，「或許人們心裡並不想要孩子，只是表面上這樣而已。」戈珍的神態嚴肅起來。她並不需要太肯定的說法。

「但是有時一個人會想到別人的孩子。」厄秀拉說。

戈珍又一次看看姊姊，目光中幾乎有些敵意。

「這也有可能。」她說完不再說話了。

姊妹兩人默默地繡花、繪畫兒。厄秀拉總是那樣精神抖擻，心中燃著一團噗噗作響、熊熊騰騰的火。她自己獨立生活很久了，潔身自好，日復一日工作著，總想照自己的想法去把握生活。表面上她停止了活躍的生活，實際上，在冥冥中卻有什麼在生長出來。要是她能夠衝破那最後的一層殼該多好啊！她似乎像一個胎兒那樣伸出了雙手，可是，她不能，還不能。她仍有一個奇特的預感，感到有什麼將至。

她放下手中的刺繡，看看妹妹。她覺得戈珍太漂亮、實在太迷人了，她柔美、豐腴、線條纖細。她還有點頑皮、淘氣、出言辛辣，眞是個毫無修飾的處女。厄秀拉打心眼兒裡羨慕她。

「你爲什麼回家來？」

戈珍知道厄秀拉羨慕她了。她直起腰來，線條優美的眼睫毛下目光凝視著厄秀拉。

「問我爲什麼回來嗎，厄秀拉？」她重複道：「我自己已經問過自己一千次了。」

「你知道了嗎？」

「知道了，我想我明白了。我覺得我退一步是爲了更好地前進。」

說完她久久地盯著厄秀拉，用目光詢問著她。

「我知道！」厄秀拉叫道，那神情有些迷茫，像是在說謊，好像她不明白一樣。「你要跳到哪兒去呢？」

「哦，無所謂，」戈珍說，口氣有點超然。「一個人如果跳過了籬笆，他總能落到什麼地方的。」

「這不是在冒險嗎？」厄秀拉說。

戈珍臉上漸漸掠過一絲嘲諷的笑意。

「嗨！」她笑道：「我們淨吵些什麼呀！」她又不說話了，可厄秀拉仍然鬱悶地沉思著。

「你回來了，覺得家裡怎麼樣？」她問。

戈珍沉默了片刻，有點冷漠。然後冷冷地說：「我發現我完全不是這兒的人了。」

「那爸爸呢？」

戈珍幾乎有點反感地看看厄秀拉，有些被迫的樣子，說：「我還沒想到他呢，我不讓自己去想。」她的話很冷漠。

「還好啊，」厄秀拉吞吞吐吐地說。她倆的對話的確進行不下去了。姊妹倆發現自己遇到了一個黑洞洞的深淵，很可怕，好像她們就在邊上窺視一樣。

她們又默默地做著自己的活兒。一會兒，戈珍的臉因爲控制著情緒而通紅起來。她不願讓臉紅起來。

「我們出去看看人家的婚禮吧。」她終於說話了，口氣很隨便。

「好啊！」厄秀拉叫道，急切地把針線扔到一邊，跳了起來，似乎要逃離什麼東西一樣。這麼一來，反倒弄得很緊張，令戈珍感到不高興。

往樓上走著，厄秀拉注意地看著這座房子，這是她的家。可是她討厭這兒，這塊骯髒、太讓人熟悉的地方！也許她內心深處對這個家是反感的，這周圍的環境，整個氣氛和這種陳腐的生活都讓她反感。這種感覺令她恐怖。

兩個姑娘很快就來到了貝多弗的主幹道上，匆匆走著。這條街很寬，路旁有商店和住房，布局散亂，街面上也很髒，不過倒不顯得貧寒。戈珍剛從徹西區①和蘇塞克斯②來，對中部這座小小的礦區城十分厭惡，這兒眞是又亂又髒。她朝前走著，穿過長長的礫石街道，把個混亂不堪、骯髒透頂、小氣十足的場面盡收眼底。人們的目光都盯著她，她感到很難受。眞不知道她爲什麼要回來，爲什麼要嘗嘗這亂七八糟、醜陋不堪的小城滋味。她爲什麼要向這些令人難以忍受的折磨，這些毫無意義的人和這座毫無光彩的農村小鎮屈服呢？爲什麼她仍然要向這些東西屈服？她感到自己就像一隻在塵土中蠕動的甲殼蟲，這眞令人反感。

她們走下主幹道，從一座黑乎乎的公共菜園旁走過，園子裡沾滿煤炭的白菜根不知羞恥地散落著。沒人感到難堪，沒人爲這個感到不好意思。

「這眞像地獄中的農村。」戈珍說，「礦工們把煤炭帶到地面上來，帶來這麼多呀。厄秀拉，這可眞太好玩了，太好了，眞是太妙了，這兒又是一個世界。這兒的人全是些吃屍鬼，這兒什麼東西都沾著鬼氣。全是眞實世界的鬼影，是鬼影、食屍鬼，全是些骯髒、齷齪的東西。厄秀拉，這簡直讓人發瘋。」

姊妹倆穿過一片黑黝黝、骯髒不堪的田野。左邊是散落著一座座煤礦的谷地，谷地對面的山坡上是小麥田和森林，遠遠的一片黝黑，就像罩著一層黑紗一樣。敦敦實實的煙囪裡冒著白煙黑煙，像在黑沉沉的天空上變魔術。近處是一排排的住房，順山坡而上，一直通向山頂。這些房子用暗紅磚砌成，房頂鋪著石板，看上去很不結實。姊妹倆走的這條路也是黑乎乎的。路是讓礦工們的腳一步步踩出來的，路旁圍著鐵柵欄，柵門也讓進出的礦工們的厚毛布褲磨亮了。現在姊妹倆走在幾排房屋中間的路上，這裡可就寒酸了。女人們戴著圍裙，雙臂交叉著抱在胸前，站在遠處竊竊私語，她們用一種未開化人的目光目不轉睛地盯著布朗溫姊妹；孩子們在叫罵著。

戈珍走著，被眼前的東西驚呆了。如果說這是人的生活，如果說這些是生活在一個完整世界中的人，那麼她自己那個世界算什麼呢？她意識到自己穿著青草般嫩綠色的襪子，戴著草綠色的天鵝絨帽，柔軟的長大衣也是綠的，顏色更深一點。她感到自己騰雲駕霧般地走著，一點都不穩，她的心縮緊了，似乎她隨時都會猝然摔倒在地。她怕了。

她緊緊偎依著厄秀拉，而厄秀拉對這個黑暗、粗鄙、充滿敵意的世界早習以爲常了。儘管有厄秀拉，戈珍還是感到像在受著苦刑，心兒一直在呼喊：「我要回去，要走，我不想知道這些，不想知道這些東西。」可她不得不繼續朝前走。

厄秀拉可以感覺到戈珍正在受罪。

「你討厭這些，是嗎？」她問。

「這兒讓我吃驚，」戈珍結結巴巴地說。

「你別在這兒待太久，」厄秀拉說。

戈珍鬆了一口氣，繼續朝前走。

她們離開了礦區，翻過山，進入了山後寧靜的鄉村，朝威利．格林中學走去。田野上仍然籠罩著一層淺淺的黑煤灰，林木覆蓋的山丘也是這樣，似乎在閃著黑色的光芒。現在是春天，春寒料峭，但尚有幾許陽光。籬笆下冒出些黃色的花來，威利．格林的菜園裡，覆盆子已經長出了葉子，伏種在石牆上的油菜，灰葉中已綻出些小白花兒。

她們轉身走下了高高的田埂，中間是通向教堂的主幹道。在轉彎的低處，樹下站著一群等著看婚禮的人們。這個地區的礦業主托瑪斯·克里奇的女兒與一位海軍軍官的婚禮將要舉行。

「咱們回去吧，」戈珍轉過身說著，「全是些這種人。」她在路上猶豫著。

「別管他們，」厄秀拉說，「他們都不錯，都認識我，沒事兒。」

「我們非得從他們當中穿過去嗎？」戈珍問。

「他們都不錯，真的。」厄秀拉說著繼續朝前走。姊妹倆一起接近了這群躁動不安、眼巴巴盯著看的人。這當中大多數是女人，礦工們的妻子，更是些混日子的人。臉上透著警覺的神色，一看就是下層人。姊妹倆提心吊膽地直朝大門走去。女人們爲她們讓路，但是讓出來的就那麼窄窄的一條縫，好像是在勉強放棄自己的地盤兒一樣。姊妹倆默默地穿過石門踏上台階，站在紅色地毯上的一個警察盯著她們往前行進的步伐。

「這雙襪子可夠值錢的！」戈珍後面有人說。一聽這話，戈珍渾身就燃起一股怒火，一股凶猛、可怕的火。她眞恨不得把這些人全殺掉，從這個世界上清除乾淨。她眞討厭在這些人注視下穿過教堂的院子沿著地毯往前走。

「我不進教堂了。」戈珍突然做出了最後的決定。她的話讓厄秀拉立即停住腳步，轉過身走上了旁邊一條通向中學旁門的小路，中學就在教堂隔壁。

穿過學校與教堂中間的灌木叢進到學校裡，厄秀拉坐在月桂樹下的矮石牆上歇息。她身後學校高大的紅樓靜靜地佇立著，假日裡窗戶全敞開著，面前灌木叢那邊就是老教堂淡淡的屋頂和塔樓。姊妹倆被掩映在樹木中。

戈珍默默地坐了下來，緊閉著嘴，頭扭向一邊。她眞後悔回到家來。厄秀拉看看她，覺得她漂亮極了，自己認輸了，臉都紅了。可是戈珍讓厄秀拉感到緊張得有點累了。厄秀拉希望獨處，脫離戈珍給她造成的透不過氣來的緊張感。

「我們還要在這兒待下去嗎？」戈珍問。

「我就小歇一會兒，」厄秀拉說著站起身，像是受到戈珍的斥責一樣。「咱們就站在隔壁球場的角落裡，從那兒什麼都看得見。」

太陽正輝煌地照耀著教堂墓地，空氣中瀰漫著樹脂淡淡的清香，那是春天的氣息，或許是墓地黑紫羅蘭散發著幽香的緣故。一些雛菊已綻開了潔白的花朵，像小天使一樣漂亮。空中銅色山毛櫸上舒展出血紅色的樹葉。

十一點時，馬車準時到達。一輛車駛過來，門口人群擁擠起來，產生了一陣騷動。出席婚禮的賓客們徐徐走上台階，沿著紅地毯走向教堂。這天陽光明媚，人們個個興高采烈。

戈珍用外來人那種好奇的目光仔細觀察著這些人。她把每個人都整體地觀察一通，或把他們看作書中的一個個人物，一幅畫中的人物或劇院中的活動木偶，總之，完整地觀察他們。她喜歡辨別他們不同的性格，將他們還其本來面目，給他們設置自我環境，在他們從她眼前走過的當兒就給他們下了個永久的定論。她了解他們了，對她來說他們是些完整的人，已經打上了烙印的完整的人。等到克里奇家的人開始露面時，再也沒有什麼未知、不能解決的問題了。她的興趣被激發起來了，她發現這裡有點什麼東西是不那麼容易提前下結論的。

那邊走過來克里奇太太和她的長子杰拉德。儘管她爲了今天這個日子明顯地修飾裝扮了一番，但仍看得出她這人是不修邊幅的。她臉色蒼白，有點發黃，皮膚潔淨透明，身體有點前傾，線條分明，很健壯，看上去像是要鼓足力氣不顧一切地去捕捉什麼。她一頭的白髮一點都不整齊，幾縷頭髮從綠綢帽裡掉出來，飄到罩著墨綠綢衣的褶縐紗上。一看就知道她是個患偏執狂的女人，狡猾而傲慢。

她兒子本是個膚色白淨的人，但讓太陽曬黑了。他個頭中等偏高，身材很好，穿著似乎有些過分的講究。但他的神態卻是那麼奇異、警覺，臉上情不自禁地閃爍著光芒，似乎他同周圍的這些人有著根本的不同。戈珍的目光在打量他，他身上某種北方人的特質迷住了戈珍。他那北方人純淨的肌膚和金色的頭髮像透過水晶折射的陽光一樣在閃爍。他看上去是那麼新奇的一個人，沒有任何做作的痕跡，像北極的東西一樣純潔。他或許有三十歲了，或許更大些。他風采照人，男子氣十足，恰像一隻脾氣溫和、微笑著的幼狼。但這副外表無法令她變得盲目，她還是冷靜地在他的靜態中看出危險，他那撲食的習性是無法改變的。「他的圖騰是狼，」她自己重複著這句話，「他母親是一隻毫不屈服的老狼。」想到此，她一陣狂喜，好像她有了一個全世界都不知道的令人難以置信的發現。一陣狂喜攫住了她，全身的血管一時間猛烈激動起來。「天啊！」她自己大叫著，「這是怎麼一回事啊？」一會兒，她又自信地說，「我會更加了解那個人的。」她要再次見到他，她被這種慾望折磨著，一定要再次見到他，這心情如同鄉愁。她清楚，她沒有錯，她沒有自欺欺人，她的確因爲見到了他才產生了這種奇特而振奮人心的感覺。她從本質上了解了他，深刻地理解他，「難道我眞地選中了他嗎？難道眞有一道蒼白、金色的北極光把我們兩人拴在一起了嗎？」她對自己發問。她無法相信這個，她仍然沉思著，幾乎意識不到周圍都發生了什麼事。

女儐相來了，但新娘還遲遲未到。厄秀拉猜想可能出了點差錯，這場婚禮弄不好就辦不成了。她爲此感到憂慮，似乎婚禮成功與否是取決於她。主要的女儐相們都到了，厄秀拉看著她們走上台階。她認識她們當中的一個，這人高高的個子，行動緩慢，長著一頭金髮，長長的臉，臉色蒼白，一看就知道是個難以駕馭的人。她是克里奇家的朋友，叫赫麥妮·羅迪斯。她走過來了，昂著頭，戴著一頂淺黃色天鵝絨寬檐帽，帽子上插著幾根天然灰色鴕鳥羽毛。她飄然而過，蒼白的長臉向上揚起，並不留意周圍。她很富有，今天穿了一件淺黃色軟天鵝絨上衣，亮閃閃的，手上捧一束玫瑰色仙客來花兒；鞋和襪子的顏色很像帽子上羽毛的顏色，也是灰色的。她這人頭髮濃密。走起路來臀部收得很緊，這是她的一大特點，那種悠悠然的樣子跟眾人就是不同，她的衣著由淺黃和暗灰搭配而成，衣服漂亮，人也很美，但有點可怕，有點讓人生厭。她走過時，人們都靜了下來，看來讓她迷住了，繼而人們又激動起來，想調侃幾句，但終究不敢，又沉默了。她高揚著蒼白的長臉，樣子頗像羅塞蒂[3]，似乎有點麻木，似乎她黑暗的內心深處聚集了許許多多奇特的思想令她永遠無法從中解脫。

厄秀拉出神地看著赫麥妮。她了解一點她的情況。赫麥妮是英格蘭中部最出色的女人，父親是德比郡的男爵，是個舊派人物，而她則全然新派，聰明過人且極有思想。她對改革充滿熱情，心思全用在社會事業。可她還是終歸嫁了人，仍然得受男性世界的左右。

她同各路有地位的男人都有交情。厄秀拉只知道其中有一位是學校監察員，名叫盧伯特·伯金。倒是戈珍在倫敦認識人更多些。她同從事藝術創作的朋友們出入各種社交圈子，已經認識了不少知名人士。她與赫麥妮打過兩次交道，但她們兩人話不投機。她們在倫敦城裡各類朋友家以平等的身分相識，現在如果以如此懸殊的社會地位在這裡相會將會令人很不舒服。戈珍在社會上一直是個佼佼者，與貴族中從事創作的有閒者交往密切。

赫麥妮知道自己穿得很漂亮，她知道自己在威利．格林可以平等地同任何她想認識的人打交道，或許想擺擺架子就擺擺架子。她知道她的地位在文化知識界的圈子裡是得到認可的，她是文化意識的傳播媒介。無論在社會上還是在思想意識方面甚至在藝術上，她都處在最高層次上，木秀於林，在這些方面她顯得左右逢緣。沒人能把她比下去，沒人能夠讓她出醜，因爲她總是高居一流，而那些與她作對的人都在她之下，無論在等級上、財力上或是在高層次的思想交流、思想發展及領悟能力上都不如她。因此她是冒犯不得的人物。她一生中都努力不受人傷害或侵犯，要讓人們無法判斷她。

但是她的心在受折磨，這一點她無法掩飾。別看她在通往教堂的路上如此信步前行，確信庸俗的輿論對她毫無損傷，深信自己的形象完美無缺、屬於第一流；但是她忍受著折磨，自信和傲慢只是表象而已，其實她感到自己傷痕累累，受著人們的嘲諷與蔑視。她總感到自己容易受到傷害，在她的盔甲下總有一道隱秘的傷口。她不知道這是怎麼回事。其實這是因爲她缺乏強健的自我，不具備天生的自負感。她有的只是一個可怕空洞的靈魂，缺乏生命的底蘊。

她需要有個人來充溢她生命的底蘊，永遠。於是她極力追求盧伯特．伯金。當伯金在她身邊時，她就感到自己是完整的。而在其餘時間裡，她就感到搖搖欲跌，就像建立在斷層帶之上的房屋一樣。儘管她愛面子，掩飾自己，但任何一位自信、脾氣倔強的普通女傭都可以用輕微的嘲諷和蔑視舉止將她拋入無底的深淵，令她感到自己無能。但是，這位憂鬱、忍受著折磨的女人一直在進取，用美學、文化、上流社會的態度和大公無私的行爲來保護自己。可她怎麼也無法越過這道可怕的溝壑，總感到自己沒有自信。

如果伯金能夠保持跟她之間的密切關係，赫麥妮在人生這多愁多憂的航行中就會感到安全。伯金可以讓她安全，讓她成功，讓她戰勝天使。他要是這樣就好了！但是他沒有。於是她就在恐懼與擔心中受著折磨。

她把自己裝扮得很漂亮，儘量達到能令伯金相信的美與優越的程度。

他也不是個一般人。他把她擊退了，總擊退她。她越是要拉他，他越是要擊退她。可他們幾年來竟一直相愛著。天啊，這太令人厭倦痛苦了，可她依然很自信。她知道他試圖離她而去，知道他努力要擺脫她以最終獲得自由，但她仍然自信有力量守住他，她對自己高深的學問深信不疑。伯金的知識程度很高，但赫麥妮則是眞理的試金石，她要的是伯金跟她一條心。

他像一個有變態心理的任性孩子一樣要否認與她的連繫，否認了這個就是否認了自己的完美。他像一個任性的孩子，要打破他們兩人之間的神聖連繫。

他會來參加這場婚禮的，他要來當男儐相。他會早早來教堂等候的。他會知道她何時到達。赫麥妮走進教堂大門時想到這些，不禁怕起來，心裡打了一個寒顫。他會在那裡的，他肯定會看到她的衣服是多麼漂亮，他肯定會明白她是爲了他才把自己打扮得如此漂亮。他會明白的，他能夠看得出她是爲了他才把自己打扮得如此出眾，無與倫比。他會認可自己最好的命運，最終他不會不接受她的。

渴望令她疲倦地抽搐了一下。她走進教堂的門後左右尋顧著找他，她苗條的軀體不安地顫動著。做爲男儐相，他是應該站在祭壇邊上的。她緩緩地充滿自信地把目光投過去，但心中不免有點懷疑。

他沒在那兒，這給了她一個可怕的打擊，她好像要沉沒了。毀滅性的失望感攫住了她。她木然地朝祭壇挪過去。她從來沒有經歷過這樣徹底毀滅性的打擊，它比死還可怕，那種感覺是如此空曠、荒蕪。

新郎和伴郎還沒有到。外面的人群漸漸亂動起來。厄秀拉感到自己似乎該對這件事負責。她不忍心看到新娘來了卻沒有新郎陪伴。這場婚禮千萬不能失敗，千萬不能。

新娘的馬車來了，馬車上裝飾著綵帶和花結。灰馬雀躍著奔向教堂大門，整個過程都充滿了歡笑，這兒是所有歡笑與歡樂的中心。馬車門開了，今天的花兒就要從車中出來了。路上的人們稍有不滿地竊竊私語。

先走出馬車的是新娘的父親，他就像一個陰影出現在晨空中。他高大、瘦削、一副飽經磨難的形象，唇上細細的一道黑髭已經有些灰白了。他忘我而耐心地等在車門口。

車門一開，車上落下紛紛揚揚的漂亮葉子和鮮花。飄下來白色緞帶，車中傳出一個歡快的聲音：

「我怎麼出去呀？」

等待的人群中響起一片滿意的議論聲。大家靠近車門來迎她，眼巴巴地盯著她垂下去的頭，那一頭金髮上沾滿了花蕾。眼看著那隻嬌小的白色金蓮兒試探著蹬到車梯上，一陣雪浪般的衝擊，隨之新娘呼地一下，擁向樹蔭下的父親，她一團雪白，從面紗中蕩漾出笑聲來。「這下好了！」

她用手挽住飽經風霜、面帶病色的父親，盪著一身白浪走上了紅地毯。面色發黃的父親沉默不語，黑髭令他看上去更顯得歷經磨難。他快步踏上台階，似乎頭腦裡一片空虛，可他身邊的新娘卻一直笑聲不斷。

可是新郎還沒有到！厄秀拉簡直對此無法忍受。她憂心忡忡地望著遠山，希望那白色的下山路上會出現新郎的身影。那邊駛來一輛馬車，漸漸進入人們的視線。沒錯，是他來了。厄秀拉隨即轉身面對著新娘和人群，從高處向人們發出了一聲吶喊。她想告訴人們，新郎來了。可是她的喊聲只悶在心中，無人聽到。於是她深深為自己畏首畏尾、願望未竟感到慚愧。

馬車叮叮咣咣駛下山來，愈來愈近了。人群中有人大叫起來。剛剛踏上台階頂的新娘驚喜地轉過身來，她看到人頭沸動，一輛馬車停了下來，她的情人從車上跳下來，躲開馬匹，擠進人堆中。

「梯普斯！梯普斯！」她站在高處，在陽光下興奮地揮舞著鮮花，滑稽地喊叫著。可他手握著帽子在人群中鑽來鑽去，並未聽到她的叫喊。

「梯普斯！」她朝下看著他，又大叫一聲。

他毫無意識地朝上看了一眼，看到新娘和她的父親站在上方，臉上掠過一絲奇特、驚訝的表情。他猶豫了片刻，然後使盡全身力氣跳起來向她撲過去。

「啊哈！」她反應過來了，微微發出一聲奇怪的叫喊，然後驚跳起來，轉身跑了。她朝教堂飛跑著，穿著白鞋的腳穩穩地敲打著地面，白色衣服飄飄然擦著路面。這小夥子像一位獵人一樣緊緊在她身後追著，他跳躍著從她父親身邊掠過，豐滿結實的腿和臀部扭動著，如同撲向獵物的獵人一般。

「嘿，追上她！」下面那些粗俗的女人突然湊過來逗樂兒，大喊大叫著。

新娘手捧鮮花穩穩地轉過了教堂的牆角。然後她回頭看看身後，挑戰般放聲大笑著轉過身來站穩。這時新郎跑了過來，彎下腰一手扒住那沉默牆角的石垛，飛身旋轉過去，隨之他的身影和粗壯結實的腰腿都在人們的視線中消失了。

門口的人群中立刻爆發出一陣喝采聲。然後，厄秀拉再一次注意到微微駝背的克里奇先生，他茫然地等在一邊，毫無表情地看著新郎新娘奔向教堂。直到看不到他們兩人了，他才轉回身看看身後的盧伯特·伯金，伯金忙上前搭話：「咱們殿後吧。」說著臉上掠過一絲笑。

「好的！」克里奇先生簡短地回答。說完兩人就轉身上去了。

伯金像克里奇先生一樣瘦削，蒼白的臉上露出些許病容。他身架窄小，但身材很不錯。他走起路來一隻腳有些故意拖地。儘管他這身伴郎的裝束一絲不苟，可他天生的氣質卻與之不協調，因此穿上這身衣服看上去很滑稽。他生性聰明但不合群，對正式場合一點都不適應，可他又不得不違心地去迎合一般俗人的觀念。

他裝作一個極普通人的樣子，裝得唯妙唯肖。他學著周圍人講話的口氣，能夠迅速擺正與對話者的關係，根據自己的處境調整自己的言行，從而達到與其他凡夫俗子毫無區別的程度。他這樣做常常可以一時博得旁人的好感，從而免遭攻訐。

現在，他一路走一路同克里奇先生輕鬆愉快地交談著。他就像一個走繩索的人那樣對局勢應付自如，儘管走在繩索上卻要裝出一副悠然自得的樣子來。

「我們這麼晚才到，太抱歉了。」他說，「我們怎麼也找不到紐扣鉤了，花了好長時間才把靴子上的扣子都繫好。您是按時到達的吧。」

「我們總是遵守時間的，」克里奇先生說。

「我卻常遲到，」伯金說，「不過今天我的確是想準時到那兒的，卻出於偶然沒能做到，太抱歉了。」

這兩個人也走遠了，一時間沒什麼可看的了。厄秀拉在思量著伯金，他引起了她的注意，令她著迷也令她心亂。

她想更加了解他。她只跟他交談過一兩次，那是他來學校履行他學校監察員的職責的時候。她以爲他似乎看出了兩人之間的曖昧，那是一種自然的、心照不宣的理解，他們有共同語言哩。可是這種理解沒有發展的機會。有什麼東西使她跟他若即若離的？他身上有某種敵意，隱藏著某種無法突破的拘謹、冷漠，讓人無法接近。

厄秀拉還是要了解他。

「你覺得盧伯特・伯金這人怎麼樣？」她有點勉強地問戈珍。其實她並不想議論他。

「我覺得他怎麼樣？」戈珍重複道，「我覺得他有吸引力，絕對有吸引力。我不能容忍的是他待人的方式。他對待任何一個小傻瓜都那麼正兒八經，似乎他多麼看重人家。這讓人產生一種受騙的感覺。」

「他幹嘛要這樣？」厄秀拉問。

「因為他對人沒有真正的判斷力，什麼時候都是這樣，」戈珍說，「跟你說吧，他對我、對你跟對待什麼小傻瓜一樣，這簡直是一種屈辱。」

「哦，是這樣，」厄秀拉說，「一個人必須要有判斷力。」

「一個人必須要有判斷力，」戈珍重複說，「可在別的方面他是個挺不錯的人，他的性格可好了。不過你不能相信他。」

「嗯，」厄秀拉有一搭沒一搭地說。厄秀拉總是被迫同意戈珍的話，甚至當她並不完全與戈珍一致時也這樣。

姊妹兩人默默地坐著等待參加婚禮的人們出來。戈珍不想談話，她要想一想杰拉德‧克里奇了，她想看一看她對他產生的強烈感情是否是真的。她要讓自己有個心理準備。

教堂裡，婚禮正在進行。赫麥妮‧羅迪斯一心只想著伯金。他就站在附近，似乎他在吸引著她過去。她真想去撫摸他，如果不摸一摸他，她就無法確信他就在附近。不過她總算忍耐到了婚禮結束。

他沒來之前，她感到太痛苦了，直到現在她還感到有些眩暈。她仍然因為他精神上對她漫不經心而感到痛苦，神經受著折磨，她似乎在一種幽幽的夢幻中等待著他，精神上忍受著磨難。她憂鬱地站著，臉上那沉迷的表情讓她看上去像天使一樣，實際上那都是痛苦所致。這副神態顯得楚楚動人，不禁令伯金感到心碎，對她產生了憐憫。他看到她垂著頭，那銷魂蕩魄的神態幾乎像瘋狂的魔鬼。她感到他在看她，於是她抬起頭來，美麗的灰眼睛閃爍著向他發出一個信號。可是他避開了她的目光，於是她痛苦屈辱地低下頭去，心靈繼續受著煎熬。他也因為羞恥、反感和對她深深的憐憫感到痛苦。他不想與她的目光相遇，不想接受她的致意。

新娘和新郎的結婚儀式舉行完以後，人們都進了更衣室。赫麥妮情不自禁擠上來碰一碰伯金，伯金容忍了她的做法。

戈珍和厄秀拉在教堂外傾聽她們的父親彈奏著風琴。他就喜歡演奏婚禮進行曲。瞧，新婚夫婦來了！鐘聲四起，震得空氣都發顫了。厄秀拉想，不知樹木和花朵是否能感到這鐘聲的震顫，對空中這奇特的震動它們會做何感想？新娘挽著新郎的胳膊，顯得很嫻靜，新郎則盯著天空，下意識地眨著眼睛，似乎他既不在這兒也不在那兒。他眨著眼睛竭力要進入角色，可被這麼一大群人圍觀感覺上又不好受，那副模樣十分滑稽。他看上去是位典型的海軍軍官，有男子氣又忠於職守。

伯金和赫麥妮並肩走著。赫麥妮一臉的得意相兒，就像一位浪子回頭做了天使，但是她仍然有點像魔鬼。現在，她已經挽起伯金的胳膊了，伯金面無表情，任她擺布，似乎毫無疑問這是他命裡注定的事。

杰拉德·克里奇過來了，他皮膚白皙，漂亮、健壯，渾身蘊藏著未釋放出來的巨大能量。他身架挺直，身材很美，和藹的態度和幸福感使他的臉微微閃著奇特的光芒。看到這裡，戈珍猛地站起身走開了。她對此無法忍受了，她想單獨一個人在一處品味一下這奇特強烈的感受，它改變了她整個兒的氣質。

①徹西區是倫敦聚集了文學藝術家的一個區。
②英國的一個郡。
③羅塞蒂（一八三〇至一八九四），英國拉斐爾前派著名女詩人。她的詩以田園牧歌詩為主，有神秘宗教色彩。

第二章　肖特蘭茲

布朗溫家兩姊妹回貝多弗家中去了，參加婚禮的人們則聚集在肖特蘭茲的克里奇家。這座宅第坐落在窄小的威利湖對岸，沿著一面山坡的頂端長長地排了一溜房屋，房子又矮又舊，很像一個莊園。肖特蘭茲下方那片舒緩下斜的草坪上長著幾株孤伶伶的樹，那兒可能是一個公園吧，草坪前是狹窄的湖泊。草坪和湖泊對面與肖特蘭茲遙遙相望的是一座林木蔥蘢的小山，那山遮住了那邊的煤礦谷地，可擋不住煤礦裡上升著的黑煙。但不管怎樣，這幅景象頗像田園風味的風景畫，美麗而寧靜，這座住宅建在這兒是別具一格的。

現在肖特蘭茲擠滿了克里奇的家人和參加婚禮的賓客。父親身體不好，先退出去休息了，這樣杰拉德就成了主人了。他站在簡樸的客廳裡迎接男賓們，態度友好，舉止優雅。他幾乎在社交中獲得了快樂，笑容可掬，十分友好。

女僕們讓克里奇家三位出嫁了的女兒驅使著忙東忙西，把場面攪得很亂。你總能聽到這個或那個克里奇家的女兒那特有的命令：「海倫，到這兒來一下。」「麥澤莉，我讓你到這—裡—來。」「喂，我說惠特曼太太——」廳裡裙裾擦動的「嚓嚓」聲伴著漂亮的女人們匆匆而過，一個孩子在廳裡跳舞般地穿梭，還有一個男僕也來去匆匆地忙著。

男賓們則三個一群五個一夥地默默聚在一起，一邊吸煙一邊聊天，裝作對女人世界那熱鬧的場面不屑一顧。他們並不是在眞正地談話，他們仍觀察著那些異常興奮的女人，諦聽她們那令人發冷的笑聲和連珠炮似的說話聲。他們等待著，焦躁不安，心裡很惱火。但杰拉德看上去仍然那麼和藹可親，那麼幸福，不知道他是在等人還是清閒無事，只知道他是這個場合的中心人物。

突然，克里奇太太無聲無息地進到房裡來，表情剛烈、線條分明的臉向四周探視著。她仍舊戴著帽子，穿著罩有褶拖紗的藍色綢衣。

「有事嗎，媽媽？」杰拉德問。

「沒什麼事，沒什麼事！」她含糊其詞地答道。然後她逕直朝伯金走去，伯金此時正跟克里奇家的一位女婿談天。

「你好啊，伯金先生，」她聲音低沉地說，似乎她根本不把客人放在眼裡。說著她向他伸出手來。

「哦，克里奇太太，」伯金隨機應變與她搭訕著，「剛才我可是無法接近您呢。」

「這裡有一半人我不認識，」她聲音低沉地說。她的女婿趁這當兒不安地躲到一邊去了。

「你不喜歡生客嗎？」伯金笑道，「我從來不明白一個人爲什麼要重視那些偶然碰到一起的人，我幹嘛要去認識他們？」

「對！對！」克里奇太太壓低嗓門，有些緊促地說，「他們來了，也不算數。我並不認識廳裡這些人。孩子們向我介紹說：『媽媽，這位是某某先生。』我再也不知道別的了。某某先生和他的頭銜是什麼關係？我跟他及他的頭銜有什麼關係呢？」

她說著抬起眼睛看看伯金，這一看把伯金嚇了一跳。她肯過來跟他說話，這令他感到受寵若驚，要知道她可不是把什麼人都放在眼裡的。他低下頭看著她那張表情緊張、輪廓分明的臉，但他不敢凝視她那雙凝重的藍眼睛，於是他移開視線去看她的頭髮。在她漂亮的耳際上方，頭髮馬馬虎虎、鬆鬆散散地盤著，頭髮並不怎麼清爽。她的脖頸也不怎麼清爽。儘管如此，伯金還是覺得自己被她吸引著，而不是被別人。不過他心裡想，自己可是常常仔細地洗一洗，至少脖頸和耳朵總要洗得乾乾淨淨。

想著這些事，他微微笑了。但他仍然很緊張，感到他和這個陌生的老女人像叛徒和敵人一樣在別人的營帳裡交談。他就像一頭鹿一樣，一隻耳朵撩到後面，另一隻耳朵則向前伸著探尋著什麼。

「別人其實無所謂。」他有點不想說話，搭訕著說。

這位母親猛然帶著深深的疑問抬起頭看看他，似乎懷疑他的誠意。

「你怎麼解釋『所謂』？」她尖刻地問。

「那麼多人並不都很重要，」他回答，被迫把話題引深了。「他們還說說笑笑呢，最好讓他們全滾。從根本上說，他們並不存在，他們並沒在那兒。」

她在他說話時一直凝視著他。「我們才不想像他們的存在呢！」她刻薄地說。

「沒什麼好想像的，他們不存在。」

「哼，」她說，「我還不會那麼想。他們就在那兒，不管他們是否存在，他們存在與否並不取決於我。我只知道，他們別想讓我把他們放在眼裡。不要以爲他們來了我就得認識他們。在我眼裡，他們跟沒有一樣。」

「沒錯兒。」他答道。

「是嗎？」她又問。

「就跟沒來一樣，」他重複道。說到這兒他們都停下來不說話了。

「他們就是來了也不算數，眞討厭，」她說，「我的女婿們都來了。」她有點自言自語地說，「如今勞拉也結婚了，又多了個女婿，可我真分不清哪個是張三哪個是李四。他們來了，都叫我媽媽。我知道他們要說什麼——『你好，媽媽。』我真想說，『我怎麼也算不上是你們的媽媽。』可有什麼用？他們來了。我有我自己的孩子，我還是能分辨出哪個是我的孩子，哪個是別的女人的孩子。」

「應該這樣，」伯金說。

她有些吃驚地看看他，或許她早忘了是在跟誰說話。她說話的線索被打斷了。

她漫不經心地掃視了一下房間，伯金猜不出她在找什麼，也猜不出她在想什麼。很明顯她是在注意自己的兒子們。「我的孩子們都在嗎？」她突如其來地問他。

他笑笑，吃了一驚，也許是害怕。「除了杰拉德，別人我不怎麼認識，」他說。

「杰拉德！」她叫道。「他是孩子們當中最沒用的一個。你沒想到吧，是不是？」

「不會吧，」伯金說。

母親遠遠地凝視了自己的長子好一會兒。

「喂，」她令人不可思議、嘲弄地吐出一個字來。這一聲讓伯金感到害怕，他似乎不敢正視現實。克里奇太太走開了，把他忘了，但一會兒又順原路走回來了。

「我很願意他有個朋友，」她說，「他從來就沒有朋友。」

伯金低下頭盯著她那雙藍色的凝眸，他理解不了她的目光。「我是我弟弟的看護人嗎？」他輕聲地自言自語道。

他記起來了，那是該隱[1]的叫聲，他微微感到震驚，而杰拉德就是再世的該隱。當然他並不是該隱，但他確實殺害了他的弟弟。那純屬偶然，他也沒有對殺害弟弟的後果負責。那是杰拉德小時候，在一次偶然事故中害死了自己的弟弟。不就是這麼一檔子事嗎？爲什麼要給造成事故的生活打上罪惡的烙印並詛咒生活呢？一個人靠偶然活著，也因偶然而死，難道不是嗎？一個人的生活是否取決於偶然因素？難道他的生活只與種族、種類和物種普遍相關聯嗎？如果不是這樣，難道就沒有純粹偶然這一說嗎？任何事情的發生都具有普遍意義嗎？伯金站在那兒思忖著，忘了克里奇太太，正如她也忘記了他一樣。

他不相信有偶然這回事。在最深刻的意義上說，這些都交織在一起。

就在他得出這個結論時，克里奇家的一個女兒走上前來說：

「親愛的媽媽，來，把帽子摘掉吧，嗯？咱們就要坐下用餐了，這是個正式場合，不是嗎，親愛的？」說著她把手伸進媽媽的臂彎裡，挽著她走了。伯金隨後立刻走過去同最近的一位男士聊起來。

用餐的鑼聲響了，人們抬頭看看，但誰也沒向餐廳移動腳步。家中的女人們感到這鑼聲跟她們無關。五分鐘過去了，老男僕克羅瑟焦急地出現在門道裡，求助地看著杰拉德。杰拉德抓起架子上的那隻彎曲的大海螺殼，沒跟任何人打招呼就吹出了振聾發聵的一聲。這奇特的海螺聲令人心顫。這一招兒可眞靈，人們紛紛動作起來，好像聽到同一個信號指揮一樣一齊向飯廳挪動。

杰拉德等了一會兒，等妹妹來做女主人。他知道他的母親是不會盡心去盡她的義務的。可是妹妹一來就急急忙忙奔向自己的座位去了。所以只好由這小夥子指引客人們入席了，他做這件事時顯得有點太專橫。

開始上餐前小吃了，飯廳裡安靜了下來。就在這時，一個留著披肩長髮的十三四歲的姑娘沉著冷靜地說：「杰拉德，你弄出那麼可怕的聲音來招呼客人，可你忘了招呼爸爸。」

「是嗎？」他衝大夥兒說，「我父親躺下休息了，他不太舒服。」

「他人不舒服？」一位已出嫁的女兒問，眼睛卻盯著桌子中間堆起的那塊巨大的婚禮蛋糕，蛋糕上落下些假花兒來。

「他沒病，只是感到疲勞，」留披肩長髮的溫妮弗萊德回答道。

酒杯裡斟滿了酒，人們個個兒都興高采烈地聊著天兒。母親坐在桌子的另一端，她的頭髮仍鬆鬆地盤著。伯金坐在她邊上。有時她會惡狠狠地看一眼那一排排面孔，伸著頭毫不客氣地凝視一會兒，然後聲音低沉地問伯金：「那個年輕人是誰？」

「不知道，」伯金謹愼地回答。

「我以前見過他嗎？」她問。

「不會吧。反正我沒見過。」他答道。於是她滿意了。她疲憊地合上了眼睛，現出一副安詳的神態，看上去很像憩息中的女王。然後她又睜開眼，臉上露出上流社會人物的微笑，一時間她很像一位愉快的女主人了。她優雅地彎下腰去，似乎人人都深受歡迎，皆大歡喜。然後陰影突然回到她臉上，那是一種陰鬱、鷹一樣的表情，她像一頭爭鬥的困獸那樣，眉毛下露出凶光，似乎她仇視所有的人。

「媽媽，」迪安娜叫道，「我可以喝酒嗎？」迪安娜比溫妮弗萊德年長些，很漂亮。

「行，你喝吧，」母親木然地回答，她對這個問題壓根兒不感興趣。

於是迪安娜示意下人爲她斟酒。

「杰拉德不該限制我喝酒嘛，」她平靜地對在座的人們說。

「好了，迪，」哥哥和藹地說。迪安娜一邊喝酒一邊挑戰般地掃了哥哥一眼。

這家人之間這樣無拘無束，有點無政府主義的樣子，眞奇怪，這與其說是放任自由不如說是對權威的抵制。杰拉德在家中有點支配權，並不是因爲他處在什麼特殊位置上，而是因爲他有壓倒別人的性格。他的聲音和藹但富有支配力，這種聲音的特質震住了他的姊妹們。

赫麥妮正同新郎官討論民族問題。

「不」，她說，「我認爲提倡愛國主義是一種錯誤，國與國之間的競爭就像商行與商行間的競爭一樣。」

「哦，你不能這麼說，怎麼能這麼說呢？」杰拉德大聲說。他很熱衷於爭論。「你不能把一個種族等同於一個商業關係。而民族大概指的就是種族，民族的意思就是種族。」

一時間大家都不說話了。杰拉德與赫麥妮之間總是這樣令人奇怪地客客氣氣，但又相互敵視，他們兩人可說得上是勢均力敵。

「你以爲種族等於民族嗎？」她若有所思地問，臉上毫無表情，口氣游移不定。

伯金知道赫麥妮在等他參加討論，於是他恭順地開口道：

「我覺得杰拉德說得對，種族是民族的根本因素，至少在歐洲是這樣。」

赫麥妮又打住不說話了，似乎是要讓這條論斷冷卻一下。然後她作出一個奇怪的權威性論斷：

「不錯，就算是這樣吧，那麼提倡愛國主義不就是在提倡種族的本能嗎？難道這不也是在提倡商業的本能？這是一種佔有財富的本能。難道這就是我們所指的民族？」

「也許是，」伯金說，他心裡感到現在討論這個問題不合時宜，地點也不對。

可杰拉德現在已找到爭論的線索了，仍要爭論下去。

「一個種族可以有其商業性的一面。」他說，「事實上，它必須這樣，這跟一個家族一樣，人必須得有供養才行。爲了準備供養，你就得跟別的家族爭鬥，跟別的民族鬥。不這樣，反倒不可思議了。」

赫麥妮又不說話了，只是露出一副霸道、冷漠的神態。然後她才說：「是的，可以不這樣，我覺得挑起敵對精神是不對的，這會造成仇恨並與日俱增。」

「可是你能夠取消競爭精神嗎？」杰拉德問，「競爭是生產與改進所必須的一種刺激。」

「沒錯，」赫麥妮輕描淡寫地答道，「不過我覺得沒有競爭也行。」

伯金說：「我聲明我是厭惡競爭精神的。」赫麥妮正在吃一片麵包，聽伯金這樣說，她忙把麵包從牙縫中拉出來，那動作慢而可笑。她轉向伯金親暱、滿意地說：「你的確恨這種精神，沒錯兒。」

「厭惡它，」他重複道。

「對呀，」她自信而滿意地輕聲道。

「可是，」杰拉德堅持說，「既然你不允許一個人奪走他鄰居的活路，那你爲什麼允許一個民族奪走另一個民族的活路呢？」

赫麥妮低聲咕噥了好久才用譏諷、滿不在乎的口吻說：「這歸根到柢是個財富問題，對嗎？但並不是所有的都是財富問題吧？」

杰拉德被她話語中流露出的庸俗唯物主義惹惱了。

「當然是，或多或少是這樣，」他反擊道。「如果我從一個人的頭上摘走他的帽子，那帽子就變成了自由的象徵，當他奮起奪回他的帽子時，他就是在爲奪回自由而鬥爭。」

赫麥妮感到不知所措了。

「話是沒錯，」她惱火地說，「可想像出一個事例來進行爭論算不得是眞誠吧？沒有哪個人會過來從我頭上摘走我的帽子的，會嗎？」

「那是因爲法律制止他這樣做，」杰拉德說。

「不對，」伯金說，「百分之九十九的人不想要我的帽子。」

「那只是觀點問題，」杰拉德說。

「也許是帽子的問題。」新郎官笑道。

「如果像你說的那樣他想要我的帽子，」伯金說，「可以肯定說，我可以決斷失去帽子還是失去自由的損失更大。我是個自由而毫無牽掛的人，如果我被迫去打架，我失去的就是自由。這是個哪一樣對我來說代價更大的問題，是我行爲的自由還是失去帽子？」

「對，」赫麥妮奇怪地望著伯金說，「對。」

「但你允許有人過來奪走你頭上的帽子嗎？」新娘問赫麥妮。

這位高大、身板挺直的女人漸漸轉過身來，似乎對這位插話人的問題感到麻木。

「不，」她答道，那語調緩慢，似乎不是人的聲音，那腔調中分明隱藏著一絲兒竊笑。「不，我不會讓任何人從我頭上摘走我的帽子。」

「你怎麼防止他這樣做呢？」杰拉德問。

「我不知道，或許我會殺了他，」赫麥妮聲調緩慢地說。

她的話音兒裡隱藏著一聲奇怪的竊笑，舉止上帶有一種威懾，自信的幽默。

「當然，」杰拉德說，「我可以理解盧伯特的想法。對他來說，問題是他的帽子重要還是他心境的安寧重要。」

「是身心的安寧，」伯金說。

「好，隨你怎麼說吧，」杰拉德說，「可是你怎麼能以此來解決一個民族的問題呢？」

「上帝保祐我，」伯金笑道。

「可要讓你眞去解決問題呢？」杰拉德堅持說。

「如果民族的王冠是一頂舊帽子，竊賊就可以摘走它。」

「可一個民族或一個種族的王冠能是一頂舊帽子嗎？」杰拉德堅持說。

「肯定是，我相信，」伯金說。

「我還不太能肯定，」杰拉德說。

「我不贊成這種說法，盧伯特，」赫麥妮說。

「好吧，」伯金說。

「我十分贊成民族的王冠是頂舊帽子的說法。」杰拉德笑道。

「你戴上它就像個傻瓜一樣，」迪安娜說。迪安娜是他十幾歲的小妹妹，說話很冒失。

「我們眞無法理解這些破帽子，」勞拉・克里奇叫道，「別說了吧，杰拉德，我們要祝酒了，咱們祝酒吧。斟上，斟上，好，乾杯！祝酒詞！祝酒詞！」

伯金目睹著他的杯子讓人斟滿了香檳酒，腦子裡還想著種族與民族滅亡的問題。泡沫溢出了酒杯，斟酒的人忙往後傾斜了身體。看到新鮮的香檳酒，伯金突然感到一陣乾渴，將杯中酒一飲而盡。屋裡的氣氛攪得他心煩意亂，他感到心頭壓抑得很。

「我是偶然爲之還是出於什麼目的？」他自問著。他得出結論，用個庸俗的詞來形容，他這樣做是出自「偶然的目的性」。他掃視一下走過來的男僕，發現他走起路來靜悄悄的，態度冷漠，懷有侍從那種不滿情緒。伯金發現自己厭惡乾杯、討厭男僕、討厭集會，甚至討厭人類。待他起身祝酒時，不知爲什麼他竟感到些兒噁心。

終於結束了，這頓飯。幾位男士散步來到花園裡。這裡有一塊草坪，擺著幾個花壇，小小的花園邊上隔著一道鐵柵欄。這兒的景色頗爲宜人，從這裡可以看到一條林蔭公路沿著山下的湖泊蜿蜒而至。春光明媚，水波瀲灩。湖對面的林子呈現出棕色，充滿了生機。一群漂亮的澤西種乳牛來到鐵柵欄前，光滑的嘴和鼻子中噴著粗氣，可能是盼望人們給麵包乾吃吧。

伯金倚著柵欄，一頭母牛往他手上噴著熱氣。

「漂亮，這牛眞漂亮，」克里奇家的一位女婿馬歇爾說，「這種牛奶品質最好了。」

「對，」伯金說。

「啊，我的小美人兒，哦，小美人兒！」馬歇爾假聲假氣地說，這奇怪的聲調讓伯金笑得喘不過氣來。

「你們那陣子賽跑，誰勝了，魯普頓？」伯金問新郎，以掩蓋自己的笑聲。

新郎從口中拔出雪茄煙。「賽跑？」說著臉上浮起一層笑意，他並不想提剛才往教堂門口跑的事。「我們同時到達。至少是，她先用手摸到了門兒，我的手摸到了她的肩膀。」

「你們在聊什麼？」杰拉德問。

伯金告訴他說的是剛才新郎新娘賽跑的事。

「哼！」杰拉德不滿地說，「你怎麼會遲到呢？」

「魯普頓先是談論了一陣子靈魂不朽，」伯金說，「然後我們找不到紐扣鉤了。」

「天啊！」馬歇爾叫道，「在你結婚的日子裡談什麼靈魂不朽！你腦子裡就沒別的事好想了嗎？」

「這有什麼錯兒？」面龐修飾得乾乾淨淨的海軍軍官，敏感地紅了臉問。

「聽起來你不是來結婚的，倒像是被處死。談哪門子靈魂不死！」這位連襟加重語氣說。

他的話太無聊了。

「那你得出了什麼結論？」

杰拉德問，豎起耳朵來準備聽一場玄學討論。

「今天你不需要靈魂吧，小夥子？」馬歇爾說，「它會妨礙你的。」

「行了！馬歇爾，去跟別人聊吧，」杰拉德突然不耐煩地叫道。

「我保證，我是眞心，」馬歇爾有點發脾氣地說，「說太多的靈魂——」

他憤憤然欲語還休，杰拉德生氣地瞪著他。隨著他胖胖的身體消失在遠處，杰拉德的目光漸漸變得和緩、親切了。

「有一點要對你說，魯普頓，」杰拉德突然轉向新郎說，「勞拉可不能像羅蒂這樣給我們家帶來這樣一個傻瓜。」

「這你就放心吧，」伯金笑道。

「我沒注意他們幾個人，」新郎笑道。

「那，那場賽跑是怎麼回事？誰開的頭？」杰拉德問。

「我們來晚了。馬車開到時，勞拉正站在教堂院子的台階上。是她往前跑的。你幹嘛生氣？這有傷你家的尊嚴嗎？」

「是的，有點兒，」杰拉德說，「做什麼事都要有個分寸才是，要是沒法兒做得有分寸就別做什麼事。」

「眞是極妙的格言，」伯金說。

「你不同意我這樣說嗎？」杰拉德問。

「很同意，」伯金說，「只是當你用格言式的口吻說話讓我感到彆扭。」

「該死的盧伯特，你是想讓所有的格言都爲你自家壟斷起來，」杰拉德說。

「不，我要讓什麼格言都滾開，可你總讓它們擋路。」

杰拉德對這種幽默付之一笑，然後又揚揚眉毛表示不屑一顧。

「你不相信有什麼行爲準則嗎？」他苛刻地向伯金提出挑戰。

「準則，不。我討厭所有的準則。不過對烏合之眾來說倒應該有些準則。任何一個人都有他的自我，他可以自行其是。」

「你說的那個自我是什麼意思？」杰拉德問，「是一條格言還是一種陳詞濫調？」

「我的意思是自行其是。我認爲勞拉掙脫魯普頓跑向教堂大門正是自行其是的絕好例子，妙極了。一個人最難能可貴的是循著自己的自然衝動做事，這才最有紳士風度。你要做得到你就是最有紳士風度的人。」

「你別指望我會認眞看待你的話，你以爲我會嗎？」杰拉德問。

「是的，杰拉德，我只指望極少數人這樣認眞待我，你就是其中之一。」

「恐怕在這兒我無法滿足你的期待，無論如何不能。你可是認爲人人都可以自行其是。」

「我一直這樣看。我希望人們喜歡他們自身純個性化的東西，這樣他們就可以自行其是了。可是人們偏偏只愛集體行動。」

「我，」杰拉德陰鬱地說，「不喜歡像你說的那樣置身於一個人們獨自行事、順著自然衝動行事的世界中。我希望人們在五分鐘之內就相互殘殺一通。」

「那就是說你想殺人，」伯金說。

「這是什麼意思？」杰拉德氣憤地問。

伯金說：「不想殺人的人是不會幹出殺人的事來的，別人不想讓他殺他也殺不了。這是一條十足的眞理。殺人要有兩個人才行：殺人凶手與被殺者。被殺的人就是適合於被人殺害的人，他身上潛伏著一種巨大的被害慾望。」

「有時你的話純粹是胡說八道，」杰拉德對伯金說，「其實我們誰也不想被殺害，倒是有不少人願意替我們去殺人，說不定什麼時候呢。」

「這種觀點眞教人噁心，杰拉德，」伯金說，「怪不得你懼怕自己，害怕自己的幸福生活。」

「我何以懼怕自己？」杰拉德說，「再說我並不認爲自己幸福。」

「你心裡似乎潛伏著一種慾望，希望你的內臟被人剖開，於是你就想像別人的袖子裡藏著刀子，」伯金說。

「何以見得？」杰拉德問。

「從你身上觀察出來的。」

兩個人對峙著。他們之間的恨是那樣奇特，這恨已經跟愛差不多了。他們之間總是這樣，對話總會導致一種接近，一種奇特、可怕的親近，或恨、或愛、或兩者兼而有之。他們總是滿不在乎地分手，似乎分離是一件不起眼的小事，他們確實把它當做一件小事。可他們燃燒著的心相互映照著，一齊燃燒著，這一點他們是不會承認的。他們要保持一種漫不經心，輕鬆、毫無拘束的友誼，並不想把雙方的關係搞得矯揉造作、沒有男人味，不想那麼心心相印、熱呼呼的。他們一點也不相信男人之間會過從甚密，因此，他們之間的深厚友情受到壓抑而未能得到任何發展。

①《聖經》中亞當的長子，殺害其弟弟亞伯。

第三章　教　室

學校的一天就要結束了。教室裡正上最後一堂課，氣氛寧靜而安謐。這堂課講的是基礎植物學。桌子上擺滿了楊花、榛子和柳枝供孩子們臨摹。天色變暗了，下午就要結束了，教室裡光線暗極了，孩子們無法再畫下去了。厄秀拉站在前面向孩子們提出問題，幫助他們了解楊花的結構和意義。

西面的窗戶輝映著一抹濃重的橘黃色，給孩子們的頭上勾勒出一圈火紅金黃的輪廓，對面的牆壁也塗上了一層瑰麗的血紅。厄秀拉對這幅景色並不怎麼在意，她太忙了，白天已進入尾聲了，一天的工作像退潮時平靜的潮水一樣，漸漸收尾了。

這一天就像以往一樣恍恍惚惚地過去了。最後她有些急匆匆地處理完了手頭的事。她向孩子們提問題，催促著他們，爲的是在下課的鑼聲敲響前讓他們弄懂這天應該知道的問題。她手裡拿著楊花站在教室前的陰影中，身體微微前傾向著孩子們講著，沉浸在教學的激情中。

她聽到門「咔噠」響了一聲，但沒去注意。突然她渾身一驚：她看到一個男人的臉出現在那一道血紅金黃的光線中，就在她身邊。他渾身紅焰一般閃著光，看著她，等著她，等著她去注意他，這個身影簡直把她嚇壞了，她覺得自己就要昏過去了。她心中壓抑著的恐怖感立時痛苦地爆發出來了。

「我讓你吃驚了吧？」伯金同她握著手說，「我以為你聽到我進來的聲音了。」

「沒有，」她遲疑著，幾乎說不出話來。他笑著說他很抱歉。她不明白這有什麼好笑的。

「太黑了，」他說，「開開燈好嗎？」

說著他挪到邊上打開了電燈，燈光很強。教室裡清晰多了，比剛才他來時更顯得陌生了，剛才這兒充滿了黛色的魔幻色彩。伯金轉過身好奇地看著厄秀拉。她的眼睛驚詫地睜圓了，由於驚恐，嘴唇都有點哆嗦了，看上去她就像一個剛剛被驚醒的人一樣。她的面龐洋溢著一種活生生、溫柔的美，就像柔和的夕陽一樣在閃爍。他看著她，又添一分喜悅，滿心的歡樂，輕鬆愉快。

「你正擺弄楊花？」他問著，順手從講台上揀起一顆榛子。「都長成這麼大了嗎？今年我還沒有留意過呢。」

他手中捏著雄花，看上去很入迷。「還有紅的！」他看著雌蕊中落出的緋紅色說。

然後他在課桌中穿行著去看教科書，厄秀拉看著他穩步走來走去。他的穩重令她屏息。她似乎靜靜地站在一旁，眼看著他在另一個世界裡聚精會神地走動著。他那靜悄悄的身影幾乎像凝結著的空氣中的一個空洞。

突然他向她揚起臉來說話，聽到他的聲音她的心跳加快了。

「給他們一些彩筆吧，」他說，「他們把雌性花塗上紅色，雄性花塗成黃色。我只畫不著色的畫兒，只塗紅、黃兩種顏色。在這種情況下素描沒什麼不好的，要強調的就是這一點。」

「我這兒沒有彩筆，」厄秀拉說。

「別處會有的，紅的和黃的，你只需要這兩種。」

厄秀拉打發一個男孩子去找。

「彩筆會把書弄髒的，」厄秀拉對伯金說，臉紅透了。

「沒那麼嚴重，」他說，「你必須把這些東西標明，這是你要強調的事實，而不是記錄主觀印象。而這種事實就是雌花兒的小紅斑點兒和懸墜著的黃色雄性楊花，黃色的花粉從這兒飛到那兒。將這事實繪成圖，就像孩子畫臉譜一樣——兩隻眼，一隻鼻子，嘴裡長著牙齒，就這樣——」說著他在黑板上畫出一個人形來。

就在這時，玻璃門外出現了另一個人的身影。來人是赫麥妮·羅迪斯。伯金走過去爲她打開門。

「我看到你的汽車，」她對他說，「我進來找你，你不介意吧？我想看看你履行公務時的樣子。」她親暱愉快地看了他好半天，然後笑了一下。接著她朝厄秀拉轉過身來，厄秀拉和她的學生們一直在看著這對情人間的一幕。「你好，布朗溫小姐，」赫麥妮唱歌般地同厄秀拉打招呼，那聲音低沉，奇妙，像在唱歌，又像在打趣。「我進來，你不介意吧？」她那雙灰色、幾乎充滿諷刺意味的眼睛一直看著厄秀拉，似乎要把她看透。

「哦，不介意的，」厄秀拉說。

「眞的嗎？」赫麥妮追問，態度鎭定，毫不掩飾自己的霸道專橫。

「哦，不介意，我很高興，」厄秀拉笑道，既激動又驚恐，因爲赫麥妮似乎在逼近她，那樣子似乎跟她很親暱，其實她怎麼能親近厄秀拉呢？

赫麥妮需要的正是這樣的回答。她轉身滿意地對伯金說：

「你做什麼呢？」那聲音漫不經心的。

「擺弄楊花，」他回答。

「眞的！」她說。「那你都學到了什麼？」她一直用一種嘲弄、玩笑的口吻說話，似乎這一切都是一場遊戲。她揀起一枚楊花，吸引了伯金的注意力。她身穿一件寬大的綠色大衣，大衣上透著突出的圖案，顯得她在教室裡有點怪模怪樣的。大衣高領和大衣的襯裡都是用黑色皮毛做的，裡面著一件香草色的上衣，邊兒上鑲著皮毛，很合適的皮帽子上拼著暗綠和暗黃色的圖案。她高大，模樣很怪，就像從什麼稀奇古怪的圖畫上走下來的人一樣。

「你認識這紅色的小橢圓花兒嗎？它可以產榿果呢。你注意過它們嗎？」他問赫麥妮，說著他走近她，指點著她手中的枝子。

「沒有，」她回答，「是什麼？」

「這些是產籽的花兒，這長長的楊花只生產使它們受精的花粉。」

「是嗎？是嗎！」赫麥妮重複著，看得很仔細。

「榿果就從這些紅紅的小東西裡長出來，當然它們要先受精。」

「小小的紅色火焰，紅色火焰，」赫麥妮自言自語著。好半天，她只是盯著那長出紅花兒的小花蕾看來看去。

「多麼好看啊，我覺得它們太美了，」她湊近伯金，細長，蒼白的手指指點著紅紅的花絲說。

「你以前注意過嗎？」他問。

「沒有，從來沒有，」她答道。

「以後總要看到這些了，」他說。

「對，我會注意的。」她重複他的話說，「謝謝你給我看了這麼多，它們太美了，小小的紅火苗兒——」

她對此那麼入迷，幾乎有些發狂，這可有點不正常。厄秀拉和伯金都感到迷惑不解。這些紅色雌蕊竟對赫麥妮有某種奇妙的吸引力，幾乎令她產生了神秘的激情。

這一堂課上完了，教科書放到一邊不用了，學生們終於放學了。但赫麥妮仍然坐在桌前，雙肘支在桌上，兩手托著下顎，蒼白的長臉向上仰著，不知在看什麼。伯金走到窗前，從燈光明亮的屋裡朝外觀望，外面灰濛濛的，細雨已悄然落下。厄秀拉把她的東西都放回到櫃子裡去。

赫麥妮終於站起身走近厄秀拉問道：「你妹妹回家來了？」

「回來了，」厄秀拉說。

「她願意回貝多弗來嗎？」

「不願意，」厄秀拉說。

「不會吧，我想她能夠忍受。我待在這裡就得竭盡全力忍受這個地區的醜陋面目。你願意來看我嗎？和你妹妹一起來布萊德比住幾天，好嗎？」

「那太謝謝您了，」厄秀拉說。

「那好，我會給你寫信的，」赫麥妮說，「你覺得你妹妹會來嗎？她如果能來我會很高興的。我覺得她這個人很好，她的一些作品眞是優秀之作。我有她的一幅木刻，上了色的，刻的是兩隻小鶺鴒，也許你沒見過吧？」

「沒有，」厄秀拉說。

「我覺得那幅作品妙極了，全然是本能的閃光——」

「她的雕刻很古怪，」厄秀拉說。

「十足的美妙，充滿了原始激情——」

「眞奇怪，她爲什麼總喜歡一些小東西呢？她一定經常畫些小東西，小鳥兒啦，或者小動物什麼的，人們可以捧在手中把玩。她總喜歡透過望遠鏡的反面觀察事物，觀察世界，你知道這是爲什麼？」

赫麥妮俯視著厄秀拉，用那種超然、審視的目光久久地盯著她，這目光令厄秀拉激動。

「是啊，」赫麥妮終於說，「這眞奇怪。那些小東西似乎對她來說更難以捉摸——」

「可其實不然，對嗎？一隻老鼠並不比一頭獅子難以捉摸，不是嗎？」

赫麥妮再一次俯視著厄秀拉，仍然審視地看著她，似乎她仍然按照自己的思路想著什麼，一點也不在意對方在說什麼。

「我不知道，」她回答。

「盧伯特，盧伯特，」她唱歌般地叫他過來，他就默默地靠近了她。

「小東西比大東西更微妙嗎？」她問道，喉嚨裡憋著一聲奇特的笑，似乎她不是在提問而是在玩遊戲。

「不知道，」他說。

「我討厭微妙不可捉摸的東西，」厄秀拉說。

赫麥妮緩緩地巡視她，問：「是嗎？」

「我總認爲小東西表現出的是軟弱。」厄秀拉邊說邊抬起了胳膊，似乎她的尊嚴受到了威脅。

赫麥妮對此沒有注意。突然她的臉皺了起來，眉頭緊鎖著，似乎在想著什麼，竭力要表達自己。

「盧伯特，你眞的以爲，」她視厄秀拉旁若無人一般，問道：「你眞的以爲喚醒了孩子們的思想是件值得的事嗎？」

伯金臉上閃過一道陰影，他生氣了。他的兩腮下陷著，臉色蒼白，幾乎沒有人樣兒了。這個女人用嚴肅、擾亂人意識的問題折磨他，說到了他的痛處。

「他們不是被喚醒的，他們自然會有思想的，不管願意不願意。」

「可是，你以爲加快或刺激他們的思想發展會更好嗎？讓他們不知道榛子爲何物不是更好嗎？爲什麼要把榛子弄成一點點的，把知識分割成一點點的？讓他們識其全貌不是更好？」

「不管你懂不懂吧，你是否希望讓這些小紅花兒在這兒受精呢？」他嚴厲地問。他的語調殘酷、尖刻、蠻橫。

赫麥妮的臉仍然仰著，茫茫然。伯金在生悶氣。

「我不懂，」她和解地說，「我是不懂。」

「可知識對你來說就是一切，是你的全部生命，」他忿忿地脫口而出。她緩緩地巡視他。

「是嗎？」她說。

「知識，是全部的你，你的生命——你只有這個，知識，」他叫道，「只有一棵樹，你的口中只有一顆果子。」

她又沉默了一會兒。

「是嗎？」她終於無動於衷地說。然後她又怪聲怪氣地問：「什麼果子，盧伯特？」

「那永恆的蘋果①，」他氣憤地答道，連自己都仇恨這個比喻。

「是的，」她說道，看上去很疲憊。一時間大家都沉默了。然後，她竭盡全力振作精神，又恢復了那漫不經心歌唱般的語調。

「別考慮我，盧伯特。你是否認爲孩子們有了這些知識會變得更好、更富有、更幸福？你眞是這麼想的嗎？是不是讓他們不受影響，順其自然？讓他們仍然是動物，簡單的動物，粗獷、兇暴。怎麼樣都可以，就是不能因爲有自我意識而無法順其自然。」

大家以爲她說完了，可她喉嚨奇怪地咕噥一下，又說了起來：「讓他們怎麼著都行，就是不要長大了靈魂殘廢，感情上殘廢，最後自食其果，無法——」赫麥妮像一個神情恍惚的人一樣握緊了拳頭——「無法順其自然地行事，總是謀劃什麼，總是選擇來選擇去一事無成。」

大家又以爲她的話說完了。可就在伯金要回答她時，她又狂熱地說：「總是無法自行其是，總那麼清醒，自我意識過強，時時注意自己，難道沒有比這更好的嗎？最好是動物，一點頭腦都沒有的動物，也比這強，這樣太不値了。」

「難道你認爲是知識使得我們失去了生氣，讓我們有了自我意識？」伯金氣惱地問。

她睜大眼睛打量著他說：「是的，」她停頓一下，茫然地看著他。然後她用手指抹了一下眉毛，顯得有點疲憊。這個動作令他反感極了。「頭腦這東西，」她說，「就是死亡。」她漸漸抬起眼皮看著他說：「難道頭腦，」她渾身抽動著說：「不是我們的末日嗎？難道不是它毀滅了我們的自然屬性，毀滅了我們全部的本能嗎？難道今日的年輕人不是在長大以後連活的機會都沒有就死了嗎？」

「但那不是因爲他們太有頭腦，而是因爲太沒有頭腦了，」他粗暴地說。

「你敢肯定嗎？」她叫道。「我覺得恰恰相反。他們的意識太強了，一直到死都受著沉重的意識的重壓。」

「受著有限的，虛假的思想的禁錮，」他叫著。

赫麥妮對他的話一點也不注意，仍舊狂熱地發問：「當我們有了知識時，我們就犧牲了一切，就只剩下知識了，不是嗎？」她頗爲動情地問道。「如果我懂得了這花兒是怎麼回事，難道我不是失去了花朵，只剩下了那麼點知識？難道我們不是在用實體換來影子，難道我們不是爲了這種僵死的知識而失去了生命？這對我來說究竟意味著什麼？這一切知識對我意味著什麼？什麼也不是。」

「你只是在搬弄詞藻，」伯金說，「知識對你來說意味著一切。甚至你的人同野獸的理智論，也不過是你頭腦裡的東西。你並不想成爲野獸，你只是想發表你的動物功能理論，從而獲得一種精神上的刺激，這都是次要的，比最墨守成規的唯理智論更沒落。你愛激情，愛野獸的本能，這不過是唯理智論最壞的表現形式，難道不是嗎？激情和本能，你苦苦地思念這些，在你的頭腦中，在你的意識中。這些都發生在你的頭腦中，發生在那個腦殼裡。只是你無法意識到這是怎麼一回事罷了：你要的是用謊言來代替眞實。」

對伯金的攻擊赫麥妮報之以冷酷刻毒的表情。厄秀拉站在那兒，一臉的驚詫與羞赧。他們這樣反目，把厄秀拉嚇壞了。

「這全是夏洛特小姐②那一套，」他用令人難以捉摸的口吻說。他似乎是在衝著一片空蕩蕩的空間說著指責她的話。「你有了那面鏡子，那是你頑固的意志，是你一成不變的領悟能力，你縝密的意識世界，除此以外再沒別的了。在這面鏡子裡你一定獲得了一切。可是現在你清醒了，你要返璞歸眞了，想成爲野蠻人，不要知識了。你要的是一種純粹感覺與『激情』的生活。」

他用一種「激情」來反諷她。她氣得渾身直打顫，無言以對，那副樣子很像古希臘神諭宣示所裡的女巫。

「可你的所謂激情是騙人的，」他激烈地繼續說，「壓根兒不是什麼激情，而是你的意志。你要抓住什麼東西，爲的是控制它們。爲什麼？因爲你沒有一具眞正的軀體，一具黑暗、富有肉感的生命之軀。你沒有性慾，有的只是你的意志，意識思想和權力慾、知識慾。」

他又恨又蔑視地看著她，同時因爲她痛苦自己也感到痛苦。他感到羞恥，因爲他知道他在折磨著她。他眞想跪下懇求她的寬恕，可他又無法平息心中的怒火。他忘卻了她的存在，僅僅變成了一個充滿激情的聲音：

「順其自然！」他叫道，「你還順其自然！你比誰都老謀深算！你順的是你的老謀深算，這才是你，你要用你的意志去控制一切，你要的是老謀深算與主觀意志。你那可惡的小腦殼裡裝的全是這些，應該像砸椹果一樣把它砸碎，因爲不砸碎它你仍然會是這樣，就像包著殼的昆蟲一樣。如果有人砸碎了你的腦殼，他就可以讓你成爲一個自然的、有激情的、有眞正肉慾的女人。可你呢，你需要的淫蕩——從鏡子中觀看你自己，觀看你赤裸裸的動物行爲，從而你可以將其意識化。」

空氣中有一種褻瀆的氣氛，似乎他說了太多不能令人原諒的話，但厄秀拉關心的是藉助伯金的話解決自己的問題。她臉色蒼白，很茫然地問：「你眞的需要肉慾嗎？」

伯金看看她，認眞地解釋道：「是的，恰恰需要這個，而不是別的。這是種滿足和完善——你的頭腦無法獲得的偉大的黑暗知識——黑暗的非自主存在。它是你自己本身的死亡，可卻是另一個自我的復活。

「這是什麼情況呢？你怎麼能夠讓知識不存在於頭腦中呢？」她無法理解他的話。

「在血液中，」他回答，「當意識和已知世界沉入黑暗中時——什麼都一樣——就一定有一場大雨。然後你發現自己處在一個可以感知的黑暗軀體中，變成了一個魔鬼——」

「我爲什麼要變成一個魔鬼呢？」她問。

「女人嚎叫著尋找她的魔鬼情人③，」他說道，「我不知道這是爲什麼。」

赫麥妮似乎從死亡中醒來了。「他是一個可怕的撒旦主義者，不是嗎？」她拉長聲音對厄秀拉說，那奇怪的共鳴聲在結尾處又添一聲嘲弄的尖笑。這兩個女人在嘲笑他，笑得他一無是處。赫麥妮那尖聲、凱旋般的女人的笑在嘲弄他，似乎他是個閹人。

「我不是，」他說，「你們是眞正的魔鬼，你們不允許生命存在。」

赫麥妮緩緩地審視了他好久，那目光惡毒、傲慢。

「你什麼都懂，不是嗎？」她語調緩慢、冷漠，透著狡猾的嘲弄味兒。

「夠了，」他說，他的面龐鋼鐵般生硬。赫麥妮立時感到一陣可怕的失落，同時又感到釋然。她轉身親暱地對厄秀拉說：「你們肯定會來布萊德比嗎？」

「是的，我很樂意去，」厄秀拉說。

赫麥妮滿意地看看她，心不在焉地想起來，似乎丟了魂一樣。

「我太高興了，」她說著振作起了精神，「兩週之內的什麼時候來，行嗎？我就把信寫到這裡來，寫到學校，行嗎？好吧。你肯定會來嗎？好。我太高興了。再見！再見！」

赫麥妮對厄秀拉伸出手來凝視著她。她知道厄秀拉是她的直接情敵，這可把她樂壞了，眞有點奇怪。現在她要告辭了。與別人告別，把別人留在原地總讓她感到有力量，感到佔了便宜。再說，她在仇恨中帶走了這個男人，這更是再好不過了。

伯金站在一旁，失神地一動不動。可當他告別時，他又開始講起來：

「在這個世界上，實際的肉慾與我們命中注定的罪惡的放蕩性意淫之間，是不可同日而語的。晚上，我們總要扭開電燈在燈光下觀看我們自己，於是我們把這東西都注入頭腦裡了，眞的。你要想知道肉慾的眞實，你就先要沉迷，墜入無知中，放棄你的意志。你必須這樣。你要生，首先要學會死。可我們太自傲了，就這麼回事。我們太自傲，而不是自豪。我們沒一點自豪感，我們傲氣十足，自造假象欺騙自己。我們寧可死也不放棄自己那一丁點自以爲是、故步自封的自我意志。」

屋裡一片安寧。兩個女人充滿了敵意和不滿。而他卻好像在什麼大會上做講演。赫麥妮幾乎連聽都不聽，自顧聳聳肩表示厭惡。

厄秀拉似乎在偷偷看著他，並不眞的知道自己看的是什麼。他身上有一種巨大的魅力——某種內在的奇特的低沉聲音發自這個瘦削、蒼白的人，像另外一個人的聲音在傳達著對他的認識。他眉毛和下顎的曲線變幻多端，漂亮、優雅的曲線展示著生命本身強有力的美。她說不清這是怎麼回事，但她感到一種滿足與暢快。

「可是，儘管我們有肉慾，但我們沒有這樣做，是嗎？」她轉身問他，藍色的眼睛閃爍著金色的光芒，她在笑，像對他挑戰一樣。於是，他的眼睛與眉毛立時露出神奇、毫無拘束，令人心動的迷人的微笑，但他的嘴唇絲毫沒有動一動。

「不，我們沒有，」他說，「我們太爲自我所充溢。」

「肯定地說，這並不是自傲的問題。」她叫了起來。

「是的，不會是別的。」

她簡直迷惑了。「你不認爲人們都爲自己的肉慾力量感到驕傲嗎？」她問。

「這說明他們並不是肉慾者，而是感覺者，這是另一個問題。人們總意識到自己，又那麼自傲，並不是解放自己，讓自己生活在另一個世界中，並不是來自另一個中心，他們——」

「你要用茶點了吧，嗯？」赫麥妮轉身優雅、和藹地對厄秀拉說。「你工作了一整天了呀——」

伯金的話戛然而止。厄秀拉感到一股怒火湧上心頭，她感到懊悔。伯金繃起臉道別，似乎他不再注意她了。他們走了，厄秀拉盯著門看了好一會兒。然後她關掉了電燈，又一次坐在椅子上失魂落魄起來。她哭了，傷心地啜泣著，很傷心，是喜是悲，她弄不清。

①這裡指「智慧樹」上的果子，象徵知識和理智。
②阿爾弗萊德·坦尼生同名詩中一女士，只通過鏡子中的映像觀看外部世界。
③引自S·T·柯勒律治（一七七二至一八三四）《忽必烈汗》。

第四章　跳水人

一個星期過去了。星期六這天下起了細細的毛毛雨，時下時停。瀟瀟雨歇之際，戈珍和厄秀拉出來散步，朝威利湖走去。天色空濛，鳥兒在新枝上鳴囀，大地上萬物競相勃發。姊妹兩人在清晨柔和、細膩的雨霧中興致勃勃地疾行。路邊黑刺李綻開了濕漉漉的白花瓣兒，那小小的棕色果粒在一團團煙兒似的白花中若隱若現。灰濛濛的大氣中，紫色的樹枝顯得黯淡，高大的籬像活生生的陰影在閃動，忽閃忽閃的，走近了才看得清。早晨，萬象更新。

姊妹倆來到威利湖畔，但見湖面一片朦朧，幻影般地向著濕漉漉空濛濛的樹林和草坪伸延開去。道路下方的溪谷中傳來微弱的電機聲，鳥兒對唱著，湖水神秘地汩汩淌了出來。

兩位姑娘飄然而至。前面，湖的角落裡，離大路不遠處，一棵胡桃樹掩映著一座爬滿苔蘚的停船房，還有一座浮碼頭，碼頭上停泊著一條船，像影子一樣在綠色朽柱下的湖水上蕩漾著。夏天就要到來了，到處都籠罩著陰影。

突然，從停船房裡閃出一個白色的身影，疾速飛掠過舊浮碼頭。隨著一道白色的弧光在空中劃過，水面上飛濺起一團浪花，接著舒緩的漣漪中鑽出一個人影。他置身的是另一個水淋淋、遙遠的世界。他竟鑽入了這純潔透明的天然水域中。

戈珍站在石牆邊看著。「我真羨慕他呀，」她低沉，滿懷渴望地說。

「噓！」厄秀拉顫抖著說：「好冷！」

「是啊，可在湖裡游泳是多麼棒啊，眞了不起！」姊妹倆站著，看著泳者游向浩淼的空濛水面，他動作很小地朝遠處游著，漸漸水霧和朦朧的樹林融爲一體。

「你不希望這是你自己嗎？」戈珍看著厄秀拉問。

「我希望這樣，」厄秀拉說，「不過我不敢肯定，這水太涼了。」

「是啊，」戈珍勉強地說。她仍然入迷地看著那人在湖心裡游動。他游了一程後就翻過身來仰泳，眼睛卻看著牆下的兩個姑娘。她們可以看到微波中閃現出他紅潤的面龐，可以感到他在看她們。

「是杰拉德·克里奇，」厄秀拉說。

「我知道的，」戈珍說。她佇立著，凝視他的臉在水上起伏，盯著他穩健地游著。他邊游邊看她們，他爲自己深深地感到自豪，他處在優越的位置上，自己擁有一個世界。我行我素，絲毫不受他人的影響。他喜愛自己那強有力的擊水動作，喜愛冰冷的水猛烈的撞擊他的四肢將他浮起，他可以看到湖邊上的姑娘們在看他，這眞讓他高興。於是他在水中舉起手臂向她們打招呼。

「他在揮動胳膊呢，」厄秀拉說。

「是啊，」戈珍回答道。她們仍然看著他。他又一次揮舞著手臂，表示看到了她們，那動作很怪。

「很像尼伯龍根家的人①。」厄秀拉笑道。可戈珍什麼也沒說，仍然默立著俯視水面。

杰拉德突然一個翻身，用側泳的姿勢快速划走。他現在孤身一人獨處湖心，擁有這裡的一切。在新的環境中，他毫無疑問是興高采烈的，他喜歡這種孤獨。他幸福地舒展雙腿，舒展全身，沒有任何束縛，也不與任何東西發生連繫，在這個水的世界中只有他自己。

戈珍太羨慕他了，就是他擁有那純粹的孤獨與流水的那一刻都讓她那樣渴望，她太渴望得到那一刻了。爲此她感到似乎自己站在公路上受著詛咒。

「天啊，身爲一個男人是多麼好啊！」她叫道。

「什麼？」厄秀拉驚叫道。

「自由，解放，靈活！」戈珍臉色出奇地紅潤，光彩照人地叫著。「你是一個男人，想做什麼就可以做。沒有女人那許許多多的障礙。」

厄秀拉弄不清戈珍腦子裡在想些什麼，怎麼會這樣突如其來地大叫。她不明白。

「那你想做什麼呢？」她問道。

「什麼也沒有，」戈珍立即叫著駁斥她。「只是假設而已。假設我要在這水中游泳吧，可這不可能，我生活中不可能有這等事，我就不能脫掉衣服跳進水中去。可這是多麼不合理啊，簡直阻礙著我生活嘛！」

戈珍的臉漲得通紅，她太生氣了，這讓厄秀拉不知所措。

姊妹兩人繼續在路上走著。她們這時剛好穿過肖特蘭茲下方的林子。她們抬頭看去，但見到一排溜矮矮的房屋在濕漉漉的清晨中朦朧而富有魅力，更有棵棵雪松掩映著一扇扇窗口。戈珍似乎認眞地琢磨著這幅圖景。

「你不覺得它迷人嗎，厄秀拉？」戈珍問。

「太迷人了，」厄秀拉說，「淡泊而迷人。」

「它是有一定風格的，屬於某個時期。」

「哪個時期？」

「肯定是十八世紀，朵拉茜・華滋華斯②和珍・奧斯汀那個時代，你說呢？」

厄秀拉笑了。

「難道不是嗎？」戈珍又問。

「也許是吧，不過我覺得克里奇家的人跟那個時期不相配。我知道，杰拉德正在建一座私人發電廠，爲室內供電用，他還著手進行最時髦的改進呢。」

戈珍迅速聳聳肩說：「那當然，這是不可避免的嘛。」

「對呀，」厄秀拉笑道。「他一下子就做了幾代人的事。爲這個，人們都恨他。他強抓住別人的脖子拖著人家走。等到他把可能改進的都改進了，再也沒有什麼需要改進的時候，他就會立即死去。當然，他應該做這些。」

「當然，他應該做，」戈珍說，「說實在的，我還沒見過像他這麼顯身手的人。不幸的是，他這樣做會走向何方，後果是什麼？」

「我知道，」厄秀拉說。「就是推行最新的機器！」

「太對了！」戈珍說。

「他知道他殺死了他的弟弟嗎？」厄秀拉問。

「殺死他弟弟？」戈珍大叫著皺起了眉頭，似乎她不同意這麼說。

「你還不知道？是這樣！我還以爲你知道了呢。他和弟弟一起玩一支槍。他讓弟弟低頭看著裝了子彈的槍筒，他開了槍，把他弟弟的頭打破了，這太可怕了！」

「多麼可怕！」戈珍叫道，「不過這是很久以前的事了吧？」

「對，當他們很小的時候。」厄秀拉說，「我覺得這是我所知道的最可怕的事兒。」

「他並不知道槍裡上著子彈，對嗎？」

「對，那是一支在馬廄裡藏了好多年的老槍了。沒人知道它還會響，更沒人知道它裡面還上著子彈。發生這樣的事，眞是嚇死人啊。」

「眞嚇人！」戈珍叫道，「同樣可怕的是孩提時代出了這樣的事，一生都要負疚，想想都害怕。想想這事兒，兩個男孩子一起玩得好好的，不知爲什麼，這場禍從天而降。厄秀拉，這太可怕了！我受不了。要是謀殺還可以理解，因爲那是有意的。可這種事發生在一個人身上，這——」

「或許眞是有意的，它藏在潛意識中。」厄秀拉說，「這種漫不經心的殺戮中隱藏著原始的殺人慾，你說呢？」

「殺人慾！」戈珍冷漠、有點生硬地說。「我認爲這連殺人都不算。我猜可能是這麼回事：一個孩子說：『你看著槍口，我拉一下扳機，看看有什麼情況。』我覺得這純粹是偶然事故。」

「不，」厄秀拉說。「如果別人低頭看槍口時，我是不會扣動扳機的。人的本能使得人不會這樣做，不會的。」

戈珍沉默了，但心裡十分不服氣。「那當然，」她冷冷地說。「如果是個女人，是個成年女人，她的本能會阻止她這樣做。但兩個一起玩的男孩子就會這樣。」她既冷酷又生氣。

「不會的，」厄秀拉堅持說。就在這時她們聽到幾碼開外有個女人在大叫：

「哎呀，該死的東西！」她們走上前去，發現勞拉．克里奇和赫麥妮．羅迪斯在籬笆牆裡，勞拉．克里奇使勁弄著門要出來。厄秀拉忙上前幫她打開門。

「謝謝您，」勞拉說著抬起頭，臉紅得像個悍婦，不解地說：「鉸鏈掉了。」

「是的，」厄秀拉說，「這門也太沉了。」

「眞奇怪！」勞拉大叫著。

「您好啊，」赫麥妮一開口便歌唱般地說。「天氣很好。你們來散步嗎？好。這青枝綠葉美嗎？太美了，太美了。早安——早安，你們會來看我嗎？謝謝了，下星期，好，再見——再——見。」

戈珍和厄秀拉站著，見她緩緩地點頭，緩緩地揮手告別。她故作微笑，濃密的頭髮滑到了眉際，看上去高大、奇怪、令人膽寒。然後姊妹倆走開了，似乎低人三分，讓人家打發走了一樣。四個女人就這樣分別了。

她們走到比較遠的地方時，厄秀拉紅著臉說：

「我覺得她太沒禮貌了。」

「誰？赫麥妮·羅迪斯？」戈珍問，「爲什麼？」

「她待人的態度，沒禮貌！」

「怎麼了，厄秀拉，她哪點沒禮貌了？」戈珍有點冷漠地問。

「她的全部舉止，哼，她想欺侮人，沒禮貌。她就是欺侮人，這個無禮的女人。『你們會來看我』，好像我們會爬在地上搶這份恩賜似的。」

「我不明白，厄秀拉，你這是生的什麼氣，」戈珍有點惱火地說，「那些女人才無禮——那些脫離了貴族階層的女人。」

「可是這太庸俗了，多餘，」厄秀拉叫道。

「不，我看不出來。如果我發現了這一點，我就不允許她對我無禮。」

「你認爲她喜歡你嗎？」厄秀拉問。

「哦，不，我不這麼以爲。」

「那她爲什麼請你去布萊德比作客？」

戈珍微聳聳肩膀。

「反正她明白我們不是普通人，」戈珍說，「不管她怎樣，她並不傻。我寧可同一個我痛恨的人在一起，也不同那些墨守成規的普通女人在一起。赫麥妮・羅迪斯在某些方面是敢於冒險的。」

厄秀拉回味了一會兒這句話。「我懷疑這一點，」她回答，「她什麼險也沒冒。她竟能請我們這些教員去作客，這點倒值得我們敬佩，不過她這樣做並不冒什麼險。」

「太對了！」戈珍說，「想想吧，好多女人都不敢這樣做呢。她最大限度地利用了她的特權，這就不錯。我想，眞的，如果我們處在她的位置上，我們也會這樣做。」

「才不呢，」厄秀拉說，「不，那會煩死我。我才不花時間做她這種遊戲呢。那太失身分了。」

這姊妹倆像一把剪刀，誰從她們中間穿過都會被剪斷；或者又像一把刀和一塊磨刀石相互磨擦。

「當然，」厄秀拉突然叫道，「我們去看她那是她的福分。你十全十美得漂亮，比她漂亮一千倍，她過去和現在都無法跟你比。我還覺得你的衣著比她美一千倍。她從來沒有像一朵花似地鮮艷、自然，總是那麼老氣橫秋、老謀深算。而我們比大多數人都聰明。」

「一點都沒錯！」戈珍說。

「這一點應該得到承認才是，」厄秀拉說。

「當然應該，」戈珍說，「不過，眞正的美應該是絕對的平凡，就像街上的行人那麼平凡。那樣你才是人類的傑作，當然不是實際上的行人，應該是藝術創造出來的行人——」

「太好了！」厄秀拉叫道。

「當然啦，厄秀拉，是太好了。你無法超脫塵世，十足的樸實才是藝術創造出來的平凡。」

「打扮自己打扮不好可太沒意思了。」厄秀拉笑道。

「太沒意思了！」戈珍說。「眞的，厄秀拉，這太沒意思了，就這麼回事。一個人希望自己能口若懸河，便學著高乃依③那樣夸夸其談。」

戈珍妙語連珠地說著，臉紅了，心兒激動起來。

「而且高視闊步，」厄秀拉說，「人們總希望像鵝群中的白天鵝一樣高視闊步。」

「沒錯，」戈珍叫道，「鵝群中的白天鵝。」

「他們都忙著裝扮成醜小鴨，」厄秀拉嘲諷地笑著說，「可我就不覺得自己是一隻醜陋、可憐的小鴨子。我情不自禁地以爲自己是鵝群中的白天鵝。人們讓我這樣看自己。我才不管他們怎麼看我呢，愛怎麼看就怎麼看。」

戈珍抬頭看看厄秀拉，心裡有點奇怪，說不出的妒忌與厭惡。

「當然，唯一可以做的就是不理睬他們，就這樣。」她說。

姊妹倆又回家了，回去讀書、談天、做點活兒，一直到星期一又開始上課。厄秀拉常常弄不清除了學校一週中的始與終及假期的始與終以外，她還等待別的什麼。這就是全部的生活啊！有時，當她似乎感到如果她的生活不是這樣度過時，她就覺得可怕極了。但她並沒有眞的認命。她的精神生活很活躍，她的生活就像一棵幼芽，緩緩發育著但還未鑽出地面。

①參見德國英雄史詩《尼伯龍根之歌》。

②朵拉茜・華滋華斯（一七七一——一八五五），女批評家，威廉・華滋華斯的妹妹。

③高乃依（一六〇六——一六八四），法國詩人與戲劇家，著有悲劇《熙德》等。

第五章　在火車上

一天，伯金奉召去倫敦。他並不怎麼常在家。他在諾丁漢有住所，雖然他的工作主要是在諾丁漢開展，但他常去倫敦或牛津。他的流動性很大，生活似乎不穩定，沒有任何固定的節奏，說不上有什麼意義。

在火車站月台上，他看到杰拉德·克里奇正在讀報紙，很明顯地是在等火車。伯金站在遠處的人群中，他的本性決定了他不會率先接近別人。

杰拉德時不時地抬起頭四下張望，這是他的習慣。儘管他在認眞地看報，但他必須監視四周。似乎頭腦中流動著兩股意識。他一邊思考著從報上看到的東西，冥思苦想著，一邊盯著周圍的生活，什麼也逃不出他的眼睛。伯金遠遠地看著他，對他這種雙重功能很生氣。伯金還注意到，儘管杰拉德的社交舉止異常溫和，但他似乎總在防著別人。

杰拉德看到了他，臉上露出悅色，走過來向他伸出手，這讓伯金爲之一振。

「你好，盧伯特，去哪兒呀？」

「倫敦。我猜你也去倫敦吧？」

「是的——」

杰拉德好奇地掃視一下伯金的臉。「如果你願意，咱們一起旅行吧？」他說。

「你不是常常要坐頭等車廂嗎？」伯金問。

「那是因爲我無法擠在人群中，」杰拉德說，「不過三等也行。車上有一節餐車，我們可以到那兒去喝茶。」

再沒什麼可說的了，兩個人只好都把目光投向車站上的掛鐘。

「報紙上說什麼？」伯金問。

杰拉德迅速掃了伯金一眼，說：「瞧報上登的多麼有趣兒吧，有兩位領袖人物——」他揚揚手中的《每日電訊報》說，「全是報紙上日常的行話——」他往下看著那個專欄說：「瞧這個標題，我不知道你怎麼給它起名字，幾乎算雜文吧，和這兩個領袖人物一齊登了出來，說非得有一個人崛起，他會給予事物以新的價值，告訴我們新的眞理，讓我們對生活有新的態度，否則不出幾年，我們就會消亡，國家就會毀滅——」

「我覺得那也有點報紙腔，」伯金說。

「聽起來這人說得挺誠懇的，」杰拉德說。

「給我看看，」伯金說著伸手要報紙。

火車來了，他們兩人上了餐車，找了一個靠窗口的桌子，相對坐下來。伯金瀏覽了一下報紙，然後抬頭看看杰拉德，杰拉德正等他說話。

「我相信這人說的是這意思，」他說。

「你認爲他的話可靠嗎？你認爲我們眞需要一部新的福音書嗎？」杰拉德問。

伯金聳了聳肩膀，說：「我認爲那些標榜新宗教的人最難接受新事物。他們需要的是新奇。可是話又說回來了，審視我們的生活，我們或自作自受、或自暴自棄，可要讓我們絕對地打碎自身的舊偶像我們是不會幹的。你在新的沒有出現之前無論如何先要擺脫舊的，甚至舊的自我。」

杰拉德凝視著伯金。「你認爲我們應該毀掉這種生活，立即開始飛騰嗎？」他問。

「這種生活。對，我要這樣。我們必須徹底摧毀它，或者令它從內部枯萎，就像讓一張緊繃繃的皮萎縮一樣。它已經無法膨脹了。」

杰拉德的目光中透著一絲奇怪的笑意，他很開心，人顯得平靜而古怪。

「那你打算怎麼開始？我想你的意思是改良整個社會制度？」他說。

伯金微微皺起了眉頭。他對這種談話也感到不耐煩了。

「我壓根兒沒什麼打算，」他回答，「當我們眞的要奔向更好的東西時，我們就要打碎舊的。不打碎舊的，任何建議對於妄自尊大的人來說都不過是令人作嘔的把戲。」

杰拉德眼中的微笑開始消失了，他冷冷地看著伯金說：「你眞把事情看得那麼糟嗎？」

「一團糟。」

杰拉德眼中又浮上了笑意。「在哪方面？」

「各個方面，」伯金說，「我們是一些意氣消沉的騙子。我們的觀念之一就是自欺欺人。我們理想中的世界是完美的，廉潔、正直、充實。於是我們不惜把地球搞得很骯髒；生活成了一種勞動污染，就像昆蟲在污泥濁水中穿行一樣。這樣，你的礦工家的客廳裡才能有鋼琴，你現代化的住宅裡才會有男僕和摩托車，作爲一個國家，我們才會有里茲飯店或帝國音樂廳，才會有加比·戴斯里斯這樣的舞蹈家或《星期日》這樣的大報社。這讓人多麼喪氣。」

這番激烈的言詞讓杰拉德好久才明白過來。

「你認爲我們生活沒有房屋行嗎？要重返自然嗎？」他問。

「我什麼都不想要，只想讓人們想做什麼就做什麼——能做什麼就做什麼。如果他們能有一番別的什麼作爲，世界就是另一種樣子了。」

杰拉德思忖著。他並不想得罪伯金。

「難道你不認爲礦工家的鋼琴象徵著某種非常眞實的東西嗎？它象徵著礦工高層次的生活？」

「高層次！」伯金叫道，「是的，高層次。令人吃驚的高級奢侈品。有了這個，他就可在周圍的礦工眼裡變得高人一等了。他是通過自己反射在鄰人中的影子才認識自己，如同布羅肯峰上的幽靈①一樣。他有鋼琴支撐著自己，高人一頭，因此得到了滿足。你也是這樣。一旦你對人類變得舉足輕重了，你對你自己也變得舉足輕重。爲此你在礦上工作很賣力。如果你一天生產的煤可以做五千份飯菜，你的身價就比你做自己的一份飯菜提高了五千倍。」

「我想是這樣的，」杰拉德笑道。

「你不明白嗎，」伯金說，「幫助我的鄰居吃喝倒不如我自己吃喝。『我吃，你吃，他吃，我們吃，你們吃，他們吃』，還有什麼？人們爲什麼要將這個動詞變格呢？第一人稱單數對我來說就夠了。」

「你應該把物質的東西擺在第一位，」杰拉德說，但伯金對他的話沒在意。

「我必須爲什麼活著，我們不是牛，吃草就可以滿足。」杰拉德說。

「告訴我，」伯金說，「你爲什麼活著？」

杰拉德露出一臉困惑的表情。「我爲什麼活著？」他重複道，「我想我活著是爲了工作，爲了生產些什麼，因爲我是個有目的的人。除此之外，我活著是因爲我是個活人。」

「那什麼是你的工作呢？你的工作就是每天從地下挖出幾千噸煤來。等我們有了足夠的煤，有了豪華的傢具和鋼琴，吃飽了燉兔肉，解決了溫飽問題後又聽年輕女人彈鋼琴，然後怎麼樣？當你在物質上有了眞正良好的開端後，你還準備做什麼？」

杰拉德對伯金的話和諷刺性的幽默持嘲笑態度。不過他也在思索。

「我們還沒到那一步呢，」他回答，「還有很多人仍然沒有兔肉吃，沒有東西燒火來燉兔肉。」

「你的意思是說，你挖煤時，我就該去捉兔子？」伯金嘲笑著說。

「有那麼點意思。」杰拉德說。

伯金眯起眼來看著杰拉德。他看得出，杰拉德雖然脾氣好，但人很陰沉，他甚至從他那夸夸其談的道德論中看出了某種奇怪、惡毒的東西在閃動。

「杰拉德，」他說，「我眞恨你。」

「我知道，」杰拉德說，「爲什麼呢？」

伯金不可思議地思忖了一會兒說：「我倒想知道，你是否也恨我。你是否有意與我作對——莫名其妙地恨我？有時我恨透了你。」

杰拉德吃了一驚，甚至有點不知所措。他簡直瞠目結舌了。

「我或許有時恨過你，」他說，「但我沒意識到——從來沒什麼敏感的意識，就這麼回事。」

「那更不好，」伯金說。

杰拉德奇怪地看著他，他弄不明白。

「那不是更壞嗎？」他重複道。

火車在繼續前行，兩個人都沉默了。伯金的臉上掛著一副惱怒的緊張表情，眉頭皺得緊緊的。杰拉德小心翼翼地看著他，猜度著，弄不清伯金要說什麼。

突然伯金直直地、有力地看著杰拉德的眼睛，問：「你認爲什麼是你生活的目標和目的呢？」

杰拉德又一次感到驚詫，他弄不明白這位朋友的意思。他是否在開玩笑？

「我一時可說不清，」他有點自嘲地說。

「你認爲愛情就是生活的全部嗎？」伯金直截了當、極其嚴肅地問道。

「你說的是我自己的生活嗎？」杰拉德問。

「是的。」

杰拉德果然眞的困惑了。「我說不清，」杰拉德說，「現在我的生活還沒定型。」

「那麼，至今你的生活是什麼樣的呢？」

「哦，發現事物，取得經驗，幹成一些事。」

伯金皺起眉頭，臉皺得像一塊稜角分明的鋼模。

「我發現，」他說，「人需要某種眞正、單純的個人行動——愛就是如此。可我並不眞愛哪個人——至少現在沒有。」

「難道你就沒有眞正愛過什麼人？」杰拉德問。

「有，也沒有，」伯金說。

「還沒最後定下來？」杰拉德說。

「最後，最後？沒有，」伯金說。

「我也一樣，」杰拉德說。

「那麼你想這樣嗎？」伯金問。

杰拉德目光閃爍，嘲弄的目光久久地與伯金的目光對視著，說：「我不知道。」

「可我知道，我要去愛，」伯金說。

「眞的？」

「是的。我需要決定性的愛。」

「決定性的愛，」杰拉德重複道。

「只一個女人嗎？」杰拉德補充問。晚上的燈光在田野上灑下一路橘黃色，照著伯金緊張、茫然而堅定的面龐。杰拉德仍然摸不透伯金。

「是的，一個女人，」伯金說。

可杰拉德卻以爲伯金這不是自信，不過是固執罷了。

「我不相信，一個女人，只一個女人就能構成我的生活內容，」杰拉德說。

「難道連你和一個女人之間的愛也不行嗎？這可是構成生活的核心問題，」伯金說。

杰拉德瞇起眼睛看著伯金，有點怪模怪樣、陰險地笑道：「我從來沒那種感覺。」

「沒有嗎？那麼你生活的中心點是什麼？」

「我不知道，我正想有個人告訴我呢。就我目前來說，我的生活根本還沒有中心點，只是被社會的結構人爲地撮合著不破裂就行了。」

伯金思索著，覺得自己似乎要打碎點什麼。「我知道，」他說，「它恰恰沒有中心點。舊意識像指甲一樣死了——絲毫不留。對我來說，似乎只有與一個女人完美的結合是永恆的，這是一種崇高的婚姻。除此之外別的什麼都沒價值。」

「你是否說，如果沒有這個女人就沒有一切了呢？」杰拉德問。

「太對了，連上帝都沒有。」

「那我們就沒出路了，」杰拉德說。他扭過臉去看著車窗外，金色的田野飛馳而過。

伯金不得不承認杰拉德的臉既漂亮又英俊，但他強作漠然不去看。

「你認為這對我們沒什麼好處嗎？」伯金問。

「是的，如果我們非要從一個女人那裡討生活，僅僅從一個女人那裡，這對我們沒什麼好處。」杰拉德說，「我不相信我會那樣生活。」

伯金幾乎憤憤地看著杰拉德說：「你天生就什麼都不信。」

「我只相信我所感受到的，」杰拉德說。說著他又用那雙閃著藍光、頗有男子氣的眼睛嘲弄地看了看伯金。伯金的眼睛此時燃著怒火，但不一會兒，這目光又變得煩惱、疑慮，然後漾起了溫和、熱情的笑意。

「這太讓我苦惱了，杰拉德。」伯金皺皺眉頭說。

「我看得出，」杰拉德說著嘴角上閃過男子氣十足的漂亮微笑。

杰拉德身不由己地被伯金吸引著。他想接近他，想受到他的影響。在伯金身上有什麼地方跟他很相似。但是，除此之外他沒注意到太多別的。他感到自己懷有別人不知道的、更經得起考驗的眞理，他感到自己比伯金年長識廣。但他喜愛朋友伯金身上那一觸即發的熱情、生命力和閃光般熱烈的言詞。他欣賞伯金的口才和迅速表達交流感情的能力，但伯金所談的眞正含義他並沒有眞正思索過，他知道他弄不懂，思索也沒用。

對這一點，伯金心裡明白。他知道杰拉德喜歡自己但並不看重自己。這讓他對杰拉德很冷酷。火車在前進，伯金看著外面的田野，杰拉德被忘卻了，對他來說杰拉德不存在了。

伯金看著田野和夜空，思忖著：「如果人類遭到毀滅，如果我們這個種族像索德姆城②一樣遭到毀滅，但夜晚仍然這麼美麗，田野和森林依然這麼美好，我也會感到滿足的，因爲那通風報信者還在，永遠不會失去。總之，人類不過是那未知世界的一種表現形式。如果人類消失了，這只能說明這種特殊的表現形式完成了，完結了。得到表現的和將被表現的是不會消逝了，它就在這明麗的夜晚中。讓人類消失吧，由時間來決定。創造的聲音是不會終止的，它們只會存在於時間之中。人類並不能體現那未知世界的意義。人類是一個僵死的字母。會有一種新的體現方式，以一種新的形式。讓人類盡快消失吧。」

杰拉德打斷他的話問：「你在倫敦住哪兒？」

伯金抬起頭答道：「住在索赫區③。我租了一間房，什麼時候都可以去住。」

「這主意不錯，好歹算你自己的地方，」杰拉德說。

「是的。不過我並不那麼注重這個，我對那些不得不去打交道的人感到厭倦了。」

「哪些人？」

「藝術家、音樂家——倫敦那幫放蕩不羈的文人們，那幫小裡小氣、精打細算、斤斤計較的藝術家們。不過也有那麼幾個人挺體面，在某些方面算得上體面人。這些人是徹底的厭世者，或許他們活著的目的就是與這個世界作對，否定一切，他們的態度可算夠消極的。」

「他們都是幹什麼的？畫家，音樂家？」

「畫家、音樂家、作家——一批食客。還有模特兒，激進的年輕人，他們與傳統公開決裂，但又沒有特定的歸屬。他們大多都是些大學生，也有自稱獨立謀生的女人。」

「都很放蕩嗎？」

伯金看得出杰拉德的好奇心上來了。

「可以這麼說，但大多數還是嚴肅的。別看挺駭人聽聞的，其實都一回事。」

他看看杰拉德，發現他的藍眼睛中閃爍著一小團好奇的慾望之火。他還發現，他長得太漂亮了。杰拉德很迷人，他似乎血氣正盛，令人動心。他那藍色的目光尖銳而冷漠，他身上有一種特定的美，那是一種型塑的美。

「我們是否可以看看他們各自的千秋？我要在倫敦逗留兩三天呢，」杰拉德說。

「行，」伯金說，「我可不想去劇院或音樂廳，你最好來看看海里戴和他的那幫人吧。」

「謝謝，我會去的，」杰拉德笑道，「今晚你做什麼？」

「我約海里戴去龐巴多，那地方不怎麼樣，可又沒有別的地方可聚。」

「在哪兒？」杰拉德問。

「皮卡迪利廣場。」

「哦，那兒呀，我可以去嗎？」

「當然，你會很開心的。」

夜幕降臨了，火車已過了貝德福德。伯金望著窗外的原野，心中感到十分失望。每到臨近倫敦時，他都

會產生這種感覺。他對人類的厭惡，對芸芸眾生的厭惡，幾乎變成了一塊心病。

在幽遠幽遠的地方微笑——

他像一個被判了死刑的人一樣自言自語著。杰拉德細微的感覺被觸醒了，他傾著身子笑問：

「你說什麼呢？」伯金瞟了他一眼，笑著又重複道：

寧靜絢麗的黃昏

在幽遠幽遠的地方微笑，

田野上羊兒

在打盹——④

杰拉德現在也看著田野。伯金不知爲什麼現在感到疲勞和沮喪，對杰拉德說：

「每當火車駛近倫敦時，我就感到厄運將臨。我感到那麼絕望，那麼失望，似乎這是世界的末日。」

「眞的！」杰拉德說，「世界的末日讓你感到恐懼嗎？」

伯金微微聳了一下肩。「我不知道，」他說，「當世界即將塌陷而又沒有塌陷時才讓人感到恐懼。可是人們給我的感覺太壞了，太壞了。」

杰拉德的眼睛中閃過興奮的微笑。「是嗎？」他審視地看著伯金說。

幾分鐘後，火車穿行在醜惡的大倫敦市區裡了。車廂中的人們都振作起精神準備下車了。最後火車駛進了巨大拱頂籠罩下的火車站，來到倫敦城巨大的陰影中。伯金下了車，到了。

兩個人一齊進了一輛出租汽車。

「你是否感到像要進地獄了？」伯金問道。他們坐在這小小的迅速疾行著的空間裡，看著外面醜陋的大街。

「不，」杰拉德笑道。

「這是眞正的死亡，」伯金說。

①布羅肯峰是德國薩克森地區哈茲山脈的最高峰，上面可以產生幻景，觀眾的身影被放大並反射到對面山頂的霧幕上。

②《創世記》中記載的上帝毀滅的城市。

③倫敦鬧區，餐館很多。

④勃朗寧夫人詩《廢墟上的愛》。

第六章　薄荷酒

幾小時以後他們又在酒館裡見面了。杰拉德推開門走進寬大高雅的正屋，透過瀰漫的煙霧可依稀辨認出顧客們的臉和頭，這些人影反射在牆上的大鏡子裡，景象更加幽暗、龐雜，一走進去就像進入了一個朦朧、黯淡、煙霧繚繞、人影綽綽的世界。不過，在噪雜的歡聲中紅色的絨椅倒顯得實在。

杰拉德緩慢地巡視著四周，穿過一張張桌子和人群，每過一處人們都抬起頭來看他。他似乎進入了一個奇妙的地方，穿入一處閃光的新的去處，來到了一群放蕩的人們之間。他感到心情喜悅、快活。他俯視著那些露出桌面的一張張臉，發現人們的臉上閃著奇特的光彩。然後他看到伯金起身向他打招呼。

伯金的桌旁坐著一位金髮女子，頭髮剪得很短，樣式很考究，直披下來，髮梢微微向上捲到耳際。她嬌小玲瓏，膚色白皙，有一雙透著稚氣的藍色大眼睛。她嬌嫩，幾乎是如花似玉，神態也極迷人。看到她，杰拉德的眼睛立時一亮。

伯金看上去很木然，神不守舍，介紹說這女子是塔林頓小姐。塔林頓小姐勉強地向杰拉德伸出手來，眼睛卻陰鬱、大膽地盯著他。杰拉德精神煥發地落了座。

侍者上來了。杰拉德瞟了一眼另外兩人的杯子。伯金喝著一種綠色飲料，塔林頓小姐的小酒杯中只有幾滴酒了。

「再要一點嗎？」

「白蘭地，」她咂盡最後一滴放下了杯子說。侍者離去了。

「不，」她對伯金說，「他還不知道我回來了。他要是看到我在這兒他會大大七（吃）一驚。」

她說起話來有點咬舌，像小孩子一樣，對於她的性格來說，這既是裝腔作勢又像是眞的。她的語調平緩，不怎麼動人。

「他在哪兒呢？」伯金問。

「他在納爾格魯夫人那兒開私人畫展，」姑娘說，「活倫斯也在那兒。」

「那麼，」伯金毫不動情但以保護人的口吻問道，「你打算怎麼辦呢？」

姑娘陰鬱地沉默不語。她厭惡這個問題。

「我並不打算做什麼，」她回答，「我明天將去找主顧，給他們當模特兒。」

「去誰那兒呢？」伯金問。

「先到班特利那兒，不過我相信我上次出走肯定讓他生氣了。」

「你是指從馬多那那裡逃走嗎？」

「是的。要是他不需要我，我可以在卡馬松那兒找到工作。」

「卡馬松？」

「弗德里克・卡馬松，他搞攝影。」

「拍穿薄紗衣露肩的照片——」

「是的。不過他可是個很正經的人。」短暫的沉默之後，他問：

「那你拿裘里斯怎麼辦？」

「不怎麼辦，」她說，「我不理他就是了。」

「你跟他徹底斷了？」她不高興地轉過臉去，對此不予回答。

這時另一位年輕人快步走了過來。

「哈，伯金！哈，米納蒂，你什麼時候回來的？」他急切地問道。

「今天。」

「海里戴知道嗎？」

「我不知道，再說我也不在乎他。」

「哈，還是那兒走運，不是嗎？我挪到這張桌子上來，你不介意吧？」

「我在同努（盧）伯特談話，你不介意吧？」她冷漠但懇求地說，像個孩子。

「公開的懺悔，對靈魂有益，啊？」小夥子說，「那，再見了。」

小夥子銳利的目光掃了一下伯金和杰拉德，轉身走了，上衣的下襬隨之一旋。

在這過程中，杰拉德幾乎全然被人冷落了。但他感到這姑娘注意到了他的存在。他等待著，傾聽著，試圖湊上去說幾句。

「你住在旅社裡嗎？」姑娘問伯金。

「住三天，」伯金說，「你呢？」

「我不知道。不過我可以到伯薩家住，什麼時候都可以。」

一陣沉默。

突然這姑娘轉向杰拉德問：「你熟悉倫敦嗎？」

她的口吻很正式、客氣，像自認社會地位低下的女人一樣態度疏遠但又顯示出對男人的親暱。

「我說不上，」杰拉德笑道，「倫敦我來過好多次了，但這個地方還是頭一次來。」

「你不是藝術家了？」她一語就把他推出了自己的圈外。

「不是，」他回答。

「人家是一位戰士，探險家，工業拿破侖。」伯金說，流露出他對放浪藝術家的信任。

「你是戰士嗎？」姑娘漠然但好奇地問。

「不，」杰拉德說，「我多年以前就退伍了。」

「他參加了上次的大戰①，」伯金說。

「眞的嗎？」姑娘問。

「他那時考察了亞馬遜河，」伯金說，「現在他管著一座煤礦。」

姑娘目不轉睛、好奇地看著杰拉德。聽別人講自己，杰拉德笑了。他感到驕傲，充滿了男子漢的力量。他藍色的眼睛炯炯發光，洋溢著笑意，容光煥發的臉上露著滿意的神情，他的臉和金黃色的頭髮充滿了活力。他激起了姑娘的好奇心。

「你要在這兒住多久？」她問。

「一兩天吧，」他回答，「不過我並不急著回去。」

她仍然用一雙凝眸盯著他的臉，這眼神那麼好奇，令他激動。他自我意識極強，爲自己的迷人之處深感喜悅。他感到渾身是勁，有能力釋放出驚人的能量。同時他也意識到姑娘那藍色的眼睛大膽地盯著自己。她的眼睛很美，鮮花般的媚眼睜得圓溜溜的，赤裸裸地看著他。她的眼屏上似乎漂浮著一層彩虹，某種分裂的東西，就像油漂浮在水上，那是憂鬱的眼神。在悶熱的咖啡館裡，她沒戴帽子，寬鬆簡樸的外套穿在身上，領口扎著一根細帶。這細帶是用貴重的雙縐做的，柔軟的帶子從嬌嫩的脖頸處垂下來，纖細的手腕處也垂著同樣的帶子。她容顏純潔姣好，實在太美了。她長得端莊，金黃色的鬈髮披掛下來，她挺拔、玲瓏、柔軟的體態顯示出了每一處細小的曲線，脖頸顯得纖細，煙霧繚繞在她瘦削的肩膀上。她很沉穩，臉上幾乎不露表情，一副若即若離的神態。

她太讓杰拉德動情了。他感到自己對她有一種巨大的控制力，一種本能上令人心兒發痛的愛。這是因爲她是個犧牲品。他感到她是處在他的控制之下，他則是在施恩惠於她。這令他感到自己的四肢過電般地興奮，奔湧著情慾的浪潮。如果他釋放電能，他就會徹底摧毀她。可她卻若有所思地等待著。

他們聊著些閒話，聊了一會兒，伯金突然說：

「裘里斯來了！」說著他站起身，向新來的人移動過去。姑娘奇怪地動了動，那樣子不無惡意，身子沒轉動，只扭頭朝後看去。這時杰拉德看著她濃密的金髮在耳朵上甩動著。他感到姑娘在密切地注視著來者，於是他也朝來人看去。他看到一位皮膚黝黑、身材頎長，黑帽子下露出長長黑髮的小夥子行動遲緩地走了進來，臉上掛著天眞、熱情但又缺乏生氣的笑容。他走近了急忙上前來迎接他的伯金。

直到他走近了，他才注意到這姑娘。他退縮著，臉色發青，尖叫著：

「米納蒂，你在這兒幹什麼？」

咖啡館裡的人一聽到這聲尖叫都像動物一樣抬起了頭。海里戴無動於衷，臉上露出幾乎有點蠢笨的微笑。姑娘冷冷地看著他，那表情顯得深不可測，但也有些無能爲力。她受制於海里戴。

「你爲什麼回來了？」海里戴仍然歇斯底裡地叫著，「我對你說過不要回來。」

姑娘沒有回答，只是仍然冷漠、沉重地直視著他，他向後面的桌子退縮著，似乎要保護自己。

「你知道你想要她回來，來，坐下，」伯金對他說。

「不，我不想要她回來，我告訴過她，教她別回來了。你回來幹什麼，米納蒂？」

「跟你沒關係。」她極反感地說。

「那你回來幹什麼？」海里戴提高嗓門尖叫著。

「她願意回來就回來吧，」伯金說，「你坐下還是不坐下？」

「我不，我不跟米納蒂坐一塊兒，」海里戴叫道。

「我不會傷害你的，你用不著害怕。」她對海里戴尖刻地說，但語調中有點自衛的意思。

海里戴走過來坐在桌旁，手捂住胸口叫道：

「啊，這把我嚇了一跳！米納蒂，我希望你別幹這些事。你幹嘛要回來？」

「跟你沒關係，」她重複道。

「你又說這個，」他大叫。

她轉過身，對著杰拉德・克里奇，他的目光閃爍著，很開心。

「你西（是）不西（是）很怕野蠻人？」她用平緩無味、孩子般的語調問杰拉德。

「不，從來沒怕過。總的來說，野蠻人並無害——他們還沒出生呢，你不會覺得可怕的。你知道你可以對付他們。」

「你金（眞）不怕嗎？他們不是很兇惡嗎？」

「不很兇。其實沒多少兇惡的東西。不管是人還是動物，都沒有多少是危險的。」

「除非是獸群，」伯金插話道。

「眞的嗎？」她說，「我覺得野蠻的東西都太危險了，你還來不及四下裡看看，他們就要了你的命。」

「你遇上過？」他笑道，「野蠻的東西是無法畫分等類的。他們就像有些人一樣，只有見過一面後才會興奮起來。」

「那，做一名探險者不是太勇敢了嗎？」

「不。與其說是恐怖倒不如說是艱險。」

「啊！那你害怕過嗎？」

「在我一生中？我不知道。怕過，我對有些東西就感到怕——我怕被關起來幽禁在什麼地方，或者被束縛起來。我怕被人捆住手腳。」

她凝視著他，那雙黑眸令他心動，頭腦反倒完全冷靜了。他感到她從他這裡體會到他的自覺，似乎是從他軀體內黑暗的最深處得到的，這太有趣了。她想了解他，她的眼睛似乎看透了他的裸體。他感到自己吸引著她，命中注定要與他接觸，因此她必須觀察他、了解他。這讓他感到很得意。同時他還感到她必須投入他的手心裡，聽他的才行。她是那麼世俗，像個奴隸似的看著他，被他迷住了。倒不是說她對他說的話感興趣，而是她被他的自我暴露迷住了，被他這個人迷住了，她需要他的秘密，需要男性的經驗。

杰拉德臉上掛著莫名其妙的笑，精神煥發但並不很清醒。他雙臂搭在桌上，一雙曬得黝黑可怕的動物般的手朝她伸展著，手型很好看，很漂亮。她知道自己被迷住了。

別的男人來到桌前與伯金和海里戴交談。杰拉德壓低嗓門衝米納蒂說：「你從哪兒回來的？」

「從鄉下。」米納蒂聲音很低，但很圓潤。她緊繃著臉，她時不時地瞟一眼海里戴，眼中燃起了怒火。有時她就是不理杰拉德，看來杰拉德並沒有征服她。

神色沉鬱的小夥子看都不看她，不過他是真怕她。

「那麼海里戴跟你回來有什麼關係？」他依舊聲音低沉地問她。

她沉默了好一會兒才不情願地說：「是他讓我走的，讓我跟他同居，可現在他想甩了我，但又不讓我跟別人在一起生活。他想讓我隱居在鄉下。然後他說我害了他，他無法擺脫我。」

「他簡直失去理智了。」杰拉德說。

「他就沒有理智，所以他不知道自己幹了些什麼。」她說，「他總等別人告訴他做什麼他才做什麼。他從來沒按自己的想法做過什麼事，因爲他不知道他想什麼。他整個兒是個孩子。」

杰拉德看著海里戴那柔和、頹廢的臉。那張臉很有魅力；那柔和、熱情的性格很宜人。

「但他並不能控制你，對嗎？」杰拉德問她。

「你知道是他強迫我跟他同居的，我並不願意，」她說，「他來衝我大叫，哭著說我要是不跟他回去他就沒法兒活，你從來沒見過他流那麼多的眼淚。每次他都這樣。可現在我懷孕了，他想給我一百鎊打發我到鄉下去，從此再也不見我，再也聽不到我的音訊。我就不這樣，不——」

杰拉德臉上露出奇怪的笑。

「你要生孩子了？」他不相信地問。看她那樣子，這似乎不可能，她那麼年輕，那神態也不像懷孕的。她凝視著他的臉，現在她那純眞的藍眼睛窺視著，看到了不祥的東西，顯出一副不可駕馭的神色。杰拉德心裡燒起了一股火。

「是的，」她說，「是不是很可怕？」

「你想要嗎？」他問。

「我才不呢，」她加重語氣說。

「可是，」他說，「你知道多久了？」

「十個星期了，」她說。

她一直看著他。他則默默地沉思著。然後他轉過身去，變冷漠了，卻不無關切地問：

「我們吃點什麼好嗎？你喜歡來點什麼？」

「好的，」她說，「我喜歡來點牡蠣。」

「那好，」他說，「我們就要牡蠣。」說完他招喚侍者。

海里戴一直對這邊的事視而不見，直到盛有牡蠣的小盤子放到她面前，他才大叫：

「米納蒂，喝白蘭地時不能吃牡蠣。」

「這跟你有什麼關係？」她問。

「沒關係，沒關係，」他叫道，「可喝白蘭地時就是不能吃牡蠣。」

「我沒喝白蘭地，」她說著將杯子裡的最後一滴酒灑在海里戴臉上。海里戴不禁怪叫一聲。可是她卻若無其事地看著他。

「米納蒂，你幹嘛這樣？」他恐慌地叫道。在杰拉德看來，海里戴讓米納蒂嚇到了，他喜歡自己的這副恐慌樣子。他似乎因爲自己怕她、恨她而沾沾自喜，在恐慌中有所回味；欣賞這種恐慌的滋味。杰拉德認爲他是個奇怪的傻瓜，但挺有味兒。

「可是米納蒂，」另一個男人小聲地操著伊頓腔說，「你保證過，說你不傷害他。」

「可我沒傷害他呀，」她回答。

「你喝點什麼？」那年輕人問。他膚色黑，但皮膚還算光潔，渾身有那麼點令人難以發現的活力。

「我不喜歡人伺候，馬克西姆，」她回答。

「你應該要點香檳。」馬克西姆很有紳士風度地嘟噥道。

杰拉德突然意識到這是對他的啓發。

「我們來點香檳好嗎？」他笑問。

「好的，請，要乾香檳，」她咬著舌孩子氣地說。

杰拉德看著她吃牡蠣。她吃的很細，很講究。她的手指尖漂亮又敏感，優雅、小心地剝開牡蠣，仔細地吃著。她這樣子很讓杰拉德心悅，可卻把伯金氣壞了。大家都在喝香檳酒，只有馬克西姆看上去十分平靜、清醒，他是個俄國小夥子，穿著整潔，皮膚光潔，一臉的暖色，黑頭髮擦得油亮。伯金臉色蒼白茫然，很不自在。杰拉德微笑著，眼睛裡放射出開心但冷漠的目光，很有保護氣度地向米納蒂傾著身子。米納蒂嬌嫩、漂亮，像一朵恐懼中綻開的冰花。現在她虛榮地緋紅了臉，由於喝了酒，周圍又有男人在場，她很激動。海里戴看上去傻乎乎的。只消一杯酒就可以讓他醉倒並咯咯地笑。可他總有那麼點可愛的熱情天眞相，這一點使得他頗有吸引力。

「除了黑甲殼蟲以外，我什麼都不怕。」米納蒂突然抬起頭睜大眼睛凝視著杰拉德，那眼睛裡燃著一團看不見的火。杰拉德從骨子裡發出一聲嚇人的笑。她孩子氣的話語觸動了他的神經，火辣辣的目光全部投在他身上，她忘記了她以前的一切，讓他得以放縱一下自己。

「我不怕，」她抗議道，「我別的什麼都不怕。就怕黑甲殼蟲，嚯！」她聳聳肩，似乎一想這些就難以忍受。

「你是不是說，」杰拉德喝了點酒，說話有些謹慎，「你看到黑甲殼蟲就怕呢，還是害怕咬你、危害你的黑甲殼蟲？」

「黑甲殼蟲咬人嗎？」姑娘問道。

「這簡直太讓人厭惡了！」海里戴驚嘆著。

「我不知道，」杰拉德環顧著四周說，「黑甲殼蟲是否咬人這並不是關鍵。問題的關鍵是，你是否怕它咬，或者說，它是不是一種玄學意義上的惡物。」

姑娘一直用迷惘的眼光凝視著杰拉德。

「噢，我覺得黑甲殼蟲可惡、可怕，」她叫道，「要是我看見它，我就會渾身起雞皮疙瘩。要是有那麼一隻蟲子爬到我身上來，我敢說我會死的，我肯定會死的。」

「我希望你別這樣，」年輕的俄國人低語道。

「我敢說我會的，馬克西姆，」她強調說。

「那就不會有蟲子爬到你身上，」杰拉德很理解地笑道。說不清爲什麼，他反正能理解她。

「這是個玄學問題，杰拉德說得對，」伯金發話了。

桌面上出現了不安的停頓。

「那麼，米納蒂，你還怕別的嗎？」年輕的俄國人問。他說話速度很快，聲音低，舉止很文雅。

「難說，」米納蒂說，「我害怕的並不見得都是這種東西。我就不怕血。」

「不怕血！」又一個年輕人問。這人臉色蒼白但多肉，一臉的嘲弄表情，他剛剛落座，喝著威士忌。

米納蒂留給他一個陰鬱、厭惡的一瞥。

「你眞的不怕血？」那人追問著露出一臉的嘲笑。

「不怕，就是不怕，」她反唇相譏。

「爲什麼，你恐怕除了在牙醫的痰盂裡見過血以外，還沒見過血吧？」小夥子諷刺道。

「我沒跟你說話，」她很巧妙地回擊。

「難道你不能回答我的話嗎？」

她突然抓起一把刀朝著他蒼白肥胖的手戳了過去，作爲回答。他大罵著跳了起來。

「瞧你那德性，」米納蒂不屑地說。

「他媽的，你，」小夥子站在桌邊兇惡地俯視著她。

「行了，」杰拉德本能地立刻站出來控制局面。

那年輕人蔑視地看著她，蒼白多肉的臉上露出膽怯的表情。血開始從手上淌出。

「噢，太可怕了，把它拿走！」海里戴青著變形的臉尖叫著。

「你覺得不舒服嗎？」那位嘲弄人的小夥子有點關切地問，「不舒服嗎，裘里斯？挺住，這樣可不像爺們兒，別讓她以爲自己演了一齣好戲就高興，別讓她滿意，爺們兒，她希望的就是這個。」

「噢！」海里戴尖叫著。

「他要吐了，馬克西姆，」米納蒂警告說。文雅的俄國小夥子站起來挽住海里戴的胳膊把他帶了出去。蒼白、沉默的伯金袖手旁觀，他似乎不大高興。那位嘴頭子很損的受傷者不顧自己流血的手，也走了。

「他眞是個十足的膽小鬼，」米納蒂對杰拉德說，「他對裘里斯很有影響力。」

「他是什麼人？」杰拉德問。

「他是個猶太人，眞的。我無法忍受他。」

「哼，他沒什麼了不起。可是，海里戴怎麼回事？」

「裘里斯是你見過最膽小的膽小鬼，」她叫道，「只要我一舉起刀，他就會暈過去，他讓我嚇壞了。」

「噓！」

「他們都怕我，」她說，「只有那猶太人想表現一下他的膽量。可他是世界上最膽小的懦夫，眞的，因爲他怕別人對他有看法，而裘里斯就不在乎別人怎麼看他自己。」

「他們還挺勇敢的嘛。」杰拉德和善地說。

米納蒂看著他，臉上漸漸浮起笑容。她太漂亮了，緋紅著臉，遇上可怕的事仍舊泰然自若。杰拉德的眼睛裡閃爍起兩個亮點。

「他們爲什麼管你叫米納蒂？是因爲你長得像貓嗎？」他問她。

「我想是吧，」她說。

他的臉繃得更緊了。「你呀，倒不如說像一隻年輕的母豹。」

「天哪，杰拉德！」伯金有點厭惡地說。

兩個人都不安地看著伯金。

「你今晚很沉默，努（盧）伯特，」她有了另一個男人的保護，對伯金說話也大膽起來。

海里戴回來了，一臉病態，看上去很憂傷。

「米納蒂，」他說，「我希望你以後別再這樣了——天啊！」他呻吟著坐在椅子裡。

「你最好回家，」她對他說。

「我會回家的，」他說，「可是，你們都來好嗎？到我的住所來。」他對杰拉德說，「你要是來我太高興了。來吧，那太好了，是嗎？」他四下裡環視著找侍者。「來輛出租車。」然後他又呻吟起來。「噢，我眞不好受，難受極了！米納蒂，瞧你幹的這事，把我弄成什麼樣了。」

「那你爲什麼這麼傻呢？」她沉著臉平靜地說。

「我不傻！噢，太可怕了！來吧，都來吧，大家都來好了。米納蒂，你來吧。什麼？不，你一定要來，對，你一定要來。什麼？噢，我親愛的姑娘，別大驚小怪的了，我感覺難受極了，噢！噢！」

「你知道你不能喝酒，」她冷冷地對他說。

「我告訴你米納蒂，不是喝酒的原因，是因爲你令人作嘔的表現，絕不是因爲別的。噢，太可怕了！里比德尼科夫，咱們走吧。」

「他一杯酒就醉，只消一杯，」俄國小夥子聲音很低沉地說。

大家都向門口走去。姑娘緊挨著杰拉德，似乎同他步調一致。杰拉德意識到這一點，心裡產生了一陣惡魔般的滿足：他的動作竟適用於兩個人。他用自己的意志控制著她，她在他的控制下很激動，顯得溫順、神秘、隱秘。

他們五個人擠進一輛出租車中。海里戴頭一個歪歪扭扭地鑽進去，坐在靠窗的位子上。然後米納蒂坐了進去，杰拉德緊挨著她坐下。年輕的俄國人向司機說明了方向，然後大家就擠坐在黑暗的車中了，海里戴呻吟著把頭伸出窗外。大家感到車子疾行著，滑動的聲音很鬱悶。

米納蒂挨著杰拉德坐著，似乎變得酥軟，點點滴滴將自己化入他的骨骼中去，似乎她是一道電流融入了他的體內。她的生命融入了他的血管，如同一個黑暗的磁場，凝聚在他的脊髓中，形成一股可怕的力量源泉。與此同時，她同伯金和馬克西姆談話的聲音變得細弱、冷漠起來。在她與杰拉德之間，存在著這種沉默與黑暗中閃電般的理解。然後她摸到他的手，把它緊緊握在自己那隻小手中。這純粹黑暗但赤裸裸的表示令他全身的血管顫動，令他頭眩，他失去了感知。她的話音仍像鈴兒在響，不乏調侃。她晃動著頭，濃密的黑髮掃動著臉頰，這樣子令他的全部神經起火，似乎他的神經受到了微細的摩擦。但是，他力量的中心是穩固的，他心中感到無比自豪。

他們來到一條寧靜的街道，踏上一條園中小徑，走了一程，一個黑皮膚的僕人打開了門，杰拉德奇怪地望著開門人，猜測他也許是來自牛津的東方紳士，可他不是紳士，是男僕。

「沏茶，哈桑，」海里戴說。

「有我的房間嗎？」伯金說。

男僕對兩人的話都微笑著支吾作答。

這男僕讓杰拉德頓生疑問，這人身材修長，衣著體面，看上去是個紳士樣子。

「哪個是你的僕人？」他問海里戴，「他看上去很像樣嘛。」

「噢，因爲他穿了另一個人的衣服。他的確是個挺漂亮的人。我看到他在街上挨餓，就把他領來了，另一個人送了他一套衣服。他就這樣兒，唯一的優點是他不會英語，不會說，也聽不懂，所以他很可靠。」

「他太髒了，」俄國小夥子以極快的速度說。

男僕出現在門道裡。

「什麼事？」海里戴問。

男僕咧咧嘴笑笑，然後靦覥地嘟噥說：「想跟主人講話。」

杰拉德好奇地看著他們。那門道中的男僕長得挺好，挺清爽，舉止也文靜，看上去很高雅，有貴族味兒，可他又有點像野蠻人一樣傻乎乎地笑。海里戴到走廊裡去跟他說話。

「什麼？」大家聽他說，「什麼？你說什麼？再說一遍。什麼？要錢？多要幾個錢？可你要錢幹什麼？」那阿拉伯人含糊不清地說了些什麼，然後海里戴回到屋裡，傻乎乎地笑著說：「他說他要錢買內衣。誰肯借給他一先令？好，謝謝，一先令足夠他買全部的內衣了。」他從杰拉德手中接過錢又向走廊裡走去，大家聽他說道：「你別想要更多的錢了，昨天剛給了你三鎊六先令。你不能再要錢了。快把茶端上來。」

杰拉德環視屋裡。這是一間普通倫敦人家的起居室，很明顯一租來就配好了傢具，款式一般，做得難看。但有幾尊木雕像顯得古怪、讓人不舒服。這些藝術品來自西非國家，那上面刻的土著幾乎像人類胎兒。一尊雕像是一個奇形怪狀的裸女坐像，受著折磨，肚子凸起。俄國小夥子解釋說她坐著是在生孩子，兩隻手抓著套在脖子上的箍帶，這樣有利於分娩。這奇形怪狀的普通女人呆若木雞的臉又令杰拉德想起了胎兒。但這尊雕像也很奇妙，它表明人體極端的感覺是人的理性意識所不能控制的。

「這是不是太淫穢了？」他不贊同地問。

「我不知道，」俄國人喃言著，「我從來不認爲它淫穢。我想這很好。」

杰拉德轉過身去看另幾幅未來主義風格的畫和屋裡的那架大鋼琴。這些東西加上倫敦出租房間的一般傢具算是這間屋子的全部裝飾物。米納蒂摘下帽子，脫掉大衣，在沙發上坐了下來。她在這屋裡顯然很有賓至如歸的樣子，但還是顯得侷促不安。她還不知道自己的地位。她現在的同盟是杰拉德，可她不知道其餘的男人是否承認這種同盟，承認到什麼程度。她正考慮如何對付眼前的局勢，她下決心體驗一下。在這關鍵時刻，她絕不再受挫。她漲紅了臉，似乎要打一仗，眼睛審度著，但這一仗是不可避免的了。

男僕端著茶點和一瓶科麥爾酒進屋來了。他把托盤放在了長沙發椅前的桌子上。

「米納蒂，」海里戴說，「倒茶。」她沒有動。

「你倒茶，聽見了嗎？」海里戴重複著，但心裡很是緊張害怕。

「我今天回這兒來，可跟以前不一樣了，」她說，「我來這兒只是大夥想讓我來，並不是爲你來的。」

「我親愛的米納蒂，你知道你是自己的主人。我只是想讓你自由使用這間公寓，沒別的意思，這你知道，我以前對你講過多次了。」

她沒回答，卻默默、有節制地伸手去拿茶壺。大家都圍桌而坐品著香茗。杰拉德可以感覺到他同她之間那電磁般的連繫是多麼強烈，以至於他覺得這是另一種場合。她沉默著，克制著自己，她的沉寂令他困惑。他怎麼才能親近她呢？他感到這是不可避免的。他太相信那將他們兩人連結在一起的電流了，他的困惑不過是表面現象，新的條件產生了，舊的已成爲過去。此時一個人必定要遵從自己的命運，該做什麼就做什麼，不管是什麼事都要去做。

伯金站起身來。已經快一點鐘了。

「我要去睡了，」他說，「杰拉德，我明早打電話到你的住處，要不然你就給我這兒打電話。」

「好吧，」杰拉德說，他說完伯金就出去了。

當伯金的影子全消失了以後，海里戴很激動地對杰拉德說：

「我說，你留在這兒吧，啊，留下吧！」

「你並不能爲每個人都安排住宿，」杰拉德說。

「能，我可以，沒問題，除了我的床以外，還有三張床，留下吧，都是現成的，我這裡沒有什麼人住，我總留人住下，我喜歡這屋裡人多熱鬧。」

「可只有兩個房間呀，」米納蒂冷漠、敵視地說，「現在盧伯特在這兒呢。」

「我知道只有兩間房，」海里戴聲音高得有點怪。「那有什麼問題？還有一間畫室呢。」

他很憨厚地笑著，誠懇地、執著地說。

「裘里斯和我住一間，」俄國人謹愼、吐字準確地說。海里戴同他在伊頓公學上學時就是朋友了。

「這很簡單嘛，」杰拉德說著舒展一下雙臂擴一擴胸，然後又去看一幅圖畫。他的四肢被電流催漲，後背像老虎一樣緊張地聳著，燃著一團火。他感到很自豪。

米納蒂站起身，狠狠地瞪了一眼海里戴，這一瞪反倒招來海里戴一個很憨厚、得意的笑。然後米納蒂向所有的人冷冷地道晚安，走了出去。

屋裡沉默了一會兒，隨後響起了關門聲，然後馬克西姆用優雅的語調說：「好了，就這樣吧。」他又意味深長地看看杰拉德，點點頭說：「就這樣，你沒事了。」

杰拉德看看那張光潔、紅潤、漂亮的臉，又看看他那意味深長的眼睛，似乎那俄國人的聲音是在血液中震盪而不是在空氣中。「我本來就沒什麼事，」杰拉德說。

「是！是啊！你是沒什麼事，」俄國人說。

海里戴還在笑著，沉默不語。

突然米納蒂又出現在門口，她那孩子氣的小臉上表情陰鬱、充滿報復性。

「我知道你們想找我的把柄，」她冷漠但響亮地說，「可我不在乎，我不在乎你們挑我多少錯兒。」

說完她又轉身走了，她身著一件棕色的寬鬆上衣，下襬繫在腰部。她看上去那麼嬌小，像孩子一樣容易被傷害，幾乎有點可憐。可她的眼神卻讓杰拉德感到沉入了黑暗的深淵，他幾乎嚇壞了。

男人們又點上煙聊起天來。

---

①指布爾戰爭（一八九九至一九〇二）。

第七章 圖騰

早晨，杰拉德醒得很晚，這一夜睡得很沉。米納蒂仍然在熟睡，她嬌小，蜷縮著，毫無戒備，像孩子一樣可憐。這一點讓血性十足的小夥子很不滿足，他感到自己貪心不足，很遺憾。他又看看她，如果叫醒她就太殘酷了。他克制住自己，走了出去。

杰拉德聽到起居室裡傳來海里戴同里比德尼科夫的說話聲，就走到門口朝裡掃了一眼。他身穿一件漂亮的藍綢衣，衣服鑲著紫水晶邊。令他吃驚的是，他看到這兩個年輕小夥子渾身一絲不掛地躺在壁爐邊上。海里戴抬起眼皮朝上看看，很得意。

「早安，」他說，「哦，你要毛巾嗎？」說著他赤著身子走到前廳去，那奇特的白色身軀在靜態的傢具中間穿行著。他取回毛巾，又回到原來的位置上，挨著火蜷坐下。

「你不喜歡讓火舌舐一舐你的皮膚嗎？」他問。

「那挺舒服吧？」杰拉德說。

「在不用穿衣服的氣候下生活該是多麼美妙呀。」海里戴說。

「是啊。」杰拉德說，「還要沒有那麼多東西叮你、咬你才行。」

「這點可是不利因素。」馬克西姆喃喃言道。

杰拉德看著這個金黃皮膚裸體的人間動物，心裡有點厭惡，感到恥辱。海里戴則不同。他身上有那麼一種莊重、懶洋洋、很散淡的美，皮膚黝黑，骨架很結實，很像躺在聖母瑪麗亞懷抱中的基督。杰拉德還注意到海里戴的眼睛很漂亮，那眼睛是棕黃色的，透著溫暖、迷茫的光，眼神中顯出些病態。火光照在他沉重、圓滾滾的肩膀上，他蜷坐著靠在壁爐前的柵欄上，一副倦怠的神態。他的臉揚起來，臉色有些蒼白，神情潦倒，但仍然很漂亮動人。

「可是，」馬克西姆說，「你去過人們赤身裸體的熱帶國家呀。」

「眞的嗎！」海里戴感嘆道。「哪兒？」

「南非和亞馬遜河流域，」杰拉德說。

「啊，太妙了！我最想做的事情之一就是這件事——整天不穿任何衣服逛來逛去。如果我能做到這一點，我才會感到我是在活著。」

「那是爲什麼呢？」杰拉德問，「我不認爲這有什麼兩樣。」

「噢，我覺得那太美了。我敢肯定，那樣生活就會是另一種樣子，全然不同於我們的生活，百分之百美妙。」

「可這是爲什麼呢？」杰拉德問，「爲什麼？」

「啊，那樣，人就是在感知事物，而不僅僅是觀察。我更願意感觸我周圍的空氣流動，感觸我周圍的事物，而不是僅僅觀看。我敢說，生活之所以全走了樣兒，那是因爲我們把它太視覺化了——我們既不能聽、也不能感受、不能理解，我們就會看。我敢說，這麼做整個兒地錯了。」

「對，說的是，說的是，」俄國人說。

杰拉德瞟了一眼他柔和、金黃的肉體，他的四肢像光潔的樹幹，黑頭髮長得很好看，自由地舒展著像植物的捲鬚一樣。他很健康，身材也很不錯，可他爲什麼讓人感到恥辱、令人生厭呢？爲什麼杰拉德會厭惡這裸體，爲什麼這裸體似乎是有損於他的尊嚴呢？難道人就是這樣的嗎？太沒有靈氣了！杰拉德想。

伯金身穿白色睡衣突然出現在門道裡，他濕著頭髮，胳膊上搭著一條毛巾。他淡漠、蒼白，有點纖弱。

「浴室空了，要洗就來吧。」他對大家說，說完剛要走就被杰拉德叫住了：「聽我說，盧伯特！」

「什麼？」那白色的人影又出現了，像一個幽靈。

「你看那雕塑怎麼樣？我想知道你的看法。」杰拉德說。

伯金面色蒼白，幽靈般地走到那尊野女人生育的雕像前。她大腹便便的裸體蜷縮著，雙手抓著乳房上方的帶子。

「這是件藝術品，」伯金說。

「太漂亮了，太漂亮了，」俄國人說。

大家都湊過來看。杰拉德看著這幾個男人：俄國人軀體金黃，像一株水生植物；海里戴頎長、莊重、散漫、很漂亮；伯金非常蒼白、朦朧，細細地看著那女人的塑像，那形象難以形容。杰拉德感到一陣異樣的激動。他也去看那木雕了，看著看著他的心都縮緊了。

他用自己的心看著這野蠻女人那向前伸出的鐵青色的臉，臉上肌肉緊繃著，全身都在用力。這是一張可怕的臉，緊皺著，由於下身的痛感太強烈，這張臉已經縮得看不出原樣。他在這張臉上看出了米納蒂的影子，似乎他是在夢中認識了她。

「爲什麼說這是藝術品？」杰拉德感到驚詫，反感地問。

「它表達了一條十足的眞理，」伯金說，「它包容了那種條件下的全部眞實，不管你作何感想。」

「可你無論如何不能稱它是高級藝術，」杰拉德說。

「高級！在這座雕刻之前，藝術已直線發展了幾百個世紀了。這雕刻標誌著某一特定文化的驚人程度。」

「什麼文化？」杰拉德反問，他厭惡純粹野性的東西。

「純感覺的文化，肉體意識的文化，眞正最高層次的肉體意識，毫無精神作用，十足的肉感。太肉感了，因此是藝術的終極，最高的藝術。」

可是杰拉德對此表示反感。他試圖保留某種幻像，即諸如衣服之類的觀念。

「你喜歡反常的東西，盧伯特，」他說，「那是些與你作對的東西。」

「哦，我知道，這並不是一切，」伯金說著走開了。

當杰拉德洗完澡回他的房間時，他也沒穿衣服，而是搭在手臂上。他在家時很守規矩，可眞離開家，過現在這種放蕩的生活，他就享受這種令人難以容忍的生活方式了，徹底放蕩。於是，他手臂上搭著綠綢衣，挑戰般地走回屋去。

米納蒂一動也不動地躺在床上，圓睜的藍眼睛就像一泓寧靜、不幸的清水。他只能看到她眼睛裡那一潭無底的死水。可能她很痛苦。她那莫名其妙的苦楚燃起了他心中原有的情火，一種撕心裂肺的憐憫和近乎於殘酷的激情。

「醒了？」他說。

「幾點了？」她平靜地問。

她似乎像液體一樣從他這裡向四面流動，孤立無援地離開他，下沉著。她純靜的表情看上去像一個受到傷害的奴隸，她只有一而再再而三地受到傷害才會得到滿足，這副樣子令他的神經發抖，激起他強烈的慾望。歸根結柢，他的意志對她來說是唯一的意志，而她則是他意志的附庸。他被這種微妙的感覺撕咬著。然後他知道他必須離開她。他們兩人必須分開。

這頓早餐吃得很簡單，氣氛很安寧。四個男人洗過澡，看上去都很清爽。杰拉德和俄國人的外表與風度都很合時宜，伯金則憔悴、一臉病容，他想和杰拉德以及馬克西姆一樣穿得合時宜些，可他那身打扮證明他做不到這一點。海里戴穿著粗毛花呢外衣和法蘭絨內衣，扎一條舊領帶，這條領帶配他倒合適。那阿拉伯人端來許多烤麵包，他看上去跟昨天晚上一模一樣。

吃完早餐以後，米納蒂出現了，她穿著一件綢外衣，繫著一條閃閃發光的腰帶。她有點恢復過來了，但仍然鬱鬱寡歡。這時誰跟她講話對她都是一種折磨。她的臉像一隻小巧的面罩，有點可怕，臉上籠罩著不堪忍受的痛苦。快中午了。杰拉德站起身出去辦他的事了，走的時候心裡很愜意。但他並不就此罷休，他還會再回來，晚上他們要共進晚餐，他爲這些人在音樂廳訂了座位。不過伯金不參加。

晚上大家又很晚才回來，喝得滿臉通紅。那阿拉伯人晚上十點到十二點時不在，現在默默、不可思議地端著茶點進來了，低彎著腰，像豹子那樣，進來後把茶點托盤輕輕地擺在桌子上。他的面容沒有變，仍然像貴族，皮膚有點發灰，他還年輕，很漂亮。但是伯金一看到他就感到有點厭惡，感到他臉上的灰色像灰粉或腐敗後的顏色，在他那貴族氣的表情中透著某種令人作嘔的獸性愚蠢。

大家又熱情地聊起來，談得很熱鬧。但已經出現了要散夥的氣氛。伯金有些氣得發瘋；海里戴已經對杰拉德恨之入骨；米納蒂變得又冷漠又殘酷，像一把鋒利的刀；海里戴對她可算是竭力逢迎。而她的目的就是最終俘獲海里戴，徹底控制他。

早晨大家又優哉游哉起來，但杰拉德可以感覺出大家對他懷有某種奇怪的敵意。這讓他變得倔強起來，他要與之對抗。他又多待了兩天，結果是在第四個晚上與海里戴發生了一場瘋狂的惡戰。在咖啡館裡，海里戴很荒謬地對杰拉德表示敵意，於是他們爭吵起來。有一陣，杰拉德差一點就要打海里戴的嘴巴，不過他突然感到一陣厭惡和無聊，拂袖而去，讓海里戴白揀了個勝利去大吹大擂。米納蒂無動於衷，她的立場很堅定，馬克西姆毫不介入。那天伯金不在，他又到城外去了。

杰拉德有點不自在，因爲他走時沒給米納蒂留下點錢，不過他眞的不知道她是否缺錢。但如果給她十鎊她或許會高興的，況且他會很高興給她錢的。現在他感到自己做錯了事。他一邊走一邊伸出舌尖舐著唇上剪得短短的鬍渣。他知道米納蒂正巴不得甩掉他呢，她又俘獲了她的海里戴。她想海里戴，要徹底控制他，然後會和他結婚，她早就想跟他結婚了，她打定主意要跟海里戴結婚。她不想再聽到杰拉德的音訊，但有困難時會求救於他。因爲不管怎麼說杰拉德是她稱之爲男子漢的人，另外那一幫人，諸如海里戴，里比德尼科夫還有伯金這些放蕩的文人和藝術家不過是半條漢子。可是她能對付的就恰恰是這些半條漢子們。跟他們到了一起她就有信心。像杰拉德這樣眞正的男子漢太讓她不敢越雷池了。

她仍然尊重杰拉德，這是眞的。她想辦法得到了他的地址，這樣她在失意時就可求助於他。她知道他想送錢給她，或許在哪個霪雨天她會寫信給他的。

第八章　布萊德比

布萊德比是一座喬治時期的建築，柱子是科林斯式的。它坐落在德比郡那更爲柔和、翠綠的山谷中，離克羅姆福德不遠。它正面俯視著一塊草坪、一些樹木和幽靜獵園中的幾座魚塘。屋後林木叢中有馬廄、廚房和菜園，再往後是一片森林。

這個靜謐的地方離公路有好幾英里遠，離德汶特峽谷和風景區也有一程路。寧靜、遠離塵囂，林木掩映著房屋，只露出金色的屋頂，房子的正面俯視著下方的獵園。

最近一些日子裡，赫麥妮一直住在這座房子裡。她避開了倫敦、牛津，遁入了寧馨的鄉村。她父親常在國外，她要麼同一些來訪者一起在家中度日，要麼就同哥哥在一起，他是個單身漢，是議會中自由黨的議員。議會休會時，他就到鄉下來，所以他幾乎總住在布萊德比，其實他最忠於職守了。

厄秀拉和戈珍第一次造訪赫麥妮時正是初夏時節。她們的汽車進入獵園後，她們在車裡憑窗遙望靜靜的漁塘和房屋，但見陽光照耀下掩映在山頂叢林中的布萊德比嬌小得很，好一幅舊式英國學校的風景畫。綠色草坪上閃動著一些小小的身影，那是女人們身著淡紫色和黃色的衣服朝龐大優美的雪松樹影下走去。

「眞完美！」戈珍說，「這是一幅完整的凹版畫！」她的話音中透著反感，似乎她是被抓來的，似乎她必須違心地說讚美的話。

「喜歡這兒嗎？」厄秀拉問。

「我並不喜歡它，但是我認爲它是一幅完整的凹版畫。」

汽車一鼓作氣駛下一面坡又上了另一個坡，然後盤旋駛向側門。伺候前廳的女傭先出來，然後赫麥妮高揚著蒼白的臉走了出來，她向來訪者伸出雙手慢條斯理地說：「啊，來啦，見到你們我眞是太高興了，」她吻了戈珍——「很高興見到你。」——然後又吻了厄秀拉，摟著她說：「累了嗎？」

「一點都不累，」厄秀拉說。

「你累嗎，戈珍？」

「不累，謝謝。」

「不嗎——」赫麥妮拉長聲音說。她仍舊站在那兒看她們。兩個姑娘感到很窘迫，因爲赫麥妮不進屋，非要在甬道上進行這番歡迎儀式不可，僕人們都在等著。

「請進，」赫麥妮看夠了這姊妹二人，終於請她們進屋。戈珍嘛，她認爲更漂亮、迷人，而厄秀拉則更實在，更有女人味。她更艷羨戈珍的穿著：綠色綢上衣配一件綴有深綠和絳紫帶子的寬鬆外套，草帽是新編的，綠色，編進幾條黑色和橘黃色的帶子，長襪是深綠色的，鞋子是黑色的。這身漂亮的打扮既入時又顯出個性來。厄秀拉著一身深藍，顯得很普通，但看上去還不錯。

赫麥妮穿著深紫色的綢衣，衣服上綴著珊瑚色的念珠，長筒襪也是珊瑚色的。可是她的衣服挺舊，沾著些污垢，甚至可以說有點髒。

「你們先來看看下榻的房間好嗎？對。我們上樓去吧，好嗎？」

厄秀拉更情願一個人留在屋裡。赫麥妮在屋裡耽擱得太久了，給人壓力太大。她站得離你太近，讓你感到很窘迫，如負重載。她似乎妨礙你幹點什麼事。

午餐是在草坪上吃的，大家在巨大的樹蔭下進餐，黑色的枝條幾乎垂到草地上。共進午餐的還有幾位：一位小巧玲瓏，衣著入時的義大利年輕女子；另一位是布萊德利女士，看上去挺像運動員；一位五十歲左右的駝背男士，他是一位從男爵，總愛說點笑話，沙啞著嗓子大笑，很沒味兒的一個人；盧伯特・伯金也在；後來又來了一位女秘書瑪茲小姐，苗條、年輕、漂亮。

午餐很不錯，這一點不必細表。倒是事事挑剔的戈珍，對午餐表示十分滿意。厄秀拉喜歡這個環境：雪松下白色的桌子，陽光明媚，碧綠的獵園，遠處鹿群靜悄悄地進食。這個地方似乎籠罩著一層神秘的光圈，將現實排除在外。這裡只有愉快、寶貴的過去，樹木、鹿群、靜謐如初，像夢一樣。

可她精神上很不幸福。人們的談話像小型炸彈一樣爆響著，總有點像在說警句，不時爆出幾句俏皮話來，玩弄詞藻。說不完的空洞、無聊、吹毛求疵的話像小溪一樣多，不，像河水一樣多。

人們都在鬥心眼兒，實在無聊至極。只有那位年長的社會學家，他的腦神經似乎太遲鈍，沒有什麼感覺，因此他看上去十分幸福。伯金正垂頭喪氣，可赫麥妮卻一定要嘲弄他，讓他在每個人眼裡都變得形象可鄙。令人驚訝的是她看上去總是節節勝利，而他在她面前竟束手無策，看上去一文不值。厄秀拉和戈珍對這種場面都不適應，差不多總是保持緘默，默默地聽著赫麥妮有板有眼的狂言，聽著那位約瑟華先生的連珠妙語，聽著那位女秘書嘮嘮叨叨或另外兩個女人的對答。

午飯後，咖啡端到草坪上來了，大家離開飯桌，分別選擇在樹蔭或陽光下的躺椅上落了座。秘書小姐到屋裡去了，赫麥妮操起了刺繡，嬌小的伯爵夫人拿起一本書看著，布萊德利女士用纖細的草編著籃子，大家就這樣在初夏下午的草坪上，悠閒地幹著活計，裝腔作勢地聊著。

突然傳來汽車剎車和停車的聲音。「賽爾西來了！」赫麥妮慢悠悠地說，她的話很有趣，但聲音很單調。說完她把刺繡放下，慢慢站起身，緩緩穿過草地，繞過灌木叢，在人們的視線中消失了。

「誰來了？」戈珍問。

「羅迪斯先生，赫麥妮的哥哥，我猜是他，」約瑟華先生說。

「賽爾西，對，是她哥哥，」嬌小的伯爵夫人從書本中抬起頭用濃重的喉音說，似乎是給人們提供信息。

大家都等待著。不一會兒，身材高大的亞歷山大·羅迪斯繞過灌木叢走來了，他像梅瑞迪斯筆下那位迪斯累利①式的主人翁一樣邁著很浪漫的步子。他對大家很熱情，立即擺出主人的樣子瀟灑隨便地招呼大家。這一套待人的禮節是他為招待赫麥妮的朋友們學的。他剛從倫敦的下議院回來。他一來，立即給草坪上帶來一股下議院的氣氛：內政部長講了這樣那樣，他羅迪斯都思考了些什麼，他同首相都談了這樣那樣的話。

這時赫麥妮同杰拉德·克里奇一起繞過灌木叢走了過來。杰拉德是隨亞歷山大一起來的。赫麥妮把他介紹給每個人，讓他站在那兒，等大家足足看了他一會兒，然後才帶他走。他此時此刻是赫麥妮的貴賓。

談到內閣的情況時，說起內閣中的分裂，教育大臣由於受到攻擊辭職，於是話題轉到教育問題上來：

「當然了，」赫麥妮狂烈地抬起頭說：「教育沒有理由、沒有藉口不提供知識的美和享受。」她似乎在爭吵，似乎內心深處思考了片刻又接著說：「職業教育不能算教育，只能是教育的夭亡。」

杰拉德在參加討論之前先暢快地吸了一口空氣，然後才說：

「不見得，難道教育不是跟體操一樣，其目的是產生經過良好訓練、強有力的頭腦嗎？」

「像運動員練出一副好身體一樣，隨時準備應付一切。」布萊德利女士對杰拉德的看法表示衷心贊同，大叫起來。

戈珍默默、厭惡地看著她。

「哦，」赫麥妮聲音低沉地說：「我不知道。對我來說，知識帶來的歡樂是無窮盡的，太美好了。在全部生活中，沒有什麼比特定的知識對我來說更重要了，我相信，沒有的。」

「什麼知識？舉個例子吧，赫麥妮。」亞歷山大問。

赫麥妮抬起頭，低沉地說：「噢——噢——噢——，我不知道……可有一種，那就是星球，當我眞正弄懂了有關星球的知識，我感到升起來了，解脫了。」

伯金臉色蒼白，氣憤地看著她說：「你感到解脫是爲了什麼呢？」他嘲弄地說，「你並不想解脫。」

赫麥妮受到侵犯，沉默了。

「是的，一個人是會有那種舒展無垠的感覺，」杰拉德說，「就像登上高山俯瞰太平洋一樣。」

「默默地站在戴林山頂上②，」那位義大利女士從書本中抬起頭喃言道。

「不見得非在戴林灣③。」杰拉德說。厄秀拉開始發出笑聲。

等人們安靜下來之後，赫麥妮才不動聲色地說：

「是的，生活中最偉大的事就是追求知識，這才是眞正的幸福和自由。」

「知識當然就是自由，」麥賽森說。

「那不過是些簡略的摘要罷了。」伯金看著從男爵平淡無奇、僵直矮小的身體說。戈珍立時發現那位著名的社會學家像一隻裝有自由的摘要的扁瓶子，覺得它很有意思。從此她的頭腦中就永遠烙下了約瑟華先生的影子。

「你這是什麼意思，盧伯特？」赫麥妮沉著、冷漠地拉長聲音問。

伯金說：「嚴格地說，你只能掌握過時的知識，就像把去年夏天的悠閒裝進醋栗酒瓶中一樣。」

「難道一個人只能掌握過時的知識嗎？」從男爵尖銳地問道。「難道我們可以把萬有引力定律叫做過時的知識嗎？」

「是的，」伯金說。

「我這本書中有一件精彩的事，」那位義大利女士突然叫道，「說一個人走到門邊把自己的眼睛扔到了大街上。」

在座的都笑了。布萊德利小姐走過去隔著伯爵夫人的肩膀看過去。

「瞧！」伯爵夫人說。

「巴扎羅夫走到門邊，急匆匆地把他的眼睛扔到大街上，」她讀道④。

大家又大笑起來，笑得最響的是從男爵，笑聲像一堆亂石滾落下來一樣。

「什麼書？」亞歷山大唐突地問。

「屠格涅夫的《父與子》，」矮小的外國人回答，她說起英語來每個音節都吐得很清楚。說完她又去翻那本書以證實自己的話。

「一個美國出的舊版本，」伯金說。

「哈，當然了，從法文譯過來的，」亞歷山大用很好聽的法文唸道，「巴扎羅夫走到門口，把眼睛扔到大街上。」用法文說完這句話後，他神采飛揚地四下裡顧盼一下。

「我弄不清『急匆匆地』在這兒是什麼意思，」厄秀拉說。

大家都開始猜測。

令人吃驚的是，女傭急匆匆地端上了一個大茶盤，送來了下午的茶。這個下午過得可眞快。

用過茶點後，大家聚在一起散步。

「你喜歡來散散步嗎？」赫麥妮挨著個兒問大家。大家都要散步，感到像犯人要放風一樣，只有伯金不去。

「去嗎，盧伯特？」

「不，赫麥妮。」

「眞不去？」

「眞不去，」不過他猶豫了一下。

「為什麼？」赫麥妮拉長聲問。一點小事上受到點挫折，她都會氣得發瘋。本來她是想要大夥兒都跟她去園子裡散散步的。

「因為我不願意跟一大幫人一起走路，」他說。

她喉嚨中咕噥了一陣，然後以少有的冷靜口吻說：「有個小男孩兒生氣了，我們只好把他甩下。」

她奚落伯金時看上去非常快活。可這只能令伯金發呆。

赫麥妮飄飄然朝大家走過去，轉過身朝伯金揮著手帕，嘻嘻笑道：「再見，再見，小孩兒。」

「再見，無禮的母夜叉，」他自語道。

人們穿行在公園中。赫麥妮想讓大家看看一條斜坡上的野水仙花，於是不時地引導著人們：「這邊走，這邊走。」大家順著她指定的方向朝這邊走來。水仙花固然很美，可是誰有心去觀賞？此時的厄秀拉無動於衷，滿心的反感，對這裡的氣氛反感極了。戈珍無所謂地調侃著，把一切都看在眼裡、記在心上。

大家觀看靦覥的鹿時，赫麥妮跟牡鹿說著話，好像那頭鹿是個她能哄騙、愛撫的小男孩兒一樣。這是頭雄鹿，所以她要對牠施加點壓力。在大家沿著魚塘往回走時，赫麥妮對大家講起兩隻雄天鵝為爭奪一隻雌天鵝的愛情故事。她講到那失敗的天鵝把頭埋進翅膀裡，坐在砂礫路上的敗興樣子時，不禁嘻嘻笑起來。

當大家回來後，赫麥妮站在草坪上喊盧伯特，尖細的聲音傳得很遠：

「盧伯特！盧伯特！」第一聲喊得又高又慢，而第二聲則降下了調子。「盧——伯——特。」

但沒人回答。女傭出現在門口。

「伯金先生在哪兒？艾麗斯？」赫麥妮慢悠悠溫和地問。可這溫柔的聲音下卻是固執、幾乎是喪心病狂的意志！

「我覺得可能在他的房間裡，太太。」

「是嗎？」

赫麥妮緩步走上樓梯，沿著走廊邊走邊用又細又高的嗓門兒叫著：「盧伯特！盧伯特！」

她走到門前，敲著門大叫：「盧——伯特。」

「我在這裡，」他終於答腔了。

「你在幹嘛呢？」這問題並不嚴重，但卻問得奇怪。

伯金沒有回答就打開了門。

「我們回來了，」赫麥妮說，「水仙花兒可真好看啊。」

「是啊，我看過了。」

她拉長了臉，冷淡地、緩緩地掃視他。

「是嗎？」她仍看著他說。當他像個生氣的小男孩兒那樣無援無靠地來到布萊德比時，跟他鬧點矛盾，這比什麼都讓赫麥妮感到刺激。但她明白，她和他就要分道揚鑣，她潛意識中對他抱有強烈的仇恨。

「你剛才幹什麼來著？」她重複道，那聲音很柔和，顯得毫不在意的樣子。他並不回答，於是她幾乎是下意識地走進他的房間。他從她的閨房中取來了一幅畫有鵝的中國畫，正在臨摹，他的技巧很高明，臨得頗爲栩栩如生。

「你在臨這幅畫？」她靠近桌子俯首看著這幅作品。「啊，你臨得多麼漂亮呀！你很喜歡這幅畫兒，是嗎？」

「這幅畫兒太神妙了，」他說。

「是嗎？你喜歡它，這讓我太高興了，因爲我一直珍愛它。這幅畫是中國大使送我的。」

「原來如此，」他說。

「可你爲什麼要臨它呢？」她不經意地問，「爲什麼不自己畫自己的作品？」

「我想了解它，」他回答，「通過臨摹這幅畫，比讀所有的書都更能讓我了解中國。」

「那你學到了什麼呢？」她的好奇心又上來了，她緊緊地抓住他，要得到他內心的秘密。她非要知道不可。她要知道他了解的一切，這種慾望糾纏著她，讓她變得很霸道。伯金沉默了一會兒，不想回答她。但懼於她的壓力，他才開始回答：「我知道中國人從什麼地方攝取生存的源泉了——他們的所悟與所感——那就是，冰冷的泥水中一隻灼燙的鵝——鵝那奇妙灼燙的血像烈焰一樣注入他們自己的血液中，那是冷寂的泥潭之火，蘊藏著玉荷的神秘。」

赫麥妮狹長的面龐上沒一點血色，低垂著眼簾，神色奇特、凝重地看著伯金，單薄的前胸顫動著。伯金不動聲色，惡魔一樣地回視她。她感到又一陣抽搐，似乎有點難受，感到自己正在溶化，於是她轉過身去。她的頭腦無法悟出他語言中的眞諦；他攫住了她的心，令她無法掙脫，以某種陰險隱秘的力量摧毀她。

「是啊，」她似有似無地說，「是啊，」她忍住不說了，試圖理清自己的思緒。可是她不能。她現在沒有一點機智，已經感到自己被解體了。儘管她強迫自己，但她仍然無法恢復理智。她忍受著被溶化的巨痛，在恐怖中變得粉身碎骨。伯金紋風不動地站立著，盯著她。她飄飄若仙地走了出去，像一個蒼白的魔鬼，正被捕殺，像受到墳鬼追隨襲擊一樣惶惶然。她走了，像一具沒有靈魂、與別人無關的屍體。他仍然心地殘酷，一個心眼兒要報復她。

赫麥妮下樓來吃飯時，臉上陰雲密布，眼簾低垂，死一般黯然。她換上了一件綠色的舊緞子長衫，很合身，顯得更高大、更可怕了。在客廳那歡愉的氣氛中她顯得神秘莫測，很是抑鬱。一坐到餐廳幽暗的燈影中，桌上的蠟燭光籠罩著她，她就變成了一股力量。變成了一個精靈。她聚精會神地聽人們談著天。

在座的人們神采飛揚，除了伯金和約瑟華・麥賽森以外都穿著晚禮服，顯得雍容華貴。嬌小的義大利伯爵夫人身著薄紗羅，衣服上綴著柔軟的橘黃、金黃和黑色的寬大綢三色帶；戈珍則著一身艷綠，飾著奇妙的針織品；厄秀拉穿一身黃，佩著銀灰色紗巾；布萊德利女士的衣服呈灰、腥紅與黑三種顏色；而瑪茲小姐則是一身淺灰打扮。看到燭光下這一片五彩紛呈的顏色，赫麥妮感到一陣突如其來的快樂湧上心頭。她注意到人們在沒完沒了地談笑著：約瑟華聲色俱厲；女人們一個勁輕浮地嘻笑、作答；她還注意到五彩繽紛的衣著、白色的桌面及上上下下的燈影。她似乎高興得神魂顚倒，但心中隱隱有些厭惡，她眞像一個魔鬼。她很少插話，但人們的談話她卻聽得一字不漏。

大家一齊擁入客廳，像一家人一樣隨便，不拘禮節。瑪茲小姐給大家遞上咖啡，每人都點著了煙，有的則用長長的陶土製的煙斗吸煙。

「吸煙嗎？煙捲還是煙斗？」瑪茲小姐詢問著。大家坐了一圈，約瑟華先生一副十八世紀的派頭，杰拉德則是溫厚漂亮的英國小夥子樣兒，亞歷山大是高大健美的政治家，既講民主又談吐流暢，赫麥妮則像個細高的卡桑德拉⑤。女人們臉色白皙，在燈光柔和舒服的客廳中圍著大理石壁爐坐成半月型，認眞地吸著白色煙斗，爐膛裡的圓木劈劈啪啪燃響著。

大家的談話時常涉及到政治、社會，很風趣，充滿奇特的無政府主義味道。廳裡聚集著一股力量，一股毀滅性的力量。一切似乎都被投進了熔爐中，在厄秀拉看來，這些人全是些女巫，幫著攪動這座熔爐中的東西。儘管這當中有歡樂和滿足，但對一個新來者來說，這種談話太累人了，來自約瑟華、赫麥妮及伯金那兒的殘酷的精神壓力，強大、耗人、具有毀滅性、壓迫著所有其他的人。

但是赫麥妮漸漸感到厭倦了，膩了。談話出現了冷場，這全是那些強大但又無意識的意志造成的。

「賽爾西，表演點什麼吧。」赫麥妮徹底打斷大家的談話。「誰來跳個舞？戈珍，你來跳一個，好嗎？我希望你來一個。帕拉斯特拉，你也來跳個舞——好，很好。厄秀拉，也來吧。」

赫麥妮慢慢站起身，手拉著壁爐台上的金黃色繡帶，靠在上面停了片刻，然後突然鬆開了帶子。像一位女牧師一樣。她看上去木然、沉迷。

一個僕人進來一下，然後又出去了，很快這僕人又出現，懷抱著一大堆緞帶、披肩和圍巾，大多是些東方貨。赫麥妮喜歡積攢華麗的衣服，這些裝飾品也是隨著衣服逐漸攢起來的。

「你們三個女士一齊跳吧。」她說。

「跳什麼舞呢？」亞歷山大忽地站起身問。

「《岩石上的少女》。」伯爵夫人馬上說。

「那太沒意思了。」厄秀拉說。

「那就跳《馬克白》中三個女巫的那段舞吧，」瑪茲小姐提出一個很中肯的建議。最後決定厄秀拉演諾米，戈珍演盧斯，伯爵夫人飾奧帕。她們準備跳一場小芭蕾舞，按照俄國舞蹈家巴芙洛娃[6]和尼金斯基[7]的風格跳。

伯爵夫人第一個做好了準備。亞歷山大朝鋼琴走去，爲她騰出了一塊地方。奧帕身著漂亮的東方服裝，緩緩地跳起了哀悼亡夫的舞蹈。然後盧斯進來了，跟奧帕一起落淚。然後是諾米進來安慰大家。整個劇情都是用啞劇的形式表現出來的，三個女人通過手勢和動作來表達感情。這場小戲演了十五分鐘之久。

厄秀拉扮演的諾米很漂亮。諾米的男人都死了，只剩下她一人不屈不撓地活著，並無所求。盧斯喜歡女人，她喜歡上了諾米。奧帕是一位活潑、有激情、心細謹慎的寡婦，她要回歸到原來的生活中去，走回頭路。女人間的相互影響演得很逼眞，很動人。令人奇怪的是，戈珍對厄秀拉滿懷激情地依戀著，可衝她笑起來時那笑容卻是莫名其妙、惡作劇式的，而厄秀拉則默默地承受著，對己對人都無法付出更多，但她臨危不懼，與自己的悲哀作鬥爭。

赫麥妮喜歡看人表演。伯爵夫人那鼬鼠般的敏感勁兒來得很快，戈珍把對姊姊扮演的女人那種可怕的依戀感演絕了。厄秀拉危險中孤獨無援，似乎她承受著無法擺脫的重壓。

「太妙了。」人們異口同聲地說。赫麥妮因爲對一些東西弄不大懂，心裡很苦惱。她叫著讓人們多跳幾個舞，爲此，伯爵夫人和伯金一起唱著一首古老的法國歌曲《馬博羅》邊唱邊跳了起來。

杰拉德看到戈珍對諾米的那種依戀之情時很是激動。那女人潛藏著的魯莽勁和調侃的樣子讓他熱血沸騰。他忘不了戈珍表演出來的那種自發的戀情和無所顧惜的精神，同時還忘不了她的諷刺力量。伯金像隱藏著的蟹，在水流深凹處看到了厄秀拉受挫和孤立的境態。她身上蘊藏著一股危險的力量。她就像一朵女強人之花蕾，奇特但毫無自我意識。不知不覺中他被她吸引著。她是他的未來。

亞歷山大彈奏了幾首匈牙利曲子，大家受到鋼琴聲的感染，都隨著琴聲跳起舞來。杰拉德興高采烈地跳著，向戈珍那邊挪過去。儘管他只會跳幾步華爾滋或兩步舞，但他感到自己的四肢和全身中都激盪著一股力量，令他擺脫了束縛。他不知道別人那種抽筋式的拉格泰姆舞怎麼個跳法，但他知道如何起步。伯金一旦擺脫了他厭惡的那幫人的壓力，便能快活地疾步而舞。可赫麥妮對他這種毫無責任感的快樂是多麼恨之入骨啊。

「現在我看出來了，」伯爵夫人興奮地大叫道。她看著伯金自我陶醉的興奮舞姿說：「伯金先生換了一個人嘛。」

赫麥妮緩緩地看了看他，不禁渾身一怔。她知道只有外國人才能看出這一點並說出這樣的話來。

「這是什麼意思，帕拉斯特拉？」她問。

「看，」伯爵夫人用義大利語說：「他不是個人，是一條變色龍。」

「他不是個人，他危險，不是我們一夥的，」赫麥妮心中反覆說著。她很不安，不得不屈服於他。因爲他有著不同於她的逃避力量和生存力量，因爲他並不始終如一，不是個眞正的男人。她在絕望中恨透了他，這絕望感令她破碎、屈服，忍受著被肢解的痛苦，令她跟一具死屍差不多，除了能感覺到自己的靈與肉正被解體以外，什麼都意識不到了。

房間都佔滿了，杰拉德佔了較小的一間，其實是與伯金的臥室相通的更衣室。人們各自取一支蠟燭向樓梯走去時，赫麥妮拉住了厄秀拉，帶她到自己的房間裡去談天。來到赫麥妮那奇特的大臥室中，厄秀拉感到很拘謹。赫麥妮似乎壓抑著她，可怕又莫名其妙地說些什麼話。她們觀賞著一些印度綢衣，華貴而性感的衣服，那樣式有點腐化。赫麥妮靠近她，前胸起伏著，一時間厄秀拉感到無所適從、驚慌起來。赫麥妮那雙兇狠的眼睛從厄秀拉的臉上看出她害怕了，於是她又感到一陣崩潰。厄秀拉揀起一件為十四歲的公主做的大紅大綠的綢衫，叫道：「太漂亮了，誰敢穿這麼艷的衣服——」

這時赫麥妮的女僕靜悄悄地走進來，厄秀拉趁機跑了，她早就嚇壞了。

伯金進屋後就直接上床了，他很高興，也很睏，從開始跳舞時他就感到高興了。可杰拉德非要跟他聊天不可。杰拉德身穿晚禮服坐在伯金床上，伯金早已躺下，杰拉德一定要聊聊不可。

「布朗溫家那兩個姑娘是怎麼回事？」杰拉德問。

「她們住在貝多弗。」

「在小學裡教書。」

「貝多弗！她們做什麼的？」

「是她們？」杰拉德沉默了一下大叫道：「我覺得我在哪兒見過她們。」

「你失望了？」

「失望？不！可是赫麥妮怎麼會把她們請到這兒來呢？」

「她是在倫敦認識戈珍的，戈珍就是年輕的那個，頭髮稍黑點兒的那個，她是位藝術家，從事雕塑和造型藝術。」

「那就是說她不是小學教師了，只有另一個是。」

「都是，戈珍是美術教師，厄秀拉是任課教師。」

「那她們的父親做什麼的？」

「手工指導，也在那所學校。」

「眞的！」

「階級障礙打破了！」

伯金一嘲諷，杰拉德就感到不安。

「她們的父親是學校裡的手工指導！這對我有什麼損害？」

伯金笑了。杰拉德看著伯金的臉，他頭枕在枕頭上，尖刻、灑脫地笑著，令杰拉德無法離去。

「我覺得你不會常見到戈珍的。她是一隻不安分的小鳥兒，一兩週之內她就要走了，」伯金說。

「去哪兒？」

「倫敦、巴黎、羅馬，眞是天曉得。我總希望她躲到大馬士革或舊金山去，她本是一隻天堂之鳥。天曉得她與貝多弗有什麼關係，偏偏這樣，像個夢一樣。」

杰拉德思忖了一會兒，說：「你怎麼對她這麼了解？」

「我在倫敦認識她的，」伯金說，「跟阿爾加農・斯特林治那批人在一起時認識的。她會認識米納蒂和里比德尼科夫那些人的，就算沒有私交，也認識。她跟那幫人不是一路的，她更傳統些。我認識她好像有兩年了。」

「除了教書以外她還賺錢嗎？」杰拉德問。

「賺點兒，不過收入不固定。她可以出售她的造型藝術品，她可是小有名氣的人呢。」

「她的作品賣多少錢？」

「一基尼，十基尼不等。」

「作品品質怎麼樣？都是什麼題材的？」

「有時她的作品很不錯。那就是她的，就是赫麥妮書房中的兩隻鶺鴒，你見過，先刻在木頭上，再上色。」

「我覺得那又是野蠻人的雕刻。」

「她的可不是。那都是些動物和小鳥兒，有時刻些奇奇怪怪的小人物，身著日常衣服，讓她那麼一刻，眞顯得妙不可言。她的雕刻中有一種不經意的樂趣，很微妙。」

「她或許將來有一天會成爲一位知名藝術家？」杰拉德問。

「很可能。不過我覺得她不會。一旦有什麼東西吸引她，她就會放棄藝術，這決定了她不會嚴肅地對待藝術——她對藝術並不是很嚴肅，總感到自己要放棄藝術了；可是又無法放棄，又抱著藝術不放。這一點我就不能容忍她。哦，對了，我離開以後米納蒂怎麼樣了？我再沒聽到她的消息。」

「噢，太令人作嘔了。海里戴變得極令人討厭，我跟他正兒八經地大吵了一頓，差一點沒殺了他。」

伯金沉默了。

「很自然，」他說，「裘里斯有點神經錯亂。一方面他是個宗教狂，另一方面他又是個肉慾狂。他既是個純潔的奴僕，爲基督洗腳，又爲基督畫下流圖畫——行動與反動，在這之間徘徊，除此之外再也沒有別的。他眞的瘋了。他需要一朵潔白的百合花樣的女子，像波提切利⑧畫中的女子那麼美，這是一方面，另一方面他又把住米納蒂不放，只是爲了跟她鬼混。」

「我說不清這是怎麼回事，」杰拉德說，「他是愛米納蒂還是不愛？」

「他既不是愛也不是不愛。對他來說，她是個婊子，是個跟他通姦的婊子。而他又渴望跟她幹骯髒的勾當。然後他又搞一個百合花一樣純潔的小姑娘，這樣他就佔全了。這是個古而又古的故事，反覆重複的把戲，沒有徘徊這一說。」

「我不知道，」杰拉德停了片刻說：「他如此污辱米納蒂。米納蒂這麼骯髒，眞令我吃驚。」

「可我認爲你挺喜歡她，」伯金叫道，「我就一直很喜歡她，可我從沒跟她有什麼曖昧，這是眞的。」

「我愛上她好多天了，」杰拉德說，「可跟她在一起待上一週就夠了。這種女人身上有股味，最終讓你感到說不出來的噁心，儘管你最初喜歡這股味兒。」

「我知道，」伯金說，然後又煩躁地說：「不過，去睡吧，杰拉德，天曉得都什麼時候了。」

杰拉德看看手錶，終於站起身到自己的房間裡去睡了。但幾分鐘以後他又穿著襯衫回來了。

「有件事告訴你，」他又坐在床上說，「我們匆匆分了手，我沒有機會送她點什麼東西。」

「是指錢嗎？」伯金說，「她會從海里戴或其他熟人那裡得到她想要的。」

「可是，」杰拉德說，「我要給她應得的那一份，清了這筆賬。」

「她不會在意的。」

「也許不會吧。可這筆賬讓我覺得該給她什麼，還是清了的好。」

「是嗎？」伯金說，他看著杰拉德，他穿著襯衫坐在床上，露出了兩條腿。他的腿很白，很結實，滿是肌肉，很健美。伯金卻感到一種憐憫與溫柔之情湧上心頭，似乎那是兩條孩子的腿。

「我覺得還是把這筆賬還清了的好，」杰拉德重複著自己的話。

「怎麼著都沒關係，」伯金說。

「你總說沒關係，」杰拉德迷惑不解地說，他很有感情地看著伯金的臉。

「是沒關係。」伯金說。

「可她是清白的那種人，眞的——」

「是該撒的就歸該撒⑨，」伯金說著轉過臉去，他覺得杰拉德似乎是在沒話找話。「去吧，我都煩了，太晚了。」他說。

「我希望你告訴我一些『有關係』的事，」杰拉德說著，目不轉睛地看著伯金的臉，等待著什麼。但伯金把臉扭到一邊去了。

「好吧，睡吧，」杰拉德友好地拍拍伯金回自己房裡去了。

早晨杰拉德醒來後聽到伯金在房裡走動的聲音就叫道：「我仍想給米納蒂一些錢。」

「天啊！」伯金說，「別死心眼兒了。要想清了這筆賬就在你心中清了算了。可是你心裡清不了。」

「你怎麼知道我清不了？」

「我了解你。」

杰拉德沉思一會兒說：「我似乎覺得最好給米納蒂一筆錢，對她來說這樣最好。」

「情婦嘛，最好是養著。妻子嘛，則要與之廝守。生活正直，不受罪惡的污染⑩。」

「沒必要鬧得不愉快呀，」杰拉德說。

「我對此厭倦了，對你的小過失我沒興趣。」

「你感不感興趣我不在乎，眞的。」

這又是一個陽光明媚的早晨。女僕進來了，打來了水，拉開了窗帘。伯金坐在床上，懶洋洋、愉快地朝窗外的公園望去，公園裡一片碧綠、靜寂、浪漫、一種過時的情調。他想，過去的歲月是那麼可愛、穩定、整齊、不可改變——這房子那麼靜謐、金碧輝煌，這公園，已沉睡了好幾個世紀。可是，這靜謐的美是個騙局、是個幻境，布萊德比是一座多麼可怕、死亡的地獄啊！這平靜是多麼令人難以容忍、多麼束縛人啊！可這畢竟比雜亂無章、齷齪、充滿衝突的現實世界要好些。如果人可以隨心所欲地創造未來，創造一點純眞，追尋生活的純樸眞理，那麼人的心靈就會不停地呼喊。

「我簡直不知道你對什麼有興趣，」杰拉德在下面的房間裡說，「既不是米納蒂這樣的人，也不是礦井，什麼你都不感興趣。」

「你對你的事情感興趣去吧，杰拉德。但我對此沒興趣。」伯金說。

「那我怎麼辦呢？」杰拉德說。

「隨你。我能有什麼辦法？」沉默中伯金可以感覺出杰拉德在思考這件事。

「我要知道就好了，」杰拉德溫和地說。

「你看，」伯金說，「你一方面想著米納蒂，只有米納蒂，另一方面你又想著礦井和商務，除了經商就是經商，這就是你，注意力全在這上頭。」

「我還想著別的事，」杰拉德的聲音變得眞實、安詳起來。

「什麼？」伯金有點吃驚地問。

「那就是我希望你告訴我的事。」杰拉德說。

他們都沉默了。

「我無法告訴你，我連自己的路都無法尋到，更別說你了。你應該結婚了，」伯金說。

「跟誰？米納蒂嗎？」杰拉德問。

「也許是吧，」伯金說著站起身朝窗口走去。

「那是你的萬能藥方，」杰拉德說，「可是你還沒有在自己身上試過呢，可見你病得可不輕啊。」

「是的，」伯金說，「但我會好的。」

「通過結婚嗎？」

「對，」伯金固執地說。

「不，不，」杰拉德說，「不，不，我的夥計。」

他們沉默了，彼此變得緊張地敵對起來。他們之間總有一道鴻溝，保持著一段距離，他們總要擺脫對方。可是雙方內心都很緊張。

「婦女的救星，」杰拉德嘲弄說。

「爲什麼不呢？」伯金問。

「沒有爲什麼這一說，」杰拉德說，「如果這眞行得通就行。你要跟誰結婚呢？」

「跟一個女人，」伯金說。

「好啊，」杰拉德說。

伯金和杰拉德最後才下樓來吃早餐。赫麥妮喜歡每個人都早到。一旦她感到一天要消失了，那就跟失去了生活差不多，她就會爲此感到痛苦。她似乎卡著時間的喉嚨，硬要從中擠出生活來。早晨她面色蒼白形同魔鬼一般，似乎她被人遺落在了後面。但是她是個強有力的人，她的意志具有普遍的影響力。這兩個男人剛一走進來，人們就感到空氣緊張起來。

她抬起頭，聲音單調地說：「早安！睡得好嗎？見到你們我太高興了。」

說完她就把臉扭向一邊不理他們了。伯金太了解她了，知道她這是想削弱他的價値。

「從櫥子裡取點吃的，想用什麼就用什麼。」亞歷山大有點不悅地說。「但願還沒變涼。噢，不！盧伯特，撤掉火鍋下的火好嗎？好，謝謝。」

赫麥妮冷漠時，連亞歷山大的口氣也變得專橫了。他那副腔調也是跟赫麥妮學來的。伯金坐下，掃視了一下桌面。他對這座房子，這間客廳及這裡的氣氛是太熟悉了，他與這裡有著多年甚密的往來，可現在他覺得自己一點也不喜歡這兒，這跟他一點關係都沒有。赫麥妮挺直、沉默、有點茫然地坐著，但她太強大了！伯金太了解她了。他對赫麥妮瞭如指掌，她幾乎令他發瘋。當一個人走入滿是死人的埃及國王墳墓時，很難相信他不會發瘋，那些屍體太古老、太多了。他太了解約瑟華・麥賽森了，他溫和、咬文嚼字地說著話，沒完沒了，沒完沒了，總是絞盡腦汁；他的話儘管很風趣、機智、讓人好奇，但都是些老生常談。亞歷山大消息最靈通，最灑脫，但也最冷漠。瑪茲小姐很迷人，那樣子裝得恰到好處。嬌小的義大利伯爵夫人自顧耍著自己的把戲，她像一隻黃鼠狼一樣什麼都看，從中取樂，隔岸觀火，自己卻從不介入。還有布萊德利女士，她陰鬱、順從，赫麥妮對她冷眼相看，甚至拿她取樂，從而人人都小看她。這所有的一切都太熟悉了，就像下西洋棋一樣，擺弄棋子，女王、騎士、卒子。今天同樣跟幾百年前一樣，同一種下法，在一方棋盤上沒完沒了地把這些棋子擺弄來擺弄去。可這種把戲太陳舊了，這種棋的走法讓人發瘋，太令人疲憊。

杰拉德臉上帶著一副自鳴得意的神情看著這場把戲。戈珍則目不轉睛，圓睜著充滿敵意的雙目看著人們表演，她既爲之著迷，又爲之厭惡。厄秀拉臉上露出微微吃驚的表情，似乎她受到了傷害，那疼痛並非她的意識所能感到。

伯金突然站起身走了出去。

「夠了，」他心裡情不自禁地說。

赫麥妮無意識中感受到了他的動作。她抬起眼皮，看到他突然隨著一波未知的浪峰消失了，於是她感到那浪頭在自己頭上炸碎了。是她那強大的意志讓她不動聲色地依舊坐著不離餐桌，胡拉亂扯著。可是黑暗籠罩了她，她像一隻船沉到了浪頭下面。她在黑暗中觸礁了，她完了。但她那頑強的意志仍在起作用，她仍然挺著。

「上午游泳好嗎？」她突然看著大家說。

「太好了，」約瑟華說，「這個早晨太美了。」

「噢，是太美了，」瑪茲小姐說。

「是啊，去游泳吧，」那義大利女人說。

「我們沒有泳裝啊，」杰拉德說。

「用我的吧，」亞歷山大說，「反正我必須到教堂去上日課，大家都等我呢。」

「你是基督教徒嗎？」那義大利伯爵夫人突然感興趣地問。

「不是，」亞歷山大說，「我不是，但我認爲應該維持舊的體制。」

「舊的體制很好呀。」瑪茲小姐聲調悅耳地說。

「啊，是啊，」布萊德利女士說。

大家都漫步走到草坪上去。這是初夏一個陽光明媚、風和日麗的早晨，生活顯得頗爲微妙，就像一場夢境。遠處，教堂的鐘聲響了，天上沒有一絲白雲，山下湖中的天鵝像百合花漂浮在水上，孔雀昂首挺胸地邁著大步，穿過樹蔭走入沐浴著陽光的草地。這美好的昔日景象多麼令人銷魂啊。

「再見了，」亞歷山大愉快地揮著手套向大家告別，隨後他的身影消失在灌木叢中，朝教堂走去。

「好了，」赫麥妮說，「咱們去吧。」

「我不去，」厄秀拉說。

「你不想去嗎？」赫麥妮緩緩地掃視著她說。

「是的，我不想，」厄秀拉說。

「我也不去，」戈珍說。

「我的泳衣準備了嗎？」杰拉德問。

「我不知道，」赫麥妮聲調奇怪地說笑著。「一塊巾子夠嗎，一大塊手巾。」

「可以，」杰拉德說。

「那就跟我來吧，」赫麥妮說。

第一個跑上草坪的是那嬌小的義大利女人，她像一隻小貓，白白的腿在陽光下閃爍著，邊跑邊低下用金黃綢帕包著的頭。她穿過大門下到草坪上，脫下浴巾，露出象牙般潔白的身體，金黃色的手帕包著頭，往水邊一站，把水中的天鵝嚇了一跳。然後跑出來的是布萊德利女士，她身著墨綠色衣服，像一隻巨大柔軟的洋李子。杰拉德腰間圍著一塊腥紅色綢布，胳膊上搭著一塊浴巾，似乎在陽光中有點飄飄然，他微笑著走走停停，步履瀟灑，赤裸的肌體白皙，但人顯得很自然。約瑟華先生披著一件長衫。最後出來的是赫麥妮，她身披一件紫色斗篷，頭用紫和金黃兩色頭巾包著，顯得挺拔、高雅。她頎長挺拔的身段很美，白皙的腿邁著一字步，那種嫻靜的高雅在她的披風微微飄動時最令人銷魂。她穿過草坪，像一段奇特的記憶，堂而皇之地緩緩走向水邊。

通向深谷的階梯平台上，有三個大池塘，陽光下，水波嫻靜，很是妖嬈。池中流水漫過一道小石牆，在石縫中汩汩淌出，飛濺著落到下面的另一個池中。天鵝上了對岸，蘆葦散發著清香，微風輕拂著人們的皮膚。

杰拉德緊隨著約瑟華躍入水中，一氣游上對岸，爬了上去坐在石牆上。又有人跳入水中，是伯爵夫人，她像貓一樣游過去找杰拉德。他們雙雙坐在陽光下，雙臂抱在胸前笑著。約瑟華先生游過來，靠近他們站在水中，水正齊到他的腋窩。隨後赫麥妮和布萊德利女士也游過來，幾個人在堤上坐成一排。

「他們是不是太可怕了？是不是？」戈珍說，「他們是不是有些像四腳蛇？眞像幾隻大四腳蛇，你見過約瑟華這樣的人嗎？他眞像剛剛出世時到處爬行的四腳蛇。」

戈珍驚詫地看著約瑟華先生，他站在齊胸深的水中，長長的灰白頭髮搭在額前，脖子鑲嵌在粗厚的肩膀之中。他正同坐在上方的布萊德利女士談著天。布萊德利腰寬體胖，渾身水淋淋的，像一個李子，似乎她會像動物園裡的海獅那樣滾下來。

厄秀拉默默看著他們。杰拉德坐在赫麥妮和伯爵夫人中間開心地笑著。他令人想起酒神狄奧尼索斯，因爲他的頭髮的確是金黃的，他豐滿的身軀都在狂歡之中。赫麥妮高大挺拔的身體以一種可怕的優雅姿勢傾靠向他，那樣子怪嚇人的，似乎她對自己行爲的後果毫不負責任。杰拉德悟出了她身上某種危險性，那是一種抽搐般的瘋狂。但他不管這些，自顧笑著，把身子轉向伯爵夫人，夫人則抬起臉看著他。

他們又都跳進水中，像一群海豹一樣游起來。赫麥妮在水中沉醉般地游著，高大的身軀動得很慢。帕里斯特拉像一隻水老鼠不聲不響游得飛快。杰拉德則像一條白色的影子在水中起伏閃爍。他們接踵游來，鑽出水面，回房間去了。

杰拉德在外面耽擱了一下，他想和戈珍說話。

「你不喜歡水，是嗎？」他問。

戈珍緩緩地把目光投向他，不經意地看著他。他大剌剌地站在她面前，皮膚上泛著水珠。

「我很喜歡水，」她回答道。

他沉默了片刻，等待著她的解釋。

「你會游泳嗎？」

「會的。」

但他仍然不問她剛才爲什麼不下水。他可以察覺她話音中的諷刺味兒。他走了，第一次受到了她的刺激。

「你爲什麼不下水呢？」待他穿戴整齊以後他又問她。

她猶豫了一會，對他的窮追不捨很反感。

「因爲我不喜歡這群人，」她回答。

他笑了。她的話似乎還在他的耳畔迴響。她的話著實辛辣，不管他承認不承認，她向他展示了一個眞實的世界。他想達到她那個境界，成爲她所期望的那種人。他知道只有她的標準才是舉足輕重的，別人都是些局外人，不管他們的社會地位如何。杰拉德無法控制自己，他要努力達到她的要求，成爲她眼中的男子漢，成爲她眼中人的形象。

午餐之後，別人都退出去了，只剩下赫麥妮、杰拉德和伯金，他們要在此結束原先的話題。他們的討論總的來說充滿了睿智但毫無實際內容。他們在醞釀一個新的國家，一個新的人的世界。假如舊的社會和國家被打碎、毀滅掉了，那麼，紊亂中會出現什麼後果呢？

約瑟華先生曾說，偉大的社會觀念就是實現人的社會平等。但杰拉德說不然，應該是每個人都適合承擔他自己的那一點任務，讓他完成那項任務並以此為滿足。正在進行中的工作是統一人們的原則。只有工作，只有生產才能把人們聚合在一起。這是機械論，但是社會就是一種機械。如果不工作，人們就孤立了，可以獨自想做什麼就做什麼。

「天啊！」戈珍叫道，「那樣的話，我們就不需要名字了。就會像德國人一樣，只稱呼高級師傅先生和低級師傅先生。我們可以想像，『我是礦山經理克里奇太太；我是議會議員羅迪斯太太；我是美術教師布朗溫小姐。』這麼稱呼倒挺好的。」

「事情會越變越好的，美術教員布朗溫小姐，」杰拉德說。

「什麼事情呢，礦山經理克里奇先生？是指你我之間的關係嗎？」

「對呀，」那義大利人叫道，「就是指男人和女人之間——！」

「那不是社會問題，」伯金嘲諷地說。

「對，」杰拉德說。「我和女人的關係，這裡沒有介入社會問題，這是我自己的事。」

「這句話可得十英鎊，」伯金說。

「你不認為一個女人是個社會的人嗎？」厄秀拉問杰拉德。

「她有兩面性，」杰拉德說。「就社會來講，她是社會的人。但對她的私生活來說，她是個自由的人，她要做什麼，那純屬她個人的事。」

「你不覺得這兩者很難分開嗎？」厄秀拉說。

「不，不難，」杰拉德說，「它們分得很自然，瞧，到處都是這樣。」

「當你沒找到答案之前先不要笑。」伯金說。

「我笑了嗎？」他問。

「如果，」赫麥妮終於開口說，「如果我們意識到我們在精神上是一樣的，平等的，是兄弟，其餘的就都不成問題了，就不會有這些吹毛求疵，嫉妒，就不會有權力之爭，其爭鬥的結果只能是毀滅、毀滅。」

人們對這段話報以沉默，然後大家一齊站起來離開了桌子。等大夥都走了以後，伯金又轉回身尖刻地指出：「恰恰相反，恰恰相反，赫麥妮，我們在精神上各不相同，並不平等——由於偶然的物質條件不相同造成了社會地位的不同。如果抽象地、從數字上看，我們是平等的。每個人都有飢渴感，都長著兩隻眼、一個鼻子和兩條腿。從數量上說我們都比誰不多不少。可在精神上卻有著根本的不同，這不是平等或不平等所能說清的。國家就建立在這個基礎上。你的民主之說純屬謊言，你的所謂兄弟博愛也純屬假話，這一點只要你進一步推廣、超出抽象的數字計算就可以得到證明。我們都要喝牛奶，吃夾肉麵包，我們都要坐汽車——這就是所謂兄弟博愛的全部內容。可是，這不等於平等。

「可是，作為我個人來說，我與其他男女們的平等有何關係？在精神上，我與他們像星星與星星之間那樣彼此毫不相干，在質量和數量上也都有所不同。還是在這個基礎上建立一個國家吧。誰也不比誰強多少，並不是因為他們是平等的，而是因為他們本質上是不同的，不同質的東西是無法比較的。一旦你開始比較，就會覺得某人比某人強得多，於是就產生了不平等。我希望人人分享一份世界上的財產，所以他就不會再強求什麼，我就可以對他說：『你已經得到了你想要得到的，你分到了公平的一份兒，你這蠢人，別妨礙我了，管你自己的事去吧。』」

赫麥妮斜視著他。他可以感到她對他的話充滿了厭惡與仇恨，那強烈的仇恨來自她的潛意識處。她在無意識的內心深處聽到了他的話，可表面上她似乎在裝聾作啞，對他的話置若罔聞。

「聽起來這口氣太大了吧，盧伯特？」杰拉德和藹地說。

赫麥妮不滿地哼了一聲，伯金不禁後退一步。

「是的，就這麼大，」伯金的語氣那麼固執，令任何人都讓步。說完他就走了。

但是後來他爲自己的話感到有些懊悔，他對可憐的赫麥妮太兇、太殘酷了。他想悔過。他報復了她，傷害了她，現在想同她和好了。

他來到了她舒適的閨房裡。她正在桌上寫信。他走進來時，她淡漠地抬起頭，看著他走到沙發邊坐下，然後又低下頭看自己的信紙。

他捧起一大本書讀了起來，他一直在讀這本書，很注意這書的作者。他背朝著赫麥妮，弄得她無法寫信了。她的頭腦裡一片混亂，一片黑暗，她像一個泳者在水中掙扎一樣，掙扎著用自己的意志控制自己。儘管她竭力要控制自己，但是她垮了，黑暗似乎籠罩著她，她感到心都要跳出來了。可怕的緊張感愈來愈強烈，那是一種可怕的痛苦，像窒息了一樣。

然後她意識到，他的身影就像一堵牆一樣，他的存在在摧毀她，如果她衝不出去的話，她就會被困在這可怕的牆中在恐懼中死去。他就是這牆，她必須推倒這堵牆，推倒這個可怕的障礙。非這樣不可，否則她就會毀滅。

一個可怕的震顫從她身上穿過，如同一股電流一般。似乎有無數伏特的電流突然把她擊倒了。她能感覺到他靜靜地坐在背後，簡直是一個難以想像的可怕障礙物。他那默默地彎著的背，他的後腦殼，令她的頭腦一片空白，令她呼吸緊促。

一股情慾的激流沖向她的手臂——她要體驗情慾的快感。她的手臂顫抖著，感到異常有力，這股力量是無法抗拒的。這是怎樣的歡樂？這是力的快樂，令人發狂的快感！她就要得到情慾的狂喜與美妙的快感了。它來了！在極度的恐怖與狂喜中，她知道它就要來臨，它伴著狂喜來臨了。她的手抓住桌上當作鎮紙用的漂亮的藍色青金石，把玩著，默默地站起身。她的心中燃著一團火，狂喜令她失去了理智。她靠近他，在他背後站了片刻。在她的魔力下，他一動也不動，變得懵懂起來。

一股烈火燃遍全身，她感到一陣難以言表的快感達到了極限，滿足達到了極限，於是她以迅雷不及掩耳之勢用盡全身力氣手握寶石向他頭部砸將下來。但她的手指阻礙了寶石的衝擊力。碰巧他正低頭看書，寶石滑向一邊，擦著他的耳朵砸了下去。她的手指落在桌上被砸疼了，這疼痛令她興奮不已。可她仍不滿足，又高高地舉起手臂，再一次看準在桌上俯案的人頭砸下去。她非砸爛這顆頭顱不可。不砸碎她就不痛快。一千個生，一千個死對她來說都算不得什麼了，她只想痛快一下。

這次她的動作不那麼迅速了，很慢。一股強大的精神力量讓他清醒了，他抬起扭曲著的臉看著她。但見她高舉著青金石，他恐怖地再次意識到她是個左撇子⑪，左手握著青金石，他急忙用一本厚書擋住了頭。青金石重重地落在書上，那力量幾乎要折斷他的脖子，震碎他的心。

他精神崩潰了，但他不怕，他推翻桌子避在一邊，轉過臉來正視著她。他像一隻被擊碎的水瓶，變成了碎渣。但他走起路來依舊泰然自若，他的頭腦一點都不亂，並不驚詫。

「別這樣，別這樣，赫麥妮，」他低聲說，「我不許你這樣。」

他看到她高大的身影挺立著，一臉鐵青，手裡緊握著青金石。

「靠邊站，讓我過去，」他靠近她說。

她似乎被一隻手推開了，站到了一邊，目不轉睛地一直看著他，像一個中立的天使一樣。

「這樣不好，」當他從她身邊走過時說，「我是不會死的，聽見了嗎？」

他面向著她退了出去，否則他一轉過臉去她就會再一次打他。他提高警覺時，她連動都不敢動，她沒有一點力氣了。他就這樣走了，讓她一個人仍舊站在那裡。

她僵硬地站了許久，然後一頭栽到長沙發裡，昏睡起來。當她醒來時，她記起來都做了些什麼，但她似乎覺得她不過是像任何受到他折磨的女人一樣打了他一下。她打得對。她知道在精神上她是對的。她是不會犯錯的，她做了她應該做的事。她是對的，是純潔的。她臉上永遠掛著一副沉迷的宗教表情。

伯金懵懵懂懂走出赫麥妮家，穿過公園，來到曠野中，直奔山上去。晴天轉陰，天上落起雨點來。他漫步來到峽谷邊上，這兒長著茂盛的榛樹叢，鮮花吐艷，石楠叢、冷杉幼苗中已萌發出幼芽來。到處都很潮濕，谷地裡淌著一道小溪，那溪水似乎很猶豫地流著。他知道他無法恢復理智，他像是在黑暗中遊動著。

可是，他需要點什麼。來到這花朵點綴著的茂盛灌木叢中，來到這濕漉漉的山坡上，他感到很幸福。他要接觸它們，用自己的全身與它們相觸。於是他脫光衣服，赤身坐在草櫻花中，腳、腿和膝蓋在草櫻花中輕柔地動著，然後揚起雙臂躺下，讓花草撫摸著他的腹部和胸膛。

這觸覺是那麼美妙，令他感到一陣徹身的清涼，他似乎溶化在花草中了。

可是這種撫摸太輕柔了。於是他穿過深草叢來到一人高的一片冷杉叢中。軟軟的尖樹枝刺痛了他，在他的腹上灑著清涼的水珠，尖尖的刺尖扎痛了他的腰部。薊刺尖尖的，但刺得不太疼，因爲他走路很輕。在清涼的風信子中翻滾，肚皮朝下爬著、背上覆蓋濕漉漉的青草，那草兒像一股氣息，比任何女人的觸摸都更溫存、細膩、美妙；然後再用大腿去碰撞粗硬的冷杉枝子，肩膀感受著榛樹枝的抽打、撕咬，然後把銀色的白樺枝攬進自己懷中去感受著白樺枝的光滑、粗硬和那富有生命力的瘤骨——這一切眞是太好、太好了，太令人滿足了。什麼也比不上青草的涼氣沁入骨血中令人滿足，什麼也比不上這個。他是多麼幸運啊，這可愛、細膩、有靈性的青草在等他如同他在等待它們一樣！他是多麼滿足、多麼幸福啊！

他一邊用手帕擦拭著身子，一邊想到了赫麥妮以及她給他的打擊。他可以感到自己半邊的頭在疼。可說到底，這有什麼了不起？赫麥妮怎麼樣、別人又怎樣？有了這美好、可愛的清涼氣息，他就滿足了，就不管那些了。眞的，他原以爲自己需要別人、需要女人，這眞是一大錯誤。他並不想女人，一點都不需要。樹葉、草櫻花和樹幹，這些才眞眞兒地可愛、涼爽、令他渴望，它們沁入了他的血液中，成了他新的一部分，他感到自己得到了無限的豐富，他爲此高興極了。

怪不得赫麥妮要殺害他呢。他跟她有什麼關係⑫？他爲什麼要裝作與人類有什麼關係的樣子？這裡才是他的世界，除了這可愛、細膩、有靈性的青草他誰也不需要、什麼都不需要，他只需要他自己、他活生生的自己。

的確，他有必要回到人的世界中去。如果他知道自己屬於何方，那倒沒什麼。可是他不知道。這兒才是他的地盤，他與這裡相關相連。塵世對他來說並不重要。

他爬出峽谷，眞懷疑自己瘋了。如果眞是這樣，他寧可瘋也不願意做一個正常人。他欣賞自己的瘋態，這時他是自由的。塵世的理智令他十分厭惡，反之，他發現了自己的瘋態世界，這個世界是那麼清新、細膩、令人心曠神怡。

同時他又感到一股愁悵，那是舊道德觀的殘跡，它使你依然依戀著人類。但他對舊的道德、人和人類感到厭倦了。他愛的是這溫柔、細膩的植物世界。它是那麼清爽、美妙。他將對舊的惆悵不屑一顧，擯棄舊的道德，在新的環境中獲得自由。

他感覺到頭疼愈來愈烈，每一分鐘都在增加。他現在沿著大路朝最近的車站走去。下雨了，可是他沒戴帽子[13]。現在就有不少怪人，下雨天出門不戴帽子。

他弄不清，自己心情沉重、壓抑，這當中有多少成分是由於害怕造成的？他怕別人看到他赤身裸體躺在草叢中。他是多麼懼怕別人、懼怕人類啊！這懼怕幾乎變成了一種恐怖、一種噩夢——他怕別人看到自己。如果像亞歷山大·塞爾科克[14]一樣獨自一人在孤島上與動物和樹林爲伴，他就會既自由又快活，絕不會有這種沉重與恐怖感。他愛青草的世界，在那裡他感到自我陶醉。

他覺得應該給赫麥妮寫封信，以免她爲自己擔憂，他不想讓她有什麼負擔。於是他在車站上給她寫了封信：

我要回城裡了，暫時不想回布萊德比。不過，我不希望你因為打了我有什麼內疚，沒什麼。你就對別人說我心情一好，先走了。你打我是對的——我知道你會這樣的。就這樣吧。

等上了火車，他感到不舒服，動一動都感到難言的疼痛。他拖著步子從車站走到一輛出租車裡，像一個盲人在摸索著一步步前行，靠的全然是一股意志。

他一病就是兩三週，但他沒讓赫麥妮知道。他感到不快，他跟她徹底疏遠了。她自命不凡，沉醉在自己的信念中。她全靠著自尊、自信的精神力量生活著。

①迪斯累利（一八〇四至一八八一），英國政治家及小說家，曾任英國首相。
②這是英國詩人濟慈的一句詩。
③戴林灣：加勒比海的出口，在巴拿馬與哥倫比亞之間。杰拉德誤以為義大利女士說的是戴林灣，引起厄秀拉嘲笑。
④這句話的英文原意是「向街上看了一眼」，這位義大利人不太通英文，望文生義。
⑤荷馬史詩中特洛伊國王的女兒，能預知禍事。
⑥巴芙洛娃（一八八五至一九三一），俄國當時最出色的女舞蹈家。
⑦尼金斯基（一八九〇至一九五〇），俄國著名舞蹈家。
⑧波提切利（一四四四至一五一〇）義大利著名畫家，畫有《維納斯誕生》圖。
⑨《聖經．馬太福音》第二十三章第二十一節。
⑩這句是賀拉斯的一名言，原文是拉丁文。
⑪英人傳統上迷信左手為不祥象徵。
⑫此句參見《新約．約翰福音》第二章第四節：「婦人，我與你有何相干？」
⑬四十年代前英國職業男性出門不戴帽子被視為異常。

⑭蘇格蘭水手，曾獨自一人在太平洋孤島上度過了四年。他的故事啓發了笛福。後者依此寫出了《魯賓遜漂流記》。

第九章　煤　灰

下午放學以後，布朗溫家兩姊妹從威利・格林那風景如畫的山村走下來，來到鐵道岔路口。柵門關上了，礦車轟轟作響地駛近了。機車喘著粗氣在路基上緩緩前行。路邊訊號室裡那位單腿的工人像一隻螃蟹從殼中伸出頭來向外探視著。

她們等在路口時，杰拉德・克里奇騎著一匹阿拉伯種的母馬奔來了。他騎術很好，輕巧地駕馭著馬，馬在他的雙腿間微微震顫著，令他感到心滿意足。在戈珍眼中，杰拉德那副姿態著實有點詩情畫意：他駕輕就熟地騎在馬上，那匹苗條的紅馬，尾巴在空中甩著。他跟兩個姑娘打了個招呼，就驅馬來到柵門口，俯首看著鐵路。戈珍剛才專注地看著他那副英姿，現在轉而看他本人了。他身材很好，舉止瀟灑，他的臉曬成了棕褐色，但唇上的粗翳髭卻泛著點灰色，他凝視著遠方的時候，那雙藍眼睛閃著銳利的光芒。

火車噴著汽「哧哧」地駛了過來，馬不喜歡它，開始向後退卻，似乎被那陌生的聲音傷害了似的。杰拉德把它拉回來，讓它頭衝著柵門站著。火車「哧哧」地聲音愈來愈重、令牠難耐，那沒完沒了的重複聲既陌生又可怕，母馬嚇得渾身抖了起來，像鬆了的彈簧一樣向後退著。杰拉德臉上掠過一絲微笑，眼睛閃閃發亮。他終於又把馬趕了回來。

噪聲減弱了，火車咣咣噹噹地出現在路基上，撞擊聲很刺耳。母馬像碰到熱烙鐵一樣跳開去。厄秀拉和戈珍恐慌地躲進路邊的籬笆後。可杰拉德仍沉穩地騎在馬上，又把馬牽了回來。似乎他被母馬磁鐵般地吸住了，要把馬背坐塌。

「傻瓜！」戈珍叫道，「他爲什麼不躲火車呢？」

戈珍瞪大了黑眼睛著迷地看著杰拉德。他目光炯炯地騎在馬上，固執地驅趕著馬團團轉，那馬風一般地打著轉，就是無法擺脫他的控制，也無法躲避那可怕的火車轟鳴聲。礦車一輛接一輛地從鐵道口處駛了過去，緩慢、沉重、可怕。

火車似乎要等待什麼，一個剎車，各節車廂撞著緩衝器，像鐃鈸一樣發出刺耳嚇人的聲音，母馬張開大嘴，緩緩地前蹄騰起來，似乎是被一陣可怕的風吹起來的。突然，它渾身抽動著要逃避可怕的火車，前腿伸開向後退著。兩個姑娘緊緊抱在一起，感到這母馬非把杰拉德壓在身下不可。可是，他向前傾著身子，開心地笑著，最終還是令母馬駐足，安靜下來，再一次把它驅到柵門前的警戒線上。他那巨大的壓力引起了母馬巨大的反感和恐怖，只見牠後退著離開鐵路，兩條後腿在原地打著轉，似乎牠是一股旋風的中心。這幅景象令戈珍幾乎昏厥過去，她的心都要被刺痛了。

「不要這樣，別這樣，鬆開牠！放牠走，你這個傻瓜！」厄秀拉扯著嗓門，忘我地叫著。戈珍對厄秀拉這樣忘我很不以爲然。厄秀拉的聲音那麼有力，那麼赤裸裸的，眞讓人難以忍受。

杰拉德神色嚴峻起來。他用力夾著馬腹，就像一把尖刀刺中了馬的要害，馬又順從地轉了回來。母馬喘著粗氣咆哮著，鼻孔大張著噴出熱氣來，咧著大嘴，雙目充滿恐怖的神情。這幅情景眞讓人不舒服。可是杰拉德就是不放鬆牠，一點都不手軟，就像一把劍刺入了牠的胸膛。人與馬都耗費了巨大的力量，汗流浹背。

但他看上去很平靜。就像一束冷漠的陽光一樣。

礦車仍然一輛接一輛、一輛接一輛地「隆隆」駛來，慢悠悠的，就像一條無盡的細流一樣，令人厭煩。火車車廂的連接處吱吱啞啞地響著，聲音忽高忽低，母馬驚恐萬狀，蹄子機械地踢騰著，牠受著人的制約，蹄子毫無目標地踢騰。馬背上的人將牠的身子轉過來，把牠騰空的蹄子又壓回地面，似乎牠是他身體的一部分。

「牠流血了！牠流血了！」厄秀拉衝杰拉德惡狠狠地叫著。她知道自己是多麼恨他。

戈珍看到母馬的腹部流著一股血水，嚇得她臉都白了。她看到，就在傷口處，亮閃閃的馬刺殘酷地扎了進去。一時間戈珍感到眼前天旋地轉，然後就不省人事了。

她醒來時，心變得又冷又木。礦車仍然「隆隆」前行，人與馬仍在搏鬥著。但她的心變冷了，人也超脫了，沒感覺了。此時她的心既硬又冷又木。

她們看到帶篷子的末尾值班車駛近了，礦車的撞擊聲減弱了，大家就要從那難以忍受的噪音中解脫出來了。母馬重重地喘息著，馬背上的人很自信地鬆了一口氣，他的意志毫不動搖。值班車緩緩駛過去了，信號員朝外觀看著，看著岔路口上這幅奇景。從那信號員的眼中，戈珍可以感覺出這幅奇景是多麼孤單、短暫，就像永恆世界中的一個幻覺一樣。

礦車開過去後，四下裡變得寂靜起來，這是多麼可愛、令人感激的寂靜啊。多麼甜美！厄秀拉仇視地望著遠去的礦車。岔路口上的守門人走到他小屋的門前，前來開柵門。不等門打開，戈珍就突然一步上前撥開插銷，打開了兩扇門，一扇朝看門人推去，她推開另一扇跑了過去。杰拉德突然信馬由韁，策馬飛躍向前，幾乎直衝戈珍而來，但戈珍並不害怕。當他把馬頭推向旁邊時，戈珍像個女巫一樣扯著嗓門在路邊衝他奇怪地大叫一聲：「你也太傲慢了。」

她的話很清晰，杰拉德聽得很清楚。他在跳躍著的馬背上側過身來，有點驚奇、意味深長地看著她。母馬的蹄子在枕木上踢打了三遍，然後，騎馬人和馬一起顛簸著上路了。

兩個姑娘看著他騎馬走遠了。守門人拖著一條木頭做的腿在岔路口的枕木上擲地有聲地蹣跚著。他把門拴緊，然後轉回身對姑娘們說：「一個騎馬能手就要有自己的騎法兒，誰都會這樣。」

「是的，」厄秀拉火辣辣、專橫地說，「但他爲什麼不把馬牽開等火車過去了再上來呢？他是個蠻橫的傻瓜。難道他以爲折磨一頭動物就算夠男子漢味兒了？馬也是有靈性的，他憑什麼要欺負、折磨一匹馬？」

守門人沉默了一會兒，搖搖頭說：「一看就知道那是一匹好馬，一頭漂亮的馬，很漂亮。可你不會發現他父親也這麼對待牲口。杰拉德·克里奇跟他爸爸一點都不一樣，簡直是兩個人，兩種人。」

大家都不說話了。

「他爲什麼要這樣呢？」厄秀拉叫道，「他爲什麼要這麼做？當他欺負一頭比他敏感十倍的牲口時，他難道會覺得自己了不起嗎？」

大家又沉默了，守門人搖搖頭，似乎他不想說什麼而是要多思考。

「我希望他把馬訓練得能經受住任何打擊，」他說，「一匹純種的阿拉伯馬，跟我們這裡的馬不是一類，全不一個樣兒。據說他是從君士坦丁堡①搞來這匹馬的。」

「他會這樣的！」厄秀拉說，「他最好把馬留給土耳其人，他們會待它更高尚些。」

守門人進屋去喝茶了，兩位姑娘走上了布滿厚厚的黑煤灰的胡同。戈珍被杰拉德橫暴地騎在馬上的情景驚呆了，頭腦變麻了：那位碧眼金髮的男子粗壯、強橫的大腿緊緊地夾住狂躁的馬身，直到完全控制了牠爲止，他的力量來自腰、大腿和小腿，富有魔力，緊緊夾住馬身，左右著牠，令牠屈服，那是骨子裡的柔順。

兩位姑娘默默地走著路，左邊是高大的礦井土台和車頭，下面的鐵路上停放著礦車，看上去就像一座巨大的港灣。

在圍著許多明晃晃柵欄的第二個交叉路口附近，是一片屬於礦工們的農田，田野的礦石堆中，放著一隻廢棄的大鍋，鍋已經生鏽了，又大又圓，默默地駐在路邊。一群母雞在圍著鐵鍋啄食，小雞趴在池邊飲水，鵪鴿飛離水池，在礦車中飛竄。

路口另一邊，堆著一堆用來修路的灰石頭，旁邊停著一輛車，一位長著連鬢鬍的中年人手拄著鐵鍬，斜著身子與一位腳蹬高筒靴子的年輕人聊著，年輕人身邊站著一匹馬，馬頭靠近他，他們兩人都面對路口看著。

在午後強烈的陽光下，他們看到遠處走來兩位姑娘，那是兩個閃閃發光的身影。兩個姑娘都身著輕爽鮮艷的夏裝。厄秀拉穿著橘黃色的針織上衣，戈珍的上衣則是淺黃色的。厄秀拉的長襪是鮮黃色的，戈珍的則是玫瑰色。兩個女子的身影在穿過鐵道轉彎處時似乎在閃動著光芒，白、橘黃、淺黃和玫瑰紅色在布滿煤灰的世界裡閃閃發光。

這兩個男人在陽光下佇立著凝視這邊。年長的是一位矮個子中年人，面孔嚴峻，渾身充滿活力，年輕的工人大概二十三歲左右。他們兩人靜靜地站著，望著兩個姑娘向前走來。她們走近了、過去了、又在滿是煤灰的路上消失了，那條路一邊是房屋，一邊是麥地。

長著連鬢鬍的長者淫蕩地對年輕人說：「那個值多少錢？她行嗎？」

「哪個？」年輕人笑著渴望地問。

「那個穿紅襪子的。你說呢?我寧可花一星期的工資跟她過五分鐘，天啊，就五分鐘。」

年輕人又笑了。「那你老婆可要跟你好好理論理論了。」

戈珍轉過身看看這兩個男人，他們站在灰堆旁目光跟蹤著她，眞像兩個兇惡的怪物。她討厭那個長連鬢鬍的人。

「你是第一流的，眞的，」那人衝著遠處她的身影說。

「你覺得她值一星期的工資嗎?」年輕人打趣說。

「我覺得?我敢打第二遍賭。」

年輕人不偏不倚地看著戈珍和厄秀拉，似乎在算計著什麼才值他兩個星期的工資。終於他擔憂地搖搖頭說：「不值，她可不值我那麼多錢。」

「不嗎?」他說，「她要不值那麼多我就不是人!」

說完他又繼續用鐵鍬挖起石頭來。

姑娘們下到礦區街上，街兩邊的房屋鋪著石板瓦頂，牆是用黑磚砌的。濃重的金色夕陽輝映著礦區，醜惡的礦區上塗抹著一層美麗的夕陽，很令人陶醉。灑滿黑煤灰的路上陽光顯得越發溫暖、凝重，給這烏七八糟、骯髒不堪的礦區籠罩上一層神秘色彩。

「這裡有一種醜惡的美，」戈珍很顯然被這景色迷住了，又爲這骯髒感到痛苦。「你是否覺得這景色很迷人?它雄渾，火熱。我可以感覺出來這一點。這眞令我吃驚。」

穿過礦工的住宅區時，她們不時會看到一些礦工在後院的露天地裡洗身子。這個晚上很熱，礦工們洗澡時都光著上身，肥大的厚毛頭工裝褲幾乎快滑下去了。已經洗好的礦工們背朝著牆蹲著聊天，他們身體都很健壯，勞累了一天，正好歇口氣。他們說話聲音很粗，濃重的方言著實令人感到說不出的舒服。戈珍似乎受到了勞動者的撫愛，空氣中迴盪著男人洪亮的聲音，飄送來濃郁的男人氣息。但這些在這一帶是司空見慣的，因此沒人去注意它。

可對戈珍來說這氣味則太強烈，甚至讓她有點反感。她怎麼也說不清爲何貝多弗同倫敦和南方這樣全然不同，爲什麼人一到這兒感覺就變了樣，似乎生活在另一個地球上。現在她明白了，這個世界的男人們很強盛，他們大多時間裡都生活在地下黑暗的世界裡。她可以聽出他們的聲音中迴盪著黑暗的淫穢、強壯、危險，無所顧忌的非人的聲音。那聲音又極像加了油的機器在奇怪地轟鳴。那淫蕩的音調也像機器聲，冰冷，殘酷。

每天晚上她回家時都遇到同樣的景象，讓她覺得自己似乎在撕肝裂膽般的浪頭中行進，這浪頭來自成千名強壯，生活在地下、身不由己的礦工們，這浪頭打入了她的心，激起某種毀滅性的慾望和冷漠心情。

她很眷戀此地。她恨它，她知道這裡是與世隔絕之地，它醜惡、蠢笨得讓人噁心。有時她撲打著雙翅，儼然一個新達芙妮②，不過不是飛向月桂樹而是撲向一台機器。可她還是被對這裡的眷戀之情所攫取。於是她奮力要與這裡的氣氛保持一致，渴望從中獲得滿足。

一到晚上，她就感到自己被城裡的大街吸引著，那大街蒙昧又醜惡，但空氣中融滿了這強壯、緊張、黑暗的冷酷。街上總有一些礦工在逛來逛去。他們有著奇怪、變態的自尊，舉止挺美觀，文靜得有點不自然，蒼白、常常是憔悴的臉上表情茫然、倦怠。他們屬於另一個世界，他們有著奇特的迷人之處，聲音渾厚洪亮，像機器轟鳴，像音樂，但比遠古時莎琳③的聲音更迷人。

她發現自己跟那些市井婦人們一樣，到星期五晚上就被小夜市所吸引去了。星期五是礦工們發工錢的日子，晚上就成了逛市場的時候了。女人們東遊西逛，男人們帶著老婆出來買東西或者跟朋友們聚聚。幾英里長的人流湧向城裡，路上黑鴉鴉全是人；山頂上的小市場和貝多弗的主幹道上熙熙攘攘，人流如織，擠滿各色男女。

天黑了，可市場上的煤油燈卻燃得熱乎乎的，暗紅的燈光照耀著購物的主婦們陰鬱的臉，映紅了男人們茫然的臉。四下裡滿是人們叫喊、聊天的聒噪聲，人流仍然向著市場上厚實的人群源源衝撞而來，商店裡明晃晃的，擠滿了女人，而街上則幾乎全是男人，都是些老老少少的礦工。此時此地，人們出手大方，錢花得也瀟灑。

往裡駛的馬車被阻住了。車伕們喊著叫著直到密不透風的人群讓開一條縫來。隨時隨地，你都可以看見遠處來的年輕小夥子站在路上或角落裡跟姑娘們聊著天。小酒店裡燈火通明，大門四開，男人們川流不息地接踵進出。他們大呼小喚地相互打招呼，奔走相認，三個一群五個一夥地站一圈沒完沒了地東扯西拉。人們嘁嘁喳喳，遮遮掩掩地談著礦上的事或政治上的糾紛，攪得四下裡一片聒噪，就像不和諧的機器聲在響。可就是這些人的聲音令戈珍神魂顛倒。這聲音令她眷戀，令她渴望的心兒發痛、發瘋，令她感到難以自已，這感覺眞是莫名其妙。

像其他女孩子一樣，戈珍在夜市附近那燈火通明的兩百米長的坡路上上下下地來回踱著步。她知道這樣做很庸俗，她父母無法忍受她的這種行爲，可她眷戀這裡，她一定要和人們在一起。有時她會在電影院裡同那些蠢笨的人們坐在一起，那些人很放蕩，一點都不好看，可她一定要坐在他們中間。

也像其他普通女子一樣，她也找到了她的「小夥子」。他是一個電學家，據說是來從事杰拉德的新計畫的電學家。他這人很誠懇，很聰明，儘管是科學家，但對社會學很熱心。他在威利·格林租了一間農舍獨自住著。作爲一位紳士，他經濟上是比較寬裕的，他的女房東到處議論他，說他竟然在臥室中備了一隻木桶，每天下班回來，他非要她一桶一桶地把水提上去供他洗澡用，他天天要換乾淨襯衣和內衣，還換乾淨的綢襪呢。在這些方面他似乎過份挑剔、苛求，但在別的方面他則再普通不過了，一點都不裝腔作勢。

戈珍對這些事都了解，這些閒言碎語很自然而且不可避免地會傳到布朗溫家中來。帕爾莫跟厄秀拉更要好些，但是他那蒼白、神態高傲、嚴峻的臉上也現出與戈珍一樣的那種眷戀情態。一到星期五晚上他也要在那條路上來回踱步。就這樣他與戈珍走到了一起，他倆之間突然萌發了友情。但他並不愛戈珍，他眞正愛的是厄秀拉，但不知爲什麼，他跟厄秀拉就是沒緣分。他喜歡戈珍在他身邊，但只是作爲一個聰明的伴兒，沒別的。同樣，戈珍對他也沒眞動情。他是一位科學家，是得有個女人作他的後盾。但他是眞的毫無感情色彩，就像一架高雅漂亮的機器。他太冷，太具有破壞性，太自私，無法眞正地愛女人。但他卻受男人的吸引。作爲個人，他厭惡、蔑視他們，可在人群中，他們卻像機器一樣吸引著他。對他來說，他們是新式機器，只不過他們是無法計算出來的。

戈珍就這樣同帕爾莫一起在街上漫步，或者同他一起去看電影。他嘴裡不停地冷嘲熱諷，狹長、蒼白、頗有幾分高雅的臉上閃著光。他們兩個，兩個高雅的人有著同樣的感覺。換句話說，他們是兩個個體，但都追隨著人群，與這些醜陋的礦工們融爲一體。同樣的秘密似乎每個人心中都有：戈珍，帕爾莫，放浪的紈袴子弟，憔悴的中年人。大家都有一種力量的神秘感，無法言表的破壞力和三心二意，似乎意志中腐朽了一般。

有時戈珍眞想變成旁觀者，觀察這一切，看看自己是如何沉淪的。她隨之又氣又蔑視自己。她感到自己跟別人一樣沉淪到芸芸眾生中擠得水泄不通、盤根錯節地糾纏在一起難以將息。這太可怕了。她感到窒息。

她準備好要鬥爭，瘋狂地埋頭幹自己的工作。但她很快就不行了。她動身到農村去——黑色、富有魅力的農村。這種魅力又開始誘惑她了。

①今名伊斯坦堡，一九二三年前的土耳其首都。
②為躲避阿波羅的追逐而變作月桂樹的女神。
③傳說中半人半鳥的海妖，常用歌聲誘惑過路的航海者，使航船觸礁而毀。

第十章 素描簿

一天早晨，姊妹倆來到威利湖畔的邊緣地帶寫生。戈珍蹚水來到一處布滿礫石的淺灘，像一位佛教徒那樣盤腿坐下來，凝視著低矮的岸邊泥土裡鮮嫩的水生植物。她看到的淨是軟軟的稀泥，泥漿中生出青翠的水生植物來，肥厚而有肉質，主幹挺拔飽滿，兩側平平地伸展出葉子，色彩繽紛，有深紅，有墨綠，一片深紫，一片黃棕色。但是她卻能用審美的眼光去看它們飽滿多肉的肌體，她知道它們是如何從泥水中長出來的，她知道那葉子是如何自己伸展出來的，她知道它們多汁的身軀何以在空中挺立著。

水面上有一群蝴蝶在飛舞。厄秀拉看到藍色的蝴蝶瞬息間不知從何處飛出，飛進鳳仙花叢中，一隻黑紅兩色的蝴蝶撲到花朵上，微顫著雙翅，沉迷地呼吸著純淨陽光。兩隻白蝶在空中扭打在一起，它們周身籠罩著一層光環。厄秀拉看了一會兒，就站起身飄飄然離開了，像蝴蝶一樣毫無意識。

戈珍蹲在淺灘上沉醉地看著亭亭玉立的水生植物，邊看邊畫著。可看不上一會兒，她就會不由自主地凝視起來，對挺拔、裸露著的肥厚枝幹著起迷來。她光腳蹲在水中，帽子放在眼前的岸上。

欸乃的櫓聲，把她從沉醉中驚醒。她四下裡張望一下，看到那邊駛來一條船，船上撐著一把華麗的日本女用傘，一位身著白衣的男士在划著船。那女的是赫麥妮，男的是杰拉德，她立刻就認出來了。一時間她被渴望的戰慄感所攫取，那是從血管中震盪而過的一股強烈電波，比在貝多弗見到杰拉德時強烈多了，那時不過是一種低弱的電流罷了。

杰拉德是她的避難所，讓她得以逃脫那蒼白、缺少意識的地下世界的礦工們。他們是一潭泥坑、而杰拉德則是泥中的出水芙蓉，他是他們的主人。她看到了他的後背，看到他白白的腰枝隨著他划船的動作在運動著。他似乎彎腰在做什麼。他有點發白的頭髮閃著光，就像天上的電光一樣。

「戈珍在那兒呢，」水面上飄過來赫麥妮的聲音，很清晰。「咱們過去跟她打個招呼吧，你介意嗎？」

杰拉德看到戈珍姑娘站在湖岸邊正在看他，於是他像受到什麼吸引似的把船向她划去，腦子裡卻並沒想她。在他意識的世界裡，她仍然是個不起眼兒的人。他知道赫麥妮要打破一切社會地位的不平等，對此她報以一種奇特的快慰，至少表面上她是這樣的人，於是他順從了她。

「你好，戈珍，」赫麥妮慢悠悠地喚著戈珍的教名，擺出一副很時髦的姿態。「你正在做什麼呢？」

「你好，赫麥妮。我正寫生呢。」

「是嗎？」船搖近了，龍頭觸到岸上時，赫麥妮說：「可以讓我看看嗎？我很喜歡看。」

戈珍知道反抗赫麥妮的意圖是無用的，於是她回答：

「那——」她很不願意讓別人看自己沒完成的作品，因此語氣很勉強。「一點都沒意思。」

「不會吧？還是讓我看看吧。」

戈珍把素描簿遞了過去，杰拉德從船上伸手去接了過來。此時此刻，他記起了戈珍對他說的最後一句話，那時她衝著坐在震顫的馬背上的他說了那句話。他的神經立時感到一陣驕傲，他似乎感到她向他屈服了。他們兩人交流了感情，那是一種不爲意識所控制的強有力的交流。

似乎著了魔一樣，戈珍意識到他的身體傾過來，像一股野火竄過來，他的手像一根樹幹直朝她伸過來。她感到一種肉體上強烈的恐懼，幾乎昏厥過去，頭腦一片昏暗，意識一片空白。可他卻在水上盪著，似一點飄盪的燐火。他觀察一下小船。發現它有些離岸了，於是揮起櫓將船駛回來。在深沉柔和的水面上慢悠悠駕著輕舟，那種美妙感覺眞是令人心醉。

「你畫的就是這些，」赫麥妮說著，眼睛蒐尋著岸邊的水生植物，將它們與戈珍的畫作著比較。戈珍順著赫麥妮長長的手指所指的方向看著。「是那個嗎，嗯？」赫麥妮反覆問著想得到證實。

「是的，」戈珍不經意地回答，對赫麥妮的話並沒往心裡去。

「讓我瞧瞧，」杰拉德說著伸出手來要本子。赫麥妮理都不理他，她沒看完之前他別想看。可是他有著跟她一樣不屈不懈的意志，他仍舊伸出手去摸素描簿。赫麥妮吃了一驚，對他反感極了，還沒等他拿穩。她就鬆了手，素描簿在船幫上碰了一下就掉到水裡去了。

「天啊！」赫麥妮叫著，可那語調卻掩飾不住某種惡意的勝利感。「對不起，太對不起了。杰拉德，能把它撈上來嗎？」她的話語中既透著焦慮又顯出對杰拉德的嘲弄，簡直令杰拉德恨死她了。杰拉德把大半個身子探出船外，手伸到水中去。他感到自己這個姿勢很可笑，他腰部的肉都露出來了。

「沒什麼，」戈珍鏗鏘地說。她似乎要去觸摸他。可他卻更遠遠地探出身子去，把船搞得劇烈晃動起來。但赫麥妮無動於衷。他的手在水下抓住了素描簿拎了上來，本子濕淋淋的。

「我太過意不去了，太對不起了，」赫麥妮反覆說，「恐怕這都是我的錯。」

「這沒什麼，真的，別放在心上，一點沒關係，」戈珍大聲強調道，臉都緋紅了。說著她不耐煩地伸手去接那濕漉漉的素描簿，以此了結這樁鬧劇。杰拉德把本子還給她，樣子頗有些激動。

「我太抱歉了，」赫麥妮重複著，都把杰拉德和戈珍說惱了。「沒什麼補救辦法了嗎？」

「怎麼辦？」戈珍冷冷地調侃道。

「我們還能挽救這些畫兒嗎？」

戈珍沉默了，很顯然她對赫麥妮的窮追不捨表示不屑一顧。

「你放心吧，」戈珍乾脆地說，「這些畫兒依然很好，還能用。我不過是用來當個參考罷了。」

「我可以給你一個新簿子嗎？我希望你別拒絕我。我太抱歉了，我覺得這都是我的錯。」

「其實呀，」戈珍說，「根本不是你的錯。如果說錯，那也是杰拉德的錯。可這樁事兒太微不足道了，要是太在意豈不荒謬？」

戈珍駁斥赫麥妮時，杰拉德一直凝視著她。戈珍身上有一種冷酷的力量。他以某種深邃的洞察力審視著她。他發現她是一個危險、敵意的精靈，什麼也無法戰勝她。另外，她的舉止也算得上絕頂完美。

「這太讓我高興了，」杰拉德說，「沒損害什麼就好。」

戈珍回首看著他，漂亮的藍眼睛盯著他，那目光直刺入他的靈魂。她的話音銀鈴般地響著，對他表示親嚯：「當然，一點也沒關係。」

一個眼神，一聲話語，兩人之間就產生了默契。她說話的語調清楚地表明：他和她是同病相憐的一類人。她還知道她能左右他。不管他們到了哪裡，他們都能秘密地結成同盟，而他在這種同盟中處於被動的位置上。她的心裡高興極了。

「再見！你原諒了我，讓我太高興了。再見！」

赫麥妮悠長地拖著告別的話，邊說邊揮著手臂。杰拉德身不由己地操起櫓來把船划開了，可他閃爍著笑意的眼睛卻艷羨地看著戈珍，戈珍站在淺灘上揮著濕淋淋的書本向他們告別。然後她轉開身，不再去理會倒划回去的船隻。可杰拉德卻邊划船邊回頭看她，早忘了自己手中的槳。

「船是否太偏左了？」赫麥妮慢聲慢氣地問道，她坐在花傘下，感到被冷落了。

杰拉德不做聲地四下觀望一下，矯正了航向。

「我覺得現在挺好了。」他和藹地說，然後又沒頭沒腦地划起船來。對他這種和和氣氣但視而不見的樣子，赫麥妮著實不喜歡，她感到自己被冷落了，她無法再恢復自己的倨傲地位。

第十一章　湖中島

此時厄秀拉已離開威利湖，沿著一條明麗的小溪前行。四下裡迴盪著雲雀的鳴囀。陽光灑在山坡上，荊豆叢若隱若現。水邊開著幾叢勿忘我。到處都隱藏著一股躁動情緒。

她在一條條溪流上留連忘返。後來她想到上面的磨房池去。那兒有一座大磨房，磨房早已荒廢，只有一對僱工夫婦住在廚房裡。她穿過空蕩蕩的場院和荒蕪的園子，順著水閘上了岸。她爬上來，來到了那一泓絲絨般光滑的水波旁，看到岸上有個男人正在修理一隻平底船。那是伯金，只見他一個人又是拉鋸又是釘釘子地幹活。

厄秀拉站在水閘旁看著他。他一點都意識不到有人來了。他看上去十分忙碌，像一頭活躍而聚精會神的野獸一樣。她感到自己應該離開此地，他是不需要她的，他看上去太忙了。

可她並不想走，於是她就在岸上踱著步，想等他能抬頭看到她。

不一會兒他果然抬起了頭。一看到她他就扔下手中的工具走上前來招呼道：

「你好啊？我緊一緊船上的接縫。告訴我，你覺得這樣做對嗎？」

她同他一起並肩前行。

「你父親幹這個在行，你是他的女兒，因此你能告訴我這樣行不行。」

厄秀拉彎下腰去看修補過的船。「沒錯兒，我是我父親的女兒，」她說，但她不敢對他做的活兒有所評價。「但我對木工一竅不通啊。看上去做得還行，難道不是嗎？」

「是的。我希望這船不沉就夠了，就算沉了也沒什麼，我還能夠上來的，幫我把船推下水好嗎？」

說著兩人合力把船推下了水。

「現在我來划划試試，你看有什麼毛病。要是行，我就載你到島上去。」

這水塘很大，水面如鏡，水很深。塘中間突起兩座覆蓋著灌木與樹木的小島。伯金在池中划著船，笨拙地保持著方向。很幸運，小船漂了過去，他抓住了一條柳枝，藉著勁兒上了小島。

「草木很茂盛，」他看看島上說，「挺好的，我就去接你來。這船有點漏水。」

不一會兒他又回到她身邊。她進了濕漉漉的船艙。

「這船載咱們倆沒問題，」他說完駕船向小島划去。

船停泊在一棵柳樹下。她躲閃著，不讓那些茂盛、散發著怪味的玄參和毒芹碰到自己。可伯金卻披荊斬棘地朝前走著。

「我要砍掉這些，」他說，「那樣可就像《保羅與維吉妮》一樣浪漫了。」

「我們可以在這兒舉行一次華鐸式①的午餐會了，」厄秀拉熱切地叫道。

「我可不喜歡在這兒進華鐸式午餐，」他說。

「你只想著你的維吉妮，」她笑道。

「維吉妮就夠了，」他冷然笑笑，「不過我也不需要她。」

厄秀拉凝視著他。自從離開布萊德比以後這還是頭一次見他呢。他很瘦削，兩腮下凹，一臉的可怕表情。

「你病了嗎？」她有點冷漠地問。

「是的，」他冷冷地回答。

他們坐在島上的僻靜處，在柳蔭下看著水面。

「你怕嗎？」她問。

「怕什麼？」他看著她問。他有一種非人的倔強，令她不安，令她失去了自己。

「害一場大病很可怕，不是嗎？」她說。

「當然不愉快，」他說，「至於人是否眞怕死，我還說不準。從一種意義上說無所謂，從另一種意義上說很可怕。」

「可是你不感到難堪嗎？一得病總是很難堪的，病魔太侮辱人了，你不認爲是這樣嗎？」

他思忖了一會兒說：

「可能吧，不過人們知道人的生活從一開始就不那麼正確，這才是羞辱。跟這個相比，生病就不算什麼了。人生病是因爲活得不合適。人活不好就生病，生病就要受辱。」

「你活得不好嗎？」她幾乎嘲諷地問。

「是的，我一天天地過，並沒什麼所爲。人似乎總是碰到無形的障礙。」

厄秀拉笑了。她感到害怕，每當她感到害怕時，她就笑並裝作得意洋洋的樣子。

「那你的鼻子可就倒楣了！」她望著他的臉說。

「怪不得挺醜的，」他回答說。

她沉默了片刻，與自己的自欺欺人作著鬥爭。她有一種自欺欺人的本能。

「我挺幸福——我覺得生活太愉快了。」她說。

「那好哇。」他挺冷漠地回答。

她伸手在口袋裡摸到一小張包巧克力的紙，開始疊一隻小船。他漫不經心地看著她。她的舉動中透著某種楚楚動人之處，很溫柔，手指毫無意識地動著。

「我眞的生活得不錯，你呢？」她問。

「那當然！但我就是不能活得順心，眞惱人。我覺得一切都盤根錯節亂了套，讓你理不清個頭緒。我不知道該做點什麼。人總要在什麼地方做點什麼。」

「你爲什麼總要做什麼呢？」她反問，「這太庸俗了。我覺得最好作一個高雅的人，不要做什麼；只顧完善自我，就像一朵自由開放的花朵。」

「我很同意你的說法，」他說，「要是人能開花就好了。我就是無法讓我的蓓蕾開放。它不是凋萎了，就是遭到了大量黑蟲侵襲，要不就是缺少養分。該死的，它壓根兒不是什麼花蕾，而是一個背時的疙瘩罷了。」

她又笑了，這令他十分惱火。可她既焦慮又迷惑。一個人怎麼才能有出路呢？總該有個出路吧。沉默，這沉默簡直讓她想哭一場。她又摸出一張包巧克力的紙，疊起另外一隻紙船來。

「可是爲什麼，」她終於說，「爲什麼現在人的生命不會開花，爲什麼人的生命沒了尊嚴？」

「整個觀念已經死了。人類本身已經枯萎腐爛，眞的。有許許多多的人依賴在灌木叢上，他們看上去很像樣兒，很漂亮，是一群健康的男女。可他們都是索德姆城②的蘋果，是死海邊的苦果。他們沒有一丁點意義——他們的內心滿是苦灰。」

「可還是有好人的，」厄秀拉爲自己辯解道。

「對今日的生活來說是夠好的。可是人類是一株爬滿苦果的死樹。」

厄秀拉忍不住要反對這種說法，它太圖解化，也太絕對了。可她又無法阻擋他說下去。

「如果是這樣的話，能說上是爲什麼嗎？」她懷有敵意地問。他們倆開始發火了。

「爲什麼，爲什麼人們都是些苦灰團？那是因爲他們成熟了還不離開這棵樹。他們仍舊待在舊的位置上，直到長了蛆蟲、乾枯、腐爛爲止。」

他們沉默了好一陣子。他的聲音變得火辣辣的，語言甚是尖刻。厄秀拉心煩意亂又深感震驚。他們都沉思著，忘記了一切。

「就算別人都錯了吧，你哪兒對呢？」她叫道，「你哪兒比別人強？」

「我？我並不正確啊，」他回擊她，「我正確之處是我懂得我不正確。我討厭我的外形。我厭惡自己是個人。人類是一個聚合在一起的大謊言，一個大謊言還不如一個小小的眞理。人類比個人要渺小，渺小得多，因爲個人有時還會正確，而人類則是一株謊言之樹。他們說愛是最偉大的事，他們堅持這樣說，眞是可惡的騙子，可你看看他們的所作所爲吧！看看吧，成千上萬的人在重複說愛是最偉大的，博愛是最偉大的，但是看看他們做的都是些什麼事吧。看他們做的事我們就知道他們是一幫齷齪的騙子和膽小鬼，他們的話是禁不起行動檢驗的。」

「可是，」厄秀拉沮喪地說，「這並不能改變愛是最偉大的這一事實，你說呢？他們的所爲並不能改變他們所說的話含有眞理。你說呢？」

「會的，如果他們說的是眞理，他們就會情不自禁地實踐它。但他們一直在說謊，所以他們最終會胡作非爲。說什麼愛是最偉大的，這是在騙人。你還不如說恨是最偉大的呢，因爲相反的東西能相互平衡。人們需要的是仇恨，仇恨，只有仇恨。他們打著正義與愛的旗號得到的是仇恨。他們從愛中提煉出來的是炸藥。謊言可以殺人。如果我們需要仇恨，那就得到它吧——死亡，謀殺，酷刑和慘烈的毀滅，我們盡可以得到這些，但是不要打著愛的旗號。我懼怕人類，我希望它被一掃而光。人類將逝去，如果每個人明天就消失，也不會有什麼決定性的損失，現實並不受影響，不，只能會更好。眞正的生活之樹會擺脫掉最可怕、最沉重的死海之果③，擺脫掉這些幻影般的人們，擺脫掉沉重的謊言負擔。」

「所以你希望世界上的人都被毀滅？」厄秀拉說。

「的確是這樣。」

「那世界上就沒人了呀？」

「太對了。你這不是有了一個純潔美好的思想嗎？一個沒有人的世界，只有不受任何干擾的青草，青草叢中蹲著一隻兔子。」

他誠摯的話語令厄秀拉思忖起來。這實在太迷人了：一個純淨、美好、沒有人跡的世界。這太令人神往了。她的心滯住了，異常激動。可她仍然對他不滿。

「可是，」她反駁說，「連你都死了，你還能從中得到什麼好處？」

「如果我知道世上的人都要被清除，我寧可馬上就死。這是最美好、最開明的思想。那樣就不會再有一個骯髒的人類了。」

「是的，」厄秀拉說，「那就什麼都沒有了。」

「什麼？什麼都沒有了？因爲人類消亡了就什麼都沒有了嗎？你這是自我吹噓。一切都會存在的。」

「怎麼會呢？不是連人都沒有了嗎？」

「你以爲萬物的創造取決於人嗎？壓根兒不是。世界上有樹木、青草和鳥兒。我寧願認爲，雲雀是在一個沒有人的世界裡醒來的。人是一個錯誤，他必須消逝。青草、野兔、蝰蛇還有隱藏著的萬物，它們是眞正的天使，當骯髒的人類不去打擾時，它們這些純潔的天使就可以自由自在地生活，那多妙啊。」

他的幻想讓厄秀拉感到很滿意。當然，這不過是個幻想而已，但它令人愉快。至於她自己。她是知道人類的現狀的，人類是很可惡的。她知道人類是不會那麼容易地消失殆盡的。它還有一段漫長而可怕的路可走。她那細微、魔鬼般的女人的心對這一點太了解了。

「如果人類從地球上被掃除乾淨，萬物創造仍舊會順利進行，它將會有一個新的起點。人是造物主犯下的一個錯誤，就像魚龍一樣。如果人類消失了，想想吧，將會有什麼樣美好的事物產生出來——直接從火中誕生。」

「人類永遠不會消失，」她知道她再堅持下去會說出什麼樣惡毒的話來。「世界將與人類一起完蛋。」

「啊，不，」他說，「不會是這樣的。我相信那些驕傲的天使和魔鬼是我們的先驅。他們要毀滅我們，因爲我們不夠驕傲。比如魚龍吧，它們就是因爲不夠驕傲才被毀掉的，魚龍曾像我們一樣爬行、蹣跚。再看看接骨木上的花朵和風鈴草吧，甚至蝴蝶，它們說明純粹的創造是存在的。人類從來沒有超越毛蟲階段，發展到蝶蛹就潰爛了，永遠也不會長出翅膀來。人就像猴子和狒狒一樣是與造物主反目的動物。」

厄秀拉看著他，似乎他很不耐煩，憤憤然，同時他對什麼又都感興趣且很耐心。她不相信他的耐心，反倒相信他的憤然。她發現，他一直在情不自禁地試圖拯救世界。意識到這一點，她既感到點兒欣慰，同時又蔑視他、恨他。她需要他成爲她的人，討厭他那副救世主的樣子。她不能忍受他囉嗦的概念。可他對誰都這樣，誰要求助於他，他就沒完沒了地講這麼一遍。這是一種可鄙的、惡毒的賣淫。

「但是，」她說，「你相信個體間的愛，儘管你不愛人類，是嗎？」

「我壓根兒就不相信什麼愛不愛的，倒不如說我相信恨、相信哀傷。愛跟別的東西一樣，是一種情緒，你能對此有所感，這樣很好，但是我不明白它何以能夠變得絕對起來。它不過是人類關係中的一部分罷了，而且是每個人與他人關係的一部分。我簡直不明白，爲什麼要要求人們去感受到愛，比對悲傷與歡樂的感受還要多。愛並不是人們迫切需要的東西——它是根據場合的不同所感受到的一種情緒。」

「既然如此，你爲什麼在乎別人的事？」她問，「如果你不相信愛，你幹什麼要替人類擔憂？」

「爲什麼？因爲我無法擺脫人類。」

「因爲你愛人類，」她堅持說。

這話令他惱火。「如果說我愛，」他說，「那是我的病。」

「但這是不想治好的病，」她冷漠地嘲弄道。

他不說話了，感到她是要污辱他。

「如果你不相信愛的話，那你信什麼？」她調侃地問。「只是簡單地相信世界的末日，相信只有青草的世界嗎？」

他開始感到自己是個傻瓜。「我相信隱藏著的萬物，」他說。

「就不信別的了？除了青草與鳥雀你就不相信任何看得見的東西嗎？你那個世界也太可憐了。」

「也許是吧，」他說著變得既冷漠又倨傲。他受到了冒犯，擺出一副傲慢的架勢，對她敬而遠之。厄秀拉不喜歡他了，但同時她感到一種失落。她看著蹲在岸上的伯金，發現他像在主日學校裡一樣呆板、自命不凡。這樣子讓人反感。但他的身影既敏捷又迷人，讓人感到極其舒暢：儘管一臉病態，可他的眉毛，下巴以及整個身架似乎又是那樣生機勃勃。

他給她造成的這種雙重印象令她恨得五內俱焚。他有一種難得的生命活力，這種特質令他成爲一個別人渴望得到的人；另一方面，他是那麼可笑，竟想做救世主，像主日學校的教師一樣學究氣十足、呆板僵化。

他抬起頭來看看她，發現她的臉上閃爍著一層奇譎的光芒，似乎這光芒發自她體內強烈的美好火焰。於是他的靈魂爲奇妙的感覺所攫取。她是被自身的生命之火點燃的。他感到驚奇，完全被她所吸引，情不自禁向她靠攏。她像一個神奇的女王那樣端坐著，渾身散發著異彩，幾乎是個超自然的人。

「關於愛，」他邊說邊迅速矯正著自己的思路。「我是說，我們仇恨塵世是因爲我們把它庸俗化了。它應該有所規定，有所禁忌，直到我們獲得了新的，更好一點的觀念。」

他的話增進了他們兩人之間的理解。

「可是它指的總是一回事，」她說。

「哦，天啊，不，不是那回事了，」他叫道，「讓舊的意思成爲過去吧。」

「可愛還是愛，」她堅持說。她的眼睛裡放射出一道奇特、銳利的黃光，直射向他。

他在這目光下猶豫著、困惑著退縮了。

「不，」他說，「不是。再別這樣說了。你不應該說這個字。」

「我把它留給你去說，讓你在適當的時候把這個字從約櫃④中取出來。」她嘲弄地說。

他們又對望了一眼，厄秀拉突然背過身去，然後走開了。他慢慢地站起身來到水邊蹲下，自我陶醉起來。他掐下一朵雛菊扔到水面上，那花兒像一朵荷花一樣漂在水面上，綻開花瓣兒，仰天開放。花兒緩緩地旋著，慢慢地舞著漂走了。

伯金看著這朵花漂走，又掐了一朵扔進水裡。然後又扔進去一朵，扔完了，他就蹲在岸邊上饒有興趣地看著它們。厄秀拉轉過來看到此情此景，一股奇特的感情油然而升，似乎發生了什麼事，可這一切都一目了然。似乎她被什麼控制住了，可她又說不上來是什麼。她只能看著花兒在水上打著旋，緩緩漂然而去。這一隊白色的夥伴漂遠了。

「咱們到岸邊上去趕它們吧，」她說，她怕再在這兒困下去。於是他們上了船。

上了岸，她又高興了，又自由了。她沿著岸邊來到水閘前。雛菊已碎成幾瓣，這兒那兒散落在水面上，閃著白色的光芒。爲什麼這些小花瓣令她如此動情，以某種神秘的力量打動了她？

「看，」他說，「你疊的紫色紙船正護送它們，儼然一支護船隊呢。」

幾瓣雛菊遲遲疑疑地向她漂來，就像在清澈的深水中羞赧地跳著交誼舞。它們那歡快的白色身影愈近愈令她動情，幾乎落下淚來。

「它們何以這樣可愛？」她叫道，「我爲什麼覺得它們這樣可愛啊？」

「眞是些漂亮花兒，」他說，厄秀拉那動情的語調令他難耐。

「你知道，一朵雛菊是由許多管狀花冠組成的，可以變成一群個體。植物學家不是把雛菊列爲最發達的植物嗎？我相信他們會的。」

「菊科植物嗎？是的。我想是的，」厄秀拉說，無論對什麼她總是不那麼自信。一時間她很了解的事物會在另一個場合裡變得可疑起來。

「這麼說，」伯金說，「雛菊是最民主的了，所以它是最高級的花，因此它迷人。」

「不，」她叫道，「絕不是。它才不民主呢。」

「是啊，」他承認道，「它是一群金色的無產者，被一群無所事事的富人像一圈白邊兒一樣圈著。」

「可惡，你這種社會等級的劃分太可惡了！」她叫道。

「很可惡！這是一朵雛菊，只談這個吧。」

「行，就算爆了個冷門吧，」她說，「如果一切對你來說都是冷門就好了，」她又嘲弄地補上一句。

他們無意識中拉開了距離。似乎他們都感到吃驚，站在那兒一動也不動，人顯得懵懂起來。他們的小小衝突令兩人無所適從，變成了兩股非人的力量在交鋒。

他開始感到自己錯了。他想說點什麼來扭轉這種局面。

「你知道，」他說，「我在磨房這兒有住所嗎？你不認爲我們可以在這兒好好消磨一下時光嗎？」

「哦，是嗎？」她說，對他那自作多情的親暱她才不去理會呢。

他發現了這一點，口氣變得冷漠多了。

「如果我發現我一個人可以過得很充裕，」他接著說，「我就會放棄我的工作。這工作對我來說早就名存實亡了。我不相信人類，儘管我裝作是它的一員。我壓根兒不理會我所依靠的社會信仰。我厭惡這行將就木的人類社會有機群體，因此幹教育這一行純粹是沒用。我能脫身就脫身，也許明天吧，變得潔身自好。」

「你有足夠的生活條件嗎？」厄秀拉問。

「有的，我一年有四百鎊收入⑤，靠這個生活很容易。」

「赫麥妮怎麼辦？」厄秀拉問。

「分手了，徹底了結了──吹了，永遠不會破鏡重圓。」

「你們仍然相互理解？」

「我們很難裝作是陌生人，對嗎？」

他們不說話了，但都很固執。

「這豈不是折衷的辦法？」厄秀拉終於說。

「我不認爲這是折衷，」他說，「你說怎麼個折衷法兒？」

伯金又沉默了。他在思索。

「非得把一切都甩掉不可，一切——把一切都拋棄，才能得到最後想得到的東西，」他說。

「什麼東西？」她挑釁地說。

「我不知道，也許是自由吧，」他說。

可她希望他說的那個字是「愛」。

水閘下傳來刺耳的犬吠聲。他似乎被這聲音攪亂了思緒。可她卻不去理會。她只是感覺到他心緒不寧。

「我知道了，」他壓低嗓門說，「是赫麥妮和克里奇來了。她要在房子裝上傢具之前來看看。」

「我知道，」她說，「她要監視你裝飾房間。」

「也許是。這有什麼關係？」

「哦，沒什麼，沒什麼，」厄秀拉說，「但是我個人無法容忍她。我覺得她是騙子，你們這些人總在說謊。」她思忖了一下突然冒出一句：「我就是在乎，她幫你裝飾房子我就是不樂意。你總讓她圍著你，我就是不樂意。」

他皺起眉頭沉默不語。

「也許，」他說，「我並不願意讓她裝飾這兒的房間——我並不願意她纏著我。可我總不能對她太粗暴呀，何必呢？不管怎麼著，我得下去看看他們了。你來嗎？」

「我不想去，」她冷漠但猶豫地說。

「來吧，對，來吧，也來看看房子。」

①讓・安東尼・華鐸（一六八四至一七二七），以描繪牧歌式作品而著名。

②死海邊一城市，上帝以其居民罪惡重大降大火燒之。「索德姆的蘋果」是英文成語（apples of Sodom），指傳說中外表美麗但摘下後立即變爲煙灰的果子。

③見前面註釋「索德姆城的蘋果」。

④一個藏有摩西誡律的神聖櫃子，以色列人攜之出埃及。

⑤一九〇八年勞倫斯教小學時年薪只有九十五鎊。第一次大戰後他和弗麗達每年節衣縮食，只花一五〇鎊。

第十二章　地　毯

他走下堤岸，她不大情願地跟著他。她既不願跟隨他也不願離開他。

「我們早就相互了解了，太了解了，」他說。她並不作答。

幽暗的大廚房裡，那個僱工的老婆正尖聲尖氣地同赫麥妮和杰拉德站著聊天。杰拉德穿著白衣服，赫麥妮則著淺綠的薄花軟綢，他們的穿著在午後幽暗的屋中格外耀眼。牆上籠子裡十幾隻金絲雀在引吭鳴囀。這些鳥籠子圍著後窗掛著，陽光透過外面的綠葉從這孔小方窗裡灑進屋來，景致很美。塞爾蒙太太提高嗓門說話，想壓過鳥兒愈來愈響亮的叫聲，這女人不得不一次次提高嗓門，鳥兒們似乎在跟她作對，叫得更起勁兒了。

「盧伯特來了！」杰拉德的喊聲蓋過了屋裡嘈雜的人聲和鳥鳴聲。他讓這喧鬧聲吵得煩極了。

「這群鳥兒，簡直不讓人說話！」傭工的老婆叫道，她厭惡地說，「我得把籠子都蓋上。」

說完她就東一下西一下，用抹布、圍裙、毛巾和桌布把鳥籠子都蒙上。

「好了，你們別吵了，讓別人說說話兒，」可是她自己的聲音仍然那麼大。

大夥兒看著她很快就把籠子都蓋上了，蓋上布的鳥籠子很像葬禮中的樣子。鳥兒們挑戰般的叫聲仍舊從蓋布下鑽出來。

「好了，它們不會再叫了。」塞爾蒙太太讓大家放心。「它們就要睡了。」

「是啊。」赫麥妮禮貌地說。

「會的，」杰拉德說。「它們會自動睡過去的，一蓋上布，籠子裡就跟夜晚一樣了。」

「它們會那麼容易上當嗎？」厄秀拉說。

「會的，」杰拉德回答道，「你不知道法布爾①的故事嗎?他小時候把一隻母雞的頭藏在它的翅膀下，那母雞竟呼呼睡了，這很有道理。」

「從此他就成爲一位博物學家②了?」伯金問。

「可能吧，」杰拉德說。

這時厄秀拉正從蓋布下窺視鳥籠子裡面的鳥兒。一群金絲雀立在角落裡，相互依偎著準備睡了。

「眞可笑!」她叫道，「它們眞以爲是晚上了!眞荒謬!眞的，對這種輕易就上當的東西人們怎麼會尊敬呢?」

「對呀，」赫麥妮優哉游哉地說著也走過來觀看。她一隻手搭在厄秀拉胳膊上嘻笑道：「是呀，這鳥兒多逗人，像個傻老公一樣。」

她的手拉著厄秀拉的胳膊離開鳥籠子，緩慢地問：「你怎麼來了？我們還碰到戈珍了。」

「我來水塘看看，」厄秀拉說，「結果發現伯金在這兒。」

「是嗎？這兒眞像是布朗溫家的地盤兒了，是嗎？」

「我巴不得是呢，」厄秀拉說，「我看到你們在湖上划船，就來這兒躲清閒。」

「是嗎？這麼說是我們把你從湖邊趕到這兒來的。」

赫麥妮的眼皮不可思議地朝上翻著，那樣子很有趣但不自然。她臉上總有那麼一種神奇的表情，既不自然又對別人視而不見。

「我剛要走，」厄秀拉說，「伯金先生卻要我看看這兒的房子。在這兒住該多美呀，眞沒話說。」

「是啊，」赫麥妮心不在焉地說，說完就轉過身不再理會厄秀拉了。

「你感覺如何，盧伯特？」她充滿感情地問伯金道。

「很好，」他回答。

「你感到很舒服嗎？」赫麥妮臉上露出不可思議、陰險的神色，她似乎很有點沉醉的樣子，胸部抽動了一下。

「很舒服，」他回答。

他們好久沒說話，赫麥妮低著眼皮，看了他半天。

「你是說你在這兒會很幸福嗎？」她終於開口問。

「我相信會的。」

「我一定會盡力爲他做事的，」僱工的老婆說，「我保證我家先生也會這樣做。他在這兒會住得很舒服的。」

赫麥妮轉過身緩緩地打量她。

「太謝謝了，」她說完又不再理她了。她轉過身揚起頭，只衝他一人問道：

「你丈量過這間房嗎？」

「沒有，」他說，「我剛才在修船。」

「咱們現在量量好嗎？」她不動聲色，慢聲細語地說。

「您有捲尺嗎，塞爾蒙太太？」

「有，我會找到的，」那女人應聲去籃子裡找。「我就這麼一捲，能用嗎？」

儘管捲尺是遞給伯金的，可赫麥妮卻接了過來。

「很感謝你，」她說，「這尺子很好用。謝謝你。」說完她轉向伯金，快活地比劃著對他說：「我們現在就量，好嗎，盧伯特？」

「那別人幹什麼？大家會感到厭倦的，」他很勉強地說。

「你們介意嗎？」赫麥妮轉身不經意地問厄秀拉和杰拉德。

「一點都不介意。」他們回答。

「那先量哪一間呢？」赫麥妮再次轉向伯金快活地問，她要同他一起做點事了。

「一間一間量下去吧，」他說。

「你們量著，我去準備茶點好嗎？」僱工的老婆說，她也很高興，因爲她也有事做了。

「是嗎？」赫麥妮舉止出奇得親暱，似乎能淹沒這女人。她把那女人拉到自己身邊，把別人都撇開，說：「我太高興了。我們在哪兒吃茶點呢？」

「您喜歡在哪兒？在這兒還是在外面的草坪上？」

「在哪喝茶？」赫麥妮問大家。

「在水塘邊吧。塞爾蒙太太，如果您準備好了茶點，我們這就帶上去好了，」伯金說。

「那好吧，」這女人感到很滿意。

這幾個人走下小徑來到第一間屋。房間裡空蕩蕩的，但很乾淨，灑滿了陽光。一扇窗戶向枝繁葉茂的花園兒敞開著。

「這是餐廳，」赫麥妮說，「咱們這麼量，盧伯特，你到那邊去——」

「我不是可以替你做嗎？」杰拉德說著上前來握住捲尺的一端。

「不必了，謝謝。」赫麥妮叫了起來。她就這樣穿著漂亮的綠色印花薄軟綢衣服蹲下身去。跟伯金在一起做事對她來說是一大快樂，他對她唯命是從。厄秀拉和杰拉德在一旁看著他們。赫麥妮的一大特色就是一時間與一個人親密相處而置別人不顧，把別人晾在一旁。因此她總立於不敗之地。

他們量完了房子就在餐廳裡商量起來。赫麥妮決定了用什麼來鋪地面。要是她的建議受到挫折她就會大爲光火。伯金在這種時刻總是讓她獨斷專行。

然後他們穿過正廳，來到另一間較小的前屋。

「這間是書房，」赫麥妮說，「盧伯特，我有一塊地毯，你拿去吧。你要嗎？要吧。我想送給你。」

「什麼樣的？」他很不禮貌地問。

「你沒見過的。底色是玫瑰紅，夾雜著些兒藍色、金屬色、淺藍和柔和的深藍色。我覺得你會喜歡它的。你會喜歡它嗎？」

「聽起來挺不錯的，」他說，「哪兒的？東方的嗎？絨的嗎？」

「是的。是波斯地毯呢！是駱駝毛做的，很光滑。我以爲它的名字叫波戈摩斯地毯，長十二英尺，寬七英尺，你看可以用嗎？」

「可以的，」他說，「可是您爲什麼要送我這麼昂貴的地毯呢？我自己那塊舊牛津土耳其地毯挺不錯的，有它就夠了。」

「我送給你不好嗎？請允許我這樣。」

「它值多少錢？」

她看看他說：「我記不得了。挺便宜的。」

他看看她，沉下臉說：「我不想要，赫麥妮，」他說。

「讓我把地毯送給你鋪在這房子裡吧，」她說著走上前來求援般地把手輕輕地搭在他胳膊上。「你若不要，我會失望的。」

「你知道我不願意你送我東西，」他無可奈何地重複道。

「我不想給你什麼東西，」她調侃地說，「這塊地毯你要不要？」

「好吧，」他說，他敗了，她勝了。

他們來到樓上。樓上同樓下一樣也有兩間臥室，其中一間已稍加裝飾，很明顯，伯金就睡在這屋裡。赫麥妮認眞地在屋裡巡視一番，眼睛不放過任何一個細節，似乎要從這些沒有生命的東西裡汲取出伯金的身影。她摸摸床，檢查一下床上的鋪蓋。

「你眞感到舒適嗎？」她捏捏枕頭問。

「很舒服，」他冷漠地回答。

「暖和嗎？下面沒鋪褥子，你需要有條褥子，你不應該蓋太多的衣服。」

「我有一條，」他說，「撤下來了。」

他們丈量著房子，時時停下來思忖。厄秀拉站在窗邊，看到僱工的老婆端著茶點走上水壩到水池邊去了。她對赫麥妮的那番空談大論表示厭惡，她想喝茶了，做什麼都行，就是看不下這大驚小怪的場面。

最後，大家都來到綠草茵茵的堤岸上野餐。赫麥妮在爲大家倒茶，她現在理都不理厄秀拉。厄秀拉剛才心情不太好，現在恢復過來了，她對杰拉德說：「那天我可是恨透你了，克里奇先生。」

「爲什麼？」杰拉德躲躲閃閃地問。

「因爲你對你的馬太壞了。我眞恨透你了！」

「他幹什麼壞事了？」赫麥妮拖著長聲問。

「那天在鐵道口上，一連串可怕的列車駛過時，他卻讓他那可愛的阿拉伯馬跟他一起站在鐵道邊上。那可憐的馬很敏感，簡直嚇壞了。你可以想像出那是一種多麼可怕的場景。」

「你爲什麼要這樣，杰拉德？」赫麥妮不動聲色地問。

「這馬必須學會站立不可，對我來說，一有火車轟響就躲的馬有什麼用？」

「可是你幹嘛要折磨它，沒必要這樣，」厄秀拉說，「爲什麼讓它在鐵道口站那麼久？你本來可以騎回到大路上去，避免那場虛驚。你用馬刺把牠的肚子都扎出血來了。太可怕了！」

杰拉德態度生硬地說：

「我必須使用牠，要讓牠變得讓人放心，牠就得學會適應噪音。」

「爲什麼？」厄秀拉頗爲激動地叫道。「牠是一個活生生的生物，你爲什麼要選擇牠去承受這承受那？你要對你的生命負責，牠同你一樣也是自己生命的主人。」

「我不同意這種說法，」杰拉德說，「這馬是爲我所用的，並不是因爲我買下牠了，而是因爲牠天生如此。對一個人來說，隨心所欲地使用他的馬比跪在馬前求牠實現牠的天性更合乎情理。」

厄秀拉剛要開口說話，赫麥妮就抬起頭來思忖著說：「我確實認爲，我眞的認爲我們必須有勇氣使用低級生命來爲我們服務。我確實覺得，如果我們把任何一種活生生的動物當作自己對待的話那就錯了。我確實感到把我們自己的感情投射到任何生靈上都是虛僞的，這說明我們缺少辨別力，缺乏批評能力。」

「很對，」伯金尖刻地說。「把人的感情移情於動物、賦予動物以人的意識，沒比這更令人厭惡的了。」

「對，」赫麥妮有氣無力地說，「我們必須眞正選好一個位置，要麼我們使用動物，要麼動物使用我們。」

「是這麼回事，」杰拉德說，「一匹馬與人一樣，嚴格講，儘管牠沒有頭腦，卻有意志。如果你的意志不去支使牠，牠就要支使你。對此我毫無辦法，我無法不支使牠。」

「如果我們知道怎樣使用我們的意志，」赫麥妮說，「我們就可以做任何事情。意志可以拯救一切，讓一切都走上正軌，只要恰當，明智地使用我們的意志，我相信這些都能辦得到。」

「你說恰當地使用意志是什麼意思？」伯金問。

「一位了不起的大夫教過我，」她對厄秀拉和杰拉德說，「他對我說，要糾正一個人的壞習慣，你就得在不想做什麼的時候強迫自己去做什麼。這樣，你的壞習慣就沒了。」

「你這怎麼講？」杰拉德問。

「比方說你愛吃手指頭。當你不想吃手指頭時，你應該強迫自己去吃，然後你就會發現吃手指頭的習慣改了。」

「是這樣嗎？」杰拉德問。

「是的。在很多事情上我都實踐過，效果很好。我原本是個好奇心很強又很神經質的女孩子，就是因爲我學會使用我的意志，僅僅使用我的意志，我才沒出錯兒。」

厄秀拉一直看著赫麥妮，聽她用一種緩慢、毫無激情但又緊張得出奇的聲調說話，她不由得感到一陣難言的激動。赫麥妮身上有一股奇特、黑暗、抽搐著的力量，既迷人又令人厭惡。

「這樣使用意志是致命的，」伯金嚴厲地叫道，「令人噁心，這種意志很低下。」

赫麥妮盯了他好長時間，她目光陰鬱、凝重，面龐柔和、蒼白、瘦削、下巴尖尖的，臉上泛著一層光芒。

「我敢說它並不低下，」她終於開口說。似乎在她的感覺與經驗、言行與思想之間總有一種奇怪的距離和分歧。她似乎在遠離混亂的情緒與反應的漩渦處找到了自己的思路，她的意志從未失靈過，對此伯金極爲反感。她的聲音總是毫無激情，但很緊張，顯得她很有信心。但是她又不時地感到眩暈，打冷顫，這種暈船般的感覺總要戰勝她的理智。儘管如此，她頭腦仍然保持著清醒，意志絲毫不衰。這幾乎讓伯金發瘋。但他從不敢擊潰她的意志，不敢讓她潛意識的漩渦放鬆，不敢看到她發瘋。可他又總要攻擊她。

「當然了，」伯金對杰拉德說，「馬並沒有完整的意志。牠跟人不一樣。一匹馬並不只有一個意志，嚴格說牠有兩重意志。一種意志讓牠屈從於人的力量，另一種意志讓牠要求自由，變得野蠻。這兩種意志有時緊密相連——當你騎馬跑的時候，牠掙脫繮繩，這時你就明白這一點了。」

「當我騎馬時我感覺到牠要掙脫繮繩，」杰拉德說，「但我並沒有因此而知道牠有兩個意志。我只知道牠害怕了。」

赫麥妮不聽他的話了。當這些話題出現時，她壓根兒不去聽。

「爲什麼一匹馬願意屈從於人的力量呢？」厄秀拉問，「對我來說這眞是不可思議。我不相信牠會這樣。」

「這是事實。這是最高級的愛的衝動：屈服於更高級的生命。」伯金說。

「你這種愛的理論是多麼出奇啊。」厄秀拉調笑說。

「女人就如同馬：兩種意志在她身上起作用。一種意志驅使她徹底地去屈從，另一種意志讓她掙脫羈絆，將騎馬人投入地獄。」

「我就是一匹脫繮的馬。」厄秀拉大笑著說。

「要馴服馬是件危險的事，更何況馴服女人呢？」伯金說，「征服的本能會遇到強硬的對手的。」

「這也是件好事。」厄秀拉說。

「很好，」杰拉德臉上露出蒼白的笑容說，「很有意思。」

赫麥妮對此無法忍受了，站起身優閒地說：

「這晚景兒太美了！我覺得美好的東西溶滿了我的感覺，令我不能自已。」

厄秀拉見她對自己說話，就也站起身來，同她一起走入夜幕將垂的沉寂中。伯金在她眼裡變成了一個可惡的自高自大的魔王。她同赫麥妮沿著岸邊走著，一邊採擷著優雅的鬱金香一邊聊著，談論美好、舒心的事兒。

「你喜歡一件帶黃點的布衣服嗎？」厄秀拉問赫麥妮。

「喜歡，」赫麥妮說著停下來觀賞花兒，藉此來理清自己的思緒並從中找到慰藉。「那不是很漂亮嗎？我會喜歡的。」

說話間她衝厄秀拉笑笑，顯得挺眞切。

但杰拉德仍然同伯金在一起，他想要刨根問柢，問清楚他所說的馬的雙重意志到底是什麼意思。杰拉德顯得很激動。

赫麥妮仍舊同厄秀拉在一起，兩個人被一種突發的深情連在一起，變得親密無間。

「我眞不想被迫捲入這種對於生活的批評和分析中去。我其實是眞想全面地看待事物，看到它們的美，它們的整體和它們天然的神聖性。你是否感到，你是否感到你無法忍受知識的折磨？」赫麥妮說著在厄秀拉面前停下，雙拳緊握著。

「是的，」厄秀拉說，「我實在對說東道西厭惡透了。」

「你這樣眞讓我高興。有時，」赫麥妮再次停住腳步對厄秀拉說，「有時我想，如果我還不軟弱，還能抵制，我爲什麼要屈服呢？我感到我才不會屈服呢。那似乎會毀滅一切，一切的美，還有，還有眞正的神聖性都被毀滅了，而沒有它們我就無法活。」

「沒有它們的生活簡直就不是生活，」厄秀拉叫道。「不，讓人的頭腦去實現一切簡直是一種褻瀆。眞的，有些事是要留給上帝去做的，現在是這樣，將來也還是這樣。」

「是的，」赫麥妮像一位消除了疑慮的孩子似的說道，「應該是這樣，難道不是嗎？那麼，盧伯特——」

她思忖著仰頭望天道，「他就知道把什麼都搗毀。他就像個孩子，要把什麼都拆毀以便看看那些東西的構造。我無法認爲這種做法是對的，像你說的那樣，這是一種褻瀆。」

「就像撕開花瓣要看個究竟一樣，」厄秀拉說。

「是的，這樣一來就把什麼都毀了，不是嗎？就沒有開花的可能性了。」

「當然不會有，」厄秀拉說，「這純粹是毀滅。」

「就是，就是這麼回事！」

赫麥妮久久地盯著厄秀拉，似乎要從她這兒得到肯定的答覆。然後兩個女人沉默了。每當她們意見相符時，她們就開始互不信任起來。厄秀拉感到自己情不自禁地躲避著赫麥妮，只有這樣她才會抑制自己的反感情緒。

她們倆又回到兩個男人身邊，似乎剛剛像同謀一樣達成了什麼協議。伯金抬頭看了看她們，厄秀拉眞恨他這種冷漠的凝眸。但他沒說什麼。

「咱們走吧，」赫麥妮說，「盧伯特，你去肖特蘭茲吃晚飯嗎？來吧，跟我們一起來吧，好嗎？」

「我沒穿禮服，」伯金說，「你知道，杰拉德是講禮節的人。」

「我並不墨守成規，」杰拉德說，「不過，你如果不喜歡隨隨便便的吵鬧，在大家平心靜氣地用餐時最好不要這樣。」

「好吧，」伯金說。

「我們等你打扮好再走不行嗎？」赫麥妮堅持說。

「行啊。」

他進屋去了。厄秀拉說她要告別了。

「不過，」她轉身對杰拉德說，「我必須說，儘管人是獸類的主子③，但他沒有權力侵犯低級動物的感情。我仍然認爲，如果那次你騎馬躲開隆隆駛過的火車就好了，那說明你更明智，想得更周到。」

「我明白了，」杰拉德笑道，但他有點感到不快。「我下次注意就是了。」

「他們都認爲我是個愛管閒事的女人。」厄秀拉邊走邊想。但是她有與他們抗爭的武器。

她滿腹心事地回到家中。她今天被赫麥妮感動了，她與她有了眞正的交往，從而這兩個女人之間建立起了某種同盟。可她又無法容忍赫麥妮。「她還是挺不錯的人嘛，」她自言自語道，以此打消了那種想法。「她眞心要得到正確的東西。」厄秀拉想同赫麥妮一條心，擯棄伯金。她現在很敵視他。這感覺既令她苦惱又保全了她。

有時，她會激烈地抽搐起來，這抽搐發自她的潛意識。她知道這是因爲她向伯金提出了挑戰，而伯金有意無意地應戰了。這是一場殊死的戰爭，或許戰爭的結果是獲得新生。但誰也說不清他們之間的分歧是什麼。

---

①讓・亨利・法布爾（一八二三至一九一五），法國昆蟲學家與著作家。

②指直接觀察動植物的科學家。

③參見《舊約・創世記》第九章第二節。

第十三章 米諾

光陰荏苒，她沒有發現什麼跡象。他是否不理她了，是否對她的秘密不屑一顧？她感到焦慮、痛苦極了。厄秀拉知道她這是自欺欺人，她明明知道他會來的。因此，她對別人沒說起過一個字。

果然不出所料，他寫信來了，問她是否願意和戈珍一起到他在城裡的住宅裡去喝茶。

「他為什麼要連戈珍一塊兒請？」她立即提出這個問題。「他是想保護自己還是認為我不能獨自前去？」一想到他要保護自己，她就感到難受。最終她自語道：

「不，我不想讓戈珍也在場，因為我想讓他對我多說點什麼。我絕不把這事兒告訴戈珍，我會獨自去的，到那時我就明白是怎麼回事了。」

她坐上電車出了城，到他山上的住宅去。她覺得自己遠離了現實，似乎進入了一個夢幻般的世界。她看著車下骯髒的街道，似乎覺得自己是一個與這個物質世界無關的人。這些跟她有什麼關係呢？她感到自己在魔幻般生活的流動中喘息著，失去了自己的形狀。她再也無法顧及別人如何議論她、如何看她了。別人對她來說是不存在的，她跟他們沒關係。她脫離了物質生活的羈絆，就像一隻漿果從它熟知的世界中落下來，落入未知世界中，變得陌生、陰鬱。

當女房東把她引進屋時，伯金正站在屋中央。他走了出來。她看到他有些狂躁、震驚，似乎有一種巨大的力量默默地發自他柔弱的軀體，這力量震動了她，令她神魂顛倒。

「就你一個？」他問。

「是的！戈珍不能來。」

他沉默了，要猜個究竟。然後他們雙雙在沉寂的氣氛中落了座，感到很緊張。她注意到這屋子很舒服，屋裡採光充足，環境很安寧。她還發現屋裡有一盆倒掛金鐘，有腥紅和紫紅色的花兒垂落下來。

「多麼美的倒掛金鐘啊！」她一句話打破了沉默。

「是嗎？你是否以爲我忘記了我說過的話？」

厄秀拉只感到一陣暈眩。

「如果你不想記住，我並不強求你記住，」厄秀拉昏昏沉沉地強打起精神說。

屋裡一片寂靜。

「不，」他說，「不是那個問題。只是，如果我們要相互了解，我們就得下定決心才行。如果我們要建立連繫，甚至建立友誼，就必須有一種永恆、不可改變的東西作保證。」

他的語調中流露出一種對她的不信任，甚至氣惱。她沒有回答，她的心縮緊了，令她無法開口說話。見她不回答，他仍舊刻薄地說他的話，完全忘卻了自己。

「我無法說我要給予的是愛，我需要的也不是愛。我所說的是某種超人性的、更加艱難、更加罕見的東西。」

她沉默了一下說：「你的意思是你不愛我？」

說完這句話她都快氣瘋了。

「是的，如果你這麼說就是這麼回事，儘管並不盡然。我不知道。不管怎樣，我並沒有愛你的感覺，我沒有感受到這種情緒，沒有，我並不需要這個。它最終會出現的。」

「你是說最終會有愛？」她問，感到嘴唇發麻。

「是的，是這樣的，當一個人最終只孤身一人，超越愛的影響時。到那時會有一個超越自我的我，它是超越愛、超越任何感情關係的。和你在一起也是如此。可是我們卻自我欺騙，認為愛是根。其實不然。愛只是枝節。根是超越愛，純粹孤獨的我，它與什麼也不相會、不相混，永遠不會。」

她睜大一雙憂慮的眼睛看著他，他的臉上帶著很誠懇的表情，微微地閃光。

「你是說你無法愛，是嗎？」她的聲音顫抖了。

「也許就像你說的那樣吧。我愛過。可是有那麼一種超越愛的東西。」

她無法忍受。她感到暈眩。她就是無法忍受。

「可是，如果你從沒愛過的話，你怎麼知道這一點呢？」她問。

「我說的是實話。無論你還是我，心中都有一種超越愛、比愛更深遠的東西，它超越了人們的視野，就像有些星星是超越人們視野的一樣。」

「那就是說沒有愛了，」厄秀拉叫道。

「歸根結柢，沒有，但有別的什麼東西。但是，歸根結柢是沒有愛的。」

厄秀拉一時對伯金的話瞠目結舌。然後，她微微站起身，終於有些不耐煩的說：

「那，讓我回家吧，我在這兒算幹什麼的？」

「門在那兒，」他說，「你是自由的，隨便吧。」

在這種過激行動中他表現得很出色。她猶豫了片刻又坐回椅子中去。

「如果沒有愛，那有什麼呢？」她幾乎嘲弄地叫道。

「肯定有。」他看著她，竭盡全力與自己的靈魂抗爭。

「什麼？」

他沉默了好久。她在跟他作對，此時她跟他無法交流。

「有，」他心不在焉地說，「有一個最終的我，超越個人，超越責任的我。同樣也有一個最終的你。我想見的正是這個你——不是在情感與愛的地方，而是在更遙遠的地方，那兒既沒有語言也沒有君子協約。在那兒，我們是兩個赤裸、未知的人，兩個全然陌生的動物，我想接近你，你也想接近我。那兒也沒有什麼責任和義務，因爲沒有行爲標準，沒有理解。這是很超越人性的東西。用不著註冊，因爲你跟這一切都無關，一切既成事實、已知的東西在那兒都沒有用。你只能追隨你的衝動，佔有眼前的東西，對什麼都不負責，也不要求什麼或給予什麼，只按照你的原始慾望去佔有。」

厄秀拉聽著他這番演講，感到頭腦發麻，失去了感知。他說的話出乎她的預料，令她不知所措。

「這純粹是自私。」她說。

「純粹，對的。可並不是自私，因爲我不知道我需要你什麼。我通過接近你，把我自己交付給那未知世界，毫無保留，毫無防備，完完全全赤條條交給未知世界。只是，我們要相互宣誓，我們要拋棄一切，連自己都拋棄，停止生存，只有這樣，我們全然的自我才能在我們的軀殼中實現。」

她按照自己的思路思考著。

「是因爲你愛我才需要我嗎？」她堅持問。

「不，那是因爲我相信你，也許我的確相信你呢。」

「你眞這樣嗎？」她突然受到了傷害，冷笑道。

他凝視著她，幾乎沒注意她說什麼。

「是的，我肯定是相信你的，否則我就不會在這兒說這番話了，」他說。「唯一能證明的就是這番話。在眼前這個時刻，我並不太相信。」

他突然變得如此無聊而不可信，她不喜歡他這一點。

「可是，你是否認爲我長得不錯？」她調侃地追問。

他看看她，想看看自己是否覺得她好看。

「我不覺得你好看，」他說。

「那就更談不上迷人嘍？」她尖刻地說。

他突然生氣地皺緊了眉頭。

「你沒看出來嗎，這不是一個視覺審美的問題，」他叫道，「我並不想看你。我見得女人太多了，我對於看她們感到厭倦了。我需要一個不用我看的女人。」

「對不起，我並不能在你面前作隱身人啊，」她笑道。

「是的，」他說，「如果你不強迫我在視覺上注意你，你對我來說就是隱身人。當然，我並不想看見你，也不想聽你說話。」

「那，你幹嘛要請我來喝茶呢？」她嘲弄地問。

她說她的，他並不注意她，他只是在喃喃自語。

「我在你不知道自己存在的地方尋找你，我要尋找那個塵世的你，全然否定的你。我並不需要你的漂亮長相，我不需要你那番女人的情感，我不需要你的思想、意見，也不需要你的觀念，這些對我來說都不重要。」

「你太傲慢了，先生，」她嘲笑道，「你何以知道我那種女人的感情、我的思想或我的觀念？你甚至不知道我對你的看法。」

「對此我並不關心。」

「我覺得你也太傻了。我以爲你原是想說你愛我，但是你卻要繞著彎子來表達這個意思。」

「行了吧，」他突然憤憤然抬起頭看著她。「走吧，讓我一個人待在這兒。我不想聽你這番似是而非的挖苦話。」

「這眞是挖苦嗎？」她譏諷地笑道。她向他解釋說，他坦白了他對她的愛，但他表達愛的話卻很荒謬。

他們沉默了許久，這沉默竟令她像孩子一樣得意、興奮。他亂了方寸，開始正視她了。

「我需要的是與你奇妙的結合，」他輕聲道，「既不是相會，也不是相混。正像你說的那樣——而是一種平衡，兩個人純粹的平衡，就像星與星之間保持平衡那樣。」

她看著他。他非常誠懇，當然誠懇往往讓他顯得愚笨、平凡。他這樣子令她不自由，不舒服。可是她又太愛他了。而他幹嘛要扯什麼星星呢？

「這麼講話太突兀了吧？」她調侃道。

他笑了，說：「要簽訂條約最好先看看這些條款再說。」

睡在沙發上的一隻小灰貓這時跳下來，伸直長腿，聳起瘦削的背。然後牠挺直身子很有氣度地思考了一會兒，就飛也似的竄出屋去，從敞開的窗口一直跳到屋外的花園中。

伯金站起身問：「牠追什麼去了？」

小貓氣派十足地搖著尾巴跑下了甬路。這是一隻普通的花貓，爪子是白的，可算得上是位苗條的紳士呢，這時有一隻毛茸茸的棕灰色母貓悄悄爬上籬笆牆過來了。公貓米諾傲慢地向她走過去，擺出一副很有男子氣的冷漠相兒。母貓蹲在公貓面前，謙卑地臥在地上，這個毛茸茸的棄兒仰視著他，野性的眼睛裡放射出如同珠寶一樣好看的綠色光芒。他漫不經心地俯視著她，於是，她又朝前爬了幾步爬到後門去，她軟軟地俯著身子，像一個影子在晃動。

公貓細細的腿邁著莊重的步伐跟在母貓身後，突然他嫌她擋他的路了，就給了她臉上一巴掌，於是她向邊上跑了幾步，像地上被風吹跑的樹葉一樣溜到一邊去，然後又順從地俯下身體。公貓米諾裝作對她不屑一顧的樣子，自顧眨著眼睛看著園子裡的景致。過了一會兒，她振作起精神，像一個棕灰色的影子一樣悄然向前挪動幾步，就在她加快步伐，轉眼間就要像夢一樣消失時，那幼小的老爺一個箭步跳到她面前，伸手照她臉上就是一個亮的耳光，一巴掌打得她卑謙地縮了回去。

「她是隻野貓，」伯金說，「從林子裡跑來的。」

那隻迷途的貓四下裡打量著，眼睛裡似乎燃著綠色的火焰般盯著伯金。然後她悄然轉身，跑到園子裡去了，到了那兒又朝四下裡觀望起來。公貓米諾轉過臉來傲慢地看著他的主人，然後閉上眼睛，雕塑般地佇立著。那隻野貓圓睜著驚奇的綠眼睛一直凝視著，像是兩團不可思議的火苗。然後她又像影子一樣溜進廚房去。

這時米諾又是一跳，一陣風似的跳到她身上，用一隻細細的白爪子準確地打了她兩個耳光，把她打了回去。然後他跟在她身後，用一隻滿是魔力的白爪子戲弄地打了她兩下。

「他幹嘛這樣兒？」厄秀拉氣憤地問。

「他們相處得很好，」伯金說。

「就因爲這個他才打她嗎？」

「對，」伯金笑道，「我覺得他是想讓她明白他的意思。」

「他這樣做不是太可怕了嗎！」她叫道，走到園子裡，衝米諾喊：

「別打了，別稱王稱霸。別打她了。」

那隻迷途貓在說話間就影兒般地消失了。公貓米諾瞟了一眼厄秀拉，然後又倨傲地把目光轉向他的主人。

「你是個霸王嗎，米諾？」伯金問。

苗條的小貓看看他，瞇起了眼睛。然後它又把目光轉開去，凝視遠方，不再理睬這兩個人了。

「米諾，」厄秀拉說，「我不喜歡你。你像所有的男人一樣霸道。」

「不，」伯金說，「他有他的道理。他不是個霸王，他只不過是要讓那可憐的迷途貓兒承認他，這是她命中注定的事。你可以看出來，那迷途貓長得毛茸茸的，像風一樣沒個定型兒。我支持米諾，完全支持他，他只是想平靜。」

「是啊，我知道！」厄秀拉叫道，「他要走他自己的路——我知道你這番花言巧語的意思，你想稱王稱霸。」

小貓又看看伯金，對這位吵吵嚷嚷的女人表示蔑視。

「我很支持你，米西奧托，」伯金對貓說。「保持住你男性的尊嚴和你高級的理解能力吧。」

米諾又瞇起了眼睛，似乎是在看太陽。看了一會兒，他突然撇下這兩個人，興高采烈地豎起尾巴跑遠了，白白的爪子歡快地舞動著。

「他會再一次尋到那高貴的野人①，用他高級的智慧招待招待她，」伯金笑道。

厄秀拉看著園子裡的他，他的頭髮被風吹舞著，眼睛裡閃著挖苦的光芒，她大叫道：

「天啊，氣死我了，什麼男性的優越！這是什麼鬼話！沒人會理會這套鬼話的。」

「那野貓，」伯金說，「就不理會，但她感覺得到這是對的。」

「是嗎？」厄秀拉叫道。「騙外行去吧！」

「我會這樣的。」

「這就像杰拉德·克里奇對待他的馬一樣，是一種稱霸的慾望，一種眞正的權力意志②，太卑鄙，太下作了。」

「我同意，權力意志是卑鄙下作的。但它在米諾身上就變成了一種與母貓保持純粹平衡的慾望，令她與一個男性保持超常永久的和睦關係。你看得出來，沒有米諾，她僅僅是隻迷途的貓，一個毛茸茸的偶然現象。你也可以說這是一種權力意志。」

「這是詭辯，是從亞當那裡繼承來的原罪。」

「對。亞當在不可摧毀的天堂裡供養著夏娃。他獨自和她相處，就像星星駐足在自己的軌道裡一樣。」

「是啊，是啊，」厄秀拉用手指頭指點著他說，「你是一顆有軌道的星星！她是一顆衛星，火星的衛星！瞧瞧，你露出馬腳了！你想要得到衛星。火星和衛星！你說過，你說過，你自己把自己的想法全和盤托出來了！」

他站立著衝她笑了。他受了挫折，心裡生氣，但又感到有趣，不由得對厄秀拉羨慕甚至愛起來，她那麼機智，像一團閃閃發光的火，報復心很強，心靈異常敏感。

「我還沒說完呢，」他說，「你應該再給我機會讓我說完。」

「不，就不！」她叫道。「我就不讓你說。你已經說過了，一顆衛星，你要擺脫它，不就這個嗎？」

「你永遠也不會相信，我從來沒說過這樣的話，」他回答，「我既沒有表示這個意思，也沒有暗示過、也沒有提到過什麼衛星，更不會有意識地講什麼衛星，從來沒有。」

「你，撒謊！」她眞動了氣，大叫起來。

「茶準備好了，先生，」女房東在門道裡說。

他們雙雙朝女房東看過去，眼神就像貓剛才看他們一樣。

「謝謝你，德金太太。」

女房東的介入，讓他們沉默了。

「來喝茶吧。」他說。

「好吧，」她振作起精神道。

他們相對坐在茶桌旁。

「我沒說過衛星，也沒暗示這個意思。我的意思是指單獨的星星之間，既相互關聯又相互保持平衡、平等。」

「你露出馬腳了，你的花招全敗露了。」她說完就開始喝茶。見她對自己的勸告不再注意，他只好倒茶了。

「眞好喝！」她叫道。

「自己加糖吧，」他說。

他把杯子遞給她。他的杯子等等器皿都很好看。玲瓏的杯子和盤子是紫紅與綠色的，樣式漂亮的碗和玻璃盤子以及舊式羹匙擺在淺灰與紫色的織布上，顯得富麗高雅。但是在這些東西中，厄秀拉看出了赫麥妮的影響。

「你的東西夠漂亮的！」她有點氣憤地說。

「我喜歡這些玩意兒。有這些漂亮的東西用著，讓人打心眼裡舒服。德金太太人很好，因爲我的緣故，她覺得什麼都挺好。」

「是啊，」厄秀拉說，「這年頭兒，女房東比老婆要好啊。她們當然比老婆想得更周全。在這兒，比你有了家室更自在，更完美。」

「但是你怎麼不想想內心的空虛呢？」他笑道。

「不，」她說，「我對男人們有如此完美的女房東和如此漂亮的住所感到忌妒。男人們有了這些就沒什麼憾事了。」

「如果是爲了養家口，我希望不至於如此吧。就爲了有個家而結婚，這挺噁心的。」

「同樣，」厄秀拉說，「現在男人不怎麼需要女人，是嗎？」

「除了同床共枕和生兒育女以外，就不怎麼需要。從根本上說，現在男人對女人的需要是一樣的，只不過誰也不願意做根本的事情。」

「怎麼個根本法？」

「我的確覺得，」他說，「世界是由人與人之間神秘的紐帶——完美的和諧地連結在一起的。最直接的紐帶就是男人與女人之間的紐帶。」

「這是老調子了，」厄秀拉說，「爲什麼愛要是一條紐帶呢？不，我不要它。」

「如果你向西走，」他說，「你就會失去北、東和南三個方向。如果你承認和諧，就消除了一切混亂的可能性。」

「可愛的是自由啊。」她說。

「別說僞善的話，」他說，「愛是排除所有其他方向的一個方向。你可以說它是一種自由。」

「不，」她說，「愛包含了一切。」

「多愁善感的假話，」他說，「你需要混亂狀態，就這麼回事。所謂自由的愛，所謂愛是自由、自由是愛之說純屬虛無主義。其實，如果你進入了和諧狀態，這種和諧直到無法改變時才能變得純粹。一旦它無可改變，它就變成了一條路，如同星星的軌道一樣。」

「哈！」她刻薄地叫道，「這是死朽的道德精神。」

「不，」他說，「這是造物的規律，每個人都有義務，一個人必須與另一個人終生結合，但這並不意味著失去自我——它意味著在神秘的平衡與完整中保存自我——如同星與星相互平衡一樣。」

「你一扯什麼星星我就不能相信你，」她說，「如果你說得對，你沒必要扯那麼遠。」

「那就別相信我好了，」他氣惱地說，「我相信我自己，這就夠了。」

「你又錯了，」她說，「你並不相信你自己。你並不完全相信你自己說的話。你並不眞的需要這種結合，否則你就不會大談特談這種結合，而是應該去得到它。」

他一時無言以對，愣住了。

「怎麼得到？」他問。

「僅僅通過愛，」她挑釁地回答。

他在憤怒中沉默了一會兒說：

「告訴你吧，我不相信那樣的愛。你想讓愛幫助你達到利己的目的，你認為愛是起輔助作用的，不僅對你，對誰都如此。我討厭這個。」

「不，」她叫著，像一條眼鏡蛇那樣仰起頭，目光閃爍著。「愛是一種驕傲，我要的是驕傲。」

「驕傲與謙卑。我了解你，」他冷冰冰地反駁道。「前倨後恭，再由謙卑到倨傲——我了解你和你的愛。驕傲與謙卑在一起跳舞。」

「你眞確信你知道我的愛是什麼嗎？」她有點生氣地諷刺道。

「是的，我相信我知道，」他說。

「你過分自信了！」她說，「你這麼自信，怎麼就一貫正確呢？這說明你是錯的。」

他不語，深感懊惱。

他們交談著，鬥爭著，到最後他們都對此厭倦了。

「跟我講講你自己的情況和你家人的情況吧。」他說。

於是她對他講起布朗溫家的人，她母親，她的第一個戀人斯克里賓斯基以及她與斯克里賓斯基關係破裂後的經歷。他默默坐著聽她娓娓道來，似乎懷著敬意在聽。她講到傷心處，臉上顯出難言的苦相，那表情使她的面龐更楚楚動人。他似乎被她美麗的天性所溫暖，他的心感到欣慰。

「莫非她眞可以信誓旦旦一番？」他懷著一腔激情這樣思忖著，但不抱任何希望，因而心裡竟漫不經意地自顧笑起來。

「看來咱們都很苦啊。」他嘲諷般地說。

她抬眼看看他，臉上禁不住閃過按捺不住的狂喜，眼中亮起一道奇異的光芒。

「誰說不是啊！」她不管不顧地高聲叫著。「這有點荒謬，不是嗎？」

「太荒謬了，」他說，「痛苦讓我厭透了。」

「我也一樣。」

看著她臉上那滿不在乎的嘲諷神情，他幾乎感到害怕了。這個女人上天可以上至穹頂，入地獄可以入到最底層，他原是錯怪她了，這樣一位放任恣肆的女子，有著無可阻擋的破壞力，太危險了，眞讓他害怕。他心裡又禁不住笑了。

她走過來把手放在他肩上，一雙閃爍著奇異金光的眼睛盯著他，那目光很溫柔，但掩飾不住溫情後面的魔光。

「說一句你愛我，說『我的愛』，對我說一句吧，」她請求道。

他也盯著她，看著她。他的臉上露出了嘲諷的表情。

「我是很愛你，」他陰鬱地說，「但是我希望這是另一種愛。」

「爲什麼？爲什麼？」她低下頭，神采奕奕的臉對著他追問。「難道這還不夠嗎？」

「我們獨往獨來更好，」他說著摟住她的腰。

「不，我們不要獨往獨來，」她用充滿情慾的聲音屈從道，「我們只能相愛。對我說『我的愛』，說呀，說呀。」

她說著摟住他的脖子。他擁抱著她，溫柔地吻著她，似愛、似調侃、似順從地喃言道：

「好——我的愛——我的愛。有愛就足夠了。我愛你——我愛你。我對別的東西膩透了。」

「是嘛，」她喃言著，柔順地偎在他懷中。

①暗指美國印第安公主Pocahontas（一五九五至一六一七），據說她同情歐洲俘虜，從刑場上解救白種軍人。

②原文是德文，出自尼采（一八四四至一九〇〇）的著作《權力意志》。

第十四章　水上聚會

克里奇先生每年都要在湖上舉行一次水上聚會。威利湖上有幾艘遊艇和幾隻舢板。客人們可以在宅院裡的帳篷中飲茶，或在湖邊停船房旁巨大的胡桃樹蔭下野餐。今年，請來了學校的教職員與礦區的官員們一起聚會。杰拉德和克里奇家的晚輩們對這種聚會並不那麼感興趣，無奈每年聚一次已成慣例。父親喜歡聚會，這是他唯一同附近的人一起樂一樂的機會。他喜歡給下人或比他窮的人帶來快樂，但他的孩子們卻喜歡和門當戶對的人一起聚一聚，他們不喜歡比自己身分低的人。那些人顯得謙卑，拘謹，還要露出感恩戴德的樣子來，那副德行令他們生厭。

不過孩子們還是樂意參加聚會的，因爲他們從小就參與這項聚會，更主要的是，現在父親的身體健康情況太不好了，他們不忍心讓他不痛快，否則他們就會感到些兒負疚。於是，勞拉高高興興地準備代替母親作聚會的女主人，杰拉德則負責安排人們在水上遊樂。

伯金給厄秀拉寫信說希望在聚會上見到她。戈珍儘管鄙視克里奇家人居高臨下的樣子，但是，如果天氣好的話也會陪父母光臨盛會。

聚會這一天，晴空朗朗，陽光和煦，微微有點輕風。布朗溫家的姊妹倆都穿著綢衣，頭戴柔軟的草帽。所不同的是，戈珍腰上束了一條黑、粉紅和黃色寬寬的三色綵帶，襪子是粉紅的，帽檐上也裝飾著黑、粉、黃三種顏色的邊兒，帽子稍稍往下壓著一點兒。她胳膊上還搭著一件黃綢衣，那樣子看上去著實出眾，就像畫廊裡的畫兒似的。她這副模樣讓她父親心中不快，生氣地對她說：

「你是否再點上一掛鞭砲放一放呀？」

不管怎麼說，戈珍看上去就是漂亮，光彩奪目，她穿這身衣服純屬做出挑釁的姿態。人們盯著她在她身後竊笑時，她就抓住機會大聲對厄秀拉說：「瞧瞧這些人！怎麼這樣少見多怪的？」她嘴裡用法語叫著，回過頭去看著那些竊笑的人們。

「眞是的，太不像話了！」厄秀拉的聲音很清晰。就這樣。姊妹倆戰勝了自己的敵手。但是她們的父親卻爲此越發生氣。

厄秀拉穿一身雪白衣服，帽子是粉紅色的，帽檐兒沒有鑲邊兒，鞋子是深紅色的，手上提著一件橘黃色的外衣，就這樣，她們跟在父母身後向肖特蘭茲走來。

她們在笑媽媽。媽媽今天穿了一件黑紫相間的條紋夏裝，頭戴一頂紫色草帽，拘謹地在丈夫身邊走著，那樣子比她的女兒們還醜覥，誠惶誠恐。丈夫像往常一樣，最好的衣服穿在身上也是皺皺巴巴的，似乎他的孩子們還小，妻子自顧打扮卻要他抱孩子。

「看看前面這對年輕的夫妻吧，」戈珍平靜地說。厄秀拉看看她媽媽和爸爸，突然情不自禁地笑起來。兩個姑娘站在路上笑得流出了眼淚，因爲她們又一次看到這對醜覥、不諳世故的老夫妻在前面走著。

「我們喊你呢，媽媽，」厄秀拉叫著不禁追隨父母前行。

布朗溫太太轉過身來，表情有點迷惑，不悅地問：「我有什麼好笑的？我倒想知道。」

她不明白她的外表上有什麼地方不順眼。她對任何批評都報以十足的平靜與漠然，似乎她與此無關。她身上的衣服總有那麼點礙眼，不太整潔，但是她穿著這些衣服總顯得隨隨便便，心裡覺得滿足。別管穿什麼吧，只要湊湊和和還算整潔，她就覺得沒什麼可挑剔的了，她天生就有貴族氣。

「你看上去很端莊，就像一位男爵夫人，」厄秀拉望著母親那天眞、迷惑不解的樣子溫柔地笑道。

「簡直就是一位男爵夫人嘛！」戈珍說。此時，母親變得傲慢起來，姊妹倆又叫喊起來。

「回家去，你們這一對兒傻瓜，嘿嘿笑的傻瓜！」父親生氣地喊著。

「呣——呣！」厄秀拉反感地拉長了臉道。

父親氣的眼裡直要冒火，眞有些怒了。

「別理這些傻瓜，」布朗溫太太說完轉身走自己的路。

「咱們身後怎麼跟著這麼一對嘿嘿笑的傻孩子！」他報復地叫道。

看到他如此動氣，姊妹倆禁不住靠在路邊的籬笆牆上笑得更歡了。

「你怎麼跟她們一樣犯傻？看她們幹什麼？」見丈夫動了眞氣，布朗溫太太也生氣了。

「瞧那邊有人過來了，爸爸，」厄秀拉逗樂兒似的警告他。他四下裡掃了一眼，就跟上妻子一起氣哼哼地前行。姊妹倆跟在他們身後，笑得快斷氣兒了。

人們打身邊經過時，布朗溫傻乎乎地大叫道：

「要是再這樣我就回家去。在大庭廣眾之下拿我當猴兒耍，眞該死，我可不幹！」

他眞發火了，聽他這樣歇斯底里地叫喊，姑娘們的笑聲戛然而止，心爲之一縮，很看不起他。她們不愛聽他那句「大庭廣眾之下」。她們爲什麼要在乎什麼「大庭廣眾」呢？戈珍和稀泥道：

「我們笑並不是要傷害你，」她的話雖然是在撫慰他，但是說話的聲調太粗魯，讓她的父母不舒服。「我們笑，是因爲我們愛你。」

「既然他們這樣愛生氣，我們在他們前面走好了，」厄秀拉生氣地說。就這樣他們四人來到了威利湖畔。威利湖水邊，陽光灑在斜坡草坪上，陡峭的山崖上覆蓋著茂密的林木。小小的遊船從岸邊緩緩駛向湖裡，船上坐滿了人，傳來陣陣欸乃聲。朝船屋遠遠望去，可看到一群衣著鮮艷的人聚在那兒。大路上，籬笆牆邊站著些老百姓妒忌地看著遠處的聚會，那妒忌樣兒眞像一些靈魂不被天堂接受的人。

「瞧啊！」戈珍壓低聲音道，「有那麼一大群人呢！想想看，咱們要是擠進去會怎麼樣吧。」

戈珍對人群的恐怖令厄秀拉很緊張。「看上去很可怕。」她不無焦慮地說。

「想想那都是些什麼人吧——想想！」戈珍仍舊壓低嗓門兒煩惱地說，但她毫不猶豫地向前走著。

「我想，我們是否可以躲開他們。」厄秀拉不安地說。

「要是躲不開，我們可就進退兩難了，」戈珍說。她對人群表現出來的極端厭惡與恐怖令厄秀拉很惱火。

「我們沒必要待在這兒，」她說。

「我當然是不會在那堆人中待上五分鐘的，」戈珍說。她們又朝前走了一程，直到看見了守在門口的警察。

「還有警察呢，把你圍在裡面！」戈珍說。「要我說這事兒可眞有趣兒。」

「我們最好照看著爸爸和媽媽，」厄秀拉不安地說。

「媽媽可是完全能堅持到聚會結束的，」戈珍有點蔑視地說。

但厄秀拉知道父親感到不舒服，他生氣了，並不幸福，爲此她深感不安。她們在門口等著父母的到來。高大、瘦削的父親衣服皺皺巴巴的，像個孩子一樣煩惱，氣呼呼的，他就要參加這次的社交活動了。他絲毫不感到自己是個紳士，沒什麼別的感覺，他只是感到憤憤然。

厄秀拉站在他身邊，他們把門票交給警察，四個人就並肩進門來到草坪上。父親高高的個子，紅光滿面，細細的眉毛生氣地緊鎖著；他妻子膚色很好，人很瀟灑，頭髮往一邊梳著；戈珍則睜大了又黑又圓的眼睛，柔和的臉龐上毫無表情，幾乎沉鬱著臉，所以，儘管她是在往前走，但似乎卻是在往後退著；厄秀拉則表情迷茫，每當她處於尷尬的處境時，她都露出這樣的表情。

伯金可眞是個天使。他做出上等人的優雅姿態，笑著迎上來，但是這種姿態總有那麼點做作。不過，他摘下帽子，對布朗溫家的人投來了眞心的笑，爲此布朗溫開懷笑道：「你好啊？你病好了吧？」

「是的，好多了。你好，布朗溫太太。我同戈珍和厄秀拉很熟。」

他笑著，眼睛裡透著熱情的目光。對於女人，特別是不太年輕的女人他表現出一種溫柔、討好的態度。

「對，」布朗溫太太淡漠但滿意地說，「我常聽她們說起你。」

伯金笑了。戈珍感到自己被冷落了，就把頭扭到一邊去。人們三個一群五個一夥地聚在一起，一些女人手中握著茶杯坐在胡桃樹蔭下，一位身穿晚禮服的侍從忙得團團轉，幾位手持洋傘的女孩子在傻乎乎地笑著，一些剛划完船上岸來的小夥子盤著腿坐在草地上，他們沒穿外衣，只穿襯衫，袖子很有男子氣地挽起來。手放在白法蘭絨褲子上，考究的領帶隨著他們跟年輕女子調笑而飄盪著。

「怎麼回事？」戈珍想，「他們難道不會穿上外衣，禮貌點嗎？難道非要表面上做出這種狎暱之態嗎？」她看到頭髮向後披著、輕浮狎昵的年輕男人就害怕。

赫麥妮・羅迪斯來了，她身著一件鑲白邊的漂亮長袍，長長的圍巾上繡著花朵，頭上戴著一隻素色的帽子。她看上去著實有點令人吃驚，幾乎令人害怕。那米色的繡花圍巾長長地在她身後拖著，一路拖過來，直垂到地上，顯得她更高大了。濃密的頭髮蓋住額頭直垂到眼睛上方，蒼白的長臉上表情奇特，周身閃爍著耀眼的色彩。

「她這樣子眞是莫名其妙！」戈珍聽到身後幾個姑娘在竊竊私語，她眞想殺了她們。

「你好啊！」赫麥妮邊走邊和藹地招呼著，並向戈珍的父母投去一瞥。這對戈珍是個難堪的時刻，把她氣壞了。赫麥妮的階級優越感太強了，她純粹出於好奇心而結識別人，似乎人家是展覽會上供人參觀的動物。這種事戈珍也做的出來，但是當別人這樣對待她時也就受不了。

赫麥妮給布朗溫家的人很大的面子，把他們領到勞拉・克里奇接待客人的地方。

「這是布朗溫太太，」赫麥妮介紹說。身著挺刮的繡花亞麻衣的勞拉同布朗溫太太握了手表示歡迎。然後杰拉德來了，他今天穿著白褲子，上身著一件黑棕兩色的運動夾克，看上去很帥氣。他也認識了布朗溫夫婦，並跟他們攀談起來，不過他把布朗溫太太當作貴婦人對待，但是沒把布朗溫先生當作紳士看待，他的舉止太分明了。他的右手受傷了，不得不用左手同別人握手，右手纏著繃帶插在夾克的口袋裡。戈珍沒見有人問起他的手怎麼回事，心裡暗自慶幸。

遊艇徐徐駛來，船上音樂聲大作，人們在甲板上興高采烈地向岸上的人打著招呼。杰拉德去照顧人們上岸，伯金在爲布朗溫太太端茶，布朗溫已經和學校的人們聚在一起了，赫麥妮坐在布朗溫太太身邊，兩個姑娘到碼頭上去觀看靠岸的遊船。

遊船響著汽笛歡快地駛來，然後輪槳停止了轉動，船員把繩子拋上岸，船一頭撞上了岸。遊客們你擁我擠地開始上岸。

「等一下，等一下嘛！」杰拉德扯著嗓子命令著。

他們得等繩子拴緊，跳板搭好才能上岸。都準備好後，人們就潮水般魚貫而出，吵吵嚷嚷著，好像剛到美國去了一趟似的。

「太好了！」姑娘們叫著，「太妙了。」

船上的侍者手提籃子跑進船屋裡，船長則在小橋上閒逛著。看到一切都安全，杰拉德這才朝戈珍和厄秀拉走來。

「你們不想乘下一班船玩玩兒，在船上用茶嗎？」他問。

「不，謝謝，」戈珍冷漠地說。

「你不喜歡湖水嗎？」

「湖水？我很喜歡。」

他審視地看著她。

「你不喜歡坐坐遊船嗎？」

她一時沒有回話，然後才慢吞吞地說：

「不，我不能說我喜歡，」她的臉紅了，似乎正爲什麼事生氣。

「人太多了。」厄秀拉解釋說。

「是嗎？」他笑道，「是太多了點。」

戈珍轉身神采奕奕地問他：

「你在泰晤士河上坐過汽船嗎？從威斯特敏斯特大橋一直坐到里士蒙。」

「沒有，」他說，「我無法說我坐過。」

「噢，那可眞是一種討厭的經歷，從來沒有這麼惡劣的事兒。」

她紅著臉激動地說，吐字快極了。「簡直就沒坐的地方。頭頂上一個男人一路上都在唱什麼『在海的搖籃裡搖呀搖』。這人是個瞎子，帶著一隻手提風琴，他彈唱是要人們付錢的，你可想見那情景如何了。下面總往上冒午飯味兒和機油味兒。這船一坐就是好幾個小時，好幾個小時。岸上一些調皮的男孩子一直追著我們的船跑，他們在泰晤士河岸上的泥淖中奔跑，泥水沒到腰部，他們把褲子拋在身後，在泥水裡跑著，臉一直衝著我們，就像一群污爛的屍體，他們叫著『嗚，先生們，嗚，先生們，嗚，先生們』，眞像一群腐爛的屍體，十分下流。甲板上的男人們看到孩子們在泥水中奔跑，就大笑著，時時扔半個基尼給他們。如果你看到錢扔出去時，孩子們是如何眼盯著錢跳進泥水中，你會覺得連禿鷲和豺狼做夢都不會接近他們。我再也不想坐遊船了，再也不了。」

杰拉德一直盯著她，目光閃爍著。倒不是她說的話令他激動，而是她本人令他心動。

「是啊，」他說，「每個文明的軀體內都有害蟲。」

「爲什麼？」厄秀拉叫道，「我體內就沒有害蟲。」

「這還不算，我說的是整個事情的性質──男人們笑著把這些孩子當玩物，向他們扔錢，女人則攤開肥胖的膝蓋吃啊吃，沒完沒了地吃。」戈珍說。

「是啊，」厄秀拉說。「倒不是說這些男孩子們是害蟲；大人們自己才是害蟲，正像你說的那樣，這是個整體問題。」

杰拉德笑了。

「沒什麼，」他說，「你們不坐船就算了。」

聽到杰拉德的指責，戈珍立即緋紅了臉。

一時大家都沉默了。杰拉德像一位哨兵一樣監視著人們走上船。他長得很漂亮，性格上又很有節制，但他的頭髮卻像武夫的頭髮一樣威武，令人看了心煩。

「你打算在這兒用茶還是到房子那邊用？那邊草坪上有一座帳篷。」他說。

「咱們划一隻舢板出遊吧。」厄秀拉說，她總是這樣說話不假思索。

「出遊？」杰拉德笑問。

「你看，」戈珍聽了厄秀拉的直言，紅著臉說：「我們不認識這兒的人，幾乎全然是生客。」

「哦，不過我可以馬上介紹幾個熟人給你們，」他輕鬆地說。

戈珍盯著他，想看看他是否心懷歹意。然後她對他笑道：「你知道我們的意思。我們能不能上到那兒去，看一看湖邊的景致？」她手指指向湖邊草坪那邊山上的林子，「那片林子著實美。我們甚至可以在那兒游泳，那兒的光線是多麼美啊！眞的，那兒就像尼羅河流域中的一段，你可以想像那是尼羅河。」

對戈珍那種對遠方景物表現出的做作的熱情，杰拉德報之一笑。

「你覺得那兒夠遠嗎？」他調侃地說完又補上一句：「是的，如果我們有一條船，你就可以去那兒了，那兒似乎顯得遠離塵世。」

說著他環視了一下湖面，數著湖上停泊的船隻。

「那眞是太美了！」厄秀拉心馳神往地說。

「你們不要喝茶嗎？」他問。

「好吧，」厄秀拉說：「我們喝一杯就出發。」

他看看這個又看看那個，笑了。他有點不高興，但仍然開玩笑道：「你會划船嗎？」

「當然，」戈珍冷冷地說，「划得很好。」

「對，是的，」厄秀拉說，「我們倆都划得很好。」

「可以嗎？我有一條獨木舟，我怕別人駕駛它會淹死，就沒推出來。你認爲你也可以划獨木舟嗎？安全嗎？」

「哦，一點問題都沒有！」戈珍說。

「眞了不起！」厄秀拉叫道。

「可別出事兒啊，爲我想想，可別出事兒，我是負責水上游覽的。」

「當然不會出事，」戈珍保證說。

「再說，我們都會游泳，」厄秀拉說。

「那好吧，我讓他們安排一下，帶上一籃茶點，你們可以野餐，這主意如何？」

「太好了！要是能這樣可眞讓人高興！」戈珍紅著臉叫道。戈珍對他的依戀表現得很微妙，這依戀中摻入了感激的成分，杰拉德深深地感到激動。

「伯金在哪兒？」他目光閃爍著問，「他可以幫我一把。」

「你的手是怎麼回事？傷著了？」戈珍默默地問，似乎是在避免什麼親暱的表現。她還是第一次提起他的手受傷的事。她如此奇怪地繞開這個話題，令杰拉德重又感到些慰藉。他把手從衣袋裡抽出來看看，手上纏著繃帶，然後又把手揣進衣袋中去。戈珍看到裹著的手，不禁感到一陣顫抖。

「哦，我一隻手也可以拉船，那隻獨木舟鴻毛一樣輕。」他說，「還有盧伯特呢——盧伯特！」

伯金離開他的崗位，朝他們走來。

「你這隻手是怎麼傷的？」厄秀拉終於關心地提出這個問題。

「我的手嗎，」杰拉德說，「它給捲到機器裡去了。」

「天啊！」厄秀拉說，「傷的重嗎？」

他說，「當時很嚴重，現在慢慢好起來了。手指頭粉碎了。」

「噢！」厄秀拉似乎痛苦地說，「我討厭那些自己傷害自己的人。我都感到疼。」說著她的手都抖了。

「你打算怎麼辦？」伯金問。

兩個男人抬來棕色的獨木舟，放入水中。

「你確信你乘這船安全嗎？」杰拉德問。

「當然了，」戈珍說，「要是有一點懷疑，我就不會要這船了，我才沒那麼下作呢。我曾在阿蘭代爾划過獨木舟，請放心，我會很安全的。」

說著話，她像男人一樣下了保證，然後就和厄秀拉踏上纖小的船，悄然划去。兩個男人站在岸邊看著姑娘們。戈珍在划船，她知道男人們盯著她，搞得她划船速度慢了，動作也笨拙了許多，臉漲得像紅旗一般。

「太感謝了，」她在水上衝他說，「太妙了，就像坐在一片樹葉上一樣。」

對她的怪念頭他報之一笑。她的聲音顫抖著，很奇特，一直從遠處傳來，他看著她把船划遠了。她身上很有一股孩子氣，她對別人的話很容易相信，對人也恭敬，就像個孩子一樣。他一直看著她划船。對戈珍來說，扮演成一位依賴杰拉德的孩子氣的女人是一件眞正快活的事；他站在碼頭上，穿著白衣，那麼漂亮、精幹，再說，此時此刻，他是她認識的最重要的男人。對站在杰拉德身邊的伯金，儘管他目光柔和地閃爍著，但她一點也沒注意他，他不過是個模糊不清、搖搖擺擺的人影兒罷了。她的注意力全讓一個人吸引去了。

小船沿著湖邊悠悠行進著，一路上經過了草坪上沿柳蔭架設的帳篷，再順岸邊划下去，可見到夕陽照耀下斜草坪泛著金光。別的船隻在對岸岸邊樹蔭下航行，遠處傳來船上人們的歡笑聲。但戈珍卻朝金光照耀下的樹叢划去。

姊妹倆發現有個地方有一股涓涓細流淌入湖中，小溪口上長著蘆葦和紅柳叢，岸邊鋪著礫石。她們在這兒下了船，脫掉鞋襪，推著船向草叢移過去，把船靠了岸，然後興高采烈地四下裡張望著。她們在這荒無人煙的小溪口感到甚是寂寞。身後的小山丘上長滿了樹叢。

「咱們洗了澡，」厄秀拉說，「然後吃茶點。」

她們向周圍打量一番，發現沒有人能看得見她們或靠近這裡。不一會兒工夫，厄秀拉就甩掉衣服赤著身子下了水，朝湖裡游去。然後戈珍也游上來了。她們就圍著小溪口靜悄悄但卻是興致勃勃地游了好一會兒，然後她們就爬上岸重又鑽入林子中，那樣子眞像居住在山林澤國中的仙女兒。

「自由了，眞美啊，」厄秀拉光著身子在樹林中飛快地東奔西跑，頭髮飄飄欲仙。林子裡生長著的是山毛櫸，高大健壯的樹幹，灰色的枝杈盤根錯節，綠色的枝條四處伸展著，朝北看去，可看到遠方的景物虛無縹緲，樹杈似乎搭成了一扇窗口。

兩個姑娘又跑又跳了一陣，把身上的水都抖乾了，然後迅速穿上衣服坐下來品著香茗。她們坐在小樹林的北面，沐浴著金色的陽光，對面是綠草茵茵的小山，這兒可眞是個僻靜且很有野味兒的去處。茶很熱，很香，還有夾著黃瓜、魚子醬的小三明治和小餅乾。

「你高興嗎？」厄秀拉高興地看著妹妹問。

「厄秀拉，我太高興了。」戈珍望著西斜的太陽，聲音低沉地說。

「我也一樣。」

當姊妹倆一起做些喜歡做的事時，她們的世界就是一個完整的、屬於自己的世界。這一刻太美好了，自由，歡樂，一切都像孩提時代的冒險一樣美妙、快活。

吃完茶點，兩位姑娘默默地坐得出神。厄秀拉有一副漂亮的嗓子，這時她開始輕柔地唱起《安金·馮·薩羅》①。戈珍坐在樹下聽著，這歌聲激起了她的嚮往。厄秀拉一個人自我陶醉著，那麼安詳、滿足，自然而然地哼著歌兒，自我感覺很好，她這樣子讓戈珍感到受了冷落。戈珍總感到自己脫離了生活，是個局外人，而厄秀拉則是個參與者，爲此戈珍很痛苦。她感到自己被否定了，不得不要求別人注意自己，與自己建立連繫，這讓她十分難受。

「我來跳達克羅瑟②，你唱，好嗎？」戈珍囁嚅道。

「你說什麼？」厄秀拉抬起頭驚訝地問。

「你唱支歌兒，我跳達克羅瑟，好嗎？」戈珍痛苦地重複道。

厄秀拉絞盡腦汁想著。

「你跳——？」她不明白地問。

「跳達克羅瑟舞，」戈珍說，她讓姊姊問得很難受。

「哦，達克羅瑟！我一時想不起來這個名字了。跳吧，我很喜歡看你跳。」厄秀拉像孩子一樣驚喜地大叫，「那我唱什麼呢？」

「唱你喜歡的任何曲子都行，我按照曲子的節奏跳。」

但是厄秀拉怎麼也想不起該唱什麼來。但她還是戲謔地笑著唱起來：

「我的愛人——是一位高貴的婦人——③」

戈珍開始伴著歌聲以和諧的舞姿跳起來，她跳得很慢，似乎有看不見的鏈條拴住了她的手腳。她伸開雙臂做飛翔狀，腳步緩緩移動著，手和胳膊做出有規律的動作。然後張開雙臂，高舉過頭，款款地分開下來，微微昂起頭。她的腳一直在踢打著拍子，和著歌曲游動，像什麼奇妙咒語一般，她著白色衣服的身軀四處盪來盪去，做著奇特、狂烈的動作，似乎隨一陣咒語似的風上升起來，又邁著小碎步兒震顫著跑開。厄秀拉在草地上唱著歌兒，笑著，似乎這是一個大玩笑。在金色的陽光照耀下戈珍做著複雜的顫動，飄舞與盪漾的動作，只見她伴著跳動的節奏毫無意識地縮成一團，在某種催眠作用下表現出一種堅強的意志，這一切令厄秀拉產生了宗教儀典的聯想。

「我的愛人是一位高貴的婦人，她是一位黑美人，」厄秀拉嘲諷地邊笑邊唱，戈珍則越舞越快、越狂，她用力跺著腳，似乎要甩掉什麼束縛。只見她甩著胳膊、跺著腳，然後昂起頭、袒露著漂亮的脖頸、微閉著雙目奔跑起來。金黃的夕陽正在西沉，天上漂浮起一圈淡淡的月影。

厄秀拉正沉浸在自己的歌聲中，突然戈珍停止了舞步，輕聲地、調侃地叫道：「厄秀拉！」

「哦？」這聲呼喚把厄秀拉從沉迷中驚醒。

戈珍佇立著，臉上掛著嘲弄的笑容，手指著邊上。

「噢！」厄秀拉突然驚叫著站起身來。

「牠們沒什麼嘛，」戈珍譏諷道。

左首兒有一群高地牛，晚霞輝映著牠們的身軀，色彩斑斕，皮毛亮閃閃的。牠們的角伸向空中，口鼻嗅著想了解周圍發生的一切。牠們的眼裡閃爍著光芒，裸露的鼻孔下全是陰影。

「牠們不幹點什麼事嗎？」厄秀拉害怕地叫道。

戈珍平日裡很怕牛，現在卻搖搖頭，將信將疑，露出嘲諷的樣子，嘴角上帶著一絲兒笑說：

「厄秀拉，這些牛看上去不是很漂亮嗎？」那聲調很高，很刺耳，就像一隻海鷗在叫。

「漂亮，」厄秀拉顫聲說，「牠們不會對咱們怎麼樣吧？」

戈珍再一次不可思議地看看姊姊，搖搖頭。

「我敢說牠們不會的，」她說，那話音既像是在說服自己，又似乎表明她堅信自己有某種秘密力量，她要檢驗一下這股力量。「坐下接著唱吧，」她聲音又高又刺耳地說。

「我害怕，」厄秀拉望著牛群叫道。只見這群粗壯的牛默立著，黑色的眼睛露出刻毒的光芒。最終厄秀拉還是以原先的姿勢坐了下來。

「牠們不會怎麼樣的，」戈珍高聲道，「唱點什麼呢，你唱唱就沒事了。」

很明顯，戈珍滿懷激情，要在這些粗壯、剽悍的牛跟前跳舞。

厄秀拉開始用假嗓子顫抖地唱起來：「通往田納西的路上──④」

厄秀拉的聲音很緊張。戈珍不管這些，舒展雙臂，昂起頭，劇烈顫抖著向牛群舞過去。她著了魔似的衝著牛群聳起身體，似乎有點瘋狂地跺著腳，她的雙臂、手和手腕伸開又放下，放下又伸開。她向牛群高高顫抖地挺起胸，喉頸也似乎在某種肉慾中變得興奮起來。她毫無意識地盪過來，那不可思議的白色軀體在狂喜中向著牛群衝撞過來，把正低頭等待的牛嚇得躲到一邊去。牛著了迷似的看著她，光光的牛角高聳著，任這女人白色的軀體緩緩地抽搐著衝撞。戈珍可以觸摸到面前的牛了。她感到牛的胸膛裡放射出一道電流直衝向她的手掌。她撫摸著它們，眞正地撫摸，一陣恐懼與喜悅的熱流傳遍全身。厄秀拉則一直著了迷似的高聲唱著與這無關的歌，那尖細的嗓音像咒語一樣刺破了夜空。

戈珍能聽到牛沉重地呼吸著，牠們無法控制自己，既對這歌聲著迷，又感到害怕。哈，這些蘇格蘭公牛，皮毛光滑，野性的公牛！突然一頭牛打了個響鼻兒，低下頭向後退著。

「嗚──嗚！」林子邊上突然傳來一聲大叫。牛群立即自動地散開向後退去，然後向山上跑去，它們身上的毛隨著牠們跑動，火一樣地閃爍著。戈珍呆立在草地上，厄秀拉站起身來。

原來是杰拉德和伯金來找他們，是杰拉德大叫一聲驅走牛群的。

「你們這是幹什麼呢？」他有點惱火地高聲叫道。

「你們來這兒幹什麼？」戈珍生氣地叫了起來。

「你知道你們做的這是什麼事嗎？」他重複道。

「我們做韻律體操呢，」厄秀拉聲音發抖，笑道。

戈珍漠視著他們，黑色的大眼睛裡透著不滿，盯了他們好一會兒。然後她隨著牛群向山上走去。牛群這時已經在山上聚作一團。

「你去哪兒啊？」杰拉德衝著她的背影喊道，隨後也隨她上了山。太陽已落到山後去了，陰影漸漸向地面壓下來，天上淨是晃動著的晚霞。

「那支歌兒伴舞可不怎麼樣，」伯金臉上透著嘲笑對厄秀拉說。說完他又喃喃地自唱自跳起來，那舞姿很奇怪，四肢和全身都放鬆了，雙腳疾速地踢踏著。他的臉像平時一樣蒼白，身體像影子一樣鬆弛、顫動著。

「我覺得我們都瘋了，」她有點恐懼地笑道。

「很可惜，我們無法更瘋狂，」他邊舞邊說。突然，他向她傾斜過身子，輕輕地吻了一下她的手指，臉對著臉凝視著她，蒼白地笑了。她感到受了侮辱，向後退去。

「被我冒犯了？」他調侃道。一下子變得緘默、拘謹起來。「我覺得你喜歡輕微怪誕的東西。」

「但是並不像那樣啊，」她迷惑不解地說，幾乎像受到了辱沒一樣。可是她的內心處，有個地方被他瀟灑、震顫著的軀體所吸引。他全然放縱自己，起伏、晃動著，他臉上掛著微微嘲諷的表情。儘管被他吸引著，她還是不由自主地躲避著他。一個平時言談舉止那樣嚴肅的人，今天這種舉動似乎有點下流。

「為什麼不像那樣呢？」他打趣道。說完他又跳起那種莫名其妙的舞，他身體盪著、晃著，舞得很快，眼睛不懷好意地看著她。他就這樣時跳時停，離她愈來愈近，臉上露著嘲弄的笑和莫名其妙的表情向她湊過來，如果她不向後躲的話，他還會再次吻她。

「不，別這樣！」她眞正怕了，大叫一聲喝住他。

「不管怎樣，你仍是一個科迪麗婭⑤，」他調侃道。她被這句話刺痛了，似乎這是對她的污辱。她知道他故意這樣說，這樣做，眞令她難堪。

「那你呢？」她回敬道，「你爲什麼總要把你的心掛在嘴邊上？」

「這樣我就可以更容易地把它吐出來呀，」他對自己的反唇相譏很滿意。

此時杰拉德·克里奇正全神貫注地跟在戈珍身後大步地追上山去。斜坡上那群牛正俯視著他們：身穿白衣服的男人在追趕身著白衣的女人，那女人正緩緩地朝牠們這兒走上來。她停下來，先回頭看看杰拉德，又看了看牛群。

她突然高舉起雙臂，直向那群頭上矗著長角的公牛撲過去。她腳步微顫著跑了一程，然後停下來看看牠們，繼而又張開雙臂直衝過去。公牛們嚇得噴著響鼻兒讓開一條路來，抬起頭，飛也似的消失在暮靄中，遠遠望去，身影愈變愈小，但仍在飛奔。

戈珍仍然凝視著遠去的牛群，臉上露出挑戰般的神情。

「你爲什麼要讓牠們發瘋？」杰拉德追上來問。

她把頭扭到一邊不理他。

「這樣不安全，你知道嗎？」他堅持說，「牠們要是轉過身來，可兇狠了。」

「轉身，轉到哪兒去？轉身逃走嗎？」她譏諷道。

「不，」他說，「轉過身來對付你。」

「對付我？」她嘲弄道。

他弄不清她這話的意思。「不管怎麼說吧，反正那天牠們把一位農夫的母牛給頂死了。」

「我管那些幹什麼？」她說。

「可是我得管，」他說，「因爲那是我的牛。」

「牠們怎麼成了你的?!你並沒有把牠們吞到你肚子裡去。給我一頭好了，」她伸出手說。

「你知道，牠們在那兒呢？」他指指山頭說，「如果你要一頭，以後可以送一頭給你。」

她不可思議地看著他問：「你是不是以爲我怕你和你的牛？」

他陰鬱地瞇起眼睛，臉上堆起霸道的笑容。「我爲什麼那麼想呢？」他說。

她細小的黑眼睛睜得大大地盯著他，身體微微前傾，揮動著手臂。她用手背遮住眼睛，透過指縫看他時，發現他臉上閃爍著一道光芒。

「就爲那個，」她打趣說。

她心裡湧上一股強烈的慾望，要跟他狠鬥一場。她排除了一切恐怖與驚慌，要按自己的意願做事，她什麼都不怕。

他臉上的光澤變鈍了，臉色蒼白，眼裡升起一團可怕危險的烈火。一時他說不出話來，只感到怒火中燒，心都要迸裂開來，他無法控制自己洶湧的感情洪流。似乎黑色情感的水庫在他內心崩塌、淹沒了他。

「這可是你先出擊的，」他壓低嗓門兒，柔和地說，那聲音似乎是她心中的一個夢，而不是外界傳來的話音。

「我還會打最後一拳，」她自信地說。他沉默了，沒有反駁她。

她站立著，漫不經心地把目光從他身上移到遠處。在她意識的邊緣，她在問自己：

「你爲什麼表現得如此無禮、如此可笑？」但她陰鬱地把這個問題從頭腦中打發掉了。可是她又無法徹底擺脫掉這個問題的糾纏。

杰拉德面色蒼白，專注地凝視著她，他的眼睛裡聚著凝重的光芒。她突然轉身衝他叫道：

「是你讓我這樣的，你心裡明白，」她的話裡有話。

「我？怎麼了？」他問。

她轉過身朝湖邊走去。山下，湖水上亮起了燈光，薄暮中淡淡的燈光在水上搖曳。夜像黑漆一樣在大地上塗抹著，天空倒顯得蒼白，櫻草花兒和湖水看上去也是那樣蒼白。浮碼頭那邊，薄薄的暮色中點點燈火連成了串兒在水上流瀉，遊船上一片燈光輝煌。四下裡陰影開始聚攏過來。

杰拉德身著白色夏裝，像一個白色的精靈一樣隨著戈珍走下草坡。戈珍等待著他跟來。等他上來以後，戈珍伸出手觸到他，柔聲地說：「別生我的氣。」

他只覺得心頭一熱，懵懵懂懂地說：「我並沒生你的氣呀，我愛你。」

他失去了理智，他要抓住什麼東西以此來拯救自己。她響亮地發出一聲嘲笑，不過這笑聲很能撫慰人心。

「這也是一種解釋，」她說。

可怕的眩暈像沉重的負擔壓著他的頭腦，他失去了一切控制，他無法忍受了，於是一把揪住她，他的手像鐵爪一樣。「這樣很好，是嗎？」他說著抱住她。

她看著面前鑲著一雙凝眸的臉，血液變冷了。

「是的，這樣很好，」她的聲音很輕柔，像服了麻醉藥一般，像個巫婆在低吟。

他毫無意識地在她身邊走著。越往前走，他的意識越有所恢復。他太痛苦了。他小時候曾殺害了自己的弟弟，像該隱那樣。

他們發現伯金和厄秀拉坐在船邊談笑著。伯金在逗厄秀拉。

「你嗅出這片沼澤地的味道來了嗎？」他吸一吸鼻子問。他的味覺很靈敏。

「有一種很好聞的味兒，」她說。

「不，」他回答，「要提防著點。」

「為什麼要提防？」

「它在呼吸，不停地呼吸，是一條黑暗的河，」他說，「這兒生長著百合花，也有毒蛇出沒，總在滾動著鬼火。我們從沒注意過，鬼火總在向前滾動著。」

「怎麼會有鬼火？」

「有一條河，一條黑色的河，我們總注意銀色的生命之河在奔流，推動著世界走向光明，走向天堂，奔向一個光輝燦爛的永恆世界，一個聚集著天使的天堂。但是只有另一條黑色的河才是我們眞正的現實——」

「什麼樣的另一條河？我從來不知道還有什麼另一條。」厄秀拉說。

「它是你的現實，」他說，「那是死亡的黑色河流，你可以看到它就在我們體內流淌，如同其他河流一樣地流著——黑色的腐爛河流。而我們的花朵是出生於大海的女神阿芙洛狄特⑥，她代表著我們今日的現實，是閃著燐光的十全十美的白色花朵。」

「你的意思是說，阿芙洛狄特代表著眞正的死亡？」厄秀拉問。

「我的意思是，她是代表死亡過程的神秘花朵，是的，」他說，「當整個造物主的河流消逝以後，我們發現自己處在倒退的過程中，我們成了毀滅性創造的一部分。阿芙洛狄特是在整個世界消亡的第一次震顫中出生的——然後是蛇、天鵝和荷花這些沼澤花朵——戈珍和杰拉德也出生於毀滅性創造中。」

「你和我呢？」她問。

「很可能也是，」他說，「在某種程度上說當然如此。至於是否全然如此，我說不準。」

「你的意思是說我們是死亡的花朵——惡之花[7]了？我並不覺得我是這種花朵。」她抗議說。

他沉默了片刻。

「我並不覺得我們完全是，」他說。「有些人純粹是黑色的腐爛花朵——百合。但也會有一些火一般熱烈的玫瑰。你知道赫拉克利特說過『枯乾的靈魂最美妙』。我很理解他指的是什麼。你呢？」

「我不太肯定，」厄秀拉說，「可是，如果人們都是死亡之花——不管他們是不是花，那又怎麼樣呢？死亡之花與花有什麼不同呢？」

「沒什麼不同——但又完全不同。死一直在持續，如同生一直在持續一樣。」他說，「這是一個進步的過程，它的終極是整個宇宙的無——世界的末日。爲什麼世界的末日同世界的開端不同樣美好呢？」

「我認爲就是不一樣，」厄秀拉生氣地說。

「當然一樣，最終是一樣的，」他說。「它意味著新的一輪創造又開始了——當然不是指我們。世界的末日，我們是末日，是惡之花。如果是惡之花的話，我們就不會是幸福的玫瑰。」

「但我覺得我是，」厄秀拉說，「我覺得我是幸福的玫瑰。」

「天生的嗎？」他嘲弄地問。

「不，是眞正的，」她回答，感受到了傷害。

「如果我們是末日，我們就不會是開端，」他說。

「不，我們是開端，」她說，「開端是從末日開始的⑧。」

「是在它之後，而不是從它本身產生。是在我們之後，而不是從我們本身產生。」

「你是個魔鬼，你知道，眞的，」她說，「你要毀滅我們的希望。你想要我們都死。」

「不，」他說，「我只想讓我們知道我們是怎麼一回事罷了。」

「你說的很對，」夜幕中傳來杰拉德柔和的聲音。

伯金站起身。杰拉德和戈珍走上前來。沉靜中大家都開始吸煙，伯金爲大家逐個兒點上煙，薄暮中亮起了火柴的火星，他們幾人靜靜地在水邊吸著煙。湖面變得黯淡下來，湖周圍的陸地罩上了夜的帷幕，湖上的亮光漸漸隱去了。周圍的空氣神秘莫測，不知何處傳來班鳩琴一類的音樂聲。

天上金色的光芒褪去了，明月升上來了，似乎微綻著笑靨。對岸黛色的林子隱入黑夜中去了。黑夜中，時而流曳著幾道光線。湖面上，遠遠地閃爍著魔幻般的幾縷光芒，像蒼白的珠光，淡綠、淡紅、淡黃三色兼而有之。隨著遊船駛進巨大的陰影中，隨著燈火的閃動，光芒四射的船上奏出的樂曲聲，遠遠飄過來。

一切都讓燈光照亮了。這邊，那邊，無論是在朦朧的水面上還是在湖的盡頭，都閃著燈光。湖水在白日的最後一縷光線照耀下呈現出奶白色，沒有一絲陰影，只有從看不見的船上流瀉出的孤獨細弱的燈光。沒有槳聲，小船悄悄地從慘淡的光線下駛入叢林籠罩下的黑夜中去，船上的燈籠似乎要燃起大火來，紅撲撲、圓圓的，煞是可愛地懸掛在船頭。湖水中映出點點跳躍著的燈光。水面上，到處都倒映著這些無聲的流火。

伯金從大船上取來幾隻燈籠，四個人湊上去點亮它們。厄秀拉打起第一盞燈籠，伯金劃亮火柴，從紅色的燈籠口探進去，點亮了底部的蠟燭。燈籠亮了，大家都後退一步，觀看從厄秀拉的手邊垂下的綠色燈籠，像一盞綠色的月亮在閃光，燈光輝映著她的面龐。燈火搖曳著，伯金彎腰湊到燈籠口去察看，燈光映得他的臉像幻影一樣，沒有意識，像魔鬼的臉。厄秀拉黯淡的身影靠近了伯金。

「挺好的，」她柔聲地說。

說著她舉起燈籠，燈光驚動了一群鸛，群起飛離黑的大地，飛掠過深藍色的天空。

「眞美，」她說。

「好可愛呀，」戈珍附和道。她也想優美地打起一盞燈籠。

「給我點一盞，」她說，杰拉德無能爲力地站在一旁。伯金點亮了她舉著的燈籠。她的心焦慮的等待看燈籠的風姿。這是一盞櫻花草色的燈籠，上面插著高高的花朵，花朵襯著墨綠色的葉子，蝴蝶在清純的燈光中圍著花兒盤旋。

戈珍激動地大叫道：「太美了，啊，眞是太美了！」

她的心確實陶醉在美之中了，她高興得無法自已。杰拉德傾斜過身子，探進燈光中來，似乎是要看燈籠。他靠近她，挨著她，同她一起觀賞著燈籠。她的臉轉向他，燈光輝映著他們肩並肩站在一起，爲他們的身影罩上了一層光圈，別的一切都不存在了。

伯金朝旁邊看看，走過去爲厄秀拉點燃第二盞燈籠裡的蠟燭。這盞燈籠底部是淺紅的，繪著螃蟹和海草的圖案，燈光照耀著螃蟹和海草在透明的海水中緩緩蠕動，似乎要上到熊熊的紅色光焰中來。

「你既有了天，又有了海水，」伯金對她說。

「什麼都有，就是沒有大地。」她望著他照管燈火的手說。

「我一看我這第二盞燈籠就氣得要死。」戈珍聲音刺耳地叫道，那腔調似乎要把大家都嚇跑。

伯金走過去點燃這只燈籠。它塗著可愛的深藍色，底座是紅色的，一條白色的大墨魚正捲起細小的白色浪花兒來。墨魚正從燭光中神情專注地漠視外面。

「眞是太可怕了！」戈珍害怕地大叫起來。她身邊的杰拉德忍不住輕聲笑了。

「就是太可怕了嘛！」她驚叫道。

杰拉德又笑道：「跟厄秀拉換換，換那隻螃蟹的。」

戈珍沉默了一會兒說：「厄秀拉，你能要這個嚇人的東西嗎？」

「我覺得這顏色很好看，」厄秀拉說。

「我也是這麼想，」戈珍說，「可是，你能把它甩到你船上去嗎？你不想立即毀掉它嗎？」

「哦，不，」厄秀拉說，「我不想毀了它。」

「那你拿那隻螃蟹的換這一盞行嗎？你眞的不介意嗎？」

戈珍說著上前來交換。

「不介意，」厄秀拉說著就讓出了自己的燈籠，換回了那隻繪有墨魚的。

可是，對於戈珍和杰拉德流露出來的優越感她很反感。

「來，」伯金說，「讓我把燈籠掛在船上。」

說著他和厄秀拉就向大船移過去。

「盧伯特，你要把我送回去，」杰拉德在黑暗中說。

「你不同戈珍一起划獨木舟嗎？」伯金說，「那更有意思。」

一時大家都沉默了。伯金和厄秀拉提著晃來晃去的燈籠站在水邊的陰影中。整個世界像一個幻影一般。

「這樣行嗎？」戈珍問杰拉德。

「對我來說很合適，」杰拉德，「可是你行嗎？會划嗎？我不明白你爲什麼拽我？」

「爲什麼不行呢？」戈珍說，「我拽你跟拽厄秀拉是一樣的。」

從她的語調中他聽得出來，她想坐獨木舟，在獨木舟裡她就可以獨自佔有他了，人和船都得聽她指揮。他莫名其妙地順從了戈珍。

她把燈籠遞給他，然後把燈籠上的竹桿固定在船尾。他隨她上船，背衝著搖曳的燈籠站著，在四周投下重重的陰影。

「吻我一下再走，好嗎？」他溫柔的聲音來自陰影中。

她對這話著實吃了一驚。

「爲什麼？」她問。

「告訴我爲什麼？」他反問。

她凝視了他好一會兒。然後她傾過身體，長久、饒富興味地吻了他，雙唇在他的唇上逗留了好一陣子。在他仍然神魂顛倒、渾身各個骨節都燃著火的時候，她從他手中拿過了燈籠。

他們抬起獨木舟放到水中，戈珍在自己的位置上坐好，杰拉德撐船離了岸。

「你划船手不疼嗎？」她關切地問，「其實我划得也很好。」

「我不會讓手疼的，」他壓低嗓音柔和地說，那聲音讓她感覺到一種難以形容的美。

他靠近她坐著，離她非常近，就坐在船尾，他的腿伸過來，腳碰到了她的腳。她搖著櫓，搖得很慢，很悠然自得，她企望著他對她說幾句意味深長的話。可是他卻一言未發。

「你喜歡這樣嗎？」她溫柔關切地問他。

他微微一笑。

「咱們當中隔著一個空間，」他低沉、默默地說，似乎不是他在說話，而是他身上什麼東西在說。她似乎憑著什麼魔力感覺得出，他和她是若即若離地坐在獨木舟上。她理解他，爲此很高興，神魂顚倒。

「但我離你很近啊，」她愉悅地說。

「可是有距離，有距離啊，」他說。

她心中高興，沉默了一陣子才回答，聲音又細又尖。

「可是我們是在水上，不能有什麼變動呀。」她的話給了他神奇、微妙的慰藉，顯得很憐惜他似的。

湖面上有十來隻船在划行，船上玫瑰色和月亮一樣白亮的燈籠貼過水面閃爍著，燈光倒映在水裡，恰似水中燃著一團團火苗兒。遠處，那條汽船嗚嗚駛過，汽輪捲起些兒水花，船過之處，但見水上亮起一串彩色燈光。時而船上鞭炮、羅馬焰火噴射，天上群星閃耀與燈光交相輝映，照得湖面一片火紅、明晃晃的，藉著亮光，可看到數隻小船緩緩漂盪著。然後又是一片黑暗，只有燈籠細微的光線柔和地眨動著眼睛，湖上只留下一片低緩的欸乃聲與悠悠的音樂聲。

戈珍毫無知覺地搖著槳。杰拉德可以看到前面不遠處厄秀拉的綠燈籠和玫瑰紅燈籠相挨著搖曳，伯金在搖船，那彩虹色的尾光轉眼即逝。他同樣可以意識到，他自己船上微弱的燈光也在他身後撒下一片溫柔的影子。

戈珍停下櫓，朝四周觀望了一下。獨木舟隨著潮水湧來微微起伏。杰拉德的膝蓋離她很近。

「這太美了！」她輕柔、崇敬地說。

她看看他，他身子正向後面微微閃光的燈籠靠去。儘管他的臉只露出一個輪廓，但她能看得清這張臉，它被夜光籠罩著。她心中對他充滿了激情，他那麼像男子漢般地沉穩、神秘，這給他平添了幾分英氣。他身上洋溢著一股陽剛之氣，那剛柔兼備的身軀側影散發著這種氣韻，那完美的身姿令她興奮、激動、陶醉。她喜歡這樣看他。現在她還不想撫摸他，還不想認識他那活生生的血肉之軀，還不想從他的實體中獲得進一步的滿足。他實在難以捉摸，可是又近在咫尺。戈珍的手漠然地搭在槳上，她一心想要看他，他像一個透明的影子，她要觸到他的實際存在。

「是的，」他應付道，「是很美。」

他正在傾聽附近細小的聲音：水花兒從槳上滴落，身後的燈籠相互碰撞著發出聲響，還有不時戈珍的長裙發出聲，眞像另一個世界裡的聲音。他的意識在下沉，有生以來第一次失神落魄，對外界的事物全神貫注起來。以前他總能夠集中精力，不讓自己失態。現在他卻放鬆了自己的意志。不知不覺中與外界融爲一體了。這眞像一場純粹的睡眠，是他生命中第一次偉大的睡眠。他一生中太固執又太警覺了。可是現在，卻有了這樣的休眠、安寧與完美的放鬆。

「把船搖到碼頭去好嗎？」戈珍充滿渴望地問他。

「哪兒都行，」他說，「任它漂吧。」

「那你說，要是碰觸到什麼東西怎麼辦？」她沉靜、不無親暱地說。

「有燈光照著，沒事，」他說。

於是他們就默默地任船兒漂流。他需要純粹的安寧，可她卻很不安，想說點什麼、想得到點什麼保證從而不再擔心。

「沒人記掛你嗎？」她急切地要同他交流思想。

「記掛我？」他重複道，「不會的！爲什麼？」

「我想或許會有人找你。」

「他們爲什麼要找我呢？」說完他又想起對她應該有禮貌，於是又說：「或許，你想回去了吧？」

「不，我不想回去，」她說，「你放心好了。」

「你覺得這樣沒什麼嗎？」

「很好，這樣極好。」

他們又沉默了。遊船鳴著汽笛，船上有人在唱歌。突然一聲大叫劃破了夜空，隨之水面上一片混亂，傳來輪機倒轉、劇烈攪動湖水的可怕聲音。

杰拉德站起來，戈珍害怕地看著他。

「有人落水了，」他氣憤、絕望地說。然後他警覺地掃視著夜幕籠罩下的水面問：「你能划過去嗎？」

「去哪兒？到碼頭嗎？」戈珍緊張地問。

「是的。」

「如果我無法直線划過去你就提醒我。」她又緊張又恐懼。

「保持船身平穩，」他說。獨木舟逕直朝前駛去。

可怕的叫喊聲和響聲仍舊穿過夜幕從水面上傳過來。

「發生這事兒不會是老天注定的吧？」戈珍不無惡意地嘲弄道。可他壓根兒沒聽見她的話。戈珍回過頭看路。半明半暗的水面上流瀉著好看的燈光，遊船似乎離這裡不遠了，船上的燈光在水面上飄搖。戈珍盡力搖著櫓。可是現在看起來事關重大了，爲此她心裡沒把握，手也就跟著笨了，怎麼也划不快。她瞟了他的臉一眼，發現他警覺地凝視著夜色，那樣子很獨特。她的心一沉，似乎要死了。「其實呀，」她自語道，「不會有人淹死的，當然不會的。那也太聳人聽聞了。」但是一看到他那張毫無表情的臉，她的心就發涼，那樣子看上去似乎他天生就屬於死亡與災難，他又成爲以前的那個他了。

這時傳來一個女孩子的尖叫聲：「迪，迪，迪，迪，哦，迪，哦，迪！」

戈珍只覺得自己身上的血都涼了。

「是迪安娜，就是她，」杰拉德嘟噥著，「這個小猴子，她眞會耍把戲。」

說著他又瞟了一眼船櫓，船行得不太快。戈珍在如此緊張的情況下划船，感到無所適從了。她一直在盡最大努力。遠處仍舊傳來叫喊聲和回答聲。

「在哪兒呢，哪兒呢？在那兒，對，是那兒。哪個！不，不，不。該死的東西，這兒，這兒——」數條小船從四面八方急匆匆向出事地點划去，但見各色的燈籠貼近水面搖曳著，留下一串串倒影在漣漪中起伏。汽船不知何故又鳴起了汽笛。戈珍的獨木舟也加快了速度，船燈在杰拉德身後飄搖著。

那孩子又高聲尖叫起來，這次的叫聲中帶著哭腔，有點不耐煩了：「迪，哦，迪，哦，迪，迪——！」

這可怕的叫聲穿透黑夜傳了過來。

「溫妮，你最好上床去睡吧，」杰拉德自言自語道。

說著他彎下腰去解鞋帶，脫掉鞋，然後把頭上的軟帽摘下甩到船底。

「你的手上有傷，你不能下水。」戈珍恐懼地低聲說，忍不住大口喘著氣。

「什麼？沒事兒。」他掙掉夾克，把它扔到腳下。現在，他光著頭，全身都穿著白衣服。他用手摸摸腰帶。他們現在靠近碼頭了，碼頭影影綽綽聳立著，碼頭上五光十色的燈在陰影籠罩下的黑色水面上，投下一片片紅、綠、黃的色塊，既可愛、又醜陋。

「把她弄出來！噢，迪，親愛的！噢，把她弄出來，噢，爸爸！爸爸！」孩子瘋了般地呻吟著。有人抓著救生圈跳進水中。兩條小船划近了，船上的燈照來照去一點都不管用。其餘的船也圍上來了。

「嘿，在那兒——羅克利！嘿，在那兒！」

「杰拉德先生！」船長恐怖地叫道，「迪安娜小姐落水了。」

「有人下去救她嗎？」杰拉德厲聲問。

「年輕的布林德爾醫生下去了，先生。」

「在哪兒呢？」

「看不清，先生。大家都在找，但眼前什麼也看不見。」

一時大家都沉默了，似乎有什麼不祥的徵兆。

「她在哪兒落水的？」

「我覺得是在那兒，」那人不明確地說，「就是亮著紅綠燈的那條船。」

「往那兒划，」杰拉德平靜地對戈珍說。

「把她救出來，杰拉德，哦，救出她來，」那孩子焦急地叫著。但他並不在意。

「再往後靠靠，」杰拉德站在搖晃的船上說，「不會沉的。」

說話間他一下子躍入水中。戈珍在船裡劇烈地晃動著，翻滾著的水波中盪漾著燈光，她知道那是月光，他死了，他很可能死了。一種絕望感襲上心頭，令她失去了感覺和意識。她知道他從這個世界上消失了，世界還照舊，可是沒有他了。黑夜似乎很空曠。燈籠晃來晃去，人們在遊船上和小船上竊竊私語著。她聽見溫妮弗萊德在呻吟：「哦，一定要找到她，杰拉德，找到她呀，」好像還有人在安慰她。戈珍划著船在湖上東搖西晃，毫無目標，這可怕、冷漠、無邊無際的湖水讓她感到說不出來的恐怖。他不會再回來了嗎？她感到她也應該跳進水中去，親身領略一下水中的恐怖。

聽到有人說「他在那兒」，她不禁一驚。她看到他像一隻水老鼠一樣在水中游著，就不由自主地向他那邊划過去。儘管他這時離一艘大船很近了，但她仍然向他划過去，她一定要靠近他。她看到他了，他就像一頭海豹。他像海豹一樣抓住了船舷。濕漉漉的頭髮從頭上披下來，他的臉看上去很柔和。她可以聽到他在大口地喘息。

他爬進船艙。噢，他往船上爬時，腰部的肌肉在用力，白皙皙地閃著光，眞美呀，她看到這腰眞覺得死而無憾。閃光、美好的腰臀，他的肩背渾圓又柔韌。啊，這景象對她來說可太刺激了，太美妙了。她知道，這是對她命運的宣判。可怕的、無援無助的命運。多美呀，這麼美！

在她看來，他不是一個男人，他是一種生命的化身。她看到他抹去臉上的水，看著自己手上的綁帶。她意識到這沒什麼好，她無法超越他，對她來說，他是生命的終極。

「把燈熄了，這樣反倒看得更清楚些，」他的聲音突兀、生硬，那是一個男人的聲音。她簡直難以相信有這麼一個男性世界。她斜過身子，把燈熄滅了，這些燈籠是很難熄滅的。除了遊船兩側的彩色燈影以外，別處的燈火全消失了。藍灰色的夜漸漸瀰漫開來，月上中天，到處都有船影在晃動。

隨著一陣擊水聲，他又潛入水底中。戈珍心煩意亂地坐著，面對寬廣、凝重、死靜的水域，她心裡著實害怕，她跟腳下這平緩、毫無生氣的水在一起，感到很孤獨。這還不是什麼孤單的問題，這是一種可怕的分離，可怕、冷酷的懸念。她就高懸在可惡的現實之上，直到她也沉入底層爲止。

然後，她又聽到人們在喊，於是她知道他爬出水面上了船。她坐等著與他取得連繫。隔著水面上巨大的空間，她仍然認爲她與他有連繫。但她的心卻承擔著難以忍受的孤獨，任什麼也無法穿透這包圍著心的孤獨。

「讓遊船靠港吧。它停在那兒一點用也沒有。準備好纜繩拉船。」傳來了決定性的命令聲。

「杰拉德！杰拉德！」溫妮弗萊德發瘋般地叫著。杰拉德沒有回答。遊船慢慢笨拙地繞了一個圈子然後悄然靠岸，隱入黑暗之中。輪機的旋轉聲減弱了。戈珍的小船一陣搖晃，她不由自主地把櫓插入水中以保持船身平衡。

「是戈珍？」厄秀拉的聲音傳來。

「厄秀拉！」

姊妹倆的船相會了。

「杰拉德在哪兒？」戈珍問。

「他又跳進水裡去了，」厄秀拉抱怨說，「我覺得，他的手傷成那樣，就不該下水。」

「這次我可要把他送回家了。」伯金說。

汽船駛過，掀起的浪頭使得小船又晃起來。戈珍和厄秀拉一直在尋找杰拉德。

「他在那兒呢！」厄秀拉的眼尖，看到了他。杰拉德在水下並沒待多久。伯金把船向他划過去，戈珍也划船跟上。杰拉德慢慢游過來用受傷的手扒住船舷，手一滑，人又落下水去。

「你怎麼不幫他一把？」厄秀拉厲聲問。

杰拉德又游了過來，伯金彎下身拉他上了船。戈珍又看到他往船上爬了，可是這一次他顯得遲緩、沉重，像一頭水陸兩棲動物那樣笨拙地爬了上來，月光朦朧地灑在他白皙濕淋淋的身體上，照耀著他彎曲的背和健壯的腰臀。可這具肉體現在看上去卻是一副慘敗相兒：他爬上來，緩緩地、笨重地倒了下去。他像一頭痛苦的動物那樣喘著粗氣。他癱坐在船裡，紋絲不動，他的頭像海豹那樣僵硬地挺著，他整個兒看上去不成人樣，令人無法理解。戈珍不由自主地划船跟在他們那隻船後面，一個勁兒打寒顫。伯金一言不發地把船划向碼頭。

「你往哪兒划？」杰拉德如夢初醒般地突然問。

「回家，」伯金說。

「噢，不！」杰拉德急切地說，「他們還在水中，我們怎麼能回家呢？往回划，我要找到他們。」女人們被他的聲音嚇壞了，那語調太專橫、可怕，幾乎是瘋狂的，讓你無法反駁。

「不，」伯金說，「你不能去了。」他的話中流露出強勁的意思。杰拉德沉默了，心裡在鬥爭著。似乎他要殺了伯金才算拉倒。可是伯金依舊平緩地划著船，並不回答他的話，心裡有自己的招數。

「你憑什麼干涉我的事？」杰拉德仇視地問。

伯金沒回答，直朝岸邊划去。杰拉德沉默地坐在船上，像一頭聾啞動物喘著粗氣，牙齒打顫，胳膊僵住了，頭像海豹的頭一樣僵直。

他們來到了碼頭。杰拉德渾身水濕，像個裸體人一樣沿台階往上走。他父親就立在那兒。

「爸爸！」他叫道。

「哦，我的兒。回家去，換換衣服吧。」

「我們救不了他們了，」他說。

「還有希望，我的兒。」

「我看恐怕不行，不知道他們在哪兒。怎麼也找不到他們。湖裡還有一股刺骨的寒流。」

「我們把水排乾，」父親說，「回家去安頓一下。盧伯特，請幫我照顧他。」

他又不痛不癢地補了一句話。

「爸爸，眞對不起，對不起，這是我的錯。可無法挽回了，我已盡了最大努力。我還可以再潛下水，不過沒什麼用了。」

他光著腳在木製地板上走了幾步，踩到了什麼尖東西。

「你沒穿鞋呀，」伯金說。

「他的鞋在這兒呢！」戈珍在碼頭下面說，邊說邊加快速度划過來。

杰拉德等別人把鞋拿來。戈珍把鞋遞給他，他接過穿上了。

「如果你死去的話，」他說，「死了就算了。幹嘛又要活過來？水下有藏身的地方，可以容幾千人呢。」

「兩個人就夠了，」她喃言道。

他穿上另一隻鞋，他渾身顫抖著，說話時牙齒都打顫了。

「是的，」他說，「也許是吧，可是奇怪的是，那兒的藏身之地太大了，那是一個大世界。那兒像地獄一樣陰冷，你在那兒孤立無援，好像你的頭被人砍掉了一樣，」他顫抖得太厲害，幾乎說不出話來。「你可知道，我們家有個特點，」他繼續說：「一旦什麼事出了差錯就再也無法矯正過來了。我這一生一直注意著這一點——一旦什麼事出了差錯，你就無法糾正它了。」

他們說著話穿過公路向家中走去。

「你可知道，一下了水，那兒是何等陰冷，跟水面上大不一樣，深不見底。你可以想想，咱們怎麼沒死，上到岸上來了。這就走嗎？我送送你，好嗎？那，再見，謝謝你，太謝謝你了。」

兩個姑娘又等了一會兒看是否還有希望。一輪皎潔的明月掛在空中，亮得出奇，水面上集著小船，各種各樣的聲音匯在一起，有人在壓低嗓門兒喊話，都是些沒用的話。伯金一回來，戈珍就回家了。

伯金奉命打開水閘把湖裡的水放乾淨。威利湖在大路附近設了一個水閘，從而它就成了一個水庫，在急需的情況下爲遠處的礦區供水。「跟我來，」他對厄秀拉說，「等我做完這件事，我陪你一起步行回家。」

他來到管水員的屋裡，要來水閘的鑰匙。然後他們穿過路旁的一座小門來到水站的水頭，下面是一個蓄水的石坑，還有一條台階路直通向水底。石級頭上的門就是水閘。

夜色呈現出銀灰，若沒有一陣陣焦慮的喊聲，這夜晚該是十分安寧的。銀灰色的月光灑在湖面上，影影綽綽的船隻在一片欸乃聲中漂動。可厄秀拉的頭腦卻僵住了，她覺得什麼都不那麼重要，都不眞實。

伯金抓住水閘的鐵把手，用力扭起來。齒輪開始慢慢鬆動了。他扭啊扭，像個奴隸在勞作，白色的身影變得明晰起來。厄秀拉扭頭向旁邊看去。她不忍心看著他沉重地扭動，又彎腰又直腰地像個奴隸一樣扭動鐵把手。

眞正讓她吃驚的是，路那邊堵滿了樹木的洞口嘩嘩湧出水流來，這嘩嘩的流水聲隨即變成怒吼，然後只聽得隆隆的水柱降落下來，沉重地砸下來。這巨大的水流充溢了整個黑夜，隆隆轟鳴著，一切都隨之沉沒、消失了。厄秀拉似乎在爲自己的生命掙扎著。她用手捂住耳朵。眼睛卻看著高掛中天的一彎月亮。

「咱們可以走了嗎？」她衝著站在台階上的伯金喊著，伯金正在那兒觀察水位下降的情況。他對此似乎著迷了。他看看厄秀拉點了點頭。

一艘艘小船駛近了，人們擠到大路上的籬笆前好奇地觀望著。伯金和厄秀拉帶著鑰匙進屋去，不再觀望湖水了。厄秀拉走得很快，她不敢聽那水流落下時發出的可怕轟鳴聲。

「你覺得他們死了嗎？」她大聲問。

「是的，」他說。

「這不是太可怕了嗎！」

他並不在意她的話。他們走上山去，遠離這嘈雜的聲音。

「你怕嗎？」她問他。

「我並不怕死人，」他說，「既然死了就死了。最麻煩的是，他們纏著活人不放！」

她思忖著。

「是啊，」她說，「死並沒什麼，不是嗎？」

「是的，」他說，「迪安娜．克里奇是死是活有什麼關係？」

「眞的嗎？」她吃驚地說。

「沒關係，爲什麼要這麼舉足輕重呢？她最好是死，那才更眞實些。在死亡中她是個實在的人，而在生活中她是個沒用的東西。」

「你這人很可怕，」厄秀拉喃喃言道。

「不！我巴不得迪安娜．克里奇死。她活著是一個錯誤。至於那年輕小夥子，可憐的東西，他會盡快死去的。死挺好，沒比死更好的了。」

「可是你並不想死，」她逗他說。

他沉默了一下，然後他用一種嚇人的聲調說：「我願意結束這一切，死了算了。」

「是嗎？」她緊張的問。

他們在樹下沉默著走了一程，然後他似乎有些膽怯地說：

「有一種屬於死的生，也有一種不屬於死的生。人對前一種生都厭煩了，我們的生即是這樣。只有天知道這種生是否已經結束了。我需要一種愛，它像睡眠，像再生，像一個剛剛降世的嬰兒。」

厄秀拉聽著他說話，一邊認眞聽一邊試圖不把他的話放在心裡。她似乎剛剛抓住一點他話中的線索就迴避了。她想聽他的話，可是又不想介入。他想讓她屈就他，但她很不情願，不願意接受這種身分。

「爲什麼愛要像睡眠一樣呢？」她沮喪地問。

「我不知道。那樣的話它就如同死亡一樣了——我是想以一死而告別這種生活的——這比生活更豐富，然後一個人就像一個赤裸的嬰兒一樣被接生出母腹，故有的保護和原來的軀體都不存在了，他被一層新的空氣所包圍，他以前從來沒有呼吸過這種空氣。」

她傾聽著，要弄明白他的意思。她知道，他也知道，語言本身並不能表達什麼意思，語言不過是我們打出的手勢，就像其它啞劇一樣。她似乎是通過自己的血液來領會他的手勢，儘管她有撲向前面的慾望，但她還是後退了。

「但是，」她嚴肅地說，「你是否說你需要某種不是愛的東西——某種超越愛的東西。」

他變迷惑了。說話時總有迷惑的時候，可又不吐不快。不管你走哪條路，只要你是往前走，你就得衝破點什麼，衝出自己的路來。而理解、講話就是要衝破牢獄的大牆，就像分娩時的嬰兒奮力衝破母腹的牆一樣。如今，不打破舊的軀殼，不刻意通過追求知識尋找出路，就不是什麼新的運動。

「我不需要什麼愛，」他說，「我並不想了解你。我想脫離自身，而你也要失去你的自我，我們的區別就在於此。當你疲憊、可憐不堪時，就不要說話。一個人要學哈姆雷特，那似乎是在說謊。只有當我表現出一點健康的驕傲和散漫時你再相信我，我厭惡我嚴肅的樣子。」

「你為什麼不嚴肅呢？」她問。

他思忖了一會兒才陰鬱地說：「我不知道，」然後他默默前行。有點話不投機。他感到迷惘。

「你不覺得奇怪嗎，」她突如其來地懷著摯愛的感情把手放到他的胳膊上，「我們怎麼總是這樣交談呢！我想我們的確相愛著。」

「是的，」他說，「很愛。」

她幾乎是興高采烈地笑了。

「你想按自己的方式去愛，是嗎？」她打趣說，「你是不會隨便接受別人的愛的。」

他轉而溫和地笑了，站在路當中轉身抱住了她。

「對的，」他聲音柔和地說。

說著，他帶著一種細膩的幸福感，緩緩地、輕柔地吻她的臉和眉毛，這讓她大吃一驚，一時手足無措。這是些溫柔但盲目的吻，吻得很實在，美妙極了。但是她卻躲著他的吻。這吻真像一些奇怪的蛀蟲，非常柔和、安寧地落在她的臉上，她在冥冥中承受著它們。她感到不安、躲開了。

「是不是有什麼人過來了？」她說。

他們向黑乎乎的路上掃視過去，然後又回頭向貝多弗走去。為了向他表明她不是淺薄、假裝正經的女人，她停住腳步抱住他，緊緊地抱住他，滿懷激情地在他臉上布下一個個狠命的重吻。他顧不得什麼另一個自我，只覺得滿腔的熱血沸騰起來。

「不是這樣，不是這樣。」他喃喃自語著。她把他拉過去時，激情立時充溢了他的四肢，他漲紅了臉，隨之他進入了一種完美的溫柔與睡眠的狀態。他變成了一團火，對她充滿了激情和慾望。在這烈火的中心，卻有一個不屈、憤怒的東西。現在，就連這東西也失落了，他只是需要她，這極端的慾望就像死亡一樣不可避免、無可置疑。

他滿足了但也粉碎了，充實了但也被毀滅了，離開她，向家中走去，在黑夜中行走，又沒入了激情之火中。遠方，在遠方，黑暗中似乎有一絲小小的悲愁之情。可是這又有什麼了不起呢？除了這至高無上，凱旋般的肉體激情以外——它像生活的新咒語一樣在燃燒——還有什麼別的更重要的呢？「我現在變成了一個會說話的行屍走肉，僅此而已，」他極爲蔑視他的另一個自我，但是他的另一個自我卻在遠處游盪著。

他回來時，人們仍在排放湖中的水，他站在岸上，聽到杰拉德的說話聲。水聲仍舊隆隆作響，月光銀白，遠方的山巒神秘莫測。湖水在下降，晚上的空氣中散發著湖岸上陰冷的氣息。

在肖特蘭茲，窗口中透著燈光，似乎沒有人入睡。碼頭上站著那位老醫生，他兒子失蹤了，他就這麼默立著等兒子回來。伯金也站在這裡觀察著，這時杰拉德划著一條船過來了。

「你怎麼還在這兒，盧伯特？」他說，「我們無法把他們撈上來，湖底的坡太陡了，兩個斜坡之間全是水，還有許多小水溝，天知道會把你衝到哪兒去，這可跟平底不一樣啊。隨著湖水往外排，你都弄不清你自己的位置。」

「那你還在這兒做什麼？」伯金說。「去睡覺不是更好嗎？」

「去睡？天啊，天啊，你認爲我應該去睡嗎？找不到他們我哪兒也不去。」

「可是沒有你別人也會找到他們的，你何必還待在這兒呢？」

杰拉德看看他，然後充滿感情地拍拍伯金的肩膀說：

「別管我，盧伯特。如果說有誰的健康需要關心，那就是你的，而不是我的。你感覺如何？」

「很好，但是你，你是在毀掉你自己的生命，是在浪費你自己。」

杰拉德沉默了一會兒說：「浪費？不這樣我能怎樣呢？」

「別做這事兒了，好嗎？你強迫自己幹這些可怕的事，給自己留下殘酷的記憶，走吧。」

「殘酷的記憶！」杰拉德重複道。然後他再一次很有感情地拍拍伯金的肩膀說，「你這話說的太生動了，盧伯特，眞是天曉得。」

伯金的心一沉。他討厭別人說他說話生動。

「離開這兒，到我那兒去，好嗎？」他像催促一個醉漢一樣催他。

「不，」杰拉德摟著伯金的肩哄他。「謝謝你，盧伯特。明天我會去的，行嗎？你明白，不是嗎？我想把這件事幹完。不過，我明天一定會去的。哦，我最喜歡跟你聊天了，它比我做什麼事都更有趣兒。會的，我會去的。你對我來說很重要，盧伯特，你對此也許沒有意識到。」

「我何以對你來說很重要？」伯金有點氣惱地問。他異常敏感地意識到杰拉德的手放在他的肩上，不過他並不想跟他吵，只想讓他擺脫目前這種痛苦狀態。

「我下次會告訴你的，」杰拉德哄他道。

「跟我走吧，我要你來，」伯金說。

一陣沉寂，緊張但又眞實的沉寂。伯金不明白自己的心何以跳得這樣沉重，杰拉德的手指緊緊掐入伯金的肩，似乎在表白什麼。

「不，我要把這件事做完，盧伯特。謝謝你，我明白你的意思。你沒什麼不舒服，咱們都沒什麼不舒服。」

「我或許沒什麼，但我敢說你是在這兒胡言亂語，一定是病了。」說完伯金走了。

直到黎明時分，死者的屍體才找到。迪安娜雙臂緊抱著那年輕人的脖子把他憋死了。

「她害死了他，」杰拉德說。

月亮斜落下去，最終沉沒了。湖水只剩下四分之一了，陰涼的泥岸裸露出來，散發著腐朽味兒。東邊的山後微微露出黎明的晨曦。湖水仍舊轟鳴著從水閘中瀉落。清晨，鳥兒發出第一聲鳴囀，荒蕪湖畔上的山巒籠罩在霧靄中時，一隊散亂的人群開始向肖特蘭茲走去。人們用擔架抬著死者的屍體，杰拉德走在一旁，兩位花白鬍子父親默默地跟在後面。家裡的人坐在屋裡等待著。母親坐在自己屋裡，自會有人稟報她。那位醫生還偷偷地巴望著兒子回來呢，兒子沒等回來，人早就疲憊不堪了。

星期天的早晨，整個礦區變得死一樣沉寂。人們似乎覺得這災難是直接發生在自己頭上的，說實在的，即便是他們自己的人遭了災難，他們也不會這麼驚恐。肖特蘭茲發生了這麼悲慘的事兒，這礦區裡的大戶人家出了這樣的事兒！他家的一位小姐非常任性，堅持要在遊船的屋頂上跳舞，同那年輕醫生一起落水淹死了！星期天的早上，礦工們都議論著這樁慘事，奔走相告著。星期天，人們飯桌上似乎糾纏著一個奇特的幽靈，似乎死亡的天使離人們很近了，天空中游盪著某種超自然的感覺。爺兒們露出驚恐的臉色，女人們看上去很沉鬱，不少人都哭了。一開始，孩子們覺得這種驚恐場面極好玩兒，空氣中瀰漫著緊張感，幾乎有點魔力。人們都覺得這好玩兒嗎？都覺得這種刺激好玩兒嗎？

戈珍大膽地設想去安撫杰拉德。她編造著最好聽的話想去安慰他。她很是驚恐，但她對此毫不在乎，一個勁兒想著該怎麼在杰拉德面前表現得恰如其分：扮演自己的角色。這才是最令人驚恐的事——她如何扮演自己的角色。

厄秀拉現在愛伯金愛得極深，很有激情，但她又是個對什麼都無能為力的人。對於湖上的事件，別人怎麼議論她都無動於衷，那冷漠的態度眞讓人不舒服。她只會一個人乾坐著，渴望見到伯金。她想要他來家裡，除此之外她沒有別的辦法，他必須馬上就來。她在等他，整天都在屋裡徘徊，待他來敲門。每隔一分鐘她都會機械地朝窗戶望去。他會出現在那兒的。

①德國歌曲。
②達克羅瑟（一八六五至一九五〇），瑞士作曲家，發明了韻律舞蹈操。
③十九世紀末美國歌曲。
④十九世紀末美國歌曲。
⑤莎士比亞《李爾王》中李爾王最小的女兒，她眞心愛父親，但難以表達愛心。
⑥愛神，生於大海的泡沫中，故名（其希臘文意爲泡沫）。
⑦法國詩人波特萊爾的詩名。
⑧語出赫拉克利特。

第十五章　星期天晚上

隨著時光流逝，厄秀拉變得不那麼有生氣了，她心胸空虛，感到極端失望。她的激情之血流乾了。她陷入了上不著天下不著地的虛無中，對此，她寧可死也不要忍受。

「如果沒什麼事的話，」她懷著結束痛苦的想法自言自語道，「我將去死，我的生命快完了。」

她置於一片黑暗之中，她已經心灰意懶，不爲人注目，這黑暗瀕臨著死亡，她意識到自己一生都在向著這個死亡的邊界靠近，這裡沒有彼岸，從這裡，你只能像薩福①一樣躍入未知世界。對即將降臨的死亡的感知就像一帖麻醉藥一樣。冥冥中，不用什麼思索，她就知道她接近死亡了。她一生中一直在沿著自我完善的路旅行，現在這旅程該完結了。她懂得了她該懂得的一切，經過了該經過的一切，在痛苦中成熟了，完善了，現在剩下的事就是從樹上落下來，進入死亡的境界。一個人至死非練達，非要冒險到底不可。而下一步就是超越生的界線，進入死的領域。就是這麼回事！在領悟了這一切後，人也就平靜了。

歸根結柢，一個人一旦得到了完善，最幸福的事就是像一顆苦果那樣熟透了落下來，落入死亡的領域。死是極完美的事，是對完美的體驗。它是生的發展。我們還活著的時候就懂得了這一點。那我們還需要進一步思考什麼呢？一個人總也無法超越這種完美。死是一種了不起的、最終的體驗，這就夠了。我們何必還要問這種體驗之後會是什麼呢，這種體驗對我們來說是未知的。讓我們死吧，既然這種了不起的體驗就要到來，那麼，我們面臨的就是一場大危機。如果我們等待，如果我們迴避這個問題，我們不過是毫無風度地在死之門前焦躁地徘徊罷了。可是在我們面前，如同在薩福面前一樣，是無垠的空間。我們的旅程就是通向那兒的。難道我們沒有勇氣繼續走下去嗎，難道我們要大呼一聲「我不敢」嗎？我們會繼續走下去，走向死亡，不管死亡意味著什麼。如果一個人知道下一步是什麼，那麼他為什麼要懼怕這倒數第二步呢？再下一步是什麼，我們可以肯定，它就是死亡。

「我要死，越快越好，」厄秀拉有點發狂的自言自語道，那副鎮定明白的樣子是一般人無可比擬的。可是在暮色的籠罩下，她的心在痛苦地哭泣、感到絕望。不管它吧，一個人必須追隨自己百折不撓的精神，不要因為恐懼就迴避這個問題。如果說現在人最大的意願就是走向不知的死亡境地，那麼他會因為淺薄的想法而喪失最深刻的眞理嗎？

「結束吧，」她自言自語道，下定了決心。這不是一個結束自己性命的問題——她斷乎不會自殺，那太令人噁心，也太殘暴了。這是一個弄懂下一步是什麼的問題。而下一步則導致死的空間。「是嗎？或許，那兒——？」

她思緒萬千，神情恍惚起來，似乎昏昏欲睡地坐在火爐邊上。一坐下，那想法又在頭腦中出現了。死亡的空間！她能把自己奉獻給它嗎？啊，是呀，它是一種睡眠。她活夠了，她一直堅持，抵抗得太久了。現在是退卻的時候了，她再也不要抵抗了。

一陣精神恍惚中，她垮了，讓步了，只覺得一片黑暗。在黑暗中，她可以感到自己的肉體也可怕地發出了宣言。那是難以言表的死亡的憤怒、極端的憤怒和厭惡。

「難道說肉體竟是如此之快地回應精神嗎？」她詢問自己。憑藉她最大限度的知識，她知道肉體不過是一種精神的表現，完整的精神嬗變同樣也是肉體的嬗變，除非我有一成不變的意志，除非我遠離生活的旋律，人變得靜止不動，與生活隔絕、與意志融爲一體。不過，寧可死也不這樣機械地過重複又重複的生活。去死就是與看不見的東西一併前行。去死也是一種快樂，快樂地服從那比已知更偉大的事物，也就是說純粹的未知世界。那是一種快樂。可是機械地活著，與生活隔絕，只生活在自己的意志中，只作爲一個與未知世界隔絕的實體生活才是可恥、可鄙的呢。不充實的、呆板的生活是最可鄙的。生活的確可以變得可鄙可恥。可是死絕不會是可恥的。死之本身同無限的空間一樣是無法被玷污的。

明天就是星期一了，是另一個教學週的開始！又一個可恥、空洞無物的教學週，例行公事、呆板的活動又要開始了。難道冒險去死不是很值得稱道嗎？難道死不是比這種生更可愛、更高尚嗎？這種生只是空洞的日常公事，沒有任何內在的意義，沒有任何眞正的意義。生活是多麼骯髒，現在活著對靈魂來說，是多麼可怕的恥辱啊！死是多麼潔淨、多麼莊嚴啊！這種骯髒的日常公事和呆板的虛無給人帶來的恥辱，再也讓人無法忍受了。或許訛死可以使人變得完美。她反正是活夠了。哪兒才能尋到生活呢？繁忙的機器上是不會開出花朵來的，對於日常公事來說是沒有什麼天地的，對於這種旋轉的運動來說是沒有什麼空間可言的。所有的生活都是一種旋轉的機械運動，與現實沒有關係。無法指望從生活中獲得點什麼——對所有的國家和所有的人來說都是如此。唯一的出路就是死。人盡可以懷著深情仰望死亡的無垠黑夜，就像一個孩子朝教室外面觀看一樣，看到的是自由。既然現在不是孩子了，就會懂得靈魂是骯髒的生活大廈中的囚徒，除了死，別無出路。

這是怎樣的歡樂了啊！想想，不管人類做什麼，都無法把握死亡的王國，無法取消這個王國，想想這個道理，該是多麼令人高興啊！人類把大海變成了屠殺人的峽谷和骯髒的商業之路，爲此他們像爭奪每一寸骯髒城市的土地一樣爭吵不休。連空氣他們都聲稱要佔有，將之分割，包裝起來爲某些人所有，爲此他們侵犯領空、相互爭奪。一切都失去了，被高牆圍住，牆頭上還布滿了尖鐵，人非得可鄙地在這些插了尖鐵的牆上爬行，在這迷宮似的生活中過活。

人類卻偏偏蔑視那無邊無際的黑暗的死亡王國。他們在塵世中有許多事要做，他們是一些五花八門的小神仙。最終死亡的王國卻遭到人類蔑視，在死亡面前，人們都變得庸俗愚蠢。

死是那麼美麗、崇高而完美啊，渴望死是多麼美好啊。在那兒，一個人可以洗刷掉曾沾染上的謊言、恥辱和污垢，死是一場完美的沐浴和清涼劑，使人變得不可知、毫無爭議、毫不謙卑。歸根結柢，人只有獲得了完美的死的諾言後才變得富有。這是高於一切的歡樂，令人神往，這純粹超人的死，是另一個自我。

不管生活是什麼樣子，它也無法消除死亡，它是人間超驗的死亡。哦，我們別問它是什麼或不是什麼這樣的問題吧。了解慾是人的天性，可是在死亡中我們什麼都不了解，因爲我們已不是人了。死的快樂補償了知識的痛苦和人類的骯髒。在死亡中我們將不再是人，我們不再了解什麼。死亡的許諾是我們的傳統，我們像繼承人一樣渴望著死的許諾。

厄秀拉坐在客廳裡的火爐旁，嫻靜、孤獨、失神落魄。孩子們在廚房裡玩耍，別人都去教堂了，而她則離開了這裡，進入了自己靈魂的最黑暗處。

門鈴響了，她吃了一驚，隔著很遠，孩子們疾跑著過來叫道：「厄秀拉，有人找。」

「我知道了，別犯傻，」她說。她感到吃驚，幾乎感到害怕。她幾乎不敢去門口。

伯金站在門口，雨衣的領子翻到耳際。在她遠離現實的時候，他來了。她發現他的身後是雨夜。

「啊，是你嗎？」她說。

「你在家，我很高興，」他聲音低沉地說著，走進屋裡。

「他們都上教堂去了。」

他脫下雨衣掛了起來。孩子們在角落裡偷偷看他。

「去，脫衣服睡覺去，比利，朵拉。」厄秀拉說，「媽媽就要回來了，如果你們不上床她會失望的。」

孩子們立刻像天使一樣一言不發地退了下去。伯金和厄秀拉進到客廳裡。火勢減弱了。他看著她，不禁爲她風采照人的嬌美所驚嘆，她的眼睛又大又明亮。他看著她，心裡直嘆服，她似乎在燈光下變了個樣兒似的。

「你這一天裡都做些什麼？」他問她。

「就這麼乾坐著無所事事。」她說。

他看著她，發現她變了。她同他不是一條心了，她自己獨自一人顯得很有風采。他們兩人坐在柔和的燈光裡。他感到他應該離去，他不該來這兒。可是他又沒勇氣一走了之。他知道他在這兒是多餘的人，她心不在焉，若即若離。

這時屋裡兩個孩子羞澀地叫起來，那聲音很柔、很細微。

「厄秀拉！厄秀拉！」

她站起來打開了門，發現兩個孩子正身穿睡衣站在門口，大睜著眼睛，一副天使般的表情。這時他們表現很好，完全像兩個聽話的孩子。

「你陪我們上床好嗎？」比利大聲嘟噥道。

「爲什麼呢？你今天可是個天使呢。」她溫柔地說，「來，向伯金先生道晚安好嗎？」

兩個孩子光著腳靦覥地挪進屋裡來。比利寬大的臉上帶著笑容，可他圓圓的眼睛顯得他很嚴肅，是個好孩子。朵拉的眼睛在劉海後面偷看他，像沒有靈魂的森林女神那樣向後躲閃著。

「跟我道晚安好嗎？」伯金的聲音溫柔和藹得出奇。朵拉聽到他的話，立即像風吹下的一片樹葉一樣飄走了。比利卻慢慢地悄然走過來，緊閉著的小嘴湊了上來，很明顯是要人吻。厄秀拉看著這個男人的嘴唇異常溫柔地吻了小男孩兒的嘴巴。然後，伯金抬起手撫愛地摸著孩子圓圓的、露著信任表情的小臉兒。誰都沒有說話。比利看上去很像個天眞無邪的天使，又像個小侍僧。伯金則像個高大莊重的天使那樣俯視著孩子。

「你想讓人吻嗎？」厄秀拉衝口對女孩兒說。可是朵拉像那小小的森林女神一樣躲開了，她不讓人碰。

「向伯金先生道晚安好嗎？去吧，他在等你呢，」厄秀拉說，但那女孩兒只是一個勁兒躲他。

「傻瓜朵拉！傻瓜朵拉！」厄秀拉說。

伯金看得出這孩子有點不信任他，跟他不對眼。他弄不明白這是怎麼回事。

「來吧，」厄秀拉說，「趁媽媽還沒回來，咱們上床去吧。」

「那誰來聽我們的祈禱呢？」比利不安地問。

「你喜歡讓誰聽？」

「你願意嗎？」

「好，我願意。」

「厄秀拉？」

「什麼，比利？」

「『誰』這個字怎麼念成了Whom？」

「是的。」

「那，『Whom』是什麼？」

「它是『誰』這個詞的受格。」

孩子沉默了一會兒，思忖一下後表示信任地說：

「是嗎？」

伯金坐在火爐邊笑了。當厄秀拉下樓來時，他正穩穩地坐著，胳膊放在膝蓋上。她覺得他真像個紋絲不動的天使，像某個蜷縮著的偶像，像某種消亡了的宗教象徵。他打量著她時，蒼白如同幻影的臉上似乎閃爍著嫾光。

「你不舒服嗎？」她問，心中有種說不出的不快。

「我沒想過。」

「難道只要你不想就可以不知道嗎？」

他看看她，目光很黑、很迅速，他發現了她的不快。他沒回答她的問題。

「你如果不想的話，難道就不知道自己身體健康與否嗎？」她堅持問。

「並不總是這樣，」他冷漠地說。

「可是你不覺得這樣太惡毒了點兒嗎？」

「惡毒？」

「是的。我覺得當你病了你都不知道，對自己的身體這樣漠不關心就是在犯罪。」

他的臉色變得很沉鬱。

「你說得對，」他說。

「你病了爲什麼不臥床休息?你臉色很不好。」

「讓人厭惡嗎?」他嘲弄地說。

「是的，很讓人討厭，很討人嫌。」

「啊，這可眞是太不幸了。」

「下雨了，這個夜晚很可怕。眞的，你眞不該這樣蹧踐自己的身體——一個如此對待自己身體的人是注定要吃苦頭的。」

「如此對待自己的身體，」他呆板地重複著。

她不說話，沉默了。

別人都從教堂做完禮拜回來了，先是姑娘們，而後是母親和戈珍，最後是父親和一個男孩兒。

「晚安啊，」布朗溫有點吃驚地說，「是來看我嗎?」

「不，」伯金說，「我不是爲什麼專門的事來的。今天天氣不好，我來您不會見怪吧?」

「這天氣是挺讓人發悶的，」布朗溫太太同情地說。這時只聽到樓上的孩子們在叫:「媽媽!媽媽!」

她抬起頭向遠處溫和地說:「我這就上去。」然後她對伯金說:「肖特蘭茲那兒沒什麼新鮮玩意兒?唉，」她嘆口氣道，「沒錯，眞可憐，我想是沒有。」

「你今兒個去那兒了?」父親問。

「杰拉德到我那兒去喝茶，喝完茶我陪他步行回肖特蘭茲的。他們家的人過分哀傷，情緒不穩定。」

「我覺得他們家的人都缺少節制，」戈珍說。

「太沒節制了，」伯金說。

「對，肯定是這麼回事，」戈珍有點報復性地說，「有那麼一兩個人這樣。」

「他們都覺得他們應該表現得有點出格兒，」伯金說，「說到悲痛，他們就該像古代人那樣捂起臉來退避三舍。」

「是這樣的！」戈珍紅著臉叫道，「沒有什麼比這種當眾表示悲哀更壞、更可怕、更虛假的了！悲哀是個人的事，要躲起來自顧悲傷才是，他們這算什麼？」

「正是，」伯金說。「我在那兒看到他們一個個兒假惺惺悲哀的樣子，我都替他們害羞，他們非要那麼不自然、跟別人不一樣才行嗎？」

「可是——」布朗溫太太對這種批評表示異議說，「忍受那樣的苦惱可不容易。」

說完她上樓去看孩子。

伯金又坐了幾分鐘就告辭了。他一走，厄秀拉覺得自己恨透他了，她整個身心都恨他，都因爲恨他而變得鋒芒畢露，緊張起來。她無法想像這是怎麼一回事。只是這種深刻的仇恨完全攫住了她，純粹的仇恨，超越任何思想的仇恨。她無法思考這是怎麼回事，她已經無法自持了。她感到自己被控制住了。一連幾天，她都被這股仇恨力量控制著，它超過了她已知的任何東西，它似乎要把她拋出塵世，拋入某個可怕的地方，在那兒她以前的自我不再起作用。她感到非常迷惘、驚恐，生活中的她確實死了。

這太不可理解，也太沒有理性了。她不知道她爲什麼恨他，她的恨說不清道不明。她驚恐地意識到她被這純粹的仇恨所戰勝。他是敵人，像鑽石一樣寶貴，像珠寶一樣堅硬，是所有敵意的菁華。

她想著他的臉，白淨而純潔，他的黑眼睛裡透著堅強的意志。想到這兒，她摸摸自己的前額，試試自己是否瘋了，她怒火中燒，人都變樣了。

她的仇恨並非暫時，她並不是因爲什麼事才恨他的；她不想對他採取什麼行動，不想跟他有什麼瓜葛。她跟他的關係完結了，非語言所能說得清，那仇恨太純潔，像寶玉一樣。似乎他是一道敵對之光，這道光芒不僅毀滅她，還整個兒地否定了她，取消了她的世界。她把他看做是一個極端矛盾的人，一個寶玉一樣的怪人，他的存在宣判了她的死亡。當她聽說他又生病了時，她的仇恨立時又增添了幾分。這仇恨令她驚恐，也毀了她，但她無法擺脫它，無法擺脫攫住自己的變形的仇恨。

①古希臘著名女詩人，因單相思從崖上躍入海中自殺

第十六章　男人之間

他臥病在床，足不出戶，看什麼都不順眼。他知道這包容著他生命的空殼快破碎了。他也知道它有多麼堅固，可以堅持多久。對此他並不在乎。寧可死上一千次也不過這種不願過的生活。不過最好還是堅持、堅持、堅持，直到對生活滿意爲止。

他知道厄秀拉又回心轉意了，他知道自己的生命寄託於她了。但是，他寧願死也不接受她奉獻出的愛。舊的相愛方式似乎是一種可怕的束縛，是一種招兵買馬。他弄不清自己在想什麼，可是一想到按舊的方式過一種可怕的家庭生活，在夫妻關係中獲得滿足，他就感到厭惡。什麼愛、婚姻、孩子，令人厭惡。他想過一

種更爲清爽、開放、冷靜的生活；可是不行，夫妻間火熱的小倆口的日子和親暱是可怕的。他們那些結了婚的人關起門來過日子，把自己關在相互間排他的同盟中，儘管他們是相愛的，這也令他感到生厭。整個群體中，互不信任的人結成夫妻又關在私人住宅中孤立起來，總是成雙成對的，沒有比這更進一步的生活，沒有直接而又無私的關係得到承認：各式各樣的雙雙對對，儘管結了婚，但他們仍是貌合神離，毫無意義的人。當然，他對雜居比對婚姻更仇恨，私通不過是另一種配偶罷了，是對法律婚姻的反動。反動比行動更令人討厭。

總的來說，他厭惡性，性的局限太大了。是性把男人變成了配偶中的一方，把女人變成另一方。可是他希望他自己是獨立的自我，女人也是她獨立的自我。他希望性回歸到另一種慾望的水準上去，只把它看做是官能的作用，而不是一種滿足。他相信兩性之間的結合，他更希望有某種超越兩性結合的進一步的結合，在那種結合中，男人具有自己的存在，女人也有自己的存在，雙方是兩個純粹的存在，每個人都給對方自由，就像一種力的兩極那樣相互平衡，就像兩個天使或兩個魔鬼。

他太渴望自由了，不要受什麼統一需要的強迫，不想被無法滿足的慾望所折磨。這些慾望和心願應該在不受折磨的情況下得到實現，就像在一個水源充足的世界上，焦渴現象是不大可能出現的，總是能在不自覺的情況下得到滿足。他希望同厄秀拉在一起就像自己獨自相處時一樣自由，清楚、淡泊，同時又相互平衡、極度制約。對他來說，糾纏不清、渾渾濁濁的愛是太可怕了。

然而他以爲女人總是很可怕的，她們總要控制人，那種控制慾、自大感很強。她要佔有，要控制，要佔主導地位，什麼都得歸還給女人——一切的偉大母親，一切源於她們且最終還得歸於她們。

女人們以聖母自居，只因爲她們給予了所有人生命，一切就該歸她們所有，這種倨傲態度幾乎令他發瘋。男人是女人的，因爲她生育了他。她是悲傷的聖母瑪麗亞，偉大的母親，她生育了他，現在她又要佔有他，從肉體到性到意念上的他，她都要佔有。他對偉大的母性怕極了，她太令人厭惡了。

她非常驕橫，以偉大的母親自居。這一點他在赫麥妮那兒早就領教過了。赫麥妮顯得謙卑、恭順。她實際上也是一個悲傷的聖母瑪麗亞，她以可惡、陰險的傲慢和女性的霸道，要奪回她在痛苦中生下的男人。她就是以這種痛楚與謙卑將自己的兒子束縛住，令他永遠成爲她的囚徒。

厄秀拉，厄秀拉也是一樣。她也是生活中令人恐懼的驕傲女王，似乎她是蜂后，別的蜂都得依賴她。看到她眼中閃爍的黃色火焰，他就知道她有著難以想像的極高的優越感，對此她自己並沒意識到，她在男人面前太容易低頭了，當然只是在她非常自信她像一個女人崇拜自己的孩子、徹底佔有並崇拜這個男人時，她才這樣。

太可怕了，受女人的鉗制。一個男人總是讓人當做女人身上落下的碎片，性更是這傷口上隱隱作痛的疤。男人得先成爲女人的附屬才能獲得眞正的地位，獲得自己的完整。

可是爲什麼，爲什麼我們要把我們自己——男人和女人看成是一個整體的碎片呢？不是這樣的，我們不是一個整體的碎片。不如說我們是要脫離混合體，變成純粹的人。不如說，性是我們在混合體中仍然保留著的、尚未與之混合的天性。而激情則進一步把人們從混合體中分離出來，男性的激情屬於男人，女性的激情屬於女人，直到這兩者像天使一樣清純、完整，直到在最高的意義上超越混合的性，使兩個單獨的男女像群星一樣形成星座。

始初前，沒有性這一說，我們是混合的，每個人都是一個混合體。個體化的結果是性的兩極化。女人成爲一極，男人成爲另一極。但儘管如此，這種分離還是不徹底的。世界就是這樣旋轉的。如今，新的時刻到來了，每個人都在與他人的不同中求得了完善。男人是純粹的男人，女人是純粹的女人，他們徹底兩極化了。再也沒有那可怕的、摻合著自我克制的愛了。只有這純粹的兩極化，每個人都不受另一個人的污染。對每個人來說，個性是首要的，性是次要的，但兩者又是完全相互制約的。每個人都有其獨立的存在，循著自身的規律行事。男人有自己徹底的自由，女人也一樣。每個人都承認兩極化的性循環軌跡，承認對方不同於自己的天性。

伯金生病時做了如是的思索。他有時喜歡病到臥床不起的地步，那樣反倒容易盡快康復，事情也會變得更單純、更肯定了。

伯金臥病不起時，杰拉德前來看望他，這兩個男人心中都深深感到不安。杰拉德的目光是機敏的，但顯得躁動不安，顯得緊張而焦躁，似乎緊張地等待做什麼事一樣。他按照習俗身著喪服，看上去很一本正經、漂亮瀟灑又合乎時宜。他頭髮的顏色很淡，幾乎淡到發白的程度，像一道道電光一樣閃爍著。他的臉色很好，表情很機智，渾身都洋溢著北方人的活力。

儘管杰拉德並不怎麼信任伯金，但是他的確很喜歡他。伯金這人太虛無縹緲了——聰明，異想天開，神奇但不夠現實。杰拉德覺得自己的理解力比伯金更準確、保險。伯金是個令人愉快、很奇妙的人，但還不夠舉足輕重，還不那麼算得上人上人。

「你怎麼又臥床不起了？」杰拉德握住伯金的手和善地問。他們之間總是杰拉德顯出保護人的樣子，以自己的體魄向伯金奉獻出溫暖的庇護所。

「我想是因爲我犯的罪行，」伯金自嘲地淡然笑道。

「犯罪？對，很可能是這樣。你是不是應該少犯點罪，這樣就健康多了。」

「你最好開導開導我，」他調侃道。

「你過得怎麼樣？」伯金問。

「我嗎？」杰拉德看看伯金，發現他態度很認眞的樣子，於是自己的目光也熱情起來。

「我不知道現在跟從前有何不同，說不上爲什麼要有所不同，沒什麼好變的。」

「我想，你的企業是愈辦愈好了，然而你忽視了精神上的要求。」

「是這樣的，」杰拉德說，「至少對我的企業來說是這樣。我敢說，關於精神，我談不出個所以然來。」

「沒錯。」

「你也不希望我能談出什麼來吧？」杰拉德笑道。

「當然不。除了你的企業，別的事兒怎麼樣？」

「別的？別的什麼？我說不上，我不知道你指的是什麼。」

「不，你知道，」伯金說，「過得開心嗎？戈珍·布朗溫怎麼樣？」

「她怎麼樣？」杰拉德臉上現出迷惑不解的神情。「哦，」他接著說，「我不知道。我唯一能夠告訴你的是，上次見到她時，她給了我一記耳光。」

「一記耳光！爲什麼？」

「我也說不清。」

「眞的！什麼時候？」

「就是水上聚會那天晚上——迪安娜淹死的那天。戈珍往山上趕牛，我追她，記起來了嗎？」

「對，想起來了。但是她爲什麼要打你耳光呢？我想不是你要她打的吧？」

「我？不，我說不清。我不過說了一句追趕那些高原公牛是件危險的事，確實是這樣的嘛。她變了臉，說：『我覺得你以為我怕你，怕你的牛，是嗎？我只問了一句『為什麼』，她就往我臉上打了一巴掌。」

伯金笑了，似乎感到滿足。杰拉德不解地看看他，然後也笑了，說：

「當時我可沒笑，眞的。我這輩子從未受到過這樣的打擊。」

「那你發火了嗎？」

「發火？我是發火了。我差點殺了她。」

「哼！」伯金說，「可憐的戈珍，她這樣失態會後悔不堪的！」他十分高興。

「後悔不堪？」杰拉德饒有興趣地問。

兩個人都詭秘地笑了。

「會的，一旦她發現自己那麼自負，她會痛苦的。」

「她自負嗎？可是她為什麼要這樣呢？我肯定這不必要，也不合乎情理。」

「我以為這是一時衝動。」

「是啊，你如何解釋這種一時的衝動呢，我並沒傷害她呀。」

伯金搖搖頭。

「我覺得，她突然變成了一個亞馬遜。」

「哦，」杰拉德說，「我寧可說是奧利諾科①。」

兩人都為這個不高明的玩笑感到好笑。杰拉德在想戈珍說的那句話，她說她也可以最後打他一拳。可是他沒把這告訴伯金。

「你對她這樣做很反感嗎？」伯金問。

「不反感，我才不在乎呢。」他沉默了一會又笑道，「不，我倒要看個究竟，就這些。打那以後她似乎感到有點兒負疚。」

「是嗎？你們從那晚以後沒再見過面嗎？」

杰拉德的臉陰沉了下來。

「是的，」他說，「我們曾——你可以想像自從出了事以後我們的境況。」

「是啊，慢慢平靜下來了吧？」

「我不知道，這當然是一個打擊。我不相信母親對此憂心忡忡，我眞的不相信她會注意這事兒。可笑的是，她曾是個一心撲在孩子身上的母親，那時什麼都不算數，她心中什麼都沒有，只有孩子。現在可好，她對孩子們一點都不理會，似乎他們都是些僕人。」

「是嗎？你爲此感到很傷腦筋吧？」

「這是個打擊。我對此感受並不很深，眞的。我並不覺得這有什麼不同。我們反正都得死去，死跟不死之間並沒有多大區別。我幾乎不怎麼悲哀，這你知道的。這只能讓我感到發寒，我對此說不太清。」

「你認爲你死不死都無所謂嗎？」伯金問。

杰拉德看著伯金，那一雙藍藍的眼睛眞像閃著藍光的武器，他感到很尷尬，但又覺得無所謂。其實他很怕，非常怕。

「嗨，」他說，「我才不想死呢，我爲什麼要死呢？不過我從不在乎。這個問題對我來說並不緊迫，壓根兒吸引不了我，這你知道的。」

「我對此一點都不怕，」伯金說，「不，似乎眞的談不上什麼死不死的，眞奇怪，我並不太關心死的問題，它只像一個普通的明天一樣。」

杰拉德凝視著伯金，兩個人的目光相遇了，雙方都心照不宣。

杰拉德瞇起眼睛，漠然而肆無忌憚地看著伯金，然後目光停留在空中的某一點上，目光很銳利，但他什麼也沒看。

「如果說死亡不是問題的關鍵，」他聲音顯得很古怪、難解、冷漠，「那是什麼呢？」聽他的話音，他似乎暴露了自己的想法。

「是什麼？」伯金重複道。接下來的沉默頗具諷刺意味。

「內在的東西死了以後，還有一段很長的路程要走，然後我們才會消失，」伯金說。

「是有一段很長的路，」杰拉德說，「然而那是什麼樣的路呢？他似乎要迫使另一個人說出什麼來，他自以爲比別人懂得多。」

「就是墮落的下坡路——神秘的宇宙墮落之路。純粹的墮落之路是很長的，路上有許多階段。我們死後還可以活很久，不斷地退化。」

杰拉德臉上掛著微笑聽伯金說話，那情態表明他比伯金懂得多，似乎他的知識更直接、更是親身體驗的，而伯金的知識不過是經過觀察得出的推論，儘管接近要害，但並沒打中要害。但他不想暴露自己的內心世界。如果伯金能夠觸到他的秘密，就隨他去，他杰拉德是不會幫助他的。杰拉德要最終爆個冷門。

「當然了，」他突然變了一種語調說。「我父親對此感觸最深，這會讓他完蛋的。對他來說世界已崩潰了。他現在唯一關心的是溫妮——他說什麼也要拯救她。他說非送她進學校不可，可是她不聽話，這樣他就辦不到了，當然，她太古怪了點兒。我們大家對生活都有一種很不好的感覺。我們毫無辦法，但是我們又無法生活得和諧起來。很奇怪，這是一個家族的衰敗。」

「不應該送她去學校嘛，」伯金說，此時他有了新主意。

「不應該？爲什麼？」

「她是個奇怪的孩子，她有她的特異之處，比你更特殊些。我認爲，特殊的孩子就不應該往學校裡送。往學校送的都是些稍遜色的普通孩子，我就是這麼看的。」

「我的看法恰恰相反。我認爲如果她離開家跟其他孩子在一起，會使她變得更正常些。」

「她不會跟那些人打成一片，你看著吧。你從沒有眞正與人爲伍，對嗎？而她則連裝樣兒都不會，更不會與人爲伍。她高傲、孤獨，天生不合群。既然她愛獨往獨來，你幹嘛要讓她合群呢？」

「我並不想讓她怎麼樣。我不過認爲上學校對她有好處。」

「上學對你有過好處嗎？」

杰拉德聽到這話，眼睛眯了起來，樣子很難看。學校對他來說曾是一大折磨。可是他從未提出過疑問：一個人是否應該從頭至尾忍受這種折磨。他似乎相信用馴服和折磨的手段可以達到教育的目的。

「我曾恨過學校，可是現在我可以看出學校的必要性，」他說，「學校教育讓我與別人處得和諧——的確，如果你跟別人處不好，你就無法生存。」

「那，」伯金說，「我可以說，如果你不跟別人徹底脫離關係你就無法生存。如果你想衝破這種關係，你就別想走進那個圈子。溫妮有一種特殊的天性，對這些有特殊天性的人，你應該給其一個特殊的世界。」

「是啊，可是你那個特殊世界在哪兒呢？」

「創造一個嘛。不是削足適履而是讓世界適應你。事實上，兩個特殊人物就構成一個世界。你和我，我們構成一個與眾不同的世界。你並不想要你妹夫們那樣的世界，這正是你的特殊價値所在。你想變得循規蹈矩，變得平平常常嗎？這是撒謊。你其實要自由，要出人頭地，在一個自由的不凡的世界裡出人頭地。」

杰拉德微妙地看著伯金。他永遠不會公開承認他的感受。在某一方面他比伯金懂得多，就是爲了這一點，他才給予伯金以柔情的愛，似乎伯金年少、幼稚，還像個孩子，聰明得驚人但又天眞得無可救藥。

「可是如果你覺得我是個畸型人你可就太庸俗了。」伯金一針見血地說。

「畸型人！」杰拉德吃驚地叫道。隨之他的臉色舒朗了，變得清純，就像一朵花蕾綻開一般。「不，我從未把你當成畸型人，」他看著伯金，那目光令伯金難以理解。「我覺得，」杰拉德接著說，「你總讓人捉摸不透，也許你自己就無法相信自己。反正我從來拿不準你的想法。你一轉身就可以改變思想，似乎你沒有頭腦似的。」

他鋒利的目光直視伯金。伯金很驚訝。他覺得他有世人全部的頭腦。他目瞪口呆了。杰拉德看出伯金的眼睛是那麼迷人，這年輕、率直的目光讓他著迷得很，他不禁爲自己以前不信任伯金感到深深的懊悔。他知道伯金可以沒有他這個朋友，他會忘記他，毫無痛苦地忘記他，杰拉德意識到這一點，但又難以置信：這年輕人何以如此像個動物一樣超然，這般自然？這幾乎有點虛僞，像謊言，是的，常有這回事，伯金談起什麼來都那麼深奧、那麼煞有介事。

而此時伯金想的卻是另一回事兒。他突然發現自己面臨著另一個問題：愛和兩個男人之間永恆的連繫問題。這當然是個必要的問題——他一生中心裡都有這個問題——純粹、完全地愛一個男人。當然他一直是愛杰拉德的，可是他又不願承認。

他躺在床上思忖著，杰拉德坐在旁邊沉思著。兩個人都各自想自己的心事。

「你知道嗎，古時候德國的騎士習慣宣誓結成血誼兄弟的，」他對杰拉德說，眼裡閃動著幸福的光芒，這眼神是原先所沒有的。

「在胳膊上割一個小口子，傷口與傷口磨擦，相互交流血液？」杰拉德問。

「是的，還要宣誓相互忠誠，一生中都是一個血統。咱們也該這麼做。不過不用割傷口，這種做法太陳舊了。我們應該宣誓相愛，你和我，明明白白地，徹底地，永遠地，永不違約。」

他看著杰拉德，目光清澈，透著幸福之光。杰拉德俯視著他，深深受到他的吸引，他甚至不相信、厭惡伯金的吸引力。

「咱們哪天也宣誓吧，好嗎？」伯金請求道，「咱們宣誓站在同一立場上，相互忠誠——徹底地、完全相互奉獻，永不再索回。」

伯金絞盡腦汁力圖表達自己的思想，但是杰拉德並不怎麼聽他的。他臉上掛著一種快意。他很得意，但他掩飾著，使伯金退卻了。

「咱們哪天宣誓好嗎？」伯金向杰拉德伸出手說。

杰拉德觸摸了一下伸過來的那隻活生生的手，似乎害怕地縮了回去。

「等我更好地理解了再宣誓不好嗎？」他尋著藉口說。

伯金看著他，心中很是失望，或許此時他蔑視杰拉德了。

「可以，」他說，「以後你一定要告訴我你的想法。你知道我的意思嗎？這不是什麼感情衝動的胡說。這是超越人性的聯合，可以自由選擇。」

他們都沉默了。伯金一直看著杰拉德。現在似乎看到的不是肉體的、有生命的杰拉德（那個杰拉德是司空見慣的，他很喜歡那個杰拉德），而是作為人的杰拉德，整個兒的人，似乎杰拉德的命運已經被宣判了，他受著命運的制約。杰拉德身上的這種宿命感總會在激情的接觸之後壓倒伯金，讓伯金感到厭倦從而蔑視他，似乎杰拉德只有一種生存的形式，一種知識，一種行動，他命中注定是個只有一知半解的人，可是他自己卻覺得自己很完美。就是杰拉德的這種局限性讓伯金厭倦，杰拉德抱殘守缺，永遠也不會真正快樂地飛離自我。他有點像偏執狂，自身有一種障礙物。

一時他們沉默了好一會兒。伯金語調輕鬆起來，語氣無所加重地說：

「你不能為溫妮弗萊德找一個好的家庭教師嗎？找一個不平凡的人物做她的老師。」

「赫麥妮・羅迪斯建議請戈珍來教她繪畫和雕刻泥塑。溫妮在泥塑方面聰明得驚人，這你知道的。赫麥妮說她是個藝術家。」杰拉德語調像往常一樣快活，似乎剛才沒有發生什麼了不起的事。可伯金的態度卻處處讓人想起剛才的事。

「是嗎！我還不知道呢。哦，那好，如果戈珍願意教她，那可太好了，再沒比這更好的了，溫妮成為藝術家就好。戈珍就是個藝術家。每個眞正的藝術家都能拯救別人。」

「一般來說，她們總是處不好。」

「或許是吧。可是，只有藝術家才能為別的藝術家創造一個適於生存的世界。如果你能為溫妮弗萊德安排一個這樣的世界，那就太好了。」

「你覺得戈珍不會來教她嗎？」

「我不知道。戈珍很有自己的見解。開價低了她是不會接受的。如果她同意，也很快會辭掉的，所以我不知道她是否會降尊來這兒執教，特別是來貝多弗當私人教師。可是還非得這樣不可，溫妮弗萊德稟性跟別人不同。如果你能讓她變得自信，那可再好不過了。她永遠也過不慣普通人的生活，讓你過你也會覺得困難的，而她比你更有甚之，不知難多少倍。很難想像如果她尋找不到表達方式，尋找不到自我完善的途徑她的生活將會怎樣。你可以明白，命運將會把單純的生活引向何方。你可以明白婚姻有多少可信的程度——看看你自己的母親就知道了。」

「你認為我母親反常嗎？」

「不！我覺得她不過是需要更多的東西，或是需要與普通生活不同的東西。得不到這些，她就變得不正常了，或許是這樣吧。」

「可是她養了一群不肖的兒女，」杰拉德陰鬱地說。

「跟我們其餘的人一樣，都是不肖的兒女。」伯金說，「最正常的人有著最見不得人的自我，個個兒如此。」

「有時我覺得活著就是一種詛咒。」杰拉德突然用一種蒼白的憤然口吻說。

「對，」伯金說，「何嘗不是這樣！活著是一種詛咒，什麼時候都是如此，只能是一種詛咒，常常詛咒得有滋有味兒的，眞是這樣。」

「並不像你想像的那麼有滋味兒，」杰拉德看看伯金，那表情顯得他內心很貧困。

他們沉默著，各想各的心事。

「我不明白她何以認為在小學教書與來家裡教溫妮有什麼不同，」杰拉德說。

「它們的不同就是公與私。今日唯一上等的事是公事，人們都願意為公共事業效力，可是要做一個私人教師嘛——」

「我不會願意幹的——」

「對呀！戈珍很可能也這麼想。」

杰拉德思忖了片刻說：

「不管怎麼說，我父親是不會讓她感覺自己是私人教師的。父親會感到驚奇，並會對她感恩戴德的。」

「他應該這樣。你們都應該這樣。你以爲光有錢就能僱用戈珍這樣的女人嗎？她同你們是平等的，或許比你們還優越。」

「是嗎？」

「是的，如果你沒有勇氣承認這一點，我希望她別管你的事。」

「無論如何，」杰拉德說，「如果她跟我平等，我希望她別當教師，一般來說，教師是不會與我平等的。」

「我也是這麼想，去他們的吧。可是，難道因爲我教書我就是教師，我布道我就是牧師嗎？」

杰拉德笑了。在這方面他總感到不自在。他並不要求社會地位的優越，他也不以內在的個性優越自居，因爲他從不把自己的價値尺度建立在純粹的存在上。爲此，他總對心照不宣的社會地位表示懷疑，現在伯金要他承認人與人之間內在的不同，但是他並無承認之意。這樣做是與他的名譽和原則相悖的。他站起身來要走。

「我快把我的公務忘了，」他笑道。

「我早該提醒你的，」伯金笑著調侃道。

「我知道你會這樣說的，」杰拉德不自在地笑道。

「是嗎？」

「是的，盧伯特。我們可不能都像你那樣啊，否則我們就都陷入困境了。當我超越了這個世界時，我將蔑視一切商業。」

「當然，我們現在並不是陷在困境中，」伯金嘲弄地說。

「並不像你理解的那樣。至少我們有足夠的吃喝——」

「並對此很滿意，」伯金補了一句。

杰拉德走近床邊俯視著伯金。伯金仰躺著，脖頸全暴露了出來，零亂的頭髮搭在眉毛上，眉毛下，掛著嘲弄表情的臉上鑲著一雙透著沉靜目光的眼睛。杰拉德儘管四肢健壯，渾身滿是活力，卻被另一個人迷惑住了，他還不想走。他無力邁開步伐。

「就這樣吧，」伯金說，「再見。」他微笑著從被子下伸出手。

「再見，」杰拉德緊緊握著朋友火熱的手說，「我會再來，我會想念你的，我就在磨房那兒。」

「過幾天我就去那兒，」伯金說。

兩個人的目光又相遇了。杰拉德的目光本是鷹一般銳利，可現在卻變得溫暖，充滿了愛。他並不會承認這一點，伯金還之以茫然的目光，可是那目光中的溫暖似乎令杰拉德昏然睡去。

「再見吧。我能爲你做點什麼嗎？」

「不用了，謝謝。」

伯金目送著黑衣人走出門去，那堂皇的頭顱在視線中消失了以後，他就翻身睡去了。

①在英語中「悍婦」與「亞馬遜河」是同一個詞，亞馬遜河是橫貫南美的世界第一大河，奧利諾科河是南美另一大河。

第十七章　工業大亨

住在貝多弗的厄秀拉和戈珍都有了一段空閒時間。在厄秀拉心目中，一時伯金不存在了，他失去了自己的意義，對她來說變得無足輕重。厄秀拉又興高采烈地按原樣兒生活起來，跟他斷了關係。

前一段時間戈珍幾乎每時每刻都惦念著杰拉德·克里奇，甚至覺得自己跟他肉體上都產生了聯繫，但是現在她拿杰拉德根本不當一回事了。她心裡正醞釀著出走，試圖過一種新型的生活，她心裡一直有什麼在警告她防止和杰拉德建立最終的關係。她感到最好是與他保持一種一般熟人的關係，這樣做更明智。

她計畫去聖彼得堡的一位朋友那兒，那人跟她一樣也是個雕塑家，和一位愛好寶石的俄國闊佬兒住在一起。那位俄國人放蕩的情感生活對戈珍很有吸引力。她並不想到巴黎去，巴黎太枯燥，太令人生厭。她倒願意去羅馬、慕尼黑、維也納、聖彼得堡或莫斯科，聖彼得堡和慕尼黑那兒她都有朋友，她給這兩個朋友都寫信問及住房的事。

她手裡有一筆錢。她回家裡來的一個目的就是攢錢。現在她已經賣出了幾件作品，在各種展覽中都受到了好評。她知道如果去倫敦，她的作品會很時髦的。可是她太了解倫敦了，她想去別處。她有七十鎊，對此別人一無所知。一得到朋友的消息，她就可以動身走了。別看她表面上溫和平靜，其實她的性格是躁動型的。

有一天姊妹倆到威利·格林的一個農家去買蜂蜜。女主人科克太太身軀肥胖，臉色蒼白，鼻子很尖，人很滑頭，滿口的甜言蜜語，可是這掩蓋不住她貓一樣狡猾的內心。她把姑娘們請進了她那間非常乾淨舒適的廚房裡。屋裡每個角落都那麼乾淨、愜意。

「布朗溫小姐，」她有點討好地說，「回到老地方，還喜歡這兒吧？」

戈珍一聽她說話就討厭上她了。

「我無所謂，」她生硬地回答。

「是嗎？我以爲你會覺得這兒跟倫敦不一樣的。你喜歡大地方的生活。我們嘛，不得不將就著在威利·格林和貝多弗過日子。你對我們這兒的小學校還喜歡吧，人們都愛唸叨它。」

「我喜歡它？」戈珍慢慢掃了她一眼道，「你的意思是我覺得它不錯？」

「對的，你的看法是什麼？」

「我確實覺得這是一所挺不錯的學校。」

戈珍感到很厭惡，態度很冷淡。她知道這兒的庸人們都討厭學校。

「你眞這樣想啊！我可聽人們議論的太多了，說什麼的都有，能知道內部人的看法太好了。不過，意見也不一樣吧？克里奇先生完全贊成。哦，可憐的人啊，我眞怕他不久於世了。他身體太不好了。」

「他的病情又加重了？」厄秀拉問。

「是啊，自從失去了迪安娜小姐，他的病就重了，瘦得不成樣子。可憐的人，他的煩惱太多了。」

「是嗎？」戈珍有點嘲弄地說。

「他夠煩惱的。你們還沒見過像他那樣和氣的人呢。可是他的孩子們一點也不像他。」

「我覺得，他們都像他們的母親，」厄秀拉說。

「好多方面都像，」科克太太壓低嗓門兒說，「她可是個傲慢的女人哩，我敢說，一點不錯！她這人可看不得，能跟她說上句話都不容易。」說著這女人做個鬼臉。

「她剛結婚時你認識她嗎？」

「認識。我在她家當保姆，看大了三個孩子呢。那可是幾個可怕的東西，小魔鬼，杰拉德是個從沒見過的魔王，從六個月開始就那個樣子。」那女人的話音裡透著一種惡氣。

「是嗎？」戈珍說。

「他是個任性、霸道的孩子，剛六個月就指使得保姆團團轉。又踢又叫，像個魔鬼一樣折騰。他還是個吃奶的孩子時，我不知掐他的屁股多少回了。要是再多掐幾次，也許他就變好了。可是他母親就是不肯改掉他的壞毛病，你說什麼她也聽不進去。我還記得她跟克里奇先生吵鬧的樣子呢。他實在氣壞了，實在無法忍受了，就關起門來用鞭子抽他們。可是太太卻像一隻老虎一樣在門外來來回回地游盪，一臉殺氣騰騰的樣子。門一開她就舉著雙手衝進去向先生大叫：『你這個膽小鬼，你把我的孩子怎麼樣了？』那樣子眞跟瘋了一樣。我敢說先生怕太太，他氣瘋了也不敢動她一手指頭。想想僕人們過的是什麼日子吧。一旦他們當中有人受懲罰，我們怎麼能不高興呢？」

「眞的！」戈珍說。

「什麼事都有。如果你不讓他們把桌子上的茶壺打碎，如果你不讓他們用繩子拴著貓的脖子拉著亂轉，如果他們要什麼你不給什麼，他們就好鬧一場，然後他們的母親就會進來問：『他怎麼了？你怎麼他了？寶貝兒，怎麼了？問完了她會惡狠狠地看著你，恨不能把你踩在腳下。不過她倒是沒把我踩在腳下。我是唯一能對付她的人。她自己是不會管孩子的，她才不找這份麻煩呢。然而這些孩子太任性，他們可讓人說不得，小霸王杰拉德可眞不得了。他一歲半時我離開了他家，我實在受不了了。他小時候我擰過他的小屁股，我擰了，管不住他我就擰他，我一點也不慚愧——」

聽到這兒戈珍憤憤然走了。「我擰了他的小屁股」這句話把她氣壞了。她聽不得這樣的話。她恨不得把這女人趕出去綁起來。可是這句話在她的腦子裡永遠生了根，趕也趕不走。她覺得哪一天要把這話告訴他，看他如何受得了。一想到這一點，她又恨起自己來。

但是，在肖特蘭茲，那場持久的鬥爭就要結束了。父親病了，就要死了。間歇性的疼痛讓他失去了活力，人已經不那麼清醒了。沉寂漸漸籠罩了他的頭腦，他對周圍的事兒愈來愈無法注意了，病痛似乎吸走了他的活力，他知道這種疼痛何在，知道它會再回到自己身上。這疼痛像自己體內奔湧著的什麼東西。他沒有力量或意志去把它找出來，更無法知道這是什麼樣的東西。它就藏在黑暗中，這巨痛時時撕裂他，然後又陷入平靜中。每當它來撕扯自己，他就蜷縮起來忍著，一旦它離去，他又拒絕知道它是何物。既然它是在黑暗中，那就不要去知道它好了。所以他從不承認有什麼疼痛，只有他獨處一隅時，當他全部的神經越來越恐怖時他才認可。在其他時候，他不過認爲剛才疼了一下，過去了，沒什麼。有時這疼痛甚至更令他激動。

病痛漸漸吞噬了他。漸漸地，他的力量都耗盡了，他被吹進了黑暗中，他的生命被吸走了，他被吸進黑暗中。在他生命的薄暮時節，他能看清的太少了。企業，他的工作都徹底地離他而去了。他對社會的興趣業已消失，好像從來沒有過一樣。甚至他的家對他來說也陌生了，他只淡淡地記起某某某是他的子女。這些對他只是個歷史事實，毫無生命意義了。要想弄清他們跟他的關係，那非得花一番力氣不可。甚至他的妻子對他來說也跟沒有存在一樣。她確實像他體內的黑暗和病痛一樣。出於某種奇特的聯想，他覺得他的病痛藏身之處與藏有他妻女的所在是一樣的黑暗。他全部的思維和悟性都模糊了，現在他的妻子和那煎熬人的病痛變成了同一種黑暗的力量來對付他，而他以前從未正視過這股力量。他從未把這種恐懼驅趕開。他只知道有一個黑暗的地方，那裡佔據著什麼東西，不時地出來撕扯他。他從未敢穿破黑暗把這野獸趕出來，他反而忽視了它的存在。只是，他模模糊糊地感到，恐怖來自他的妻子，她會毀滅他，那病痛也是一股黑暗的毀滅力量。他很少見到他的妻子。她有自己的一間屋。她只是偶爾來到他的房間，伸長脖子壓低嗓門詢問他情況如何。而他則三十年如一日地回答說：「哦，我不覺得情況有什麼不好，親愛的。」可他很怕她，表面上很平靜，其實他怕她怕得要死。

但他一直信奉自己的處世哲學，他從沒有在精神上垮下來。他就是現在死，他的精神也不會垮，他仍會明白自己對她的感情。一生中，他常常說：「可憐的克里斯蒂娜，她的脾氣眞是太倔強了。」他對她始終是這樣的態度，他用憐憫代替了仇恨，憐憫成了他的保護傘，成了他的常勝武器。他理智上仍然爲她感到可憐，她的性子也太暴烈了。

可惜的是，如今，他的憐憫、他的生命都漸漸耗盡了，他開始感到可怕甚至恐怖。他就是死了，他的憐憫心也不會破滅，不會像一隻甲殼蟲那樣被輾碎。這是他最終的源泉。別人仍會活下去，會體驗活死人的滋味，體驗那種絕望感。他絕不這樣，他絕不讓死亡得勝。

他一直信奉自己的處世哲學，樂善好施，愛鄰如賓，甚至愛鄰勝過愛自己。人民的利益總掛在他心上，讓他忍受了一切。他是個大礦主，僱用了許多勞動力。他心中念念不忘基督的話，同自己的工人們同心同德。不僅如此，他甚至感到他不如這些工人，似乎他們通過貧困和勞動比他更接近上帝。他堅信，是他的工人——這些礦工的手中掌握著拯救人類的辦法。爲了接近上帝，他必須先接近他的礦工們，他的生命必須靠近他們。在他的潛意識中，這些人是他的偶像，是他的上帝。他崇拜他們身上體現出來的最崇高的、偉大的、同情人類的上帝。

他的妻子一直像地獄裡的魔鬼一樣同他作對。奇怪的是，她像一隻撲食的蒼鷹，迷人而心不在焉，與他的慈善博愛行爲作鬥爭，然後又像籠子裡的鷹一樣沉默起來。因爲周圍的一切都聯合起來組成了這難以衝破的牢籠，他的力量就顯得過於強大，使她成了囚犯。正因爲她是他的階下囚，他才愛她愛得發瘋。他一直愛她，愛得很深。在牢籠裡，她倒是自由自在。

她要瘋了。她脾氣暴躁，自高自大，她無法忍受丈夫對什麼人都表現出來的那種溫和、誠懇的謙卑相。他並沒有上窮人的當。他知道他們是來揩他的油水的，來向他訴苦的，這種人最可惡。他們當中的大多數太清高，並不向他乞討什麼，太自立，從不來敲他的門，這倒是他的一大喜事。可是，在貝多弗，跟別處一樣，有些寄生蟲似的可惡的人來訴苦，要求施捨，像蟲子一樣寄生在大眾的軀體上。那次看到兩個蒼白的婦女迎面而來，看到他們身穿醜陋的黑衣服，故作悲哀地上門來討好，克里斯蒂娜·克里奇心裡就起火。她要放狗咬她們，「嘿，瑞普！嘿，琳！騎兵！小夥子們，上，咬跑她們！」可是男管家克羅瑟和其餘的僕人都站在克里奇先生一邊。但是，只要丈夫不在，她就會像條母狼一樣對待乞討的人們。「你們這些人需要什麼？這兒沒你們什麼。你們到這兒來沒用。辛普頓，趕走他們，別讓他們進門。」

僕人們不得不服從她。於是她睜著鷹一樣的眼睛看著男僕笨拙地把那些乞討的人趕走，那些人則像一些腐臭的家禽一樣在他面前奔跑。

可是慢慢地他們從門房那兒打聽出來了克里奇先生出門的時間，於是他們就選好他在家的時候來訪。頭一年中，克羅瑟常常輕輕地敲著門道：「先生，有人拜見您。」

「叫什麼？」

「格羅科克，先生。」

「他們要幹什麼？」問話的聲音中透著不耐煩的情緒，但也有幾分自鳴得意。克里奇先生就是喜歡聽人求他施捨。

「爲一個孩子的事。」

「把他們帶到書房去，告訴他們上午十一點以後不要來。」

「你怎麼不吃飯了？打發他們走。」他妻子無禮地說。

「我可不能那樣做，聽聽他們要說什麼，這沒什麼麻煩的。」

「可是今天來了多少人了？你爲什麼不建一座沒有牆的房子？他們會把我們趕走的。」

「你知道，親愛的，聽聽他們說話對我沒什麼損害。如果他們眞遇上麻煩了，我有責任幫助他們解脫。」

「你的責任就是邀請全世界的老鼠都來啃你的骨頭。」

「算了，克里斯蒂娜，事情並不像你說的那樣。別這麼沒有良心。」

她卻突然衝出屋子來到書房中。書房中坐著可憐巴巴的乞憐者，就像等待醫生一樣。

「克里奇先生不能會見你們，這時候不能。你們以爲他是你們的財產，你們想什麼時候來就什麼時候來嗎？你們必須走，在這兒你們什麼也別想得到。」

那些窮苦人迷惑不解地站起身來。就在這時，克里奇先生面色蒼白地走進來，在她身後說：

「是的，我不喜歡你們這麼晚來。上午我會花一些時間聽你們說話的，在別的時間裡我就不能接待你們了。基騰斯，怎麼了？你老婆可好？」

「噢，她快不行了，克里奇先生，快死了，她——」

有時，克里奇太太似乎覺得丈夫像葬禮上的烏兒，專食人間的痛苦。她似乎覺得，如果沒有什麼可憐的事兒說給他聽、把他當成什麼苦酒懷著悲哀與憐憫心喝下去，他就不舒服。如果世上沒有乞討者的痛苦，他就沒了存在的理由，正如沒了葬禮，殯儀員就沒事做一樣。

克里奇太太退卻了，遠離了這個令人毛骨悚然的民主世界。她的脖子緊緊地套上了一根繩子，她異常孤獨，就像籠中的鷹一樣充滿仇恨。隨著時光流逝，她愈來愈對這個世界缺乏了解，她似乎渾渾噩噩般失去了意識。她有時會在屋裡和周圍的鄉村中游盪，全神貫注地盯著什麼，但又視而不見。她極少講話，她跟這個世界沒關係。她甚至不去思索什麼。由於她怒火中燒，與塵世作對，她的力量消耗殆盡了。

她生了好幾個孩子。隨著時光流逝，她言行上都不再與丈夫作對了。她對他視而不見，全由他去，愛怎樣就怎樣。她就像一隻鷹，陰鬱地對什麼都聽之任之。她與丈夫之間的關係是一種無言、未知的關係，但是深處隱藏著可怕的毀滅。他儘管在塵世中取得了勝利，可是他的精力空匱了，就像內出血一樣從內部流失了。她像困在籠中的鷹一樣，儘管精神上垮了，心仍舊狂野，毫不屈服。

所以，常常是最終他遷就她，在自己的力量尚未消耗殆盡之前把她擁抱在懷中。她眼中閃耀著的刺眼光芒，儘管是毀滅性的，卻攪得他怦然心動。在他臨近死亡之時，他比怕什麼都更怕她。可他總是說他一直很幸福，自從他見到她，他就一直發瘋似地愛著她。他認爲她是純潔、貞潔的，在他心目中，只有他才懂得那熾烈火焰是性之火，在他看來像一朵雪白的花一樣。他使她屈服了，而她對他的屈從在他看來是十足的貞潔，是他無法打破的貞操，她就憑這個咒語般地控制了他。

她聽任外部世界的一切，但她內心從未垮敗過。她只是像一隻陰鬱的鷹一樣，衣冠不整，毫無用心地端坐在屋裡。年輕時她愛孩子愛得發瘋，現在她卻拿他們不當一回事。她失去了他們，她只空守著一個自己。只有聰明的杰拉德對她來說還有點意義。後來，當杰拉德當了企業的頭面人物後，她也把他忘了。父親在彌留之際反倒轉向杰拉德求得同情。這父子倆一直不對眼。杰拉德從小到大既害怕父親又看不起父親，一直儘量躲著他。而父親對這位長子也一直不喜歡，從來不向他讓步，拒絕信任兒子，儘量淡忘他，孤立了他。

自從杰拉德在企業中負起了一定的責任，證明自己確是一個優秀領導以後，對外界事物深感厭倦的父親就全然信任杰拉德，明顯地把什麼事都交給他辦，對這位年輕的敵手表現出深深的依賴。這立時激起了杰拉德深深的憐憫之情和忠誠之心，這種心情是通過蔑視與感覺不出的敵視表達出來的。杰拉德是反對樂善好施的，可他又無法擺脫它，它在他的內心生活中佔據了統治地位。就這樣，他一方面屈服於父親，一方面與他的慈善心作對，陷入其中不能自拔。儘管他仇恨父親，但心裡不禁爲他感到憐惜、悲哀，一股溫情油然而升。

父親從杰拉德這兒獲得了同情，從溫妮弗萊德那兒獲得了愛，溫妮是他最小的女兒，只有溫妮才能給他以深情的愛。他把一個行將就木的人偉大、廣博的愛都給了她，他要庇護她，完全徹底地庇護，用溫暖和愛擁抱她。如果他能保護她，她就不會經歷一星半點的痛苦、悲哀和傷心。他一生中都很正直，善良。對溫妮弗萊德他表現出最後的激情式愛戀。仍有什麼令他不安。隨著他的力量愈來愈弱，世界離他愈來愈遠。沒有什麼窮人需要他的救濟，沒有什麼被侮辱和被損害的人需要他的保護了。他失去了所有這一切。兒子和女兒們都不再讓他操心，讓他盡一種沉重而不自然的義務。這些也不是現實問題了，這些從他手中失去了，他自由了。

他心中仍然隱隱地害怕妻子，她漠然地坐在屋裡，像個陌生人，即使她緩緩地走過來，頭向這邊探過來時，仍讓他感到害怕。即便是他一生的正直也無法讓他解脫內心的恐懼。他仍然與恐懼作著決死的鬥爭，表面上絕不顯露出來，到死也不顯出自己怕她。

可是還有溫妮弗萊德呢！如果他能對她放心該多好，能放心就好了。從迪安娜死到他病情加重以後，他就迫切地需要溫妮讓他放下心來，爲這事他急壞了。似乎他臨死還要爲她操心，他的心上仍然承受著愛的責任和慈善之情。

她這孩子脾氣怪誕，敏感，易怒。她繼承了父親的黑髮和沉靜的舉止，可是顯得比父親要超然許多。她眞像暗中被仙女偷換後留下的小傻孩兒，似乎沒什麼感情。她常常像個最歡樂最天眞的孩子一樣說笑玩耍，她只對少數幾個人或事有熱情——她的父親，特別是她的小動物。一旦她聽說她最喜愛的小貓里奧被汽車輾死了，她會把頭一歪，皺皺眉頭有點厭惡地說：「是嗎？」然後就再也不在乎了。她最不喜歡那些給她帶來壞消息、企圖讓她感到傷心的僕人。她希望自己不知道這些事，似乎這成了她做事的動機。她迴避母親和家中的大多數成員。她愛她爹爹，因爲爹爹希望她永遠幸福，因爲他似乎又變年輕了，在她面前顯得很瀟脫。她喜歡杰拉德，因爲他很有自制力。她喜歡那些把她的生活變得快活的人。她富有天生的批判能力，既是一個純粹的無政府主義者，又是一個純粹的貴族。無論是誰，只要她發現他們與她平等，她就易於接受人家，而對於次一等的人她則理都不理，無論是兄弟姊妹、富有的來賓、普通人或僕人都一樣對待。她很有個性，她就是她，不受任何人影響。似乎她做事沒什麼目的，與別人沒什麼連繫，獨立地存在著。

父親在一陣幻覺中感到他全部的命運都建立在爲溫妮弗萊德獲得幸福的保證上。她永遠也不會受苦，因爲她沒有與外界形成活生生的關係；她頭一天失去了最珍貴的東西，第二天又會像沒事人一樣，似乎她故意淡忘了以前的事；她有著極其自由的意志，是個無政府主義者和虛無主義者；她就像個毫無心肝的小鳥任性地飛翔，一時高興，就忘了任何責任；她輕率地由著性子行事，把同別人之間嚴肅的關係不當一回事地甩掉，眞正是個虛無主義者。正因爲她沒有過苦惱，父親臨終前念念不忘地牽掛著的人才是她。

當克里奇先生聽說戈珍・布朗溫可能會來家裡教溫妮弗萊德繪畫和造型藝術，他似乎覺得孩子有救了。他相信溫妮弗萊德有天分，他也見過戈珍，覺得這個人很不尋常。他可以把溫妮託付給她，她是最合適的人了。她就是孩子的引路人，是孩子積極的力量，他不能讓孩子沒有方向、沒人保護。哪怕把這姑娘嫁給一棵行將就木的樹以後自己再死，也算盡了做父親的責任了。現在就可以這樣做。他將毫不猶豫地去求戈珍。

就在父親緩緩離開生活的時候，杰拉德感到自己愈來愈暴露給外界了。不管怎麼說，對他來說，父親代表著活生生的世界。當父親活著時，杰拉德是不用對這個世界負責的。可現在父親漸漸要離去了，杰拉德發現自己在生活的波濤面前束手無策，不知所措，就像叛亂後失去船長的大副，只看到一片可怕的混亂狀態。他沒有繼承現成的秩序和生活觀念。人類全部的生活觀念似乎都隨父親死去了，那似乎把一切都集中起來的力量似乎也隨著父親塌陷了，可怕地粉碎了。杰拉德似乎被棄在一隻即將下沉的船上，他駕駛著一艘四分五裂的船。

他知道他一生中都在生活的邊緣掙扎著要打破它。現在，他懷著孩子一樣的恐懼心情發現自己要毀滅自己了。過去幾個月中，在死亡的影響下，在伯金的話和戈珍那富有穿透力的生命能量影響下，他失去了全部一成不變的信心。有時他會非常仇恨伯金和戈珍。他眞想回歸到枯燥的保守主義上去，回到最愚蠢的傳統的人們中間去。他想皈依最拘謹的托利派。可是這種慾望並沒有讓他投入行動。

在孩提時代，他渴望某種原始粗獷的東西。荷馬時代對他來說是很理想的，那時，一個人可以當上英雄組成的軍隊首領，或像奧德修斯那樣浪跡天涯。他非常仇恨他的生活環境，太仇恨了，以致於他從未認眞看一看貝多弗和礦谷，他的眼睛根本不看肖特蘭茲右邊這條黧黑的礦區，而是看著威利湖彼岸的鄉村和森林。不錯，在肖特蘭茲總能聽到礦區的喧囂聲，但是杰拉德從小就沒注意聽過，他不去理睬在工業的大海中洶湧起伏的黑色煤浪。他所置身的這個世界眞是一片荒原，人們就在這荒原上打獵、游泳、騎馬。他同一切權威鬥爭。生活就是要求得野性的自由。

後來他被送進學堂學習，那日子眞可怕死了。他拒絕去牛津上學，而是選擇了去德國上大學。他分別在波恩、柏林和法蘭克福逗留過一些時候。在德國，他的好奇心被激了起來，他想認識、想了解世界，要客觀地認識和了解，對他來說似乎這是一種消遣。然後他不得不去參戰，不得不到那些荒蠻的地方去，那兒對他吸引力太大了。

其結果是，他發現人類到處都一樣，在這好奇冷漠的心目裡，野蠻人是愚笨的人，不如歐洲人有趣。爲此他的頭腦中形成了各式各樣的社會學觀念和改革觀念，可這些觀念從未變得深刻過，不過是他想著玩罷了。這些觀點主要是與既成的秩序作對，要毀滅它。

最終他發現可以在煤礦上眞正冒一次險，當時正値他父親請他協理礦務。以前杰拉德學過礦山科學，可是對此從未有過興趣，但現在，他卻在一陣狂喜中掌握了一個世界。

這項巨大的工業在他心目中構成了一幅圖景，它突然變得眞實起來，他成了這圖景的一部分。礦區的谷地裡，一條鐵路把一座座煤礦連接了起來，鐵路上跑著一輛輛礦車，有滿載的短礦車，有空載的長列，每輛車上都塗著白色的縮寫字頭：

「C.B.&Co」（克里奇公司）

他從小就看到過車上的這些白色縮寫字頭。又跟沒看到過一樣，因爲太熟悉了，也就不注意了。最後他看到自己的名字也寫了上去，於是他看到了權力。

那麼多塗有他名字字頭的火車駛過田野。當他乘火車進入倫敦時，他看到了自己的名字，在貝多弗他也看到了自己的名字。他的權力擴展範圍竟是如此之廣。他看著貝多弗、塞爾比、活特莫和萊斯利河岸，這些大型的礦區全都依賴他的煤礦。這是些可惡、骯髒的地方，小時候他爲此深感痛苦。而現在他則爲此感到驕傲。在他的勢力範圍內又建起四座新興城市，擁擠著一些醜陋的工人村。黃昏時分，他看到成群結隊的礦工從煤礦出來沿著大路流動著，這些人渾身都是黑的，只有嘴唇是紅的，他們都有點變形了，這些人全都得按他的意志行事，星期五晚上他緩緩地駕著汽車穿行在貝多弗骯髒的人群中，這些人是發了工資後來買東西的。他們都得聽他的指揮。他們醜陋、粗野，但他們是他的工具。他則是機器的上帝。這些人慢慢地爲他的汽車自動讓著路。

他才不管人家是否樂意爲他讓路呢，才不管人家是否抱怨他呢，才不管人家怎麼看他呢。他的眼光突然明亮起來。突然發現人類不過是純粹的工具罷了。什麼人道主義，什麼痛苦和感情，談得太多了，很可笑。個人的痛苦和感情根本不算什麼，那不過是天氣一樣的東西。值得一提的是人的純粹工具性。人就跟一把刀子一樣，重要的是快不快，別的都無所謂。

世上每樣東西都有它的作用，它是好是壞完全取決於它是否完美地起到了應起的作用。什麼樣的礦工算好礦工呢？是好礦工他就是完美的人。什麼樣的經理是好經理？是好經理就夠了。就杰拉德本人來說，他負責整個企業，他是個好礦主嗎？如果是，那他的生活就算完美，別的什麼不過是可有可無的罷了。

礦井都陳舊了，資源枯竭了，再採下去就不值了。眼前正考慮關閉兩口井，就在這時杰拉德來了。

他四下裡打量著，礦井就躺在腳下，它們老了，報廢了，像老獅子一樣不中用了。他又掃視了一眼。呸！這些礦井不過是些缺德頭腦的笨拙產物罷了。它們躺在那兒，是沒有受過良好訓練的、頭腦半途而廢的產物。別去想它們了吧，他把它們從頭腦中一掃而光，他現在想的是地下的煤，還有多少煤？

還有大量的煤呢，舊的採礦辦法是無法挖到的，就這麼回事，那就打破舊的方式好了。儘管煤層不厚，但確實有煤。自從有了年月的記載，這煤就一動也不動地躺在那兒，成為人類意志力控制的對象。人的意志是決定的因素。人是土地狡猾的主宰，人的頭腦服從於人的意志。人的意志是絕對物，唯一的絕對物。

他的意志就是要物質世界為他的目的服務，他的出發點就是要征服，這場鬥爭就是一切，勝利的果實不過是個結果罷了。他杰拉德接管煤礦並不是為了錢，他壓根兒對錢不感興趣。他既不鋪張浪費、奢華講究，對社會地位也不感興趣。他需要的是在與自然環境的鬥爭中單純地實現自己的意志。現在，他的意志就是從地下挖出煤來獲利。獲得的利益不過是勝利的表現形式，當然勝利自身就包含在所獲得的戰果中，面對挑戰他十分激動。每天他都下井去考察測試，他還請教專家，漸漸地他像一個將軍掌握了戰爭計畫那樣，對礦區的全部局勢胸有成竹了。

然後他要有所突破了。礦區一直按照舊的體制生產，觀念太陳舊了。最初的觀念是礦主舒舒服服地通過開礦變富，給工人提供足夠的工錢和良好的條件，同時增加國家的財富。杰拉德的父親是第二代礦主，有了足夠的家業以後，就只考慮人的問題了。對他來說，煤礦就是為礦上的千百把人生產麵包的巨大田野。他和他的同事們活著就是為人們謀福利的。這些人都過上了幸福生活，沒有幾個窮苦人了。人人都富足了，因為煤礦區是個好地方，工作也輕鬆。而那時的礦工們發現自己變得出乎意料得富有，為此深感幸福和自豪。他們認爲自己很富有，爲自己的家財慶幸，於是又憶起他們的父輩是如何忍飢受苦，從而感到好日子總算來了。他們對那些開拓者和新礦主都很感激，是他們打開了礦藏找到了流水般的財源。

人心是永遠滿足不了的，礦工們就是這樣，原先他們很感恩戴德，現在開始抱怨礦主了。他們感到不那麼滿足了，他們需要更多的財富。爲什麼礦主比他們富裕得多？

杰拉德小時候礦上鬧過一次危機。因爲礦工們拒絕接受裁員，工會就關閉了礦井。封閉礦井迫使托瑪斯·克里奇接受了新的條件。他是工會的成員，被迫同意封閉礦井以保全自己的信譽。他一向以父親和家長自居，現在他被迫斷絕了他的「兒子」們的生活資源。他認爲自己太富有，天堂是不會接受他的①。現在，他不得不把矛頭對準比他更接近基督的窮人，這是些卑賤者，被侮辱的人，但是他們是完美的，在勞動中他們是高尚的人，他必須對他們說：「你們不勞動就不得食。」

這場鬥爭實在讓他感到傷心。他想用愛來辦自己的企業，哦，他甚至希望愛成爲辦煤礦的指導力量。但是現在，在愛的外衣下，機器的需求拔出了利劍。

這實在讓他傷心透了。他需要一種幻想，然而這種幻想破滅了。工人們倒不是與他作對，他們是同工頭們作對。這是一場戰爭，他不由自主地捲了進去，他是站在錯誤的一方的。成群的礦工們每天都來見他，他們受到了一種新宗教的衝動。他們被一種觀念激勵著：「世上人人平等。」他們要把這個觀念變成物質現實。歸根到柢，難道這不是基督的教旨嗎？如果不行動，光有觀念算什麼？「所有的人一律在精神上平等，大家都是上帝的兒子。這種地位的不平等何在？」這是在一種宗教信義的推動下得出的結論。對此，托瑪斯·克里奇無言以對。他憑著自己的誠實之心承認，社會地位的不平等是錯誤的，他又不放棄他的物資——那正是不平等的內容。人們非要爲自己的權益鬥爭不可。世界上僅存的宗教激情的衝動，激勵著他們爲平等而鬥爭。

沸騰的人群在行動，人們臉上露出彷彿參加神聖戰鬥的表情，同時臉上掛著一種貪慾。一旦人們開始爲財產的平等而鬥爭，如何分得清哪是爲平等而戰的激情、哪是貪慾的激情？人們眼中的上帝是機器。人人都要求在那生產能力強大的機器面前享有平等的權力。人人都是這個上帝頭腦的平等部分。托瑪斯・克里奇覺得這個道理終歸有那麼點虛假。當機器是上帝的時候，當生產或勞動成爲人們的崇拜物時，最機械的頭腦也是最純潔和最高尚的，代表著上帝的旨意，其餘的都在不同程度上是他的附屬品。

騷動出現了，沃特莫礦井口起火了。這是最遠的一口礦井，離林子很近。騷動引來了軍人。在那個毀滅性的一天中，從肖特蘭茲的窗口可以看到不遠處天空中的火花，平日裡用來運送礦工到沃特莫去的火車，現在滿載著一車車穿著紅色軍裝的軍人在峽谷中疾行。隨後傳來槍聲，後來聽說人群被驅散了，一個人被打死，火被撲滅了。

杰拉德那時還是個小孩子，鬧事的那天他激動極了，他渴望著跟那些當兵的一起去槍殺礦工們。家裡不讓他出門，門口把守著持槍的哨兵。杰拉德興奮地靠近這些當兵的。一群群的礦工在胡同口走來走去，喊著，嘲笑著：

「才三個半便士，讓我們看看你們放槍吧。」說著他們還在牆上和籬笆上寫上罵人的話。

托瑪斯・克里奇一直在傷心，已經施捨出去幾百英鎊了。到處都擺著食品供人們白吃，食品都過剩了。無論誰只要張口要，就可以得到麵包，每條麵包只要花三個半便士②。每天都免費供應茶點，礦區的孩子們從未如此這般地大吃大喝呢。星期五下午，又給學校送去整筐整筐的果子麵包和大罐大罐的牛奶，孩子們得到了他們想要的東西，由於麵包和牛奶吃得太多，他們都吃膩了。

騷亂結束了，礦工們又上班了，但情況再也不同於以前了。形勢起了新的變化，人們的頭腦裡有了新的觀念。甚至在機器內部也要講平等，任何一個零件都不應是其它部分的附屬品：一切都應該平等。這種平等觀念中注入了人們企望混亂的本能。神秘的平等是個抽象的概念，並沒有佔有或行動的企圖——這些屬於過程。在行動與過程中，一個人或一個部分必須是另一部分的附屬品，這是存在的一種條件。人們心中產生了騷亂的慾望，機械的平等觀念成為分裂的武器，人的騷亂意志通過這種武器得到實現。

鬧罷工的時候杰拉德還是個小孩子呢，可是他渴望成為大人去同礦工們鬥爭。父親則進退兩難，不知所措。他想做一名純粹的基督教徒，同所有的人都平等，他甚至想把自己的所有財產全分給窮人們③。可是他要辦大工業，為此他必須保住自己的財產從而保持自己的權威，對此他心裡很明白。他知道保住財富同傾其所有給窮人是同樣神聖的，當然後者更神聖，因為他要這樣行動，除此之外他沒有別的理想。現在他不得不放棄這個理想，這眞讓他感到懊悔，懊悔死了。他本想做一個仁慈、自我犧牲、樂善好施的父親，礦工們卻因為他一年掙一千英鎊而憤憤不平，衝他大喊大叫，他們是騙不了的。

當杰拉德長大以後，他改變了態度。他毫不理睬什麼平等。他認為全部基督教關於愛和自我犧牲的觀念早已成了一頂舊帽子。他認為社會地位和權威是世上公道的事，對此表現出虛假的態度是沒用的。這是公道的事，道理很簡單：它們有用，是必要的。地位和權威並不是一切，他們不過是機器的一部分而已。他本人偶然成了控制別人的中心部分，而大多數人則不同程度地受控制。這些不過是偶然現象罷了。當然他也感到興奮，因為軸心可以帶動上百隻輪子，就像整個宇宙圍繞著太陽旋轉一樣。如果說月亮、地球、土星、木星和金星都有權成為宇宙的中心，那純屬愚蠢。這種結論完全出自對於混亂的渴望。

不用想，杰拉德就得出了結論。他把民主平等的問題斥之為愚蠢的問題，對他來說重要的是社會生產這架機器，讓機器工作得更完美吧，生產足夠的產品，給每個人分得合理的一份——多少根據他作用的大小與重要性的大小而定，每個人只關心自己的樂趣與趣味，與他人無關。

杰拉德就是這樣賦予大工業以秩序。以他的經歷和閱歷，他得出結論認為生活的根本秘密在於和諧。他自己弄不清這和諧為何物，但他喜愛這個字眼兒，他感到他得出了自己的結論。然後他開始將自己的哲學付諸於實踐，給既定的世界強加上秩序，將神秘的「和諧」變為實際的「組織」。

他立即看透了自己的企業，意識到了他應該做什麼。他要與物質世界鬥爭，與土地和煤礦鬥。他唯一的想法就是讓地下無生命的物質從屬於他的意志。為了與物質世界鬥爭，就得把完美的工具加以組織，這是一種微妙而和諧的組織，它代表著人獨特的意志，它無情地重複著特定的運動，無可阻擋、無情地去實現某種目的。杰拉德要建立的這種組織原則激起他心中如同宗教般的狂熱。他要在他自己的意志和他要降服的物質世界之間，建立起某種完美的、不變的、神一般的媒介。他的意志和與之相抵抗的物質是兩個極端。他要在這兩個極端之間建立起什麼來表達他的意志，那是權力的化身，某種偉大而完美的機器，一種制度，某種純粹秩序的運動，純粹的機械重複，重複而無窮，因此既是永久的也是無窮的。他在純粹的機器原則和一種純粹複雜而又無限的重複運動中，發現了他的永恆與無窮，它就像一隻旋轉著的輪子，但這是一種生產性的旋轉，因為旋轉著的宇宙可以稱之為生產性的旋轉，一種生產性的重複，通過永恆走向無窮。這就是上帝的運動，是生產性的重複與無窮。而杰拉德則是機器的上帝，人整個的生產意志就是上帝的頭腦。

他現在有了自己畢生的工作了，這就是在世界上推行一種完美的制度，從而讓人的意志順利地得到實現，永遠不受挫折。他要從煤礦工作著手實行他的計畫。計畫中包括這幾項內容：與人的意志對抗的地下物質；然後是馴服它的工具，包括人和金屬；最終是人純粹的意志，即他的頭腦。複雜紛呈的工具需要高超的協調，人、動物、金屬及動力工具，將各種小小的整體調動起來構成一個巨大完整的整體。在這種情況下得到了完美的結局，最高的意志得到了滿足，人類的意志得到了完美的實現。難道人類不是神秘地通過對比才與無生命的物質有所區別嗎？難道人類歷史不是一個征服另一個的歷史嗎？

礦工們是不可與杰拉德同日而語的。當他們仍苦苦尋求著人的神聖平等時，杰拉德早就超越了這個問題，他基本上承認了他們的申訴，然後進一步從人類整體的角度去實現他的意志。他認爲唯一能夠完美地實現人類意志的途徑就是建立起完整的、非人的機器，在這一點上，他認爲自己是更高層次地代表了礦工們的意願。他從根本上代表了他們，他們自己反倒落後了，他們不過是爲物質上的平等爭吵不休罷了。可是杰拉德卻早已把這種慾望變成了另一種新的、更偉大的慾望——渴望完美的人與物質之間的中介——機器，將上帝的頭腦變成純粹的機器。

杰拉德一上任，死的感覺就開始在舊的制度中震顫。他一生中都受著憤怒、毀滅性的魔鬼的折磨，這魔鬼有時把他折磨得發瘋。他這種情緒像病毒一樣在企業中流行，並且時常殘酷地暴發出來。他對任何細節都檢查，其做法可怕而沒有人味兒。他不給人任何隱私，沒有他不能推翻的舊情份。白髮蒼蒼的老經理們、老職員們、步履蹣跚的退休工人們，他把這些人當成廢物看待，全打發了他們。在他看來，整個企業就像一個住滿沒有工作能力的僱員的醫院。對這些人他一點感情也沒有。他安排了他認爲必要的撫養金，然後尋找一些能幹的人來代替老職工，讓這些老職工退休了事。

「我收到了一封發自萊瑟林頓的求告信，」他父親半嗔怪半懇求地說，「你不認爲應該讓這位可憐的老夥計多工作些時候嗎？我總覺得他幹得不錯。」

「我找到了一個替換他的人，爸爸。他不工作了反倒會更幸福的，請相信我好了。你不覺得給他的撫養金夠多的嗎？」

「他要的不是這錢，可憐的人。他深感自己是被淘汰的。他幹了二十多年了呀。」

「我不需要他這種工作法兒。他並不理解的。」

父親嘆了口氣，他不想再聽下去了。他相信，如果還要繼續採煤，就要徹底檢修一下礦井。可是如果封閉礦井，從長遠的觀點看對誰都沒好處，情況只能更糟。因此他對他忠誠的老部下的呼喚沒有答覆，他只會反覆說：「杰拉德說。」

父親就這樣慢慢地從人們眼中消失了。對他來說，生活的整個架子已經破碎了。按照他的處事哲學，他這樣做是對的，他和處事哲學是某種偉大的教義。可這些教義似乎變得過時了，要被世上的什麼來取代了。他對此無法理解。他只能心懷自己的哲學隱退、沉默起來。那無法繼續照亮世界的美麗蠟燭仍會在他的靈魂中閃亮，在他寂靜的蟄居生活中閃光。

杰拉德急迫地在企業中推行改革了，從機關工作開始著手。爲了打通變革的路子，有必要壓縮開支。

「送給寡婦的煤怎麼處理的？」他問。

「每季我們都給礦區的寡婦送一車煤。」

「那她們得付錢。這煤礦區可不像人們想的那樣是救濟院。」

寡婦，這種陳腐的人道主義色彩用語讓他一想起來就厭惡，幾乎令人反感。她們幹嘛不像印度的婦女一樣陪死去的丈夫一起在柴堆上自焚？不管怎麼說吧，她們必須付煤錢。

他在各方面都壓縮開支，有些方面甚至是鮮爲人知的小節：礦工們要付運煤的車費；要付工具的磨損費；要付礦燈的保養費等。這些各式各樣的費用加在一起，每週可達一先令呢。這點小錢礦工們倒不是捨不得出，但他們感到很惱火。對於企業來說，這樣下來每週可以省上百英鎊。

杰拉德漸漸掌握了一切，然後開始了他的重大改革。每個部門都配備了有經驗的工程師。一座巨大的發電廠建了起來，既可供地下的照明和運輸，又可提供電力。每座礦井都有了電。從美國進口的新機器，礦工們從前見都沒見過，他們管那巨大挖掘機叫「大鐵人」，是一種很不尋常的機器。井下的工作方式也徹底改觀了，工頭制廢除了。一切都按照最準確、精細的科學方法運行，受過教育、有專長的人掌握了一切，礦工們淪爲單純的機器和工具。他們不得不幹得更艱苦，比以前苦多了，礦井裡的活兒很可怕，那種機器般的勞作眞是慘不忍睹。

但是他們都認命了。他們的生活中沒了歡樂，隨著人愈來愈被機器化，希望破滅了。可是他們對新的情況認可了，甚至進一步感到滿足。起初他們仇恨杰拉德·克里奇，他們發誓要採取措施，要殺了他。可隨著時間的推移，他們對一切都認命了，也知足了。杰拉德是他們的高級牧師，他代表了他們眞正的信仰。他的父親已經被人忘記了。現在有了新的世界，新的秩序——它嚴格，可怕，非人，但其破壞性是令人滿意的。礦工們極樂意歸屬於這偉大絕妙的機器，儘管這機器正在毀滅他們。他們需要的正是這個。這是人所生產出的最高級、最絕妙、最超人的東西，它超越感覺和理智，眞有些像上帝，能夠歸屬於這偉大的超人體系，工人們極感興奮。他們的心死了，可是他們的靈魂卻得到了滿足。他們需要的就是這個，否則杰拉德就永遠做不成要做的事。他比他們先行了一步，給予了他們所需要的東西——參與了讓生命屈從於數學原理的活動。這是他們需要的一種自由。這是無秩序的第一階段——破壞的第一步，是用機器原理取代原先的有機體的第一步，它要毀滅有機的目的，有機的統一體，讓任何有機因素都服從於偉大的機械目標。這是純粹的有機體的解體，是純粹的機械組合，這是無秩序的第一步也是其最良好的狀況。

杰拉德對此感到滿意。他明知礦工們都恨他，可他卻早就不恨他們了。晚上他們潮水般地從他身邊走過，他們沉重的靴子疲憊地踢踢踏踏敲打著便道，他們的肩膀有點傾斜，他們不理睬他，不跟他打招呼，只是像毫無感情色彩的黑灰色潮流從他身邊湧過。對他來說，他們只是工具，一點都不重要；對他們來說，他只是個高超的控制機，除此之外再沒什麼重要的。他們作爲礦工存在著，而他則作爲礦主存在著。他尊重他們的地位。作爲人，作爲有人格的人，他們不過是偶然、微不足道的小小現象。他們也默認了這一點，杰拉德也承認了這一點。

他成功了，他使企業更新了面貌，變得異常單純。煤產量超過了以往任何時候的紀錄，他的絕妙、精細的制度實行得很完美。他手下有一批眞正聰明的工程師，礦業的、電業方面的都有，僱這些人的開支並不很大。一位受到高等教育的人不過比一位礦工多掙一點點工資。他的那批經理都是稀有人才，但他們的工資並不比當年父親手下那批由礦工提拔上來的老笨蛋們高。他那位主要經理每年年薪一千二百英鎊，但他至少爲企業節約了五千英鎊。這個體制現在太完備了，杰拉德幾乎沒用了。

這體制太完善了，不免有時令杰拉德產生一種奇怪的擔心，他不知道該怎麼辦才好。他一連幾年都沉迷地忙東忙西，他的作爲似乎是無可挑剔的，他幾乎像一位神仙了。

他現在是勝利了——終於勝利了。有時，當夜深人靜，只有他一個人獨處一隅時，他無所事事，會突然感到恐懼，不知自己怎麼了。於是他走到鏡子前，久久地凝視自己的臉和眼睛，想從中尋求答案。他害怕了，感到了致命的恐懼，但他不知道這是怎麼回事。他看看自己的面孔，它仍是那樣周正、臉色是健康的，依然如故，可是總有那麼點不眞實，這是一副面具。他不敢碰它，生怕一碰會碰出眞相。他的眼睛仍舊那麼藍，目光仍舊那麼銳利、堅定。他不敢相信這是眞的，生怕它們是虛僞的藍色泡沫，說飛就飛，只留下一片虛無。他可以看到眼中的黑暗，似乎那眼眶中只有黑色的泡沫。他怕，怕有那麼一天他會垮掉，只會在黑暗中毫無意義地絮語。

他的意志還起作用，他還可以離開鏡子去讀書，去思考。他喜歡讀一些有關原始人的書和人類學的書，也喜歡思辯哲學方面的書。他的頭腦很活躍，可是它很像黑暗中漂浮著的泡沫兒，任何時候都會破碎，把他一人留在混亂之中。他絕不要死。他知道。他會活下去，可是生活將不會有什麼意義，神聖的理智會離他而去。他害怕了，變得漠然、衰敗了。他連反抗恐懼的力氣都沒有。他似乎覺得他的感情中心枯竭了。他仍舊很平靜，精打細算，身體也很健康，很灑脫地苦心經營著企業，即便當他微微恐懼地感到他神秘的理性正在危機中崩潰時，他仍然不改初衷。

這是一場嚴峻的考驗。他知道沒有調和的餘地。他很快會尋找某個方向去自我解脫。只有伯金可以消除他的恐懼，伯金以他奇特多變的性情打消了他的自負，伯金是忠誠的典範。可是杰拉德總要躲著伯金，就像躲避教堂的禮拜儀式一樣，從那裡逃到外面眞實世界的生活和工作中去，在那兒，一切照常，依然如故，說什麼都沒有用。他無法阻止自己繼續估量世上的工作和物質生活，這項工作變得愈來愈困難了，對他來說是沉重的負擔，他感到自己本身似乎空空如也，而身外的一切又頗具壓迫感。

他在女人身上尋到了最滿意的解脫。自從在某位絕望中的女士身上初試身手以後，他在這方面一直做得很從容，事過境遷也就忘到九霄雲外去了。可惡的是，如今很難讓人對女人保持長久的興趣。他對她們壓根兒沒興趣了。一個米納蒂就夠了，不過她可是個特殊情況。即便如此，她也無足輕重。不，在那種意義上來說，女人對他沒什麼用了。他感到，要想激起他的肉慾，他的精神一定要受到強烈刺激才行。

①見《新約‧馬太福音》第十九章第二十三節。
②當時的幣值是二四〇個便士等於一英鎊。三個半便士很不值錢。
③見《新約‧馬太福音》第十九章第二十一節。

第十八章 兔 子

戈珍深知，到肖特蘭茲去是件至關緊要的事。她知道這等於接受了杰拉德‧克里奇的愛。儘管她不喜歡這樣，然而她知道她應該繼續下去。她痛苦地回憶起那一個耳光和吻，含糊其詞地自己問自己：「歸根結柢，這算什麼？一個吻是什麼？一記耳光是什麼意思？那不過是個偶然的現象，很快就消失了。我可以到肖特蘭茲去一會兒，在離開這兒之前看看它是什麼樣子就行了。」她有一種無法滿足的好奇心，什麼都想知道。

她也想知道溫妮弗萊德到底是個什麼樣子。那天聽到這孩子在汽船上的叫聲，她就感到與她有了某種神秘的連繫。

戈珍同她父親在書房裡談著話，父親就派人去叫女兒來。不一會兒女兒就在法國女教師的陪伴下來了。

「溫妮，這位是布朗溫小姐，她將幫助你學繪畫、塑造小動物，」父親說。

孩子很有興趣地看了戈珍一會兒，然後走上前來，扭著頭把手伸了過來，顯得很拘謹，十分鎮定、冷漠。

「你好？」孩子頭也不抬地說。

「你好，」戈珍說。

說完，溫妮站在一邊，戈珍與法國教師相會。

「今天天氣很好，」法國女教師愉快地說。

「很好，」戈珍說。

溫妮弗萊德在遠處打量著這邊。她似乎感到很有趣，但有點拿不準這位新來的人會是什麼樣的人。她見過不少生客，但沒有幾個是她真正了解的。這位法國女教師算不了什麼，這孩子還可以跟她平靜相處，承認她的小小權威，但對她不無輕蔑，儘管服從她，心裡仍然很驕傲，拿她並不當一回事。

「溫妮弗萊德，」父親說，「布朗溫小姐來咱家你不高興嗎？她用木頭和泥雕塑的小動物和小鳥，倫敦的人都稱讚，他們還在報紙上寫文章讚揚她呢。」

溫妮弗萊德微微笑了。

「誰告訴你的，爸爸？」她問。

「誰告訴我的？赫麥妮告訴我的，盧伯特·伯金也說起過。」

「你認識他們？」溫妮弗萊德有點挑戰似的問戈珍。

「認識，」戈珍說。

溫妮弗萊德有點鬆了口氣。她本來就是把戈珍當做僕人看的，她們之間沒什麼友誼可講。她很高興，她有了這麼多比她地位低下的人，她盡可以以良好的心情容忍她們。

戈珍很平靜。她也沒把這些事看得很重。一個新的場合對她來說是很新奇的，但溫妮弗萊德這孩子卻那麼不討人喜歡，那麼會損人，她永遠也不會合群。戈珍喜歡她，迷上了她。第一次會面就這麼不光彩，這麼尷尬地結束了，無論是溫妮弗萊德還是她的女教師都不那麼通情達理。

不久，她們就在一個虛幻的世界中相聚了，溫妮弗萊德不怎麼注意別人，除非他們像她一樣頑皮並有點兒愛嘲諷。她只喜歡娛樂，她生活中嚴肅的「人」是她喜愛的小動物。對那些小動物她慷慨地施捨著自己的憐憫心，眞有點好笑。對人間別的事她感到不耐煩，無所謂。

她有一頭小獅子狗，起名魯魯，她可喜歡魯魯了。

「咱們畫畫魯魯吧，」戈珍說，「看看我們能不能畫出它的乖樣兒，好嗎？」

「親愛的！」溫妮弗萊德跑過去，有點憂鬱地坐下，吻著魯魯凸出的額頭說：「小親親，你讓我們畫你嗎？讓媽媽畫張畫兒吧？」說完她高興地撲哧一笑，轉身對戈珍說：「噢，畫吧！」

她們過去取來鉛筆和紙準備畫了。

「太漂亮了，」溫妮弗萊德摟著小狗說，「媽媽爲它畫畫兒時他安安靜靜地坐著。」小狗兒大大的眼睛中露出憂鬱、無可奈何的神情。她熱烈地吻著小狗說：「不知道我的畫兒作出來是什麼樣，肯定不好看。」

她邊畫邊吃吃地笑，不時大叫：

「啊，親愛的，你太漂亮了！」

她笑著跑過去懺悔地抱住小狗，似乎她傷害了它。小狗黑絲絨般的臉上掛著歲月留下的無可奈何與煩惱的表情。溫妮慢慢地畫著，目光很專注地看著狗，頭偏向一邊，全神貫注地畫著，她似乎是在畫著什麼咒符。她畫完了，看看狗，再看看自己的畫兒，然後突然鬆口氣，興奮淘氣地大叫：

「我的美人兒，爲什麼這麼美？」

她拿著畫紙走向小狗，把畫兒放在牠鼻子底下。小狗似乎懊惱屈辱地把頭扭向一邊，溫妮竟衝動地吻牠那黑絲絨般凸出的前額。

「好魯魯，小魯魯！看看這幅畫兒，親愛的，看看吧，這是媽媽畫的呀。」她看看畫，又吃吃地笑了起來。她又吻吻小狗，然後站起身莊重地走到戈珍面前把畫兒交給她。

這是一張畫有一頭奇怪的小動物的荒誕畫兒，很淘氣又很有喜劇味兒，戈珍看著畫兒，臉上不由得浮上一絲笑意。溫妮弗萊德在她身邊吃吃笑道：

「不像牠，對嗎？牠比畫兒上的牠要可愛得多。牠太漂亮了，嗨，魯魯，我可愛的達令。」說著她反奔過去擁抱那懊惱的小狗，牠抬起一雙不滿、憂鬱的眼睛看看她，任她去抱。然後她又跑回到圖畫邊上，滿意地笑道：

「不像牠，是嗎？」她問戈珍。

「像，很像，」戈珍說。

這孩子很珍惜這幅畫兒，隨身帶著它，有點不好意思地向別人展示。

「看，」她說著把圖畫送到爸爸眼前。

「這不是魯魯嗎?!」他叫著。他吃驚地看著圖，聽到身邊女兒在笑。

戈珍第一次來肖特蘭茲時杰拉德不在家。

他回來的那天早晨就尋找她。那天早晨陽光和煦，他留連在花園小徑上，觀賞著他離家後盛開的鮮花。

他仍像原先一樣整潔、健康，臉刮得很乾淨，淡黃色的頭仔細地梳向一邊，在陽光下閃閃發光。他漂亮的上鬍修剪得很整齊，眼睛裡閃爍著溫和但不可靠的光芒。他身著黑衣，衣服穿在他健壯的身體上很合體。他在花壇前徘徊，陽光下他顯得有點孤單，似乎因爲缺少什麼而感到害怕。

戈珍快步走來，無聲無息地出現在園子中。她身著藍衣和黃色毛襪子，有點像那些藍衣少年①。看到她，他吃了一驚。她的長襪總讓他感到窘迫：淺黃色的襪子配黑鞋子，眞是豈有此理。溫妮弗萊德此時正在園子中同法國女教師牽著狗玩，見到戈珍就飛跑過去。這孩子身穿黑白相間的條狀衣服，齊耳短髮剪成了圓型。

「咱們畫俾斯麥②吧，好嗎？」她說著挽住戈珍的胳膊。

「好，我們就畫俾斯麥，你喜歡？」

「是的，我喜歡！我非常想畫俾斯麥。今天早晨我發現它非常神氣，非常好鬥。牠幾乎像一頭獅子那麼大。」說著她爲自己的誇張笑了起來。「牠是個眞正的國王，眞的。」

「你好，」矮小的法國女教師微微鞠個躬向戈珍問好，戈珍對這種鞠躬最討厭。

「溫妮弗萊德很想畫俾斯麥！噢，整個早上她都在叫：『今天上午我們畫俾斯麥吧！俾斯麥，俾斯麥，就是這個俾斯麥！牠是一隻兔子，對嗎，小姐？」

「對，是一隻黑白兩色的花兔子。你見過牠嗎？」戈珍說一口好聽的法語。

「沒有，小姐。溫妮弗萊德從沒想讓我見牠，好幾次我問她：『溫妮弗萊德，俾斯麥是什麼東西？她就是不告訴我。就這樣，俾斯麥成了一個秘密。」

「牠的確是個秘密！布朗溫小姐說俾斯麥是個秘密。」溫妮弗萊德叫道。

「俾斯麥是個秘密，俾斯麥是個秘密，俾斯麥是個奇蹟，」戈珍用英語、法語和德語唸咒般地說。

「對，就是一個奇蹟，」溫妮弗萊德的話音出奇得嚴肅，可掩飾不住淘氣的竊笑。

「是奇蹟嗎？」女教師有點傲氣十足地諷刺說。

「是的！」溫妮弗萊德毫不在乎地說。

「可他不像溫妮弗萊德說的那樣是國王。俾斯麥不是國王，溫妮弗萊德。他不過——不過是個宰相罷了。」

「宰相是什麼？」溫妮弗萊德很看不起女教師，愛搭不理地說。

「宰相就是宰相，宰相就是，我相信，是一個法官，」杰拉德說著走上來同戈珍握手。「你很快就可以編一首關於俾斯麥的歌曲。」他說。

法國女教師等待著，謹愼地同他打個招呼。

「她們不讓你看俾斯麥，是嗎？」他問女教師。

「是的，先生。」

「哦，她們可眞下作。布朗溫小姐，你們準備拿牠怎麼辦？我希望把牠送廚房去做菜吃。」

「不，」溫妮弗萊德叫道。

「我們要畫牠，」戈珍說。

「拉牠，撕碎牠，再把牠做成菜③，」杰拉德故意裝傻。

「哦，不嘛，」溫妮弗萊德笑著大叫。

戈珍不喜歡他的嘲弄口吻，她抬起頭衝他笑笑。他感到自己的神經受到了撫慰，他們的雙目交換了理解的目光。

「你喜歡肖特蘭茲嗎？」他問。

「哦，太喜歡了，」戈珍漠然地說。

「這太讓我高興了。你有沒有注意這些花兒？」

他帶她走上小徑，她專心致志地跟在他身後走著，隨後溫妮弗萊德也跟了上來，法國的女教師在最後面磨磨蹭蹭地跟著走。他們在四下裡蔓延著的喇叭舌草前停住了腳步。

「這太漂亮了！」戈珍著了迷似的看著花兒大叫。她對花草那種激情的崇拜，奇怪地撫慰著他的神經。說著她彎下腰用纖細的手指優雅地撫摸著喇叭花兒。看到她這樣愛花兒，他感到很愜意。當她直起腰，她那雙花一樣美麗的大眼睛火辣辣地看著他。

「這是什麼花兒？」她問。

「牽牛花一類的吧，我想是。」他說，「我並不太懂。」

「這種花兒對我來說太陌生了，」她說。

他們假作親暱地站在一起，心裡都很緊張。他是愛她的。

她注意到法國女教師就站在附近，像一隻法國甲蟲一樣觀察著、算計著什麼。她帶溫妮弗萊德走開了，說是去找俾斯麥。

杰拉德目送她們遠去，目不轉睛地看著戈珍那柔韌、嫻靜的體態，豐滿的上身穿著開司米外套。她的身體一定是豐腴、光滑、柔軟的。他太欣賞她了，她是那麼令人渴望，那麼美。他只是想接近她，只想這樣，接近她，把自己給她。

同時他敏感地注意到了法國女教師那衣著整潔、脆弱的身姿。她像一種高傲、長著細腿的甲蟲高高地站立著，她閃光的黑衣十分合時宜，黑髮做得很高、很令人羨慕。她那種完美的樣子多麼令人生厭！他討厭她。

他的確崇拜她。她十分合時宜。令他惱火的是，當克里奇家人還在喪期時，戈珍竟身穿鮮艷的衣服來了，簡直像一隻鸚鵡！他盯著她抬腿離開地面，她的腕踝處露出淺黃色的襪子，她的衣服是深藍色的。他又不禁感到欣喜，很欣喜，他感到她的衣著是一種挑戰——對整個世界的挑戰。於是他看著喇叭花笑了。

戈珍和溫妮弗萊德從屋中穿過來到後院，那兒有馬廄和倉庫，四下裡一片寂靜，荒涼。克里奇先生駕車出去了，馬夫正在為杰拉德遛馬。兩個姑娘走到牆角裡的一間小棚子那兒去看那隻黑白花兔。

「太漂亮了！看牠在聽什麼呢？牠顯得多傻呀！」她笑道：「我們就畫牠聽聲音的樣子吧，牠聽得多認真呀，是嗎，親愛的俾斯麥？」

「我們可以把牠弄出來嗎？」戈珍問。

「牠太強壯了。牠真的十分有勁兒。」她偏著頭，不信任地打量著戈珍說。

「但我們可以試試，不行嗎？」

「可以，你願意就試試吧。不過牠踢人可疼了。」

她們取來鑰匙開門。兔子開始在棚子裡蹦跳著打起轉來。

「牠有時抓人抓得可厲害了，」溫妮弗萊德激動地叫道，「快看看牠，多麼奇妙啊！」兔子在裡面慌慌張張地竄來竄去。「俾斯麥！」這孩子激動地大叫：「你多麼可怕啊！你像個野獸。」溫妮弗萊德有點恐懼地抬頭看看戈珍。戈珍的嘴角上掛著嘲諷的笑。溫妮發出無比激動的怪叫聲。「牠安靜了！」看到兔子在遠處的一個角落裡蹲著，她叫了起來。「咱們現在就把牠弄出來不好嗎？」她怪模怪樣地看著戈珍喃言著，慢慢湊了過來。「咱們這就把牠弄出來吧？」她說著調皮地笑了。

她們打開了小棚子的門。那隻強壯的大兔子安靜地蜷伏著，戈珍伸進胳膊去抓住了牠的長耳朵。兔子張開爪子扒住地面，身體向後縮著。牠被戈珍往外拖著，爪子抓著地發出刺耳的聲響。牠被舉到空中，身體劇烈地抽動著，就像鰍鱺一樣盪著。最後戈珍終於把牠摔了出來。戈珍用雙臂抱住牠，忙扭過臉去躲避牠的抓撓。這兔子強壯得出奇，她竭盡全力才能抓住牠。在這場搏鬥中她幾乎失去了意識。

「俾斯麥，俾斯麥，你太可怕了，」溫妮弗萊德有點害怕地說，「快把牠放下，牠是一頭野獸。」

戈珍被她懷抱中這頭暴風雨般的東西驚呆了。她緋紅了臉，怒火中燒。她顫抖著，就像暴風雨中的小屋，完全被征服了。這場全無理智、愚蠢的搏鬥令她感到惱火，她的手腕也被這隻野獸的爪子抓破了，她的心變殘酷了。

正當她試圖抱住要從她懷中竄開的兔子時，杰拉德來了。他敏感地看出她心中憋著火兒。

「你應該叫個僕人來替你做這件事，」他說著急忙趕上前來。

「哦，牠太可怕了！」溫妮弗萊德有點發瘋地叫道。

他強壯的手顫抖著揪住兔子耳朵把牠從戈珍手中抱了出來。

「牠太強壯了，」戈珍高聲叫著，像一隻海鷗那樣，聲音奇怪，一心要報復。

兔子全身縮成一團竄了出去，身體在空中形成彎弓型。牠真有點魔氣。戈珍看到，杰拉德渾身緊張，眼中一片空白。

「我早就了解這類叫花子，」他說。

那魔鬼般的野獸又一次跳到空中，看上去就像一條龍在飛舞，難以想像的強壯、具有爆發力。然後牠又停了下來。杰拉德全身憋足了力氣，劇烈地顫抖著。突然他感到一股怒火燒遍全身，閃電般地用一隻手鷹爪一樣地抓住兔子的脖子。立時兔子發出一聲死亡般可怕的尖叫。牠劇烈地扭動著全身，抽搐著撕扯杰拉德的手腕和袖子，四爪旋風般舞動著，露出白白的肚皮。杰拉德揪著牠旋了一圈，然後把牠緊緊夾在腋下。它屈服了，老實了。杰拉德臉上露出微笑。

「你不要以爲一隻兔子有多大的力氣。」他看著戈珍說。他看到，戈珍蒼白的臉上嵌著一雙夜一樣黑的眼睛，她看上去有幾分仙氣。一陣搏鬥後兔子發出的尖叫聲似乎打破了她的意識，他看著她，臉上熾烈的光芒凝聚了起來。

「我並不眞喜歡牠，」溫妮弗萊德嘟噥著。「我可不像關心魯魯一樣關心牠。牠眞可惡。」

戈珍清醒過來以後尷尬地笑了。她知道自己露出馬腳了。

「難道兔子尖叫時都那麼可怕嗎？」她叫著，尖尖的聲音很像海鷗的叫聲。

「很可怕，」他說。

「反正牠是要讓人拖出來的，牠幹嘛那麼傻乎乎的不出來？」溫妮弗萊德試探地摸著兔子說。兔子老老實實地讓他夾在腋下，死了一樣的紋絲不動。

「牠沒死吧，杰拉德？」她問。

「沒有，牠應該活。」

「對，牠應該！」溫妮突然很開心地叫。然後她更有信心地摸著兔子說：「牠的心跳得很快，牠多好玩呀，眞的。」

「你們想帶牠去哪兒？」杰拉德問。

「到那個綠色的小院兒裡去，」她說。

戈珍好奇地打量著杰拉德，她的目光黯淡了，她以某種陰間的知識感知著杰拉德，幾乎像隻動物在乞求他，可這動物最終會戰勝他。他不知對她說什麼好。他感到他們雙方相互像魔鬼一樣認識了。他感到他應該說些什麼來掩蓋這一事實。他有力量去點燃自己的神經，而她就像一隻柔軟的接受器，接收他熾烈的火焰。他並不那麼自信，時時感到害怕。

「牠傷著你了嗎？」他問。

「沒有，」她說。

「牠是一隻沒有理智的野獸，」他扭過頭去說。

他們來到小院跟前。小院紅磚圍牆的裂縫中開著黃色的草花兒。院子裡長著柔軟的青草，小院地面平整，上空是一片藍瓦瓦的春天。杰拉德把兔子一抖，放到草裡去，牠靜靜地蜷縮著，根本就不動。戈珍有點恐懼地看著牠。

「牠怎麼不動啊？」她叫著。

「牠服氣了，」他說。

她衝他笑笑，那種不無善意的笑容使她蒼白的臉都縮緊了。

「牠可眞是個傻瓜！」她叫道，「一個令人厭惡的傻瓜！」她話語中報復的口吻令杰拉德發抖。她抬頭看看他的眼睛，暴露了她嘲弄、殘酷的內心。他們之間結成了某種同盟，這種心照不宣的同盟令他們害怕。他們兩人就這樣捲入了共同的神秘之中。

「牠抓了你幾下？」他說著伸出自己被抓破的白皙但結實的前臂。

「眞可惡啊！」她目光畏懼，紅著臉說：「我的手沒事。」

她抬起手，光滑白嫩的手上有一道深深的紅疤。

「眞是個魔鬼！」他吼道。他似乎從她光滑白嫩的手臂上那長長的紅疤中認識了她。他並不想撫摸她，但他要有意識地迫使自己去撫摸她。那長長的紅疤似乎從他的頭腦中劃過，撕破了他意識的表面，讓永恆的無意識——難以想像的彼岸的紅色氣息——猥褻侵入。

「傷得不厲害吧？」他關切地問。

「沒什麼，」她說。

突然那隻像嫻靜的小花兒般蜷縮著的兔子還陽了。牠像出膛的子彈跳將出去，在院子中一圈又一圈地跑，像一顆流星一樣轉著圈子，令人們眼花繚亂。他們都呆呆地看著兔子，莫名其妙地笑著。那兔子似乎被什麼咒語驅使著，像一陣暴風雨在舊紅牆下旋轉飛奔著。

突然，牠停下在草叢中蹣跚了幾下，然後蹲下來思索，鼻翼歙動著就像風中飄動著的一根絨毛。牠思索了片刻，睜開黑眼睛有意無意地瞟了他們一眼，然後開始靜靜地向前蹣跚而去，飛快地啃吃青草。

「牠瘋了，」戈珍說，「牠絕對是瘋了。」

杰拉德笑了。

「問題是，」他說，「什麼叫瘋？我才不信兔子會瘋。」

「你不認爲牠是瘋了嗎？」她問。

「不。兔子就是這樣。」

他臉上露出一副猥褻的笑容。她看著他，知道他和她一樣也是進攻型的人，這一點令她不愉快，一時她心裡很不痛快。

「我們之所以不是兔子，這得感謝上帝。」她尖著嗓門說。

他臉上的笑容凝聚了起來。

「我們不是兔子嗎？」他凝視著她。

她的表情緩和下來，有點猥褻地笑著。

「啊，杰拉德，」她像男人一樣粗著嗓子緩緩地說。「都是兔子，更有甚之。」她漠然地看著他。

他似乎感到她又一次打了他一記耳光——甚至覺得她用力地撕裂了他的胸膛。他轉向一邊不看她。

「吃，吃，我寶貝兒！」溫妮弗萊德懇求著兔子並爬過去撫摸牠。兔子蹣跚著躲開她。「讓媽媽摸摸你的毛兒吧，寶貝兒，你太神秘了——」

---

①教會醫院辦的學校裡，男生的校服是藍色長袍和黃襪子。

②俾斯麥（一八一五至一八九八），德國第一任宰相，有「鐵血宰相」之稱。在這裡，「俾斯麥」是一隻兔子的外號。

③英語中「畫」和「拉」是同音同形詞，杰拉德以此來開玩笑。

第十九章　月　光

病癒之後，伯金到法國南部住了一段時間。他沒給人寫信，誰也不知道他的情況。厄秀拉孤零零一個，感到萬念俱灰，似乎世界上不再有什麼希望了，一個人就如同虛無浪潮中的一塊小石頭，隨波起伏。她自己是眞實的，只有她自己，就像洪水中的一塊石頭，其餘的都無意義。她很冷漠，很孤獨。

對此她毫無辦法，只有蔑視、漠然地進行著抗爭。整個世界都沒入了灰色的無聊與虛無之中，她與什麼都沒有連繫了。對這全部的景象她表示輕蔑。她打心靈深處蔑視、厭惡人，厭惡成年人。她只喜歡小孩和動物。她充滿激情但又不無冷漠地喜愛兒童。她眞想擁抱、保護他們，賦予他們生命。可這種愛是建立在憐憫和絕望上的，對她來說只能是枷鎖和痛苦。她最愛的還是動物，動物與她一樣獨往獨來，沒有社會性。她喜歡田野中的馬和牛，牠們個個兒我行我素，很有魔力。動物並不遵守那些可惡的社會原則，牠不會有什麼熱情，也不會鬧出什麼悲劇來，省得讓人深惡痛絕。

她對別人可以顯出愉快和討人喜歡的樣子，幾乎很恭順。但誰也不會上她的當。誰都可以憑直覺感到她對人類所持的嘲諷態度。她怨恨人類。「人」這個詞所表達的含義令她感到厭惡。

她的心靈就封閉在這種蔑視與嘲弄的潛意識之中。她自以爲自己有一顆愛心，心中充滿了愛。她就是這樣看待自己的。她那副精神煥發的樣子，她神態閃爍著的直覺活力卻否定了她對自己的看法。

有時她也會變得柔弱，她需要純粹的愛，只有純粹的愛。她時時自我否定，精神上扭曲了，感到很痛苦。對純粹之愛的強烈渴望再次佔據了她。

那天晚上，她感到痛苦到了極點，人都木然了，於是走出家門。注定要被毀滅的人此時是必死無疑了。這種感受已達到了極限，感受到這一點她也就釋然了。如果命運要把那些注定要離開這個世界的人捲入死亡與陷落，她為什麼還要煩惱、為什麼還要進一步否定自己呢？她感到釋然，她可以到別處去尋覓一個新的同盟。

她信步向威利・格林的磨房走去。她來到了威利湖畔，湖裡又注滿了水，不再像前一陣放水後那麼乾枯。然後她轉身向林子中走去。夜幕早已降臨，一片漆黑。可是她忘了什麼叫害怕，儘管她是個極膽小的人。這裡的叢林遠離人間，這裡似乎有一種寧靜的魔力。一個人愈是能夠尋找到不為人跡腐蝕的純粹孤獨，她的感受就愈佳。在現實中她害怕人，怕得要死。

她發現她右邊的樹枝中有什麼東西像巨大的幽靈在盯著她，躲躲閃閃的。她渾身一驚。其實那不過是叢林中升起的明月。這月亮似乎很神秘，露著蒼白、死一樣的笑臉。對此她無法躲避。無論白天還是黑夜，你無法躲避像這輪月亮一樣兇惡的臉，它得意洋洋地閃著光，趾高氣揚地笑著。她對這張慘白的臉怕極了，急忙朝前走。她要看一眼磨房邊的水池再回家。

她怕院子裡的狗，因此不想從院子中穿過，轉身走上山坡從高處下來。空曠的天際懸著一輪月亮，她就暴露在月光下，心裡很難受。這裡有兔子出沒，在月光下一閃一晃。夜，水晶般清純，異常寧靜。她可以聽到遠處一隻羊兒的嘆息。

她轉身來到林木掩映著的岸上，這裡榿木樹盤根錯節連成一片。她很高興能夠躲開月亮，進入陰影中。她站在傾斜的岸上，一隻手扶著粗糙的樹幹俯視著腳下的湖水，一輪月亮就在水中浮動。不知為什麼，她不喜歡這幅景色。它沒有給予她什麼。她在傾聽水閘裡咆哮的水聲。她希望這夜晚還能提供給她別的什麼，她需要另一種夜，不要現在這冷清的月夜。她可以感到她的心在呼叫，悲哀地呼叫。

她看到水邊有個人影在動，那肯定是伯金。他已經回來了。她一言不發，若無其事地坐在榿木樹根上，籠罩在陰影中，傾聽著水閘放水的聲音在夜空中迴響。水中小島在黑暗中若隱若現，蘆葦蕩也一片漆黑，只有少許葦子在月光下閃著微光。一條魚偷偷躍出水面，拖出一道光線。寒夜中湖水的閃光刺破了黑暗，令她反感。她企望這夜空漆黑一片，沒有聲音，也沒有動靜。伯金在月光下的身影又小又黑，他頭髮上沾著一星兒月光，慢慢向她走近。他已經走得很近了，但她仍舊不在乎。他不知道她在這兒。如果他要做什麼事，他並不希望別人看到他做，他覺得自己做得很保密。這又有什麼關係？他這點小小的隱私又有什麼重要的？他的所作所爲怎麼會重要呢？我們都是人，怎麼會有什麼秘密呢？當一切都明明白白、人人都知道時，何處會有秘密？

他邊走邊漫不經心地撫摸著花朵，語無倫次地喃喃自語著。

「你不能走，」他說，「沒有出路。你只能依靠自己。」

說著他把一朵枯乾了的花朵扔進水中。

「這是一部應答對唱——他們對你說謊，你歌唱回答他們。不需要有什麼眞理，只要沒有謊言，就不需有什麼眞理。這樣的話，一個人就不用維護什麼了。」

他佇立著，看著水面，又往水面上扔下幾朵花兒。

「豐饒女神，去她的吧！這個可咒的愛情、慾望、嗜血殘忍的女神！難道有人妒忌她嗎？還有別的什麼——？」

厄秀拉眞想高聲、歇斯底里地大笑，她覺得他那悽涼的口吻實在可笑。

他站在那兒凝視著水面。然後他彎下腰去拾起一塊石頭，用力把石頭扔向水池中。厄秀拉看到明亮的月亮跳動著、盪漾著，月亮在眼中變形了，它就像烏賊魚一樣似乎伸出手臂來要放火，像珊瑚蟲一樣在她眼前顫動。他站在水塘邊凝視著水面，又彎下身去在地上摸索著。一陣響聲過後，水面上亮起一道水光，月亮在水面上炸散開去，飛濺起如可怕的火一樣的光芒。這火一樣的光芒像白色的鳥兒迅速飛掠過水面，喧囂著，與黑色的浪頭撞擊著。遠處浪頂的光芒飛逝了，似乎喧鬧著沖擊堤岸尋找出路，然後壓過來沉重的黑浪，直衝著水面的中心湧來。就在這中心，那生動、白亮白亮的月亮在震顫，但沒有被毀滅。這閃著白光的軀體在蠕動、在掙扎，但沒有破碎。它似乎盲目地極力縮緊全身。它的光芒愈來愈強烈，再一次顯示出自己的力量，表明它是不可侵犯的，月亮再一次聚起強烈的光線，凱旋般地在水面上飄盪著。

伯金佇立著凝視水面，直到水面平靜下來，月亮也安寧下來。他滿足了，又開始尋找石塊。厄秀拉可以感到他那股看不見的固執勁。不一會兒，水面上又炸開了一片光線，令她目眩。然後他又去投另一塊石頭。月亮拖著白光跳到半空中。光芒四射，水面中心變得一片黑暗。不再有月亮，水面上成了光線與陰影的戰場，短兵相接。黑暗而沉重的陰影一次又一次地襲擊著月亮的所在地，淹沒了月亮。斷斷續續的破碎月光上上下下彈跳著，找不到出路，散落在水面上，就像一陣風吹散了的玫瑰花瓣。

這些光線仍然閃爍著聚回到中間去，盲目地尋找著路。一切重又平靜下來，伯金和厄秀拉仍凝視著水面。浪頭拍擊著岸邊，發出「嘩嘩」的聲響，他看著月光暗暗地聚了起來，看到那玫瑰花的中心強有力、盲目地交織著，召回那細碎的光點，令它們跳動著聚合起來。

他不滿足，發瘋似的抓起石塊，一塊又一塊地把石頭向水中投去，直投向那一輪閃著白光的月亮，直到月影消失，只聽得空蕩蕩的響聲，只見水浪湧起，沒了月亮，黑暗中只有幾片破裂的光在閃爍，毫無目的，毫無意義，一片混亂，就像一幅黑白萬花筒景色被任意震顫。空曠的夜晚在晃盪，在撞擊，發出聲響，夾雜著水閘那邊有節奏的刺耳水聲。遠處的什麼地方，散亂的光芒與陰影交錯，小島的垂柳陰影中也掩映著星星點點的光。伯金傾聽著這一片水聲，滿足了。

厄秀拉感到極爲驚詫，一時茫然了。她感到自己倒在地上，像潑出去的一盆水一樣。她筋疲力竭，陰鬱地呆坐著。即便在這種情況下，她仍然感覺得出黑暗中光影在零亂騷動著，舞動著漸漸聚在一起。它們重新聚成一個中心，再一次獲得生命，漸漸地，零亂的光影又聚合在一起，喘息著，跳動著，似乎驚慌地向後退了幾步，然後又頑強地向著目標前行，每前進之前先裝作後退。它們閃爍著漸漸聚了起來，光束神秘地擴大了，更明亮了，一道又一道聚起來，直到聚成一朵變形的玫瑰花。形狀不整齊的月亮又在水面上顫抖起來，它試圖停止震顫，戰勝自身的畸形與騷動，獲得自身的完整，獲得寧馨。

伯金呆滯地徘徊在水邊。厄秀拉眞怕他再次往水中扔石塊。她從自己坐的地方滑下去，對他說：

「別往水中扔石頭了，好嗎？」

「你來多久了？」

「一直在這兒。不要再扔石頭了，好嗎？」

「我想看看我是否可以把月亮趕出水面。」

「這太可怕了，眞的。你爲什麼憎恨月亮？它沒有傷害你呀，對嗎？」

「是憎恨嗎？」

他們沉默了好一會兒。

「你什麼時候回來的？」

「今天。」

「爲什麼連封信都沒有？」

「沒什麼可說的。」

「爲什麼沒什麼可說的？」

「我不知道。怎麼現在沒有雛菊了？」

「是沒有。」

又是一陣沉默。厄秀拉看看水中的月亮，它又聚合起來，微微顫抖著。

「獨處一隅對你有好處嗎？」她問。

「或許是吧。當然我懂得並不多。不過我好多了。你最近有什麼作爲？」

「沒有。看著英格蘭，我就知道我跟它沒關係了。」

「爲什麼是英格蘭呢？」他驚詫地問。

「我不知道，反正有這種感覺。」

「這是民族的問題。法蘭西更糟。」

「是啊，我知道。我覺得我跟這一切都沒關係了。」

說著他們走下坡坐在陰影中的樹根上。沉寂中，他又想起她那雙美麗的眼睛，有時那雙眼像泉水一樣明亮，充滿了希望。於是他緩緩地、不無吃力地對她說：

「你身上閃著金子樣的光，我希望你能把它給予我。」聽他的話，他似乎對這個問題想了好久了。

她一驚，似乎要跳開去，但她仍然感到愉快。

「什麼光？」她問。

他很靦覥，沒再說什麼，就這樣沉默著。漸漸地，她開始感到不安。

「我的生活並不美滿，」她說。

「嗯，」他應付著，他並不想聽這種話。

「我覺得不會有人眞正愛我的，」她說。

他並不回答。

「你是否也這樣想，」她緩緩地說，「你是否以爲我只需要肉體的愛？不，不是，我需要你精神上陪伴我。」

「我知道你這樣，我知道你並不只要求肉體上的東西。我要你把你的精神——那金色的光芒給予我，那就是你，你並不懂，把它給我吧。」

沉默了一會她回答道：「我怎麼能這樣呢？你並不愛我呀！你只要達到你的目的。你並不想爲我做什麼，卻只要我爲你做。這太不公平了！」

他盡了最大的努力來維持這種對話並強迫她在精神上投降。

「兩回事，」他說，「這是兩回事。我會以另一種方式爲你盡義務，不是通過你，而是通過另一種方式。不過，我想我們可以不通過我們自身而結合在一起——因爲我們在一起所以我們才在一起，如同這就是一種現象，並不是我們要通過自己的努力才能維持的東西。」

「不，」她思忖著說，「你是個自我中心者。你從來就沒什麼熱情，你從來沒有對我釋放出火花來，你只需要你自己，眞的，只想你自己的事。你需要我，僅僅在這個意義上，要我爲你服務。」

但是她這番話只能讓他關上自己的心扉。

「怎麼個說法並沒關係。我們之間存在還是不存在那種東西呢？」

「你根本就不愛我，」她叫道。

「我愛，」他氣憤地說，「我要——」他的心又一次看到了她眼中溢滿的泉水一樣的金光，那光芒就像從什麼窗口射出來的一樣。在這個人情淡漠的世界上，他要她跟他在一起。可是，告訴她這些幹什麼呢？跟她交談幹什麼？這想法是難以言表的。讓她起什麼誓只會毀了她。這想法是一隻天堂之鳥，永遠也不會進窩，牠一定要自己飛向愛情不可。

「我一直覺得我會得到愛情，你卻讓我失望了。你不愛我，這你知道的。你不想對我盡義務。你只需要你自己。」

一聽她又重複那句「你不想對我盡義務」，他就覺得血管裡湧過一股怒火。他心中再也沒有什麼天堂鳥了。

「不，」他生氣地說，「我不想爲你盡義務，因爲沒什麼義務可盡。你什麼義務也不需要我盡，什麼也沒有，甚至你自己也不需要我盡義務，這是你的女性特點。我不會爲你的女性自我貢獻任何東西，它不過是一塊破布做成的玩具。」

「哈！」她嘲弄地笑道，「你就是這樣看我的嗎？你還無禮地說你愛我！」

她氣憤地站起來要回家。

「你需要的是虛無縹緲的未知世界。」她轉過身衝著他朦朧的身影說：「我知道你的話是什麼意思了，謝謝。你想讓我成爲你的什麼附屬品，不批評你，不在你面前爲我自己伸張什麼。你要我僅僅成爲你的什麼東西！不，謝謝！如果你需要那個，倒是有不少女人可以給予你。有不少女人會躺下讓你從她們身上邁過去——去吧，去找她們，只要需要，就去找她們吧。」

「不，」他惱火地脫口而出：「我要你放棄你自信武斷的意志，放棄你那可怕的固執脾氣，我要的就是這個。我要你相信自己，從而能夠解脫自己。」

「解脫？」她調侃道，「我完全可以輕易地解脫自己。倒是你自己不能做到自我解脫，你固守著自我，似乎那是你唯一的財富。你是主日學校的教師，一個牧師。」

她話中的眞理令他木然。

「我並不是說讓你以狄奧尼索斯狂熱的方式解脫自己，」他說，「我知道你可以那樣做。可我憎惡狂熱，無論是狄奧尼索斯式的還是其他形式的。那像是在重複一些毫無意義的東西。我希望你不要在乎自我，不要在乎你的自我，別再固執了，高高興興、自信些、超然些。」

「誰固執了？」她嘲諷道，「是誰一直在固執從事？不是我！」

她的話語中透著嘲弄與刻薄，讓他無言以對。

「我知道，」他說，「我們雙方都很固執，但我們都錯了。我們又沒有取得一致。」

他們坐在岸邊的樹影下，沉默著。夜色淡淡的籠罩著他們，他們都沉浸在月夜中。

漸漸地，他們都平靜了下來。她試探著把手搭在他的肩上。他們的手默默地握在一起。

「你眞愛我嗎？」她問。

他笑了。

「我說那是你的口號，」他逗趣說。

「是嗎！」她十分有趣地說。

「你的固執——你的口號——『一個布朗溫，一個布朗溫』——那是戰鬥的口號。你的口號就是『你愛我嗎？惡棍，要麼屈服，要麼去死。』」

「不對，」她懇求道，「才不是那個樣子呢。不是那樣。但我應該知道你是否愛我，難道我不應該嗎？」

「嗯，或者了解，否則就算了。」

「那麼你愛嗎？」

「是的，我愛。我愛你，而且我知道這是不可改變的。這是不會改變的了，還有什麼可說的？」

她半喜半疑地沉默了一會兒。

「眞的麼？」她說著偎近他。

「眞的，現在就做吧，接受這愛吧。結束它。」

她離他更近了。

「結束什麼？」她喃言道。

「結束煩惱，」他說。

她貼近他。他擁抱著她，溫柔地吻她。多麼自由自在啊，僅僅擁抱她、溫柔地吻她。僅僅同她靜靜地在一起，不要任何思想、任何慾望和任何意志，僅僅同她安謐相處，處在一片寧馨的氣氛中，但又不是睡眠，而是愉悅。滿足於愉悅，不要什麼慾望，不要固執，這就是天堂：同處於幸福的安謐中。

她依偎在他懷中，他溫柔地吻她，吻她的頭髮，她的臉，她的耳朵，溫柔，輕巧地，就像早晨落下的露珠兒。可這耳邊熱乎乎的呼氣卻令她不安，點燃了舊的毀滅火粉。她依偎著他，而他則能夠感覺到自己的血液像水銀一樣在變動著。

「我們會平靜下來的，對嗎？」他說。

「是的，」她似乎順從地說。說完她又偎在他的懷中。

不一會兒她就抽出身子，開始凝視他。「我得回家了，」她說。

「非要走嗎？太遺憾了，」他說。

她轉向他，仰起頭來等他吻自己。「你眞感到遺憾嗎？」她笑著喃言道。

「是的，」他說，「我希望我們永遠像剛才那樣在一起。」

「永遠！是嗎？」在他吻她時她喃言道。然後她竭力吟求著：「吻我！吻我吧！」說著她貼緊了他。他給了她許多個吻。但他仍沒忘記自己的思想和自己的意志。他現在只需求溫柔的交流，不要別的，沒有激情。因此她很快就抽出自己的身體，戴上帽子朝家裡走去。

第二天，他只感到一陣陣的渴求慾。他想或許昨天他做得不對。或許他帶著對她的需求去接近她是不對的。難道那僅僅是一個想法或者說只能把它解釋爲一種意味深遠的企盼？如果是後者，那他如何解釋他常言的肉慾滿足？這兩者並不怎麼一致。

突然他發現自己面對著這樣簡單的現狀，太簡單了，一方面，他知道他並不需要進一步的肉體滿足——某種普通生活能夠提供的更深刻、更黑暗未知的東西。他記起了他常在海里戴家見到的西非雕塑。那雕塑有兩英尺高，是用黑木雕成的，閃著柔和的光，細高而優雅。這是一個女人，頭髮做得很高，像一座圓丘。這雕像給他留下了生動的印象，成了他心靈的好友。她的身材修長而優雅，她的臉很小，上衣的領口鑲著一圈圈的圓邊，像是鐵圈疊成的圓柱堆在脖子下面。他記得她：她的優雅顯示出她有驚人的教養，她的臉很小，像甲殼蟲，細長的腰肢下是隆起的臀部，顯得異常沉重，腿很短，很醜陋。她懂得他不懂得的東西。她有幾千年純粹肉慾、純粹非精神的經驗。她的那個種族一定神秘地逝去幾千年了：這就是說，自從感官和心靈之間的關係破裂，留下的只是一種神秘的肉體經驗。幾千年前，對他來說急迫的事情一定在這些非洲人之間發生了：善、神聖、創世和創造幸福的慾望一定泯滅了，留下的只是對知識的追求慾——通過感官追求的盲目、發展的知識，這知識停留在感官階段，存在於崩潰與死亡中。這是諸如甲殼蟲才有的知識，它們生活在腐朽與冷酷的死亡中。這就是爲什麼她的臉像甲殼蟲：這就是爲什麼埃及人崇拜聖甲蟲——因爲這符合死亡與腐朽的原則①。

在死亡之後，當靈魂在極度痛苦中像樹葉飄落那樣衝破有機的控制以後，還有漫長的路可走。我們與生活、與希望之間沒什麼關係，我們陷入了非洲人那漫長的純粹的肉慾感知中，那是存在於死亡神秘中的知識。

現在他意識到這是一個漫長的過程——從創造精神逝去後至今已有幾千年了。他意識到，有許多秘密將會被揭開，肉慾、無意識和恐怖的神秘比生殖器的偶像更難以揭示。在倒退的文化中，這些西非人何以能夠超越對生殖器的感知？超越得極遠，極遠。伯金又想起了那個女性雕塑：長長的軀體，奇特、出人意料沉重的臀部，修長、被衣服花邊擁著的脖子和像甲殼蟲一樣的小臉兒。這遠遠超越了任何有關生殖器的知識，微妙的肉慾遠非這些知識所能了解。

這種可怕的非洲式的認識方式尚未得到實現。白人將以另外的方式去認識。白色人種的身後是北極，是廣漠的冰雪世界，他們將實現冰冷的毀滅和虛無的神話。而西部非洲人受著撒哈拉燃燒著的死亡概念制約，在太陽毀滅和陽光腐爛的神話中獲得了滿足。

這就是那全部的遺風嗎？難道只有與幸福的、創造性的生命斷絕關係嗎？難道創造的生命結束了嗎？難道留給我們的只有非洲人那奇特、可怕的死亡知識？但我們是北方碧眼金髮的白人。

伯金又想到了杰拉德。他就是來自北方的奇特的白色魔鬼，他在寒冷的神話中獲得了完善。他是否命中注定在奇冷的感知中死去呢？他是不是死亡世界的信使？

想到此，伯金害怕了。一想到這裡他又感到厭倦。突然他緊張的注意力鬆弛了，他再也無法沉湎於這些神話了。有另一條道路即自由的路——在他面前鋪展。有一扇進入純粹個體存在的理想之門，在那裡，個人的靈魂比愛、比結合的慾望更重要，比任何情感都強烈，這是一種自由而驕傲的獨立狀態，它接受與別人永久相連的義務，受愛情的束縛，但即便在這種時刻，也絕不放棄自己驕傲的個性。

還有另一條路。他必須走這條路。他想到了厄秀拉，她是那麼敏感、那麼忠誠，她的皮膚太好了，似乎是一種前所未有的皮膚。她實在太文雅、太敏感了。他怎麼能忘記她呢？他必須馬上就去找她，求她嫁給他。他們必須馬上結婚，從而宣誓進入一種確切的感情交流。他必須馬上去找她，刻不容緩。

他飛快地朝貝多弗走去，神情恍恍惚惚。他發現山坡上的城市並沒有向四周蔓延，而似乎被礦工住宅區邊上的街道圍了起來，形成一個巨大的方塊，這令他想起耶路撒冷。整個世界都是那麼奇妙縹緲。

羅瑟琳打開門，她像小姑娘一樣驚詫了一下，說：「哦，我去告訴父親。」

說完她進屋去了。伯金站在廳中看著前不久戈珍臨摹的畢卡索的繪畫。他對畫中透出的土地魔力深表欽佩。這時，威爾·布朗溫出現了，他邊往樓下走邊放下挽起的衣袖。

「哦，」布朗溫說，「我去穿件外衣。」說完他的身影也消失了。不一會兒也回來了，打開客廳的門說：「請原諒，我剛才在棚子裡幹活兒來著。請進吧。」

伯金進屋後落了座。他看看布朗溫神采奕奕、紅光滿面的臉，看著他細細的眉毛和明亮的眼睛，又看看拉拉渣渣的鬍子下寬闊肉感的嘴唇。眞奇怪，這竟是個人！布朗溫對自己的看法與他的現實形成了對比。伯金只會看出，這位五十歲左右、身體瘦削、神采奕奕的人，是激情、慾望、壓抑、傳統和機械觀念結合，奇特、難以解釋、幾乎不成形的集大成者，這一切毫不融洽地彙集於一身。他仍像他二十歲時那麼沒有主張、那麼不成熟。他怎麼會是厄秀拉的父親呢？連他自己都沒有成熟啊。他並不是一位父親。只有一點肉體傳給了兒女，但他的精神沒有隨之傳給後代。他們的精神並不出自任何先輩，這精神來自未知世界。一個孩子是神話的後代，否則他就是未出生的嬰兒。

「今天天氣不像以往那麼壞，」布朗溫候了片刻說。這兩個男人之間一點連繫也沒有。

「啊！你相信月亮會影響天氣嗎？」

「哦，不，我不這麼想。我不太懂這個。」

「你知道大夥兒怎麼說嗎？他們說月亮和天氣一起變化，但月亮的變化不會改變天氣。」

「是嗎？」伯金說，「我沒聽說過。」

沉默了片刻，伯金說：「我給您添麻煩了。我其實是來看厄秀拉的。她在家嗎？」

「沒有。她準是去圖書館了。我去看看她在不在。」

伯金聽到他在飯廳裡打聽。

「沒在家，」他回來說，「不過她不一會兒會回來的。你要跟她談談嗎？」

伯金極沉靜地看著布朗溫說：「其實，我是來求她嫁給我的。」

老人金黃色的眼睛一亮：「啊？」他看看伯金，垂下眼皮道：「她知道嗎？」

「不知道，」伯金說。

「不知道？我對這事的發生一點都不清楚——」布朗溫很尷尬地笑道。

伯金又看看布朗溫，自己喃言說：「怎麼叫『發生』呢！」然後他又大聲說：「或許這太突然了點，」想想厄秀拉，他又補充說：「不過我不知道——」

「很突然，對嗎，唉！」布朗溫十分困惑、煩惱地說。

「一方面是這樣，」伯金說，「從另一方面說就不是了。」

停了一會兒，布朗溫說：「那好吧，隨她的便——」

「對！」伯金沉靜地說。

布朗溫聲音洪亮、震顫著回答道：「儘管我並不希望她太急著定終身，但也不能左顧右尋拖得太久。」

「哦，不會拖太久的，」伯金說，「這事不會拖太久。」

「如果一個人後悔結婚的話，說明這樁婚姻完了，」伯金說。

「你這是什麼意思？」

「你是這麼認爲的？」

「是的。」

「你或許就是這麼看的吧。」

伯金心想：「或許就是這樣。至於你威廉・布朗溫②如何看問題就需要一點解釋了。」

「我想，」布朗溫說，「你知道我們家人都是什麼樣的人吧？你知道她的教養吧？」

「她，」伯金想起自己小時候受到的管教，心裡說，「她是惡女人之首。」

「是問我知道不知道她的教養嗎？」他說出聲音來了。他似乎故意讓布朗溫不愉快。

「哦，」他說，「她具有一個女子應該有的一切——盡可能，我們能給予她的她都有。」

「我相信她有的，」伯金說，他的話打住了。父親感到十分氣憤。伯金身上有什麼東西令他惱火，僅僅他的存在就自然地令他惱火。

「我不希望看到她違背了這一切。」他變了一副腔調說。

「爲什麼？」伯金問。

布朗溫的頭腦像是受到了一聲爆炸的震動。「爲什麼！我不相信你們那種獨出新裁的做法，不相信你們那獨出新裁的思想，整個兒就像藥罐子中的青蛙一樣。我怎麼也不會喜歡上這些東西。」

伯金的目光毫無情緒地看著他。兩人敵對地注視著。

「對，可是我的做法和想法是獨出新裁嗎？」伯金問。

「是不是？」布朗溫趕忙說：「我並不是單單指你。我的意思是，我的子女是按照我的信仰和思想成長的，我不願意看到他們背離這個信仰。」

停了片刻，伯金問：「你是說超越你的信仰？」

父親猶豫了，他感到很不舒服。「嗯？你這是什麼意思？我要說的是我的女兒——」他感到無法表達自己，乾脆沉默了。他知道他的話有點離題了。

「當然了，」伯金說，「我並不想傷害誰，也不想影響誰。厄秀拉願意怎樣就怎樣。」

話不投機，相互無法理解，他們都不做聲了。伯金只感到厭倦。厄秀拉的父親不是一個思想有條理的人，他的話全是老生常談。年輕人的目光凝視著老人的臉。布朗溫抬起頭，發現伯金正在看他，立時他感到一陣無言的憤怒、屈辱和力量上的自卑。

「相信不相信是一回事，」他說，「但是，我寧可讓我的女兒明天就死，也不願意看到她們對第一個接觸她們的男人唯命是從。」

伯金的目光流露出一絲苦澀。

「至於這個，」他說，「我只知道很可能我對女人唯命是從，而不是女人對我唯命是從。」

布朗溫有點吃驚。「我知道的，」他說，「隨她便吧，她一直這樣。我對她們是盡心盡力了，這倒沒什麼。她們應該隨心所欲，她們不用討人喜歡，自己高興就行。但她也應該爲她母親和我考慮考慮。」

布朗溫在想著自己的心事。

「告你說吧，我寧可埋葬她們也不讓她們過放蕩的生活，這種事太多了。寧可埋葬她們，也——」

「是的，可是你看，」伯金緩慢地說，他對這個新的話題厭煩透了，「她們不會讓你或我去埋葬她們的，她們是不會被埋葬的。」

布朗溫看看他，只覺得心頭燃起無力的怒火來。「伯金先生，」他說，「我不知道您來這兒有何貴幹，也不知您有什麼要求。但是我的女兒是我的，看護她們是我的責任。」

伯金突然蹙緊了眉頭，兩眼射出嘲弄的目光。但他仍舊很冷靜。兩人沉默了一陣。

「我並不是反對您和厄秀拉結婚，」布朗溫終於說，「這與我沒什麼關係，不管我怎樣，她願意就行。」

伯金扭臉看著窗外，思緒紛紛。說來道去，這有什麼好？他很難再這樣坐下去了，等厄秀拉一回家，他就把話說給她聽，然後就走人。他才不想跟她父親在一起惹麻煩呢。沒必要這樣，他也沒必要挑起什麼麻煩。

這兩個男人沉默地坐著，伯金幾乎忘記了自己在什麼地方。他是來求婚的，對了，他應該等她，跟她講。至於她說什麼、接受不接受他的求婚，他就不管了。他一定要把自己要說的話說出來，他心裡只想著這一點。儘管這房子對他來說沒什麼意義，他也認了。一切似乎都是命中注定的。他只能認清將來的一件事，別的什麼都看不清，現在他暫時與其他都失去了連繫，如果有什麼問題也要等待命運和機遇去解決。

他們終於聽到了門響。他們看到她腋下夾著一摞書上了台階。她仍像往常一樣精神煥發，一副超然的樣子，似乎心不在焉，對現實並不在意。她這一點很令她父親惱火。她極能夠顯示自己的光采，像陽光一樣燦爛，但對現實不聞不問。

他們聽到她走進餐廳，把一摞書放在桌子上。

「你帶回《姑娘自己的書》了嗎？」羅瑟琳叫道。

「帶來了。不過我忘記你要的是哪一冊了。」

「你應該記住。」羅瑟琳生氣地叫道，「怎麼會忘了？」

然後他們又聽她小聲說什麼。

「在哪兒？」只聽厄秀拉叫道。

妹妹的聲音又壓低了。

布朗溫打開門，聲音洪亮地叫道：「厄秀拉。」

她馬上就過來了，頭上還戴著帽子。

「哦，您好！」一見到伯金她感到驚詫得頭都暈了，大聲叫起來。見她注意到了自己，他向她望去。她呼吸急促，似乎在現實世界面前感到困惑。這使她那個光輝的自我世界變得模糊起來。

「我打斷你們的談話了吧？」她問。

「不，你打破的是沉寂，」伯金說。

「哦，」厄秀拉含糊地、心不在焉地說。他們對她來說並不重要，她並不在乎。這種微妙的辱沒總是讓她父親感到生氣。

「伯金先生來是找你說話的，而不是找我的。」父親說。

「啊，是嗎?!」她驚嘆道，但有些漫不經心。然後她振作精神，神采飛揚但有點做作地對他說：「有什麼特別的話要對我說嗎？」

「我倒希望是這樣，」他調侃道。

「他是來向你求婚的。」她父親說。

「噢！」厄秀拉嘆道。

「噢！」父親模仿她道：「你沒什麼可說的嗎？」

她像是受到了傷害似的畏縮不前。

「你眞是來向我求婚的？」她問伯金，似乎覺得這是一個玩笑。

「是的，」他說，「我是來求婚的。」說完這句話時他似乎感到些兒羞赧。

「是嗎？」她似信非信地叫道。他現在說什麼她都會高興的。

「是的，」他回答，「我想，我希望你同意跟我結婚。」

她看著他，發現他眼中閃爍著複雜的光芒，渴望她，但又不那麼明確。她退縮了，似乎她完全暴露在他的目光中，令她痛苦。她的臉沉下來，心頭閃過烏雲，目光移開了。她被他從燦爛的自我世界中驅逐出來了。但她害怕跟他接觸，這顯得很不自然。

「喔……，」她含糊地敷衍道。

伯金的心痛苦地縮緊了。原來這一切對她來說都無所謂。他又錯了。她有自己的世界，話說得很愜意。他和他的希望對她來說是過眼煙雲，是對她的冒犯。這一點也讓她父親氣急敗壞。他一生中一直在對此忍氣吞聲。

「你倒是說話呀！」他叫道。

她退縮了，似乎有點害怕。然後看看父親說：

「我沒說什麼，對嗎？」她似乎生怕自己下了什麼許諾。

「是沒說，」父親說著動了氣，「可你看上去並不傻。你難道失去智慧了？」

她懷著敵意退卻著。「我有才智。你這是什麼意思？」她陰鬱、反感地說。

「你聽到問你的話了嗎？」父親生氣地叫道。

「我當然聽到了。」

「那好，你能回答嗎？」父親大吼道。

「我爲什麼要回答？」

聽到這無禮的反譏，他氣壞了，但他什麼也沒說。

「不用，」伯金出來解圍說，「沒必要馬上回答。什麼時候願意回答再回答。」

她的眼中閃過一線強烈的光芒。

「我爲什麼要說些什麼呢?」她感嘆道。「你這樣做是你的事，跟我沒什麼關係。爲什麼你們兩個人都要欺負我?」

「欺負你!欺負你!」她父親仇恨、氣憤地叫道。「欺負你!可惜，誰也無法強迫你理智些、禮貌些。欺負你!你要對這話負責的，你這個倔強姑娘!」

她茫然地站在屋子中間，臉上閃著倔強的光。她對自己的挑釁很滿意。伯金看著她，他太生氣了。

「可是誰也沒有欺負你呀。」他壓著火儘量輕聲說。

「是呀，可是你們兩個人都在強迫我。」

「那是你瞎想。」他嘲弄道。

「瞎想!」父親叫道，「她是個自以爲是的傻瓜。」

伯金站起身說:「算了，以後再說吧。」

然後他沒再說什麼，走出了房間。

「你這傻瓜!你這傻瓜!」她父親極爲痛苦地衝她喊著。她走出房間，哼著歌兒上樓去了。但她深感不安，像是剛經過一場惡戰。她從窗口看到伯金上路了。他大步地賭氣走了，她琢磨著。這人滑稽，但她很怕他，似有一種逃出虎口的感覺。

她父親無力地坐在樓下，深感屈辱和懊惱。似乎與厄秀拉發生過無數次的衝突，他被魔鬼纏住了。他恨她，恨之入骨。他的心變成了一座地獄。但他要自我解脫。他知道他會失望、屈服，在失望前讓步，從此罷休。

厄秀拉陰沉著臉，她跟他們都過不去。她像寶石一樣堅硬、自我完善，燦爛而無懈可擊。她很自由、幸福，沉著而灑脫。她父親得學會對她這種快活的漠然樣子視而不見才行，否則非氣瘋不可。她總是很快活，但心裡對一切都懷有敵意。

一連許多天她都會這樣，似乎這純屬一種自然衝動，除了她自己，對什麼都不在意，但對她感興趣的事做起來還是很樂意、很順利的。哦，男人要接近她可是一件苦差事。連她父親都責罵自己何以成了她的父親，他必須學會對她視而不見，置若罔聞。

在她進行抵抗的時候她顯得很沉穩，非常有風采、異常迷人，那副單純的樣子令人難以置信，大家都不喜歡她這副樣子。倒是她那奇特清晰、令人反感的聲音露了馬腳。只有戈珍跟她一個心眼兒。在這種時刻，她們姊妹倆才很親近，似乎她們的聰明才智合二爲一了。她們感到一條超越一切的強有力、光明的紐帶——理解——把她們連繫在一起。每到這時，面對兩個聯合起來的女兒，父親就像呼吸到了死亡的氣息，似乎他自身被毀滅了一樣。他氣瘋了，他絕不善罷甘休，不能讓他的女兒們毀滅自己。可他說不過她們，拿她們奈何不得。他心裡詛咒著她們，唯一的希望就是讓她們離開自己。

她們仍舊神采奕奕，顯出女性的超然，看上去很美。她們相互信任，互親互愛，分享著各自的秘密。她們之間坦誠相見，無話不說，哪怕是壞話。她們用知識武裝自己，在智慧之樹上吸取著最微妙的養分。奇怪的是，她們竟然相互補充，相得益彰。

厄秀拉把追求她的男人看做是她的兒子，憐惜他們的渴求，仰慕他們的勇氣，像母親對孩子一樣爲他們的新花樣感到驚喜。但是對戈珍來說，男人是對立陣營的人。她怕他們，蔑視他們，但對他們的行爲又極爲尊重。

「當然了。」她輕描淡寫地說，「伯金身上有一種生命的特質，很了不起。他身上有一股磅礴的生命之泉，當他獻身於什麼事情時，這生命之泉是驚人的充足，然而生活中有許多許多事他壓根兒就不知道。他要麼對它們的存在毫不在意，要麼對它們忽略不計，可是這些事對別人來說卻極爲重要。可以說他並不怎麼聰明，他在小事兒上太認眞了。」

「對，」厄秀拉叫道，「他太像個牧師了。道地的牧師。」

「一點不錯！他聽不進別人的話去，他就是聽不進去。他自己的聲音太大了，別人的話他根本聽不進去。」

「是這樣的。他自己大聲喊叫卻不讓別人說話。」

「不讓別人說話，」戈珍重複說，「而且給你施加壓力。當然這沒用。誰也不會因爲他的壓力就相信他。他讓人無法跟他說話，跟他在一起生活就更不可能了。」

「你認爲別人無法跟他一起生活嗎？」厄秀拉問。

「我覺那太累人了。他會衝你大喊大叫，要你無條件地服從他。他要徹底控制你。他不能容忍任何別人思想的存在。他最蠢的一點是沒有自我批評精神。跟他生活是難以忍受的，不可能的。」

「是啊，」厄秀拉支吾著贊同說。她並不完全同意戈珍的說法。「可笑的是，」她說，「跟任何一個男人一起待上兩個星期，都會讓人覺得無法忍受。」

「這太可怕了，」戈珍說。「不過伯金這人太獨斷自信了。如果你有自己獨立的靈魂，他就無法容忍你。這話一點不假。」

「對，」厄秀拉說。「你非得跟他想法一樣才行。」

「太對了！還有什麼比這更可怕的呢？」對此厄秀拉深有感觸，打心眼兒裡覺得反感。

她心裡很不是滋味，只感到空虛和痛苦。

後來，戈珍的情緒又起了變化。她把生活拋棄得太徹底，把事情看得太醜惡、太難以救藥。儘管戈珍對伯金的議論是對的，對其他事的看法也是對的，但她卻要像結賬時那樣把他一筆勾銷。他就這樣被「結了賬」，給打發掉了。這太荒謬了。戈珍這種一句話打發人或事的做法簡直是胡說。厄秀拉開始對妹妹感到反感。

一天她們在長長的胡同中走著時，發現一隻知更鳥站在枝頭尖聲鳴囀，引得姊兒倆停住腳步去看牠。戈珍臉上露出嘲諷的笑容道：「牠是否覺得自己挺了不起？」

「可不是！」厄秀拉嘲弄地扮個鬼臉說。「瞧牠多像驕傲的勞埃德．喬治③！」

「可不是嘛！簡直是一個小勞埃德．喬治！牠們就是那德性，」戈珍快活地叫道。從那天起，厄秀拉就覺得這些任性、愛炫耀的鳥兒像一些又矮又胖的政客，在台上扯著嗓門大喊，這些小矮人不惜任何代價也要讓人們聽到他們的聲音。

這些也令人反感。一些金翼啄木鳥會突然在她面前的路上跳出來。牠們的樣子很不可思議、毫無人情味兒，像光燦燦的黃色刺芒帶著某種神秘使命刺向空中。她自言自語地說：「不管怎麼說，管牠們叫勞埃德．喬治是太輕率了。我們確實不了解牠們，牠們是些未知的力量。把牠們看做是跟人一樣的東西是輕率的。牠們屬於另一個世界。擬人主義④是多麼愚蠢呀！戈珍真是輕率、無禮，她竟把她自己變成衡量一切事物的標準，要讓一切都符合人類的標準。盧伯特說得很對，人類是在用自己的想像描繪這個世界。可是，感謝上帝，這個世界並沒有人格化。」她似乎覺得把鳥兒比作勞埃德．喬治是一種褻瀆，是對真正的生命的破壞。這對知更鳥是莫大的恥辱。她自己卻這樣做了。值得安慰的是，她是受了戈珍的影響才這樣做的。

於是她躲避著戈珍，遠離戈珍所維護的東西，轉而在精神上傾向於伯金了。自從上次他求婚失敗，至今還沒見過他呢。她不想見他，是因爲她不想引起接受還是不接受求婚的問題。她知道伯金向她求婚意味著什麼，不用說，她朦朦朧朧地知道。她知道他需要什麼樣的愛、什麼樣的屈從。她還拿不準這是否就是她需要的那種愛。她並不知道她需要的是否就是這種若即若離的結合。她渴望難以言表的親暱。她要佔有他，全部、徹底地佔有他，讓他成爲她的，啊，要那種難以溢於言表的親暱。把他喝下去，就像喝下生命的佳釀。她學著梅瑞迪斯的詩句表白自己，願意用自己的胸膛暖他的腳。她可以那樣做，條件在他——她的愛人要絕對愛她，忘我地愛她才行。但她敏感地意識到，他永遠也不會忘我地愛她，他壓根兒就不相信那種全然的自我忘卻。他曾公開這樣說過的，以此來進行挑戰，她爲此做好了準備要與之進行鬥爭，因爲她相信會有一種對愛情絕對的奉獻。她相信，愛是超越個人的。而他卻說，個人比愛和任何關係都更重要。他認爲，靈魂只把愛看做是它的環境之一，是它自身平衡的條件。但她卻認爲愛是一切。男人必須向她做出奉獻，他必須讓她盡情享樂。她要讓他徹底成爲她的人，作爲回報，她也做他卑謙的奴僕——不管她願意不願意。

①古埃及人崇拜聖甲蟲，認爲牠是太陽的象徵。聖甲蟲滾動糞球，頗似太陽的運行軌跡。
②威廉是他的正式名字，但家人一般叫他威爾。
③勞埃德·喬治（一八六三至一九四五），曾任英國首相（一九一六至一九二二）。
④指用人的形象、性格和特點來解釋動物和無生物。

第二十章 格鬥

求婚失敗後，伯金氣急敗壞地從貝多弗逃了出來。他覺得自己是個十足的傻瓜，整個經過純粹是一場鬧劇。當然他也並不覺得有什麼不安。令他深感氣憤的是厄秀拉總沒完沒了地大叫：「你爲什麼要欺負我？」那口氣著實無禮，說話時還顯得很得意、滿不在乎。

他逕直朝肖特蘭茲走去。杰拉德正背對著壁爐站在書房裡，他紋風不動，像一個內心十分空虛的人那樣焦躁不安。他做了該做的一切，現在什麼事都沒有了。他可以坐車出門兒，可以到城裡去。他既不想坐車出門，也不想進城，不想去拜訪席爾比家。他現在很茫然，很遲鈍，就像一台失去動力的機器一樣。

杰拉德爲此深感痛苦，他以前總是沒完沒了地忙於事務，從不知煩惱爲何物。現在，一切似乎都停止了。他不想再做任何事，他心中某種死去的東西拒絕回應任何建議。他絞盡腦汁想著如何把自己從這種虛無的痛苦中解救出來，如何解脫這種空洞對他的壓抑。只有三件事可以令他復活。一是吸印度大麻製成的麻醉品，二是得到伯金的撫慰，三是女人。現在沒人陪他一起吸麻醉品，也沒有女人，伯金也出門了。沒事可幹，只能一人獨自忍受空虛的重負。

一看到伯金，他的臉上一下子就亮起一個奇妙的微笑。

「天啊，盧伯特，」他說，「我正在想，世界上最厲害的就是有人削弱別人的鋒芒，這人就是你。」

他看伯金時眼中的笑意是驚人的，這笑意表明一種純粹的釋然。他臉色蒼白，甚至十分憔悴。

「你指的是女人吧？」伯金輕蔑地說。

「當然要有所選擇，不行的話，一個有趣兒的男人亦可。」

說著他笑了。伯金緊靠著壁爐坐下來。

「你在幹什麼？」

「我，沒幹什麼。我一直很不好過。事事都令人不安，搞得我既不能工作又無法娛樂。可以說我不知道這是否是衰老的跡象。」

「你是說你感到厭倦了？」

「厭倦，我不知道。我無法安下心來。還感到我心中的魔鬼不是活著就是死了。」

伯金掃視他一眼，然後看著他的眼睛說：「你應該試圖專心致志。」

杰拉德笑道：「也許會，只要有什麼值得我這樣做。」

「對呀！」伯金柔聲地說。雙方沉默著，相互感知著對方。

「要等待才行，」伯金說。

「天啊！等待！我們等什麼呢？」

「有的老傢伙說消除煩惱有三個辦法：睡覺、喝酒和旅遊，」伯金說。

「全是些沒用的辦法，」杰拉德說，「睡覺時做夢，喝了酒就罵人，旅遊時你得衝腳伕大喊大叫。不行，這樣不行。工作和愛才是出路。當你不工作時，你就應該戀愛。」

「那就這樣吧，」伯金說。

「給我一個目標，」杰拉德說：「愛的可能性足以使愛消耗殆盡。」

「是嗎？然後又會怎麼樣？」

「然後你就會死，」杰拉德說。

「你才應該這樣，」伯金說。

「我倒看不出，」杰拉德說著，手從褲兜裡伸出來去拿香煙。他十分緊張。他在油燈上點著煙捲兒，前前後後緩緩地踱著步。儘管他孤身一人，他還是像往常一樣衣冠楚楚準備用膳。

「除了你那兩種辦法以外，還有第三種辦法，」伯金說，「工作，愛和打鬥。你忘了這一點。」

「我想我沒有忘記，」杰拉德說，「你練拳嗎？」

「不，我不練，」伯金說。

「嗨——」杰拉德抬起頭，向空中吐著煙圈。

「怎麼了？」伯金問。

「沒什麼，我正想跟你來一場拳賽。說眞的，我需要向什麼東西出擊。這是個主意。」

「所以你想倒不如揍我一頓的好，是嗎？」伯金問。

「你？嚯！也許是！當然是友好地打一場。」

「行啊！」伯金刻薄地說。

杰拉德向後斜靠著壁爐台。他低頭看著伯金，眼睛像種馬的眼睛一樣激動地充著血、閃著恐怖的光芒。

「我覺得我管不住自己了，我會幹出傻事來的。」杰拉德說。

「能不做傻事嗎？」伯金冷冷地問。

杰拉德很不耐煩地聽著。他俯視著伯金，似乎要從他身上看出什麼來。

「我曾學過日本式摔跤，」伯金說，「在海德堡時我同一位日本人同住一室，他教過我幾招。可是我總學不來。」

「你學過！」杰拉德叫道，「我從來沒見人用這種方法摔跤。你指的是柔道吧？」

「對，不過我不行，對那不感興趣。」

「是嗎？我可是感興趣。怎麼開頭兒？」

「如果你喜歡我就表演給你看，」伯金說。

「你會嗎？」杰拉德臉上堆起笑說，「好，我很喜歡這樣。」

「那咱們就試試柔道吧。不過你穿著漿過的衣服可做不了幾個動作。」

「那就脫了衣服好好做。等一會兒——」他按了下鈴喚來男僕，吩咐道：

「弄幾塊三明治，來瓶蘇打水，然後今晚就不要來了，告訴別人也別來。」

男僕走了。杰拉德目光炯炯地看著伯金問：「你跟日本人摔過跤？也不穿衣服？」

「有時這樣。」

「是嗎？他是個運動員嗎？」

「可能是吧。不過我可不是裁判。他很敏捷、靈活，具有電火一般的力量。他那種運力法可眞叫絕，簡直不像人，倒像珊瑚蟲。」

杰拉德點點頭。

「可以想像得出來，」他說，「不過，那樣子讓我有點反感。」

「反感，也被吸引。當他們冷漠陰鬱的時候可令人反感了。但他們熱情的時候，卻是迷人的，的確迷人，就像黃鱔一樣油滑。」

「嗯，很可能。」

男僕端來盤子放下。

「別再進來了。」杰拉德說。

門關上了。

「好吧，咱們脫衣服，開始吧。你先喝點什麼好嗎？」

「不，我不想喝。」

「我也不想。」

杰拉德關緊門，把屋裡的傢具挪動了一個。房間很大，有足夠的空間，鋪著厚厚的地毯。杰拉德迅速甩掉衣服，等著伯金。又白又瘦的伯金走了過來。他簡直像個精靈；讓人看不見摸不著。杰拉德完全可以感覺到他的存在，但並未眞正看見他。杰拉德倒是個實實在在的、可以看得見的實體。

「現在，」伯金說，「讓我表演一下我學到的東西，記住多少表演多少。來，你讓我這樣抓住——」說著他的手抓住了杰拉德的裸體。說話間他輕輕扳倒杰拉德，用自己的膝蓋托住他，他的頭朝下垂直。放開他以後，杰拉德目光炯炯地站了起來。

「很好，」他說，「再來一次吧。」

兩個人就這樣扭打起來。他們兩人太不一樣。伯金又瘦又高，骨架很窄很纖細。杰拉德則很有塊頭，很有雕塑感。他的骨架粗大，四肢肌肉發達，整個人的輪廓看上去漂亮、健壯。他似乎很有重量地壓在地面上，而伯金似乎腰部蘊藏著吸引力。杰拉德則有一種強大的磨擦力，很像機器，但力量來得突然，讓人難以看出。而伯金則虛無縹緲，幾乎令人無法捉摸。他隱附在另一個人身上，像一件衣服一樣，似乎沒怎麼觸到杰拉德，但又似乎突如其來地直刺入杰拉德的致命處。

他們停下來切磋技藝，練習著抓舉和拋開，漸漸變得能夠相互適應各自的節奏、獲得了彼此體力上的協調。然後他們正式較量了一番。他們似乎都在試圖嵌進對方白色的肉體中去，就像要變成一體一樣。伯金擁有某種極微妙的力量，就像咒語在他身上發生了效力。鬆開手之後，杰拉德長出一口氣，感到頭暈目眩，喘息著。

他們就這樣扭打在一起，愈貼愈近。兩個人皮膚都很白皙，杰拉德身上所觸之處開始泛紅，伯金仍然很緊張，儘管身上還沒有紅。他似乎要嵌入杰拉德那堅實寬闊的軀體中，與他的軀體融爲一體。伯金憑著某種妖術般的預知，迅速地掌握了另一條軀體的每一個動作，從而能夠扭轉它，與它對抗，微妙地控制它，像強風一樣動搖著杰拉德的四肢。似乎伯金那充滿智慧的肉體刺進了杰拉德的軀體，他纖弱、高尚的體能進入了杰拉德那強壯的皮肉中，似一種潛能透過肌肉，在杰拉德肉體的深處投下了一張精織的網，築起一座監獄。

他們就這樣迅速、發瘋般地扭打著，最終他們都全神貫注、一心一意起來，兩個白白的軀體扭打著愈來愈緊地抱成一團，微弱的燈影裡，他們的四肢像章魚一樣糾纏、閃動著；只見裝滿褐色舊書的書櫃中間有一團白色的肉體靜靜地扭作一團。不時傳來重重的喘息或嘆氣聲。忽而厚厚的地毯上響起急促的腳步聲，忽而又響起一個肉體掙脫另一個肉體奇怪的磨擦聲。這團默默飛旋著的、劇烈扭動的肉體中難以看到他們的頭，只能看到飛快轉動著的四肢和堅實的白色脊樑，兩具肉體扭成一體了。隨著扭打姿勢的變動，杰拉德那毛髮零亂、閃光的頭露了出來，然後伯金那長著褐色頭髮的頭顱抬了起來，雙眼大睜著，露出恐懼的神色。

最後杰拉德終於直挺挺地躺倒在地毯上，胸脯隨著喘息起伏著，伯金跪在他身邊，幾乎失去了知覺。伯金比杰拉德的消耗更大，他急促地喘著氣，都快喘不上來了。地板似乎在傾斜、在晃動，頭腦中一片黑暗。他不知道發生了什麼事。他毫無意識地向杰拉德傾倒過去，而杰拉德卻沒注意。然後他有點清醒了，他只感到世界在奇怪地傾斜、滑動著。整個世界在滑動，一切都滑向黑暗。他也滑動著，無休止地滑動著。

他又一次清醒過來，聽到外面有重重的敲動。這是什麼？是什麼錘子在敲打？這聲音震動了整個房間。他不知道這是什麼聲音。過了一會兒他弄明白了，這是他的心在跳動。這似乎不可能，這聲音是來自外面啊。不，這聲音來自體內，這是他的心。這心跳得很痛苦，它過於緊張，負擔又太重。他在想杰拉德是否聽到了這心跳。他不知道他是站著、躺著還是摔倒了。

當他發現自己是疲憊地倒在杰拉德身上時，他大吃一驚。他坐起來，雙手扶地穩住身體，讓自己的心漸漸穩定下來，痛苦稍稍減緩一點。心疼得厲害，他失去了意識。

杰拉德比伯金更昏昏然，他在某種死也似的混沌中持續了好久。

「按理說，」杰拉德喘著氣說，「我不應該太粗暴，我應該收斂些。」

伯金似乎早已靈魂出竅，他聽到了杰拉德在說什麼。他已經筋疲力竭，杰拉德的聲音聽起來很微弱，他的軀體一點反應也沒有，他唯一知道的是，他的心安靜了許多。他的精神與肉體早已分離，精神早已超脫於體外。他知道他對體內奔騰著的血液毫無知覺。

「我本可以用力把你甩開，」杰拉德喘息道。「可是你把我打得夠嗆。」

「是啊，」伯金粗著嗓音緊張地說，「你比我壯多了，你完全可以輕而易舉地打敗我。」

說完他又沉默了，心仍在突突跳，血仍在衝撞血管。

「讓我吃驚的是，」杰拉德喘著氣說，「你那股勁兒是超自然的。」

「也就那麼一會兒，」伯金說。

他仍能聽得到說話聲，似乎那是他分離出去的精神在傾聽著，在他身後的遠方傾聽。不過他的精神愈來愈近了。胸膛裡猛烈撞動著的血液漸漸舒緩了，允許他的理智回歸。他意識到他全部身體的重量都靠在另一個人身上。他吃了一驚，原以爲自己早就離開杰拉德了。他振作精神坐了起來。可是他仍舊恍恍惚惚的，心神不定。他伸出手支撐著身體穩定下來，他的手碰到了杰拉德伸在地板上的手，杰拉德熱乎乎的手突然握住伯金的手，他們手拉著手喘著氣，疲勞極了。伯金的手立即有了反應，用力、熱烈地握緊了對方的手。

他們漸漸恢復了知覺。伯金可以自然的呼吸了。杰拉德的手緩緩地縮了回去。伯金恍惚地站起身向桌子走去，斟了一杯威士忌蘇打水。杰拉德也過來喝飲料。

「這是一場眞正的角鬥，不是嗎？」伯金黑黑的眼睛看著他說。

「是啊，」杰拉德看著伯金柔弱的身體又說：「對你來說還不算厲害吧，嗯？」

「不。人應該角力，爭鬥，赤手相拚。這讓人更健全些。」

「是嗎？」

「我是這麼想的，你呢？」

「我也是這麼想的，」杰拉德說。

他們許久沒有說話。一場角鬥對他們來說意義深遠，令人回味無窮。

「我們在精神上很密切，因此，我們多多少少在肉體上也應該密切些，這樣才更完整。」

「當然了，」杰拉德說。然後他高興地笑著補充道：「我覺得這很美好。」說著他很優美地伸展開雙臂。

「正是，」伯金說。「我覺得人不該為自己辯解什麼。」

「對。」

他們開始穿上衣服。

「我覺得你挺帥的，」伯金對杰拉德說，「這給人一種享受。人應該會欣賞。」

「你覺得我帥，什麼意思，指我的體格嗎？」杰拉德目光閃爍著說。

「是的。你有一種北方人的美，就像白雪折射的光芒，另外，你的體型有一種雕塑感。讓人看著感到是一種享受。我們應該欣賞一切。」

杰拉德笑道：「當然這是一種看法。我可以這樣說，我感覺不錯，這對我幫助很大。這就是你需要的那種『血誼弟兄』嗎？」

「或許是。這已經說明一切了，對嗎？」

「我不知道，」杰拉德笑道。

「不管怎麼說，我們感到更自由、更開誠布公了，我們需要的就是這個。」

「對，」杰拉德說。

說話間他們帶著長頸水瓶、水杯和吃食靠近了壁爐。

「睡前我總要吃點什麼，」杰拉德說，「那樣睡起來才香甜。」

「我可睡不了那麼香甜，」伯金說。

「喔？你瞧，這一點上我們就不一樣。我這就去換上睡衣。」

他走了，伯金一個人守在壁爐前。他開始想厄秀拉了，她似乎回到了他的意識中。杰拉德身穿寬條睡袍下樓來了，睡袍是綢子做的，黑綠條子相間，顏色耀眼得很。

「你可眞神氣，」伯金看著睡衣上長長的帶子說。

「這是布哈拉式睡袍①，」杰拉德說，「我挺喜歡穿它。」

「我也喜歡它。」

伯金沉默了，杰拉德的服飾很精細，很昂貴。他想。他穿著絲短襪，鈕扣很精美，內衣和背帶也是絲的。眞怪！這是他們之間的又一不同之處。伯金的穿著很隨便，沒什麼花樣。

「當然，」杰拉德若有所思地說，「你有點怪，你怎麼會那麼強壯，眞出乎人意料，讓人吃驚。」

伯金笑了。他看著杰拉德健美的身軀，身著高貴的睡袍，白皮膚，碧眼金髮，人顯得很帥。他看著杰拉德，想著他們之間的不同之處，太不一樣了。當然不像男人和女人那樣有所區別，但很不同。此時此刻，厄秀拉這個女人以優勢壓倒了他。而杰拉德則變得模糊了，埋沒了。

「知道嗎，」他突然說，「我今天晚上去向厄秀拉．布朗溫求婚了。」

他看到杰拉德臉上露著驚異、茫然的表情。

「是嗎？」

「是的。幾乎是正式的——先對她父親講了，按禮應該這樣，不過這也有點偶然，或說是個惡作劇吧。」

杰拉德驚奇地凝視他，似乎還不明白。

「你是否在說你很嚴肅地求她爸爸讓他把女兒嫁給你？」

「是的，是這樣，」伯金說。

「那麼，你以前對她說過這事嗎？」

「沒有，隻字未提。我突然心血來潮要去找她，碰巧她父親在家，所以我就先問了他。」

「問他你是否可以娶她？」

「是——的，就是那麼說的。」

「你沒跟她說嗎？」

「說了。她後來回來了。我就對她也說了。」

「眞的！她怎麼說？你們訂婚了？」

「沒有，她只是說她不要被迫答應。」

「她說什麼？」

「說她不想被迫答應。」

「『說她不想被迫答應！』怎麼回事，她這是什麼意思？」

伯金聳聳肩說：「不知道，我想她現在不想找麻煩吧。」

「眞是這樣嗎？那你怎麼辦？」

「我走出來就到你這兒來了。」

「直接來的嗎？」

「是的。」

杰拉德好奇、好笑地看著他。他無法相信。「眞像你說的這樣嗎？」

「千眞萬確。」

「是這樣。」

他靠在椅子上，心中實在感到有趣兒。

「這很好嘛，」他說，「所以你就來和你的守護神角力？」

「是嗎？」伯金說。

「對，看上去是這樣，難道這不是你的所作所爲嗎？」

現在伯金無法理解杰拉德的意思了。

「結果會怎樣？」杰拉德說，「你要公開求婚才行。」

「我想我會的。我發誓要堅持到底。我很快就要再次向她求婚。」

杰拉德目不轉睛地盯著他。

「那說明你喜歡她嘍？」他問。

「我想，我是愛她的，」伯金說著臉色變嚴峻起來。

杰拉德一時感到很痛快，似乎這件事兒是專爲討好他而做的。然後他的神情嚴肅起來，緩緩地點頭道：

「你知道，我一直相信愛情——眞正的愛情。但是如今哪兒才有眞正的愛？」

「我不知道，」伯金說。

「極少見，」杰拉德說。停了片刻他又說：「我從來對此沒有感受，不知道那是否叫愛情。我追求女人，對某些人很感興趣。可是我從未感受到愛。我不相信我像愛你那樣愛過女人——不是愛。你明白我的意思嗎？」

「是的，我相信你從未愛過女人。」

「你有所感覺，是嗎？你以爲我以後會嗎？你明白我的意思？」說著他手握成拳放在胸脯上，似乎要把心都掏出來。「我是說，我說不清這是什麼，不過我知道。」

「那是什麼呢？」伯金問。

「你看，我無法用語言表達。我是說，不管怎麼說，這是某種必須遵守的東西，某種無法改變的東西。」

他的目光明亮，但神情很窘惑。

「你覺得我對女人會產生那種感情嗎？」他不安地問。

伯金看著他搖搖頭。「我不知道，說不清。」

杰拉德一直保持著警覺，等待著自己的命運。現在他坐回自己的椅子去。

「不，」他說，「你我都不會。」

「我們不一樣，你和我，」伯金說，「我無法給你算命。」

「是啊，」杰拉德說，「我也不能。可是，跟你說吧，我開始懷疑了。」

「懷疑你是否會愛女人？」

「嗯，是的，就是你說的眞正的愛。」

「你懷疑嗎？」

「開始懷疑。」

一陣很長的沉默。

「生活中什麼事都有，」伯金說，「並非只有一條路。」

「對，我也相信這一點，相信。但我不在乎我的愛如何如何——不管它，我反正沒感覺到愛——」他不說了，臉上露出茫然的神態。「只要我還活著，愛怎樣就怎樣，可是我的確想感受到——」

「滿足。」伯金說。

「是——是的，或許已經滿足了。我的說法和你不一樣。」

「但指的是同一回事。」

---

①布哈拉，烏茲別克一城市。

第二十一章　開　端

戈珍在倫敦和一位朋友舉辦了一個小小的畫展，辦完以後就找機會回貝多弗。不管發生了什麼事，她都會很快變得無憂無慮。那天她收到一封配有圖畫的信，是溫妮弗萊德·克里奇寄來的：

> 父親也去倫敦檢查病情了。他很疲勞。大家都說他必須好好休息一下，所以現在他幾乎整日臥床。他給我帶來一隻上彩釉的熱帶麻雀，還有德勒斯登的瓷器呢。還有一個耕夫和兩隻爬桿兒的小老鼠，都是上了彩釉的。小老鼠是哥本哈根的瓷器。這是最好的瓷器，小老鼠身上的彩釉並不太亮，否則就更好了，它們的尾巴又細又長。這幾種東西都像玻璃一樣亮。當然這是彩釉的原因，不過我不喜歡。杰拉德

最喜歡那個耕田的農夫。他的褲子破了，趕著牛在耕地，我想這是一位德國農夫。他穿著白襯衫和灰褲子，不過挺乾淨，亮度也不錯。伯金先生喜歡山楂花下的那位姑娘，她身邊有一隻羊，裙子上印有水仙花，這件東西擺在客廳裡。我覺得那姑娘有點傻里傻氣的，那羊也不是真的。

親愛的布朗溫女士，你很快就回來嗎？我們可想你了。隨信寄上我畫的一張畫兒，畫的是父親坐在床上的樣子。他說你不會拋棄我們的，哦，親愛的布朗溫小姐，我相信你不會這樣的。回來吧，來畫這兒的雪貂吧，這是世界上最可愛、最高尚的寶貝。我們還應該在冬青樹上刻上牠們，背景就是綠色的樹葉。哦，就這樣吧，牠們太可愛了。

父親說我們應該有一間畫室。杰拉德說這很容易，在馬廄上就可以，只需在斜屋頂上開一扇窗户即可。那樣的話，你就可以整天在這兒做你的事，我們就可以像兩個真正的藝術家那樣住在這兒，我們就像廳裡掛的那幅畫上的人一樣，把所有的牆都畫上圖畫。我想要自由，過一種藝術家的生活。杰拉德對父親說，一位藝術家是自由的，因為他生活在他自己創造性的世界裡——

通過這封信，戈珍弄明白了克里奇家人的意圖。杰拉德想讓她附屬於他們家，他不過是拿溫妮弗萊德來做掩護。做父親的只想到了自己的女兒，認爲戈珍可以救溫妮。戈珍很羡慕他的智慧。當然溫妮的確很特別，戈珍對她很滿意。既然有了畫室，戈珍當然很願意去。她早就厭惡小學校了，她想自由，如果給她提供一間工作室，她就可以自由自在地做她的工作，平靜地等待事情的轉變。再說她的確對溫妮弗萊德感興趣，她很高興去理解溫妮。

所以當戈珍回到肖特蘭茲那天，溫妮別提有多高興了。

「布朗溫小姐來的時候你應該獻給她一束鮮花，」杰拉德笑著對妹妹說。

「啊，不，」溫妮弗萊德叫道：「這太傻氣了。」

「才不呢。這樣很好，也很常見。」

「不，這樣很傻，」溫妮弗萊德羞澀地爲自己辯護說。不過她很喜歡這個主意，極想這樣做。她在暖室裡跑來跑去，尋找著鮮花。越看越想扎一束鮮花，想著獻花的儀式，她越想越著迷，也就越來越羞澀，她簡直不知該怎麼辦才好。她無法放棄這種想法。似乎有什麼在向她提出挑戰，而她又沒有勇氣迎戰。於是她又一次溜進溫室，看著花盆裡可愛的玫瑰、嬌潔的仙客來和神秘的蔓草上一束束的白花兒。太美了，哦，這些花兒太美了，令人太幸福了，如果她能夠扎一束漂亮的鮮花送給戈珍該多好啊。她的激情和猶豫幾乎讓她爲難死了。

最終她溜進父親房中走到他身邊說：「爸爸——」

「什麼事，我寶貝兒？」

她卻向後退著，幾乎要哭出來，她眞爲難。父親看著她，心中淌過一股溫情的熱流，那是一種深深的愛。

「你想對我說什麼，親愛的？」

「爸爸！」她的眼中閃過一絲短暫的笑意，說：「如果我送一束花兒給布朗溫小姐是不是太傻氣了？」

臥病在床的父親看著女兒那明亮、聰穎的眼睛，心中充滿了愛。

「不，親愛的，一點都不傻。對女王我們才這樣做呢。」

溫妮弗萊德仍然沒被說服。她甚至有點懷疑，女王們自己就很傻。可是她又很想有一個浪漫的場合。

「那我就送花兒了?」

「送給布朗溫小姐鮮花嗎?送吧，小鳥兒。告訴威爾遜你要花兒是我說的。」

孩子笑了，她期望什麼的時候，就會無意識中露出這種笑容來。

「我明天才要呢，」她說。

「好，明天，小鳥兒。親親我——」

溫妮弗萊德默默地吻了病中的父親，然後走出屋去。她又一次在溫室裡轉來轉去，頤指氣使地向園丁下著命令，告訴他她選定的都是哪些花。

「你要這些花幹什麼?」威爾遜問。

「我需要，」她說。她不希望僕人提問題。

「啊，是這樣的。你要它們做什麼?裝飾、送人、還是另有用?」

「我要送人。」

「送人?誰要駕到?是波特蘭的公爵夫人?」

「不是。」

「不是她?哦，如果你把這些花兒都弄在一起，那就亂套了。」

「對，我就喜歡這種少見的亂套。」

「眞的!那就沒什麼好說的了。」

第二天，溫妮弗萊德身著銀色的天鵝絨，手捧一束艷麗的鮮花，站在教室裡盯著車道，耐心地等待戈珍的到來。這天早晨空氣很濕潤。她的鼻子下面散發著溫室裡採來的鮮花的芬芳，這束花兒對她來說就像一團火，而她似乎心裡燃著一團奇特的火焰。一種淡淡的浪漫氣息令她沉醉。

她終於看到戈珍了，馬上下樓去通知父親和哥哥。他們一邊往前廳走一邊笑她太著急了。男僕趕忙來到門口接過戈珍的傘和雨衣。迎接她的人讓出一條路來，請她進廳。

戈珍紅撲撲的臉上沾著雨水珠，頭上的小髮卷在隨風飄舞，她眞像雨中開放的花朵，花蕊微露，似乎釋放出保存著的陽光。看到她這樣美，這樣陌生，杰拉德不禁退怯了。戈珍的衣服是淺藍色的，襪子是紫紅的。

溫妮弗萊德異常莊重，正式地走上前來說：

「你回來了，我們非常高興。這些鮮花獻給你。」說著她捧上花束。

「給我?!」戈珍叫道，一時不知所措，緋紅了臉，高興得忘乎所以。然後她抬起頭，以奇特、熱切的目光盯著父親和杰拉德。杰拉德的精神又垮了，似乎他無法承受戈珍那熱烈的目光。在他看來，她太外露了，令人無法忍受。於是他把臉扭向一邊。他感到他無法躲避她，爲此他十分痛苦。

戈珍把臉埋進花兒中。

「眞是太可愛了!」她壓低嗓門說。然後她突然滿懷激情地伏下身子吻了溫妮弗萊德。

克里奇先生走上前來向她伸出手快活地說：「我還擔心你會從我們這兒跑掉呢。」

戈珍抬頭看看他，臉上露出迷人、調皮的神情道：「眞的!我才不想待在倫敦呢。」

她的話意味著她很高興回肖特蘭茲，她的聲音熱情而溫柔。

「太好了，」父親說，「你瞧，我們都非常歡迎你。」

戈珍深藍色的眼睛閃著熱情但羞澀的光芒，凝視著他的臉。她自己早已茫然了。

「你看上去就像勝利還鄉，」克里奇先生握著她的手繼續說。

「不，」她奇怪地說，「我到了這兒才算勝利了。」

「啊，來，來！咱們不要聽這些故事了。咱們不是在報紙上看到這些消息了嗎，杰拉德？」

「你大獲全勝，」杰拉德握著她的手說，「都賣了嗎？」

「不，」她說，「賣得不太多。」

「還行，」他說。

她不知道他指的是什麼。但是，受到這樣的歡迎，她十分高興。

「溫妮弗萊德，」父親說，「給布朗溫小姐拿雙鞋來。你最好馬上換鞋——」

戈珍手捧鮮花走了出去。

「是個了不起的女人，」戈珍走後父親對杰拉德說。

「是啊。」杰拉德敷衍著，似乎他不喜歡父親的評語。

克里奇先生想讓戈珍小姐陪他坐半小時。平時他總是臉色蒼白，渾身不舒服，生活把他折磨苦了。一旦他振作起精神來，他就說服自己，相信自己同原先一樣，很健康，不是置身於生活之外，而是身處生活的中心，身處強壯的生命中心。戈珍加強了他的自信心。同戈珍在一起，他就會獲得半小時寶貴的力量和興奮，獲得自由，他就會覺得自己從未生活得如此愉快。

戈珍進來時發現他正支撐著身體半躺半坐在書房裡。他臉色蠟黃，目光黯淡而混沌。他的黑鬍子中已有少許灰白，似乎生長在一具蠟黃的屍體上。他仍帶著活力和快活的氣息。戈珍認爲他這樣挺好。她甚至想，他不過是個普通人罷了。不過，他那可怕的形象卻印在她的心中了，這一點是她意識不到的。她知道，儘管他顯得快活，可他目光中的空虛是無法改變的。那是一雙死人的眼睛。

「啊，布朗溫小姐，」一聽到男僕宣布她的到來，他忙起身回應。「托瑪斯，爲布朗溫小姐搬一把椅子來，好。」他高興地凝視著她柔和、紅潤的面孔，這張臉讓他感覺到一種活力。「喝一杯雪利酒，再吃點餅乾好嗎？托瑪斯——」

「不，謝謝，」戈珍說。說完後她的心可怕地沉了下去。見她內心這樣矛盾，生病的老人非常難過。她應該順從他而不是抗拒他。很快她又調皮地衝他笑了。

「我不太喜歡雪利，」戈珍說。「不過，別的飲料我幾乎都喜歡。」

病中的老人像抓住了一根救命草一樣。

「不要雪利，不要！要別的！什麼呢？都有什麼，托瑪斯？」

「葡萄酒——柑香酒——」

「我喜歡來點柑香酒——」戈珍看著病人拘謹地說。

「那好，托瑪斯，就上點柑香酒，再來點小餅乾。」

「來點餅乾，」戈珍說。她並不想要任何吃的，但不要就失禮了。

「好。」

他等著，直到她手捧酒杯和餅乾坐好，他才說話。

「你是否聽說，」他激動地說，「聽說我們在馬廄上爲溫妮弗萊德準備了一間畫室？」

「沒有！」戈珍不無驚奇地說。

「哦，我以爲溫妮在信中告訴你了呢！」

「哦──對。不過我還以為那是她自己的想法呢，」戈珍放聲笑了起來。病人也高興地笑了。

「不是她一個人的主意，這是一項眞正的工程。馬廄上有一間很好的房子，房頂上鋪著椽子。我們打算把它改裝成畫室。」

「那可太好了！」戈珍非常興奮地叫道。房頂上的椽子令她激動。

「你覺得好嗎？好，那就行。」

「對溫妮弗萊德來說這可太妙了！當然，如果她打算認眞畫畫兒的話，就需要一間這樣的工作室。一個人必須得有自己的工作室，否則他就永遠無法成熟。」

「是嗎？當然，如果你和溫妮弗萊德共用一間畫室的話，我會很高興的。」

「太謝謝了。」

戈珍對此早就心中有數，但她非要表現出羞澀和感激的樣子，似乎受寵若驚一樣。

「當然，最令我高興的是，如果你能辭去小學的工作，利用畫室工作，隨你的便──」

他黑色的眼睛茫然地盯著戈珍。她報之以感激的目光。這些話出自這位行將就木的老人之口，意思表達得那麼完整，那麼自然。

「至於你的收入，你從我這裡拿到的和從教育委員會那裡拿到的一樣多，有什麼意見嗎？我不希望你吃虧。」

「哦，」戈珍說，「如果我能在畫室裡工作，我就可以掙足夠的錢，眞的，我可以。」

「好啊，」他很高興地說，「你可以去看看。在這兒工作，行嗎？」

「只要有工作室，」戈珍說，「沒有比這更好的了。」

「是嗎？」

他實在很高興。不過他已經感到疲倦了。戈珍看得出痛苦與失意又襲上了他的心頭，他空虛的目光中帶著痛苦的神色。他還沒死。於是她站起身輕聲道：「你或許要睡了吧，我要去找溫妮弗萊德。」

她走出去告訴護士說她走了。日復一日，病人的神經漸漸不行了，漸漸地只剩下了一個支撐他生命的硬結。這個硬結太堅實，是他毫不鬆垮的意志，這意志絕不屈服。他可以死掉十分之九，可最後那一絲生命仍然絲毫不改變。他就是用自己的意志支撐著自己。但他的活力大大如從前了，快要耗盡了。

爲了扼守生命，他必須扼守人與人之間的關係，任何一根救命草他都要抓緊。溫妮弗萊德、男僕、護士和戈珍，這些人對他這個行將就木的人來說意義十分重大，他們就是一切。杰拉德在他父親面前變得很呆板、反感。除了溫妮弗萊德以外的其他孩子也頗有同感。當他們觀察父親時，他們從他身上看到的只有死亡。似乎他們潛意識中對父親很不滿意。他們無法認出父親那張熟悉的臉，聽到的也不是那熟悉的聲音。他們聽到的和看到的只是死亡。在父親面前，杰拉德感到難以呼吸。他必須逃出去。同樣，父親也不能容忍兒子的存在。一看到他，這位瀕臨死亡的人就氣不打一處來。

畫室一準備好，溫妮弗萊德和戈珍就搬了進去。她們在那兒可以發號施令。她們現在用不著到家中去，因爲她們就在畫室中吃住。家中現在可有點讓人害怕，兩個身著白衣的護士在屋裡默默地穿梭，像是死亡的預言者。父親只限於躺在床上，他的兒女們出出進進時都壓著嗓門說話。

溫妮弗萊德常來看父親。每天早飯以後，待父親洗漱完畢坐在床上，她就進去同他在一起待上半小時。

「你好些了嗎，爸爸？」她總是這樣問。

而他也總是這樣回答：「對，我想我好點了，寶貝兒。」

她用自己的雙手愛撫地捧著父親的手。他感到這樣十分寶貴。

午飯時她又會跑進來告訴他發生了什麼事，到晚上，窗帘垂下後屋裡氣氛很宜人，她會再來同父親多待上一會兒。戈珍晚上回家了，這時溫妮弗萊德最希望和父親單獨在一起。父女倆海闊天空地聊著，這時他總會顯得自己身體很好，如同他當年工作時一樣。溫妮弗萊德很敏感，她有意避免談到痛苦的事，裝出一副無所謂的樣子。她本能地控制自己的注意力，這樣就會感到幸福。但她的心靈深處也和其他大人一樣有同感：或許是好點了吧。

父親在她面前裝得很有精神。她一走，他就又沒入了死亡的痛苦中。好在他仍有這樣興奮的時候。但是他的體力大大減弱了，注意力無法集中，這時候護士不得不讓溫妮弗萊德走開以免他太疲勞。

他從來不承認他就要死了。但他知道自己要死了，末日到了。但他就是不肯承認。對這一事實他恨透了。他的意志仍舊很頑固，他不甘心讓死亡戰勝自己，他認爲壓根兒就沒有死亡這回事，但他時時感到自己要大喊大叫抱怨一番。他眞想衝杰拉德大叫一通，嚇得他魂不附體。杰拉德本能地感覺到了這一點，所以他有意地躲避著父親。這種骯髒的死亡實在令他厭惡。一個人要死就該像羅馬人那樣迅速死去，通過死來掌握自己的命運①，就像在生活中一樣。杰拉德在父親死亡的鉗制中掙扎著，如同被毒蛇纏住的拉奧孔②父子一樣：那巨蟒纏住了父親，又把兩個兒子也拽了進去與他同死。杰拉德一直在抵抗著，奇怪的是，有時在父親眼裡他竟是一座力量之塔。

他最後一次要求見戈珍是他臨死之前。他一定要見到某個人，在彌留之際清醒的時候，他一定要與活生生的世界保持連繫，否則他就得接受死亡的現實。値得慶幸的是，大多數時間中他都處於昏昏然狀態中，在冥冥中思考著自己的過去，再一次重新回到過去的生活中，但在他最後的時光中，他仍能意識到眼前的情況：死神就要降臨了。於是他呼喚著別人的幫助，不管誰來幫他都行。能夠意識到死亡，這是一種超越死亡的死亡，再也不能再生了。他絕不要承認這一點。

戈珍被他的形象嚇壞了：目光無神，但仍然顯得頑強不屈。

「啊，」他聲音虛弱地說，「你和溫妮弗萊德怎麼樣？」

「很好，眞的，」戈珍回答。

他們的對話就像隔著死亡的鴻溝，似乎他們的想法不過是他死亡之海上漂浮不定的稻草。

「畫室還好用吧？」他問。

「太好了，不能比這再好、再完美了，」戈珍說。

說完她就等待著他說話。

「你是否認爲溫妮弗萊德具有雕塑家的氣質？」

眞奇怪，這話多麼空洞無味！

「我相信她有。總有一天她會塑出好作品來的。」

「那她的生活就不會荒廢了，你說呢？」

戈珍很驚奇地輕聲感嘆道：「當然不會！」

「那是。」

戈珍又等著他發話。

「你認爲生活很愉快，活著很好，是嗎？」他問著，臉上那蒼白的笑簡直令她無法忍受。

「對，」她笑了，她可以隨意撒謊。「我相信日子會過得不錯。」

「很對。快樂的天性是巨大的財富。」

戈珍又笑了，但她的心卻因爲厭惡而乾枯。難道一個人應該這樣死去嗎？當生命被奪走時另一個人卻微笑著跟他談話？能不能以另外的方式死去？難道一個人一定要經歷從戰勝死亡的恐懼勝利——完整的意志的勝利——到徹底消亡的歷程嗎？人必須這樣，這是唯一的出路。她太敬慕這位彌留之際的人那種自控能力了。但她仇恨死亡本身。令她高興的是，日常生活的世界還令人滿意，因此她用不著擔心別的。

「你在這兒很好，我們不能爲你做點什麼嗎？你沒發現有什麼不好的嗎？」

「你對我太好了，」戈珍說。

「那好，你不說只能怪你自己不好，」他說。他感到很興奮，因爲他說了這麼一番話。他仍然很強壯、還活著！但是，死的煩惱又開始重新向他襲來。

戈珍來到溫妮弗萊德這裡。法國女教師走了，戈珍在肖特蘭茲待得時間很長。溫妮的教育由另一位教師負責。但那個男教師並不住在肖特蘭茲，他是小學校的人。

這天，戈珍準備和溫妮弗萊德、杰拉德及伯金乘車到城裡去。天下著毛毛雨，天色陰沉沉的。溫妮弗萊德和戈珍準備好等在門口。溫妮弗萊德很緘默，但戈珍沒注意她這一點。突然這孩子漠然地問：

「布朗溫小姐，你認爲我父親要死了嗎？」

戈珍一驚，說：「我不知道。」

「眞不知道？」

「誰也說不準。當然，他總會死的。」

孩子思考了片刻又問：「你認爲他會死？」

這問題就像一道地理或科學題，她那麼固執，似乎強迫大人回答。這孩子眞有點像惡魔一樣盯著戈珍，一副得勝的神態。

「他會死嗎？」戈珍重複道，「是的，我想他會死的。」

可溫妮弗萊德仍瞪大了眼睛目不轉睛地盯著她。

「他病得很嚴重，」戈珍說。

溫妮弗萊德臉上閃過一絲微妙懷疑的笑。

「我不相信他會死，」這孩子嘲諷地說著走向車道。戈珍看著她孤獨的身影，心滯住了。溫妮弗萊德正在小溪旁玩耍，那副認眞的樣子，看上去倒像什麼事也沒發生過。

「我築了一道水壩，」她的聲音在遠處響了起來。

這時杰拉德從後面的廳裡走出來。

「她不相信，是有她的道理的，」他說。

戈珍看看他，兩人的目光相遇了，交換了某種不無嘲諷的理解。

「是啊，」戈珍說。

他又看看她，眼中閃爍著火光。

「當羅馬起火時，我們最好跳舞，反正它也是要被燒燬。你說呢？」他說。

她很吃驚，但還是振作精神回答：「當然，跳舞比哀嚎要好。」

「我也是這麼想。」

說到此，他們雙方都覺得有一種強烈的放鬆慾望，要把一切都甩開，沉入一種野性的放縱中。戈珍只覺得渾身蕩著一股強壯的激情。她感到自己很強壯，她的雙手如此強壯，她似乎可以把整個世界撕碎。她記起了羅馬人的放縱，於是心裡熱乎乎的。她知道她自己也需要這種或別的與之相同的東西。啊，如果她身上那未知和被壓抑的東西一旦放鬆，那是多麼令人欣喜若狂的事啊！她需要這個。那站在她身後的男人緊挨著她，他令她體內那強烈的放縱慾升騰起來，她只覺得渾身發抖。她要同他一起放縱、瘋狂。一時這個想法完全佔據了她的身心。但她馬上又放棄了它。她說：

「咱們跟溫妮弗萊德一起到門房去等車吧。」

「行，」他答應著隨她而去。

他們進去後發現溫妮弗萊德正愛撫著一窩純種的小白狗。姑娘抬起頭，漠然地掃了杰拉德和戈珍一眼。她並不想看到他們。

「看！」她叫道。「三隻剛出生的小狗！馬歇爾說這隻狗很純。多可愛啊，不過牠不如牠的媽媽好看。」她邊說邊撫摸著身邊那頭不安分的狗。

「我最親愛的克里奇女士，」她說，「你像地球上的天使一樣美麗。天使，天使，戈珍，你覺得她這麼好，這麼美，不可以進天堂嗎？他們都會進天堂的，特別是我親愛的克里奇女士！馬歇爾太太，對吧？」

「你是說溫妮弗萊德小姐？」那女人說著出現在門口。

「噢，叫牠溫妮弗萊德女士吧，好嗎？告訴馬歇爾，管牠叫溫妮弗萊德女士。」

「我會告訴他的，不過，這隻狗是一位紳士，溫妮弗萊德小姐。」

「哦，不！」這時響起了汽車聲。「盧伯特來了！」孩子叫著跑向大門口。

伯金駕著車停在了門口。

「我們都準備好了！」溫妮弗萊德叫道。「盧伯特，我想跟你一起坐在前面，行嗎？」

「我怕你不安分從車上摔出去，」他說。

「不，我不。我說是想和你一起坐在車前。那樣我的腳挨著發動機可以取暖。」

伯金扶她上了車，杰拉德和戈珍在後排落了座。

「有什麼新聞嗎，盧伯特？」杰拉德問。

「新聞？」伯金問。

「是的，」杰拉德看看身旁的戈珍，瞇起眼睛笑道，「我不知道是否該祝賀他，我無法從他這兒得到確定的消息。」

戈珍緋紅了臉道：「祝賀他什麼？」

「我們說起過訂婚的事，至少他對我說起過。」

戈珍的臉紅透了。「你是說跟厄秀拉？」她有點挑戰地說。

「對，就是，難道不是嗎？」

「我不認爲訂了什麼婚，」戈珍冷冷地說。

「是嗎？沒有進展嗎，盧伯特？」他問。

「什麼？結婚？沒有。」

「這是怎麼回事？」戈珍問。

伯金迅速環視了一下，目光中透著憤懣。

「怎麼了？」他說，「你怎麼看這事，戈珍？」

「哦，」她叫道，既然大家都往水裡扔石頭，她也下決心扔。「我不認為她想訂婚。論本性，她是一隻愛在叢林中飛翔的鳥兒。」戈珍的聲音清澈、洪亮，很像她父親。

「可是我，」伯金說，「我需要一個起約束作用的條約，我對愛，特別是自由之愛不感興趣。」他神情快活但聲音很堅定。

他們都覺得好笑。為什麼要當眾宣言？杰拉德一時不知所措了。

「愛對你來說不夠麼？」他問。

「不！」伯金叫道。

「哈，那有點過分了。」杰拉德說話時汽車從泥濘中駛過。

「到底怎麼了？」杰拉德問戈珍。

他這種故做親暱之態激怒了戈珍，她覺得自己受到了侮辱。似乎杰拉德故意侮辱她，侵犯了她的隱私。

「誰知道怎麼回事？」她尖著嗓子厭惡地說。「少問我！我根本不知道什麼最終的婚姻，告你說吧，我連什麼叫次最終婚姻都不知道。」

「你只知道毫無道理的婚姻！」杰拉德說。「說起來，我並不是婚姻方面的專家，也不精通最終是一種什麼程度，這似乎是一隻蜜蜂在伯金的帽子裡嗡嗡作響。」

「太對了！他的煩惱正是這個！他並不是需要女人，他只是要實現自己的想法。一旦付諸實踐，就沒那麼好說的了。」

「最好像一頭牛衝向門口一樣去尋找女人身上的特點。」然後他似乎閃爍其辭地說：「你認為愛是這張門票，對嗎？」

「當然，反正是那麼回事，只是你無法堅持要獲得永恆的愛。」戈珍的聲音很刺耳。

「結婚或不結婚，永恆或次永恆或一般化，你尋到什麼樣的愛就是什麼樣。」

「喜歡也罷，不喜歡也罷，」她附和說，「婚姻是一種社會安排，我接受它，但這跟愛的問題無關。」

他的目光一直在她身上留滯著。她感到自己被他放任、惡毒地吻著。她兩頰火燒般地熱，但她的心卻十分堅定。

「你是否覺得盧伯特有點頭腦發昏？」杰拉德問。

「對一個女人來說，是這樣，」她說，「我是覺得他發昏了。或許，的的確確有兩個人一輩子都相愛這種事。可是，即便這樣，照舊可以沒有婚姻。如果他們相愛，那很好。如果不愛，幹嘛要刨根問柢？」

「是啊，」杰拉德說。「我就爲此感到驚奇。盧伯特怎麼想？」

「我說不清。他說不清，誰也說不清。他似乎認爲，如果你結婚，你就可以通過婚姻進入天堂什麼的，反正很朦朧。」

「很朦朧！誰需要那個天堂？其實，盧伯特很渴望穩妥安全。」

「對。我似乎覺得他在這一點上想得不對，」戈珍說。「我相信，情婦比妻子更忠誠，那是因爲她是自己的主人。盧伯特認爲，一對夫妻可以比任何兩個別人走得更遠，至於走向何方，他沒解釋。他們相互了解，無論在天堂上還是在地獄中，特別是在地獄中，他們太了解對方了，因此他們可以超越天堂和地獄，去到——某個地方，在那兒一切都粉碎了——不知什麼地方。」

「到天堂嘛，他說的，」杰拉德笑道。

戈珍聳聳肩道：「去你的天堂吧！」

「你不是伊斯蘭教徒，」杰拉德說。

伯金不動聲色地開著車，對他們的話毫不在意。戈珍就坐在伯金身後。她感到出伯金的洋相是一種說不出來的快活。

「他說，」戈珍扮個鬼臉補充說，「你可以在婚姻中找到永久的平衡，同時仍然保持自己的獨立性，兩者不會混淆。」

「這對我沒什麼啓發，」杰拉德說。

「就是這樣的，」戈珍說。

「我相信愛，相信眞正的放縱，如果你有這個能力。」杰拉德說。

「我也一樣，」她說。

「其實伯金也這樣，別看他整天亂叫。」

「不，」戈珍說，「他不會對另一個人放縱自己。你無法摸透他。我覺得這是件麻煩事。」

「他需要婚姻！婚姻，難道是別的？」

「天堂！」戈珍調侃道。

伯金駕駛著汽車，感到脊背發涼，似乎有人要砍他的頭。但他抖抖肩不予理會。天空開始落雨了。他停了車，下去給發動機蓋上罩子。

---

①羅馬人以自裁爲榮。

②希臘神話：特洛伊祭師拉奧孔因警告特洛伊人勿中木馬計而觸怒天神，和兩個兒子一起被巨蟒纏死。著名的雕塑「拉奧孔」就取自這個題材。

第二十二章　女人之間

他們進了城後杰拉德就去火車站了。戈珍和溫妮弗萊德同伯金一起去喝茶。伯金在等厄秀拉來，可是下午第一個到的卻是赫麥妮。伯金剛出去，於是她就進了客廳去看他的書和報紙，又去彈鋼琴。隨後厄秀拉到了。看到赫麥妮在這兒，她很不高興，又感到驚訝，她好久沒聽到赫麥妮的音訊了。

「眞想不到會見到您，」她說。

「是啊，」赫麥妮說，「我到愛克斯去了。」

「去療養？」

「是的。」

兩個女人對視著。厄秀拉很討厭赫麥妮那張細長、陰沉的臉，那似乎是一張愚蠢、不開化但又頗爲自尊的馬臉。「她長著一張馬臉，」她心裡說，「還戴著馬眼罩。」赫麥妮的確像月亮，你只能看到她的一面而看不到另一面。她總是盯著一個突現狹小的世界，但她自己卻以爲那是全部的世界。在黑暗處她是不存在的。像月亮一樣，她的一半丢給了生活。她的自我都裝在她的心裡，她不懂得什麼叫自然衝動，比如魚在水中游或鼬鼠在草叢中鑽動。她總要通過知識去認識。

赫麥妮很是偏執，令厄秀拉深受其苦。她冷若冰霜，似乎根本不把厄秀拉放在眼裡。赫麥妮常常是絞盡腦汁冥思苦索，才能漸漸地獲得乾癟的知識結論。但在別的女人面前，她慣於端起自信的架子，像戴著什麼珠寶一樣，用知識把自己與其他她認爲僅僅是女人的人區分開來，從而顯得她高人一等。她慣於對厄秀拉這樣的女人顯得降尊紆貴，她認爲她們是純情感似的女人。可憐的赫麥妮，她的自信是她的一大財富，覺得這樣做是有道理的。她在此一定要顯得自信，因爲不知爲什麼感到自己處處受排斥、感到虛弱。在思維與精神生活中，她是上帝的選民。儘管很想與別人融洽，但她內心深處太憤世嫉俗了。她不相信自己會與人爲善，那是擺樣子罷了。她不相信什麼內在的生活——這是一個騙局，不是現實。她不相信精神世界——那是一種假象。唯一讓她相信的是貪慾、肉慾和魔王——這些至少不是虛假的。她是個沒有信仰、沒有信念的牧師，她從一種過時的、淪爲重複的神話教義中吸取營養，這些教義對她來說壓根兒就不神聖。可是她別無選擇。她是一棵將死的樹上的葉子。有什麼辦法呢？她只能爲舊的、枯萎的眞理而鬥爭，爲舊的、過時的信仰而死，爲被褻瀆的神話作一個神聖不可侵犯的牧師。古老的偉大眞理一直是正確的。她是古老的、偉大的知識之樹上的葉子。這棵樹現在凋零了。儘管她的內心深處不乏憤世嫉俗，但對於這古老的眞理她必須抱著忠誠的態度。

「見到您我很高興，」她聲音低得像念咒語一樣對厄秀拉說。「您跟盧伯特已經成爲好朋友了？」

「哦，是的。」厄秀拉說，「但他總是躲著我。」

赫麥妮沒說話。她完全看得出厄秀拉在自吹自擂：這實在庸俗。

「是嗎？」她緩慢、十分鎭定地問，「你覺得你們會結婚嗎？」

這問題提得那樣平靜、簡單而毫無感情色彩，厄秀拉對這種不無惡意的挑釁有點吃驚，也有點高興。赫麥妮的話語中頗有點嘲弄。

「哦，」厄秀拉說，「他很想結婚，但是我拿不準。」

赫麥妮緩緩地審視著厄秀拉。她發現厄秀拉又在吹牛皮。她眞忌妒厄秀拉身上這種毫不經意的自信，甚至她的庸俗之處！

「你爲什麼拿不準？」她語調毫無起伏地問。她十分安詳，這種談話令她高興。「你眞不愛他？」

聽到這種不怎麼切題的話，厄秀拉的臉微微發紅。不過她又不會生她的氣，因爲赫麥妮看上去是那麼平和、那麼理智而坦率。能像她這麼理智可眞不簡單。

「他說他需要的不是愛，」她回答。

「那是什麼？」赫麥妮語調平緩地問。

「他要我在婚姻中眞正接受他。」

赫麥妮沉默了片刻，陰鬱的目光緩緩掃視著她。

「是嗎？」她終於毫無表情地說。然後她問：「那麼你不需要的是什麼？你不需要婚姻嗎？」

「不——我不——並不很想。我不想像他堅持的那樣馴服。他需要我放棄自我，可是我簡直無法想像我會那樣做。」

赫麥妮又沉默了好久才說：「如果你不想你就不會做。」說完她又沉默了。一股奇特的慾望令赫麥妮不寒而慄。啊，如果伯金是要求她順從他，成爲他的奴隸，那該多麼好！她顫抖著。

「你看，我不能——」

「說實在的，什麼——」

她們雙方同時張口說話而又同時打住了。然後赫麥妮似乎疲憊地率先開口道；

「他要你屈服幹什麼？」

「他說他希望我不帶感情色彩地接受他，我眞不明白他這是什麼意思。他說他希望他魔鬼的一面找到伴侶——肉體上，不是人的一面。你瞧，他今天說東明天說西，總是自相矛盾。」

「總爲自己著想，總想自己的不滿之處，」赫麥妮緩緩地說。

「對，」厄秀拉叫道，「似乎只有他一個人重要。眞要不得。」

但她馬上又說：「他堅持要我接受他身上的什麼東西——天知道是什麼。他要我把他當上帝看，可是我似乎覺得他不想給予什麼。他並不需要眞正熱烈的親暱，他不要這個，他討厭這個。他不讓我思考，眞的，他不讓我感知，他討厭感情。」

赫麥妮沉默了好久，心裡發苦。啊，如果他這樣要求她該多好，他逼著她思考，逼著她鑽進知識中去，然後又反過來憎恨她的思想和知識。

「他要我自沉，」厄秀拉又說，「要我失去我的自我——」

「既然如此，他幹嘛不要一個宮女？」赫麥妮軟綿綿地說。她的長臉上帶著嘲諷及悻悻然的表情。

「就是嘛，」厄秀拉含糊其辭地說。討厭的是，他並不需要宮女，並不需要奴隸。赫麥妮本來可以成爲他的奴隸——她強烈地希望屈從於一個男人，他崇拜她、把她當成至高無上的人。他並不需要宮女。他要一個女人從他那兒得到點什麼，讓這女人完全放棄自我，從而能得到他最後的眞實，最後的肉體眞實。

如果她這樣做，他會承認她嗎？他能夠通過所有一切來承認她，還是僅僅把她當成他的工具，利用她來滿足自己的私慾但又不接受她？別的男人都是這樣做的。他們只要顯示自己，但拒不接受她，把她的本來面目搞得一文不值。這就如同赫麥妮背叛了女人自身一樣，她只相信男人的東西。她背叛了女性的自己。至於伯金，他會承認她，還是否定她？

「是啊，」赫麥妮像剛從白日夢中醒來一樣說。「那將會是個錯誤，我覺得那將會是個錯誤——」

「你指跟他結婚？」厄秀拉問。

「對，」赫麥妮緩緩地說，「我認為你需要一個男士般意志堅強的男人——」說著赫麥妮伸出手狂熱地握成拳頭。「你應該有一個像古代英雄一樣的男人——你應該在他去打仗時站在他的身後觀看他的力量，傾聽他的吶喊——你需要一個肉體上強壯的男人，意志堅強的男人，而不是一個多愁善感的男人——」她不說了，似乎女巫已發出了預言。然後她又囁嚅著：「你知道盧伯特不是這樣的人，他不是。他身體不強壯，他需要別人的關心，極大的關心。他自己脾性多變，缺乏自信，要想幫助他，需要巨大的耐性與理解力。我覺得你沒耐心。你應該準備好，將來會受罪的。我無法告訴你要受多大的罪才能使他幸福。他的精神生活太緊張了，當然有時是很美妙的。但也會物極必反。我無法說我在他那兒都經受了些什麼。我同他在一起時間太久了，我眞的了解他，知道他是個什麼樣的人。我必須對你說：我感到如果跟他結婚那會是一場災難，對你來說災難更大。」說著赫麥妮陷入了痛苦的夢境中。「他太沒有準兒，太不穩定——他會厭倦，然後會變卦。」

「我無法告訴你他是如何變卦的。說不出那是多麼令人氣憤。他一時贊同喜愛的東西，不久就會對其大爲光火，恨不得一毀了之。他總沒個長性，總會這樣可怕地變卦。總是這樣由壞到好、由好到壞地變來變去。沒有什麼比這更可怕，比這更——」

「對，」厄秀拉謙卑地說，「你一定吃了不少苦頭。」

這時赫麥妮臉上閃過一線不同尋常的光芒。她像受了什麼啓發地握緊拳頭。

「可是你必須自願受苦——如果你要幫助他，如果他要眞誠對待一切，你就要自願爲他時時刻刻受苦。」

「我不想時時刻刻受苦，」厄秀拉說。「我不想，我覺得那是恥辱。活的不幸福是一種恥辱。」

赫麥妮不語，久久地看著她。

「是嗎？」她終於說。這似乎表明她同厄秀拉之間有著遙遠的距離。對赫麥妮來說，受苦是偉大的眞實，不管發生什麼都是這樣。當然她也有幸福的定義。

「是的，」她說，「一個人應該幸福，」可這取決於意志。

「對，」赫麥妮無精打采地說。「我只是感到，急急忙忙結婚會釀成災難的。你們難道不結婚就不能在一起嗎？我的確感到結婚對你們雙方來說都是不幸的。對你來說更爲不幸。另外，我也爲他的健康擔憂。」

「當然了，」厄秀拉說，「我並不在乎結不結婚，對我來說這並不十分重要，是他想要結婚的。」

「這是他一時的主意，」赫麥妮疲憊地說，那種肯定的語氣表明：你們年輕人哪懂這個。

一陣沉默，隨後厄秀拉結結巴巴挑戰似的問道：「你是否以爲我僅僅是個肉體上的女人？」

「不，不是的，」赫麥妮說，「不，眞的不是！但我覺得你充滿了活力、你年輕——這是歲月甚至是經驗的問題，這幾乎是種族的問題。盧伯特來自一個古老的種族，他那個種族老了，所以他也老了，可你看上去是那麼年輕，你來自一個年輕、尙無經驗的種族。」

「是嗎?!」厄秀拉說，「我覺得從某種角度來說他太年輕了。」

「是的，也許在許多方面他還很孩子氣。但無論如何——」

她們都沉默了。厄秀拉深感厭煩、絕望。「這不是眞的，」她對自己說，也是在向自己的敵人默默挑戰。「這不是眞的。是你，你想要一個身體健壯、氣勢淩人的男人，不是我。是你，你想要一個無愁無感的男人，不是我。你並不了解盧伯特，眞的不了解，別看你和他一起共事那麼久。你並沒有把女人的愛給他，你給予他的只是一種理想的愛，就因爲這個他才離開了你。你不知道，你只知道僵死的東西。任何女廚子都會對他有所了解。你卻不了解他。你認爲你的知識是什麼？不過是一些說明不了任何事物的僵死的理解。你太虛假了，太不眞實了，你能知道什麼？你談什麼愛不愛的有什麼用？你是個虛僞的女精靈！當你什麼都不相信時你能懂得什麼？其實你並不相信你自己，不相信你女人的自我，那麼，你那傲慢、淺薄的聰明又有什麼用?!」

兩個女人在沉默中敵視地面面相覷。赫麥妮感到受了傷害，原來她的好意和她的餽贈只換來了這個女人庸俗的敵意。厄秀拉無法理解這些，永遠也不會理解，她不過是一般的愛妒忌、毫無理性的女人，有著女人強烈的情感，女人的誘惑力和女性的理解力，但就是沒有理性。赫麥妮早就看透了，對一個沒理性的人呼喚理性是沒用的，對無知的人最好是不予理睬。盧伯特現在反過來追求這個女性十足、健康而自私的女人了，這是他一時的舉動，誰也沒辦法阻止他。這是一種愚蠢的進退與擺動，最終他會無法承受，會被粉碎並死去的。誰也救不了他。這種在獸慾與精神之間毫無目標的劇烈搖擺會把他撕裂，最終他會毫無意義地從生活中消失掉。這對他一點好處都沒有。他也是個沒有統一性的人，在生活的最高層次上，他也是個沒有理智的人，他談不上有男子氣，不能決定一個女人的命運。

直到伯金回來，她們一直坐在這兒。伯金立時感到了這裡的敵對氣氛，這是一種強烈、不可調和的敵對感。他咬咬嘴唇裝作若無其事的說：「哈囉，赫麥妮，你回來了？感覺如何？」

「哦，好多了。你好嗎？你臉色不太好。」

「哦！我相信戈珍和溫妮·克里奇會來喝茶的。她們說過要來的。我們將開個茶會。厄秀拉，你坐哪班車來的？」

他這種試圖討好兩個女人的樣子很讓人討厭。兩個女人都看著他，赫麥妮既恨他又可憐他，厄秀拉則很不耐煩。他很緊張。很明顯他今天精神不錯，嘴裡聊些家常話。厄秀拉對他這種聊閒話的樣子既吃驚又生氣。他談起基督教來甚是在行。她對這種話題表現麻木，不予回答。這些在她原來是如此虛僞渺小。直到這時戈珍仍未出現。

「我將去佛羅倫斯過冬天，」赫麥妮終於說。

「是嗎？」他說，「那兒太冷了。」

「是的，不過我將同帕拉斯特拉在一起。我會過得很舒服的。」

「你怎麼想起去佛羅倫斯的？」

「我也不知道，」赫麥妮緩緩地說。然後她目光沉重地盯著他道：「巴奈斯將開設美學課，奧蘭狄斯將發表一系列有關義大利民族政策的演說——」

「都是廢話，」他說。

「不，我不這樣看，」赫麥妮說。

「那你喜歡哪一個？」

「我都喜歡。巴奈斯是一個開拓者。我又對義大利感興趣，對義大利即將興起的民族意識感興趣。」

「我希望興起民族意識以外的東西，」伯金說，「這不過意味著一種商業——工業意識罷了。我討厭義大利，討厭義大利式的夸夸其談。我認爲巴奈斯還不成熟。」

赫麥妮懷著敵意沉默了一會兒。不管怎麼說，她再一次讓伯金回到了她的世界中！她的影響是多麼微妙，她似乎頃刻間就將他的注意力引向了自己這方面。他是她的獵物。

「不，你錯了，」她說。然後她又像受到神諭啓示的女巫一樣抬起頭瘋狂地說：「桑德羅寫信告訴我，他受到了極其熱情的款待，所有的年輕人，男孩女孩都有。他們對義大利充滿了激情，什麼都想了解。」她用義大利語說。

他厭惡地聽著她的狂言，說：「不管怎麼說，我仍不喜歡它。他們的民族主義就是工業主義，對這種工業主義以及他們那淺薄的忌妒心，我討厭透了。」

「我覺得你錯了，你錯了。」赫麥妮說。「我似乎覺得那純粹是自然衝動，很美，現代義大利的激情，那是一種激情，對義大利來說——」

「你很了解義大利嗎？」厄秀拉問赫麥妮。赫麥妮討厭別人如此插話，但她還是和氣地回答：

「是的，很了解。我小時候同母親一起在那兒住了好幾年。我母親就死在佛羅倫斯。」

「哦，是這樣。」

人們不說話了，這沉默令厄秀拉和伯金十分痛苦。赫麥妮倒顯得平靜、心不在焉。伯金臉色蒼白，眼睛紅紅的像在發高燒，他太勞累了。這種緊張的氣氛眞教厄秀拉難受！她覺得自己的頭讓鐵條箍緊了。

伯金揿鈴叫人送茶。他們不能再等戈珍了。門一開，進來一隻貓。

「米西奧！米西奧！」赫麥妮故意壓低嗓門兒叫著。小貓看看她，然後緩緩地邁著優雅的步子向她身邊走來。

「過來，到這邊來，」赫麥妮疼愛地說，似乎她總是長者，是母親，口氣總是帶優越感。「來向姨媽問早安。你還記得我，是嗎，我的小東西。眞的記得我？」她說著緩緩撫摸著牠的頭。

「牠懂義大利話嗎？」厄秀拉問，她一點也不懂義大利話。

「懂，」赫麥妮說，「牠的母親是義大利貓，我們在佛羅倫斯時，盧伯特生日那天，牠出生於我的字紙簍裡，成了他的生日禮物。」

茶來了，伯金爲每個人斟了一杯。奇怪的是，他和赫麥妮之間的親密關係是那麼不容侵犯，令厄秀拉覺得自己像個局外人。那茶杯和上面古老的鍍銀是赫麥妮和伯金之間的紐帶，它似乎屬於一個他們共同生活過的世界，那兒對厄秀拉來說是陌生的。在他們那古老文化的環境中，厄秀拉猶如一個暴發戶一樣。她的習俗與他們的不同，他們的標準跟她的也不一樣。但他們的習俗與標準已得到確認，他們得到了歲月的認可，因此而體面。他和她——伯金和赫麥妮共同屬於同一舊的傳統，屬於同一種枯萎的文化。而厄秀拉則是個闖入他們之間的入侵者，她總有這種感覺。

赫麥妮往淺盤裡倒了一點奶油。她在伯金屋裡毫不費力地顯示出自己的權力，這既令厄秀拉發瘋又令她洩氣。赫麥妮的動作中表現出一種必然，似乎她必須這樣不可。赫麥妮托起小貓的頭，把奶油送到牠嘴邊。只見幼貓兩隻爪子扒住桌沿，低下優雅的頭去吮奶油。

「我相信牠懂義大利語，」赫麥妮說，「你沒忘了你的母語吧？」

赫麥妮蒼白細長的手托起貓頭阻止牠吸吮。貓完全在她的掌握之中。她總是這樣顯示自己的力量，特別是顯示自己控制男性的力量。只見這隻雄性小貓忍耐著眨眨眼睛，露出雄性的厭煩表情，舌頭舐了舐鬍鬚。這副樣子令赫麥妮「撲哧」一笑出聲來。

「這是個好孩子，這孩子多傲慢！」

她如此平靜、奇特地衝貓做出一個逗樂兒的姿態。她很有一種靜態美，從某種意義上說，她是個社交藝術家。

那貓拒絕看她，毫不在意地躲開她的手指，又去吃奶油。只見牠鼻子湊近奶油，但又絲毫不沾一點，嘴巴吧嗒吧嗒地吃著。

「教牠在桌子上吃東西，這很不好。」伯金說。

「那倒是，」赫麥妮贊同牠說。

然後她看著貓，又恢復了她那種嘲弄味的幽默語調：

「他們淨教你幹壞事，幹壞事。」

她用手指尖緩緩托起小貓雪白的脖子，小貓極有耐性地四下張望著，但又躲閃著不看任何東西，繼而縮回脖子，用爪子洗臉。赫麥妮從嗓子眼兒裡擠出一聲滿意的笑。

「俊小夥子——」

小貓再次走上前來，漂亮的前爪搭在盤沿上。赫麥妮忙輕輕地挪開盤子。這種刻意細膩的動作令厄秀拉覺得像戈珍。

「不，你不能把你的小爪子放到小盤子裡，爸爸不喜歡。公貓先生，野極了！」

她的手指頭仍然摸著小貓軟軟的爪子，她的聲音也具有某種魔力與霸道腔。

厄秀拉覺得很失意。她想一走了之，似乎這樣做又不好。赫麥妮是永久站得住腳的，而她厄秀拉卻是短暫的，甚至站都沒站住。

「我這就走，」她突然說。

伯金幾乎有點害怕地看著她──他太怕她生氣了。「不必這樣急吧？」他忙說。

「是的，」她說，「我這就走。」說完她轉身衝著赫麥妮伸出手來不等對方說什麼就道了一聲「再見」。

「再見──」赫麥妮仍握著她的手。「一定要現在走嗎？」

「是的，我想我該走了，」厄秀拉沉下臉，不再看赫麥妮的眼睛。

「你想你要──」

厄秀拉抽出自己的手，轉身衝伯金調侃般地道一聲「再見」，然後刻不容緩地打開門。

出了門她就氣鼓鼓地沿著馬路跑了起來。眞奇怪，赫麥妮激起了她心中的無名火。厄秀拉知道她向另一個女人讓步了，知道自己顯得缺少教養、粗俗、過分。可是她不在乎。她只顧在路上奔跑，否則就會回去當著伯金和赫麥妮的面諷刺他們，因爲是他們惹惱了她。

第二十三章　出　遊

第二天伯金就來找厄秀拉。那是將近中午時，伯金來到學校問厄秀拉是否願意和他一起駕車出遊。厄秀拉同意了，但她臉色陰沉著，毫無表情。見她這樣，他的心沉了下去。

下午天氣晴朗，光線柔和。伯金開著汽車，厄秀拉就坐在他身邊，但她的臉色依舊陰沉著毫無表情。每當她這樣像一堵牆似的衝著他，他的心裡就十分難受。

他的生命現在是太微不足道了，他幾乎對什麼都不在乎了。有時他似乎一點都不在乎厄秀拉、赫麥妮或別人是否存在。何苦麻煩呢！爲什麼非要追求一種和諧、滿意的生活？爲何不在一連串偶然事件中遊盪——就像流浪漢小說那樣？爲什麼不呢？爲什麼要去在乎什麼人與人之間的關係？爲什麼那麼嚴肅地對待別人？爲什麼要與別人結成如此嚴肅的關係？爲什麼不隨便些、承認一切都有其價值？

說到底，他是命中注定要走老路、要認眞生活的。

「看，」他說，「看我買了些什麼？」汽車在雪白寬闊的路上行駛著，沿路兩旁都是樹木。

他給她一捲紙，她打開就看。

「太美了，」她看著禮物說。

「眞是太美了！」她又叫起來。「你爲什麼把它們給我？」她挑戰地問。

他臉上現出一絲厭煩和憤憤然的表情，然後聳了聳肩。

「我就是要這樣，」他冷漠地說。

「爲什麼？你這是爲什麼？」

「一定要我做出解釋嗎？」他說。

她一言不發地看著包在紙裡的戒指。

「我覺得它們太美了，」她說，「特別是這一隻，太美妙了——」

這隻戒指上鑲著火蛋白石，周圍是一圈細小的紅寶石。

「你最喜歡哪一隻嗎？」他問。

「是的。」

「但我喜歡藍寶石的，」他說。

「這一隻嗎？」

這是一隻漂亮的玫瑰狀藍寶石戒指，上面點綴著一些小鑽石。

「是啊，」她說，「很好看。」她把戒指舉到陽光下看了看說。「也許，這才是最好的——」

「藍的——」他說。

「對，很奇妙——」

突然他一扭方向盤，汽車才避免了與一輛農家馬車相撞。但汽車卻傾斜在岸邊。他開車很馬虎，老愛開快車。厄秀拉可嚇壞了。他那種莽撞勁兒總讓她害怕。她突然感到他會開車出事，她會死於車禍。想到此她一時心涼了。

「你這麼開車不是有點太危險了嗎？」她問。

「不，不危險，」然後他又問她：「你不喜歡黃色的戒指嗎？」

這是一隻鑲在鋼架之類的金屬中的方黃玉戒指，做工很精細。

「喜歡的，」她說，「可是你爲什麼買這些戒指？」

「我需要。都是舊貨。」

「你買來是自己用嗎？」

「不是。我的手戴戒指不像樣。」

「那你買它們幹什麼？」

「買來送給你。」

「爲什麼給我？你肯定是買來送給赫麥妮的！你屬於她。」

他沒說話。她手裡仍攥著這些首飾。她想戴上這幾隻戒指，但是她心中什麼東西在阻擋她這樣做。另外她恐怕自己的手太大戴不下，她要避免戴不下戒指丟醜，所以只在小指上試了試。他們就這樣在空空蕩蕩的街上駕車轉遊。

坐汽車很令她激動，以至於她忘記了自己的現狀。

「我們到哪兒了？」她突然問。

「離沃克索普不遠。」

「我們去哪兒呢？」

「哪兒都行。」

她就喜歡這樣的答覆。

她張開手，看著手中的戒指。三個鑲有寶石的圓圓的戒指擺在她的手掌裡，很令她高興，她眞想戴上試試，但又不想讓伯金看見，否則他會發現她的手指頭太粗。但他還是發現了。凡是她不想讓他看到的，他偏偏都能看到。他這麼眼尖，眞讓人恨。

只有那隻鑲火蛋白石的戒指環圈比較薄，她的手指頭可以伸進去。但她這人很迷信，覺得有一種不祥之兆①。不，她不要他這象徵性的戒指。這等於把自己許給他了。

「看，」她向他伸出半握著的手。「別的幾個都不合適。」

他看到柔和的寶石在她過於敏感的皮膚上閃著紅光。

「是不合適，」他說。

「火蛋白石不吉利，是嗎？」她若有所思地說。

「不過我喜歡不吉利的東西。吉利很庸俗，誰需要吉利所帶來的一切？反正我不需要。」

「那是爲什麼呢？」她笑道。

她急於想看看另兩隻戒指戴在自己手上是什麼樣，於是她就把它們戴在小指上。

「這些戒指本可以再做大一點的，」他說。

「對，」她將信將疑地說。然後她嘆了一口氣。她知道，接受了戒指就等於接受了一種約束。但命運是不可抗拒的。她又看看戒指，在她眼裡它們極漂亮——不是裝飾品或財富，而是愛物。

「你買了這些戒指眞教我高興。」說著她不太情願地把手輕輕搭在他的胳膊上。

他微微一笑。他需要她親近他，但他內心深處卻是憤怒、漠然的。他知道她對他懷有一股激情，這是眞的。但這不是徹底的激情。更深層的激情是當一個人變得超越自身，超越情感時爆發出來的。而厄秀拉仍停留在情感與自我的階段——總是無法超越自身。他接受了她，但他並沒有被她佔有。他接受了黑暗、羞赧的她——像一個魔鬼俯視著神秘腐朽的源泉——她生命的源泉。他笑著、抖動著雙肩，最終接受了她。至於她，什麼時候她才能超越自己，在死亡的意義上接受他？

這會兒她變得很幸福。汽車在向前行駛，午後的天氣柔和、晴朗。她饒有興趣地聊著天，分析著人們和他們的動機——戈珍和杰拉德。他含含糊糊地回答著。他對於各種人的性格什麼的並不那麼感興趣——人們各不相同，但都受著同樣的局限。大約只有兩種偉大的觀念，只有兩條巨大的運動流，從中派生出多種形式的迴流。這種迴流—返逆流在不同的人身上表現不一樣，但人們遵循的不過是幾條大的規律，從本質上說都沒什麼區別。他們運動或反運動，毫不受意志支配地遵循著幾條大規律，而一旦這些規律和大的原則爲人所知，人就不再神秘，也就沒什麼意思了。人們從本質上說都一樣，他們的不同不過是一個主旋律的變奏。他們當中誰也無法超越天命。

厄秀拉不同意這種說法，她認爲了解人仍舊是一種歷險，不過這也許比不上自己試圖說服自己，那更是一種歷險。或許現在她的興趣有點像機器一樣呆板。或許她的興趣是破壞性的，她的分析眞像在把東西肢解。在她心目中，她並不在意別人和別人的特殊之處，甚至別人遭毀滅她都不在乎。一時間她似乎觸到了心中的這一想法，她沉靜下來，只把興趣全轉到伯金身上。

「在暮色中回去不是很美嗎？」她說，「我們稍晚一點喝茶。喝濃茶好嗎？」

「我答應到肖特蘭茲吃晚飯的，」他說。

「這沒關係，你可以明天再去嘛。」

「赫麥妮在那兒，」他很不安地說。「她兩天以後就會離開這兒。我想我該跟她告別，以後我再也不見她了。」

厄秀拉和他拉開了距離，沉默不語。伯金眉毛緊蹙著，眼裡閃動著怒火。

「你不在意吧？」他有點惱火地說。

「不，我不在意。我爲什麼要在意呢？爲什麼？」她的語調是在挖苦、冒犯對方。

「我是在問我自己，」他說，「你爲什麼在意?!可是你看上去就是不滿意。」他氣得眉毛緊蹙成一團。

「請相信，我不在乎，一點兒都不在乎!去你應該去的地方吧——我就希望你這樣做。」

「你這個傻瓜！」他叫道。「我和赫麥妮的關係已經完了。她對你來說比對我還重要。你同她作對，說明你和她是一類人。」

「作對！」厄秀拉叫了起來，「我知道你的詭計。我才不會讓你的花言巧語騙了我呢。你屬於赫麥妮，被她迷住了。你願意，就去吧。我不譴責你。可是那樣的話，你我就沒什麼關係了。」

伯金氣憤極了，狂怒中停下了車。於是，他們就坐在村路中央的車中，把這件事說個明白。這是他們之間的一場戰爭危機，他們並未看出這種境況的荒唐之處。

「如果你不是個傻瓜，如果你還不傻，」他痛苦絕望地叫著，「你就該知道，甚至當你錯的時候你也應該體面些。這些年我和赫麥妮保持關係是錯誤的，這是個死亡的過程。但不管怎麼說，人還是要有人的面子的。你卻一提赫麥妮就滿懷妒忌地要把我的心都撕碎。」

「妒忌！妒忌！我妒忌！你這樣想就錯了。我一點都不妒忌赫麥妮，對我來說她一錢不值。壓根兒談不上妒忌！」說著她打了一個響指。「你撒謊。你要找回赫麥妮，就像狗要尋到自己吐出過的東西一樣。我恨的是赫麥妮所主張的。我所以恨，是因爲她說的是假話。你需要這些假話，你拿它沒辦法，拿你自己也沒辦法。你屬於那個舊的、死氣沉沉的生活方式，那就回到那種生活方式中去吧。但別來找我，我跟它可沒任何關係。」

她一氣之下跳下汽車到樹籬前，情不自禁地摘著粉紅色的漿果，有些果子已經綻開，露出桔紅色的籽。

「你可眞是個傻瓜，」他有點輕蔑地叫著。

「對，我傻，我是傻。感謝上帝讓我這麼傻。我太傻了，無法品味你的聰明。感謝上帝吧。你去找你的女人，去吧！她們跟你是一類人，你總有一批這樣的人追隨你，總有。去找你精神上的新娘去吧，別來找我，因爲我沒她們那種精神，謝謝你了。你不滿意，是嗎？你的精神新娘無法給予你所需要的東西，她們對你來說並不夠平易近人、不夠肉感，是嗎？於是你甩下她們來找我！你想跟我結婚過家常生活，可是又要暗中與她們進行精神上的往來！我懂你這套骯髒的把戲。」一股怒火燃遍全身，她雙腳發瘋地跺著地，於是他害怕了，深怕她打他。「而我，我並不夠精神化，在這方面我不如赫麥妮！」說著，她的雙眉蹙緊了，目光老虎般地閃爍著。「那就去找她吧，我要說的就這句話，去找她吧，去。哈哈，她，精神——精神，她！她是個骯髒的物質主義者。她精神化嗎？她關注的是什麼？她的精神又是什麼？」她的怒氣似乎化作烈火噴將出來炙烤著他的臉。他後退了。「我告訴你吧，這太骯髒，骯髒，骯髒。你要的就是骯髒，你渴求的就是骯髒。精神化?!難道她的霸道、驕橫、骯髒的物質主義就是精神化？她是一個潑婦，潑婦，就是這樣的物質主義者。太骯髒了。她那股子社交激情到底會怎樣？社交激情，她有什麼樣的社交激情？讓我看看！在哪兒？她需要唾手可得的小權力，她需要一種偉大女人的幻覺，就是這麼回事。在她的靈魂中，她是一個兇惡的異教徒，很骯髒。從根本上說她就是這麼一個人。其餘的全是裝的——你喜歡這個。你喜歡這種虛假的精神，這是你的食糧。爲什麼？那是潛伏著的骯髒所致。你以爲我不知道你的性生活有多骯髒嗎？還有她的，我也知曉。而你需要的正是這種骯髒，你這騙子。那就過這骯髒生活去吧，去吧。你這騙子。」

她轉過身去，戰慄著從籬笆上摘下漿果，雙手顫抖著把漿果戴在胸部。

他默默地看著她。一看到她戰慄著的敏感的手指，他心中就燃起一股奇妙的溫柔之情，但同時他心裡也感到氣憤、冰冷。

「這種表現很卑劣，」他冷冷地說。

「是的，的確卑劣，」她說，「對我來說更是如此。」

「看來你是願意降低自己的身分的。」他說。這時他看到她臉上燃起火焰，目光中凝聚著黃色的光點。

「你！」她叫道，「你！好一個熱愛眞理的人！好一個純潔的人！你的眞理和純潔讓人聽著噁心。你這個垃圾堆裡刨食的狗，食死屍的狗。你骯髒，骯髒，你必須明白這一點。你純潔，公正，善良，是的，謝謝你，你有那麼點純潔、公正、善良。可是你的眞實面目是，猥褻，骯髒，你就是這麼個人，猥褻、變態。你還需要愛！你也可以說你不需要愛。不，你需要你自己、骯髒和死亡——你要的就是這個。你太變態，太僵死，還有——」

「小心！有自行車過來，」他說。他讓她那大聲的譴責搞得很不安。

她朝路上看去。

「我才不管什麼自行車呢，」她叫道。

她總算沉默了。那騎車人聽到這邊的爭吵聲，奇怪地看著這一男一女，又看看停在路上的汽車。

「你好，」他快活地說。

「你好，」伯金冷冷應道。

那人走遠了，他們沉默了。

伯金臉色變開朗了。他知道總的來說厄秀拉是對的。他知道自己心理變態了，一方面過於精神化，另一方面，自己卑劣得出奇，可是難道她比自己強多少嗎？難道別人就能強多少？

「或許這是對的，」他說。「但是赫麥妮的意淫並不比你的那種情感上的妒忌更壞。人甚至應該在自己的敵人面前保持自己的體面。赫麥妮至死都會是我的敵人！我必須用箭把她趕走。」

「你！你，你的敵人，你的箭！你把你自己描繪得挺美啊。可這幅畫中只有你一個人，沒別人。我忌妒！我說那些話，」她大叫著，「是因爲那是事實，明白嗎？你是你，一個骯髒虛僞的騙子，一個僞君子。我說的就是這個，你全聽到了。」

「很感謝你，」他調侃地扮個鬼臉道。
「是的，」她叫道，「如果你還有點體面，就該感謝我。」
「可是，我沒一點體面——」他反譏道。
「沒有，」她喊道，「你沒一丁點兒。所以，你可以走你自己的路，我走我的路，沒什麼好處，一點也沒有。你可以把我留在這兒了，我不想跟你多走一步，留下我——」
「你甚至不知道你在哪裡——」他說。
「不必麻煩了，請放心，我不會出問題的。我錢包裡有十個先令，你把我弄到哪兒，這點錢也夠我回去的路費。」她猶豫著。她手上還戴著戒指呢，兩隻戴在小指上，一隻戴在無名指上。她仍猶豫著不動。
「很好，」他說，「最沒希望的是傻瓜。」
「你說得很對，」她說。
她又猶豫了片刻。臉上露出醜陋、惡毒的表情，從手指上拔下戒指衝他扔過去。一隻打在他臉上，另外兩隻掉到衣服上又散落在泥土中。
「收回你的戒指吧，」她說，「去買個女人吧，哪兒都可以買到，有許多人願意與你共享那些亂哄哄的精神或享有你的肉慾，把精神留給赫麥妮。」
說完她就漫不經心地上路了。伯金佇立著看著她陰沉地走遠了，一邊走一邊揪扯著籬笆上的樹枝子。她的身影漸漸變小，似乎在他的視線中消失了。他覺得頭腦中一片黑暗，只有一點意識的游絲在抖動著。
他感到疲憊虛弱，但也感到釋然。他改變了下姿勢，走過去坐在岸邊上。毫無疑問厄秀拉是對的。她說的的確是眞情。他知道他的精神化是伴隨著一種墮落的，那是一種自我毀滅的快感。自我毀滅中的確有一種快感，對他來說當自我毀滅在精神上轉化成另一種形式出現時更是如此。他知道，他這樣做了。還有，難道厄秀拉的情感之淫不是與赫麥妮那種深奧的意淫同樣危險嗎？溶化，溶化，這兩種生命的融合，每個男女都堅持這樣做，不管是精神實體還是情感實體，不是都很令人噁心、害怕嗎？赫麥妮覺得自己是一個完整的觀念，所有的男人都得追隨她，而厄秀拉則是完整的母腹，是新生兒的浴池，所有的男人都必須奔向她！她們都很可怕。她們為什麼不是個性化的人，為什麼不受到自身的限制？她們為什麼如此可怕得完整，如此可憎得霸道？她們為什麼不讓別人自由，為什麼要溶解人家？一個人完全可以沉湎於重大的事情，但不是沉湎於別的生命。

他不忍心看著戒指陷在路上的泥土中。他拾起戒指，情不自禁地用手擦著上面的泥土。這戒指是美的象徵，是熱烈的創造中幸福的象徵。他的手上沾上了沙礫，髒了。

他頭腦中一片黑暗。頭腦中凝聚著的意識粉碎了，遠逝了，他的生命在黑暗中溶化了。他心中很是焦慮。他需要她回來。他像嬰兒那樣輕微、有規律地喘息著，像嬰孩一樣天眞無邪，毫無責任感。

她正往回走。他看到她正沿著高高的籬笆漫不經心地朝他緩緩走來。他沒動，沒有再看她。

他似乎靜靜地睡了，蟄伏著，徹底放鬆了。

她走過來垂著頭站在他面前。

「看我給你採來了什麼花兒？」說著她把一束紫紅色的石楠花捧到他面前。他看到了那一簇喇叭樣的各色花兒和細小如樹枝般的花梗，還看到捧著花的那手，她手上的皮膚那麼細膩、那麼敏感。

「很美！」他抬頭衝她笑著接過了花兒。一切又變得很簡單了，複雜性全消逝了。但是他眞想大叫，但沒叫出聲，他太累，感情負擔太重了。

隨後他心中升起一股對她的溫柔激情。他站起來，凝視著她的臉。這是一張全新的臉，那麼嬌纖，臉上露出驚奇與恐懼的表情。他摟住她，她把臉伏在他的肩上。

安寧，那樣寧馨，他就站在路上默默地擁抱著她。最終是靜謐。原先那可惡的緊張世界終於逝去了，他的意志堅強起來，他感到很自在。

她抬頭看著他，眼中那奇妙的黃色光芒變得柔和、溫順起來，他們的心情都平靜下來了。他吻了她，溫柔地，一遍又一遍。她的目光充滿了笑意。

「我罵你了嗎？」她問。

他也笑了，握住了她柔軟的手。

「千萬別在意，」她說，「這也是爲了咱們好。」他溫柔地吻了她許多次。

「難道不是嗎？」她說。

「當然，」他說，「等著吧，我會報復的。」

她突然一聲大笑，猛地擁抱住他。

「你是我的，我的愛，不是嗎？」她叫著摟緊了他。

「是的，」他溫柔地說。

他的話那麼肯定，語氣那麼溫柔，令她無法動彈，似乎屈從於一種命運。是的，她默許了，可他卻沒有得到她的許可就做了一切。他默默地一遍又一遍地吻她，溫柔、幸福地吻她，他的吻幾乎令她的心停止了跳動。

「我的愛！」她叫著，抬起臉驚喜地看著他。這一切都是眞的嗎？他的眼睛是那麼美、那麼溫柔，絲毫不因緊張和激動而有所改變。他漂亮的眼睛向她微笑著、同她一起笑著。她把臉埋在他的肩上，生怕他看到她的臉，她知道他愛她，但她有點怕，她處在一個奇特的環境中，被新的天空包圍著。她渴望他爆發出激情來，因爲只有在激情中她才能隨心所欲。但這渴望是脆弱的，因爲周圍的環境是可怕的。

她再次猛然抬頭，衝動地問：「你愛我嗎？」

「愛，」他回答，他只看到佇立的她，沒注意她的動作。

她知道他說的是眞話。

「你應該這樣，」她說著扭臉向路上看去。「你找到戒指了嗎？」

「找到了。」

「在哪兒？」

「在我衣袋裡。」她的手伸進他的衣袋中掏出戒指。

她感到不安。「咱們走吧？」她說。

「好，」他答道。他們又上了車，離開了這塊値得紀念的戰場。

他們在傍晚的曠野中游盪著，汽車歡快地行駛著，既優雅又超然。他的心裡安然又甜蜜，生命似乎從新的源泉中流出從他身上流過，他似乎剛從陣痛的子宮裡出生。

「你幸福嗎？」她出奇興奮地問。

「幸福，」他說。

「我也一樣，」她突然興奮地大叫著摟住他，用力擁抱著他。可他還在駕駛著車。

「別再開了，」她說，「我不希望你總在做什麼事。」

「咱們結束了這次短短的旅行，就自由了。」

「我們會的，我的愛，我們會的。」她歡快地叫著，趁他向她轉過身來時吻了他。他意識上的緊張感打破了，他又清醒地駕駛著汽車。他似乎全然清醒了，他全身都清醒了，似乎他剛剛醒過來，就像剛剛出生，就像一隻小鳥剛衝破蛋殼進入一個新世界。

他們在暮色中下到山下，突然厄秀拉發現右首的空谷中南威爾寺的影子。

「咱們都到了這兒了！」她興奮地叫著。

那僵硬、陰鬱、醜惡的教堂矗立在茫茫的暮色中，他們進到小城中，發現金黃色的光芒在商店的櫥窗中閃爍著。

「我爸爸和媽媽剛剛相識的時候就到這兒來過，」她說，「他喜歡這座寺廟。你喜歡嗎？」

「喜歡。它像透明的石英聳入黑暗的夜空。咱們就在撒拉遜酒店裡喝晚茶吧②。」

下山時聽到寺院裡的鐘正奏響六時的曲子：「今夜，光榮屬於你，我的上帝；這月光保佑你——」

在厄秀拉聽來，這樂曲正從黑暗的夜空中一點點落下，落在小城的暮色中。這樂曲就像多少世紀前陰鬱的聲音，太遙遠了。她站在這古老的酒店院子裡，呼吸著稻草、馬廄和汽油味兒。抬起頭，她可以看到天上剛剛嶄露出的新星。這一切都是怎樣的啊？這不是實際的世界，這是童年的夢境——一段寶貴的回憶。世界變得一點都不真實。她自己成了一個陌生、虛幻的人。

他們一起坐在小客廳裡的壁爐旁。

「是嗎？」她笑道。

「什麼？」

「一切——一切都是眞的嗎？」

「最好的是眞的，」他衝她做個鬼臉道。

「是嗎？」她笑著，但仍沒有把握。

她看著他，他仍然那麼遠。她的心靈中又睜開了一雙新的眼睛。她發現他是來自另一個世界的奇怪動物。她似乎被迷住了，一切似乎都變形了。她又想起《創世記》這本魔書中講的事：上帝的兒子看到人的女兒很美③，而伯金就是這些奇特的人之一，他從遠處俯視她，發現她很美。

他站在爐前地毯上，看到她仰起的臉就像一朵鮮豔奪目的花兒，沾著清晨第一顆露珠，閃著金黃金黃的光芒。他微笑著，似乎世間沒有任何語言，只有對方心中默默幸福開放的花朵。他們微笑著，只要對方存在他們就高興，那是純粹的存在，不用你去想，甚至不用你去感知。但他的眼睛卻透著嘲弄的神情。

她像著了魔一樣迷上了他。她跪在爐前地毯上，摟住他的腰，臉埋進他的兩腿中。多麼美妙！多麼美妙！她感到無限美妙！

「我們相愛著，」她興奮地說。

「不僅是愛，」他說著俯視她，臉上閃爍著光芒。

她敏感的指尖無意識中摩挲著他的大腿，順著一股神秘的生命流摩挲著。她發現了什麼東西，發現了某種超越生命本身的東西。那種神秘的生命運動，在腹下的腿上。那是他生命奇特的眞實，那是生命本身，沿著腿部直瀉下來。是在這兒，她發現他是始初上帝的兒子，不是人，是別的什麼，或者更多。

這就夠了。她有過情人，她知道激情是怎麼一回事。現在這東西既不是愛也不是激情。這是人的女兒回到上帝的兒子的懷抱。這陌生的非人的上帝始初的兒子。

她的臉釋放出金色的光芒，她抬頭看著他，他站在她面前，她的雙手摟住他的雙腿。他俯視著她，那閃亮的眉毛就像王冠一樣。她就像開放在他膝下的一朵美麗的花朵，一朵超越女性、放射著異彩的天堂之花。但他心中有什麼東西禁錮著他，讓他無法去喜愛這朵伏在他膝下閃著異彩的花朵。

但對她來說她的目的都達到了。她已經發現了上帝始初的兒子，他也發現了人類最初的漂亮女兒。

她的手摩挲著他的腰臀和大腿，撫摸著他的背，只感到一股活生生的烈火由他身上冥冥地流出從她身上通過。這是她從他身上吸出的一股黑暗的激情電流。她在她和他之間築起了一條新電路，新的激情電能發自最黑暗的肉體電極，形成完美的電路。這裡一股黑色的流，從他身上流向她，把他們兩人淹沒在寧馨與美滿的海洋中。

「我的愛，」她叫著，向他仰起臉，狂喜中睜大雙眼、張開了嘴。

「我的愛，」他回答著俯下身一個勁兒吻她。

她抱住他的腰臀，抱個滿懷，他彎下腰時她似乎觸到了他身上那黑暗的神秘物。她幾乎要在他身下昏過去，他俯下身，也似乎要昏過去。對他們雙方來說這都是完美的死亡，同時又是對生命難以忍受的接近，是最直接的美妙的滿足，它驚人地流溢自最深的生命源泉——人體內最黑暗、最深處和最奇妙的生命力，它發自腰臀的基底。

沉默過後，陌生的黑暗河流從她身上淌過，她的意識隨之而去，從後背一直降到雙膝又流過她的腳，這奇特的洪流橫掃了一切，讓她成爲一個新人，她自由了，她全然是她自己了。於是她靜靜地站起身，快活地衝他笑著。他站在她面前，臉上微微發光，那麼眞實，令她的心幾乎停止了跳動。他那奇特的身軀佇立著，他的軀體內蘊育著奇妙的泉，就像始初上帝的兒子的軀體。他體內奇特的泉比任何她想像的或知曉的泉都更神秘、更強大、更令人滿足，啊，令人肉體上感到神秘的滿足。她曾以爲沒有比生殖器源泉更深的源泉了。現在，看吧，從這個男人岩石般的軀體中，從他奇妙腹部和腿部更深遠的神秘處奔湧出難以名狀的黑暗和財富之流④，它比生殖源泉更爲神秘。

他們那麼高興，全然沉醉了。他們笑著去用餐。晚飯有鹿肉和餡餅，一大片火腿，水芥，紅甜菜根，山楂和蘋果餡餅，還有茶。

「這麼多好東西呀！」她歡快地叫道，「看上去是多麼高雅！我來倒茶吧！」

平時，她做起這類台面兒上的事來總是很緊張、猶猶豫豫。可今天她什麼都忘了，從容不迫，全然忘記了什麼叫害怕。茶水從細細的壺嘴兒中流出來的樣子很好看。她給他遞茶杯時眼裡透著微笑。她終於學會了安然、熟練地做這一切。

「一切都是我們的，」她對他說。

「一切，」他說。

她得勝似的笑了。

「我太高興了！」她叫道，表現出難以言表的釋然。

「我也是，」他說，「不過我想咱們還是最好擺脫咱們的任務，越快越好。」

「什麼任務？」她揣度著問。

「咱們必須盡快扔下咱們的工作。」

她表示理解。

「當然，」她說。

「我們必須走，」他說，「沒別的，快走。」

她從桌子另一邊懷疑地看著他。

「去哪兒呢？」她問。

「不知道，」他說，「咱們就轉悠一會兒吧。」

她又疑慮地看著他。

「去磨房吧，我在那兒可高興了。」她說。

「那裡離舊的東西太近了點，」他說，「還是隨便轉轉吧。」

他的聲音竟是如此溫柔、如此輕快，像興奮劑一般從她的血管中穿過。她夢想著有一個峽谷、荒蠻的園子，那裡一片靜謐。她渴望著燦爛輝煌的場景——這是貴族式的奢望。無目的地漫遊讓她覺得太不安定，令她不滿。

「你打算轉悠到哪兒去呢？」她問。

「不知道。我感到似乎是我們剛見面就要到遠方去。」

「但能到哪兒去呢？」她焦慮地問，「歸根結柢，只有這個世界，哪裡都不算遠。」

「但是，」他說，「我願意和你一起去——去不知道的地方。最好漫遊到不知道的地方去。就去那裡。一個人需要離開已知的世界，到我們自己的未知地方去。」

她仍在沉思。

「你看，我的愛，」她說，「我們只要是人，恐怕就得對現存世界認可，因爲沒有另一個世界。」

「不，有的，」他說，「有那樣的地方，在那裡我們可以獲得自由，在那裡人不必穿更多的衣服——一件甚至都不需要——在那兒你可以遇見不少飽經滄桑的人，把什麼都視作理所當然——在那兒你就是你自己，沒那麼多麻煩事。有那麼個地方——有那麼一兩個人——」

「可是，哪兒呢——」她嘆息道。

「某個地方——隨便什麼地方，我們姑且漫遊而去吧。我們要做的就是這件事。」

「好吧，」她說，一想到旅行她就害怕，不過只是旅行罷了。

「去獲得自由，」他說。「在一個自由的地方，和少數幾個人在一起，獲得自由！」

「那好，」她沉思著說。可是「少數幾個人」一詞卻讓她不快。

「這並不是一個地點的問題，」他說，「這是一種你、我及他人之間完美的關係，只有這樣我們才能自由相處。」

「是的，我的愛，不是嗎？」她說，「你和我，你和我，不是嗎？」說著她向他伸展出雙臂。他忙走過去俯身吻她的臉。她再一次摟住他，雙手從他的肩膀緩緩向下滑動，重複著一個奇妙的節奏，滑下去，神秘地撫摸著他的腰臀和腹部。一種美滿的感覺令她神魂顛倒，那美妙的佔有、神秘的安然像死亡一樣。她那樣徹底地、過分地佔有了他，以至於她自己都失落了。其實她只不過坐在椅子中，忘我的擁抱著他。

他溫柔地吻著她。

「我們永不再分離，」他喃言道。她一言不發，只顧用雙手用力壓著他軀體上黑暗的源泉。

當他們從顛狂狀態中醒來後，決定寫辭職書。她想這樣做。

他按了一個鈴，要來沒印著地址的信紙。侍從擦乾淨桌子。

「現在，」他說，「你寫你的。寫上你的住址和日期，然後寫『教育長官，市政廳，××先生——』

好！我不知道如何忍耐下去，我想一個月內可以解決問題，不管怎樣吧，寫『先生，我請求辭去威利・格林小學教員的職務。一月內如獲恩准，不勝感激。』行了。寫好了嗎？讓我看看。『厄秀拉・布朗溫。』好！現在我來寫我的。我應該給他們三個月的期限，當然我可以說是健康原因辭職。我可以好好安排一下。」

說完他坐下寫他的正式辭職書。

「喏，」他封上信封、寫好地址後說，「咱們是否從這兒把信發出去？一起發。我知道杰克會說：『這是偶然現象！他會發現這兩封信一模一樣。讓他這麼說嗎？」

「我無所謂，」她說。

「不嗎——？」他沉思著問。

「這無所謂，不是嗎？」她說。

「對，」他回答，「別讓他們瞎想我們。我先寄走你這封，然後再寄我的。我可受不了他們胡猜亂想。」

他的眼睛透出異常的眞誠看著她。

「你是對的，」她說。

她向他抬起神采奕奕的臉，似乎要把他吸過去。他變得神魂顛倒了。

「咱們走吧？」他說。

「聽你的，」她說。

他們很快就出了小城，開車在起伏不平的鄉間路上行進著。厄秀拉依偎著他溫暖的軀體，凝視著微弱的燈光照亮的前方道路。時而是寬闊的舊路，路兩邊的草場，車燈照耀下現出飛躍的魔影和精靈，時而前方出現樹叢，時而露出布滿荊棘的灌木叢、圍場和糧倉的尖頂。

「你還去肖特蘭茲吃晚飯嗎？」厄秀拉突然問，嚇了他一跳。

「天啊！」他叫道，「肖特蘭茲！再也不去了。再說，也太晚了呀。」

「那我們去哪兒呢？去磨房嗎？」

「如果你喜歡，就去。這樣美好的夜晚，去哪兒都可惜。走出這夜幕，實在太可惜。可惜呀，我們無法停留的這黑夜中。這夜色比什麼都美好。」

她坐在車中遐想著。汽車顛簸著。但她知道她離不開他，這黑暗把他們兩人縛在了一起包圍起來，這黑夜是無法超越的。再說，她對他那溫暖的腰臀有了神秘、黑暗的感知，感到了命運之無法抗拒和美，人需要這種命運並且完全接受這種命運。

他僵直地坐著開車，那樣子像個埃及法老。他感到自己像眞正的埃及雕塑那樣有一種太古的力量，這力量眞實、難以言表。他嘴角上掛著一絲謎一樣的微笑。他知道自己的脊背和腰臀部有一股奇特神秘的力量直流向雙腿，這力量讓他動彈不得，使得他下意識地微笑起來。他知道怎麼讓自己另一種肉體意識清醒有力。依靠這個源泉他獲得了純粹、神秘的控制力、魔幻、神秘的黑暗力量，像電流一樣。

很難張口說話，坐在這純粹而生動的寂靜中是多麼美滿，這沉靜中融滿微妙、難以想像的感知與力量，這沉寂被太古的力量所支撐著，就像那紋絲不動、力量超群的埃及人永遠端坐在活生生、微妙的沉寂中。

「咱們別回家了吧，」他說，「這輛車裡的座位可以放下來當床用，再支上車篷就行了。」

聽他這麼說，她又喜又驚，驚喜地靠近了他。

「那家裡人怎麼辦？」她問。

「拍個電報去即可。」

沒有更多的語言，他們默默地驅車前行。但他一轉念又駕車朝某個方向開去。他的理智還能夠指揮他開車的方向。他的手臂、他的胸膛和他的頭腦像古希臘人一樣靈活，他的雙臂絕不像古埃及人的手臂那樣僵直、毫無知覺，頭腦也不是封閉、糊塗的。閃爍著火花的智慧照耀著他凝視著黑暗，照耀著那種埃及人式的注意力。

他們來到路邊的一座村莊。汽車徐徐滑行著直到他看到村中的郵局才停車。

「我給你父親拍個電報，」他說，「我只說『在城裡過夜』，好嗎？」

「好的，」她說。她不願細想什麼。

她看著他進了郵局。她發現這郵局還是一家商店呢。他可眞怪。甚至當他走進明亮的公共場合，他仍舊顯得黑暗、富有魔力，似乎他的軀體是沉寂、微妙、強壯的所在，讓人難以發現。他在那裡！一陣興奮中她發現了他，他的存在從來不會顯露出來，強壯得可怕，現在變得既神秘又眞實。這個黑暗、微妙、永遠不會改變的實體使她變得完美、獲得了自身完美的存在。於是她在沉寂中也變得黑暗、得到了滿足。

他回來了，往車裡扔進一些東西。

「這兒有些麵包、奶酪、葡萄乾、蘋果和純巧克力，」他的聲音表明他似乎在笑，那是因爲他十分沉穩，蘊藏著純粹的力量。她一定要撫摸他，光說和看一點用也沒有。光憑觀察就想理解他只會歪曲他。黑暗和沉寂要先籠罩她，然後她才能在撫摸中神秘地感知他。她必須輕盈地、忘我地與他結合，獲得知識——那是知識的死亡，在不知中獲得保證。

很快他們又驅車行駛在黑夜中了。她沒有問駛向何方，她不在乎。她安然冷漠地坐著，紋風不動、毫無用心。她就坐在他身邊養神，就像一顆星星一樣與他保持著平衡。她仍然企盼著。她要撫摸他。她的指尖意欲觸到他的眞實──黑暗中他那溫暖、純粹、不可改變的腰部的眞實。忘我地在黑暗中撫摸他活生生的眞實──他完美溫暖的腰部和腿部。這是她的熱望。

他也在固執地等待著她來索取，就像他已從她那裡得到了一樣。他通過黑暗的感知了解了她。現在她要了解他了。這樣他才能得到解脫。他將會像一位埃及人一樣在黑暗中獲得自由，在完美的平衡中和肉體存在的純粹的神秘焦點上固定。他們會相互保持星與星一樣的平衡，這就是自由。

她發現車正在樹叢中穿行，四下裡淨是古樹和凋零的羊齒草。前方淨是蒼白、盤根錯節鬼影一樣的樹幹，就像一些老牧師的身影在晃動，羊齒草顯得神秘、富有魔力。夜漆黑，雲低垂，汽車緩緩行駛著。

「我們這是到哪兒了？」她喃言問。

「在舍伍德森林中。」

很明顯，他知道方位。他盯著前方緩緩地開車，開到了一條綠色的林中路上。車緩緩地轉了個彎，在橡樹叢中行進來到另一條綠色道路上。路漸漸拓寬，前面是一片草地，一條小溪在一面斜坡下汨汨流淌。伯金在這兒停下了車。

「就在這兒吧，」他說，「熄了車燈吧。」

他立即熄了燈，四下裡一片漆黑，樹影婆娑，像是黑夜中其它生物。他在羊齒草上鋪上條毯子，然後他們就默默地坐在上面。林子中發出微弱的響聲，但沒有噪亂，不可能有噪亂，這世界的噪亂被禁止了，瀰漫著一個新的神話。他們甩掉衣服，他把她摟過來，發現了她，發現了她那未曾裸露出的肉體上純潔的光芒。他壓抑著慾望，手指觸在她未曾展示過的裸體，沉寂壓在沉寂上，神秘之夜的軀體壓在神秘之夜的軀體上，男人和女人的夜無法用眼睛看清，無法用理智去了解，你只覺得這是活生生的異體被展示著。

她渴望他，撫摸著他，在黑暗、微妙、絕對的寂靜中撫摸著他，與他進行著最大限度的難以言表的交流，獲得了美妙的禮物，也向他做出奉獻——這是一個神話，其眞實永遠也無法得知，這活生生的肉慾眞實永遠也不能轉換成意識，只停駐在意識之外，這是黑暗、沉寂和微妙之活生生的肉體，是神秘而實在的肉體。她的慾望得到了滿足。他的慾望也得到了滿足。他們在各自對方的眼中是一樣的——都是遠古的神秘、眞實的異體。

他們在車篷下度過了寒夜，一覺睡到天亮，他醒來時天已大亮了。他們對視一下，笑了，然後又向遠處看去。然後他們相互吻著，回憶著那個美好的夜晚。那個夜晚太美了，那是黑暗眞實的世界的餽贈，他們似乎害怕去回憶。於是他們避而不談昨夜的感受。

①火蛋白石被認爲是不吉利的象徵。
②指下午五六點時的茶點，配有肉食冷盤。
③《聖經・創世記》第六章第二節。
④摩西帶領以色列人穿過乾旱的荒原走向希望之地時，兩次擊打石頭，從中流出水來。

第二十四章　死亡與愛情

托瑪斯．克里奇正緩慢地向死亡走去，慢得可怕。在人們看來，生命之線扯得如此之纖細卻仍然不斷，這眞是不可能的。病人臥床不起，極度虛弱，靠嗎啡和酒維持生命，他只是緩慢地呷著酒。他只是半清醒著，一絲意識把死亡的黑暗與生活的光明連繫著。但是他的意志沒有破碎，他是完整的人。只是他需要絕對的安寧。

除了護士，任何人來了都讓他難以忍受。杰拉德每天早晨都到房裡來看看，希望他的父親已經與世長辭。可他每次都看到那張臉仍舊微微閃光，蠟黃的額頭上仍舊覆蓋著令人敬畏的黑髮，黑黑的眼睛似乎只有一點點視力，裡面則是不成形的漆黑一團。

每次那黑色無形的眼睛轉向他時，杰拉德就感到自己的五臟六腑中燃起反抗的火花，似乎燃遍全身，似乎搗毀了他的頭腦，令他發瘋。

每天一早，兒子筆直地站在那裡，渾身充滿生機，金髮碧眼熠熠閃光。他這副樣子實在令父親氣惱，他無法忍受杰拉德那神秘莫測的藍色目光。但這只有一小會兒。他們只稍稍對視一下就把目光轉開了去。

杰拉德在好長時間裡都保持著鎮靜，泰然自若。但最終，他怕了。他害怕自己會垮掉，他要等待結果。一種變態心理使得他眼睜睜地看著父親被拖到生死線上。現在，那可怕的恐怖感每日都敲擊著兒子的五臟六腑，燃燒著他。他整日心神不寧，似乎達摩克里斯的劍正懸在他的脖子上①。

他無處可逃，他和父親緊緊相連，他必須看著他死去。但父親的意志永不會鬆懈，不會向死亡屈服。當生命之線被折斷以後這意志才會折斷，如果在肉體死亡後它不再堅持下去的話。同樣，兒子的意志也永不會屈服。他頑強地佇立著，他與這死亡無關。

這眞是一種酷刑折磨。他能夠眼巴巴地看著父親毫不屈服、在萬能的死亡面前毫不讓步地慢慢消逝嗎？像印第安人經受刑罰的折磨一樣，杰拉德甘願毫不退縮地體味這種緩慢的死亡。他甚至感到勝利了。他甚至有點希望這樣死，加速這種死亡。似乎他自己在安排這種死亡，甚至當他恐懼地退縮時也是這樣。他仍舊要對付這種死亡，他會通過死而取得勝利。

經受著這種折磨時，杰拉德也失去了對外界日常生活的控制。那曾經對他來說很重要的東西現在變得一錢不值了。工作和快樂扔到了腦後。他現在幹起工作來很呆板。這些都是外在的事情，他眞正的事情是心靈裡與死亡的殊死搏鬥。他的意志應該獲勝。不管發生了什麼事，他都不會低下頭承認誰是他的主宰。死亡中沒有主宰。

這場鬥爭在繼續著，以前的他毀滅了，他的周圍生活是一個空殼，生活像大海一樣咆哮著，他也加入了這外在的咆哮，但是這空殼內部卻是死亡那黑暗可怕的空間，他知道他必須獲得增援，否則他就會垮掉在這巨大的黑暗空間中，這空間就在他心中。他的意志支撐著他外在的生活、外在的思想和外在的生命，這些都沒有破碎、沒有改變。壓力太大了。他要找到什麼東西維持：好的平衡。什麼東西必須同他一起進入他靈魂中空蕩蕩的死亡空間，塡充它，以抵消外界的壓力。一天又一天，他感到自己愈來愈像充滿黑暗的汽泡，周圍是他意識的彩虹，外部世界和生活就在這意識的彩虹上咆哮。

在這種極端狀態下，他本能地尋求起戈珍來。他現在甩掉了一切，只想同戈珍建立起關係來。他常隨她到畫室來，靠近她和她交談。他在畫室裡東站一會西站一會兒，毫無目標地揀起工具、雕塑用的泥巴和她刻的小人兒——一些稀奇古怪的東西——看著這些東西，但無法理解。戈珍感覺得出他追隨著她，像一種命運在纏著她。她躲開了他，但他卻一點點地接近她。

「請聽我說，」一天晚上他不假思索，猶豫地對她說，「今天晚上留下一起吃晚飯好嗎？我希望你能留下。」

她有點吃驚。他那說話的口氣倒像是一個男人同另一個男人說話。

「家裡人會等我的，」她說。

「哦，他們不會在意，」他說，「如果你能留下，我會很高興的。」

她沉默了好久，終於同意了。

「要我告訴托瑪斯嗎？」他問。

「吃完飯我必須馬上走，」她說。

這是一個寒冷的夜晚，客廳裡沒有生火，他們就坐在書房裡，他幾乎沉默不語，顯得心不在焉，溫妮弗萊德很少說話。當杰拉德站起身衝她微笑時，他顯得愉快、與常人一樣。隨後他又顯得茫然若失，這副樣子連他自己都沒意識到。

她對他很著迷。他看上去那麼專心致志，那種奇特茫然的沉默讓她無法理解，她動心了，揣摩著他，心裡十分尊敬他。

但他很和藹。在飯桌上他總把最好吃的送到她面前。知道她會喜歡與勃艮第不同的一種名酒，他就專門取來了這種微甜葡萄酒。她感到自己此時最受人尊重、人家需要她。

在書房中喝咖啡時，傳來一聲輕微的敲門聲。他一怔，叫道：「請進。」他的聲音很大，讓戈珍感到不安。身穿白衣的護士像個影子一樣進來了，在門道裡徘徊著。她很漂亮，奇怪的是，她很靦覥、毫無自信心。

「克里奇先生，醫生要跟你說話。」她聲音低沉、小心翼翼地說。

「醫生！」他驚起道，「他在哪兒？」

「在飯廳裡。」

「告訴他，說我就來。」

說完他喝完自己的咖啡隨著影子一樣消失的護士走了。

「那位護士叫什麼？」戈珍問。

「英格麗斯小姐，我最喜歡她了，」溫妮弗萊德說。

不一會兒，杰拉德就回來了，他心事重重，那緊張、茫然的表情看上去像一個微醉的人。他沒有說醫生叫他去幹什麼，只是負手站在壁爐前，一副神魂顛倒的樣子。他並不是真的在想什麼，他只是心裡有放不下的懸念，頭腦裡有斬不斷的一團亂麻。

「我必須去見媽媽，」溫妮弗萊德說，「在爸爸睡覺前去看看爸爸。」

說完她向戈珍和杰拉德道了再見。

戈珍也站起身來告別。

「你不必走，非要走嗎？」杰拉德迅速看了一眼鐘說，「還早呢。你走時我送你，順便散散步。坐，別急著走。」

戈珍又坐下了，像他一樣心不在焉。杰拉德的意志控制了她，她感到自己幾乎被他迷住了。他是個陌生人，是個未知物。他那麼神魂顛倒地站在那兒一言不發，他在想什麼，他有何感覺？她感到他讓她動彈不得，他讓她邁不開腳步。她很自卑地看著他。

「醫生告訴你什麼新情況了嗎？」她溫柔、無微不至地關切道。這話震動了他纖敏的心扉。他揚揚眉毛，顯出無關緊要的樣子。

「沒有，沒什麼情況，」他漫不經心地回答。「他說，脈搏很弱，週期性間歇，不過那沒多大關係。」

他低頭看著她。她的眼睛黑黑的，目光溫柔，令他心猿意馬。

「不，」她終於喃言道，「對這些事我一點都不懂。」

「不懂正好，」他說。「聽我說，抽支煙嗎？——來吧！」他說話間摸出一包煙，並爲她點火。然後站在她面前。

「我們家人都沒像父親這樣生過病，」他說。他似乎思考了一下，然後又低頭看著她，那雙奇特會說話的藍眼睛讓她感到恐怖。然後他又說：「你知道，這東西是你預料不到的。等發生了以後你才意識到它一直存在著，總是這樣。你明白我的意思嗎？我指的是這不可救藥的疾病，這種緩慢的死亡。」

他的腳不安地在大理石的爐前地面上蹭著，嘴裡叼著煙，眼睛朝上看著天花板。

「我知道，」戈珍喃言道：「這很可怕。」

他漫不經心地吸著煙。然後他把煙拿開嘴邊，舌尖伸到兩排牙齒之間，吐掉一點煙渣，輕輕轉過身，像一個孤獨的人在思考著。

「我不知道結果是什麼，」他說著又低頭看著她。她黑色的眼睛理解地凝視著他的眼。他看到她沉默了，就把臉轉向一旁。「我可不這麼想。什麼都不會留下，你明白我的意思嗎？你似乎抓住了空虛，而同時你卻很空虛。所以你不知道做什麼。」

「不知道，」她喃言道。她只覺得自己神經很緊張，很沉重，似舒服又似痛苦。「有什麼辦法呢？」她又問。

他轉過身，把煙灰撣到大塊的爐前大理石上，壁爐前沒有圍欄。

「我不知道，我肯定不知道，」他說。「但我確實認為你應該尋找到對付這種情形的辦法，並不是因為你想這樣，而是因為你必須這樣，否則你就完了。包括你的一切都瀕臨著塌陷，你正用雙手支撐著這些。這種情形不會再繼續下去了。你總不能永遠用雙手托舉著屋頂吧？你知道你早晚會鬆手。你明白我的意思嗎？所以要採取某種措施，否則會有一次全球性的塌陷——至少對你來說是這樣的。」

他在爐前緩緩地踱著步，腳跟滅了火星。他低頭看看火星。戈珍發現，壁爐前古老的大理石地面很美，微微突起一些雕花。她感到自己終於被命運捉住了，陷在可怕、毀滅性的陷阱中。

「可是有什麼辦法呢？」她卑謙地喃言道。「如果我能幫你做什麼的話請吩咐，可是我怎麼幫你呢？我不知道怎麼幫你。」

他低頭審視著她。

「我並不需要你幫助我，」他有點氣惱地說，「因為這是毫無辦法的事。我只需要同情：你沒看出來嗎？我想找人說說心裡話，這樣可以減輕我的痛苦。可是沒有人可以推心置腹地跟我談談。眞奇怪，沒有人。伯金倒是可以跟他談談，可他沒有同情心，他想支配人。跟他談什麼都白搭。」

她陷在了一個奇怪的陷阱中。她只好低頭看著自己的手。

門輕輕地推開了。杰拉德驚起。他感到十分懊惱。他這副樣子讓戈珍吃驚。然後他快步向前走去，顯得很優雅的樣子。

「媽媽！」他說，「你下來了，眞好。身體怎麼樣？」

老夫人穿著鬆鬆垮垮的紫色罩袍，像往常一樣笨重地默默走過來。兒子走在她身邊，爲她搬過一把椅子，說：「您認識布朗溫小姐吧？」

母親漠然地看看戈珍。

「認識，」她說。然後她慢慢往椅子裡坐下去，藍色的眼睛向上看著兒子。

「我來問問你爸爸的情況。」她用飛快得讓人難以聽清楚的聲音說，「我不知道你這兒有客人。」

「是嗎？溫妮弗萊德沒告訴過你？布朗溫小姐留下來吃晚飯，讓我們有些活力了。」

克里奇太太緩緩轉過身看著戈珍，表情冷漠。

「恐怕招待不周，」說完她又轉身對兒子說。「溫妮弗萊德對我說醫生要對你談你父親的情況。說什麼了？」

「只是說他的脈搏很弱——耽誤了好長時間了——他可能過不了今晚了，」杰拉德回答。

克里奇太太木呆呆地坐著，對他的話置若罔聞。她的身體似乎在椅子中隆起，頭髮披到耳際。但她的皮膚很光滑，她的手是很美的，很有力量。沉寂中她體內那巨大的能量似乎潰散了。

她抬頭看著站在身邊的兒子，他顯得敏捷而有英氣。她的眼睛總是那麼藍得出奇，比「勿忘我」還要藍。她似乎對杰拉德很信任，但作爲母親似乎又有點懷疑他。

「你怎麼樣？」她聲音出奇得輕，似乎不想讓別人聽到，只讓他聽。「你不緊張吧？這事兒不會讓你發瘋吧？」

這種奇怪的挑戰讓戈珍吃驚。

「不會的，媽媽。」他的口氣既冷漠又輕鬆，「反正得有人奉陪到底。」

「是嗎？是嗎？」母親連著說道，「爲什麼你要給自己壓上這副擔子？你能做些什麼？他自己會完結的。不需要你。」

「是的，我並不認爲我有什麼用。」他說，「不過我們都會受影響。」

「你願意受影響？這不是什麼好事。你將變得舉足輕重。你不用待在家中，爲什麼不走？」

她說這些話很明顯是思考良久的，杰拉德感到吃驚。

「我認爲這時走沒什麼好，媽媽，這是最後的時刻。」他冷冷地說。

「你可要珍重，」母親說，「照顧好自己，你要做的就是這些事。你的負擔太重了。一定要注意，否則你就會陷入困境。你總是歇斯底里的。」

「我挺好，媽媽，」他說，「不用爲我擔心，放心吧。」

「讓死人去埋葬死人吧②，不要把你自己也賠進去——我要告訴你這一點。我太了解你了。」

他沒作回答，他不知道說什麼好。母親彎著腰默默地坐在椅子裡，她手腕上沒戴什麼裝飾品，美麗白皙的手扶著椅子扶手。

「你幹不了這事，」她幾乎痛苦地說，「你沒那膽量。你像小貓兒一樣軟弱，真的，一直是這樣。這位女士今天住這兒嗎？」

「不，」他說，「她今晚要回家。」

「那她可以坐單匹馬車。遠嗎？」

「只到貝多弗。」

「啊！」這老女人一直沒看戈珍，但她似乎能感到她的存在。

「看來你願意給自己加重負擔，杰拉德。」說完母親有點艱難地站起身。

「要走嗎，媽媽？」他禮貌地問。

「我得上去了，」她又轉身向戈珍道聲再見，然後她緩緩向門口走去，似乎她不習慣走路一樣。走到門口時她向杰拉德默默地抬起臉。他吻了她。

「別跟我走了，」她用令人難以聽清楚的聲音說。「我不要你再多走一步。」

他向她道了晚安，看著她走到樓梯口，緩緩地上了樓。然後他關上門又回到戈珍身邊。戈珍也站起身向他走去。

「媽媽是個怪人，」他說。

「是的，」她說。

「她有自己的想法。」

「是的，」戈珍說。

然後是沉默。

「你要走嗎？」他說，「等一會兒，我去備馬。」

「不，」戈珍說，「我想走回去。」

他許諾過要陪她一起沿著長長的、孤獨的道路走回去，她希望他這樣做。

「坐車回去也一樣嘛，」他說。

「還是走回去的好，」她加重語氣說。

「是嗎?!那我跟你一起走。你知道你的東西在哪兒嗎？我去穿上靴子。」

他戴上帽子，在晚禮服上罩上大衣，然後他們就走入黑夜中。

「點支煙，」他在雨廊上的角落裡停下來點煙。「你也來一支。」

就這樣他們吸著煙上路了，路兩旁是修剪得整整齊齊的樹籬笆和草坪。

他想用胳膊摟住她的腰。如果他能摟住她的腰，邊走邊把她擁向自己，他就可以使自己平衡。現在他感到自己像一座天平，天平的一邊正向無底的深淵沉下去。他必須保持某種平衡才行。平衡的希望就在於此。

他看也不看她，只想著自己，伸手溫柔地摟住她的腰並把她拉攏向自己。她幾乎要昏過去，感到被他佔有了。可是他的手臂太強壯了，她在他強大的擁力下退縮了出來。她感到自己死了一回，然後他在黑暗中邊走邊重又把她攏過去。他攬著對方，兩個人走著，感到完美的平衡。於是他突然感到自己自由了，完美了，強壯而有英雄氣概。

他抬手把香煙從嘴中拔出甩掉，只見黑暗的樹籬中亮起一個火星。他現在可以自由地攬住她保持平衡了。

「這就好了，」他得意地說。

他話語中透出的得意之情對她來說就像一劑甜甜的毒藥。她此時對他竟是如此重要！於是她吸吮著這毒藥。

「你好多了嗎？」她熱切地問。

「好多了，」他仍舊很得意地說，「但我有點頭暈。」

她依偎著他。他感到她渾身柔軟，溫暖，她就是他豐沃、可愛的存在實體。她走起路來渾身的熱量和動作都傳導給了他。

「如果我能幫助你的話，我將感到十分高興，」她說。

「是的，」他說，「如果你不能，任何別人都無法做到這一點。」

「那倒是，」她心裡說，感到出奇的高興。

他們走著，他似乎愈來愈把她攬近自己，直到她貼在自己身上隨著他走。他是那麼強壯，能承受巨大的壓力，你無法擺脫他。她被他裹挾著在野風呼嘯的黑暗山坡上走著，那肉體與肉體的交融美妙至極。遠處，貝多弗閃著微黃的燈光，萬家燈火在那面山坡上鋪出一條燈的光帶。但他和她則在與世隔絕的黑暗中行走著。

「你對我關心得太過分了！」她幾乎有點惱火地說，「你瞧，我不知道，我不明白這是怎回事！」

「過分！」他痛苦、激動地叫了起來。「我也不知道，我一切都是為了你。」他被自己的話嚇了一跳。這是眞的。他竭盡全力愛護她，他爲她想到了一切，她就是他的一切。

「但是我不相信，」她低沉著嗓音驚奇、顫抖著說。她渾身因疑慮和激動而顫抖著。她要聽的就是這話，只是這樣的話。現在她聽到了，聽到了他洪亮的聲音道出了這句眞話，卻不相信它。她無法相信——她不相信。她終究相信了，感到勝利和激動。

「爲什麼？」他說，「你爲什麼不相信呢？這是眞的。此時此刻，這是眞的。」他和她一起站在風中。「天上的、地上的我都不在乎，除了你，我什麼都不關心。我關心的不是我的存在，這一切都是你的。我就是失去我的靈魂一百次也不能沒有你。我無法忍受孤獨。我的頭會炸開的。這是眞的。」他果斷地把她攏近了。

「不，」她喃言著，有點怕。但她希望他這樣。她爲什麼要喪失勇氣呢？

他們又上路了。他們是那麼陌生，又挨得那麼近，眞不可思議。他們這是在發瘋。他們走下山來，來到了礦區鐵路拱橋下。戈珍熟悉這拱橋，方石砌成的橋壁一面長滿了苔蘚，牆壁上往下淌著水。而另一面則是乾燥的，她站在橋下，聽著火車隆隆駛過。她知道，在這座黑暗、孤零零的橋下，一到下雨天年輕的礦工和他們的心上人就聚在一起。所以她也想同自己的心上人一起站在橋下，在黑暗中讓他吻自己。走近拱橋時，她的步子變慢了。

於是，他們佇立在橋下，他把她抱起，讓她伏在自己胸前。他的身體緊張地顫抖著，他摟緊她，她粉碎了，粉碎在他的胸脯上，難以呼吸，很驚恐。啊，眞太美妙了，就在這橋下，礦工們都這樣擁緊他們的情人，把她們擁在自己胸前。而現在，他們的礦主卻把她摟緊了！而他的擁抱會比他們的擁抱強烈、可怕得多，他的愛更專注、更高尚！她感到自己會在他那顫動著的、超人的手臂和軀體下昏過去、死過去。隨後他的顫動變緩慢了、緩緩起伏著。他鬆開她，背靠牆壁站著，又把她攬過去。

她幾乎喪失了意識。礦工們也一定是這樣背靠牆壁站著，摟著他們的情人吻著，就像現在這樣。啊，他們的吻會比這位礦主有力的吻更美、更有力嗎？甚至他修剪得短短的硬髭渣，那些礦工們不會有這些。

那些礦工的情人們會像她一樣頭向後仰著，從橋下遙望遠處黑暗的山上那一條黃色的光帶，看著模糊的樹影，或看著另一個方向礦山貯木場上的房屋。

他的手臂緊緊攬著她，似乎要把她摟入自己的身體中去，她的溫暖，她的溫柔，她可愛的身體，他都貪婪地渴望著，沉醉在肉體與肉體的融通中。他舉起她，似乎要像倒一杯酒一樣把她潑向自己。

「這比什麼都值得，」他說，他的聲音富有奇特的穿透力。

她鬆弛了，似乎要溶化，要流向他，似乎她是一股無盡的熱流，像一副麻醉劑注入了他的血管。她的雙臂摟住他的脖子，他托起她，她全身鬆弛、向他流瀉著，而他就像一支結實的杯子，收取她的生命之酒。她就這樣偎著他，束手無策，懸在空中，在他的一個吻下溶化、溶化，溶進他的四肢和骨骼，似乎他是滿載著她火熱生命的鐵流。

她似乎昏了過去，她的意識漸漸遠去了，她全身都溶化了、流淌著，她被他擁著睡在他懷中就像閃電睡在純潔、柔軟的石頭中。她就這樣在他懷中睡了過去，於是他得到了滿足。

當她睜開眼睛看到遠方的燈光時，她感到十分奇怪，怎麼，這世界仍舊存在，她正站在橋下偎在他懷中。杰拉德，他是誰？對她來說，他是個美妙的冒險物，一個令她渴望的未知世界。

她抬頭向他看去，黑暗中他那張男性的臉輪廓分明。他身上似乎散發出微弱的白色光芒，似乎他來自一個看不見的世界。她向上伸出手臂，就像夏娃把手伸向智慧樹上的蘋果，吻了他，儘管她怕他，仍舊用自己纖細探索的手指撫摸著他的臉，她的手在他臉上摩挲著。他是那麼完美，又是那麼陌生——啊，太可怕了！意識到這一點，她的心不寒而慄，這張男人的臉，就是一個閃光的禁果。她吻了他，手指從他臉上、眼睛上、鼻孔上和眉毛上摸到他的脖頸上，她要了解他，用撫摸來得到他。他是那樣強壯、那樣輪廓分明，他那分明的輪廓撫摸起來令人十分愜意，簡直不可思議。他是個讓你說不清的敵人，可是渾身卻燃燒著不可思議的白色光焰。她要撫摸他、撫摸他、撫摸他，直到她的雙手擁有了他。直到她迫使他被她了解，啊，如果她能夠了解他，這種知識將會是多麼寶貴，她會感到滿足，什麼也無法奪去她的滿足。他太讓人捉摸不透，在常人的世界中他是個冒險的傢伙。

「你太漂亮了，」她喃言著。

他揣度著，很茫然。她感到他在顫抖，於是她情不自禁地偎近了他。他無法控制自己了。她把他置於她的手指控制之下。這些手指激起的無盡、無盡的慾望令他別無選擇，這慾望太強烈了。

但是她了解他了，這就夠了。在這一刻，她被他體內那流動著的閃電——看不見的閃電擊中，她的靈魂都被這閃電毀滅了。她了解他了。這種感知是一種死亡，她得從中獲得再生才行。他身上更多的東西需要她去了解的還有多少呢？啊，太多了，太多了，她那雙敏感、聰穎的手觸摸著他活生生、精力充沛的軀體，取得了巨大的豐收。啊，她的手竟是飢渴、貪婪地要了解他。不過，就目前而言，就她的靈魂所能夠承受的重負而言，她滿足了，感到很滿足。太多了，她那纖弱的靈魂太快地得到了滿足，就要破碎了。夠了，一時間她滿足了。今後還將會有更多的日子，她的雙手像鳥兒覓食一樣在他富有雕塑感的神秘軀體上徜徉，直至她感到滿足爲止。

他甚至樂意讓她檢查、責難和抑制，渴望別人總比控制別人要好，人們害怕結局卻又渴望結局。

他們兩人向城裡走去，向星星點點閃耀著的燈光走去，一直下到谷地中黑漆漆的公路上。他們最終來到了大門口。

「別再送了，」她說。

「你不希望我送了？」他問，心裡鬆了一口氣，他不想同她一起在街上亮相。

「是的，晚安，」她說完伸出手。他握住她的手，然後吻了她那危險而有力的指尖。

「晚安，」他說，「明兒見。」

他們分手了。他回家了，渾身充滿了力量和對生命的渴望。

第二天她卻沒有來，她送來一張紙條說她患了感冒無法出門。這眞折磨人！但他仍很有耐心地寫了一封短信，說見不到她心裡十分不安。

這第二天，他待在家中沒出去——到辦公室去似乎是徒勞的。他的父親活不過這個星期了。於是他就茫然地待在家中。

杰拉德坐在父親屋裡靠窗的椅子中。屋外是一幅沉鬱的冬景。他父親躺在床上，一臉的死灰色。護士默默地出來進去，她的白衣服整潔而高雅，甚至很漂亮。屋裡瀰漫著科隆香水的芬芳。護士走出屋去，杰拉德和死亡留在一起，眼睛盯著沉鬱的冬景。

「丹利那兒水還很多嗎？」父親微弱地問他，口氣中顯露出幾分抱怨。他問的是威利湖向礦井漏水的地方。

「還很多，我們會把湖水抽乾。」杰拉德說。

「是嗎？」說完那微弱的聲音消逝了。屋裡又是一片沉寂。臉色灰白的病人閉上了雙目，那樣子比死更有甚之。杰拉德轉開目光，他感到自己的心乾枯了，如果這種情況再繼續下去，他的心會朽爛的。

突然他聽到了一個奇怪的聲音。轉過身看去，發現父親大睜著雙眼，渾身抽搐著、瘋狂地滾動著、掙扎著。杰拉德站起身，恐懼地呆若木雞。

「啊——啊——啊！」父親的嗓子中發出可怕的咕噥聲，恐怖的目光發瘋般地投向杰拉德尋求幫助，然後他吐出一攤黑血和食物，塗了一臉。緊張的身體放鬆了，頭偏到一邊的枕頭上。

杰拉德呆立著，心中一片恐怖。他想動一動，可又動不了。他的四肢無法動彈。他的頭隆隆作響。

護士悄悄地走進來。她先看看杰拉德，然後向床上看去。

「啊！」她輕聲叫了一聲，急步向床邊奔去。「啊——啊」她彎下腰去，驚恐地叫了起來。隨後她清醒過來，轉過身去找毛巾和海綿。她仔細地擦著死人的臉，嗚咽著：「可憐的克里奇先生——可憐的克里奇先生！啊，可憐啊！」

「他死了？」杰拉德尖聲問道。

「是的，他去世了，」護士抬頭看著他輕聲嗚咽道。這個年輕漂亮的護士渾身打著顫。杰拉德咧了咧嘴，然後走出了房間。

他要去通知母親。在樓梯拐角處，他遇上了弟弟巴塞爾。

「他死了，巴塞爾，」他說，他無法壓低嗓門，無法掩飾潛意識中的恐懼。

「什麼？」巴塞爾叫道，臉變白了。

杰拉德點點頭，然後向母親屋裡走去。

母親身穿紫色睡袍坐著，慢慢地做著針線，一針又一針地縫著。她抬起眼睛，藍色無畏的目光盯著杰拉德。

「父親去了。」他說。

「他死了？誰說的？」

「哦，媽媽，你看看他就知道了。」

她把針線放下，緩緩地站起身。

「你要去看他嗎？」他問。

「對，」她說。

孩子們已經圍在床邊失聲痛哭著。

「啊，媽媽！」女兒們發瘋般地大哭著。

母親不理她們，逕直朝床邊走去。死人安息了，似乎沉睡著，睡得那麼安詳，像個童男在沉睡。他身子還是溫的。她沉鬱地看了他一會兒。

「唉，」她終於說話了，似乎是在向著空中看不見的人痛苦地說著。「你死了。」她沉默地佇立著，低頭看著他。「很美，」她說，「很美，似乎生活從未觸到你，從來沒有。上帝讓我用另一種眼光看你。我希望，當我死去時，我會顯得年少。很美，很美。」她低吟著，「你可以看出他年輕時候的樣子，剛剛長小鬍子的時候。漂亮的人，漂亮，」隨之她的聲音裡露出了哭腔，她哭了：「你們死的時候，誰也不會是這樣的！再也別這樣。」這是發自未知世界的命令。聽到她這句話，孩子們情不自禁地靠攏了。她緋紅了臉，看上去既可怕又陌生。「如果你們願意，就責怪我吧，他像個孩子躺在那兒，像剛長鬍子時一樣，爲了他的死，你們責怪我吧。你們誰也不懂。」她沉默著，內心十分緊張。然後她又低聲、緊張地說：「如果我知道我生的孩子會像那樣死去，我就會在他們小的時候掐死他們，是的——」

「不，媽媽，」杰拉德在她身後聲音洪亮地說，「我們不一樣，我們不責怪你。」

她轉過身，凝視著他的眼。然後她絕望地舉起手，做出一個怪手勢。

「祈禱吧！」她厲聲道，「向上帝祈禱，爲你們自己祈禱，因爲你的父母無法幫助你們。」

「噢，媽媽！」女兒們發瘋似的叫著。

但她早已轉身走開了，孩子們也隨之作鳥獸散。

戈珍聽說克里奇先生去世了，她感到深深的自責。她離開了杰拉德，是爲了防止杰拉德認爲她太容易上鉤。現在，杰拉德正處在困境中，她還這麼冷漠。

第二天，她同往常一樣去找溫妮弗萊德。溫妮很高興見到她，乘機躲到畫室中來。這姑娘害怕得哭了起來，然後躲開了，生怕再發生什麼不測似的。她和戈珍像往常一樣在孤獨的畫室中恢復了工作，這似乎是件令人開心的事，離開了空虛痛苦的家，這兒是個純粹自由的世界。戈珍一直在這兒待到晚上。晚飯送到畫室中來，她和溫妮可以自由自在地用餐，與家中任何人都沒關係。

晚飯後，杰拉德來了。高高的畫室中人影綽綽，散發著咖啡的清香。戈珍和溫妮弗萊德的小桌子靠在遠處的火爐旁，桌上的燈光很弱。她們有一個小小的世界，兩個姑娘被可愛的陰影包圍著，頭上的房樑和椽子，下面是凳子和各式各樣的工具。

「你們這兒很舒服啊，」杰拉德走上來說。

屋裡有個低低的磚砌壁爐，爐火熊熊。地上鋪著一條土耳其地毯，小橡木桌上擺著油燈，鋪著藍白花布的桌布。桌上擺著甜點心，戈珍正用一把樣式古怪的銅壺煮咖啡，溫妮弗萊德正用一隻平底鍋熱著牛奶。

「喝過咖啡了嗎？」戈珍問。

「喝過了，不過我願意同你們一起再喝些，」他說。

「那你只好用玻璃杯喝了，因爲我們這兒只有兩個瓷杯子。」溫妮弗萊德說。

「對我來說一樣，」他說著搬了把椅子來到姑娘們中間。她們是多麼幸福啊，在這個高雅的環境中，她們多舒服啊！他一天來忙於葬禮，一來到這兒，就把那個世界全忘光了。一時間他感到這兒有一種魔力。

她們的器皿都很精巧，兩個鍍金的猩紅色杯子，樣子奇特而可愛。一隻繪著猩紅圓圈圖案的黑罐，樣式古怪的咖啡具似乎燃燒著看不見的火。杰拉德像是陷入了不祥的氣氛中。

大家都入座，戈珍細心地為大家倒上咖啡。

「要牛奶嗎？」她平靜地問，但握著黑罐的手很緊張。她總是這樣，儘管十分緊張，卻能控制自己。

「不，不要，」他說。

她非常謙卑地為他擺好咖啡杯子，而她自己則用那隻難看的平底酒杯，她似乎很想伺候伺候他。

「幹嘛不讓我用酒杯，你用它太難看了。」他說。他倒眞想用這個酒杯，看著她好好伺候茶點。戈珍默默不語，她很願意像下人一樣伺候他。

「你倒很隨便，」他說。

「是的。一有客人我們就不自在了，」溫妮弗萊德說。

「是嗎？那麼說，我是個入侵者了？」

他馬上覺出自己莊重的服裝有些不合時宜，他這身打扮讓人把他當外人。

戈珍一聲不響。她不覺得自己受到了他的吸引非得跟他說話不可。此時此刻，沉默是最好的辦法，要麼輕描淡寫說兩句話也可以。最好是不談嚴肅的事。他們興高采烈、輕輕鬆鬆地聊著天，直到下面傳來下人往外牽馬的喊聲。只聽他叫著「往後——往後！」把馬套上馬車，準備送戈珍回家。這時，戈珍穿上衣服，同杰拉德握握手，不再看他的眼睛，轉身走了。

葬禮搞得人心情很不好。葬禮完後，大家喝茶時女兒們一個勁兒說：「他是我們的好父親，是世界上最好的父親。」要麼就說：「很難找到像父親這樣的好人。」

杰拉德默默地聽她們說這說那。人們慣於這樣，只要這世界還存在，他就相信習俗，覺得這很自然。可溫妮弗萊德仇恨一切，躲到畫室中去大喊大叫，還希望戈珍也一同來。

萬幸的是，大家都走了。克里奇家的人從不在家待太久。到吃晚飯時，只有杰拉德孤零零一人了。連溫妮弗萊德都讓姊姊勞拉帶到倫敦小住去了。

一當杰拉德眞的孤身一人時，他對此又無法忍受。一天又一天，他總感到自己是縛在深淵口上的人，不管他怎麼掙扎，他都無法上到堅實的土地上來，無法落腳。他懸到空中掙扎著，時時想到的都是深淵，不管是朋友、陌生人，工作還是娛樂，這一切對他來說都是一樣無底的深淵，他的心就陷在其中。他無法逃走，沒有可以抓住的地方。他不得不在深淵口掙扎，肉體似乎懸在一連串的鏈環中。

一開始他保持著沉默，希望絕境成爲過去，希望回到生命的世界中，不再如此苦行。這絕境並未過去，危機漸漸向他襲來。

第三個夜晚到來時，他心中充滿了恐怖。他無法再忍受一個晚上了。如果等到另一個晚上到來，他就會懸在虛無深淵上的鏈環中。他無法忍受這個。無法忍受。他害怕極了，他不再相信自己的力量了。如果掉進這無底洞中，他是無法再站起來的。如果他摔倒，他就會永遠爬不起來。他必須後退尋求支持。他不再相信自己單人的力量了。

晚飯後，他感到十分空虛，無聊至極，於是穿上靴子和大衣到漆黑的夜色中去散步。

夜茫茫，霧濛濛。他跌跌撞撞地在林子中摸索前行，朝磨房走去。伯金不在那兒。這倒好，不在才好呢。他爬上山來，在荒山坡上跌跌撞撞地走著，在黑暗中迷失了路。眞煩人。他要去哪兒呢?這沒關係。他胡亂闖來闖去，直到摸到了一條路。隨後他又在另一片林子中穿行著。他的頭腦中漆黑一團，木呆呆地走著。沒有感覺，他蹣跚著走入林間空地，找不到出路，沿著籬笆摸索前行直到出現了一個出口。

他終於來到了大路上。剛才他一直在黑暗的迷宮中盲目摸索，現在他一定要找到一個方向。他甚至不知道自己身在何方。他非辨清方向不可。只是這麼走啊走的，什麼問題也解決不了。他得找到方向才行。

他佇立在路上，黑暗包圍著他，他不知道自己身在何方。他的心在黑暗中疾跳，怦怦作響。他就這樣一站好半天。

隨後他聽到了腳步聲，接著看到一個光點在搖晃。他馬上迎了上去。原來是個礦工。

「您能告訴我這條路通往什麼地方嗎？」他問。

「這條路嗎？哦，通往瓦特莫。」

「瓦特莫？謝謝，這就對了。我以爲我走錯了。晚安。」

「晚安，」礦工的嗓音很渾厚。

杰拉德猜著他的位置。至少到了瓦特莫他就知道了，他很高興來到了大路上，昏昏然向前走著。那就是瓦特莫村嗎？是的，那是「國王頭」酒店，那是大廳的門。他幾乎是跑下陡坡的。他繞過凹地，穿過小學，來到了威利·格林教堂。教堂的墓地！他停住了腳步。

隨後他翻身過牆，在墳墓中穿行。甚至在這樣漆黑的夜晚，他仍能夠看清腳下的一簇簇白色花兒。這就是墓地。他彎下腰去，發現花朵是濕冷濕冷的。空氣中散發著菊花和晚香玉的冷香。他觸摸了一下泥土，趕忙縮回了手，這泥土太冷、太黏了。他抽搐著站到了一邊。

在黑夜籠罩下的陰冷墓地中，他是一個核心。這裡什麼都不是他的。沒有，他沒什麼理由待在這兒。他感到自己的心被這又冷又濕的泥巴玷污了。夠了，在這兒待夠了。

然後去哪兒呢？回家？絕不！回家沒有用，一點用都沒有。不行。到別處去！可是去哪兒呢？

一個危險的決定形成了。戈珍，她肯定平平安安地待在家中。他可以去找她，對，去找她。找不到她，他今夜就不回家，即使付出生命也要找到她。他要孤注一擲了。

想到此，他立刻穿過田野逕直向貝多弗走去。天太黑了，誰也看不見他。他的腳上沾滿的泥水，又冷又沉。他堅持向前走，似乎是奔向自己的命運。他的意識中出現了一道道鴻溝。他意識到自己是在溫索比村，他不知道自己是怎麼來的。然後，他夢一般地來到了貝多弗的街上，街上的路燈亮著。

這裡有人們的說話聲，一扇門「咣噹」一聲關上了，黑夜中傳來男人們的談話聲。「尼爾森老爺」酒店剛剛打烊，那些酒客正在散去。最好向他們當中的人打聽一下戈珍住哪兒，因為他現在還弄不清東南西北。

「您能告訴我索莫塞特街在哪兒嗎？」他問一個蹣跚行走的人。

「你問什麼地方？」那醉醺醺的礦工問。

「索莫塞特街。」

「索莫塞特街！我聽說過有這麼個地方，我怎麼也說不上是在哪兒。你要找誰呀？」

「布朗溫先生——威廉·布朗溫。」

「威廉·布朗溫？」

「他在威利·格林小學教書，他的女兒們也在那兒教書。」

「哦——哦——哦，布朗溫！想起來了。當然了，布朗溫！對，對，他的兩個閨女也跟他一樣是老師。對，就是他，就是他！我當然知道他住哪兒了，要是不知道就不要命了！嗯，叫什麼地方來著？」

「索莫塞特街，」杰拉德耐心地重複道。他太了解自己的礦工了。

「索莫塞特街，對！」那礦工胳膊掄了一個大圈兒似乎要抓住什麼東西。「索莫塞特街，對！我老是記不清那個方向。對，我知道那兒，眞的——」

他搖搖晃地轉過身，朝著黑的路指了指。

「你往那兒走，見第一個——第一個路口就往左拐，在那邊，過一個店鋪——」

「知道了，」杰拉德說。

「喂！你往下走走，過了管水員住的地方，就是索莫塞特街，往右拐，有三座房子，最多三座，我敢說，保證，第三座，最後一座，你瞧——」

「太謝謝了，」杰拉德說，「再見。」

說完他就走了，那醉鬼還站在那兒不動。

杰拉德走過漆黑的商店和房屋，轉身拐向一條黑乎乎的街道，這條街的盡頭是黑的田野。接近目的地時，他放慢了腳步，反不知道該怎麼走了。要是人家熄了燈可怎麼辦？

燈還沒熄。他看到燈光從大窗子中流瀉出來，聽到人們的說話聲，還聽到「咣咣」的關門聲。他敏銳的耳朵聽到了伯金的聲音，銳利的目光立時辨別出站在花園路上的伯金和身穿淺衣服的厄秀拉。隨後他看到厄秀拉挽著伯金的胳膊下了台階，走到路上來。

杰拉德忙躲到暗地中，看著他們興沖沖地談著天走過去了。伯金的聲音很低，但厄秀拉的聲音卻很高。等他們過去了，杰拉德快步朝房屋走去。

飯廳窗上的百葉窗已放下了。他朝路那邊看去，發現門還開著，廳裡的燈瀉出一束束柔和的光彩。他默默地疾步向前，朝廳裡看去。牆上掛著圖畫和幾支鹿角，樓梯在邊上，就在樓梯口附近飯廳的門半開著。

杰拉德揪心地走進廳中，踏著花磚地板疾步走過去觀察另一舒適的正房。那位父親坐在爐邊的椅子中睡覺，他的頭向後靠在椽木做的壁爐架上，他氣色紅潤的臉看上去似乎短了點，鼻翼微開著，嘴角有點向下垂。看來一點聲響都會驚醒他。

杰拉德茫然地站了一會兒。他看看身後的通道，那兒一片黑暗。他又沒主意了。隨後他快步朝樓上走去。他的感覺是那麼細緻，有點超然，他似乎要用自己的意志籠罩這半睡半醒的房屋。

他上到第一個拐彎處，站下，幾乎不敢喘息。這裡與下面的門相對應的地方也有一扇門。這可能是母親的房間。他可以聽到她在燭光中走動的聲音。她準是在等她丈夫上來吧。他觀察著狹長黑暗的拐彎處。

然後他極其輕盈地順著走道往前走，手指尖摸索著牆壁。又一扇門。他停下來傾聽著。他可以聽到兩個人的呼吸。不是這間。他又穩步朝前走去。又一扇虛掩著的門。屋裡黑著燈。空的。接下去是浴室，可以聞出肥皂味和熱乎乎的氣息。最頂頭才是另一間臥房——有個人在輕輕呼吸。這是她。

他萬分謹慎地扭動門把手，開了一條小縫。門發出一絲聲響。隨後他又把門開大——再開大一點。他的心不跳了，他試圖讓自己靜下來。

他進了屋。睡者仍舊發出輕輕的呼吸。屋裡十分黑。他一點一點地向前摸去，手腳並用。他的手觸到了床，已聽到睡者的呼吸聲。他湊近了去，彎下腰，似乎他的眼睛可以看清一切。待他湊近時，他發現的卻是一個男孩子的頭，頭圓圓的，頭髮很黑。

他明白過來，轉過身，看到一絲光線從門外瀉進來。他迅速退出來，帶上門，把門關緊了，然後疾步跑到通道上來。在通道盡頭，他猶豫了。等一等再逃走還來得及。

這太不可思議了。他仍舊固執地要找到她。他像個影子一樣穿過父母的房間，上了第二級樓梯。他的重力把樓梯壓得吱吱作響，這可真讓人氣惱。唉，如果下面母親的房門剛好打開，她看到他可怎麼辦，那可是個大災難！如果門要開就讓它開吧。他仍能控制自己。

他還沒完全爬上樓，就聽到下面傳來快速的腳步聲，外面的門關上了。他先是聽到了厄秀拉的聲音，然後是父親半睡半醒的叫聲。他趕忙向上方的樓梯平台爬去。

又一扇門虛掩著，屋子是空的。杰拉德用手摸索著疾行，深怕厄秀拉上來看見他，接著他找到了另一扇門。他聽到裡面有人在床上動著。這肯定是她了。

他像只有一種感覺——觸覺的人一樣輕輕地扭動門上的碰鎖，碰鎖發出了聲響，他停住了。床上的被子動了。他的心滯住了。然後又輕柔地拉開門，這次門響的聲音很刺耳。

「是厄秀拉嗎？」戈珍有點害怕地問。他聽到她從床上坐起來的聲音，再不回答她就會叫喊起來了。

「不是，是我，」他邊說邊摸索前行。「是我，杰拉德。」

她驚恐地坐在床上，一動也不動，她太驚訝了，以至忘記了害怕。

「杰拉德！」她叫著，聲音透著驚詫。這時他來到了床前，伸出手去，黑暗中觸到了她溫暖的乳房。她忙縮了回去。

「讓我點著燈，」她說著跳下床來。

他佇立著。聽到她摸到火柴盒時的響動。然後她劃亮了火柴，點亮了蠟燭。燭光先是竄起來，然後又縮成小小的光點，隨後才又升起來。

她看著站在床另一頭的他。他的帽子低壓到眉毛上，黑大衣的釦子一直繫到下頷。他的臉上閃耀著奇特的光芒，他肯定是個超人。一看到他，她就明白這一點。她知道這種場合中蘊育著什麼致命的東西，她必須接受它。她非要向他挑戰不可。

「你怎麼上來的？」她問。

「我爬上樓梯，門開著，」他看著她說。

「這扇門我也沒關，」他說。聽到這句話，她疾步走到門口，輕輕地把門關上，並上了鎖。然後才又走回來。

她驚詫的眼神，緋紅的面頰，濃密的短髮和拖地的白色長睡袍，這些使她看上去十分美。

她看到他的靴子上糊滿了泥，甚至褲子上也沾著泥水。她懷疑他是否一路上都留下了泥腳印。他站在她的閨房中，挨著零亂不整的床，看上去眞是個怪人。

「你爲什麼要來？」她有些抱怨地問。

「我想來，」他說。

她從他臉上可以看出眞情。這是命運。

「你成了泥人，」她嗔怪地說。

他低頭看看自己的腳。

「我摸黑走來的，」他說。但他感到很興奮。他和她隔著零亂不整的床默默對視著。他甚至連帽子都沒摘。

「你需要我什麼呢？」她挑戰似的說。

他看看旁邊，沒回答。如果不是因爲他的臉這麼漂亮、神秘、迷人，她會把他趕走的。可他的臉太美了，讓她看不透。這張臉以其純粹的美迷住了她，像魔咒、鄉戀、渴求。

「你需要我什麼呢？」她奇怪的聲音又重複了一遍這句話。

他夢幻般地摘下帽子，向她走過來。可是他無法接觸她，因爲她穿著睡衣光著腳，而他身上又是水又是泥。她驚詫的大眼睛盯著他，向他發出了最後的問題。

「我來，因爲我必須來，」他說，「你爲什麼要問呢？」

她將信將疑地看著他。

「我必須問，」她說。

他輕輕地搖搖頭。

「沒有答案，」他茫然地說。

他那副簡潔、天眞的直爽太奇怪了，簡直不是人說的話。他令她產生了幻像，覺得他就是年輕的赫耳姆斯神③。

「可是你爲什麼來我這兒？」她堅持問。

「因爲，這是必然的。如果世界上沒有你，也就不會有我。」

她睜大著一雙驚恐的眼睛看著他。他也凝視著她的眼睛，他的目光似乎在超自然的狀態下凝固住了。她嘆息著。她茫然了。她別無選擇。

「把靴子脫了好嗎？」她說，「一定濕了。」

他把帽子扔進一把椅子中，解開大衣的扣子，揚起下巴去解最上面的扣子。他那濃密的短髮亂蓬蓬的。他的金色頭髮眞漂亮，像金色的小麥。他又脫了大衣。

他又迅速脫去外套，把領帶放鬆，隨後又鬆開珠子胸飾扣。她傾聽著，看著他，希望沒人聽到他扯動漿過的衣服發出的聲響。那聲音像手槍在響。

他是來報復的。她任憑他擁抱她，緊緊地擁著她。他在她身上得到了極大的發洩。他將他體內全部被壓抑的黑暗和腐蝕性的死寂全都發洩在她身上，從而自己再次獲得了完善。這太美妙，太神奇了，是個奇蹟。這就是他生命時時發生的奇蹟，意識到這一點他簡直感到欣喜若狂，欣慰又驚奇。而她，就像一件容器收容著他痛苦的死亡。在這關鍵時刻，她已無力反抗。死亡那可怕的磨擦力溢滿了她的軀體，她屈從了，狂喜地收容了它，獲得了一陣強烈的感覺。

他愈來愈擁緊她，深深地埋陷進她的柔美與熱度中，那美妙的創造性熱量直刺入他的血管，賦予他新的生命。他感到自己在她生命的沐浴下溶化了，沉沒了。似乎她胸懷中的一顆心是第二個不可戰勝的太陽，他正撲入這陽光與創造性的力度中，越走越深。那他本來已被殺死或割破的血管隨著生命漸漸啓搏而癒合，生命正無形中注入他的軀體，似乎那是太陽放射出的光芒。他那本來已經歸入死海的血液，亦緩緩回潮，堅定，美妙，有力。

他感到自己的四肢因注滿了活力而膨脹，靈活起來，他的軀體獲得了一種未知的力量。他又成了一個男子漢，一個膀大腰圓的壯漢子。同時，他又是一個受到撫慰、感恩戴德的孩子。

她就是生命的甘霖，他崇拜她。她是全部生命的母親和實體。而他則是孩子，是男人，被她收容，從而變得完善。而他純粹的自身幾乎早死了。她胸懷中溢出的神奇和柔軟的水流像柔軟令人欣慰的生命注滿了他的全身，溶滿了他那撕裂了、被毀掉的大腦，他似乎重又沐浴在母腹中了。

他的頭腦受到了傷害，燒焦了，似乎毀滅了。他不知道自己的頭腦受到了何等的傷害，不知道他的腦組織何以被腐蝕性的死亡的潮流所破壞。現在，她的體流從他身中流過時，他明白自己受到了何等的毀滅——就像一棵植物被一場霜降破壞了其內部組織。

他把自己堅硬的頭顱埋在她的乳房中，雙手擁著她的乳房衝撞著自己。她顫抖的手摟著懷中的頭顱，他失去了知覺，而她則十分清醒。她產生出的溫熱之流從他身上淌過，讓他感到恰似熟睡在母腹那豐饒的土地上。啊，如果她把這活生生的水流贈於他，他就會復活，就會變得重新完善起來。他眞怕被她拋棄掉。就像伏在她懷中的孩子一樣，他猛烈地衝撞著她，讓她無法拒絕自己。他那燒焦了的、毀掉的記憶漸漸放鬆了，變柔和了，與新生命融在一起，這燒焦的、僵硬的記憶變軟，變靈活了。他對她充滿感激，就像對上帝一樣，就像嬰兒偎在母腹中。他興奮，對她感恩戴德，陷入了譫狂狀，因爲他感到自己又變得完善了，隨之一種難以名狀的睡意襲上來，他疲倦了，要歇歇了。

可是戈珍則很清醒，十分清醒。她一動不動地躺著，睜大雙眼盯著夜空。而他則摟著她睡去了。她似乎聽到波濤拍擊著看不見的海岸，悠長、緩慢、陰鬱的浪頭帶著命運的節奏單調地沖刷著岸邊，這是永恆的拍岸波濤。這無盡的、緩慢的、憂鬱的浪頭攫住了她，她睜大雙眼盯著黑暗處。她看到永恆——卻又什麼都看不見。她十分清醒，但是她意識到了什麼呢？

當她躺著凝視永恆，茫然無措、思緒萬千時，這種極端的情緒令她很不安。她這樣一動不動地躺得太久了。她動了動，有所感覺。她想看看他。

她又不敢點燈，怕弄醒他。她不想打擾他香甜的睡眠，她知道他從自己這裡獲得了這樣安穩的睡眠。

她輕輕地掙脫開他，支起身來看他。她似乎覺得屋裡有一絲微光，藉此她可以看清熟睡中他的輪廓。在這黑暗中，她似乎把他看了個清清楚楚。他屬於遠方的另一個世界。啊，他離她那麼遠，在另一個世界中是那樣完美的一個人，這讓她痛苦地要大叫出聲來。她像看著黑水下一塊水晶石一樣看著他。他在遙遠的微光下毫無用心地酣睡著，而她卻這樣痛苦地清醒著。他是漂亮的、遙遠而完美。他們倆永遠也到不了一塊兒，啊，這可怕、沒有人性的距離總要把她和另一個人分隔開來！

沒有別的選擇，只有靜靜地躺著忍耐。她感到對他異常的柔情。一看到他在另一個世界中不受任何干擾地睡著而她卻醒著在黑暗中經受折磨，她心底裡又不禁感到妒忌和仇恨。

她緊張地躺著，很疲憊，活躍的意識早已化作超常意識。教堂的鐘在打點，似乎時間過得很快。她活躍的意識聽得清清楚楚。而他則熟睡著，似乎時間沒有變化、沒有變動。

她很疲勞。她不得不繼續進行這種激烈活躍的超思維。她什麼都想——她的童年，少女時代，一切忘卻的事情，一切沒有實現的想法，一切與她自己、家庭、朋友、情人們、熟人們、所有的人有關但讓她無法理解的事。似乎她抓住了黑暗大海中一條閃亮的繩子，從無底的過去中把它一把把拉上來，可是仍舊沒有個頭，沒有尾，她不得不一個勁地拉，從意識深處把這根閃光的繩子拉上來直到她疲憊、痛苦、甚至崩潰，但是沒個完。

哦，把他喚醒吧！她很不安地動著身子。什麼時候才能叫醒他送他走呢？什麼時候才能打擾他？想著想著，她又沒完沒了地胡思亂想起來。

時間緊了，她得叫醒他了。夜空中的鐘敲響了四下，這讓她鬆了口氣。謝天謝地。黑夜即將過去了。一到五點他就必須走，那時她就解放了。就可以在自己的地方自由自在起來。她現在就像一把刀，在磨刀石上磨著一樣無法入睡。他像著魔一樣跟她並排躺著。

最後的一個鐘點最長，最後它終於過去了。她的心頓覺如獲重釋，是的，教堂的鐘終於緩慢、有力地在無盡的黑夜之後擊響了。她等待著，傾聽每一聲顫動的鐘聲「三——四——五！」敲完了，她如獲重釋。

她支起身，溫柔地斜靠著他，吻了他。叫醒他真讓她難過。她又吻了他。他沒有被驚醒。親愛的，他睡得那麼沉！叫醒他多麼可惜呀！她又讓他多躺了一會兒。他一定得走，非走不可。

戈珍異常溫柔地雙手捧起他的臉，吻他的眼睛。他睜開了雙眼，一動不動地看著她。她的心滯住了。她怕看他黑暗中睜開的雙眼，於是她低下頭吻著他喃言道：

「你得走了，我的愛。」

她嚇壞了。

他雙手摟住她。她的心一沉。

「你得走，親愛的。天亮了。」

「幾點了？」他問。

他這男人的聲音真奇怪。她顫抖了。她感到一股難以忍受的壓力。

「五點多了。」她說。

但他把她摟得更緊了。她的心痛苦地哀鳴著。她堅定地抽出身來。

「你真的走吧，」她說。

「待一會兒，」他說。

她靜躺著，偎著他，但毫不讓步。

「待一會兒，」他又重複說，又摟緊了她。

「好吧，」她毫不讓步地說：「我真怕你待得太久。」

她聲音中的冷漠讓他鬆了手，她掙脫了他，站起身，點燃了蠟燭。一切都完結了。

他起床了。他渾身發熱，溢滿了生命，充滿了慾望。在燭光照耀下當著她的面穿衣服讓他感到有點害羞。他覺得在她對他有些不滿的時候，他卻向她展示了自己、暴露了自己，這讓他感到有點恥辱。這一切都令人難以理解。他迅速穿好衣服，連領帶都沒打。這時他感到滿足，感到完美。她感到看一個男人穿衣服是一種恥辱：可笑的襯衫，可笑的褲子，連背帶都是可笑的。一個念頭閃現在她腦子裡。

「有點像工人起床去上班，」戈珍想，「我就像工人的老婆。」想到這兒她感到厭惡，討厭他。

他把假領子和領帶塞進大衣口袋裡。然後坐下來穿靴子。靴子沾滿了泥水，襪子和褲角也滿是泥水。他自己卻很溫暖。

「也許下樓以後再穿靴子更好吧，」她說。

他一言不發脫下了靴子，拎著它們站起來。戈珍蹬上拖鞋，披上一件罩袍。她準備好了，看看他，他正等她，大衣扣子繫到下巴下，帽子拉低了，手裡拎著靴子。一時間，她心頭湧上激情，又迷上了他。這激情仍沒衰退。他的臉看上去十分溫暖，眼睛很大，很新奇，很完美。她感到自己老了，老了。她踏著沉重的腳步過去，等他來吻她。他迅速吻了她一下。她希望他那溫暖、毫無表情的美不要太迷惑她，令她屈服。這是一種重負，她反抗著，但無法躲避。不過，當她看著他那男子氣十足的劍眉，小而漂亮的鼻子，藍色迷惘的眼睛時，她知道自己對他的激情沒有得到滿足，或許永遠也滿足不了。只是現在，她感到疲憊，感到厭倦。她希望他走。他們快步走下樓梯。似乎他們弄出了好大的聲音。他跟隨著身披綠色長袍的她，燭光引路走下來。她怕極了，深怕吵醒別人。他對此並不在乎。他才不管誰知道不知道呢。她就恨他這一點。一個人應該小心謹慎，保護自己才是。

她引他進了廚房。女傭把這兒收拾得很整潔。他看看鐘——五點二十分了！他坐在一把椅子中穿靴子。她看著他穿，盯著他的每一個動作。她希望他做完這件事，她心裡好緊張。

他剛站起身她就拉開門向外看。外面仍舊是陰冷的夜，黎明尚未來，天空中仍懸著一彎朦朧的月影。她不用出去了，這很好。

「再見了，」他喃言道。

「我送你到大門口，」她說。

她疾步前行，告誡他注意腳下的台階。到了大門口，她站在台階上，而他則站在下面。

「再會，」她輕聲說。

他忠誠地吻了她，轉身走了。

聽著他邁著堅定的腳步上了路，她心裡十分難受。哦，這無情無義的堅實腳步！

她關上大門，悄無聲息地匆匆上樓鑽進被窩。當她進了自己的屋，關上門，感到安全了，她才如釋重負地長出一口氣。她蜷縮在床上，偎在他剛才留下的被溝裡，那裡依舊留著他的暖息。她又是激動又是疲憊，還感到心滿意足，終於很快就沉睡了。

杰拉德在黎明時分的陰冷黑夜中疾步前行。他誰也沒碰上。頭腦是一片沉寂和空白，像一潭靜水，很美。他的軀體溫暖，膨脹著。他快步走著，心滿意足地朝肖特蘭茲走去。

---

①希臘傳說。國王命廷臣達摩克里斯坐在一根頭髮懸掛的劍下，以示君王之危。這個成語意爲「臨頭的危險」。

②見《新約·馬太福音》第八章第二十二節。

③希臘神話中眾神的信使，被描繪成一個小夥子，腳穿長翅膀的草鞋。

第二十五章　是否結婚

布朗溫家要從貝多弗搬走了。父親此時需要住到城裡去。

伯金領了結婚證，但厄秀拉卻一拖再拖不結婚。她不要定下日子——她還在猶豫。她原申請一個月內離開學校，現在已是第三週了。聖誕節快到了。

杰拉德在等厄秀拉和伯金結婚的日子。對他來說這至關重要。

「咱們是否兩對兒一起辦喜事？」他問伯金。

「誰是第二對兒？」伯金問。

「戈珍和我呀。」杰拉德眼中閃著冒險的光說。

伯金審視著他，有點吃驚。「眞話，還是開玩笑？」他問。

「哦，當然是眞話。行嗎？戈珍和我加入你們的行列？」

「行，當然行，」伯金說，「我還不知道你們已經這樣了。」

「什麼樣？」杰拉德看著伯金笑問。

「哦，經歷過了一切，」他又說。

「哦，還應該納入更廣闊的社會背景中，達到更高的精神境界，」伯金說。

「有那麼點意思：無論是廣度、深度還是高度，」杰拉德笑道。

「是啊，這一步是很令人羨慕的，可以這麼說。」

杰拉德凝視著他。「你爲什麼沒熱情？」他問，「我以爲你在婚姻問題上是個怪人。」

伯金聳聳肩道：「如同人的鼻子難免有怪的一樣。什麼樣的鼻子都有，扁鼻子或別的樣子——」

杰拉德笑了。「什麼樣的婚姻都有，扁的或別樣的嗎？」

「對的。」

「那麼，你以爲我的婚姻是什麼樣的？會是冷漠的嗎？」杰拉德的頭扭向一邊問道。

伯金短促地笑了一聲。「我怎麼能知道?!」他說，「別用我自己的例子來指責我。」

杰拉德思忖了片刻說：「我想知道你的看法，眞的。」

「對於你的婚姻，還是對婚姻本身？你爲什麼要問我的看法？我沒什麼看法。對於這樣那樣的法律婚姻我不感興趣。這只是一個合適不合適的問題。」

杰拉德仍舊盯著他。

「更有甚者，」他嚴肅地說，「也許你讓婚姻道德弄煩了，可是，結婚對一個人來說確實是至關緊要，是最終——」

「你認爲和一個女人去登記就意味著某種終結嗎？」

「如果登記完同她一起回來的話，就是這樣，」杰拉德說，「從某種意義上說這是難以改變的了。」

「對，我同意，」伯金說。

「不管你怎麼看待法律婚姻，只要你進入了婚姻狀態，對你個人來說這就是結束——」

「我相信在某種意義上這是對的。」伯金說。

「問題還沒解決，應該不應該結婚呢？」杰拉德說。

伯金感到有趣，瞇起眼睛看著他。

「杰拉德，你像培根大人，」他說，「你像個律師在爭論問題——或者像哈姆雷特一樣在談『生還是死』。如果我是你，我就不結婚。你應該問戈珍，而不是問我，你又不是跟我結婚，對嗎？」

對後半句話杰拉德壓根兒沒去聽。

「是啊，」他說，「是要冷靜地考慮這個問題。這是至關緊要的事兒。現在到了採取措施選擇哪一個方向的時候了。結婚是一個方向——」

「出路在哪兒？」伯金緊跟著問。

杰拉德的眼睛熱辣辣地看看伯金，心中十分奇怪：他怎麼會理解不了呢？

「我說不清，」他回答，「我知道——」他很不自在地動著雙腳，話沒說完。

「你的意思是你知道出路？」伯金問，「既然你不知道，那麼，婚姻就是最壞的事。」

杰拉德仍舊緊張地看著他。

「是有這種感覺，」他承認道。

「那就別結婚，」伯金說，「聽我說，」他繼續說，「我曾說過，舊式婚姻讓我反感。兩個人的私利並不等於是婚姻，它是戀人們心照不宣的追求。這個世界都是成雙成對的。每對男女都關在自己的小屋子中，關心自己的小小利益，忙自己的私事兒——這是世上頂頂討厭的事。」

「我很同意你的說法，」杰拉德說，「這裡面總有點低級趣味。可是，我又要說了，用什麼來代替它呢？」

「人應該放棄這種家庭本能。這倒不是本能，而是一種儒夫的習慣。人永遠不要有家。」

「我確實同意，」杰拉德說，「可是你別無選擇。」

「我們應該找到一條出路，我的確相信女人和男人之間有一種永恆的聯盟。改變方向是太讓人疲倦了。男女之間永恆的聯盟並不是終極，當然不是的。」

「很對，」杰拉德說。

「事實上，」伯金說，「因爲男女之間的關係讓人弄得至高無上，排除了一切，所以這種關係顯得緊密、小氣、不足。」

「對，你說得對，」杰拉德說。

「應該把戀愛——結婚的理想從受尊敬的地位上拉下來。我們需要更廣闊的東西。我相信男人與男人間完美的關係可以成爲婚姻的補充。」

「我看不出兩者之間的共同之處。」杰拉德說。

「不是一樣的，但同樣重要，同樣是創造性的，同樣神聖。」

「懂了，」杰拉德說，「你相信這類說教，我可以感覺出來。」他深表贊同地把手搭在伯金肩上，有點得勝似的笑了。

他準備接受命運的宣判。結婚對他來說是一種死亡。他自願譴責自己，願意像囚犯一樣被打入地獄，永不見天日，只過一種可怕的地下生活。他自願接受這樣的命運。結婚就是他的判決書上的圖章。他願意就此被封在地下，像一個精靈，儘管受著譴責卻要活下去。當然他不會與任何別的靈魂發生關係。他不能。結婚並不意味著他和戈珍建立了責任關係。結婚使他要接受了現存的世界，他要接受已建立的秩序，儘管他並不那麼相信它，隨後他會退入陰間去生活。他會這樣的。

另一條路是接受盧伯特的建議，與另一個男人建立起同盟，純粹相互信任，相愛，隨後再與女人這樣。如果他能和一個男人宣誓為盟他也可以同女人這樣；不是在法律婚姻中，而是在絕對神秘的結合中。

可是他不能接受這個建議。他渾身麻木，一種未出生的、缺乏意志或萎縮的麻木。或許是缺乏意志的緣故吧。他對盧伯特的建議感到異常激動，可他仍然要反對它，不願對此奉獻自己。

第二十六章　一把椅子

城裡的舊貨義賣攤每週一下午在老市場裡營業。一天下午厄秀拉和伯金到那兒去了。他在鵝卵石上成堆的舊貨中找著，看看能否買到點傢具什麼的。

老市場所在的廣場並不大，不過是一片鋪著花崗岩石的空曠地帶，平時只在牆根下有幾個水果攤。這兒是城裡的貧困區。路邊有一排簡陋的房屋，那兒有一家針織廠，一面牆上開著許多橢圓的窗戶；街的另一邊開著一排小商店，便道上鋪著扁石；顯赫的大房子是公共澡堂，是用新紅磚砌成的，頂上還有一座鐘塔。在這兒轉來轉去的人們看上去都那麼短粗骯髒，空氣也污濁，讓人覺得是一條條下流不堪的街道。一輛棕黃色的有軌電車不時在針織廠的拐角處艱難地打轉。

厄秀拉感到十分興奮，她竟置身於這些普通人中間，在這些亂七八糟的東西中徜徉著：怪模怪樣的床上用品，一堆堆舊鐵器、難看的陶器，還有些蒙著蓋著的莫名其妙的衣物。她和伯金不大情願地在這些破爛兒中穿行。他在看舊貨，她則在看人。

她看到一位孕婦時，很是激動。那孕婦正擺弄著一張蓆子，還要那位跟在她身後灰心喪氣的小夥子也來摸摸蓆子。那年輕女人看上去那麼神秘，充滿活力，還有些焦急，而那小夥子則顯得勉勉強強，鬼鬼祟祟的。他要娶她，因爲她懷孕了。

他們摸了摸蓆子後，那年輕女人問坐在雜貨堆中的老人蓆子賣多少錢。老人告訴她多少錢後，她又回頭去問小夥子。那小夥子很害羞，挺不好意思的。他扭過臉，嘟噥了一句什麼。那女人急迫地摸摸蓆子盤算了一番，然後同那髒兮兮的老人討起價來。這段時間裡，那小夥子一直站在一邊，露出一副靦覥相，恭敬地聽著。

「看，」伯金說，「那兒有一把不錯的椅子。」

「漂亮！」厄秀拉叫著：「好漂亮！」

這是一把扶手椅，純木的，可能是白樺木，不過做工極其精巧、典雅，看到它立在骯髒的石子路上，幾乎讓人心疼得落淚。椅座是方形的，線條純樸而纖細，靠背上的四根短木柱讓厄秀拉想起豎琴的琴弦。

「這椅子，」伯金說，「曾經鍍過金，椅背是藤做的。後來有人釘上了這個木椅背。看，這就是鍍金下面的一點紅顏色。其餘的部分都是黑的，除了黑漆掉了的地方。這些木柱樣式很和諧，很迷人。看，它們的走向，它們銜接得多好。當然，木椅背這樣安上去不對，它破壞了原先藤椅背的輕巧和整體的渾然。不過，我還是喜歡它。」

「對，」厄秀拉說，「我也喜歡。」

「多少錢？」伯金問賣主。

「十先令。」

「包送——」

他們買下了椅子。

「太漂亮，太純樸了！」伯金說，「讓我太高興了。」他們邊說邊從破爛兒中穿過。「我們國家太可愛了，連這把椅子都曾表達點什麼。」

「現在它就不表達什麼嗎？」厄秀拉問。每當伯金用這種口氣說話，她就生氣。

「不，什麼也不表達。當我看到那把明亮、漂亮的椅子時，我就會想起英格蘭，甚至是珍・奧斯汀時期的英格蘭——這椅子甚至表達了活生生的思想，歡快地表達著。如今，我們只能在成堆的破爛兒中尋覓舊的情緒。我們沒有一點創造性，我們身上只有骯髒、卑下的機械性。」

「不對！」厄秀拉叫道，「你為什麼總要貶低現在抬高過去？眞的，我並不怎麼懷念珍・奧斯汀時期的英格蘭，太物質化了——」

「它能夠物質化，」伯金說，「它有足夠的力量改變社會。我們也物質化，那是因為我們無力改變社會，不管我們怎樣嘗試，我們一事無成，只能達到物質主義，它的核心就是機械。」

厄秀拉忍耐著，一言不發。她沒聽他都說些什麼。她在反抗。

「我討厭你的過去，它讓人噁心，」她叫道，「我甚至仇恨那把舊椅子，別看它挺漂亮。它不是我喜歡的那種美。我希望，它那個時代一過就砸爛它，別讓它老對我們宣揚那可愛的過去，讓我討厭。」

「我對可咒的現在更討厭，」他說。

「一樣。我也討厭現在，我不希望讓過去代替現在，我不要那把舊椅子。」

他一時間氣壞了。他看看陽光下澡堂上的鐘樓，似乎忘掉了一切，又笑了。

「好吧，」他說，「不要就不要吧。我也討厭它了。不管怎麼說，人不能靠欣賞過去的美過日子。」

「是不能，」她叫道，「我不要舊東西。」

「說實在的吧，」他說，「我們什麼也不要。一想到我自己的房子和傢具，我就厭煩。」

這話讓她吃了一驚，然後她說：「我也這樣。一個人總得有個地方住。」

「不是某個地方，是任何地方。」他說。「一個人應該在任何地方都可以住，而不是固定在一個地方。我不需要某個固定的地方。一旦你有了一間屋，你就完了，你巴不得離開那兒。我在磨房那兒的房子就挺完美，我希望它們沉到海底中去。那固定的環境著實可怕，著實霸道，每一件傢具都向你發布著命令。」

她依傍著他離開了市場。

「我們怎麼辦呢？」她說，「我們總得生活呀。我的確需要我的環境美一些。我甚至需要某種自然奇觀。」

「你在房屋、傢具甚至衣物中永遠得不到這些。房屋、傢具和衣物，都是舊社會的產物，令人生厭。如果你有一座都鐸王朝式①的房子和漂亮的舊傢具，你這不過是讓過去永遠地存在於你之上。如果你有一座波依萊特②設計的現代房屋，這是另一種永恆壓迫著你。這一切都很可怕。這些都是佔有，佔有，威懾你，讓你變得一般化。你應該像羅丹和米開朗基羅那樣，一塊石頭未雕完就完工。你應該讓你的環境粗糙、不完美，那樣你就不會被它所包容，永不受限制，身處局外，不受它統治。」

她站在街上思索著。

「那就是說咱們永遠也不會有一個自己的完美住處——永遠沒個家？」她說。

「上帝知道，在這一個世界上不會有，」他說。

「可是只有這一個世界呀，」她反駁說。

他毫不在乎地攤開手。「同時，我們還要避免有自己的東西，」他說。

「我們剛買了一把椅子，」她說。

「我可以對那人說我不想要了，」他說。

她思忖著，臉奇怪地抽動了。

「對，我們不要了。我討厭舊東西。」

「也討厭新的，」他說。

說完他們又往回走。

又來到傢具跟前。那對年輕人依然站在那兒：女的懷孕了，那男人長著長腿。女人又矮又胖，但挺好看。男人中等個兒，身材很好。他的黑髮從帽子下露出來，蓋住了眉毛。他顯得很清高，像受了審判的人一樣。

「咱們把椅子給他們吧，」厄秀拉喃喃地說，「瞧，他們正要建個家呢。」

「我不支援他們，也不唆使他們買，」他使性子說。他挺同情那個畏畏縮縮的男人，討厭那個潑辣、生殖力旺盛的女人。

「給他們吧，」厄秀拉叫道，「這椅子對他們很合適——這兒沒別的了。」

「那好吧，」伯金說，「你去說，我看著。」

厄秀拉趕緊朝那對年輕人走過去，他們正商量買一個鐵盆架子，那男人像個囚犯偷偷摸摸地出神地看著，那女人在討價還價。

「我們買了一把椅子，」厄秀拉說，「我們不要了。你們要嗎？你們要的話，我會很高興。」

那對年輕人回頭看著她，不相信她是在跟他們說話。

「你們看看好嗎？」厄秀拉說，「確實很好，可是，可是——」她笑了。

那兩個人只是看著她，又對視一下，不知怎麼辦好。那男人奇怪地躲到一邊去了，似乎他能夠像老鼠一樣藏起來。

「我們想把它送給你們，」厄秀拉解釋說。她現在有些迷惑不解，也有點怕他們。那小夥子引起了她的注意。他像安詳而盲目的動物，簡直不是個人，他是這種城市的特產，顯得單純、漂亮，又有點鬼鬼祟祟，機靈鬼兒似的。他的眼睫毛又黑又長、倒是還漂亮，但目光茫然，忽閃忽閃地亮著，讓人害怕，他的黑眉毛和其它線條倒是勾勒得很好看。對一個女人來說，他會是一個可怕但又十分奇妙的全心全意的戀人。那合身的褲子肯定包著兩條生機勃勃的腿，他像一隻黑眼睛的老鼠那樣健康、沉靜、光滑。

厄秀拉怕他但又迷上了他，渾身不禁震顫起來。那粗壯的女人不懷好意地看著她。於是厄秀拉不再注意他了。

「您要這把椅子嗎？」她問。

那男人斜視著她，幾乎是無禮地觀賞她。那女人緊張起來，樣子足像個小販兒，她不知道厄秀拉要幹什麼，對她有所戒備。伯金走過來，看到厄秀拉這副窘相和害怕的樣子，他惡作劇似的笑了。

「怎麼了？」他笑問。他的眼皮垂著，那樣子像在啓發什麼，又像在嘲弄人。那男人甩甩頭指著厄秀拉用一種奇特和藹的聲調說：「她要幹什麼？——啊？」說著他嘴角上露出一絲怪笑。

伯金無精打采地看著他，眼神中不無諷刺。

「送你一把椅子，上面還貼著標籤呢，」他指指椅子說。

那男的看看椅子。兩個男人之間充滿了敵意，難以相互理解。

「她爲什麼要把椅子給我們？」這隨隨便便的口氣讓厄秀拉感到屈辱。

「我以爲你會喜歡它，這是一把很漂亮的椅子。我們買下了它，又不想要了。你沒有必要非要它不可，別害怕，」伯金疲憊地笑道。

那人瞟了他一眼，雖然並不友好，但還是認可了。

「既然你們買了它，爲什麼又不要了？」女人冷冷地問，「你們用正好，你最好看一看，別認爲這裡面有什麼玩意兒。」

她很敬重地看著厄秀拉，但目光中不無反感。

「我倒沒那麼想，」伯金說，「不過，這木頭太薄了一點兒。」

「告你說吧，」厄秀拉滿臉喜慶地說，「我們馬上要結婚，該添置點東西。可是我們現在又決定不要傢具了，因爲我們要出國。」

那粗壯、頭髮蓬亂的女人羨慕地看著厄秀拉。她們相互欣賞著。那小夥子站在一旁，臉上毫無表情，寬大的嘴巴緊閉著，那一撇小鬍子很性感。他冷淡、茫然，像一個冥冥中的幽靈，一個流浪者樣的幽靈。

「這東西還不錯，」那女子看看她男人說。男人沒說話，只是笑笑，把頭偏向一邊表示同意。他的目光毫無改變，仍舊黑黑的。

「改變你的主意可不容易。」他聲音極低地說。

「只賣十個先令，」伯金說。

那男人看看他，做個鬼臉，畏畏縮縮的，沒有把握地說：「半英鎊，是便宜。不是在鬧離婚吧？」

「我們還沒結婚，」伯金說。

「我們也沒有呢，」那年輕女子大聲說。「星期六才結呢。」

說話間她又看看那男的，露出保護的神情，既傲慢，又溫柔。那男人憨憨地笑著，扭過臉去。她擁有了這個男人，他又那麼滿不在乎。他暗自感到驕傲，感到了不起。

「祝你們好運，」伯金說。

「也祝你們好運，」那女人說。然後她又試探著問：「你們什麼時候結？」

伯金看看厄秀拉說：「這要由女士來定。只要她準備好了，我們就去登記。」

聽到這話厄秀拉迷惑不解地笑了。

「不著急，」那小夥子意味深長地笑道。

「到那兒去就跟要你的命一樣，」那女人說。「就跟要死似的，你都結婚這麼久了。」

男人轉過身去，似乎這話說中了他。

「越久越好啊，」伯金說。

「是這麼回事，」男人羨慕地說，「趁著好時光好好享受，驢子死了，用鞭子抽也沒用了③。」

「可是這驢子是在裝死，就得抽它，」女人溫柔又霸道地看著她的男人。

「哦，這不是一回事，」他調侃道。

「這椅子怎麼樣？」伯金問。

「嗯，挺好的，」女人說。

說完他們走到賣主跟前，這小夥子挺帥，但有點可憐兮兮，一直躲在一邊。

「就這樣，」伯金說，「你們是帶走呢還是把標籤上的地址改改讓他們送去？」

「哦，弗萊德可以搬。爲了我們可愛的家，他會這樣做的。」

「好好使用，」弗萊德笑著從賣主手中接過椅子。他的動作很雅觀，可有點畏縮。

「這給媽媽坐很舒服，」他說，「就是缺少一個椅墊兒。」

「你不覺得它很漂亮嗎？」厄秀拉問。

「當然漂亮。」女人說。

「如果你在上面坐一坐，你就會希望留下它。」小夥子說。

厄秀拉立時坐在椅子中。

「實在舒服，」她說，「可是太硬了點兒，你來試試。」她讓小夥子坐進去。可小夥子卻露出尷尬相，轉過身，明亮的目光奇怪地打量著她，像一隻活潑的老鼠。

「別慣壞了他，」女人說，「他坐不慣扶手椅。」

「只想把腿蹺起來。」

四個人要分手了。女人向他們表示感謝。

「謝謝你們，這椅子我們會一直用下去。」

「當裝飾品，」小夥子說。

「再見——再見了。」厄秀拉和伯金說。

「祝你好運。」小夥子避開伯金的目光把臉轉過去說。

兩對人分手了。厄秀拉挽著伯金走了一段路又回過頭去看那一對兒，只見小夥子正伴著那圓滾滾、很邋脫的女人走著，他的褲角嘟嚕著，由於扛著椅子，他走起路來顯得很不自然，椅子的四隻細腿幾乎挨上了花崗石便道。他像機敏活潑的小老鼠，毫不氣餒。他身上有一種潛在的美，當然這樣子有點讓人生厭。

「他們多麼怪啊！」厄秀拉說。

「他們是人的後代，」他說，「他們令我想起了基督的話：『溫順者將繼承世界④。』」

「他們並不是這樣的人，」厄秀拉說。

他們等電車到了就上去了。厄秀拉坐在上層，望著窗外的城市。黃昏的暮色開始瀰漫，籠罩著參差的房屋。

「他們會繼承這個世界嗎？」她問。

「是的，是他們。」

「那我們怎麼辦？」她問，「我們跟他們不同，對嗎？我們不是軟弱的人。」

「不是。我們得在他們的夾縫中生存。」

「太可怕了！」厄秀拉叫道，「我不想在夾縫中生存。」

「別急，」他說，「他們是人的後代，他們最喜歡市場和街角。這樣就給我們留下了足夠的空間。」

「是整個世界，」她說。

「噢，不，只是一些空間。」

電車爬上了山，這裡一片片的房屋灰濛濛的，看上去就像地獄中的幻景，冷冰冰、有稜有角。他們坐在車中看著這一切。遠方的夕陽像一團紅紅的怒火。一切都是那麼冰冷，渺小，擁擠，像世界末日的圖景。

「我才不在乎景致如何呢，」厄秀拉說。她看著這令人不快的景象道：「這跟我沒關係。」

「是無所謂，」他拉著她的手說，「你盡可以不去看就是了。走你的路好了。我自己的世界裡正是陽光明媚，無比寬廣——」

「對，我的愛人，就是！」她叫著摟緊了他，害得其他乘客直瞪他們看。

「我們將在地球上恣意遊盪，」他說，「我們會看到比這遠得多的世界。」

他們沉默了好久。她沉思著的時候，臉像金子一樣在閃光。

「我不想繼承這個世界，」她說，「我不想繼承任何東西。」

他握緊了她的手。

「我也不想，我倒想被剝奪繼承權。」

她攥緊了他的手指頭。

「咱們什麼都不在乎，」她說。

他穩穩地坐著笑了。

「咱們結婚，跟這一切都斷絕關係。」她補充說。

他又笑了。

「這是擺脫一切的一種辦法，」她說，「那就是結婚。」

「這也是接受整個世界的一種辦法。」他補充說。

「另一個世界，」她快活地說。

「或許那兒有杰拉德和戈珍——」他說。

「有就有吧，」她說，「咱們煩惱是沒好處的。我們無法改變他們，能嗎？」

「不能，」他說，「沒有這種權力，即便有最好的動機也不應該這樣。」

「那你想強迫他們嗎？」她問。

「也許會，」他說，「如果自由不是他的事，我爲什麼要讓他自由？」

她不言語了。

「我們無法讓他幸福，」她說，「他得自己幸福起來才行。」

「我知道，」他說，「我們希望別人和我們在一起，不是嗎？」

「爲什麼？」她問。

「我不知道，」他不安的說，「一個人總要尋求一種進一步的友情。」

「可是爲什麼？」她追問。「你幹嘛要追求別人？你爲什麼需要他們？」

這話擊中了他的要害。他不禁皺起了眉頭。

「難道我們兩個人就是目的嗎？」她緊張地問。

「是的，你還需要別的什麼？如果有什麼人願意與我們同行，讓他們來好了。你爲什麼要追求他們？」

他臉色很緊張，露出不滿的表情來。

「你瞧，」他說，「我總在想我們同其他少數幾個人在一起會眞正幸福的——與他人在一起共享一點自由。」

她思忖著。

「是的，一個人的確需要這個。它得自然而然發生才行。你不能把自己的意志強加於它。你似乎總想你可以強迫花兒開放。有人愛我們是因爲他們愛我們——你不能強使人家愛我們。」

「我知道的，」他說。「我們就不能採取點步驟了？難道一個人非要孤獨地在世上行走——世上唯一的動物？」

「你既然有了我，」她說，「你爲什麼還需要別人？你爲什麼要強迫別人同意你的觀點？你爲什麼不能像你說的那樣獨善其身？你試圖欺壓杰拉德和赫麥妮。你得學會孤獨才行。你這樣太可怕了。你現在有了我，你還要迫使別人也愛你。你的確是迫使人家愛你的。即便是這樣，你需要的仍不是他們的愛。」

他顯出一臉的困惑相。

「我是這樣的嗎？」他說，「這個問題我無法解決。我知道我需要與你結成完美、完善的關係。我們幾乎建立了這樣的關係——我們的確建立了這樣的關係。可是除此之外，我是否需要與杰拉德有眞正完美的關係？是否這是一種最終的、幾乎超人的關係——對他對我均是如此？」

她的眼睛閃著奇特的光，看了他好久，但她終於沒有回答。

①都鐸王朝（一四八五至一五〇三）。

②波依萊特（一八七九至一九四三），法國著名時尚設計家，在一九〇九至一九一四年間名聲顯赫。

③Never whip a dead donkey，意爲：後悔莫及。

④見《新約·馬太福音》第五章第五節。

第二十七章 出走

那天晚上厄秀拉神采奕奕，眼裡閃著奇特的光芒回到家中，這副樣子把家人氣壞了。父親上完夜課，晚飯時分回來了，路程又遠，他累壞了。戈珍正看書。母親默默地坐著。

突然厄秀拉響亮地衝大夥兒說：「盧伯特和我明兒結婚。」

父親不自然地轉過身問：「你說什麼？」

「明天？」戈珍重複道。

「眞的?!」母親說。

厄秀拉只是開心地笑，並不回答。

「明兒結婚！」父親嚴厲地叫著，「你這是在說什麼鬼話？」

「是的，」厄秀拉說，「爲什麼不呢？」這口氣總是令父親發瘋。

「萬事俱備了，我們就去登記處登記——」

厄秀拉高興地說完以後，大家又沉默了。

「這是眞的嗎，厄秀拉?!」戈珍說。

「我們是否可以問問，爲什麼這秘密封得這麼嚴？」母親很有分寸的問。

「沒有秘密呀，」厄秀拉說，「這你們知道的呀！」

「誰知道？」父親大叫著，「誰知道？你說的『你們知道』是什麼意思？」

他正在發牛脾氣，厄秀拉立即反擊。

「你當然知道，」她冷冷地說，「你知道我們將要結婚。」

一陣可怕的沉默。

「我們知道你們要結婚，是嗎？知道！誰知道你的事，你這個變化無常的東西！」

「爸爸！」戈珍紅著臉抗議道。隨後她又冷靜、語調柔緩地提醒厄秀拉聽父親的話：「不過，這麼急著做決定，行嗎，厄秀拉？」

「不，並不急，」厄秀拉高興地說，「他等我的回話好長時間了——他已經開了證明信了。只是我——我還沒準備好。現在，我準備好了，還有什麼不同意的嗎？」

「當然沒有，」戈珍說，但仍嗔怪道：「你願意怎樣就怎樣吧。」

「你準備好了，你自己，就這麼回事！『我還沒準備好，』」他學著她的口氣。「你，你自己很重要，是嗎？」

她打起精神，目光很嚴厲。「我就是我，」她說。她感到受到了傷害。「我知道我跟任何別人都沒關。你只是想壓制我，而不管我是不是幸福。」

他傾著身子看著她，神色很是緊張。

「厄秀拉，瞧你都說些什麼話！給我住嘴！」媽媽叫著。

厄秀拉轉過身，眼裡冒著火。「不，我就不，」她叫著，「我才不吃啞巴虧呢。我哪天結婚又有什麼關係——有什麼關係！這是我的事，關別人什麼事？」

她父親很緊張，就像一隻縮緊身子要彈跳起來的貓。

「怎麼沒關係？」他逼近她叫道。她向後退著。

「有什麼關係？」她退縮著但仍嘴硬。

「難道你的所作所爲，跟我無關嗎？」他奇怪地叫道。

母親和戈珍退到一邊一動也不動，像被催眠了一樣。

「沒有，」厄秀拉囁嚅著。她父親逼近她。「你只是想——」

她知道說出來沒好處，就住口了。他渾身憋足了勁。

「想什麼？」他挑釁道。

「控制我，」她嘟噥著。就在她的嘴唇還在動著的時候他一巴掌打在她臉上，把她打得靠在門上。

「爸爸！」戈珍高聲叫著，「這樣不行！」

他一動也不動地站著，厄秀拉清醒過來了，她的手還抓著門把手，她緩緩站起來。他現在倒不知道該怎麼好了。「不錯，」她眼中含著晶瑩的淚，昂著頭說，「你的愛意味著什麼，到底意味著什麼？就是欺壓和否定——」

他握緊拳頭，扭曲著身子走過來，臉上露出殺氣。厄秀拉卻閃電般地打開門，往樓上跑去。

他佇立著盯著門，隨後像一頭鬥敗了的動物轉身走回爐邊的座位中去。

戈珍臉色煞白。緊張的寂靜中響起母親冷漠而氣憤的聲音：「噢，你別把她這事看得太重了。」

大家又不說話了，各自想各自的心事。

突然門又開了，厄秀拉戴著帽子，身穿皮衣，手上提著一個小旅行袋。

「再見了！」她氣呼呼、頗帶諷刺口味地說。「我要走了。」

門馬上就關上了。大家聽到外屋的門也關上了，隨著一陣腳步聲傳過來，她走上了花園小徑。大門「咣噹」一下關上了，她的腳步聲消失了。屋裡變得死一樣寂靜。

厄秀拉逕直朝車站走去，頭也不回，旋風般地奔著。站上沒火車，她得走到中轉站去等車。她穿過黑夜時，竟禁不住哭出聲來，她哭了一路，到了車上還在哭，像孩子一樣感到心酸。時間在不知不覺中過去了，她不知道她身在何處，不知道都發生了些什麼。她只是一個勁兒絕望悲哀，像個孩子一樣哭著。

當她來到伯金那兒時，她站在門口對伯金的女房東說話的口氣卻是輕鬆的。

「晚安！伯金在嗎？我可以見他嗎？」

「他在書房裡。」

厄秀拉從女人身邊擦身而過。他的門開了，他剛才聽到她說話了。

「哈囉！」他驚奇地叫著，他看到了她手中提著旅行袋，臉上還有淚痕。她像個孩子，臉都沒擦乾淨。

「我是不是顯得很難看？」她退縮著說。

「不，怎麼會呢？進來。」他接過她的旅行袋，兩人一起走進他的書房。

一進去，她就像想起傷心事的孩子一樣嘴唇哆嗦起來，淚水不禁湧上眼眶。

「怎麼了？」他摟住她問。她伏在他肩上啜泣得很厲害。

「怎麼了？」待她平靜了一點後他又問。她不說話，只顧一個勁兒把臉深深地埋進他的懷中，像個孩子一樣痛苦難言。

「到底怎麼了？」他問。

她突然掙開，擦擦淚水恢復了原狀，坐到椅子中去。

「爸爸打我了，」她像隻驚弓之鳥坐直身子說，眼睛發亮。

「爲什麼？」他問。

她看看邊上，不說話。她那敏感的鼻尖兒和顫抖的雙唇紅得有點可憐。

「爲什麼？」他的聲音柔和得出奇，但很有穿透力。

她挑釁般地打量著他說：「因爲我說我明天要結婚，於是他就欺負我。」

「爲什麼這樣？」

她撇撇嘴，記起那一幕，淚水又湧上來。

「因爲我說他不關心我，但他那霸道樣傷害了我。」她邊哭邊說，哭得嘴都歪了。她這種孩子相，把他逗笑了。可是這不是孩子氣，她深深地受到傷害。

「並不全是那麼回事吧，」他說，「即便如此你也不該說。」

「是眞的，是眞的，」她哭道，「他裝作愛我，欺負我，其實他不愛，不關心我，他怎麼會呢？不，他不會的——」

他沉默地坐著。想了許多許多。

「如果他不愛、不關心你，你就不該跟他鬧，」伯金平靜地說。

「我愛他，愛過，」她哭道，「我一直愛他，他卻對我這樣，他——」

「這是敵對者之間的愛，」他說，「別在乎，會好起來的，沒什麼了不起。」

「對，」她哭道，「是這樣的。」

「爲什麼？」

「我再也不見他了——」

「但不是馬上。別哭，你是得離開他，是得這樣，別哭。」

他走過去，吻她姣好、細細的頭髮，輕輕地撫摸她哭濕了的臉。

「別哭，」他重複說，「別再哭了。」

他緊緊地抱著她的頭，默默地一言不發。

她終於抬起頭睜大恐懼的眼睛問：「你不需要我嗎？」

「需要你？」他神色黯淡的眼睛令她迷惑不解。

「你不希望我來，是嗎？」她焦急地問。她生怕自己問得不對。

「不，」他說。「我不希望這種粗暴的事情發生，太糟糕了。不過，或許這是難以避免的。」

她默默地看著他。他木然了。

「我待在哪兒呀？」她問，她感到恥辱。

他思忖著。「在這兒，和我在一起，」他說，「咱們明天結婚和今天結婚是一樣的。」

「可是——」

「我去告訴瓦莉太太，」他說，「別在意。」

他坐著，眼睛看著她。她可以感覺到他黑色的目光在凝視她。這讓她感到有點害怕。她緊張地摸著額頭上的劉海。

「我醜嗎？」說著她又抽抽鼻子。

他微笑道：「不醜，還算幸運。」

他走過去抱住她。她太溫柔太美了，他不敢看她，只能這樣擁著她。現在，她的臉被淚水洗淨了，看上去像一朵初綻的花朵，嬌媚、新鮮、柔美，花蕊放射著異彩，令他不敢看她，他只能擁抱著她，用她的身體擋住自己的雙眼。她潔白、透明、純潔，像初綻的鮮花，像陽光在閃爍光芒。她那麼新鮮，那麼潔淨，沒有一絲陰影。而他則是那麼古老、沉浸在沉重的記憶中。她的靈魂是清新的，與未知世界一起閃爍光芒。而他的靈魂則是晦暗的，只有一絲希望，像一粒芥菜種子①。但僅僅這一粒活生生的種子卻點燃了她的青春。

「我愛你，」他吻著她喃喃言道。他因著希望而顫抖，就像一個復活的人獲得了超越死亡的希望。

她不知道這對他有多麼重大的意義，不知道他這幾句話到底有多大分量。她像孩子一樣需要證實，需要說明，甚至誇大的說明，因爲一切似乎仍然不確實、不穩定。

在他瀕臨死亡，即將和他的民族一起沉入死谷的時刻；他接受她時所流露出的那股戀情和感激之情；當他知道自己還活著並且能夠與她結合時那種難以言表的幸福感，這一切的一切她是無法理解的。他崇拜她，就像老人崇拜青年，他爲她感到自豪，是因爲他深信他和她一樣年輕，他是她合適的配偶。與她的結合意味著他的復活，這婚姻是他的生命。

這些她並不知道。她想對他變得重要起來，讓他崇拜自己。他們中間隔著無限的沉寂距離。他怎麼能告訴她，她內在的美不是形體、重量和色彩，而是一種奇怪的金光！他自己怎麼能知道她對他來說是一個怎樣的美人吶。他說：「你的鼻子很美，你的下巴讓人崇拜。」他的話像是謊言，讓她失望、傷心。甚至當他喃言絮語「我愛你，我愛你」時，她也覺得這話不眞實。它是某種超越愛的東西，超越了個人，超越了故有的存在。當他是某個新的未知人，不是他自己時，他何以能說「我」？這個「我」是一個舊的形式，因此是一個死掉的字母。

在這新的，超越感知的寧馨和歡愉中，沒有我，沒有你，只有第三個未被意識到的奇蹟，這不是自我的存在，而是我的生命與她的生命合成的一個新的極樂結合體。當我的生命終止了，你的生命也終止了的時候，我怎麼能說「我愛你」呢？我們都被對方吸住，渾然一體，世界的一切都沉默了，因爲沒什麼需要我們回答，一切都是完美的，天衣無縫。他們在沉默中交流著語言，這完美的整體是歡樂的沉寂體。

第二天他們就結成了法律上的婚姻，她依從他的要求給父親和母親寫了信。母親回了信，父親卻沒有。她沒有回學校。她和伯金一起或待在他的房中，或去磨房，他倆形影相隨。她誰也不去看，只去看了戈珍和杰拉德，她變得十分陌生，讓人猜不透，不過她情緒開朗了，就像破曉的天空一樣。

一天下午，杰拉德和她在磨房那溫暖的書房中聊著天。盧伯特還沒回家。

「你幸福嗎？」杰拉德笑問道。

「很幸福！」她很有精神地叫著。

「是啊，看得出。」

「是嗎？」厄秀拉吃驚地問。

他笑著看著她。「是的，很簡單。」

她很高興。思忖了片刻她問他：「你看盧伯特是不是也很幸福？」

他垂下眼皮向一邊看去。

「是的。」他說。

「眞的？」

「是的。」他十分平靜，似乎這種事不該由他來談論。他看上去有點不高興。
她對他的提示很敏感。於是她提出了他想要她問的問題。
「那你爲什麼不感到幸福呢？你也應該一樣。」
他不說話了。
「和戈珍一起？」他問。
「對！」她目光炯炯地叫著。可是他們都感到莫名其妙的緊張，似乎他們是在違背眞實說話。
「你以爲戈珍會擁有我，我們會幸福？」他問。
「對，我敢肯定！」她說。
她的眼睛興奮地睜得圓圓的。但她心裡挺緊張，她知道她這是在強求。
「哦，我太高興了。」她補充道。
他笑了。「什麼讓你這麼高興？」他說。
「爲了她，」她說。「我相信，你會的，你會是她合適的郎君。」
「是嗎？」他說，「你以爲她會同意你的看法嗎？」
「當然了！」她馬上說。但又一想，她又不安起來。「當然戈珍並不那麼簡單，對嗎？她並不那麼容易讓人懂，對嗎？在這一點上她跟我可不一樣。」她戲弄他，笑得人眼花繚亂。
「你覺得她並不太像你嗎？」杰拉德問。
她皺緊了眉頭。「在好多方面像我。可是我不知道有了新情況她會怎樣。」
「是嗎？」杰拉德問。他好半天沒有說話。隨後他動動身子說：「我將要求她不管怎樣也要在聖誕節時跟我走。」他聲音很小，話說得很謹慎。
「跟你走，你是說短期內？」
「她願多久就多久，」他說。
他們都沉默了。
「當然，」厄秀拉說，「她很可能急於成婚。你看得出來吧。」
「對，」杰拉德說，「我看得出。就怕她不樂意。你覺得她會跟我出國幾天或兩週嗎？」
「會的，」她說，「我會問問她的。」
「你覺得我們都去怎麼樣？」
「我們大夥兒？」厄秀拉臉色又開朗了。「這一定會十分有意思，對嗎？」
「太好了，」他說。
「到那時你會發現，」厄秀拉說。
「發現什麼？」
「發現事情的進展。我想最好在婚禮前度蜜月，你說呢？」
她對自己的妙語感到滿意。他笑了。
「在某些情況下是這樣，」他說，「我希望我就這樣做。」
「是嗎?!」厄秀拉叫道，「是啊，也許你是對的，人應該自得其樂。」
伯金回來後，厄秀拉把談話內容告訴給他聽。
「戈珍！」伯金叫道。「她天生就是個情婦，就像杰拉德是個情夫一樣，絕妙的情人。有人說，女人不是妻子就是情婦，戈珍就是情婦。」

「男人們不是情夫就是丈夫，」厄秀拉叫道，「爲什麼不身兼二職呢？」

「它們是不相容的，」他笑道。

「那我需要情夫，」厄秀拉叫道。

「不，你不需要，」他說。

「但是我需要！」她大叫。

他吻了她，笑了。

兩天以後，厄秀拉回貝多弗家中去取自己的東西。搬遷之後，家也不在了。戈珍在威利·格林有了自己的房子。

婚後厄秀拉還未見過自己的父母。她爲這場磨擦哭了，唉，這有什麼好處！不管怎麼樣，她是不能去找他們了。她東西被留在了貝多弗，她和戈珍不得不步行去取東西。

這是一個冬日的下午，來到家中時，夕陽已下山。窗戶黑洞洞的，這地方有點嚇人。一邁進黑乎乎空蕩蕩的前廳，兩個姑娘就感到不寒而慄。

「我不相信我敢一個人來這兒，」厄秀拉說，「我害怕。」

「厄秀拉！」戈珍叫道，「這不是很奇怪嗎？你能夠想像你會毫無知覺地住在這兒嗎？我可以想像，我在這兒住上一天都會嚇死的！」

她們看了看大飯廳。這屋子是夠大的，不過小點才可愛呢。突窗現在是光禿禿的，地板已脫了漆，淺淺的地板上塗有一圈黑漆線。退色的牆紙上有一塊塊的暗跡，那兒是原先靠放傢具和掛著畫框的地方。乾燥、薄脆的牆和薄脆易裂的地板，淡淡的地板上黑色的裝飾線讓人的恐懼感有所減輕。一切都無法激動人的感官，因爲這屋裡沒有任何實在的物體，那牆像紙做的一樣。她們這是站在什麼地方？是站在地球上還是懸在紙箱中？壁爐中燃燒著一些紙片，有的還沒燒完。

「眞難以想像我們怎麼會生活在這個地方！」厄秀拉說。

「就是嘛，」戈珍叫道，「這太可怕了。如果我們住在現在這個環境中我們會成爲什麼樣子？」

「討厭！」厄秀拉說，「這可眞讓人討厭。」

這時她發現壁爐架上燃燒著的紙，那是時髦的包裝紙——兩個身著袍子的女人像正在燃燒。

她們走進客廳。這裡又有種與世隔絕的氣氛。沒有重量，沒有實體，只有一種被紙張包圍在虛無之中的感覺。廚房看上去還實在，那是因爲裡面有紅磚地面和爐子，可是一切都冷冰冰的，挺可怕。

兩個姑娘六神無主地爬上空曠的樓梯。每一個聲音都在她們心頭迴響。隨後她們又走上空蕩蕩的走廊。厄秀拉臥室裡靠牆的地方堆著她自己的東西：一隻皮箱，一隻針線筐，一些書本，衣物，一隻帽箱。暮色中，這些東西在空屋子裡顯得孤零零的。

「一幅多麼令人欣慰的景象啊，不是嗎？」厄秀拉看著她這堆被遺棄的財產說。

「很好玩兒，」戈珍說。

兩個姑娘開始把所有東西都搬到前門來。她們就這樣一遍又一遍地在空屋子中來來回回搬著。整座房屋似乎都迴盪著空曠的、虛無的聲音。那空曠的房屋在身後發生可憎的顫音。她們幾乎是提著最後一件東西跑出來的。

外面很冷。她們在等伯金，他會開車來的。等了一會兒她們又進了屋，上樓來到父母的臥室中。從窗口可看到下面的大路，放眼望去可望到晦暗的夕陽，一片暗紅，沒有一絲光芒。

她們坐在凹進去的窗台上等著伯金。她們環視著屋裡，空曠的屋子，空得讓人害怕。

「眞的，」厄秀拉說，「這屋子無法變得神聖，你說呢？」

戈珍緩緩地看著屋子說：「不可能。」

「我常想起爸爸和媽媽的生活，他們的愛，他們的婚姻，我們這群孩子和我們的成長，你願意過這樣的生活嗎？」

「不願意，厄秀拉。」

「這一切似乎沒什麼意義——他們的生命，沒一點意義。眞的，如果他們沒有相遇，沒有結婚，沒有一起生活，就無所謂，對嗎？」

「當然，這沒法兒說，」戈珍說。

「是的。可是，如果我以爲我的生活也要成爲這個樣子，」她抓住戈珍的胳膊說，「我就會逃跑。」

戈珍沉默了一會才說話。「其實，一個人是無法思索普通的生活的，無法。」戈珍說，「厄秀拉，對你來說這不同。你會和伯金一起脫離這一切。他是個特殊的人。對於一個普通的人來說，他的生活是固定在一處的，婚姻是不可能的。或許有，的確有千百個女人需要這個，她們不會想別的。一想到這個我就會發瘋。一個人首要的是自由，是自由。一個人可以放棄一切，他必須自由，他不應該變成品切克街七號，或索莫塞特街七號，或肖特蘭茲七號。那樣誰也好不了，誰也不會！要結婚，就得找一個自由行動的人，一個戰友，一個幸福的騎士。找一個在社會上有地位的人，這是不可能的，不可能！」

「一個多好的詞兒呀——幸福騎士！」厄秀拉說，「比說『有福的戰士』要好得多。」

「是的，不對嗎？」戈珍說，「我願意和一個幸福騎士一起推翻世界。可是，家！固定的職業！厄秀拉，這意味著什麼？想想吧！」

「我知道，」厄秀拉說，「我們有了一個家，對我來說這就夠了。」

「足夠了？」戈珍說。

「『西邊灰色的小屋②，』」厄秀拉嘲弄地引了一句詩。

「這詩聽著就有點灰色。」戈珍憂鬱地說。

她們的談話被汽車聲打斷了。伯金到了。厄秀拉感到驚奇的是她感到激動，一下子從「西邊灰色小屋」的問題中解脫了出來。

她們聽到他在樓下通路上走路的腳步聲。

「哈囉！」他招呼著，他的聲音在屋裡迴盪著。厄秀拉自顧笑了：原來他也怕這個地方。

「哈！我們在這兒，」她衝下面叫道。隨後她們聽到他快步跑上來。

「這兒鬼氣十足，」他說。

「這些屋子中沒有鬼，這兒從來沒有名人，只有有名人的地方才會有鬼，」戈珍說。

「我想是的。你們正爲過去哀傷嗎？」

「是的，」戈珍陰鬱地說。

厄秀拉笑了。「不是哀悼它的逝去，而是哀悼它的存在，」她說。

「哦，」他鬆了一口氣道。

他坐下了。他身上有什麼東西在閃爍，活生生的，厄秀拉想。他的存在令這虛無的房屋消失了。

「戈珍說她不能忍受結婚並被關在家中，」厄秀拉意味深長地說，大家都知道她指的是杰拉德。

他沉默了一會兒說：「如果你在婚前就知道你無法忍受的話，那很好。」

「對！」戈珍說。

「爲什麼每個女人都認爲她生活的目的就是有個丈夫和一處西邊灰色的小屋？爲什麼這就是生活的目標？爲什麼應該這樣？」厄秀拉問。

「你應該尊重自己做出的傻事，」伯金說。

「可是在你做傻事之前你不應該尊重它，」厄秀拉笑道。

「如果是爸爸做的傻事呢？」

「還有媽媽做的傻事，」戈珍調侃地補充上一句。

「還有鄰居做的，」厄秀拉說。

大家都笑著站起來。夜幕降臨了。他們把東西搬到車上，戈珍鎖上空房的門。伯金打開了汽車上的燈。大家都顯得很開心，似乎要出遊一樣。

「在庫爾森斯停一下好嗎。我得把鑰匙留在那兒，」戈珍說。

「好的，」伯金說完就開動了車子。

他們停在大街上。商店剛剛掌燈。最後一批礦工沿著人行道回家，他們穿著骯髒的工作服，讓人看不大清楚。可是他們的腳步聲卻聽得清楚。

戈珍走出商店回到車中。跟厄秀拉和伯金一起乘車在夜色中下山是多麼愜意呀！在這一時刻，生活多像一場冒險呀！突然，她感到自己是那麼強烈地忌妒厄秀拉！生活對厄秀拉來說竟是那麼活生生的，是一扇敞開的門，似乎不僅僅這個世界，就是過去的世界和未來的世界對她來說都不算什麼。啊，如果她也能像她那樣，那該多好。

除了激動的時候以外，她總感到自己心中有一種慾望，她還拿不準。她感到，在杰拉德強烈的愛中，她獲得了完整的生命。她與厄秀拉相比就感到不滿足了，她心裡已經開始忌妒厄秀拉了。她不滿，她永遠也不會滿足。

她現在缺少什麼呢？缺少婚姻——美妙、安寧的婚姻。她的確需要它。以前她的話都是在騙人。舊的婚姻觀念甚至於今都是對的——婚姻和家庭。可說起來她又嘴硬。她想念杰拉德和肖特蘭茲——婚姻和家！啊，讓這成爲現實吧！他對她來說太重要了——可是——！也許她並不適合結婚。她是生活的棄兒，是沒有根的生命。不，不，不會是這樣。她突然想像有那麼一間玫瑰色的房子，她身著美麗的袍子，一個穿晚禮服的漂亮男人在火光中擁抱著她、吻她。她爲這幅畫起名爲《家》。這幅畫可以送給皇家學院了。

「來和我們一起喝茶吧，來，」快到威利·格林村舍時厄秀拉說。

「太謝謝了，但是我必須去——」戈珍說。她非常想和厄秀拉和伯金一起去，那才像生活的樣子。可是她的倔強又不允許她這樣。

「來吧，那該多好呀，」厄秀拉請求道。

「太抱歉了，我很願意去，可是我不能，眞的——」

說著她急急忙忙下了車。

「你眞不能來嗎?!」厄秀拉遺憾地說。

「不能去，眞的，」戈珍懊悔地說。

「你自己走回家行嗎？」伯金問。

「行！」戈珍說，「再見。」

「再見，」他們說。

「什麼時候想來就來，我們會很高興見到你，」伯金說。

「非常感謝，」戈珍說。她那奇怪的鼻音顯得她孤獨、懊悔，令伯金不解。戈珍轉身向村舍大門走去，他們開車走了。等他們的車一開動，她就停住腳步看他們，直看著車子消失在夜色朦朧的遠方。她走上通往陌生的家的路，心裡充滿難言的痛苦。

她的起居室裡掛著一座長形鐘，數字盤上鑲著一張紅潤、歡快的人臉畫像，眼睛是斜的，秒針一動那人就飛動起媚眼兒。這張光滑、紅潤的怪臉一直向她炫耀著這雙媚眼。她站著看了它一會兒，最後她感到十分厭惡，不禁自嘲起來。這雙眼還在晃動，一會兒這邊，一會兒那邊向她飛著媚眼兒。啊，這東西可真高興啊！正是興高采烈的時候！她朝桌上看去：醋栗果醬，還有自製蛋糕，裡面蘇打太多了！不過，醋栗果醬還不錯，人們很少吃到。

整個晚上她都想到磨房去，但她還是冷酷地阻止自己這樣做。第二天下午她才去。她很高興看到只有厄秀拉一個人在。她們之間很親熱，沒完沒了地興高采烈地大聊特聊。「你在這兒簡直太幸福了吧？」戈珍看著鏡子裡姊姊那明亮的眼睛說。她對厄秀拉和伯金周圍那種奇特的熱烈而完美的氣氛總感到忌妒，甚至氣憤。

「這屋子布置得太漂亮了。」她大聲說，「這張硬蓆子的顏色很可愛，很淡雅！」

她覺得這很完美。

「厄秀拉，」她似問非問地說，「你知道杰拉德・克里奇建議我們在聖誕節時出遊嗎？」

「知道，他對盧伯特說了。」

戈珍的臉紅透了。她沉默了片刻，似乎驚得說不出話來。

「你是不是覺得，」戈珍終於說，「這建議太棒了！」

厄秀拉笑了。「我喜歡他這樣，」她說。

戈珍不說話了。很明顯，她聽說杰拉德擅自對伯金透露計畫後感到自己受到了污辱，這建議本身卻強烈地吸引著她。

「杰拉德天眞得有點可愛，我覺得，」厄秀拉帶著點挑戰的味道說，「我覺得他很可愛。」

戈珍半天沒說話。她仍舊對杰拉德隨意冒犯她感到屈辱。

「那盧伯特說什麼，你知道嗎？」她問。

「他說那可是太好了，」厄秀拉回答。

戈珍垂下眼皮沉默了。

「你覺得會嗎？」厄秀拉試探著問。她從來都弄不清戈珍到底如何在保護自身。

戈珍艱難地抬起頭，向一邊扭去。

「我覺得可能會像你說的那樣十分有意思，」她說，「可是，你不認爲他這樣太無禮了嗎——和盧伯特說這種事，不能原諒他，盧伯特——當然，你知道我的意思。厄秀拉，很可能這是他們兩個人安排好的一次出遊，捎帶上什麼夥伴。我覺得不能原諒，眞的！」

她目光閃爍，柔和的臉紅了，面帶怒色。厄秀拉很害怕，怕的是戈珍太平庸了，她又不敢這樣想。

「哦，不，」她結結巴巴地說，「不，不，不是那樣的，不！我以爲盧伯特和杰拉德之間的交情很好。他們很單純——他們之間無話不說，就像兄弟一樣。」

戈珍的臉更紅了。她不能容忍杰拉德出賣了她，甚至對伯金出賣她。

「你認爲兄弟間就可以交換那種秘密嗎？」她更生氣地問。

「哦，對了，」厄秀拉說，「他們沒什麼不能直截了當說的話。杰拉德讓我吃驚的是，他太單純，太直率了！你知道，只有偉人才這樣。大多數人都不直話直說，因爲他們是膽小鬼。」

戈珍還是默默地嘔氣。她需要她的行蹤保密。

「那你去嗎？」厄秀拉問，「去吧，咱們肯定都會高興的！杰拉德有些地方討人愛，比我想像得更可愛。他坦蕩，戈珍，他眞是這樣。」

戈珍仍閉口不言，仍在生氣。後來她終於開口了。

「你知道他打算去哪兒嗎？」她問。

「知道，去悌羅爾③，他在德國時常去那兒。很美，學生們都愛去。地方不大，但很險峻，美極了，是冬季體育運動的好去處。」

「知道，」她說，「離因斯布魯克大約四十英里，對嗎？」

「我不太確切，可是那兒肯定好玩，你想，高山上的雪中——」

「太好玩兒了！」戈珍調侃道。

「當然，」厄秀拉不安地說，「我覺得杰拉德對盧伯特說了這事，所以，不像是他們要帶個什麼夥伴出遊。」

「我知道的，」戈珍說，「他常這樣做的。」

「是嗎？」厄秀拉說，「你怎麼知道的？」

「我認識賽爾西的一個模特兒，」戈珍冷冷地說。

厄秀拉沉默了。

「哦，」她終於懷疑地說，「我希望他和她過得不錯。」聽她這樣說，戈珍更不高興了。

①見《新約・馬太福音》第十七章第二十節。

②英國十九世紀詩人D・厄德利・威爾莫特詩〈我灰色的小屋〉。

③奧地利境內阿爾卑斯山區。

第二十八章　戈珍在龐巴多酒館

聖誕節快到了，他們四個人都準備出遊了。伯金和厄秀拉忙著打點行李物品，準備運走，不管是哪個國家，哪個地方，選好了地方就可以運送東西，戈珍十分激動。她喜歡旅行。

她和杰拉德先做好了準備，就啓程上路了。經過倫敦和巴黎去因斯布魯克，在那兒和厄秀拉及伯金相會。他們在倫敦過了一夜。他們先去聽音樂，然後去龐巴多酒館。

戈珍討厭酒館，可是總得來這兒，她熟識的藝術家們都來這兒。她討厭這裡的氣氛，充滿了小陰謀、妒忌和小氣的藝術。她一來倫敦總得來這兒，似乎她必須到這狹小的、墮落與死亡的緩緩轉動的旋風中心。只是來看看而已。

她和杰拉德喝著甜酒，憂鬱的眼睛凝視著桌旁一群一群的人。她跟誰都不打招呼，但小夥子們卻不停地衝她點頭調笑著，似乎很熟悉的樣子。她理都不理他們這幫人。她緋紅著臉坐在那兒，目光陰鬱，從容地打量著他們，就像遠遠地觀看著動物園中的猿猴一樣。她感到這樣很開心。天啊，這是一幫多麼卑鄙的人！她看到他們就有氣，對他們恨之入骨。但她必須坐在那兒看著他們。他們當中有一兩個人過來跟她打招呼。酒館的每一處都有眼睛在偷看她，眼神裡帶著嘲弄的意味。男的扭過頭看她，女的則從帽子下看她。

那群故舊們都在這兒，卡里昂和他的學生及女友坐在他常坐的角落裡。海里戴，里比德尼科夫及米納蒂都在。戈珍看著杰拉德，發現他的目光停留在海里戴那幫人那邊。這些人注視著他，衝他點點頭，他也衝他們點點頭。然後那幾個人嘻笑著竊竊私語起來。杰拉德目光炯炯地看著他們。他們在慫恿米納蒂做什麼事。

米納蒂終於站起身來。她身著黑綢衣，衣服上印著長長的淺條子，給人奇怪的線條感，她比以前瘦了，她的眼睛更顯大了，目光更不誠實了。除此之外她沒什麼變化。杰拉德目不轉睛地盯著她向這邊走來。她向他伸出乾瘦、白皙的手說：「你好。」

他同她握手，但仍舊坐著，讓她挨著桌子站立著。她衝戈珍冷漠地點頭，她不知道該怎麼跟她打招呼，但知道她很有名氣，一看就知她是什麼人。

「我很好，你呢？」杰拉德說。

「哦，我還好。盧伯特怎麼樣？」

「盧伯特？他也很好。」

「我知道，我指的不是這個。我是問他結婚了嗎？」

「哦，結了，他結婚了。」

米納蒂的目光變得熱辣辣的。「哦，他眞這樣做了？什麼時候結的？」

「一兩週以前。」

「眞的！他沒寫信告訴我們呀。」

「沒有？」

「沒有。你不覺得這樣太不好了嗎？」

這後一句話是一種挑戰，從米納蒂的語調裡流露出來，她注意到戈珍在聽。

「我想他不願意這樣做，」杰拉德說。

「爲什麼？」米納蒂追問。

沒人回答。這位短髮漂亮的小個子女人站在杰拉德身邊顯得很固執，語氣很有嘲弄的意味。

「你會在城裡住好久嗎？」她問。

「只今天晚上。」

「啊，今晚。要過來跟裘里斯談談嗎？」

「今天晚上不行。」

「那好。我去告訴他。」隨後又裝神弄鬼地說：「你看上去很健康。」

「是的，我有這感覺。」杰拉德顯得很瀟脫，眼睛裡閃著嘲弄、快活的目光。

「你過得不錯吧？」

這句話對戈珍是個直接的打擊，那語調平緩，冷漠而隨便。

「是的。」他毫無感情色彩地說。

「很遺憾，你不能過來。你對朋友可不夠意思呀。」

「是不太夠意思。」他說。

她衝他們兩個點點頭告別，緩緩地向她的座位走去。戈珍看著她，發覺她走路的姿勢很怪：身體僵直，腰部卻在扭。他們聽到她在那邊有氣無力地說：「他不來——人家有人約了。」隨後那邊桌上發出更大聲的說笑和竊竊私語。

「她是你的朋友嗎？」戈珍沉靜地看著杰拉德。

「我和伯金一起在海里戴家住過。」他迎著戈珍沉靜審視的目光說，她知道米納蒂是他的情婦之一——他清楚她知道這事。

她四下張望一下，喚來了侍者。她此時最想喝冰鎮雞尾酒。這讓杰拉德心中暗笑，心想這有什麼了不起的？

海里戴這幫人喝醉了，說出話來很惡毒。他們大聲地議論伯金，諷刺他做的每件事，特別是他的婚姻。

「哦，別跟我提伯金，」海里戴尖聲說。

「他讓我噁心。他跟基督一樣壞。『天啊，我怎麼才能得救啊[1]?!』」

說著他自己醉醺醺地竊笑起來。

「你還記得他常寫的信嗎？」那俄國人說話速度很快。「『慾望是神聖的』。」

「啊，對！」海里戴叫道，「太妙了。我衣袋裡還有一封呢。我肯定有。」

他說著從衣袋裡掏出一堆紙來。

「我肯定我有！呃，天啊，有一封！」

杰拉德和戈珍全神貫注地看著他們。

「啊，太妙了，眞妙，呃！別逗我笑，米納蒂，它讓我打嗝兒，嗝兒！」大家都笑了。

「他信中說什麼了？」米納蒂湊過去看，鬆散的頭髮飄落下來蓋住了臉。她那又小又長的頭顯得不那麼體面，特別是露出耳朵時更是這樣。

「等會兒，等等！不，不，我不給你看，我來念。我念最好玩的那一段——嗝兒！天啊，我喝點水是不是就不會打嗝兒了？嗝兒！啊，我沒救了！」

「是不是談黑暗與光明的結合，還有，就是腐蝕流？」馬克西姆說話快但吐音很準確。

「我想是這些，」米納蒂說。

「哦，是嗎？我都忘了——嗝兒——是那封，」海里戴說著展開了信。「嗝兒——，是的。簡直太妙了！這是最妙的一封信。『每個民族都有這麼一句話——』」他像唸《聖經》的牧師那樣緩慢、清晰地唸著信，「『毀滅慾會戰勝任何別的慾望。在每個人身上，這種慾望就是毀滅自我的慾望』——嗝兒——」他停下來看著大家。

「我希望他先毀滅自己做個樣子再說，」那俄國人很快地說。海里戴竊笑著，有氣無力地向後仰著頭。

「他沒什麼可毀滅的，」米納蒂說，「他已經夠瘦的了，只有一把骨頭碴兒了。」

「哦，很好！我喜歡讀這種信！我相信它治好了我的病，不打嗝兒了！」海里戴尖叫著。「聽我接著唸下去嘛。『這是一種衰退的過程，退回原形狀態，隨著腐蝕流回歸，回歸到生命原本的基本狀態！——啊，我的確覺得這太神奇了。它超過《聖經》了。」

「對，腐蝕流這句話，」俄國人說，「我記住這句話了。」

「他總在談什麼腐蝕，」米納蒂說，「他一定很墮落，否則腦子裡就不會想這麼多。」

「很對！」俄國人說。

「讓我唸下去！哦，這一段妙不可言！聽著。『是在這大退化中，在生命體的退化中，我們獲得了知識，超越了知識，獲得了至深的感覺，這是一種狂喜。』哦，我真覺得這些話荒謬得出奇。你們不這樣看嗎？這些話像耶穌說的。『如果，裘里斯，你需要和米納蒂產生這種退化的狂喜，你就應該爭取，直到獲得了它。當然，你身上肯定也有一種活生生的積極創造慾——極端忠誠的關係，當活躍的腐蝕之花開放後。』我眞不知道這些腐蝕之花是什麼。米納蒂，你是這樣的花。」

「謝謝，那你是什麼呢？」

「啊，我是另一朵，按照這封信所說我肯定是的！我們都是——嗝兒——惡之花！這太妙了，伯金是一座折磨人的地獄。折磨人的龐巴多——嗝兒！」

「接著唸，唸下去，」馬克西姆說，「下面的話是什麼？太有意思了。」

「我覺得這樣寫太可怕了，」米納蒂說。

「是啊，我也這麼看，」俄國人說，「他是個妄自尊大的人，當然這表現出他的宗教瘋狂症，他覺得他是人類的救星。接著讀。」

「當然了，」海里戴拖長聲音道，「『當然了，我一生中都有善和寬容追隨著我——②』」海里戴停下來竊笑著，然後又像個牧師一樣拖長聲音唸著。「『我們這種慾望肯定會消失的，因爲這種毀滅的激情會破碎，把我們一點點地粉碎——親暱只是爲了毀滅，性成了退化的媒介，把男人和女人這兩種基本因素高度複雜的統一體削弱——削弱舊的觀念，回歸到野性的感覺中去，不斷地尋求在黑暗的感知中失去自我。盲目地、無限地被毀滅的火焰燃燒，希望被火燒盡——』」

「我想走了，」戈珍對杰拉德邊說邊打手勢叫來侍從。她眼睛發亮，臉頰緋紅。海里戴像牧師一樣逐字逐句地朗讀伯金的信，聲音清晰又響亮，這讓她覺得血直往頭上湧，令她發瘋。

杰拉德付款時，她站起身向海里戴桌邊走去。他們都抬頭看她。

「請原諒，」她說，「你唸的是一封眞正的信嗎？」

「哦，是的，」海里戴說，「確實是眞的。」

「我可以看看嗎？」

海里戴著了迷似地傻笑著把信遞給她。

「謝謝，」她說。說完她拿著信走出了酒館，款款地從桌子中間穿過，走出了這燈火輝煌的屋子。好半天後人們才意識到都發生了些什麼事。

海里戴桌旁發出輕蔑的「呸」，然後這個角落的人們都衝戈珍的背影啐起來。她墨綠色與銀灰相間的衣服很時髦，帽子是嫩綠色的，就像昆蟲的殼，但帽檐兒則是深綠的，描了一圈銀邊。她的外衣是墨綠的，閃閃發光，毛領子高高豎起，衣服鑲著銀色與黑色的綢邊兒。她的襪子和鞋子是銀灰色的。她拿著架子緩緩、漠然地向門口走去。侍者諂媚地爲她開門並守在門邊伺候，在她示意下奔向便道旁打個口哨喚來出租車。車上的兩盞燈幾乎像兩隻眼睛一樣立即向她轉過來。

杰拉德在一片啐聲中追出來，他不知道戈珍有什麼做得不對，他聽到米納蒂說：「去，把信從她那兒要回來。從來沒有見過這種事！向她要回來。去告訴杰拉德．克里奇——他走了，讓他向她要。」

戈珍站在車門邊，侍從爲她打開了門。

「去旅館嗎？」她衝匆匆而來的杰拉德問。

「你樂意去哪兒就去哪兒，」他說。

「好！」她說。然後對司機說，「去瓦格斯塔夫—巴頓大街。」司機點點頭，扳倒「出租」招牌。

戈珍故做冷漠，像所有衣著華貴、目空一切的女人一樣進了汽車。杰拉德隨她進了汽車。

「你忘了那僕人，」她冷漠地點一下頭。杰拉德忙給了侍從一個先令。那人敬個禮。車開動了。

「他們鬧什麼呢？」杰拉德不解地問。

「我拿了伯金的信就走開了。」她看看手中揉爛了的信說。

他露出滿意的眼神。

「啊！」他說，「太好了！一群笨蛋！」

「我眞想殺了他們！」她激動地說，「他們是一群狗！盧伯特眞傻，怎麼會給他們寫這樣的信?! 他幹嘛要向這群下等人暴露思想？這太不能令人容忍了。」

杰拉德揣度著她這奇特的激情。

她在倫敦再也待不下去了。他們必須坐早車離開這兒。他們在火車經過大橋時，她望著鐵橋下的河水叫道：「我再也不要見到這骯髒的城市了，一回來我就無法忍受這地方。」

第二十九章　大　陸

出發前幾個星期裡，厄秀拉心頭一直綴著一個懸念。她不是她自己了——什麼也不是。她是一種即將獲得生命的東西，很快，很快就會這樣。這一切即將來臨。

她去看望自己的父母。這是一次難堪的令人沮喪的會面，不像是重逢倒像是分別。他們都顯得含含糊糊，游移不定，在將他們分離的命運面前束手無策。

直到上了從多佛①開往奧斯坦德②的船她才真正清醒過來，她稀里糊塗地隨伯金來到倫敦，倫敦在她頭腦中變得一片朦朧，後來坐火車到了多佛，這一切就像一場夢。

現在，她在黑漆漆、風聲呼嘯的夜色中站在船尾上，海水在腳下翻滾，凝視著英國岸上忽閃忽閃淒冷的燈光，看著這些遍布的小小光點漸漸消失在黑夜中，她方才感到自己的心從痲醉狀態中清醒過來。

「到前面去好嗎？」伯金問。他想到船頭去。於是他們離開了船尾，不再凝望那遠方的英國大地閃爍著的星火，而是把頭轉向前方深淵般的夜空。

船頭輕輕地劃破海面，他們雙雙來到前甲板上。在夜色中伯金發現了一處有遮掩的地方，那兒放著一大

①見《新約・使徒行傳》第十六章第三十節。
②見《舊約・詩篇》第二十三章第六節。

捲繩子。這兒離船頭的頂部很近。他們相擁著坐下，用一條毯子把自己包起來，他們相互偎近著、偎近著，直至他們似乎溶入對方體內，變成一體。天太冷了，黑得伸手不見五指。

船上的一個水手沿著船舷走了過來，他的身影如夜一樣黑，無法看清他。好一會兒他們才看清他蒼白的臉。他也感到這裡有人，停住了腳步，猶猶豫豫地彎腰向前探過來。當他的臉湊過來時，他也看清了他們的臉。於是他像個幽靈一樣退了回去。他們看著他，一言不發。

他們似乎沒入了無盡的黑暗中。沒有天空，沒有大地，只有牢不可破的黑暗。他們就像一顆生命種子穿過無底的黑暗空間昏昏然睡著掉下去。

他們忘了這是在什麼地方，忘了一切，只意識到這條滑向黑暗的軌跡。船頭繼續穿破海面，發出微弱的聲音，衝向黑暗，它無知、無視，只是向前衝著。

厄秀拉覺得前方看不見的世界戰勝了一切。在這無邊的黑暗中心，她心中閃爍著未知的天堂的燦爛光芒。她的心溶滿了這美妙的光芒，像黑暗中金色的蜜，溫暖甘甜。這光芒並不是照耀著這個世界，它只照耀著未知的天堂。她要到那兒去，那是個美好的去處，這生活的快樂是未知的，但她肯定會得到。狂喜中她突然衝他揚起臉，他吻了她的臉。她的臉那麼冰冷，那麼清新，那麼光潔，吻她的臉就像吻浪頭上的花朵。

可是他無法像她一樣以一種超前意識感知到快樂的狂喜。對他來說這是一種了不起的過程，他正落入無盡的黑暗中，就像一塊隕石從世界的空隙中墜落下去。世界裂成了兩半，他像一顆無光的星從難以言狀的空隙中掉下去。遙遠的東西並不屬於他。他完全被這條軌道所戰勝。

恍惚中他躺著摟緊了厄秀拉。他的臉貼著她柔弱、姣好的頭髮，他可以嗅出她頭髮的清香夾雜著海水與夜空的馨香。他的心平靜了，隨著沒入未知，他安定了。這還是第一次，一種完全、絕對的平靜進入他的心靈，超脫了生命。

甲板上一起騷動，把他們嚇了一跳，忙站了起來。黑夜裡他們兩人擠到了一起。但是，她心中閃爍的仍是天堂樣的光芒，而他心裡則是難以言表的黑暗沉寂。這就是一切的一切。

他們站起身向前方望去。黑暗中閃著微弱的燈光。他們又回到了世界上。這既不是她心中的歡樂，也不是他心中的寂靜。這是眞實世界的表面。但又不是舊的世界。因爲他們心中的歡樂和寂靜是永恆不朽的。

船這樣在黑夜中靠岸眞像從冥河的船上下到荒蕪的地獄中一樣。這黑暗的地方燈火正闌珊，腳下鋪著木板，到處都是一副悽慘景象。厄秀拉發現了黑夜中蒼白神秘的幾個大字「奧斯坦德」。每個人都像昆蟲一樣盲目向外衝著，在黑夜中闖著。搬運伕們用蹩腳的英語呼喊著，拖著沉重的包裹向港外搬，蒼白的罩衣看上去像鬼影。厄秀拉和幾百名鬼一樣的人站在欄杆裡，夜幕中到處是行李包和鬼影樣的人，而欄杆的另一邊則是頭戴尖頂帽、蓄著鬍子、臉色蒼白的官員，他翻弄著行李中的內衣，然後用粉筆胡亂劃上記號。

這些事辦完後，伯金拿過手提包，他們就離開了，搬運夫跟在他們身後。他們穿過一條大門道，來到了夜幕下的曠野中。啊，這裡有一座火車站台！黑夜中人們還在氣呼呼地喊叫著，幽靈們仍在火車之間奔跑。

「科隆—柏林」，厄秀拉看清了高高的火車牌子上的字。

「我們到了，」伯金說。她又看到身邊的火車牌：「阿爾薩斯—羅斯林金—盧森堡，麥茲—巴塞爾。」

「就是那輛車，到巴塞爾！」

搬運伕忙跟了上來。

「到巴塞爾去的車，二等車廂？就這輛！」說完他爬上高高的火車，他們跟他上去。不少包廂已讓人佔了，不過還有一些空著，裡面光線很暗，放好行李，他們付了搬運伕小費。

「還有多久開車?」伯金看看錶問搬運伕。

「還有半個鐘頭。」穿藍工裝的搬運伕說完就走了,他人長得醜,可是態度蠻橫。

「來,」伯金說,「天冷,咱們吃點東西吧。」

車站站台上有一輛供應咖啡的小推車。他們喝著稀溜溜的熱咖啡,吃夾火腿的麵包。厄秀拉咬了一大口,上下顎差點脫了臼。他們在高大的火車旁散步,覺得這一切太陌生了,一片荒蕪,就像在地獄中,灰色,灰色,骯髒的灰色,荒蕪,悽涼,到處都是這種陰鬱的景象。

火車載著他們在黑暗中穿行。厄秀拉辨認出這是在平原上,這是歐洲大陸那潮濕、平緩、陰鬱的黑暗平原。他們感到十分驚訝——這麼快就到布魯支③了!接下來又是黑夜籠罩下的平原,偶爾閃過沉睡的農田、枯瘦的白楊和荒棄的公路。她握著伯金的手驚訝地坐著。他臉色蒼白,一動不動,像個幽靈,時而看看窗外,時而閉上雙眼。然後他那夜一般黑的眼睛又睜開了。

窗外閃過幾許燈光——根特④站!站台上有幾個幽靈在晃動,然後是鈴聲,然後車又在黑暗中穿行。厄秀拉看到有個人提著燈穿過鐵路邊的農田向黑漆漆的農舍走去。她想起了瑪斯莊,想起考塞西⑤舊日熟悉的田園生活。天啊,她離童年有多麼遙遠了,她還要走多遠的路啊!人一生中都要這麼無休止地旅行下去。童年的記憶與現實的生活隔得太遠了。那時她還是個孩子,生活在考塞西瑪斯莊,那是多麼親切的記憶啊。她還記得女僕蒂麗在那間古老的起居室中給她吃抹了奶油和紅糖的麵包,起居室中外祖父的鐘上繪著一隻裝有兩朵粉紅玫瑰的籃子。可現在,她正和伯金這個陌生人一起向著未知的世界旅行。童年與現實,這距離太遙遠了,她似乎因此失去了自己的面目,那個在考塞西教堂院子裡玩耍的孩子只是歷史上的一隻小動物而不是她自己。

布魯塞爾到了，半小時時間吃早餐。他們下了車，車站上的大鐘時針指向六時。他們在空曠的大休息廳裡吃了咖啡和抹蜂蜜的麵包圈。這裡太陰鬱，總是這麼悽涼、骯髒，一個荒涼的巨大空間。可她在這兒用熱水洗了手臉，還梳了頭，這還算有福分。

很快他們又上了火車繼續趕路。天開始破曉，發白了。車廂裡開始有人沒完沒了地聊天，這是些高大、衣著華貴、留著棕鬍子的比利時商人，他們那一口難聽的法語讓厄秀拉倒胃口。

似乎火車是漸漸鑽出黑暗的：先是進入微曦中，然後一點點進入白天。眞是累死人！樹木漸漸顯形了，然後是一間白房子，清楚得莫名其妙。這是怎麼回事？隨後她看到了一座村莊——不斷有房屋閃過。

她仍舊在舊世界中穿行，這冬天沉悶而陰鬱。外面是耕地和草地，光禿禿的樹林、灌木叢和赤裸裸的房屋。沒有新東西，新世界。

她看著伯金的臉。這張臉蒼白、鎮靜，給人以永恆的感覺。她的手在毯子下抓住他的手。他的手指有了反應，他的目光轉向了她。眞黑，他的目光像夜一樣黑，像另一個不可及的世界！啊，如果他是世界，如果世界就是他，那該多好！如果他能夠喚醒一個世界，那將是他們倆的世界了！

比利時人下車了，火車繼續前行。盧森堡，阿爾薩斯—洛林，麥茲。可她什麼也沒看到，她什麼也看不到，她的心就沒看外面。

他們終於到了巴塞爾，住進了旅館。她仍然感到恍恍惚惚的，沒恢復過來。他們早晨下的車。她站在橋上，看到了街道和河水。這些沒一點意義。她記得有些商店——一家商店裡掛滿了圖畫，另一家賣橘紅色的絲絨和貂皮。這有什麼意義？什麼意義都沒有。

直到又上了火車她才安定下來，鬆了口氣。只要是在向前行進她就感到滿意。他們過了蘇黎世，然後火車又在積雪很厚的山下行駛。終於快到了。這就是那另一個世界了吧。

因斯布魯克覆蓋在大雪中，籠罩在夜幕下。他們乘雪橇滑行。火車裡太熱，太讓人窒息。這兒的旅館廊檐下閃著金色的燈光，眞像自己的家一樣。

進到廳裡時他們高興地笑了。這兒似乎人很多，生意興隆。

「您知道從巴黎來的英國人克里奇夫婦到了嗎？」伯金用德語問。

行李工人想了一會，剛要回答厄秀拉就發現戈珍漫步走下樓梯，她身著閃起發光的黑大衣，領子是灰皮毛的。

「戈珍！戈珍！」她揮手招呼著朝樓梯上跑去。

戈珍憑欄往下看，立即失去了那副優雅、端莊的神態，眼睛亮了。

「眞的，厄秀拉！」她大叫。戈珍往下跑，厄秀拉往上跑。她們在樓梯轉彎處相會了，大喊大叫，歡笑著親吻著。

「可是！」戈珍說，「我們還以爲你們明天才到呢！我準備去車站接你們。」

「不用了，我們今天到了！」厄秀拉叫著，「這兒很美！」

「沒得說的！」戈珍說，「杰拉德有事出去了。厄秀拉，你們累壞了吧？」

「沒有，不太累。不過我這樣子看上去有點難看，是嗎？」

「不，才不呢。你看上去精神很好。我太喜歡這頂皮帽子了！」她打量著厄秀拉，她身穿一件鑲有厚實的棕毛領子的大衣，頭戴一頂柔軟的棕色皮帽。

「你呢？」厄秀拉大叫，「你知道你是一副什麼樣子？」

戈珍又做出漠然的神態。

「你喜歡嗎？」

「這樣太好了！」厄秀拉不無調侃地說。

「上去呢，還是下來？」伯金問。這姊妹倆挽著手臂站在通往第一層樓梯平台的階梯上，擋了別人的路不算，還給下面大廳裡的人們提供了取笑的機會，從搬運工到身著黑衣的胖猶太人都看著她們笑。

兩個女子緩緩地向上走著，伯金和侍者跟在她們身後。

「是二樓嗎？」戈珍回頭問。

「三樓，太太，上電梯！」侍者說完先進了電梯。她們並不理他，仍舊聊著天往三樓走。

那侍者很懊惱地又跟了上來。

這兩姊妹相見竟是那麼歡快，真讓人不可思議，倒像是在流放中相遇，兩股孤獨的力量聯合起來與整個世界作對。伯金將信將疑地從旁觀察著她們兩人。

等他們洗完澡換好衣服後，杰拉德來了。他看上去容光煥發，像霧靄中升起的紅日。

「去和杰拉德吸煙吧，」厄秀拉對伯金說，「戈珍和我要聊聊。」

然後姊妹倆就坐在戈珍的臥室中談論起衣服和各自的經歷來。戈珍對厄秀拉講起酒館裡人們唸伯金的信那檔子事。厄秀拉聽後嚇了一大跳。

「信在哪兒？」她問。

「我收著呢，」戈珍說。

「給我吧，行嗎？」她說。

戈珍卻沉默了半天才說話。

「你眞想要這封信嗎，厄秀拉？」她問。

「我想看看，」厄秀拉說。

「當然行，」戈珍說。

甚至到現在，她都無法承認她想保留這信，作個紀念或當作一種象徵。厄秀拉懂她的心思，為此感到不快，所以就不再提這事兒了。

「在巴黎你們幹什麼來著？」厄秀拉問。

「哦，」戈珍簡單地說，「沒什麼。一天晚上我們在芬妮・巴斯的畫室裡開了一個極好的晚會。」

「是嗎？你和杰拉德都去了？還有誰，告訴我。」

「哦，」戈珍說，「沒什麼好說的，你知道芬妮發狂地愛著那個叫比利・麥克法蘭的畫家。有那人，芬妮就什麼都不放過，盡情地玩兒。那晚會眞是太好了！當然，人人都喝醉了——我們醉得有意義，跟倫敦那幫混蛋們可不一樣。因為我們這些人是有身分的，所以情況就不一樣。有個挺好的羅馬尼亞朋友。他喝得酩酊大醉，爬到畫室的高梯子上發表了頂頂絕妙的演說。眞的，厄秀拉，太精彩了！他一開始講的是法文——生活，就是被禁錮的靈魂——他聲音可好聽了，他長得眞漂亮。話沒說完他就講起羅馬尼亞語，在場的沒一個人聽得懂。不過唐納德・吉爾克里斯特卻聽得發狂了。他把酒杯往地上一摔，宣布說，天啊，他為自己生在這個世界上高興，上帝作證，活著是一種奇蹟。知道嗎，厄秀拉，就這些——」戈珍乾笑著。

「那杰拉德感覺如何呢？」厄秀拉問。

「杰拉德，老天爺，他就像陽光下的蒲公英！他一激動起來就瘋了似的折騰。沒一個人的腰他不去摟的。眞的，厄秀拉，他像豐收時那樣收割每個女人。沒一個女人拒絕他。這可眞奇怪！你能明白嗎？」

厄秀拉思忖了片刻，眼睛一亮。

「能，」她說，「我可以理解。他是個極端派。」

「極端派！我也是這麼想的！」戈珍叫道，「說眞的，厄秀拉，屋裡的每個女人都欣然爲他折腰。詹提克利爾當時沒在，甚至芬妮・巴斯也迷上了他，別看她正兒八經地和比利・麥克法蘭戀愛著！我一生中從沒有這麼驚奇過！打那以後，我感到我成了滿屋子女人的象徵。對他來說我不再是我自己，我成了維多利亞女王。我立時成了所有女人的象徵。這眞讓人吃驚！天啊，我抓住的是一個蘇丹王哩——」

戈珍的眼睛炯炯有神，面頰滾燙，她看上去奇怪得很，表情裡帶著嘲弄。厄秀拉立即被她吸引住了，可是她又感到不安。

大家得準備吃晚飯了。戈珍下樓來時身穿鮮艷的綠綢袍子，上面綴著金線，罩上綠色的坎肩，頭上扎著一根奇特的黑白雙色髮帶。她的確風采照人。引得人人都看她。杰拉德正是最英俊的時候，氣色很好，容光煥發。伯金笑著掃了他們一眼，目光中透出點惡意。厄秀拉則不知所措。他們的餐桌上似乎籠罩著魔法，似乎他們這一桌比廳裡其它的桌子更明亮些。

「你喜歡這兒嗎？」戈珍叫道，「這兒的雪有多美！你發現沒有，這兒的雪給一切都增添了生機。簡直太妙了！它讓你感到自己成了超人。」

「的確是這樣，」厄秀拉大叫，「是不是因爲我們離開了英國的關係，有這麼點因素吧？」

「哦，當然了，」戈珍大叫著，「在英國你一輩子也不會有這種感覺，因爲那兒老有些令人掃興的事。在英國你就沒辦法放鬆一下，眞的不行。」

說完她又接著吃，可是還挺激動。

「這倒是眞的，」杰拉德說，「在英國就沒這樣的感覺。不過在英國我們也許不需要這麼放鬆——那就有點像把火種帶到火藥庫附近然後不再理會它。如果人人都這樣放鬆，會發生可怕的事情的。」

「老天爺！」戈珍喊著，「可是，如果英國人全都像鞭砲一樣突然爆炸那不是太棒了嗎？」

「不會的，」厄秀拉說，「鞭砲裡的火藥太潮濕了，炸不了——英國人太意氣消沉了⑥。」

「這我可說不準，」杰拉德說。

「這也是，」伯金說，「如果英國眞的來一次大爆炸，你就得摀著耳朵逃命了。」

「永遠不會的，」厄秀拉說。

「等著瞧吧，」他回答。

「眞是太神奇了，」戈珍說，「謝天謝地，我們離開了自己的國家。我簡直不敢相信，當我一踏上異國的土地那一刻我激動死了。我自個兒對自個兒說：『一個新的生物進入了生活。』」

「別太苛責咱們可憐的老英國，」杰拉德說，「別看我們咒她，可是我的確愛她。」

厄秀拉覺得這話有點憤世嫉俗的味道。

「我們可能是愛她的，」伯金說，「可是這種該死的愛太讓人難受了：就像愛一對患了不治之症的老父母一樣。」

戈珍睜大黑眼睛看著伯金。

「你覺得沒救了嗎？」她一針見血地問。

伯金避而不答，他不願意回答這種問題。

「天知道，英國還會有什麼希望。這太不實際了，沒什麼希望了。如果沒有英國人，英國還是有救的。」

「你認爲英國人會消亡嗎？」戈珍堅持問。她對他的回答頗有興趣。或許她問的正是她的命運。她黑色的目光盯著伯金，似乎要從他身上看出未來的眞理，就像占卜的一樣。

伯金臉色蒼白，勉強地回答道：「這個——除了消亡還有什麼？他們必須帶著英國標記消亡，無論如何得這樣。」

「可是，按你的說法，怎麼個『消亡』法兒呢？」

「對了，你是不是說換換思想？」杰拉德插嘴道。

「我什麼也沒指。爲什麼要那樣？」伯金說，「我是個英國人，我爲此付出了代價。我無法談論英國，我只能談論我自己。」

「是的，」戈珍緩緩地說，「你愛英國，非常愛，非常愛，盧伯特。」

「可是我離開了，」他說。

「不，不是永遠，你會回去的，」杰拉德鄭重地點點頭道。

「人們都說連虱子都要爬離快死的肉體，」伯金神情痛苦地說，「所以我也要離開英國。」

「可是你還會回去的，」戈珍嘲諷地說。

「那該我倒楣，」他回答。

「他這是和自己的祖國賭氣呢！」杰拉德打趣說。

「喝，這兒有個愛國人士！」戈珍有點嘲弄地說。

伯金拒絕回答任何問題了。

戈珍又凝視了他片刻，然後轉過臉去。完了，他不再迷惑她，她無法從他這兒得到占卜。她現在感到十分玩世不恭。她看看杰拉德，覺得他像一塊鐳一樣奇妙。她感到她可以通過這塊致命的、活生生的金屬毀滅自己從而獲得一切知識。她爲自己這個怪念頭暗自發笑。如果她毀了自己她還能做什麼？如果說精神和完整的生命是可以毀滅掉的話，物質可是不滅的。

他一時間顯得神采奕奕而又心不在焉，有點困惑。她伸出裹著綠色薄紗的胳膊，用敏感、藝術家才有的手指尖摸著他的下頦。

「那，是些什麼呢？」她奇怪、狡獪地笑問道。

「什麼？」他突然睜大眼睛問。

「你的思想。」

杰拉德看上去如夢初醒的樣子。「我覺得我沒思想。」他說。

「眞的！」她笑道。

在伯金看來，她那一摸等於殺了杰拉德。

「好啦，」戈珍叫道，「讓我們爲大不列顚乾杯！爲大不列顚乾杯吧！」

她的聲音表明她十分失望。杰拉德笑著往杯子裡斟上酒。

「我想伯金的意思是，」他說，「作爲國家的英國必須死亡，而英國人作爲個人可以生存，還有——」

「超國家——」戈珍插嘴道，說完扮個鬼臉，舉起她的杯子。

第二天他們在深谷盡頭的霍亨浩森小站下了車。遍野白雪皚皚，眞是一個純白的雪的搖籃，清新、冰天雪地的世界，黑色的岩石、銀白的山巒直綿延向淡藍的天際。

他們踏上光禿禿的站台，但見鋪天蓋地的大雪。戈珍顫抖著，似乎心都是涼的。

「天啊，德國人，」她說著，突然親切地轉身對杰拉德說，「你的目的達到了。」

「你說什麼？」

她打個手勢指指周圍的世界說：「你瞧啊！」

她似乎不敢往前走了。他笑了。

他們來到了山的懷抱中。從兩邊的高山頂上鋪下雪被，人在這個雪谷中顯得渺小起來。雪山峽谷，閃耀著奇特的光芒，肅穆，沉靜。

「這兒讓人覺得渺小、孤獨，」厄秀拉拉住伯金的胳膊說。

「來這兒你不後悔吧？」杰拉德問戈珍。

她顯得將信將疑的樣子。他們走出了雪谷中的車站。

「喝，」杰拉德高興地吸了一口空氣，「這可太好了。那是我們的雪橇。咱們得走上一段，跑到路上去。」

戈珍一貫遲疑不決，這回她卻學著杰拉德的樣子把沉重的大衣甩到雪橇上，就出發了。她突然昂起頭，沿著雪路跑起來，邊跑邊把帽子摘下來。她鮮艷的綠衣服隨風飄舞，她厚厚的紅襪子在白雪地上顯得鮮艷奪目。杰拉德看著她；她似乎是向著自己的歸宿奔去，把他甩在了身後。他先讓她跑出一段路程，然後甩開大步追上去。

到處是厚厚的積雪，四下裡一片沉寂。深陷在積雪中的悌羅爾⑦房屋那寬大的房檐上垂著沉重的冰柱。農婦們穿著長裙，裹著披肩，穿著厚厚的靴子走過來，停住腳步，看著這個柔弱但有主意的姑娘從追上她的男人身邊跑掉，而那男人卻拿她奈何不得。

他們穿過那百葉窗板和陽台塗過油漆的小飯館和幾間半埋在雪中的農舍，又穿過架著篷子的橋邊的鋸木廠。他們從橋上過了河，衝向杳無人跡的雪野。這兒一片肅穆、銀裝素裹，眞讓人激動。這寂靜讓人的心靈孤獨，冷凍了人的心，太可怕了。

「不管怎麼說，這地方太美妙了。」戈珍目光奇特、意味深長地看著他，看得他心跳加快了。

「嗯，」他說。

似乎有一股強烈的電流穿過他全身，肌肉充了電一般，雙手充滿了力量。他們迅速走上白雪覆蓋的公路，路上每隔一段距離插著一根乾樹枝子。他和她像是一股強電流的兩極分開走著。他們感到有足夠的力量跨越生活的障礙，跳到禁區中再跳回來。

伯金和厄秀拉也在踏雪前進。他們已經超過了一些滑雪橇的人。厄秀拉興高采烈，不過她還是不時地轉身拉住伯金，生怕他有個閃失。

「我從來沒想到是這樣一幅景象，」她說，「這可是另一個世界。」

說話間他們踏上了白雪覆蓋的草坪。沉靜中一些雪橇「咣咣」響著超過了他們。又跑了一英里，他們才在崖畔半埋在雪中的粉紅色寺廟旁追上戈珍和杰拉德。

他們來到一條溪谷中。這裡有黑色的石壁，大雪覆蓋的河流，頭上是一線青天。他們踩著「吱吱」作響的木橋前行，再次穿越雪野，然後緩緩上山。拉雪橇的馬走得很快，車伕在一旁甩動著「嘎嘎」作響的馬鞭，嘴裡發出奇特的「嚯嚯」聲。直到他們再次進入雪谷中，才算看不到石壁了。他們一點點向上走著，這兒的下午很冷，陽光投下一片片陰影。群山死寂，山上山下的白雪反射著耀眼的光芒。

他們終於來到了一塊白雪覆蓋著的高地上，這兒聳立著最高的幾座雪峰，看上去眞像一朵盛開的玫瑰花瓣兒。這寂寥的峽谷中矗立著一座孤零零的建築，牆是棕色木頭做的，頂子蓋著積雪，很沉，它在雪野深處，像一場夢。它像一塊從陡坡上滾下的岩石，不過外形象房子而已，現在埋在雪中。眞無法相信人可以住在裡面而不被這可怕的積雪、寂靜和怒吼的狂風所壓垮。

雪橇還是優雅地爬上來了，人們激動地大笑著來到門外，旅館的地板快讓他們踩塌了，通道上沾滿了濕乎乎的泥雪，但屋裡給人一種眞實感，很暖和。

新來的客人隨著女服務員上了光禿禿的木樓梯。戈珍和杰拉德佔了頭一間臥房。進來以後他們很快就發現這是一間很小的木製房屋，沒什麼擺設，房間裡閃著金色的木質光芒：地板、四壁、房頂、門都是油漆過的松木，金光閃閃，一派暖色調。門對面是一面窗戶，窗的位置很低，因爲房頂是傾斜的。傾斜的屋頂下放著一張桌子，桌上擺著洗手盆，一隻罐子，再過去是另一張擺著鏡子的桌子。門兩旁各有一張床，床上摞著厚厚的繪有綠方格圖案的被子，非常大。

就這些，沒有櫃櫥，沒有一點生活的舒服感。他們就這樣給關進了這座金色的木製牢房，裡面只有兩張架著綠方格床墊的床，兩人對視著笑了，這等於被與世隔絕了，眞嚇人。

一個男人敲開門送來了行李。這傢伙很壯，顴骨寬大，臉色蒼白，留著粗粗的黃鬍子。戈珍看著他默默地放下行李包，然後步伐沉重地離去。

「這兒還不算太壞，是嗎？」杰拉德問。

臥室裡並不太暖，戈珍有點顫抖。

「很好，」她含含糊糊地說。「看這牆板的顏色，太妙了，我們像是給關進了核桃殼裡。」

他站著，摸著自己的短鬍鬚看她，身體稍稍向後靠著，敏銳的目光凝視著她，他此時完全被激情驅使著，這激情像一種厄運。

她走過去，好奇地在窗前蹲下。「啊，這——」她禁不住痛苦地叫了起來。

眼前是一座封閉的山谷，上方是蒼穹，巨大的黑岩石山坡上覆蓋著白雪，頂頭是一堵白牆，像是地球的肚臍，暮色中兩座巔峰在熠熠閃光。正對面是沉默的雪谷，兩崖畔是參差不齊的松樹，就像這谷地四周的毛髮。這雪谷一直伸延到盡頭，那兒積雪的石牆和峰頂劍一樣刺向天空。這兒是世界的中心、焦點和肚臍，這兒的土地屬於上天，純潔、無法接近、更無法超越。

這幅圖景令戈珍心馳神往。她蹲在窗前，痴迷地雙手捧住臉向外面看著。她終於來了，來到了她嚮往的地方，她在這兒結束了她的冒險，像一塊水晶石沒入了白雪中。

杰拉德彎下腰來從她的肩膀上向外看著。他感到孤獨。她遠去了，徹底離他而去了。於是他感到心頭籠罩著冰冷的霜霧。他看著那大雪覆蓋著的雪谷和蒼穹下的山峰，這兒是窮途末路，別無出路，可怕的寂靜和寒冷、暮色中耀眼的白光包圍了他。她仍舊蹲在窗前，像聖殿中的幽靈。

「喜歡這兒嗎？」他聲調漠然、陌生地問。她至少應該意識到他和她在一起。她只是把她柔和、冷漠的臉扭開一點，以此避開他的目光。他知道她眼裡噙著淚水。她的淚水是她那奇特的信仰所致，在她的信仰面前他一錢不值。

突然，他的手托起她的臉，讓她看著他。她睜大了藍色的眼睛，淚水盈盈地看著他，似乎她受到了驚嚇。透過淚簾，她驚恐地看著他。他淡藍色的眼睛射出銳利的目光，他的瞳孔不大，神情異常。她張著嘴，困難地呼吸著。

激情一下又一下地衝撞著，就像銅鐘，敲打著他的血管，那麼強烈、那麼固執、不可抗拒。他的雙膝變得銅鐘一樣堅硬。他凝視著她柔和的臉。她的雙唇開啓著，雙目圓睜著，似乎受到了侵犯。她的下巴在他手中變得極爲柔和、光滑。他感到自己像嚴冬一樣強壯，他的雙手就像活生生的金屬一樣不可戰勝，別想扳開他的手。他的心像鐘一樣敲響著。

他把她抱起來，她的身體柔軟、沒有生氣、一動也不動，她含淚的眼睛一直無可奈何地大睜著，好像被什麼迷住了似的，他異常強壯，似乎體內注入了超自然的力量。

他托起她來，摟住她，她的身子柔軟無力，癱在他身上，這情慾的重量沉甸甸地壓在他銅一樣的肢體上，如果他的慾望得不到滿足，他就會被壓垮。她的身子抽搐著要離開他的懷抱。頓時他心頭燃起冰冷的怒火，於是他像鋼鐵一樣的手臂鉗住了她。就是毀了她也不能讓她拒絕自己。

他那強壯的力量是她無法抗拒的。她鬆軟下來，軟癱癱的，昏昏然地大口喘息著。在他看來她太美了，太讓人銷魂了，他寧可一輩子受折磨，也不願放棄一秒鐘這樣無比美妙的享受。

「天啊，」他的臉扭曲著問，「接下來會怎麼樣？」

她靜靜地躺著，神情像個孩子，黑黑的眼睛看著他。她此刻茫然得很。

「我將永遠愛你，」他看著她說。

她沒聽到。她躺著看他，就像看一個她永遠也不懂的什麼東西：就像一個孩子看一個大人，不希望理解，只是屈從。

他吻她，吻她的眼睛，爲的是不讓她再看他。他現在渴求什麼，希望她承認他、對他有所表示、接受他。她只是沉默地躺著，疏遠他，就像一個孩子，屈服了他但仍無法理解他，只是感到迷惘。他又吻了她，算放過她了。

「咱們下去喝點咖啡，吃點蛋糕好嗎？」他問。

暮色已經轉暗，瀰漫向窗邊。她閉上眼睛，關上了單調幻境的閘門，又睜開眼睛來看日常的世界。

「好吧。」她打起精神，簡單地回答。說完她又走到窗前。藍色的夜影籠罩著雪谷和山坡。高聳入雲的山峰頂端卻呈現出玫瑰色，像超自然的花朵在天際閃爍著耀眼的光焰，那麼可愛又那麼遙遠。

戈珍欣賞著這美麗的景色，她知道，藍色的天光下這一朵朵玫瑰樣的雪中花朵是永恆的，永遠這麼美。她看得出這有多美，她懂，但她不屬於這美景。她與這無關，她的心被排除在這美景之外。

她戀戀不捨地又看了一眼，然後轉過身來撥弄自己的頭髮。他已經打開行李等著她，看著她。她知道他在看她，這弄得她手忙腳亂的，很不那麼從容。

他們走下樓來，目光炯炯，那神情看上去像是來自另一個世界似的。他們發現伯金和厄秀拉正坐在角落裡的一張長桌前等他們。

「他們看上去是多麼好、多麼純潔的一對兒呀。」戈珍想到此不禁生起妒意。她羨慕他們那自然的舉止，人家像孩子一樣滿足，她就達不到這一點。在她看來他們是兩個小孩子。

「多好的蛋糕啊！」厄秀拉貪婪地叫著，「太好了！」

「是啊，」戈珍說。然後又對服務員說：「我們要咖啡和蛋糕。」

她坐在杰拉德身邊，伯金看著他們兩個人，感到很心疼他們。

「杰拉德，我覺得這地方著實不錯，」他說，「光彩奪目、神奇、美妙、不可思議，德文的形容詞全都可以用來描述這兒。」

杰拉德微笑著說：「我喜歡這兒。」

廳裡三面都擺著桌子，木頭桌子已擦出了白木碴。伯金和厄秀拉背靠油漆過的木牆坐著，而杰拉德和戈珍則坐在他們邊上的牆角中，挨著火爐。餐廳還不算小，有一個小酒櫃，就像在鄉間酒館中一樣。不過，這兒設施很簡陋，房間顯得空曠。這房子的四壁、房頂和地板都是刷著明漆的木板做的。僅有的傢具就是三面環列著的桌子、板凳和一隻綠色的大爐子，酒櫃和門在另一面。窗戶是雙層的，沒掛窗帘。都傍晚了。

咖啡來了，熱氣騰騰，很不錯，還有一塊圓蛋糕。

「整個兒的蛋糕！」厄秀拉叫著，「他們給你們的這個比我們那個多！我們得瓜分你們一點兒。」

這裡還有另外十個人。伯金發現，他們中有兩個藝術家，三個學生，一對夫婦，一位教授和他的兩個女兒，都是德國人。而他們四個英國人是新來的，坐在有利的位置上觀察他們這幾個德國人。德國人在門口偷偷看了一下，對服務員說句什麼就又走了。現在不是吃飯時間，所以他們沒到廳裡來，而是換了靴子到娛樂廳去玩了。

英國人聽得到偶然傳來的齊特拉琴聲、胡亂敲出來的鋼琴聲和說笑、喊叫及歌聲，不過聽不大清楚。整座建築都是木製的，似乎一點都不隔音，就像一面鼓一樣。不過聲音擴散以後倒不會像鼓聲增大，而是減小，所以齊特拉琴聲聽起來很弱，像是在遠方微弱地響著。鋼琴聲也不大，沒準兒是一架極小的古鋼琴吧。

喝完咖啡時店主來了。他是悌羅爾省人，膀大腰圓，面部扁平，蒼白的臉上長滿了麻子，鬍鬚很重。

「願意到娛樂廳來跟別的女士和先生們見見面嗎？」他彎下腰笑著問，露出一口又大又硬的牙齒。他的藍眼睛迅速地在人們臉上掃視著，他不知道這些英國人是怎麼想的。他感到難堪，因爲他不會說英語，也拿不定主意是否用法語說話。

「咱們去娛樂廳跟別人見見面嗎？」杰拉德笑著重複道。

人們猶豫了片刻。

「我想咱們還是最好——最好主動點。」伯金說。

兩位女士紅著臉站起身。那寬肩膀黑甲殼蟲般的店主低三下四地引路向發出聲響的地方走去。他打開門把這四位生客引進娛樂廳。

房間裡突然沉靜下來，那群人感到不知所措。新來的人感到幾張白淨淨的臉在衝著他們。店主向其中一位精力充沛、蓄著大鬍子的小個子低聲說：「教授先生，可以讓我來介紹一下嗎？」

那教授先生立即有所反應。他衝這幾位英國人鞠了一大躬，表示友好地笑了。

「先生們願意跟我們一起玩嗎？」他很友好地問。

四個英國人笑著，在屋子中央進也不是退也不是。杰拉德代表大夥兒表示他們很願意加入他們的遊戲。戈珍和厄秀拉激動地笑著，她們感到所有的男人都在看她們，於是她們昂起頭目空一切，感到像女王一樣。教授介紹了在場人的姓名。大家相互鞠躬致意。除了那對夫婦，別人都在場。教授的兩個女兒個子都很高，皮膚光潔，很像運動員。她們身著樣式簡單的墨綠外罩和深草綠色裙子，脖子修長而壯碩，目光清澈，頭髮梳理得很精細。她們羞紅了臉鞠個躬，然後退到後面去。那三個學生謙卑地深深地鞠躬，希望給人留下有著極良好修養的印象。隨後上來一個瘦子，他皮膚黝黑，眼睛很大，怪裡怪氣的，像個孩子又像個侏儒一樣敏捷，顯得不那麼合群。他微微欠了身算盡了禮數。他的夥伴是個皮膚白淨淨的大個子青年，衣著講究，他鞠躬時臉都紅到了耳根子。

見面禮算結束了。

「洛克先生剛才正爲我們用科隆方言背誦呢。」教授說。

「請原諒，我們打斷了他的朗誦，」杰拉德說，「我們非常願意聽聽。」

於是大家又是鞠躬又是讓座，戈珍和厄秀拉，杰拉德和伯金坐在靠牆根厚厚的沙發中。屋裡四壁都是漆過的鑲板，跟旅店裡別的屋子一樣，屋裡擺著一架鋼琴，幾對沙發、椅子，幾張桌子上擺著書和雜誌。除了那藍色的大爐子，再也沒有什麼裝飾，這樣反倒顯得屋裡十分舒適宜人。

洛克先生就是那個小男孩似的矮子，他的頭長得很圓，看上去很機敏，一對老鼠眼滴溜溜地打轉。他迅速掃了這些陌生人一眼，顯出不屑一顧的樣子。

「請繼續往下背誦吧，」教授溫和地說，但語氣中透出點權威的味道。洛克彎著腰坐在鋼琴凳上眨眨眼沒有回答。

「我們將感到不勝榮幸。」這句話厄秀拉已經用德語準備了好幾分鐘了，終於說出口來。

聽到這句話，那毫無表情的小矮子突然轉過身來向原先的聽眾大講特講起來。他這是在嘲弄地模仿一位科隆老婦人和一位鐵路看道工吵架的情景。

他身體單薄，發育不全，確像個男孩兒，可是他的聲音很成熟，帶著嘲弄的口吻。他的動作很靈活有力，表明他對事物透徹的觀察。戈珍對他的獨白一個字也聽不懂，卻出神地看著他。他一定是一位藝術家，別人是不會像他那樣模仿得唯妙唯肖、獨具匠心。德國人聽他模仿得離奇古怪，方言說得妙不可言，直笑得前仰後合。在發瘋般的狂笑中，他們尊敬地看看他們的英國客人。戈珍和厄秀拉也隨他們樂起來。滿屋子的歡笑聲。教授的兩個女兒那藍色的眼睛中笑出了淚水，光潔的臉蛋兒笑得緋紅起來。她們的父親更是笑得讓人心驚膽戰。那幾個大學生笑彎了腰，頭都扎到雙膝中去了。厄秀拉驚奇地四下環顧，忍俊不禁。她看看戈珍，戈珍再看看她，兩個人對著大笑起來。洛克睜大眼睛掃視大家。伯金也嘿嘿地笑了。杰拉德・克里奇腰板挺直著坐著，臉上閃著愉快的光澤。又爆發出一陣大笑，人們發瘋般地笑著，教授的兩個女兒笑得渾身打顫，要死要活的。教授脖子上的筋都暴了起來，臉都笑紫了，笑到最後只會抽搐而沒了聲音。那幾個學生突然喊了幾聲，還沒喊完就讓一陣狂笑聲給頂回去了。突然藝術家停止了滔滔不絕的話語，人們的笑聲隨之開始減弱，厄秀拉和戈珍在擦笑出的淚水。教授大叫：「太好了！太好了！」

「確實太好了，」他的女兒們有氣無力地附和著。

「我們聽不懂啊，」厄秀拉叫起來。

「噢，遺憾，眞遺憾！」教授大叫著。

「你們聽不懂嗎？」大學生總算和陌生人說話了，「眞是太遺憾了，尊貴的夫人，你知道——」

大夥兒總算打成一片了，新來的英國人像新添的佐料一樣加入了聚會，屋裡的氣氛熱烈起來了。杰拉德又恢復了原樣，灑脫、興奮地聊著天，臉上放著奇異的光彩。甚至伯金也談笑風生起來。他原先一直靦覥、拘謹，但他一直在注視著人們。

應教授的要求，大夥兒都要厄秀拉唱一首《安妮・羅麗》⑧。人們靜靜地、極爲尊敬地期待著。她一生中還沒受過如此這般的抬舉。戈珍坐在鋼琴前，憑記憶爲她伴奏。

厄秀拉天生一副好嗓子，就是沒有信心，總是唱不好。但今天晚上她感到自豪、無拘無束。伯金在做她的後盾，因此她表現得很好。在座的德國人讓她感覺良好，信心十足，她自由自在，非常自信。她感到自己像一隻翱翔的小鳥，歌聲飛揚，自己像鳥兒歡快地乘著歌聲隨風飛舞。觀眾們熱切地注視著她，於是她的歌聲越發有感情。她非常高興，帶著自豪感和力量唱著，歌聲感染了別人也感染了她自己，自己感到滿意，她對德國聽眾也充滿了感激。

一曲終了。德國人都被這甜美憂傷的歌兒打動了心扉，他們輕聲地讚嘆，敬佩之情難以用語言表達。

「太美了！太動人了！啊，蘇格蘭式的痛苦表達得那麼眞切。夫人的歌聲眞是無與倫比。夫人是個眞正的藝術家，了不起的藝術家！」

她睜大眼睛，神采奕奕的，就像朝陽下綻開的鮮花。她感到伯金在看她，似乎他妒忌她，心中不由得一陣激動，熱血沸騰起來。她就像磅礴而出的太陽，心中感到非常幸福。在座的人個個兒春風滿面，皆大歡喜。

晚飯後，厄秀拉想出去看看外面的景色。大家都勸她別去，因爲外面太冷了。可她堅持要去，她說就去看一眼。

四個人穿得厚厚實實的，來到一個朦朧、虛幻的世界中。這兒是黯淡的積雪和鬼影綽綽的世界。的確夠冷的，冷得徹骨、可怕、出奇。厄秀拉不相信自己的鼻孔吸入的是否是空氣。這種寒冷是上天故意造成的，極爲惡毒，凍煞人。

這太美妙了，太令人陶醉了。雪野悄無聲息，在她和閃爍的繁星之間設下了一道無形的屏障。她可以看見獵戶星座斜向上升，它太美妙了，幾乎要讓她高聲大叫起來。

四週全是積雪。但腳下的雪卻很堅實，寒氣穿透了鞋底。冷夜靜悄悄。她想她可以聽到天上的星星在絮語，聽到星星奏著樂在附近翱翔。而她自己就像這和諧運動中的一隻小鳥在飛呀飛。

她緊緊地偎著伯金。突然她意識到她不知道他在想什麼，不知道他的心在何方。

「我的愛！」她停住腳步來凝視他。

他臉色蒼白，目光漆黑，上面閃爍著幾點星光。他發現她柔和的臉正向他仰視著，離他極近。於是他溫柔地吻了她。

「怎麼了？」他問。

「你愛我嗎？」

「十分愛，」他平靜地說。

她又偎近了他。「不夠，」她請求道。

「愛得過分了，」他幾乎有點憂傷地說。

「我是你的一切，難道這還不能讓你高興起來嗎？」她思忖著問。他摟緊她，吻她，用微弱的聲音說：

「不，我感到像個乞丐，窮透了。」

她不語，看看星星，然後又吻他。

「別當乞丐呀，」她渴求道，「你愛上了我，這沒什麼丟人的。」

「感到貧窮則是丟人的事，對嗎？」他說。

「爲什麼？爲什麼要這樣？」她問。他不答，只是站在從山頂上颼下來的凜冽寒風中用雙臂默默地摟著她。

「沒有你，我就無法忍受這個寒冷、永恆的地方，」他說，「我無法忍受它，它會毀滅我的生命。」

聽到這話，她又突如其來地吻了他。

「你恨這兒嗎？」她迷惑不解地問。

「如果我無法接近你，如果你不在這兒，我就會恨這兒。我無法忍受這種現實。」他回答。

「不過這兒的人還不錯，」她說。

「我指的是這寂靜，這寒冷，這冰凍的永恆。」他說。

她猜測了一會兒。然後她的思緒與他的想法合拍了，身子也不由自主地偎進他懷中。

「是啊，不過我們在一起這麼溫暖，這不是很好嗎？」她說。

說完他們開始往回走。他們看到旅館那金黃色的燈光在寂靜的雪夜中閃爍，像一簇簇黃色的小漿果。讓人覺得那是黑暗的雪地上燃燒著的一團團火花。旅館後面是一片巨大的山影，像魔鬼擋住了群星。

他們快到旅館時，看到有個人手執燈籠走出黑暗的房子，那金黃色的燈光爲他那雙黑腳鑲上一圈雪的光環。這人的身影在雪地上顯得很渺小。他拉開外屋的門，裡面湧出一股熱烘烘的牛肉味道，直刺入寒冷的雪夜中。他們剛可以瞥見裡面的牛欄裡有兩頭牛，門就關上了，一絲光線也透不出來。這副情景令厄秀拉想起家，想起瑪斯莊，想起童年的生活，還想起到布魯塞爾去旅行，甚至奇怪地想起了安東·斯克里賓斯基[9]。

啊，上帝，那已經沒入深淵的過去怎麼讓人承受得了？她能承受過去的一切嗎?!她環視這寂靜的雪原，空中寒星閃爍。而在一幕幻燈上則映出另一個世界來，虛幻的光芒照耀著瑪斯莊、考塞西和伊開斯頓，還有一個影子般的厄秀拉，這全是一出虛幻的皮影戲，像幻燈一樣虛假，被一個框子圈著。她希望這些幻燈片全都粉碎，永遠消逝。她不要過去。她只想從天上下到這兒來，和伯金在一起，而不想艱難地從童年的泥沼中爬出。她感到記憶給她開了一個骯髒的玩笑。爲什麼人要記憶，這是怎樣的神旨啊！爲什麼不清清爽爽地洗個澡，把過去生活的記憶和污點全洗掉，從而人可以獲得新生？她這是和伯金在一起，她剛剛步入生活，就在這兒，在這揹負星空的雪原上。她和父母和祖先有什麼關係？她知道她是一個新人，不爲任何人所生養，她沒有父親，沒有母親，與過去毫無關係。她就是她自己，純潔無瑕，她只屬於她和伯金組成的整體。他們倆共同彈奏著強壯的音符，震響了整個宇宙和現實的心臟——他們從未涉足過的地方。

甚至戈珍在厄秀拉的新世界中也是個與她無關的個體。那個影子般的世界，那個過去的世界，哦，讓它滾開吧。她展開新的翅膀起飛了。

戈珍和杰拉德沒有來。他們到門前的峽谷中去了，而不像厄秀拉和伯金上到右邊的小山上。戈珍受著一種奇特慾望的驅使，只想不斷地向前走，直走到雪谷的盡頭。然後她想攀登那白色的絕壁，翻過這絕壁，爬上那聳立在世界中心的花瓣一樣的峰巓，那冰雪覆蓋著的神秘的峰巓。她感到，在這奇特可怕的雪崖後面，在神秘的世界中心，在最高的群峰之間，在峰巒疊嶂的懷抱中，有她盡善盡美的福地。只要她能獨身到那兒去，進入永恆的雪山、永恆的雪崖，她就會與一切溶爲一體，她就會化作永恆的寂靜，成爲萬物之沉睡、永恆、冰凍的中心。

他們回到旅館，又來到娛樂廳裡。她好奇地想看看裡面的人在幹什麼。裡面的男人們激起了她的好奇心，讓她活躍起來。對她來說這是一種新生活的體驗，他們對她很崇拜，一個個充滿了活力。

屋裡的人們正在狂舞。他們跳的是悌羅爾省的休普拉騰舞。這是一種拍手舞，跳到高潮時要把舞伴拋到空中。這幾個德國人中多數來自慕尼黑，都是舞迷。杰拉德也跳得不錯。牆角中有三把齊特拉琴一直響著，屋裡人們舞成一團。教授把厄秀拉拉進跳舞的人群中，又是跺腳又是拍手，高潮中又以極大的熱情和力量把她拋向高空。高潮到來時，甚至伯金也像個男子漢一樣把教授的一位漂亮健壯的女兒拋了起來，那女孩高興極了。大家都在跳，跳得一片歡騰。

戈珍在一旁興高采烈地觀戰。男人們的鞋後跟敲得堅實的木地板嘭嘭作響，拍手聲和齊特拉琴聲在空中震盪著，吊燈四周飛舞著金色的塵土。

人們突然停止了跳舞，洛克和大學生們跑出去買飲料。隨之屋裡響起人們的嘈嘈話語和杯蓋碰撞的聲音，大家大叫「乾杯——乾杯！」洛克到處轉遊起來，一會兒向女人們敬酒，一會兒又和男人們逗趣兒，弄得招待們迷迷糊糊、不知所措。

他非常想和戈珍一起跳舞。第一眼見到她，他就想跟她搭訕。戈珍憑本能對此有所察覺，一直在等他採取主動。但由於她總繃著臉，所以他無法接近她，反倒讓戈珍以為他不喜歡她。

「夫人，跳舞嗎？」洛克的那位身材細高、皮膚白皙的夥伴問。戈珍覺得他太柔弱、過於謙卑了，但她又想跳。這位名叫雷特納的白淨青年很帥，但顯得很不安，很可憐，這正表明他心中有點害怕。於是她同意跟這小夥子結伴跳。

齊特拉琴又響了，人們又開始起舞。杰拉德笑著和教授的一個女兒率先起舞。厄秀拉和一位大學生跳，伯金和教授的另一位女兒跳，教授與克萊默夫人跳，其餘的男人結成一幫跳，儘管沒有女伴，照樣跳得熱情奔放。

因為戈珍是在與身材勻稱、舞姿優雅的小夥子跳舞，洛克更加生氣，妒火中燒，看都不看她。戈珍對此很生氣，她為了掩飾自己，又請教授一起跳。這位教授像一頭成熟、正在發情的公牛，渾身都是野勁兒。說實話，她真沒辦法忍受他，但她又樂意讓他帶著飛速跳，願意讓他用力把自己拋向空中。教授也極高興這樣，他藍色的眼睛奇怪地看著她，眼中充滿了慾火。她恨他這種發情但又帶點父愛的動物目光，但她喜歡他那一身力氣。

屋裡一片歡騰，充滿了強烈的獸慾。洛克無法接近戈珍。他想跟她說話，可又像隔著一道刺籬，因此他對那個年輕的夥伴恨之入骨。雷特納一文不名，全靠他呢。他尖刻地嘲弄他，把雷特納損得滿臉通紅，不敢反抗。

杰拉德跳得很順，又和教授的小女兒一起跳了。那小姑娘激動死了，她覺得杰拉德太英俊、太了不起了。他征服了她，她就像個歡蹦亂跳的小鳥，在他手中撲著翅膀。當他要把她拋向空中時，她開始抽搐著要擺脫他，這副樣子把杰拉德逗笑了。最終，她簡直愛他愛得發狂，連話都說不清楚了。

伯金和厄秀拉跳，他的眼睛裡閃爍著奇特的小火花，他似乎變得惡毒、若隱若現、愛嘲弄人、挑動情慾、毫無禮貌。厄秀拉怕他但又迷著他。她夢幻般地看著他，她可以看出他嘲弄的目光放縱地盯著她，他像個動物那樣毫無感情、微妙地向她移過來。他那雙陌生的手迅速而狡猾地觸到她乳房下的要害部位，然後憑著一股情慾的力量把她托向空中，似乎沒有用力，而是用某種魔法。她幾乎要嚇昏過去了，她一時間感到很厭惡，這太可怕了。她要破他的魔法。還未等她下定決心，她又屈服了，她嚇壞了。他一直明白他的所作所爲，這一點她可以從他那微笑、炯炯的目光中看得出來。這是他的事，她只能隨他去。

當他們獨處在黑暗中時，她就會感到他身上有一股陌生、猥褻的力量向她襲來。她感到不安、厭惡。他怎麼會變成這樣？

「怎麼了？」她害怕地問。

他不言語，只是看著她，臉上的光澤令人無法理解，令人害怕，卻頗具吸引力。她眞想用力反抗，擺脫這張嘲弄人、無禮的臉。她已經神魂顚倒，她只能服從他，她想知道他到底要對她幹什麼。

他既迷人又令人反感。他睇著的眼睛中流露出的嘲弄和色迷迷的眼神讓她不敢正視，她想躲開他，從一個看不見的地方去看他。

「你怎麼這樣？」她突然鼓起勇氣，憤憤然地問。

他一雙眼像一團火凝視著她。他又垂下眼皮，顯出不屑一顧的樣子。然後他睜開眼，冷冷地看著她。她垮了，由他去吧。他那副猥褻的樣子令人討厭又讓人著迷。他得爲自己的所作所爲負責，她要拭目以待。

他們可以隨心所欲，愛怎樣就怎樣——她上床前意識到了這一點。任何可以滿足人慾的東西都不應排除在外。什麼叫墮落？誰在乎這個？墮落的東西的確有，但那是另一回事。現在他是那樣毫無羞恥、毫不拘謹。一個男人，平時如此有思想、有情操，現在這樣是不是太可怕了？她不再想、不再追憶了，但她又覺得他這樣太像個野獸了。野獸，他們倆都是！這就是墮落！她怕了。爲什麼不呢？她又高興了。爲什麼不像牲口一樣體驗一下全過程呢？她是頭牲口。眞正地感到羞恥該多麼好！沒有什麼羞恥的事她沒有體驗過的。她才不感到丟人呢，她就是她。爲什麼不呢？她是自由的，一旦她什麼都經歷過了，也就沒什麼可怕、可羞恥的事了。

戈珍在娛樂廳中看著杰拉德，突然冒出一個想法：「他可以佔有他能夠佔有的一切女人——這是他的本性。如果說他遵循一夫一妻制那才叫荒唐——他本質上是個亂來的人。這是他的天性。」

她是不由自主這樣想的。連她自己都感到有點震驚。她似乎看到牆上寫著危險！危險！這是眞的。有個什麼聲音清晰地對她這樣說了，於是她相信這是聖靈在說話。

「這是眞的，」她又對自己說。

她知道她相信這話是眞的，但她一直秘而不宣，連對自己都保密。她必須保密。這是她自己獨家的秘密，甚至自己都不肯承認。

她決心跟他鬥。一定要決一雌雄。誰會勝呢？她心中充滿了信心。一經下了決心，她自己心裡都覺得好笑起來。她現在對他懷有一種半恨半憐的柔情，她覺得自己太殘酷了點。

人們都早早地歇了。教授和洛克到一個小休息間去喝酒。他們看到戈珍扶著扶梯上樓去。

「漂亮妞兒，」教授說。

「對！」洛克簡短地肯定。

杰拉德邁著大步穿過臥室來到窗前，彎下腰向外眺望。然後站起身走到戈珍跟前，目光炯炯，若有所思地笑了。戈珍覺得他個子很高，她發現他的眉心在閃著白光。

「喜歡嗎？」他問。

他似乎心裡在笑，不知不覺中流露出一絲笑意來。她看著她，覺得他是個怪人，而不是個普通人：一個貪婪的動物。

「很喜歡，」她說。

「樓下那些人中你最喜歡哪一個？」他問。他人高馬大地立在她面前，閃閃發亮的頭髮豎了起來。

「我最喜歡哪一個？」她重複著。她想回答這個問題，可又覺得難以開口。「我不知道，我還不怎麼熟悉他們，說不上來。你最喜歡哪一個呢？」

「呃，我無所謂，我談不上喜歡也談不上不喜歡誰。對我來說無所謂。我想知道你的想法。」

「這是爲什麼呢？」她問，她的臉色變得很蒼白。杰拉德眼中的一絲笑意愈來愈凝聚起來。

「我想知道，」他說。

她轉過身去，打破了他的迷惑。她奇怪地感到他正在控制她。

「我無法馬上告訴你，」她說。

她走到鏡子前，取下頭上的髮夾。每天晚上她都站在鏡子前幾分鐘，梳理那頭黑色的秀髮。這已經成爲她生活中必不可少的一種儀式。

他跟過來，站在她身後。她正忙著低頭取下髮夾他正在看著她。他似看非看，似笑非笑地站在她身後。

她吃了一驚，鼓起勇氣才像往常一樣繼續平靜地梳理頭髮，裝作若無其事的樣子。跟他在一起，她卻怎麼也定不下心來。她絞盡腦汁想找點話題跟他聊聊。

「明天你打算做什麼？」她若無其事地問，她的心卻跳得厲害，她的眼睛透著緊張的神情。她感到他可以看出她心中的緊張。她也知道他像一隻狼那樣盲目地盯著她。一場令人奇怪的鬥爭正在她常人的意識和他那神秘、妖術般的意識之間展開。

「我不知道，」他說，「你喜歡幹什麼？」

他毫無用心地說。

「呃」，她順口說，「什麼都行，對我來說什麼都行，眞的。」

她心裡卻對自己說：「天啊，我幹嘛這麼緊張——你這傻瓜，幹嘛要這麼緊張？如果他看出來，我可就完了——你知道，如果讓他看出你此時的心情，你就永遠完了。」

想到此她又禁不住自顧笑了，似乎這一切都是兒戲。同時她的心卻在怦怦直跳，跳得她要昏迷過去。她可以從鏡子中看到他——高高的身軀俯下來，碧眼金髮，怪可怕的。她偷偷地觀察鏡子裡的他，試圖避免讓他看出她的心境。他並不知道她在看鏡子中的自己。他自顧茫然盯著她的頭，她正用力梳著頭髮，發瘋地用顫抖的手往下梳頭髮，讓頭髮全披下來。她把頭偏向一邊梳著，她說什麼也不會轉過臉來正視他，絕不。想到此，她幾乎要昏倒在地，渾身沒有一點力氣。她意識到那可怕的身軀就在身後，那堅實、不屈的胸膛就緊貼著她的背。於是她感到她無法忍受，再過幾分鐘她會摔倒在他的腳下，在他腳下卑躬屈膝，讓他毀滅自己。

想到這裡，她頭腦立時清醒了。她不敢轉過臉去看他──他正紋風不動地站著、毫不鬆懈自己的意志。她竭盡全力，用一種漠然的語調發出了響亮的聲音，說：「我說，你能不能看看那後面的小袋子，遞給我，我的──」

話到這兒就打住了。「我的，我的什麼──？」她心裡發出無聲的叫喊。

他已轉過身去，心中暗自吃驚：她竟會讓他翻弄她的貼身小袋子。這時她轉過身來，面色蒼白，眼裡放射出神秘、極度興奮的光芒。她看見他彎腰俯向小袋子，無所用心地解開袋子上鬆鬆的帶子。

「你的什麼？」他問。

「哦，一隻小琺琅盒，黃色的，上面畫著一隻正在啄胸毛的鸕鷀──」

她走過去，美麗的赤裸手臂伸向小袋子，熟練地翻出她的東西，打開盒蓋，但見上面的圖繪得很精美。

「就是它。」她說著在他眼皮底下取走了盒子。

他有些迷惑不解。他在這邊束緊包包的時候她迅速梳好了頭髮，然後坐下脫鞋。她不能不理他了。

他迷惑、沮喪，說不清是怎麼一回事。現在是她控制他的時候了。她知道他並沒意識到她那副恐怖相。可她的心還是沉重地跳著。笨蛋，她是個笨蛋，幹嘛要嚇成這樣?!感謝上帝讓杰拉德這麼盲目，什麼也沒發現。

她坐著慢條斯理地解鞋帶，他也開始寬衣。上帝保祐危機過去了。她感到她開始喜歡他、愛上他了。

「喂，杰拉德，」她笑著，溫柔地逗他，「喂，你知道不知道你和教授的女兒玩得多有意思嗎？」

「怎麼玩了？」他回過頭來問。

「她是不是愛上你了？老天爺，她是不是愛上你了？」戈珍興高采烈地說。

「我不認為是這樣。」他說。「不認為是這樣！」她逗趣道，「那可憐的姑娘現在正躺在床上睡不著，人家愛你愛得要死要活的。她覺得你太棒了——哦，太神奇了，什麼別的男人都比不上你。眞的，這是不是太好玩了？」

「怎麼叫好玩？什麼好玩？」他問。

「看你跟她跳舞好玩呀，」她半帶嗔怪地說。這話攪亂了他那爺們兒的自尊心。「眞的，杰拉德，那姑娘太可憐——！」

「我可沒怎麼著她，」他說。

「行了，就憑你那麼抱起她來腳不著地，就夠丟人的了。」

「休普拉騰舞就是那麼跳，」他笑道。

「哈——哈——！」戈珍大笑。

她的嘲笑令他渾身打顫。他睡覺時，似乎是在蜷著身子，仍在憋著勁兒，但人很空虛。

而戈珍則睡得揚眉吐氣，她是勝者。突然，她醒了。曙光已溶滿了小木屋，光線是從矮窗上射進來的。抬起頭，她可以看到峽谷：白雪皚皚，紅裝素裹，像仙境一般。坡底有一圈松樹，只見一個人影在晨曦中向這邊移動。

她瞄一眼他的手錶：七點整。他還在沉睡。她卻完全醒了。這幾乎有點讓人害怕。她躺著，眼睛看著他。

他有氣無力地睡著。她現在竟眞誠地看待他了。在這之前她一直是怕他的。她躺在床上琢磨著他。他是個什麼樣的人?他代表世上哪類人?他有著很強的意志和主見。她想起他在短短的時間裡就對煤礦進行了改革。她知道，如果他遇上任何問題和艱難險阻，他都會戰勝它們。只要他有了什麼想法，他就會付諸實施。他有撥亂反正的才能。只需讓他掌握了局勢，他就會度過難關，幹出個結果來。

一時間，她竟野心勃勃起來。她認爲，杰拉德有堅強的意志和理解現實世界的能力，應該讓他來解決今日世界的問題，解決現代世界上的工業化問題。她知道，他早晚會達到變革的目的，他會重新組織工業體系的。她知道他能夠這樣做。作爲一件工具，幹起這些事來他可是好樣的，在這方面她還沒見過別的男人像他這麼有潛力。他並未意識到這一點，但她知道。

他只需要被套上車，他需要手上有任務，因爲自己並無此種意識。她可以做到這些，爲此她會跟他結婚。他會進議會，在議會中代表保守黨的利益，他可以掃清勞資之間的衝突。他是那麼大無畏，那麼強壯，他知道任何問題都可以得到解決，生活中的問題同幾何中的問題是一樣的。他不顧自己，也不顧別人，只一心解決問題。他很純，眞的很純。

她心情激蕩，興奮地想像著未來。他會成爲和平時代的拿破崙或俾斯麥，而她就是他的後台女人。她讀過俾斯麥的書信，很受感動。而杰拉德比俾斯麥更加毫無拘束、更大無畏。

儘管她躺在床上興高采烈地幻想著、沐浴在奇異、虛幻的生活希望之光中，有什麼東西卻攫住了她，似乎一種可怕的玩世不恭心情狂風一般襲上心頭。一切在她看來都是那麼可笑:每一樣東西都是可笑的。每當她意識到希望和理想是一種無情的諷刺時，她就爲自己的處境深感痛苦。

她看著熟睡中的他。他簡直太漂亮了，他眞稱得上是一件完美的工具。在她看來，他是一件純粹、沒有人性、幾乎超人的工具。他這一點很合她的心思，她眞希望自己是上帝，把他當工具使用。

與此同時她又向自己提出一個具有諷刺意味的問題：「拿他用來做什麼呢？」她想到了礦工的老婆們，她們的亞麻油氈和鑲花邊的窗帘，還有她們穿高靴子的女兒們。她又想起礦井經理的老婆和女兒們，她們的網球聚會，她們的爭風吃醋，好不可怕。還有肖特蘭茲以及它那毫無意義的名望，克里奇家一群毫無意義的人。還有倫敦，眾議院，現存社會。天啊！

儘管她年輕，但她摸準了整個英國社會的脈搏。她並不想崛起於這個世界。她憑著她經歷過的殘酷青少年時代，以她玩世不恭的眼光看世界，她知道，要想在這個世界上出人頭地，就意味著一場一場地演假戲，就像得到了一個假便士要裝作是得到了兩個半先令的銀幣一樣。整個價值觀都是虛假的。當然，她儘管玩世不恭但還是清楚，在一個僞幣氾濫的世界上，一英鎊比一便士要強，反正都不是好東西。可不管好壞，她都蔑視它們。

她早已開始嘲弄自己做的那些夢。這些夢可以輕易地變成現實。但她可以感到自己在諷刺自己的衝動。杰拉德把一個破落的舊工業變成了一家富有的企業，這又怎麼樣？關她什麼事？那破落的工業關係和這迅速發展起來的、組織有序的企業都是僞幣。當然了，她表面上很關心——表面現象是很重要的，內心裡卻覺得這不過是個大笑話而已。

她心裡覺得這一切都是一種諷刺。她靠在杰拉德身上，充滿感情地暗自說：「哦，親愛的，親愛的，這種把戲不值得你去演。你是個好人，眞的，可你爲什麼要去演這種蹩腳戲呢?!」

她的心因著對他的憐憫和憂傷而破碎。可同時她嘴角上又浮現出一絲苦笑，她這是爲自己未出口的長篇激烈演說感到好笑。哦，這眞是一場鬧劇！她想起了帕奈爾⑩和凱瑟琳・奧謝⑪。帕奈爾！說到底，誰會認眞對待愛爾蘭的國有化呢？不管政治色彩很濃的愛爾蘭有什麼作爲，誰會看重它？誰會把政治色彩濃郁的英國看那麼重？誰會？誰會關心一下拼湊起來的舊憲法是否粗粗地修補過？誰會關心我們的圓頂舊禮帽更關心我們的民族意識？哈，全是舊帽子，一切都是一頂舊帽子！

就這麼回事，杰拉德，我的少年英雄！不管怎麼樣，咱們不要再去攪那鍋老湯了，太噁心。你漂亮，我的杰拉德，可是你太莽撞。有美好的時光，醒來吧，杰拉德，醒來，讓我相信有美好的時光。哦，讓我相信吧，我需要這個。

他睜開眼看看她。她回報以一個調侃、歡樂、謎一樣的微笑。他也毫無意識地笑了，他的臉倒像鏡子一樣映出了她的笑。

看到他臉上映出了她的笑，她感到十分快活。她覺得那就像一個小孩子的笑容。這眞讓她無比快活。

「你這樣做了，」她說。

「什麼？」他不明不白地問。

「讓我相信了。」

說著她俯下身去滿懷激情地吻他，這熱烈的吻令他不知所措。他沒有問他讓她相信了什麼，儘管他想問。她吻了他，這他就高興了。她似乎在摸索著，意欲觸到他內心敏感處。他需要她觸動他生命的深處，他太需要她這樣了。

屋外，有個渾厚的男聲在瀟灑地唱著：

給我開門，開門，

你這驕傲的人，

用木柴給我把火生著，
我已被雨澆得水淋淋。

戈珍知道這男人瀟灑、調侃的歌聲會永遠在她心頭震響。它正是她這美好時光的寫照，是她緊張而又喜悅心情的寫照。這支歌讓她永誌難忘。

這天天氣明朗，天空湛藍。山頂上微風習習，可是所過之處卻像刀子似的削下煙一樣的雪花兒。杰拉德心滿意足地走出來，臉色極好，神情怡然。這天早晨戈珍與他平靜相處，很和諧。但他們對此毫無感覺。他們乘平底雪橇出發，等厄秀拉和伯金跟上來。

戈珍身著猩紅運動衫和帽子，下面是品藍裙和藍襪子，興高采烈地在白雪上走著。杰拉德穿著白衣灰褲在她邊上拉著小雪橇。他們爬上陡坡，身影在遠處愈來愈小。

戈珍似乎覺得自己全然沒入了白雪中，化作了一塊純淨、毫無思想的水晶。當她來到坡頂，頂著風四下環視時，發現峰巒疊嶂，望不盡的岩石和雪山在蒼穹下軒然聳立著。她覺得這副景象真像一座花園的圖景，山峰就是純潔的花朵，她真想去採擷這些花朵，把杰拉德都給忘在一邊了。

往陡坡下滑時她緊緊貼著他。她覺得她的感官就在火一樣灼燙的砂輪上砥礪著。雪花在身邊反濺，就像磨刀時濺起的火花，身邊的白色越飛越快，白色的山坡像一片火光向她迎面撲來，她熔化了，像一個小球蹦跳著沒入一片白色中去。隨後在山下拐了一個大彎，一下掉在地面上，慢慢減速，停了下來。

停了以後，她想站起來，可怎麼也站不住。她怪叫一聲，轉身抓住了他，把臉埋進他的懷裡，昏了過去。她昏昏然伏在他懷中。全然失去了知覺。

「怎麼了？」他說，「太快了吧？」

她什麼也沒聽到。

緩過勁兒來以後，她站起身朝四下裡環顧，不禁感到驚奇。她臉色蒼白，大大的眼睛炯炯有神。

「怎麼了？」他問，「難受嗎？」

她明亮、似乎有些變形的眼睛看了看他，放聲大笑起來。

「不，」她凱旋般地叫道，「這是我一生中最得意的時刻。」

她看著他，著了魔地大笑著，這笑聲像一把尖刀插入了他的心臟。不過他不在乎，並不理會。

他們又往另一面坡上爬著，上去後又美美地滑下來，就像從熾烈的白光中穿過。戈珍笑著、滑著，身上濺滿了晶瑩的雪粒兒。杰拉德滑得很熟練，他覺得自己可以駕著小雪橇穿過最危險的地方，甚至可以刺向空中，直刺蒼穹的心臟。似乎他覺得這飛也似的雪橇體現著他的力量，他只需擺動自己的雙臂，雪橇就是他的身體。他們探尋了幾面大山坡，又在尋找另一面滑坡了。他覺得這兒肯定還有一處更好的地方供人們滑雪。他終於發現了他渴望的去處：一面長坡，十分陡，從一塊岩石下穿過直伸到山底的林子中。這很危險，他知道。但他也自信他可以駕輕就熟地駕馭雪橇。

開始幾天是在熱鬧的體育運動中度過的：滑雪橇、滑雪、滑冰，以飛快的速度在白光中飛行，運動本身早已超越了生命，人的靈魂在運動和白雪中進入了非人、抽象的速度、重量和永恆的境界。

杰拉德的目光變得剛強、陌生起來。他在滑雪板上滑行時，他看上去與其說是人倒不如說是一聲強化、致命的嘆息。他那彈性很強的肌肉優美地隆起，軀體彈起，毫無顧忌、盤旋著飛起來、衝出去。

值得慶幸的是，那天下雪了，他們都得待在室內，否則的話，伯金說他們都會失去理智，大喊大叫，變成雪地裡陌生的野人。

那天下午厄秀拉和洛克坐在娛樂廳裡聊天。洛克這幾天似乎有點不大高興，不過仍像平時一樣活潑、幽默。

但厄秀拉認爲他是爲什麼事不痛快。他的夥伴——那位高個子、白淨臉的漂亮小夥子也不安定，東游西轉沒個穩當樣，他似乎在反抗著什麼，不甘屈從於什麼。

洛克幾乎沒怎麼跟戈珍說話。而他的夥伴卻相反，不斷地向她溫柔地討好。戈珍想跟洛克談談。洛克是位雕塑師，她想聽聽他對這門藝術的見解。另外他的相貌也吸引著她。他身上有種流浪漢的氣質讓她好奇；但又有一種老成相兒，引起了她的興趣。除此之外，還有一種難言的我行我素、不合群的氣質，這些在她看來就是藝術家的形象。他愛嘮叨，愛開惡作劇似的玩笑，顯得他很聰明，其實並不盡然。透過他那棕色的魔眼，戈珍發現在他插科打諢的背後是與外表不諧調的痛苦。

他的體格也引起了她的興趣——他個頭還像個小男孩兒，樣子就像街上的流浪漢。他絲毫不掩飾這一點。他總是身穿簡樸的深草綠色防水布衣和馬褲。他的腿很細，不過他並未設法掩蓋這一點：這是德國人中了不起的樣子。他從來不逢迎巴結別人，一點也不，而是我行我素，不過表面上還裝作挺快活的樣子。

他的夥伴雷特納是個很棒的運動員，他四肢勻稱，眼睛碧藍，很帥。他時而去滑平底雪橇，時而滑冰，但並不熱心。他那優雅細長的鼻孔只有流浪漢才有。看到雷特納的體育表演，他的鼻孔微微翕動著嗤之以鼻。很明顯，這兩個一起旅行、同住一室、共同生活的人現在已經開始相互厭惡了。雷特納恨洛克，他受洛克的氣，心中不平，可又無可奈何。洛克則總是對雷特納嗤之以鼻，諷刺他。看來這兩人快散夥了。

他們已經不常在一起出入了。雷特納總和別人結伴，顯得很有禮貌。而洛克則是獨往獨來。在戶外，他戴一頂威斯特菲倫德⑫式帽子，這種緊緊的帽子是用棕色天鵝絨做的，寬大的帽邊能蓋住耳朵，戴著這頂帽子，他看上去就像一隻耷拉著耳朵的兔子或童話中愛搞惡作劇的侏儒。他的臉呈紫色，皮膚乾得發亮，似乎一做表情就會裂開來。他的眼睛很引人注目——棕色的大眼睛，像兔眼、侏儒的眼或者說像一個茫然無措的人的眼，眼裡放射出奇特、木然、墮落的光，噴著神秘的火焰。每當戈珍要跟他聊聊，他就會靦覥地避開目光，用他的黑眼睛凝視她，一言不發。他這樣子讓她感到他是討厭她那不道地的法語和德語。至於他那口蹩腳的英語，他也不敢啓口講。不過別人講的英語他可以理解一大半。戈珍有點惱火，也就不再理他了。

可是這天下午她來到休息室時，卻發現洛克正同厄秀拉聊天。一看到他那亮的黑髮，她不知怎麼就想起了蝙蝠，儘管這頭髮有點稀疏，鬢角全禿了。他彎腰坐著，似乎他就是一隻蝙蝠。戈珍看得出來，他正向厄秀拉說心裡話，不過那樣子有點勉強，磨磨蹭蹭的。於是戈珍走過去在姊姊身邊坐下。

他看看戈珍，然後目光又移開去，似乎她沒注意到戈珍。其實戈珍引起了他極大的興趣。

「眞有意思，戈珍，」厄秀拉對妹妹說，「洛克先生正爲科隆的一家工廠設計一個柱子中楣，這根大柱子要立在馬路上呢。」

她看看他那瘦弱、緊張的手。這雙手緊握著，像魔爪，又像「虎爪飾⑬」，不是人的手。

「用什麼材料？」她問。

厄秀拉又重複一遍。

「花崗岩石，」他說。

接下來就是兩個內行人之間簡短的回答。

「什麼樣的浮雕？」

「高浮雕。」

「多高？」

一想起他要爲科隆的一家花崗岩石廠雕一座柱子中楣，戈珍就覺得十分有趣。她從他那兒知道了柱子的一些造型情況。這座浮雕繪的是一幅集市圖：農夫和工匠們身著時髦衣服正縱情飲酒狂歡，模樣很古怪。他們發瘋地到處亂跑，看戲，親吻，擠作一團。還有的在船形鞦韆上盪來盪去，或是玩槍，一片瘋狂，混亂的場景。他們又忙著討論技術問題。戈珍很喜歡他的構思。

「能有這麼一座工廠眞是太棒了，」厄秀拉叫道，「整座建築得這麼漂亮呀？」

「哦，是的，」他說，「這根柱子只是整座建築的一部分。它太龐大了。」

他停了一下，聳聳肩，又說：

「建築本身就得是雕塑。那些與建築無關的塑像就像壁畫一樣早過時了。事實上，雕塑歷來都是建築的一部分。既然教堂都是博物館，既然工業成了我們的事業，那就讓我們把有工業的地方變成我們的藝術區，成爲帕德嫩神廟⑭吧！」

厄秀拉在思索。

「我覺得，」她說，「眞不該把我們的大工廠搞得這麼醜陋。」

他立即說：「說得對！說得好！不僅我們的工作場所醜惡不堪，而且這種醜惡會影響我們的工作。人不應該再忍受這種無法忍受的醜惡了。到頭來，它會害了我們，我們會因其醜惡而萎縮。工作也會萎縮。因此人們會認爲工作本身就是醜惡——機器和勞動都是醜惡的。其實，機器和勞動本身是很美好的事物。人們最終將因爲工作太讓人難受而停止工作，工作太讓人噁心，人們寧可挨餓也不工作，這將是我們文明的末日。

到那時，錘子只會用來搗毀東西。我們現在有機會讓工廠美起來，讓車床漂亮起來⑮，我們有機會——」

戈珍只能聽懂一點，煩得直想大叫。

「他在說什麼？」她問厄秀拉。厄秀拉結結巴巴地做了簡短的翻譯。洛克看著戈珍等她的評價。

「那麼，你認為，」戈珍說，「藝術應該為工業服務嗎？」

「藝術應該表現工業，就像藝術曾經一度表現過宗教一樣，」他說。

「可是你的農民集市是否表現了工業？」她問他。

「當然。人在這個集市上做什麼呢？他們滿足於與勞動相對應的東西——機器使用著他而不是他使用機器。現在是他使用機器的時候了——他在享受自己體內的機械運動。」

「可是，除了工作——機械式的工作就沒別的了嗎？」戈珍問。

「只有工作，沒別的！」他重複道。他向前傾著身子，兩隻黑黑的眼睛中只有兩個針尖大的亮點。「沒有，只有這樣，只有為機器服務，然後再享受機器的運動——運動，就是一切。你從來沒有為了填飽肚子工作過，否則你就會明白上帝是如何統治我們的了。」

戈珍哆嗦了一下，紅了臉。不知為什麼，她幾乎要哭起來。

「沒有，我沒有為填飽肚子工作過，」她回答，「可是我工作過！」

「工作過？工作過？」他問，「什麼工作？你幹過什麼樣的工作呢？」

他開始用義大利語和法語混著說。和她說話時，他本能地用外語。

「你從來沒有像世人一樣工作過，」他不無嘲諷地對她說。

「當然，」她說，「我當然像世人一樣工作。我在就是為一日三餐工作著。」

他不說了，只是凝視著她，不再提起剛才的話題。他覺得跟她沒什麼好說的。

「可是你自己有沒有像世人那樣工作過？」厄秀拉問他。

他心虛地看看她，暴躁地叫道：「當然，我有一次躺在床上餓了三天。」

戈珍睜大眼睛陰鬱地看著他，似乎像抽他的骨髓一樣要從他身上得到坦白的話。他是個天生不說實話的人，她那透著陰鬱目光的大眼睛在盯著他，似乎劃破了他的血管，於是他很不情願地開始說：「我父親是個不愛工作的人，我們沒有母親。我們住在奧國佔領下的波蘭，我們怎麼生活呢？嗨，有法子！我們和另外三家人合住一間房，一家佔一個角，廁所在屋中間——就是一個蓋上木板的坑，哈！我有兩個兄弟和一個妹妹，可能有個女人和父親在一起。他是個遊手好閒的人，跟鎮上任何一個男人都會打起來。那個鎮子是個要塞，他僅僅是個小人物。可他斷然拒絕爲他人工作。」

「那你們怎麼生活呢？」厄秀拉問。

他看看厄秀拉，又突然把目光轉向戈珍。

「你能理解嗎？」他問。

「極能理解，」她答。

他們的目光相遇了。然後他又向別處看著，不想再說什麼。

「你是怎麼開始雕塑的？」厄秀拉問。

「我是怎麼開始雕塑的？」他停了停又說，「因爲——」他換了一副腔調，開始說法語。「我長大了，曾經從市場上偷東西。後來我開始幹活，給泥陶瓶印花。那是一家陶瓷瓶廠，我在那兒開始學造型。有一天我幹得膩透了，就躺在陽光下拒絕幹活。後來我步行到慕尼黑，又步行到義大利，一路要飯，走了下來。」

「義大利人對我很好，他們對我很尊敬。從波贊到羅馬，每天晚上我都可以和幾個農民一起吃上一頓飯，有草鋪睡。我打從心底愛義大利人。」

「而現在，現在，我一年可掙一兩千英鎊——」

他看著地板，聲音愈來愈細，最後沉默了。

戈珍看著他那光滑，黑紅的皮膚，太陽穴處的皮膚綳得很緊。又看看他稀疏的頭髮和他愛動的嘴唇上方那剪得短粗的刷子樣的小鬍子。

「你多大了？」她問。

他睜大小精靈似的眼睛驚訝地看著她。

「多大了？」他重複道，遲疑不答。很明顯他不願說。

「你多大了？」他反守為攻。

「我二十六了，」她回答。

「二十六，」他重複道。然後凝視著她問：「你的丈夫，他多大了？」

「誰？」戈珍問。

「你丈夫，」厄秀拉不無嘲弄地說。

「我還沒有丈夫，」戈珍用英語說。然後又用德語說：「他三十一。」

洛克那神秘莫測的目光卻緊緊地盯著戈珍。他覺得戈珍身上有什麼與他很合拍。他眞像傳說中沒有靈魂的小人兒，在人間找到了伴侶。他又為此苦惱。戈珍也迷上了他，似乎他是一頭奇怪的動物——一隻兔子，蝙蝠或一頭棕色的海豹——開始跟她說話。她也知道他意識不到的東西：他不知道他自己具有強大的理解力，可以領悟她的活動。他並不知道他自己的力量。他並不知道他那深邃的目光可以看透她，看出她的秘密。他只希望她是她自己——他很了解她，這種了解靠的是下意識和惡意，沒有任何幻想和希望。

戈珍覺得，洛克身上有著全部生活的基石。任何別人都有幻想，必須有幻想不可，有過去和未來。他是個徹底的苦行僧，沒有過去和未來，沒有任何幻想。這樣的話，他無論怎樣也不會欺騙自己。最終，他不會爲任何事所煩惱，因爲他什麼都不在乎，他絲毫不想與任何東西一致。他是一個純粹的局外人、苦行僧，過眼煙雲般地生活。他心中只有他的工作。

也眞奇怪，他早年貧困卑賤的生活使她產生了很大的興趣。所謂的紳士即那些受過中學和大學教育再出來工作的人讓她感到趣味索然。不知爲什麼，她極端同情這個流浪兒。他似乎是下層社會生活的標記。她無法不同情他。

厄秀拉也被洛克吸引住了。姊妹倆都對他肅然起敬。有時厄秀拉會覺得他身上有難以言表的卑俗氣。

伯金和杰拉德都不喜歡洛克。杰拉德對他不屑一顧，伯金對他也很惱火。

「女人們看上他哪一點了？」杰拉德問。

「天知道，」伯金說，「除非是他巴結她們，否則她們不會喜歡上他。」

杰拉德吃驚地抬頭看著伯金。

「他巴結她們了嗎？」他問。

「是的，」伯金說，「他是個十足的下賤貨，像個囚犯一樣生活。女人們則像空氣流向眞空一樣對此趨之若鶩。」

「這可眞奇怪，」杰拉德說。

「那讓人惱火，」伯金說，「他既讓她們憐憫又讓她們反感，他是黑暗中下流的小妖。」

杰拉德默立著沉思。

「女人們到底都需要什麼？」他問。

伯金聳聳肩不作答。

「天知道，」他說，「我覺得，她們需要的是滿足她們的厭惡。她們似乎在可怕的黑暗隧道中爬行，不爬到頭是不會滿足的。」

杰拉德朝外面的雪霧看去。四下裡一片昏暗，可怕的昏暗。

「那盡頭是什麼樣的？」他問。

伯金搖搖頭。

「我還沒爬到那兒，所以我不知道。去問洛克吧，他快到那兒了。他比你我都走得更遠，遠得多。」

「是的，可是在哪些方面呢？」杰拉德惱火地大叫。

伯金嘆口氣，生氣地皺起眉頭。

「在仇恨社會方面，」他說，「他像墮落之河中的一隻老鼠，掉入了無底的深淵。他比我們掉得更深。他更仇恨理想，恨之入骨，可他無法解脫自己。我猜他是個猶太人，或者說他有猶太血統。」

「可能是的，」杰拉德說。

「他是個小蛀蟲，在啃生活的根子。」

「爲什麼別人還關心他？」杰拉德叫著。

「因爲他們心中也仇恨理想。他們要到陰溝中去看個明白，而他就是游在人們前面的小耗子。」

杰拉德仍舊佇立著凝視外面迷蒙的雪霧。

「我不明白你用的這些詞句，眞的，」他聲音平淡地說，「可是聽起來像表達著某種奇怪的慾望。」

「我想我們需要的是這樣的東西，」伯金說，「只是我們要在一陣狂喜中跳下去，而他則順流而下。」

與此同時，戈珍和厄秀拉正伺機跟洛克交談。男人們在場時是無法開口的，在這種情況下她們無法跟他接觸。這位孤獨的矮個子雕塑家要單獨與她們相處才行。他還希望厄秀拉在場，做他同戈珍之間的傳話人。

「你除了建築雕塑以外不搞別的嗎？」一天晚上戈珍問他。

「現在不做，」他說，「我什麼都做過，就是沒做過人物雕像，從沒做過。別的嘛——」

「都有什麼，」戈珍問。

他頓了頓，然後站起身走出屋去。他馬上又回來了，帶來一小捲紙，交給了戈珍，她打開，那是一幅照相凹版製作的塑像的複製品，署名是F·洛克。

「那是我老早的作品了，不算呆板。」他說，「還挺流行呢。」

塑像是個裸女，嬌小的身姿，她騎在一頭高頭大馬上。姑娘年輕溫柔，簡直是朵蓓蕾。她側身坐著，雙手捧著臉，似乎有點傷心、羞澀，樣子很灑脫。她的亞麻色短髮鬆散地披下來，遮住了雙手的一半。

她的四肢很柔嫩。她的腿還未發育完全，那是少女的腿，正在向殘酷的婦女階段過渡，正在強壯的馬肚子旁擺動著，楚楚動人。兩隻小腳交叉著想遮掩什麼，可什麼也遮不住。她就這樣赤著身子坐在光滑的馬背上。

那匹馬佇立著，隨時會狂奔起來。這是一匹粗壯的駿馬，渾身肌肉綳得很緊。牠的脖頸可怕地弓著就像一把鐮刀，雙腹收緊，憋足了勁。

戈珍臉色蒼白，眼前一黑，似乎有點不好意思。她哀求地抬頭看看，那表情像個奴隸。他了她一眼，頭向一邊偏了偏。

「原來是多大個兒？」她冷漠地問，力圖裝出漠不關心，不受打動的樣子。

「多大？」他又瞟了她一眼。「不算墊座，很高，這麼高。」他用手比劃著。「算上墊座，這麼高——」

他凝視著她。他那飛快的手勢顯示出對她的不屑一顧。她似乎有點不寒而慄。

「用什麼做的？」她昂起頭，故作冷漠地看著他。

他仍舊盯著她，絲毫不讓步。

「銅——青銅。」

「青銅！」戈珍重複道，冷冷地接受了他的挑戰。她此時想的是青銅製成的少女那纖細，不成熟、柔和、光滑但冰冷的四肢。

「是啊，很美。」她喃言著，敬重地抬頭看看他。

他閉上眼睛，得意地向一旁轉過他的頭。

「你爲什麼，」厄秀拉問，「把馬做得這麼僵硬？牠硬得像一塊大石頭。」

「僵硬嗎？」他雙臂交叉起來問。

「是的。你看牠有多麼呆板、愚笨、粗野。馬是敏感，很纖敏的，眞的。」

他聳聳肩，慢慢攤開手，表示不感興趣，似乎是告訴她，她是個外行，說話不在行。

「知道嗎？」他裝出有耐心的樣子降尊紆貴地說，「那匹馬是一種形式，是整個形式的一部分。它是藝術品的一部分，是一種形式。它不是一匹友好的馬，你可以餵牠糖塊。你看得出嗎？牠是一件藝術品的一部分，牠跟藝術品以外的東西沒有任何關係。」

厄秀拉受到這樣傲慢無禮的侮辱，很是生氣。他讓她從神秘藝術的高峰降到了普通業餘的水平。她抬起通紅的臉，氣沖沖地回答：「可不管怎麼說，它是一幅馬的圖畫。」

他又聳聳肩，說：「隨你怎麼想，反正它畫的不是一頭牛。」

戈珍插嘴了，她滿面通紅，急於要避免這種局面，避免讓厄秀拉繼續出醜。

「你說的『一幅馬的圖畫』是指什麼？」她衝姊姊叫道，「你說的馬是指什麼？你指的是你頭腦中早已形成的概念，你想看到這概念的圖解。還有另外一個概念，完全不同的概念。你可以叫它馬也可以不叫它非馬。我完全有理由說你的馬不是馬，那是你自己製造的假象。」

厄秀拉不知所措地遲疑了一會兒，然後說：「他爲什麼要有馬的概念呢？我知道這是他的概念。我知道這是他的自畫像，眞的——」

洛克氣壞了。

「我的自畫像！」他嘲弄地重複道，「你知道，夫人，那是藝術品，它是藝術品，不是什麼照片，什麼照片都不是。它與什麼都無關，只與它自己有關。它與日常生活中的這個那個都沒關係，沒關係，它們是截然不同的存在階段。要想把一種變成另一種那可是蠢而又蠢的事，那是混淆是非，顚倒黑白。你明白嗎，你不應該把相對的工作行爲與絕對的藝術世界混淆起來。你千萬不能這樣做。」

「說得很對，」戈珍發狂地叫道，「這是毫不相干的兩類事，不能將它們混淆起來。我和我的藝術，兩者之間毫無關係。我的藝術屬於另一個世界，而我卻屬於這個世界。」

她面頰通紅，臉都變形了。洛克剛才還像一隻走投無路的野獸那樣低頭坐著，聽到她的話，抬起頭偷偷地掃了她一眼，喃言道：「對，就是這樣，是這樣的。」

厄秀拉喊了一陣就沉默了。她很氣憤，眞想把他們兩人身上都扎個大窟窿來。

「你長篇大論了一番，其實滿不是那麼回事，」她淡淡地說，「那馬就是你自己，平庸愚蠢而野蠻。那女孩兒就是你愛過、折磨過然後又拋棄的人。」

他微笑著看看她，目光中透出一絲蔑視。他不屑於回應這最後的挑戰。

戈珍沉默著，她也氣得夠嗆，很看不起厄秀拉。厄秀拉是個令人無法忍受的門外漢，竟闖入了這個連天使都怕涉足的領地⑯。可其結果是傻瓜倒楣。

可厄秀拉也是個不見黃河心不死的人。

「至於你的藝術世界和現實世界，」她說，「你要把它們分開來，是因爲你無法忍受和了解你是個什麼人。你不承認你是個多麼平庸、僵死、粗野的人，所以你就聲稱『這是藝術世界』。可是藝術世界只是關於眞實世界的眞理，就是這樣。可是你走得太遠了，認識不到這一點。」

她臉色蒼白，渾身顫抖，很緊張。戈珍和洛克很討厭她。他們剛開始交談時就過來的杰拉德也不贊成她。杰拉德覺得她很不自重，把深奧的東西庸俗化了。於是他和那兩個人聯合起來反對厄秀拉。他們三個人都希望她離開這裡。她卻沉默地坐著，心在哭泣，劇烈地跳動，手指在擰手絹。

那三個人都沉默著，等著厄秀拉慢慢熄火。然後戈珍似乎很平淡地問：「這女孩兒是模特兒嗎？」

「不，她不是模特兒。她是美術學院的學生。」

「還是個學藝術的學生哩！」戈珍叫道。

原來是這麼回事！她覺得那學藝術的女孩子還未發育完全，不考慮有害的後果，她太小了。她那直直的亞麻色短髮剛齊脖根兒，稍稍向裡曲鬈著，因爲頭髮太濃密了。那女孩兒可能受過良好教育，家境不錯，遇上洛克這位有名的雕塑大師，自以爲做了他的情婦很了不起。啊，她太了解這些冷酷的常識了。德勒斯登，巴黎，或倫敦，在哪兒都那樣。她懂得這一套。

「她現在在哪兒？」厄秀拉問。

洛克聳聳肩表示不屑一顧。

「那是六年前的事了，」他說，「她現在該有二十三歲了。」

杰拉德拿起照片看著。這照片也吸引了他。他發現墊座上寫著標題：戈蒂娃女士。

「這個人不是戈蒂娃女士，」他說著很忠厚地笑笑。「她是個中年婦人，是個伯爵或別個什麼人的妻子，留著長髮。」

「像莫德・阿倫⑰，」戈珍調侃道。

「爲什麼是莫德・阿倫呢？」他問，「是嗎？我總以爲那是傳說。」

「對，杰拉德，親愛的，我敢說你對這傳說記得很準確。」

她嘲笑他，又有點在哄他。

「說眞的，我更願意看到這個女人，而不是她的頭髮。」他笑著回擊。

「眞的嗎！」戈珍嘲弄道。

厄秀拉站起身離開了這三個人，走了。

戈珍從杰拉德手中接過照片細看起來。

「當然了，」她開始打趣洛克，「你是很了解這位藝術學院的小人兒了。」

他揚揚眉毛，得意地聳聳肩。

「這小姑娘嗎？」杰拉德指指照片上的人。

戈珍把圖片放在腿上。她直直地凝視著杰拉德，看得他睜不開眼。

「他不是很了解她嗎?!」她衝杰拉德調侃地說，聲音很歡快。「你只需看看她的腳就行了——多可愛，多柔嫩、多美的腳，啊，它們可真是奇蹟，真的——」

她緩緩地抬起眼皮，熱辣辣的目光盯著洛克的眼。他的心讓她看得發熱，他似乎更盛氣凌人、更了不起了。

杰拉德看著那雙雕出來的小腳。兩隻腳交叉在一起，羞澀、恐懼地相互遮掩著。他看了好一陣子，迷上了這雙小腳。隨後，他痛苦地把照片放到一邊。他感到一陣空虛。

「她叫什麼？」戈珍問洛克。

「安妮特．馮．威克，」洛克懷念地說，「是的，她很美。她美，可是令人討厭。她是個大麻煩，一分鐘也不會安定下來，除非我狠狠抽她一頓耳光，打得她哭出來她才會老老實實坐上五分鐘。」

他在想他的作品。他的作品，這對他來說比什麼都重要。

「你真的打她耳光了？」戈珍漠然地問。

他凝視著她，看出來她是在挑戰。

「是的，打了，」他不經意地說，「比打什麼都重。我不得不這樣，非這樣不可。不這樣我就無法完成我的作品。」

戈珍黑色的大眼睛盯著他看了片刻。她似乎是在審度他的靈魂。然後她又垂下眼皮，不作聲了。

「你幹嘛要弄這麼個小小的戈蒂娃？」杰拉德問，「她太嬌小了，何況騎在馬上，顯得她太小，多小的一個小孩兒呀。」

洛克臉上一陣抽搐。

「沒錯兒，」他說，「我不喜歡大個子比她更年長的模特兒。十六、十七、十八歲最漂亮，再大了就沒用了。」

大家都不說話了。

「爲什麼呢？」杰拉德問。

洛克聳聳肩。

「我發現她們沒味兒，不好看，對我的作品來說沒什麼用處。」

「你是不是說女人過了二十就不漂亮了？」杰拉德問。

「對我來說是這樣的。二十歲前，她嬌小、鮮活、溫柔、輕盈。二十以後，不管她長成什麼樣，對我可就沒用了。米洛的維娜斯是個中產階級女子，二十歲以上的女子全都如此。」

「那麼你對二十以上的女人就不關心了？」杰拉德問。

「她們對我來說沒什麼好，對我的藝術來說沒什麼用了。」洛克很不耐煩地重複道，「我不認爲她們漂亮。」

「你是個享樂主義者，」杰拉德略微調侃地笑道。

「那男人呢，你怎麼看？」戈珍突然問。

「哦，他們不管多大都沒關係。」洛克說，「一個男人應該是大塊頭，力氣過人，年紀大小倒無所謂，只要他身材高大，塊頭笨重就行。」

厄秀拉來到外面純淨的新雪的世界中。可是那炫目的白光似乎在抽打她，擊傷了她，她感到寒冷正撕扯著她的心。她頭暈目眩，頭腦麻木得很。

突然她想起來要離開這兒到另一個世界中去，這想法奇蹟般地出現了。她感到她被這永恆的白雪世界宣判了死刑，似乎沒了出路。

突然，她奇蹟般地記起，在腳下的遠方，有黑色、結滿果實的地球。向南展去，是一片長滿桔樹、松柏、青青的橄欖林的土地。藍瓦瓦的天際下是冬青樹那蒼鬱的枝幹。這眞是奇蹟中的奇蹟！這萬籟俱寂、冰天雪地的山峰並不是整個世界！人可以離開它，跟它斷絕關係，可以一走了之。

她要立刻實現這個奇蹟。她要馬上與這雪的世界、這可怕的、靜止的冰山訣別。她要看那黑色的土地，去呼吸那沃土的芬芳，去看看那耐寒的冬季植物，去感受陽光撫摸蓓蕾時花蕾的反應。

她充滿希望地回到屋子裡。伯金正躺在床上看書。

「盧伯特，」她衝他叫著，「我想走。」

他緩緩地抬頭看她。

「是嗎？」他溫和地說。

她坐在他身邊，雙手摟住他的脖子。她感到吃驚的是他聽了她的話後竟不怎麼吃驚。

「你不想走嗎？」她苦惱地問。

「我還沒想過，」他說，「不過我肯定會這麼想。」

她突然坐直身子。

「我恨這兒，」她說，「我恨這雪的世界，恨它這麼做作，恨它不自然的光芒，這是惡魔的光芒，它讓每個人感到彆扭。」

他仍躺著，笑了。

「好吧，」他說，「咱們可以走，明天就走。咱們到維洛那去找羅密歐和朱麗葉，到圓型劇場去，好嗎？」

她猛地一頭扎在他肩頭上，不好意思了。他則洋洋自得地躺著。

「好吧，」她柔聲地哀鳴道。她感到她的心長出了新的翅膀，可他卻不在乎。「我的愛！我眞想成爲羅密歐和朱麗葉！」

「不過維洛那颳著可怕的大風，」他說，「是從阿爾卑斯山上下來的。我們還會聞到雪味。」

她坐起身看著他。

「你高興走嗎？」她發愁地看著他問。

他的目光中透出神秘的笑意。她把臉埋進他的衣領中，偎依著他，懇求道：「別笑話我嘛，別笑我。」

「怎麼了？」他說著摟住她。

「我不願意讓人笑話，」她喃言道。

他笑得更厲害了，邊笑邊吻她那噴了香水的秀髮。

「你愛我嗎？」她低聲極嚴肅地問。

「愛，」他笑答道。

她猛然揚起臉要他吻她的雙唇。她的雙唇緊繃著，在顫抖，而他的唇則柔和得很。他吻了好一會兒，隨後心中感到一陣憂傷。

「你的雙唇太硬了，」他恍惚地抱怨著。

「你的很柔，很美，」她高興地說。

「可是你幹嘛總要繃著雙唇？」他遺憾地說。

「沒什麼，」她忙說，「我就這習慣。」

她知道他是愛她的，這一點她可以肯定。可是她無法放鬆自己，無法忍受他對她的盤問。被他愛著時她是幸福無比的。她知道，當她放縱自己時，他感到高興，可是同時他也有點悲哀。她本可以對他放縱自己，可她不能來得自然些，因爲她不敢與他赤裸相見，毫無保留、完全以誠相待，她對他放縱自己，又要把握住他，從他那裡獲得樂趣。她完完全全地享用著他。他們從未親密無間過，相互間總保留著點什麼。不管怎麼說，她總抱著希望，樂觀而灑脫，很有生氣。一時間，他靜靜地躺著，溫順而有耐心。

他們準備第二天就離開此地。他們先來到戈珍的房間，戈珍和杰拉德剛打扮好準備去參加室內晚會。

「戈珍，」厄秀拉說，「我們明天要走了。我無法忍受這兒的雪了，它刺傷了我的皮膚和我的心。」

「這裡的雪眞地刺傷了你的心嗎，厄秀拉？」戈珍有點吃驚地問，「我不相信這雪刺傷了你的皮膚，這也太可怕了。我倒覺得這雪賞心悅目呢。」

「不，對我來說不是這樣的。它偏偏傷了我的心。」厄秀拉說。

「眞的嗎？」戈珍大叫。

屋裡人們都沉默了。厄秀拉和伯金感覺得出來，戈珍和杰拉德很高興他們離開這兒。

「去南方嗎？」杰拉德有點不安地問。

「對，」伯金說著轉過身去。最近這兩個男人之間產生了一種說不上來的敵意。自從出國以來，伯金就顯得神情陰鬱、漠然，隨大流，東遊西逛，對什麼都不管不問。而杰拉德則相反，他顯得緊張，痛苦，兩人相互對峙著。

杰拉德和戈珍對兩個要走的人很友好，很關心，好像他們是要出門的孩子。戈珍來到厄秀拉的臥室，把她那三雙有名的彩襪扔到床上。這些襪子是在巴黎買的厚絲襪，有朱紅的，矢車菊藍和灰的。灰色的襪子是針織的，厚厚實實得沒有縫。厄秀拉高興極了。她覺得戈珍把這麼好的寶貝送給她可真是太好心了。

「我不能要你的，戈珍，」她叫道，「我可不能奪走你的這些珠寶。」

「它們是珠寶嗎？」戈珍愛憐地看看她的禮物說，「多可愛的小東西呀！」

「對，你得留著，」厄秀拉說。

「我不需要了。我還有三雙。我要你收下，要你收下。這是你的了，拿著——」

戈珍的手顫抖著把那令人垂涎的襪子塞到厄秀拉的枕頭下。

「眞正漂亮的襪子能給人帶來極大的歡樂，」厄秀拉說。

「是的，」戈珍說，「極大的歡樂。」

說著她坐在椅子上。很明顯她是來道別的。厄秀拉不知道她要幹什麼，默默地等待著。

「你是否感到，厄秀拉，」戈珍很懷疑地開始說，「你將一去不復返，永不再回來？」

「哦，我們會再回來的，」厄秀拉說，「這不是坐火車旅行。」

「是的，我知道從精神上說，你們是要離開我們了，對嗎？」

厄秀拉顫抖了一下。

「我一點也不知道將來會發生什麼事。」她說，「我只知道我們將去某個地方。」

戈珍等她繼續說下去。

「你快活嗎？」她問。

厄秀拉想了想說：「我相信我是快活的，」她回答。

戈珍從姊姊臉上看出一種說不出的幸福。

「可是，你不想與舊的世界仍保持連繫嗎——父親和我們大夥兒，還有一切別的，如英國和思想界。你不認為你需要這些，而是要去創造一個世界？」

厄秀拉沉默了，在想著什麼。

「我覺得，」她終於不情願地說，「盧伯特是對的——一個人需要一個新的生存空間，就要與舊的脫離關係。」

戈珍毫無表情地凝視著姊姊。

「一個人需要一個新的生存空間，這我同意，」她說，「我認為一個新世界是從這個世界發展出來的，與另一個人獨處異地並不能發現新世界，那只是劃地為牢罷了。」

厄秀拉向窗外看去。她的靈魂在鬥爭，她感到害怕。她總是怕人們的話，因為她知道純粹的語言力量總會讓她相信她曾經不相信的東西。

「也許是吧，」她說。她對己對人都十分不相信。「可是，」她補充說，「我確實認為當一個人仍關注舊世界時他是無法接受新東西的——知道我的意思嗎？要與舊的做鬥爭才行。我知道，人們迷上了這個世界是為了和它鬥爭。它不值得我們去鬥。」

戈珍思忖著。

「對，」她說，「在某種意義上說，一個人只要活在世上就屬於這個世界。如果你想離它而去，這不是一個幻想嗎？不管怎麼說，一座農舍，無論是在阿部魯吉⑱還是別的什麼地方都算不得一個新世界，不算。對付這世界的唯一辦法是看穿它。」

厄秀拉向一旁看去。她太害怕爭論了。

「可是，還可以有別的辦法，不是嗎？」她說，「在世界通過現實看透自身以前很久人就在心裡看透了它。可是，當一個人看到自己的靈魂時，他就不是他自己了。」

「人心裡能看透世界嗎？」戈珍問，「如果你的意思是說你可以看透將要發生的事，我不能同意你的話。我實在不能苟同。無論如何，你不能因爲你認爲你看透了這一切就能一下子飛到一個新的星球上去。」

厄秀拉突然直起身道：「是的，人是明白這一點。他與這裡不再有什麼關係時，他就有另一個自我，它屬於一個新的星球，而不是現在這個世界。我們非得跳離這個世界不可。」

戈珍思忖了一會兒。隨後臉上露出嘲諷甚至蔑視的微笑。

「你到了空間以後會怎麼樣呢？」她譏諷道，「無論如何，有關世界的偉大眞理在那裡會依然故我。你儘管比誰都高明，可是你無法不顧事實，比如說，愛是最崇高的，無論是在空間還是在地球上。」

「不，」厄秀拉說，「不是這麼回事。愛太人性化、太渺小。我相信某種非人的東西，愛只是它的一部分。我相信我們要實現的東西來自我們未知的世界，它比愛要深遠得多。它不怎麼有人性。」

戈珍審視地看著厄秀拉。她對姊姊眞是又敬慕又鄙夷！突然她轉過頭來冷漠、惡狠狠地說：「算了，我至今還沒有超越過愛。」

厄秀拉頭腦中閃過一個想法：「那是因爲你從未愛過，所以你無法超越。」

戈珍站起身來到厄秀拉身邊，雙手勾住她的脖子。

「去吧，去尋找你的新世界吧，親愛的，」她的聲音有點做作，「說到底，最幸福的航行是尋找盧伯特的極樂島。」

她的雙臂摟住厄秀拉的脖子，手指撫摸著她的面頰，足足有好一會兒。可厄秀拉感到很難受。戈珍這種保護人的姿態對她來說是一種辱沒，太傷人了。戈珍感覺到姊姊的反抗，很尷尬地抽回手，翻起枕頭，翻出那幾雙襪子來。

「哈——哈！」她無聊地笑笑，說：「瞧我們都說些什麼呀——新世界和舊世界，眞是的！」

於是她們又聊起日常的話題來。

杰拉德和伯金先走一步，去等雪橇來接客人。

「你們還要在這兒待多久？」伯金抬頭看著杰拉德那張通紅但漠然的臉問。

「哦，我說不上，」杰拉德說，「等待膩了就走。」

「你不怕雪化了嗎？那你就走不了了，」伯金說。

杰拉德笑道：「會化嗎？」

「你覺得一切都還好嗎？」伯金問。

杰拉德翻翻白眼說：「都好？我壓根兒弄不懂這些常用語的意思。都好與都壞有時是不是同義詞？」

「我想是的。什麼時候回去？」伯金問。

「我也說不準。也許永不再回去。我既不向前看也不向後看。」杰拉德說。

「也不追求無望的東西，」伯金說。

杰拉德鷹一樣聚光的眼睛望著遠方說：「是的。這些該結束了。戈珍似乎就是我的末日。我不知道。可是她似乎那麼溫柔，她的皮膚像綢緞一樣光滑，她的手臂豐腴而柔軟。可這些令我的意識萎縮，燒燬了我的心靈。」他說著向前走了幾步，凝視著遠方，他的臉就像野蠻人在駭人聽聞的宗教儀式中戴上的面具。「它打瞎了我心靈上的眼睛，」他說，「讓人變成睜眼瞎。可是你卻希望失明，你願意讓它打瞎你的眼睛，你不需要別的。」

他似乎發瘋般地胡說八道起來。突然，他又發瘋似的振作精神，用報復、威懾的目光盯著伯金說：

「你知道當你和一個女人在一起時你受的是什麼樣的罪嗎？她太美了，太完美無瑕了，你發現她太無與倫比了，於是這想法像撕綢布一樣撕裂你自己，每撕一下都讓你疼得不行。哈！那種完美！你毀了你自己！然後——」他站在雪地上，突然鬆開握緊的拳頭，說，「這沒什麼——你的頭腦或許像破布一樣燒焦了，還有——」他掃視一下天空，做了一個奇怪的戲劇動作——「那是毀滅，你明白我的意思嗎？那是一種偉大的經驗，某種最終的體驗。然後你像遭到電擊一樣萎縮了。」他默默地走著。他像是在吹牛，但很像一個在極端狀態下吹牛般說實話的人。

「當然，」他又說，「我不見得不願意有這經驗！這是一種完整的經驗。她是一位漂亮女子。可是我不知爲什麼要恨她！這可眞奇怪。」

伯金看著他那陌生、幾乎毫無表情的臉。杰拉德似乎不知道自己說了些什麼。

「你現在有足夠的經驗了嗎？」伯金問，「你是過來人，爲什麼還要走老路？」

「呃，」杰拉德說，「我不知道。這還沒完呢——」

兩個人繼續朝前走。

「我一直愛著你，也愛戈珍，別忘了這一點。」伯金痛苦地說。杰拉德奇怪、茫然地看著他。

「是嗎？」他冷漠、滿腹狐疑地問。「你自以爲愛著，是嗎？」他信口說。

雪橇來了。戈珍下來，大家相互道別。他們要分手了。伯金坐上去，雪橇啓動了，戈珍和杰拉德站在雪地上揮手告別。看到他們站在雪中孤零零的身影愈來愈小，伯金的心涼了。

---

①英國城市。

②比利時城市。

③法國和比利時邊境上的一城市。

④比利時城市。

⑤瑪斯是布朗溫一家世代居住的農莊。考塞西是瑪斯附近的鎮子。這些都在《戀愛中的女人》的姊妹篇《虹》中早有敘述。

⑥這裡用的是雙關語：damp一詞既是「濕」也是「意氣消沉」的意思。

⑦悌羅爾：阿爾卑斯山脈中的一個省，首府因斯布魯克。

⑧十八世紀著名的蘇格蘭民歌。

⑨《虹》中厄秀拉的情人。

⑩帕奈爾（一八四六至一八九一），愛爾蘭政治家。因與有夫之婦私通事發而被迫退出議會。

⑪凱瑟琳・奧謝，帕奈爾的情婦。

⑫德國最大的工業省。這種帽子一般爲女士所戴。洛克戴它表示向傳統挑戰。

⑬立柱基礎處的裝飾。

⑭祭雅典娜的神廟，在希臘雅典。

⑮此段表現未來派審美觀，頌揚機器、運動、速度和力量所代表的反叛青年和未來。

⑯見亞歷山大・蒲伯《論批評》：「蠢人才敢闖入天使不敢涉足的地方。」

⑰阿倫（一八八三至一九六二），加拿大女舞蹈教師，以跳赤足舞著名。

⑱義大利中部地區。

第三十章　雪　葬

厄秀拉和伯金一走，戈珍就覺得自己可以自由自在地跟杰拉德鬥爭了。他們愈來愈看透了對方，於是杰拉德開始得寸進尺起來。起初她還能對付他，心裡還感到暢快。可是很快他就開始不理會她那套女人的手段，不再屈從於她的魅力，不再讓她安寧，開始對她霸道起來。

他們之間的搏鬥早就開始了，這場鬥爭是那麼生命攸關，以致他們倆都感到害怕起來。他孤身作戰，而她則開始向周圍尋求援助了。

厄秀拉一走，戈珍就感到自己的生命僵死了。她蜷縮在自己的房間裡，看著窗外碩大、亮閃閃的星星。

窗外是大山投下的淡淡陰影。那兒是世界的中心，她感到很奇怪，似乎她將被釘在這一切生命的中心處，這是不可避免的，沒有進一步的發展了。

就在這時杰拉德推開了門。她知道他不會出去多久的。他讓她沒有單獨相處的時機，總像寒霜一樣追隨著她，眞要命。

「你怎麼一個人關著燈待著？」他問。聽他的口氣他不喜歡她這樣，不喜歡她製造的這種孤獨氣氛。既然她感到安寧，感到一切都是不可避免的，她也就對他很和藹起來。

「點亮蠟燭好嗎？」她問。

他沒回答，只是走過來在黑暗中站在她身後。

「看看那顆可愛的星星。」她說，「你知道它的名字嗎？」

他蹲在她身邊，向矮矮的窗外看去。

「不知道，」他說，「很美。」

「不是太美了嗎?!你注意過沒有，它放射出的火焰與衆不同，眞是太美妙了——」

他們沉默著。她無聲地把手沉重地放在他的膝蓋上，握住了他的手。

「你爲厄秀拉憐惜嗎？」他問。

「不，一點也不，」她說。然後她情緒低落地問：「你愛我有幾分？」

他對她更生硬了，問：「你以爲我愛你有幾分呢？」

「我不知道，」她說。

「你怎麼看這問題？」

她不說話了。最終，黑暗中傳來她冷漠、生硬的聲音：「想得很少，眞的。」她的聲音不僅生硬，而且幾乎有點輕狂。

一聽這聲音他的心就涼了。

「我爲什麼不愛你呢？」他似乎承認了她的指責，但很恨她這樣說話。

「我不知道你爲什麼不愛，我一直對你很好。當你剛接觸我時，你是那麼可怕的一個人。」她的心疾速跳動著，幾乎要令她窒息。但是她仍然很堅強，在他面前毫不屈服。

「我什麼時候可怕過？」他問。

「你第一次來找我時。我不得不可憐你，但是那絕不是愛。」這句「那絕不是愛」讓他聽來發瘋。

「你爲什麼總重複說我們沒有愛過？」他氣憤地說。

「可是你並不認爲你愛我，對嗎？」她問。

他忍著怒火，一言不發。

「你不認爲你能愛我，對嗎？」她幾乎嘲弄地重複道。

「是的，」他說。

「你知道你從沒愛過我，對嗎？」

「我不知道你說的『愛』是指什麼，」他說。

「你知道的，你知道。你很明白你沒愛過我。你以爲你愛過嗎？」

「沒有，」他脫口說。他坦率而固執，精神上很空虛。

「你永遠也不會愛我，」她攤牌道，「對嗎？」

她太冷酷了，冷得可怕，讓他難以忍受。

「不會，」他說。

「那，」她說，「你怎麼會跟我作對呢？」

他沉默了，冷漠而絕望。「如果我能殺了她，」他心裡反覆說，「如果我殺了她，我就自由了。」

對他來說，似乎只有死才能解決他棘手的問題。

「你幹嘛要折磨我？」他問。

她雙臂摟住他的脖子。

「哦，我才不想折磨你呢，」她充滿憐憫地對他說，似乎是在安慰一個孩子。這一舉動令他血管發涼，他對此反倒沒有一點點感知。她摟住他的脖子，憐憫他，感到自己得勝了。她對他的憐憫卻像石頭一樣冰冷，其最深層的動機還是出自對他的恨和對他力量的害怕，她時時都要對他進行反擊。

「說你愛我，」她懇求道，「說你將永遠愛我，說呀，說呀。」

她口頭上在哄騙他，但心裡想的卻是另一回事，冷漠而有毀滅性。這全是她那驕橫的意志在起作用。

「你不能說永遠愛我嗎？」她又在哄他，「說吧，就算不是眞話，說吧，杰拉德，說。」

「我永遠愛你，」他痛苦地、強迫自己重複這句話。

她飛快地吻了他。

「就算你眞的說了吧，」她嘲弄道。

他站立著，像被人打了一頓。

「儘量多愛我，少需要我，」她半是蔑視、半是哄騙地說。

黑暗像浪濤一樣捲過他的頭腦，一浪高過一浪，他似乎覺得自己的人格全無，一分錢不値了。

「你是說你並不需要我？」他說。

「你太沒完沒了，沒一點廉恥，沒一點優雅。你太粗魯。你毀了我，毀了我，太可怕了。」

「太可怕了？」他重複道。

「對。你是否以爲厄秀拉走了，我可以自己住一間房了？你可以對他們說咱們需要一間梳妝室。」

「隨你的便吧，你也可以走嘛，只要你願意的話。」他很不情願地把這句話吐出了口。

「我知道，」她說，「你也可以這麼做。你什麼時候想離開我就走好了，連招呼都不用打。」

又一股股黑浪漫過他的頭腦，他幾乎站不穩。他感到十分疲憊，似乎必須躺在地板上不可。他脫掉衣服上了床，就像一個醉漢那樣砰然倒下，黑暗的海水起伏不停，他似乎就躺在海上。他就這樣毫無知覺地躺在可怕的海浪上漂著。

最終她溜下自己的床來到他身邊。他筆挺地躺著，背對著她。他似乎毫無知覺。

她張開雙臂抱住他那可怕、毫無知覺的軀體，把臉貼到他堅實的肩上。

「杰拉德，」她喃言道，「杰拉德。」

他一動也不動。她擁著他，用自己的酥胸貼著他的肩膀。她透過他的睡衣吻著他的肩。她在揣度著，他這僵硬、死一般的軀體到底怎麼了。她感到驚訝，她的意志無論如何要讓他說話。

「杰拉德，我親愛的！」她喃言著，低頭去吻他的耳朵。

她的熱氣有節奏地拂弄著他的耳朵，似乎緩和了他全身的緊張。她可以感到他的軀體漸漸有些放鬆，失去了剛才那種可怕的僵死狀。她的手抓著他四肢上的肌肉一個勁揉搓著。

熱血又開始在他的血管中奔騰，他的四肢放鬆了。

「轉過身來衝著我，」她呢喃著，執著而又悲涼、絕望，但她仍以勝利者自居。

他終於屈服了，溫暖、靈活的身子轉過來。他一下摟住了她。他感到她是那麼柔軟、軟得出奇，於是他的雙臂把她箍得更緊了。她似乎被他粉碎了，一點力氣也沒了，癱在他的懷中。他的意志像寶石一樣堅硬，不可戰勝，什麼也別想阻擋他。

她覺得他的激情實在可怕，緊張，像一股魔力一樣要徹底摧毀她。她覺得這激情會殺死她的。她正在被他屠殺著。

「天啊，我的天啊，」她在他懷中呼喊著，感到生命正在消失。他在吻她，安撫她，弄得她奄奄一息，感到眞的完了、死了。

「我要死了嗎？我是要死了嗎？」她一直在問自己。

黑夜和他都不會回答她的問題。

第二天，她身上那未被摧毀的部分仍舊與他無關，與他敵對。她沒有走，而是留下來度完這個假期。他很少讓她一個人獨自相處，老是像個影子一樣尾隨著她。他像是對她宣判的死刑，沒完沒了地讓她「應該這樣」或「不應該那樣」。有時他顯得很強大，而她則像一陣掃地風；有時恰恰相反。他們總是這樣打著拉鋸戰，互爲生死。

「最終，」她自己對自己說，「我會離他而去的。」

「我可以離開她的，」他在極度痛苦中對自己說。

他要自由。他甚至準備走了，把她扔在這兒。可是他的意志竟第一次在這個問題上出了毛病。

「我去哪兒呢？」他問自己。

「你不能自立嗎？」他自以爲是她在問自己。

「自立！」他重複著。

他似乎覺得戈珍是可以自立的，就像盒子裡的一件東西一樣自我封閉、自我完善。他平靜的理智認清了這一點，承認她這樣是對的。他也意識到，如果讓他自己也做到這樣毫無慾望地自成一體、自我完善，這需要盡最大的努力才行。他知道，他只需要再拚一把力氣就可以像一塊石頭一樣獨善其身，自得其樂，自我完善。

意識到這一點，他的頭腦裡可怕地混亂起來。因爲，不管他的意志如何努力要與世無爭、自我完善，他的心裡卻缺少這種慾望，他無法創造這樣的慾望。他看得清楚，要想生存，就得徹底脫離戈珍，只要她想離去就離開她吧，什麼要求也不提，什麼也不求她，讓她去吧。

如果不要求她什麼，他就得落個孤家寡人的下場，落得人去屋空。一想到這，他又沒了主意。另外，他也可以讓步，向她乞憐。還不如殺了她算了。要不然，他乾脆淡然以對，不抱什麼目的地去一時放縱自己。但他天生是個正經嚴肅的人，不夠歡快，做不來玩世不恭的事。

他被奇怪地撕裂了。就像一個罪犯被分屍，獻給蒼天當了祭禮。他就是這樣被分屍，獻給戈珍。他怎麼能把這撕裂的肉體再重合上呢？這傷口是他靈魂上一個奇妙、無比敏感的窗口，就像一朵鮮花向世間的一切開放，他通過這開放著的花朵把自己交給了另一個人，一個未知的世界。這傷口暴露著，把他自己的掩飾都暴露了，讓他不完整、受到局限，永遠也無法成爲一個完結了的生命。這傷口就像天空下開放的花朵，讓他感到殘酷的歡樂。他爲什麼要放棄它？爲什麼他要像刀藏進刀鞘中去那樣與世隔絕呢？他本來已經像種子一樣刨土而出，發出新芽，噴放出生命去擁抱那未知的天空。

不管她怎麼折磨他，他都要守住自己那未曾泯滅的慾望中的歡愉。他變得極爲固執。不管她說什麼、做什麼，他都不會離開她而去。一種奇特、死亡一樣的渴望驅使他去追隨她。她對他的生命起著決定性的作用，儘管她蔑視他、一而再再而三地拒絕他，但他就是賴住不走。哪怕挨她近一點也好，那樣他就會對一切都有感覺：像生命的種子一樣磅礴欲出、鬆快，感到自己的局限性和希望的魔力，感到自我毀滅的神秘。

儘管他巴結她，她仍要折磨他那顆毫無設防的心。她這同樣是自己折磨自己。或許她的意志更爲堅強吧。她可怕地感到，他正在撕扯她心靈上的花朵，毫無尊敬她的意思。他就像一個小男孩兒扯下蒼蠅的翅膀，或扯開一朵蓓蕾去觀察裡面的究竟，他撕扯著她的隱私和她的生命，他會毀了她這朵不成熟的蓓蕾，把她扯得粉碎。

她在很久以後的夢中會像個純粹的精靈那樣向他開放自己的蓓蕾。可現在她絕不受傷害，讓他把自己毀滅。於是她狠狠地向他關閉了自己的心扉。

黃昏時分，他們一起爬上高坡去看日落。他們站在和煦的微風中看著太陽由鵝黃變成猩紅，最後消失了。東方的峰峰嶺嶺籠罩在玫瑰紅中，在紫色的天際下像永恆的花朵在熠熠閃光，眞是一大奇觀。山下的世界，此時已是青光一片，而空中卻是跳動著的玫瑰色。

她覺得這幅景色太美了，令她欣喜若狂。她想張開雙臂擁抱這閃光、永恆的山巒，然後抱著它們死去。他也覺得這景色太美了。可他的心中沒有產生任何共鳴，他只是感到一陣虛枉的苦痛。他希望這峰巒是黯淡的，不要這麼美麗，從而她也就無法從這美麗的山峰中獲得支柱。爲什麼她背叛了他，反而去擁抱那夜光？

爲什麼她把他一個人甩在冰冷的寒風中，讓死亡般的風吹著他的心，而她卻獨自觀賞那玫瑰色的雪峰？

「那黃昏的光芒有什麼好？」他問，「你爲什麼要對它頂禮膜拜？它對你來說難道就那麼重要？」

她生氣的不予理睬。

「走開，」她叫道，「讓我一個人待在這一會兒。這太美了，太美了，」她聲調奇妙，譫狂般地吟詠著。「這是我一生中見到的最美的東西。別打擾我。你自己走吧，你跟這沒關係。」

他向後退了幾步，讓她獨自一人像一尊塑像般地站在那兒，面對著閃著神秘光芒的東方發癡。那玫瑰色已經退去，巨大的白亮亮的星星已經出現在天際。他仍在等。他絕不放棄自己的渴求。

「那是我以前從來沒有見過的最美好的東西，」她最終轉過身衝著他冷漠而無禮地說。「你竟想毀滅它，這眞讓我吃驚。你無法欣賞它，但你爲什麼要阻攔我呢？」事實上他已經毀滅了這景致，她不過是在畫餅充飢。

「總有一天，」他抬頭看看她輕聲道，「我會在你站著看日落時毀了你，因爲你是個大騙子。」

他這是在下流地吹牛皮。她心冷了，但仍舊傲慢以對。

「哈！」她說，「我不怕你的威脅！」

她跟他斷絕了關係，獨自死守著自己的房間。他仍然在等待，那種耐心很出奇，他仍然對她充滿渴望。

「總有一天，」他淫蕩地對自己說，「時機一到，我就幹掉她。」想到此，他不禁四肢微微發顫，就像他每次懷著激情和過多的慾望接近她時那樣顫抖。

與此同時她同洛克奇怪地好上了，這眞是一種可惡的背叛行徑。杰拉德知道這事。他卻極有耐心地忍著，不願意跟她鬧，於是他乾脆裝不知道一般。可是眼看著她對那個他恨之入骨的毒蟲子樣的傢伙親熱，他就氣得渾身發抖。

只有他去滑雪時才讓她獨自待一會兒，他愛這項運動，可是她不會。他一滑上雪，他似乎就衝出了生活，衝向了彼岸。經常是他一走她就同那矮個子德國雕塑家聊上了，他們在藝術上總有談不完的話題。

他們的觀點是一致的。他們討厭麥斯特洛維克①，對未來主義不滿。他喜歡西非的木頭雕塑，阿茲特克藝術及墨西哥和中美洲的藝術。他覺得荒誕不經的機械運動，違背常理的東西讓他著迷。戈珍和洛克在玩著一種奇特的遊戲，眉來眼去，極爲猥褻，似乎他們對生活有某種奇特的理解，似乎只有他們兩個人才鑽到了世界的中心了解了別人不敢涉足的秘密。他們之間通過奇妙的色情理解達到共鳴，埃及和墨西哥藝術中微妙的情慾點燃了他們心中的火花。他們之間的整個遊戲都是一種相互間情慾的交流，只不過他們力圖把這種交流保持在暗示的水平上。從雙方語言和動作的細微變化中，他們精神上獲得了極大的滿足。他們之間通過暗示、表情和手勢進行交流。杰拉德儘管看不懂這一套，可他對此無法忍受。他是個粗人，無法理解他們交流的方式。

他們依賴的是原始藝術的暗示，崇拜的是感覺的內在神秘。對他們來說藝術是眞實，而生活是虛無。

「當然了，」戈珍說，「生活的確無所謂。只有人的藝術才是中心。一個人在生活中的所作所爲是無所謂的事，不値什麼。」

「對，太對了，」雕塑家說，「一個人在藝術上的所作所爲，那才是他生命的呼吸。一個人在生活中的所作所爲是微不足道的，只有俗人們才會爲之小題大作。」

眞奇怪，戈珍在這種交流中獲得了莫大的快樂與自由。她覺得自己從此永遠站穩了腳跟。相比之下，杰拉德是那種俗人。愛在她的生活中只是倏忽即逝的東西，除了她從事藝術工作時，她不會感到愛。她想起了克利奧帕特拉②，她一定是一位藝術家，她吸取了男人的精華，獲得了最高級的享受，然後把糟粕拋掉。她還想起瑪麗・斯圖亞特③和了不起的伊麗歐諾拉・塔斯④，她每演完戲後就去和她的情人們做愛，氣喘吁吁之景可想而知。她們是庸俗的戀愛者先驅。歸根結柢，情人不過是這種微妙感受、這種女性藝術——感官理解的完美知識——的燃料，燃起人們的狂熱之情。

一天晚上，杰拉德同洛克爭論義大利和特利波利⑤問題。杰拉德正處在奇怪的一觸即燃狀態中，洛克很激動。表面上這是在鬥嘴，其實是兩個男人之間的精神戰。戈珍看得出，整個過程中杰拉德都對洛克表現出英國式的傲慢。儘管杰拉德渾身顫抖著，眼睛冒火，滿面通紅，在爭論中他卻顯出一副粗野的傲慢相，這副樣子讓戈珍怒火中燒，洛克忍無可忍。杰拉德的話句句斬釘截鐵，不容置疑，德國人不管說句什麼都讓他看不起，被認爲是胡說八道。

最後洛克無可奈何地舉手投降，聳聳肩表示休戰，那表情很有諷刺意味，像個孩子一樣向戈珍求援。

「太太，您看——」他說。

「別叫我太太好吧？」戈珍叫道，她面紅耳赤，眼裡冒火。她看上去活像一個梅杜莎⑥。她大喊大叫，讓別人都驚訝不已。

「請別稱我克里奇太太。」她大叫。

這種稱呼特別一出自洛克之口就讓她感到難以忍受，像是一種污辱，讓她感到難堪。

兩個男人驚訝地看著她。杰拉德的臉都白了。

「那讓我怎麼稱呼呢？」洛克不懷好意地輕聲問。

「反正別叫這個，」她囁嚅著，臉都紅了。「至少不能叫這個。」

她從洛克的表情上看出他明白了。她不是克里奇太太，這說明大問題了。

「叫您小姐好嗎？」他惡作劇般地問。

「我還沒結婚呢，」她頗為傲慢地說。

她的心像一隻受驚的鳥兒在狂跳。她知道她這下害了杰拉德，有點不忍心。

杰拉德筆直地坐著，臉色蒼白但表情平靜，像一尊雕塑。他沒注意她，也沒注意洛克，誰他都沒注意。他只是紋風不動地坐著。洛克此時躲在一邊，垂著頭向上翻著眼皮看他們。

戈珍不知說什麼好，為此心裡著實難過，她無法緩和一下這裡的空氣。她擠擠眼笑著心照不宣地看看杰拉德，幾乎是在諷刺他。

「尊重事實吧，」她說著做個鬼臉。

現在她又一次受著他的控制，因為她給了他這樣的打擊，因為她毀了他，她不知道他怎麼能承受這個打擊。她看著他，發現他很有意思。一時間她對洛克都不感興趣了。

杰拉德最後站起身，款款地走到教授跟前和他談論起哥德來。

杰拉德今晚這麼好對付引起了她的好奇心。他似乎沒生氣，也不反感，看上去純潔得出奇，真帥。他有時一顯出這副若即若離的樣子她就著迷。

這一晚，她一直懊惱地等待著。她想他會躲著她或做出點什麼跡象來。但他卻跟她毫無感情地說幾句話，就像跟屋裡任何一個別人說話一樣。他的心裡很寧靜，很超脫。

她向他的房間走去，心裡愛他愛得發瘋。他是那麼美，讓她無法接近。他吻了她，他是愛她的，這令她十分愜意。他沒有清醒過來，仍然顯得那麼遙遠、毫無感知。她想對他說什麼，可是他那副純真、毫無感知的樣子讓她無法開口。這下她感到痛苦，她又悶悶不樂起來。

到了第二天早晨，他開始用有點厭惡的眼神看她，目光中透出某種恐怖與仇恨的神情。她又恢復了原先的面目。他仍然沒有勇氣跟她鬥。

現在洛克正在等她。這位自我與世隔絕的人終於感到有這樣一個女人，他可以從她那兒得到點什麼。他一直不安地等著跟她說話，想方設法接近她。她的身影令他激動不已，他狡猾地接近她，似乎她身上有什麼看不見的吸引力。

他一點都不覺得自己比杰拉德差。杰拉德是個局外人。洛克忌恨的是他的富有、傲慢和漂亮的外表。這些東西——財富、社會地位的高貴和俊美的外表都是外在的東西。要想接近戈珍這樣的女人，洛克可是有著杰拉德做夢也想不到的招數。

杰拉德怎麼能滿足戈珍這樣的能人呢？他以爲驕傲、主人般的意志和強健的體魄能起作用嗎？洛克有辦法，他懂得滿足女人的秘密武器。最大的力量是要細膩、會隨機應變而不是盲目地攻擊。他洛克深諳此道，而杰拉德卻一竅不通。他洛克可以深入到女人的心中，杰拉德卻壓根兒不摸門。在女人這座神秘廟宇中，杰拉德不是洛克的對手，洛克能夠深入到女人黑暗的內心深處，在那裡尋到她的精神並與之進行較量。他是蜷縮在生命中心的蛇。

女人到底需要什麼呢？只是求得在人類社會中滿足自己的野心嗎？或者說是在愛與善中求得伴侶？她需要「善」嗎？只有傻瓜才相信戈珍會需要「善」。她這樣只是一種表面現象。跨過門檻，你會發現她對社會抱著全然一種憤世嫉俗的態度。一進入她靈魂深處，你就會聞到刺鼻的腐蝕氣，看到一股黑暗的慾火和一種活生生的微妙的社會批判意識，她認爲社會扭曲了，社會是可怕的。

那麼，她還需要什麼？難道只有純粹盲目的激情才能滿足她？不，不是這個，而是在變形的極端感受中難言的快感。這是黑暗中進行的變形過程中一種頑強的意志和她的頑強意志相撞後獲得的快感，這是最終的，難以言表的分解與裂變。在這整個過程中，她表面上卻毫不動聲色，不流露出一絲情感來。

可是在兩個特定的世人之間，感覺體驗的範圍是有限的。情慾反應的高潮一旦沖向某個方向就終結了，它不會再有進展。只有重複是可能的，或者是對立雙方分手，或者是一方屈服於另一方，或者以死而告終。

杰拉德已經穿透了戈珍靈魂的全部外層。對戈珍來說，杰拉德是現存世界的最關鍵人物，是她那個男人世界的終點。她通過他了解了世界並與世界斷絕了關係。一旦徹底認識了他；她就又像亞歷山大大帝一樣去尋找新的世界。可是沒有新世界，沒有別的男人，只有生物，只有洛克這樣最後的小生物。對她來說這個世界完了，只剩下了個人內心的黑暗，自我中的感知，最終變形中猥褻的宗教神秘。這神秘的摩擦運動將生命強大的有機體可怕地變形了。

戈珍懂得這一切，憑的是她的下意識而不是她的頭腦。她知道她下一步怎麼走——她知道離開杰拉德以後走向何方。她怕杰拉德，怕他殺了她。可是她不願意讓人殺死。仍有一縷細絲將她跟他連在一起。她用不著以自己的一死來斬斷這根線。她還有更遠的路可走，有更美的東西要她去體驗，在她死之前她還有很多不可名狀的微妙感覺需要體驗。

杰拉德不配體驗最終的微妙感覺。他無法觸及她的敏感點。可是他那粗野的打擊無法刺中的地方卻讓洛克那昆蟲一樣的理解力像小刀一樣一點點觸到了。至少現在是她擺脫一個人投入另一個人懷抱的時候了——投向那個生物，那個最終的藝術家。她知道，在洛克的心靈深處他與一切都無關，對他來說沒有天、沒有地、也沒有地獄。他沒有忠誠朋友，也不追隨別人。他只是獨善其身，離群索居，我行我素。

杰拉德的心卻依然留戀著外界，留戀著別人。他的局限就在於此。他有他的局限性，受著必然的限制，他需要善，需要正義，需要與自己的最高目標成爲一體。這最高目標也許就是對死亡過程的完美細膩的體驗同時保持自己的意志不受損害，可是他做不到。這就是他的局限性。

自從戈珍否認了她與杰拉德的夫妻關係，洛克隱約感到些兒勝利。這位藝術家似乎像個飛旋著的鳥隨時準備撲向戈珍。但他並沒有魯莽地撲向戈珍，他從來都不會在錯誤的時機出擊。不過，他那黑暗中的本能很自信，神秘地與她產生感應，兩人心照不宣。

他們兩天以來一直討論著藝術和生活，兩個人談得十分投機。他們讚美往昔的東西，對過去的成就表現出多愁善感、孩子氣的欣喜，他們特別喜歡十八世紀末葉，那是哥德、雪萊和莫扎特的時代。

他們品味著過去，欣賞著過去的偉人，就像把玩著象棋和活動木偶，從中獲得快樂。他們把所有的偉人都排在木偶戲中，由他們掌握劇情。至於未來，他們誰也沒提一個字，偶爾戲謔地夢想，人會發明一場可笑的災難來毀滅世界：某個人會發明一種炸藥把世界炸成兩半，每一半都朝著相反的方向飛去，弄得地球上的人驚慌不已。或著地球上的人分成了兩派，每一派都認爲自己是完美正確的，而對方是錯的，應該被毀掉，於是世界的又一種末日來臨了。洛克則做了這樣一個可怕的夢：地球變冷了，冰天雪地，只有北極熊、白狐這樣的白色生物能夠生存，人則像可怕的白色雪鳥在殘酷的冰雪世界中抗掙著。

除了編排這樣的故事以外，他們從不談論未來。他們最喜歡嘲弄般地想像世界的毀滅，或者很傷感地把玩過去。他們要傷感而快活地重建起那個世界：魏瑪的哥德，窮困而忠於愛人的席勒，或再見到顫抖的讓・雅克・盧梭，芬尼的伏爾泰或朗讀自己詩歌的腓烈特大帝。

他們一聊就是幾個小時，談文學、雕塑和繪畫，深情地談論弗萊克斯曼⑦、布萊克⑧、弗賽利⑨、費爾巴哈⑩和伯克林⑪。他們覺得這些偉大藝術家的生涯可以談上一輩子。不過他們更喜歡談論十八和十九世紀的偉人。

他們用幾種語言混合著交談，主要講法語。但他總是在每句話的最後結結巴巴地講一點英語，並用德語下結論。而她則靈活地隨便用什麼語言結束自己的句子。她特別喜歡這樣的談話。淨是奇妙的語句、雙關語，朦朦朧朧的。用三種不同色彩的語言絲線織成的對話眞讓她感到快活。

整個交談過程中，這兩個人圍繞著一團看不見的火焰徘徊不前。他想要這團火，卻又遲疑不前。她也想，可她又想撲滅這團火，永遠撲滅它，因為她還有點憐憫杰拉德，還跟杰拉德藕斷絲連。最重要的是，一想起跟杰拉德的關係，她就感傷起來，可憐自己。就因為過去發生的一切，她感到被一種永恆，看不見的線拴在他身上——就因為過去的一切，就因為那個夜晚他第一次來找她，瘋狂地闖進她的臥室，因為——

杰拉德漸漸地厭惡起洛克來，恨透了他。他並沒有拿他當一回事，只是看不起他罷了。可是他感覺得出戈珍受了這個小矮子的影響。只有這一點把他氣瘋了。洛克的身影、洛克的生命竟統治了戈珍，這還得了！

「那小歹徒怎麼會迷住你的呢？」他有一天非常迷惑不解地問。他是個堂堂正正的男子漢，壓根兒看不出洛克何以迷人、何以值得人看一眼。杰拉德試圖在洛克身上找到一些足以使女人迷戀的英俊或高貴處。可沒有，他只讓杰拉德感到噁心，像個蟲子一樣讓人噁心。

戈珍的臉紅了。這種攻擊她永遠也不會原諒。

「你這是什麼意思？」她反問，「天啊，沒跟你結婚眞是一大幸事！」

她那蔑視的腔調鎮住了他，噎得他一下子說不上話來。但他馬上又緩過氣來。

「告訴我，只要告訴我就行，」他壓低嗓音陰險地說：「告訴我，他哪一點迷上你。」

「我並沒有讓他迷住，」她冷漠、單純地反駁他。

「是的，你是讓他給迷住了。你讓那條小乾巴蛇給迷住了，就像一隻小鳥隨時準備跳進牠的口中。」她氣憤地看著他。

「我不愛跟你說話，」她說。

「你愛不愛跟我說話這沒關係，」他說，「這並未改變你要跪在那隻小蟲子跟前吻他的腳這個事實。我不想阻攔你這樣做，去吧，跪下去吻他的腳。我想知道是什麼迷住了你，是什麼？」

她沉默著，氣壞了。「你怎麼敢對我吹鬍子瞪眼？」她大叫道，「你竟敢這樣，你這個小白臉，你還想欺負我。你有什麼權利欺負我？」

他臉色煞白。從他的目光中她看得出，她得受這條狼的控制。因爲她受著他的控制，她恨他，她不知道自己是否應該殺了他。在她的想像中她已經殺了這個站在面前的男人。

「這不是什麼權利的問題，」杰拉德說著坐在椅子中。她看著他身體動作的變化，他緊張的身體機械地動著，像被什麼魔力驅使著。她對他的恨中帶有幾分蔑視。

「這不是我對你有什麼權利的問題，當然我有，請記住，我只想知道的是，是什麼東西讓你屈從於樓下的那個下流雕塑家，是什麼讓你像個可憐的蟲子一樣崇拜他？我想知道你在追求什麼。」

她站到窗邊去聽他說話。然後轉過身來。

「是嗎？」她極隨便、極果斷地說，「你想知道他嗎？因爲他理解女人，因爲他不愚蠢。就這麼回事。」

杰拉德臉上露出一絲奇怪、歹毒、牲口一樣的笑容。

「是什麼樣的理解呢？」他說，「那是一個跳蚤的理解，一個長著象鼻蹦蹦跳跳的跳蚤。你爲什麼屈從於一個跳蚤呢？」

戈珍頭腦中想起了布萊克對跳蚤的靈魂的描述。她想用這種描述來刻畫洛克。布萊克也是個小丑。可是她應該回答杰拉德的問題。

「你不以爲一個跳蚤的理解比一個傻瓜的理解更有意思嗎？」她問。

「一個傻瓜！」他重複道。

「一個傻瓜，一個自以爲是的傻瓜，一個笨蛋。」她說完又加了一個德文詞。

「你是管我叫傻瓜嗎？」他問，「好吧，當傻瓜不是比當樓下那樣的跳蚤更好嗎？」

她看看他。他那種愚蠢相讓她討厭。

「你最後那句話露了眞相，」她說。

他坐著，茫然無措。

「我這就走，」他說。

她開始進攻他了。「請記住，」她說，「我完全不靠你，完全。你做你的安排，我做我的。」

他在思量著。「你的意思是從現在起我們就誰也不認誰了？」

她猶豫一下，臉紅了。他給她設下了圈套，迫使她上當。她轉過身衝他說：「誰也不認誰，這永遠不可能。如果你想自作主張，我希望你明白你是自由的，壓根兒用不著考慮我。」

她的話暗示她還需要他，僅這麼一點點暗示就足以激起他的激情。他坐在那裡，體內產生了變化，血管中不由自主地盪起一股熱血。他的心呻吟著，可是他喜歡這樣。他明亮的眼睛看著她，他在等她。

她立即就明白了，不由得厭惡地打起冷顫。都這種時候了，他憑什麼還那麼目光熱切的期待她？他們剛才說的那些話難道還不夠把他們徹底分開、讓他們的心冷卻嗎？他還在對她滿懷著期待呢。

她有點手足無措了，偏著頭說：「只要我有什麼變化，我會告訴你的——」

說完她就走了出去。

他茫然地坐在屋裡，極端失望，這失望感似乎漸漸地毀滅了他的理解力。可是他的潛意識仍在耐心地等待著。他一動不動，沒有思想，沒有感知，就這樣坐了好半天。然後他站起身到樓下去和一位大學生下棋。他此時神情很爽朗，顯出一副天眞爛漫相。他這種樣子令戈珍很不安，令她害怕，她眞恨他這德行。

在這之後，從沒問過她個人問題的洛克開始打聽她的情況了。

「你沒結婚，對嗎？」

她凝視著他。

「根本沒有，」她很有分寸地回答。洛克笑了，臉上擠出奇特的表情。他的前額上飄著一縷細髮。戈珍注意到他的皮膚、手和手腕都是發亮的棕色。他那雙手似乎握得很緊。他像一塊黃玉閃著透明的棕色光澤。

「很好嘛，」他說。

他得有點勇氣才敢往下問。「伯金太太是你姊姊？」

「對。」

「她結婚了嗎？」

「結了。」

「父母還健在嗎？」

「是的」戈珍說。

接著她簡單地告訴他她現在的處境。他一直凝視著她，目光很好奇。

「原來如此！」他吃驚地說，「那克里奇先生很富嗎？」

「對，他是個煤礦主。」

「你們交朋友多久了？」

「好幾個月了。」

一陣沉默。

「眞的，我感到吃驚，」他終於說，「英國人，我原來以爲很冷漠。你離開這兒以後打算做什麼？」

「我打算做什麼？」她重複道。

「對。你不能再回去教書了。不能，」他聳聳肩道，「那是不可能的。讓那些什麼都幹不成的惡棍去幹那種事吧。你，你知道，你是個非凡的女子，了不起的女性。爲什麼要否認這一點？爲什麼要有疑問？你是個非凡的女人，爲什麼要走別人的老路，過普通人的生活？」

戈珍看著他的手，緋紅了臉。她很高興他那麼坦率地說她是個非凡的女性。他說這話不是要討好她，要知道他是個有主見，講話很客觀的人。他這樣說，就跟他在說一尊雕塑是非凡的一樣，因爲他認爲怎樣就是怎樣。

聽他這樣說她很感動。別人總喜歡用一種尺度和模式去衡量一切。在英國，十足的平凡就是美德。聽人說她非凡，她感到如釋重負。從此她再也不用爲那些俗氣的標準發愁了。

「你知道，」她說，「我可是一文不名。」

「哦，錢！」他聳起肩道，「人長大了以後，錢是爲你效勞的。只是年輕時難以有錢。別爲錢犯愁，弄錢很容易。」

「是嗎？」她笑道。

「總是這樣。只要你要，杰拉德家會給你一筆錢的——」

她的臉紅透了。

「我會向任何一個人要，」她很艱難地說，「但就是不向他要。」

洛克凝視著她。

「好，」他說。「就算向別人要吧。只是不要回那個英國去，別再回那所學校。別去，別那麼傻。」

又一陣沉默。他不敢要她跟他走，他甚至不敢肯定她會需要他。再說她也怕他提這樣的要求。他珍惜自己的孤獨，很怕別人分享他的生活，甚至一天也不行。

「我唯一了解的別處就是巴黎，」她說，「但是我無法忍受巴黎。」

她睜大眼睛死死地盯住洛克。洛克垂下頭把臉扭向一旁。

「巴黎，不行！」他說，「陷入愛的信仰、最新式的主義和新的崇拜基督熱中，還不如整天騎旋轉木馬的好。不過，你可以去德勒斯登。我在那兒有一間畫室，我可以給你一份工作，哦，很容易幹的工作。儘管我還沒看過你的作品，可我相信你行。到德勒斯登來吧，那可是個好地方，你想過的城市生活可以在那兒找到。你在那兒可以得到一切，不會有巴黎的愚昧和慕尼黑的啤酒。」

他坐著，冷靜地看著她。她就喜歡他跟她說話時那種坦率勁兒，就像在自言自語。他是她的藝術夥伴，但首先是她的同行。

「不行，巴黎，」他又說，「巴黎讓我噁心。呸，愛情，我討厭它。愛情，愛情，愛情，用哪種語言講出這個詞來都招人厭惡。女人和愛，再沒有比這個更讓人膩味的了。」他大叫著。

「我也是這麼想，」她說。

「討厭，」他重複道，「我戴這頂帽子或那頂帽子這有什麼關係。愛也是這樣。我不需要戴什麼帽子，怎麼舒服怎麼來。如果愛情讓我不方便，我就不去愛。對你說吧，太太，」他向她湊過來，迅速打了一個手勢，似乎要把什麼打到一邊去，「小姐，別介意，我告訴你吧，爲了得到一個聰明的小夥伴，我會付出一切，包括你全部的愛。」他目光炯炯、陰沉沉地看著她。「你明白嗎？」他微微一笑。「不管她年齡多大，一百歲，一千歲，對我來說都一樣，只要她能理解就行。」說著他猛地閉上眼睛。

戈珍又一次感到被冒犯了。他難道不認爲她長得漂亮嗎？她突然笑道：「我得再等二十年才符合你的條件，」她說。「我十分醜，對嗎？」

他突然以一個藝術家的眼光審視著她。

「你很美，」他說，「我很爲這個高興。但不是這麼回事，不是，」他叫著強調，這讓她有點得意起來。「你美，是因爲你有智慧，你悟性好。而我，是個提不起來的人。那好！那就別要求我變得強壯、健美。可是，我，」他很奇怪地把手放在嘴上，「我在找情婦，我是找你作情婦，因爲你在智慧上跟我匹配。明白嗎？」

「是的，」她說，「我明白。」

「至於愛情，」他打個手勢似乎要扔掉什麼討厭的東西，「是無關緊要的，無關緊要。今晚我喝白葡萄酒或不喝酒有什麼關係？沒關係，沒關係嘛。所以，愛情與偷情，今天與明天甚至永遠，這都是一回事，都沒關係，跟喝不喝白葡萄酒一樣。」

他說完這話絕望地垂下頭去。戈珍凝視著他。她的臉變得蒼白。

突然她伸出手拉住他的手。

「說得對，」她尖著嗓子激動地說，「我也是這麼想的。最主要的是理解。」

他抬頭膽怯地看著她。然後陰鬱地點點頭。她鬆開了他的手：原來他竟沒有一絲反應。他們沉默地坐著。

「你知道嗎，」他黑色的目光盯著她像在預言什麼似的說：「你和我的命運，會交織在一起，直到——」

他做個鬼臉打住了。

「直到什麼時候？」她的臉和嘴唇都變得蒼白起來。她對這類惡劣的預言總是很敏感，然而他只是一個勁兒搖頭。

「我不知道，」他說，「我不知道。」

杰拉德去滑雪，直到黃昏才回來，沒有吃她下午四點準備的茶點。雪質很好，他一直滑了好長時間。他獨自一人在雪坡背上滑著，他爬得很高，直到能看到五英里外的山口，看到山頂上半陷在雪中的瑪麗安乎特旅館，還可以看到遠處的深谷和暮靄中的松林。那條路通向她的家，可是一想起家他就感到噁心。你儘可以滑下去，滑到山口下古老的大路上去。爲什麼要到路上去呢？一想到重返人世間他就噁心。他應該在雪山上待上一輩子。他一個人曾經很幸福，獨自在山上，飛快地滑雪，駕著雪橇飛越過覆蓋著晶瑩白雪的黑色岩石。

可是他感到心頭愈來愈發涼。他已經開始不那麼耐心、不那麼單純，他又要被可怕的激情所折磨。

於是他很不情願地渾身沾著白雪來到空谷間的房子前，像個怪雪人。他看到屋裡亮著橘黃色的燈光，他躊躇了，他很不願意進去碰上那幫人、聽他們吵吵鬧鬧、看他們那雜亂的身影。他感到他的心頭一片空虛，忽而又感到一陣冰涼。

一看到戈珍，他的心不禁發顫。戈珍在德國人面前顯得極爲高雅，很大度地衝他們微笑著。他心中立時湧上一個念頭：殺死她。整個晚上他都心不在焉，頭腦裡恍恍惚惚想著雪和他的激情。他一直在想要掐死她，把她體內的每一點生命火花都擠出來，直至她一動不動地躺倒，渾身柔軟，永遠像一堆軟團躺在他的手掌中，那將會滿足他極大的情慾。那樣的話他就從此永遠佔有了她，那將是情慾的高峰和終點。

戈珍並沒意識到他現在做何感想，只覺得他仍像平素一樣文靜、溫和。這樣子甚至讓她覺得自己對他太野蠻了一些。

她來到他屋裡時正趕上他寬衣。她根本沒注意到他眼中那仇恨的奇怪光芒。她背著手站在門後。

「我在想，杰拉德，」她那種漠然的樣子簡直是對他的辱沒，「我不回英國了。」

「哦？」他說，「那你去哪兒呢？」

她對這個問題置之不理。她仍按自己的思路說下去。

「我看不出回去有什麼好，」她繼續說，「我和你之間就算了結了。」

她停住話頭等他說話。但是他什麼也沒說。他只顧喃喃自語：「了結了，是嗎？我相信了結了。可是還沒完。記住這還沒完。我們得讓它完蛋才行。得有個結論，有個尾。」

他自言自語著，但沒大聲說什麼。

「過去的就讓它過去吧，」她接著說，「我從不後悔什麼——。我希望你也別後悔什麼——」

她在等他開口。

「哦，我什麼都不後悔，」他隨和地說。

「那好，」她回答，「那好。那就是說，咱們誰也不後悔什麼，算我們活該。」

「活該，」他漫無目的地說。

她停了停，理清了思緒。

「咱們的努力是一個失敗，」她說，「不過我們還可以在別的方面再試試。」

他生氣了。似乎她是在挑逗他，激他。她爲什麼要這樣做？

「什麼努力？」他問。

「努力成爲情人啊，」她說，她有點不好意思，但又裝作不屑一顧的樣子。

「我們做情人的努力是個失敗嗎？」他大聲重複道。

他心裡在說：「我要殺了她，就在這兒。非殺了她不可。」他已經變得殺氣騰騰了。她卻沒看出來。

「難道不是嗎？」她問，「你以爲成功嗎？」

這種污辱像一團火燒著他的血管，這種問題提得是那麼輕浮。

「總有點成功之處吧，我說的是我們的友誼，」他回答，「可能，有成功之處。」

他說最後一句話時頓了頓。甚至剛開始這句話時他都不知道將要說什麼。他知道他們從未成功過。

「不對，」她說，「你無法愛。」

「你呢？」他問。

她的兩隻黑眼睛像兩盤黑色的月亮在盯著他。

「我無法愛你，」她一語道出了冷酷的眞實。

他的頭腦忽地一黑，身體不禁晃動了一下，他的心燃燒起來了。他的意識流向他的手腕，流向他的手心。他一個心眼兒要殺死她。他的手腕在燃燒，直到掐死她他才會感到滿足。

就在他衝向她之前，她明白了，臉上露出恍然大悟的神情，隨後她閃電般地奪門而出。她衝進她的房間，把門反鎖起來。她怕，但心裡又很自信。她知道她的生命正在深淵的邊緣上顫抖。奇怪的是，她自以爲很保險。她知道她的機智可以戰勝他。

她站在自己屋裡激動不已。她知道她會戰勝他的。她可以依賴自己的理智和智慧。現在她明白了，這是一場殊死的搏鬥。稍稍跌個跤她就會失足。她只覺得一陣奇特、緊張、愈來愈烈的噁心，就像一個人從高處往下一跌一樣，但她不往下看，不承認自己的恐懼。

「我後天就得離開這裡，」她心裡說。

她要讓杰拉德知道她不怕他，如果她這就跑說明她怕他了。其實她並不怕他。她知道這就是避免他在肉體上傷害她的武器。就是比力氣她也不怕他。她想向他證明這一點。她要證明，不管他怎麼樣她都不怕他；她要證明，她可以永遠離開他。但是她也知道，他們之間的這場可怕鬥爭是沒完沒了的。她自己得自信才行。不顧她心裡有多少恐懼，她不能怕他，不能讓他嚇倒。他永遠也別想嚇倒她，別想控制她，別想對她有什麼權利。她要堅持這幾點，要向他證明這些。一旦證明瞭這些，她就永遠自由了。

現在她既沒問他，也沒向她自己證明這些。她現在仍然無法跟他分開。她坐在床上用被子裹住自己，一坐就是好幾小時，沒完沒了地沉思著，似乎她永遠也理不清自己的思緒。

「他似乎並不是眞愛我，」她自言自語道。他不愛我。他遇上哪個女人都要讓人家愛上他。他甚至不知道自己這樣做了。他在每個女人面前都施展他的男性魅力，表現他強烈的慾望，他想讓每個女人都覺得有他這個大情人是多麼美好。他故意不注意女人，這是他的一個把戲。其實他沒有不注意她們的時候。他就像一隻公雞，在五十個女人面前高視闊步，全把她們的心俘虜。他這種唐・璜式的樣子並不讓我感興趣。我要當個女唐・璜會比他當唐・璜強百倍。他讓我討厭。他的男子氣讓我討厭。沒有人比他更討厭、更蠢、更驕傲得發傻了。眞的，這些男人們不知天高地厚，眞可笑，這群驕傲的小東西。

「他們都一個德性。看看伯金吧。他們都是些自以爲是，其實很不怎麼樣的人。的確是這樣，正因爲他們能力有限，生性卑下，他們才變得如此自傲。

「洛克比杰拉德要強上千倍。杰拉德沒什麼出息，沒什麼出路了。他只能在舊磨房裡推一輩子碾子。可碾子下面並沒有糧食。碾呀一個勁兒地碾，卻什麼都沒碾出來——都是說同樣的話，相信同樣的事，幹同樣的事，沒有變化。我的天，連石頭都不會有這種耐性的。

「我並不崇拜洛克，但不管怎麼說他是個自由的人。他並不擺大男人主義架子。他並不那麼忠誠地推那架舊碾子。天啊，一想起杰拉德和他的工作——貝多弗的公務和煤礦，我就感到噁心。我跟這有什麼關係，跟他有什麼關係，他還以爲他可以做女人的情人呢！你還不如把一根自鳴得意的電線桿當情人。這些男人，他們永恆的工作，還有上帝賜給他們的磨盤，他們在沒完沒了地拉著磨，卻什麼也沒磨出來！這太討厭、太討厭了。我怎麼能看重他呢?!

「至少在德勒斯頓登就可以擺脫這些了。會有些有趣的事讓你做。去看看音樂舞蹈和演出，聽德國歌劇，看德國戲劇那會多麼有趣！加入德國放蕩的生活行列會十分有意思。洛克是個藝術家，是個自由的人。人可以擺脫許多東西，這很重要，擺脫許多重複進行的可惡的庸俗行爲、庸俗語言和庸俗的姿態。我並不自欺欺人地以爲可以在德勒斯登找到長生不老的仙藥。我知道這不可能。可是我可以擺脫那些有自己的家、自己的子女、自己的熟人、自己的這個、自己的那個的人們。我將與那些沒有財產、沒有家、沒有家僕的人為伍，我們不要身分、地位和階層，不要朋友圈子。哦，天啊，一圈又一圈的人，讓人的頭腦像鬧鐘一樣轉，瘋狂地像機器一樣毫無意義地空轉。我真恨生活，恨這一切。我真恨這些杰拉德們，他們什麼也不能給予。「肖特蘭茲！天啊！想想生活在那兒是種什麼滋味！一週，又一週，又一週，週而復始——」不，不能去想它，太讓人無法承受——」

她想不下去了，真嚇怕了，實在不忍再想下去了。

一想起日復一日的機械運動，這樣一天天無窮地繼續下去，她就要發瘋。時間嘀嘀嗒嗒地過去了，錶針在轉動，轉走了時光，啊，天啊，想想這是多麼可怕的事吧。誰也躲不了，逃不了。

她幾乎希望杰拉德和她在一起，把她從這些胡思亂想中拯救出來。哦，她獨自一人躺在那兒，聽著錶針在嗒嗒響著，這有多麼可怕呀。全部的生活，全部的生活都化作了這嘀嘀嗒嗒，嘀嘀嗒嗒聲，然後敲響了，一個小時，隨後又是綿綿不斷的嘀嘀嗒嗒聲，指針在滑動。

杰拉德無法拯救她。因為他的身體、他的動作、他的生命也是這種嘀嘀嗒嗒聲，同樣像指針在錶面上機械、可怕地滑過。他的吻，他的擁抱也是如此。她可以聽得出他身上發出的嘀嘀嗒嗒聲。

哈——哈，她自嘲地笑了，她感到太可怕，她要用笑來把恐懼驅趕走。哈——哈，這像瘋了一樣，真的，真的呀。

她突然這樣想：某天早晨，當她一覺醒來，發現自己頭髮全白了，她會不會大吃一驚？她常常感到自己的頭髮正在變白，因為她想得太多，情感太凝重了。她的頭髮依舊是棕色的，她仍然是她自己，看上去很健康。

可能她是健康的。可能就是因爲她健康她才能夠直視現實。如果她病懨懨，她就會陷入夢幻中不能自拔。她沒法逃避現實。她必須總要睜大眼睛、明明白白，永遠也無法逃避，現在她就面臨著鐘面一樣的生活。如果她像在車站上那樣轉過身去看看書，她的心還是能夠看到那面白色的大鐘。她翻弄書頁或做小泥人也白搭。她知道她並不是眞的在讀書，不是眞的在工作。她是在看著自己的手指頭撥弄著時鐘，那指針在機械、單調、永無止境地轉著。她從來沒有眞正生活過，她只是在觀察生活。的確，她就像一隻小鐘，面對著永恆這座大鐘，她既莊重又放縱，或者說既放縱又莊重。

她給自己勾勒的這幅圖很令自己滿意。她的臉不是很像一座鐘嗎？——圓圓的，時常蒼白，缺少表情，她應該站起身看看鏡子中的自己，一想到自己的臉像一面鐘，她就極爲恐懼，趕忙去想點別的什麼。

哦，爲什麼沒有人對她友善一點？爲什麼沒有人把她攬入懷中擁著她，讓她歇一歇，好好兒、安安靜靜地歇一歇？啊，爲什麼沒有人把她抱在懷中，牢牢地抱在懷中讓她睡上一覺？她總是睡不安穩，總是睡不實在，無法鬆口氣，平平安安地睡。啊，她怎麼能忍受這個，怎麼能忍受這種無邊無盡，永恆的緊張？

杰拉德！他能摟住她，用他的臂膀保護她安睡嗎？哈！他也需要人安排他安睡，可憐的杰拉德。他需要的就是這個。他的所作所爲就是給她增加重負，他在身邊，她睡得就難受。他讓她的不眠之夜更疲勞，讓她睡不好。或許他反倒因此能睡好？也許是。這是他要從她那裡得到的，就像個嗷嗷待哺的嬰兒。或許這就是他激情的秘密，就是他對她永不熄滅的慾火——他需要她安頓他入睡。

這算什麼！難道她是他的母親不成？她並沒有讓一個需要她晝夜伺候的孩子來當她的情人。她看不起他，看不上他，心腸變硬了。這個唐．璜卻原來是一個夜間哭鬧的孩子。

哦，她眞仇恨夜裡哭叫的孩子，她眞想把這個孩子痛痛快快地殺死算了。她要讓他窒息，然後把他埋掉，就像海蒂．索萊爾所做的那樣⑫。沒錯，海蒂．索萊爾的孩子是個夜哭郎，沒錯，亞瑟．唐尼桑恩的孩子就是這樣的。哈，亞瑟．唐尼桑恩們，杰拉德們。白天他們是那麼堂堂正正的男子漢，到晚上卻成了哭叫的嬰兒。讓他們都變成機器吧，變吧。讓他們成爲工具，純粹的機器，讓他們純粹的意志像鐘錶一樣永遠重複運動。讓他們成爲一架巨大機器的完整零件，不停地轉動吧。讓杰拉德去管他的企業吧，他會感到滿意，就像一輛來回往返的獨輪車，她一直看著他這樣做。

獨輪車，可憐的輪子，就是企業的縮影。然後是雙輪車，四輪卡車，八個輪子的輔助機車，十六個輪子的捲揚機，一直發展下去，直到一千個輪子的聯合採礦機，然後是管三千個輪子的電工，管兩萬個輪子的井下經理，管十萬個輪子的總經理，最後是管著一百萬個輪子的齒輪和車軸的杰拉德。

可憐的杰拉德，他要管這麼多輪子！他比一座精密記時錶還要精密。可是天啊，這可眞讓人乏味！眞乏味，天啊！一座精密記時錶，一隻甲殼蟲，一想這些她就會討厭得頭昏。要數，要考慮，要算計那麼多的輪子！夠了，夠了，人處理複雜事的能力是有限的。不過不一定。

此時杰拉德正坐在他屋裡讀書。戈珍一離去，他的慾望就沒了，人也癡呆起來。他在床邊傻呆呆地一坐就是一小時，頭腦裡忽閃忽閃地冒出些想法。可是他沒有動，垂著頭一動不動地坐了好久。

等他抬起頭時，發現到了入寢時間了。他渾身發冷。在黑暗中躺下。

但他不能忍受這黑暗。這周圍的黑暗要讓他發瘋。於是他站起身來點亮了燈。他坐著凝視前方，既沒想戈珍也沒想別的事。

突然他下樓去了，在找一本書。他害怕黑夜的來臨，他無法入睡。他知道，不眠之夜中恐懼地凝視著時光流逝讓他太無法忍受了。

他像一尊雕塑一樣坐在床上讀書，一讀就是好幾小時。他的頭腦很敏捷，專注心思讀著，身體竟全失去了感知。他就這樣毫無感知地讀了一個通宵，等到早晨，他已經精疲力竭，對自己都感到噁心了，於是倒頭睡了兩個小時。

等他起床以後，他已變得精力充沛。戈珍不怎麼跟他說話，只是在喝咖啡時說：「我明兒就走。」

「咱們是否保全一下面子，一起到了因斯布魯克再分手？」他問。

「或許吧，」她說。

她一邊呷著咖啡一邊說「或許」，說話時吸氣的聲音讓他感到噁心。他馬上站起身離她而去。

他去安排第二天啓程的事。然後他帶了一些食物，準備去滑一天雪。他對維特說他可能到瑪麗安乎特旅館去，也可能到山下的村子裡去。

對戈珍來說，這一天像春天一樣充滿希望。她感到一種鬆快，感到一股新的生命之泉在體內湧將上來。她優哉游哉地打點行李，看看書，試試各式各樣的衣服，照照鏡子看看自己，她感到很快活。

她感到新的生命注入了她的體內，爲此她像個孩子一樣高興。她柔軟的體態，儀態萬方的身影和幸福的表情招得人人喜愛。這種外表下卻是死亡。

下午她得跟洛克一起出去。明天對她來說依舊很朦朧。爲此她感到頗爲欣喜。她或許會跟杰拉德一起去英國，或許會跟洛克去德勒斯登，或許去慕尼黑的一位女朋友那兒。明天可能會發生任何事。而今天則是一切可能性的開端——雪白、閃光的開端。所有的前景都吸引著她——美好的閃光的、難以斷定的魅力，這是純粹的幻想。一切都是可能的——因爲死是不可避免的，除了死別的都是不可能的。

她不想讓什麼東西得到實現，不想讓它們有具體的形體。她突然想明天走，進入一個新的軌道，這全然出自某種偶然因素。所以，儘管她想最後一次與洛克到雪野中去逛逛，但她並不拿這當成一回事來對待。

洛克也不是個一本正經的人。他頭戴棕色的天鵝絨帽，整個頭看上去像栗子一樣圓。寬大的帽邊鬆鬆地蓋住耳朵，一縷黑頭髮在他那頑皮的黑眼睛上飄舞著，小小的臉上透明的臉皮擠到一起像在做鬼臉。他這副樣子看上去就像個沒長大的人，一隻蝙蝠。這副身材，再穿上草綠色防水布衣服，讓他看上去顯得那麼弱小，一看上去就有點怪，跟別人不一樣。

他帶著一副雙人平底雪橇，他們二人在白雪覆蓋的山坡上跋涉起來。風雪像火一樣燎著他們的臉，他們嘻嘻哈哈不停地用幾國語言開著玩笑，幻想著。幻想代替了他們的現實世界，他們非常高興地扔著用幽默和怪誕故事做成的彩球。他們在交談中使天性自然地閃出火花，他們在玩著一種純粹的把戲。他們想讓相互之間的關係只停留在逢場做戲上：這是一場多麼奇妙的把戲呀。

洛克沒把滑雪看得很認眞。他不像杰拉德那樣醉心、認眞。戈珍對他這種態度反倒感到高興。她太煩，對杰拉德滑雪時那緊張的動作煩透了。洛克放任自己的雪橇，讓它像一片樹葉子歡快漫舞，拐彎時他和她雙雙被甩出雪橇，滾進雪裡。等他們從凍得像刀子樣刺人的地上爬起來時，發現自己並沒傷著，於是又淘氣地哈哈大笑起來。她知道他會說俏皮話的，即使在地獄中，他只要心情好，他就會逗趣兒、說俏皮話。對他這一點她十分滿意。他這樣子就像超脫塵世的煩惱和單調生活一樣。

他們玩著，無憂無慮，興高采烈地玩著，直玩到日落西山。小雪橇很驚險地打個轉，停在山坡下。

「等等！」他突然說道，不知從何處弄來一個大暖瓶，一包餅乾和一瓶荷蘭杜松子酒。

「啊，洛克，」她叫道。「眞是太好了！太令人興奮了！這是哪種杜松子酒？」

他看著酒笑道：「覆盆子。」

「不對！是用雪下面的越橘釀的。這酒看上去就像是用雪提煉出來的呀。你能——」她聞聞瓶子說：「你能聞出越橘味兒來嗎？這可眞是太妙了。可以透過雪被聞到越橘味兒。」

她輕輕地跺著腳。而他則跪在地上吹著口哨，把耳朵貼近雪地，眼睛眨巴著。

「哈！哈！」她笑了。他用這種奇特的動作來嘲弄她的誇大其詞，這讓她心裡感到暖融融的。他總逗她。嘲弄她。他的嘲弄比她的誇大其詞還荒謬，因此她只能大笑，感到心裡舒暢多了。

她覺得她和他的聲音就像銀鈴一樣在黃昏時分寒冷的空氣中響著。多麼美好，多麼美好，這銀色的孤獨世界，他們之間的交流。

她吸吮著咖啡，咖啡的清香在空中瀰漫開來，恰似蜜蜂在嗡嗡採蜜。她小口品著越橘酒，吃著冰冷的甜奶油餅乾。一切是多麼好啊！一切聞起來、品嘗起來、聽起來都是那麼美好，在這黃昏寂靜的雪野中。

「你明天就走嗎？」他終於問。

「對。」

一陣沉默。夜似乎默默地上升，越來越高，愈來愈蒼白，直升入近在咫尺的蒼穹。

「去哪兒呢？」

去哪兒？哪兒，哪兒，這是一個多麼美妙的字眼兒呀！她永遠不想回答，讓這個字永遠震響吧。

「我不知道，」她笑道。

他理解這微笑的含義。「誰也無法知道，」他說。

「誰也無法知道，」她重複著。

都沉默不語。他飛快地咬著餅乾，就像兔子吃樹葉一樣。

「不過，」他笑道，「你買的票是到哪兒的？」

「噢，天啊！」她叫道，「還得有張車票才行。」

這是一個打擊。她似乎看到自己站在火車站售票處的窗前。然後她鬆了口氣，呼吸暢通了。

「也可以不走了嘛，」她叫道。

「當然可以，」他說。

「我的意思是說可以不按照車票標明的方向走。」

這句話震動了他。你可以買一張車票，但不按照車票上標明的方向走。你可以中途停下來，從而避開終點站，這是個辦法。

「比如去倫敦的票吧，」他說，「那地方萬萬去不得。」

「對，」她說。

他往一個鐵皮罐子中倒了一點咖啡。「你不告訴我你去哪兒嗎？」他問。

「真的，說實在的，」她說，「我不知道。這要看風往哪兒颳。」

他審視著她，然後鼓起嘴唇學著溫柔的西風神的樣子向雪地上吹了一口氣。

「風往德國颳，」他說。

突然，他們發現一個影影綽綽的白色人影走近來。那是杰拉德。一看到他，戈珍的心不禁害怕地狂跳起來。她站起身來。

「是別人告訴我你在這兒。」杰拉德的聲音像是黃昏的蒼白空中響起的宣判。

「聖母啊！你像個魔鬼一樣，」洛克大叫起來。

杰拉德沒有回話。他的身影對他們來說眞像個鬼影。

洛克搖了搖水瓶，口朝下倒了幾下，水瓶中只滴出幾滴棕色液體。

「全光了！」他說。

在杰拉德眼中，這個奇怪、小小的德國人就像在望遠鏡中看得那麼清晰。他眞討厭這個矮小的身影，想把他趕走。

洛克又晃晃盛餅乾的盒子。「餅乾倒是還有，」他說。

他坐在雪橇中把餅乾遞給戈珍。戈珍勉強地接過來一片。他本想遞給杰拉德一片但杰拉德擺出一副絕對不情願的樣子，於是洛克知趣地把盒子放到了一邊。然後他拿過小酒瓶，舉在光線中照著。

「還有一些杜松子酒，」他自言自語。

突然他慇懃地把酒瓶舉在空中，以一種極荒唐的姿勢傾向戈珍，說：「小姐，爲了健康——」

一聲炸響，瓶子飛了。洛克驚得向後退了一步。三個人都渾身顫抖，激動異常。

洛克轉向杰拉德，惡魔般地邪視著他。

「幹得好！」他憤怒地嘲弄說，「這眞稱得上是體育運動。」

話剛說完杰拉德照他臉上就是一拳，一下子把他打倒在雪中。但洛克掙扎著站起身來，渾身顫抖著，眼睛凝視著杰拉德。別看他身體羸弱，但他的眼睛卻透著魔鬼一樣嘲諷的目光。

「英雄萬歲，萬歲——」

說話間杰拉德的拳頭在暗中又打過來，打在他頭上，他躲不過這一拳，像一根折斷的草被打到一邊去了。

戈珍衝上前來，高舉起拳頭用力打杰拉德的臉和胸。

杰拉德大吃一驚，似乎天塌了一般。他的心裂了，痛苦萬分。然後他的心又笑了，終於伸出強壯的手去摘取慾望中的果實了。他終於可以實現自己的慾望了。他雙手卡住戈珍的喉嚨，那雙手堅硬，力大無比。她的喉嚨太美了，太美了，異常柔軟，他可以感覺到那脖頸內滑動著的生命之弦。他要折斷它，他可以這樣做。這是多大的快樂呀！哦，這是多大的快樂？他終於可以滿意了！他心中感到十足的快感。他在等待她漲起的臉失去知覺，等著她翻白眼。她怎麼這麼醜啊！他眞滿意，眞滿意！這眞好，眞好，上帝終於滿足了他的願望！他根本意識不到她的反抗。這是她情慾的回報，愈是強烈、愈有快感，直到達到快感的高潮，待她的力氣殆盡，她的抗爭動作和緩下來、平息下來。

洛克在雪中清醒過來。他頭暈得厲害，受傷太重，無法站起來。只是他的眼睛還看得清。

「先生！」他叫道，聲音又細又弱，「等你完蛋以後——」

聽到他的話，杰拉德不禁感到一陣噁心。這噁心直令他想嘔吐。哦，他這是在幹什麼？他還要走多遠?!似乎他是因爲太愛她才要殺死她的，似乎因爲他太愛她他才要親手解決了她！

他感到渾身發軟，溶化了似的失去了力量。他不知不覺地鬆了手，戈珍從他手中滑落下來，跪在地上。他一定要看看她，看她是死是活。

他又害怕又虛弱，關節似乎化成了水。他飄飄然而去，似乎乘著風、飄然離去。

「我並不想這樣做，眞的，」他心裡厭惡地坦白著。他有氣無力地滑上山坡，毫無意識地飄乎著，躲著眼前的障礙。「夠了，我想睡了。我受夠了。」想著想著他不禁噁心起來。

他很虛弱，但他並不想休息，他只想繼續向前，向前，一直滑到底。不到頭就不休息，這是他心裡殘存的唯一慾念。於是他就如此這般地飄然滑著，滑得有氣無力，什麼也不想，只是一個勁兒向前滑。

黃昏的天光像神光一樣，藍得發紫，寒冷的藍夜降在雪野上。在身後深谷中的茫茫雪野上有兩個小小的人影：戈珍跪在地上，像一個被判了刑的人，洛克直挺挺地挨著她坐著。就這麼一副景象。

杰拉德踉踉蹌蹌滑上雪坡，他在墨綠的天光下向上滑著，儘管筋疲力竭，還是盲目地向上，向上。他的左側是布滿黑色岩石的陡坡，風雪撲打著黑黑的石崖。可是沒有一點聲響，風雪靜悄悄地襲擊著黑色的石崖。

他右側有一輪小小的月亮閃著耀眼的光芒，這亮閃閃的東西真讓人痛苦，他怎麼躲也躲不開它。他想，就這樣滑下去吧，一直滑到頭。不過他還沒有睡。

他痛苦地向上滑著，有時不得不飛越過一片覆蓋著白雪的黑石山坡。他眞怕在這兒摔倒，眞怕摔在這個地方。這高高的山頂上，一股冰冷刺骨的寒風幾乎讓他難以頂得住，他幾乎要沉睡過去。只是，這兒不是目的地，他必須繼續向前滑。他心中那難以名狀的噁心讓他無法在這兒待下去。

爬上一道山樑後，他發現有一座更高的山峰影影綽綽出現在前面。總是更高的山峰，更高的山峰。他知道他這是沿著雪道滑向坡頂，瑪麗安乎特旅館就在那兒，然後從那兒順另一面坡再滑下去。可他並不十分清醒。他只想繼續前進，只要能動，就一直滑下去，一直滑，就這樣，直到滑到盡頭。他早已失去了方向感。他的腳憑本能踩著雪橇尋著雪道前進。

他滑下雪坡時踉蹌了一下。他嚇了一跳。他沒有帶鐵頭蹬山杖，什麼都沒帶。不過既然安全地停了下來，他就在熠熠閃光的雪地上走了起來。他又冷又困地行走在雪谷中。他轉過身來，心想是否爬上另一道白雪覆蓋的山樑然後再沿雪谷前進。他的生命線扯得愈來愈細弱了！他或許會爬上另一道山樑。純靜的積雪很堅實了。他往前走著。雪中冒出了什麼東西。他好奇地湊過去。

那是一個半埋在雪中的十字架，頂端是一尊戴著頭巾的小型耶穌塑像。他忙轉開身去，似乎有什麼人要殺害他。他十分害怕別人殺害他。這種恐懼就像一個魔鬼站在他的身邊。

可是爲什麼要怕呢？這事必然要發生——被謀殺！他害怕地向四週的雪野張望著，四週的雪坡在影影綽綽地晃動。他明白，他注定要被謀殺。此時死神已經降臨，他在劫難逃了。

主啊，難道這是必然的嗎？主啊！他可以感覺死亡的打擊正向他降下來，他知道他已經被謀殺了。他朦朦朧朧地向前滑去，高舉起雙手，似乎要去感觸將要發生的一切。他在等待他停下來的那一刻。一切還沒有完結。

他來到雪谷中的盆地中，四週盡是斜坡和懸崖，只有一條通往山巔的雪道。他迷迷糊糊地向前滑著，一失足，摔倒了。他感到靈魂中什麼東西破碎了，隨之酣然睡去。

---

①麥斯特洛維克（一八八三至一九六二），美籍南斯拉夫雕塑家。
②埃及女王。
③蘇格蘭女王（一五四二至一五八七），曾結婚三次。
④塔斯（一八五九至一九二四），義大利女伶，九○年代在歐美出名，以艷情出名。
⑤義大利於一九一七年佔領北非的特利波利。
⑥希臘神話中的蛇發女怪，被其目光觸及者即化爲石頭。

⑦弗萊克斯曼（一七五五至一八二六），英國雕刻家。
⑧布萊克（一七五七至一八二七），英國詩人、畫家。
⑨弗賽利（一七四一至一八二五），瑞士畫家。
⑩費爾巴哈（一八〇四至一八七二），德國畫家。
⑪伯克林（一八二七至一九〇一），瑞士畫家。
⑫英國女作家喬治・艾略特的小說《亞當・貝德》中的人物。農家女海蒂爲莊園主的孫子亞瑟所誘騙，生一嬰兒後棄之林中。

第三十一章 劇 終

翌日清晨別人把杰拉德的屍體運了回來，此時戈珍還閉門未出。她看到窗外幾個男人抬著什麼重負踏雪走來。她靜靜地坐著磨時間。

有人敲門。她打開門，門外站著一個女人，輕柔而很有禮貌地說：「夫人，他們找到了他！」

「他死了？」

「是的，死了好幾個小時了。」

戈珍不知說什麼好。她應該說什麼呢？她做何感想？她該做什麼？他們指望她做什麼？她茫然無措，露出一副冷漠相。

「謝謝，」說完她關上了臥室的門。那女人走開了。沒有一句話，沒有一滴淚，戈珍就是這麼冷，一個冷酷的女人。

戈珍繼續在屋裡坐著，蒼白的臉上毫無表情。她怎麼辦？她哭不出來，也不能鬧一通。她無法改變自己。她紋絲不動地坐著，躲著別人。她的一招兒就是避免介入這事。然後她給厄秀拉和伯金發了一封長長的電報。

下午，她突然起身去找洛克。她害怕地朝杰拉德住過的屋子瞟了一眼。她無論如何是不會再進那間屋了。

她看到洛克獨自一人坐在客廳裡，就逕直向他走過去。「是眞的嗎？」她問。

他抬頭看看他，苦笑一下，聳聳肩。

「眞的嗎？」他重複道。

「不是我們害的他吧？」她問。

他不喜歡她這副樣子。他疲乏地聳聳肩道：「可是眞的出事了。」

她看看他。他頹唐地坐著，與她一樣冷漠無情，倍覺無聊。我的天！這是一場無聊的悲劇，無聊，無聊透了。

她回到自己屋裡去等厄秀拉和伯金。她想離開這兒，一心要離開這兒。除非離開這兒，否則她就無法思想，沒有感覺，不脫離這種境況她就完了。

一天過去了。翌日。她聽到一陣雪橇聲響。隨後看到厄秀拉和伯金從高坡上滑下來，她想躲開他們。

厄秀拉直奔她而來。

「戈珍！」她叫著，淚水淌下了面頰。她一下子摟住了妹妹。戈珍把臉埋進她的懷中，可是她仍然無法擺脫心頭那冷酷、嘲弄人的魔鬼。

「哈，哈！」她想，「這種表現最恰當。」

她哭不出來。看著戈珍那冷漠之情，蒼白的臉，厄秀拉的淚泉也乾涸了。一時間，姊妹二人竟無言以對。

「把你們又拉到這兒來是不是太可惡了？」戈珍終於說。

厄秀拉十分吃驚地抬頭看著戈珍。

「我可沒這麼想。」她說。

「我覺得把你們叫來，眞太難爲你們了，」戈珍說，「但我簡直不能見人。這事兒太讓我無法忍受了。」

「是啊，」厄秀拉說著，心裡發涼。

伯金敲敲門走了進來。他臉色蒼白，毫無表情，她知道他什麼都知道了。他向她伸出手說：「這次旅行算結束了。」

戈珍有點害怕地看看他。

三個人都沉默了，沒什麼可說的。最後還是厄秀拉小聲問：「你見過他了？」

伯金看看厄秀拉，目光冷酷得很。他沒回答。

「你見過他了？」她重複道。

「見了，」他冷冷地說。

然後他看看戈珍。「你都做了些什麼？」他問。

「什麼也沒有，」她說，「什麼也沒有。」

她感到噁心，迴避回答任何問題。

「洛克說，你們在路德巴亨谷底坐在雪橇上時，杰拉德來找你，你們吵了一架，杰拉德就走了。你們爲什麼吵？我最好知道一下，如果警察來調查，我也好說點什麼。」

戈珍面色蒼白，像個孩子似的看看他，心煩意亂，一言不發。

「我們根本就沒吵，」她說，「他把洛克打倒，打暈，還差點掐死我，然後他就走了。」

可是她心裡卻對自己說：「這是永恆的三角戀的絕妙例子！」但她明白，這場鬥爭是杰拉德和她之間的鬥爭，第三者插足只是個偶然現象——或許是不可避免的偶然，但畢竟是個偶然。就讓他們把這事當成三角戀的一例吧，是三人的仇恨所致。對他們來說這樣更容易理解。

伯金冷漠地走開了。但她知道他無論如何總會替她出把力，他會幫忙幫到底的。她情不自禁輕蔑地笑了。讓他去幹吧，反正他是關心別人的好榜樣。

伯金又去看杰拉德。他愛過他。可是一看到那具紋風不動的屍體他又感到厭惡。這屍體冰冷、僵硬，令伯金五臟發涼。他站在那兒，看著凍僵的杰拉德。

這是一個凍死的男性。他讓伯金想起一隻凍死的兔子，像一塊木板凍在雪地上。他撿起那兔子時，牠早已凍成了一塊乾木頭。現在，杰拉德也像一塊凍僵的木塊，縮著身子似乎是在睡，可是他明顯僵硬了，硬得嚇人。伯金感到十分恐懼。這房子得弄暖和點才行，屍首得化一化，否則一拉直，他的四肢就會像玻璃或木頭一樣碎裂。

他伸手去撫摸那張死者的臉，那臉上被冰雪劃出的傷口令他五內俱焚。他懷疑自己是否也凍住了。自己的內心凍住了。棕色短髭下，鼻孔已不再噴出生命的氣息。這就是杰拉德！

他又摸了摸那冰冷的屍體和那凍得閃閃發亮、刺人的黃頭髮。頭髮冰涼，幾乎像毒藥一樣可怕。伯金的心凍住了。他愛過杰拉德。現在他看著這張顏色奇特、形狀奇特的臉。他鼻子不大，很漂亮地向上翹著，面頰很有男子氣。這張臉凍得像一塊石頭。可是不管怎麼說他是愛過他的。這讓人作何感想啊？他的頭腦開始感到凍結了，他的血液也開始變成冰水。眞冷，一種沉重的，刺人的冰冷力量從外界壓向他的四肢，而他的體內也開始凍結，他的心，他的內臟都開始封凍了。

他踏著雪上了山坡去看出事地點。他終於來到了山谷下爲懸崖包圍的大盆地中。這天天色陰沉沉的，已經三天了，一直這麼陰沉、這麼寂靜。四下裡一片慘白、冰冷、毫無生氣，只有綿綿不斷的黑色岩石像樹根一樣突出來，有的地方那黑石又像一張張裸臉。遠處，一面山坡從山頂上鋪下來，坡上布滿了滾下的黑色岩石。

這兒就像一隻被石頭和白雪包圍的淺谷。杰拉德就在這裡睡過去了。遠處，導遊們已經把鐵樁深深打入雪牆之中，這樣他們可以拉著拴在鐵樁上的大繩索上到巨大的雪牆頂上，攀上天際下突兀的山頂，瑪麗安乎特旅館就在山頂的一片亂石叢中。周圍的雪峰像劍戟一樣直刺蒼穹。

杰拉德本來可以發現這根繩索，可以憑藉它上到山頂。他可能聽到了瑪麗安乎特旅館中的狗吠，可以在那兒找到住處。他本來可以滑下南面的懸崖，落到下面長滿鬆柏的黑色深谷中，落到通往義大利的大路上。

他可能！那又會怎樣？大路！南面？義大利？然後又會怎樣？難道那就是出路？那是另一條死路。伯金頂著刺骨的寒風站在高處看著峰頂和向南的通路。往南走，去義大利有什麼好？走上那條老而又老的大路嗎？

他轉過身。要麼心碎裂，要麼別再憂慮。最好是別再憂慮。不管創造人和宇宙的是什麼神秘物，它終究是不以人的意志爲轉移的，它有它自身的偉大目標，人並非它的評判標準，讓那龐大的、具有創造性的非人的神秘去解決一切問題吧。最好是我行我素，不與這宇宙發生連繫。

「沒有人類就沒有上帝。」這是一位法國宗教大師的話。不過這話並不符合實際。沒有人上帝照樣存在。沒有魚龍和乳齒象，上帝照樣存在。那些怪物無法創造和發展了，所以上帝這個神秘的造物主就拋棄了它們。同樣，如果人也無法創造、變化和發展，上帝也會拋棄他們。上帝這永恆的神秘造物主可以拋棄人，用另一種更優秀的生命取代人類，就像馬取代了乳齒象一樣。

想想這些，伯金感到莫大的安慰。如果人類發展到了盡頭，耗盡了自身的力量，那永恆的神秘造物主就會創造出另一類更優秀、更奇妙、更新穎、更可愛的生命來繼續造物主創造的意圖。這場戲永遠也唱不完。創造的神秘永遠是深不可測、無不正確、永不衰竭的，永遠是這樣。種族和物種出現了又消亡了，但總有更新的、更好或同樣好的崛起，總會有奇蹟誕生。創造的源泉是不會乾涸的，誰也找不到它。它沒有局限。它可以創造奇蹟，按自己的時間表創造出全新的種族，新型的意識，新型的肉體和新的生命統一體。與創造的神秘相比，人是太微不足道了。讓人的脈搏從那神秘處跳起來，這是如此完美，難以名狀的滿足。至於是否是人倒無關緊要。那完美的脈搏是與難以名狀的生命和神秘、未來的物種一起跳動的。

伯金又回到杰拉德身旁。他進了屋坐在床上。這裡瀰漫著死人氣和陰冷氣息。

凱撒大帝死了，變成了泥土，

他會堵住一個洞擋風①。

杰拉德的軀體沒有一點反應。他這個人已變成了一堆陌生、冰冷的東西——就這些。他死了！

伯金異常疲憊地走開了，去處理一天的事務。他默默地、毫不費力地做他的事。去吼叫、哀傷、興師動眾——這都晚了。最好是保持沉默、耐心地忍受痛苦。

可是到了晚上，他被心中的慾望驅使著，手持蠟燭又進來了，他又看到了杰拉德，他的心突然縮緊，蠟燭從手中滑落，他抽啜著，淚水潸然而下。他坐在椅子上，突然的感情爆發令他渾身顫抖起來。隨他進來的厄秀拉看到他垂頭而坐，渾身抽搐，邊可怖、邊奇異地哭泣，嚇得退了回去。

「我並不想這樣，並不想這樣，」他哭著自言自語，厄秀拉不禁想起德國皇帝的話：「我並不想這麼做。」她幾乎是恐懼地看著伯金。

伯金突然安靜下來。可是他仍然垂著頭把臉埋在胸前，偷偷用手指抹去淚水。隨後他突然抬起頭，黑色、復仇樣的目光直刺厄秀拉。

「他那時應該愛我，」他說，「我曾表示過。」

她臉色蒼白，恐懼、咬著牙說：「即使如此又會怎麼樣?!」

「會不一樣的！」他說，「就不會是這樣的下場！」

他撇下她，轉臉去看杰拉德。他奇怪地抬著頭，就像一個傲岸對待辱沒他的人那樣昂著頭凝視杰拉德那冰冷、僵死的臉。他的臉發青，就像一根冷箭刺穿活人的心靈。冰冷、僵死的東西！伯金記起杰拉德曾熱切地握住他的手達對他的無限愛戀，那一瞬間說明了一切。只那麼一下就鬆開了，永遠鬆開了手。如果他仍忠於那一下緊緊的握手，死亡並不能改變一切。那死去的和正在死去仍然可以愛，可以相互信任，他們不會死，他們仍活在所愛者的心中。杰拉德死後仍舊與伯金一起在精神上共存。他可以和朋友在一起，他的生命在伯金身上繼續存在。

現在他是死了，就像一團泥、像一塊藍色、可以融化的冰，伯金看看他蒼白的手指，都不能動了。這讓他想起他見過的一匹死馬：一堆雄性的死肉，令人噁心。他又想起他所愛的人那張英俊的臉，他死時仍信服那神秘。那張臉很英俊，沒有人會說它冷漠、僵死。一想起它，你就會相信造物主，心中就會因爲對生活有了新的、深刻的信念而溫暖。

可是杰拉德！他不相信生活！他去了，他的心是冰凍的，幾乎跳動不起來。他父親當年死時，那充滿希冀的表情令人心碎。杰拉德卻是這種可怕的冷漠、僵死相。伯金把他的臉看了又看。

厄秀拉在一旁觀察著這個活人如何凝視死人那凍僵了的臉。活人和死人的臉都那麼毫無表情。緊張的空氣中，蠟燭爆著火花。

「還沒看夠嗎？」她問。

他站起身來。「這眞讓我難受。」他說。

「什麼——他的死？」她問。

他們的目光相遇了。他沒回答。

「還有我呢，」她說。

他笑笑，吻著她說：「如果我死了，你會知道我並沒離開你。」

「那我呢？」她叫道。

「你也不會離開我的，」他說，「咱們不必因爲死而絕望。」

她握住他的手說：「可是杰拉德的死讓你絕望嗎？」

「是的，」他說。

杰拉德的屍體被帶回英國埋了，是伯金、厄秀拉和杰拉德的一個弟弟送他回去的。克里奇家的兄弟姊妹堅持要把他葬在英國。而伯金則想讓他留在阿爾卑斯雪山上。但是克里奇家不同意，態度很堅決。

戈珍去了德勒斯登。也沒寫封詳細點的信來。厄秀拉和伯金在磨坊的住處住了一兩個星期，心境都很平靜。

「你需要杰拉德嗎？」一天晚上她問他。

「需要，」他說。

「有我。你還不夠嗎？」她問。

「不夠，」他說，「作爲女人，你對我來說足夠了。你對我來說就是所有的女人。可我需要一個男性朋友，如同你我是永恆的朋友一樣，他也是我永恆的朋友。」

「我爲什麼讓你不滿足呢？」她問，「你對我來說足夠了。除了你我誰也不再想了。爲什麼你就跟我不一樣呢？」

「有了你，我可以不需要別人過一輩子，不需要別的親密關係。可要讓我的生活更完整，眞正幸福，我還需要同另一個男子結成永恆的同盟，這是另一種愛，」他說。

「我不相信，」她說，「這是固執，是一種理念，是變態。」

「那——」

「你不可能有兩種愛。爲什麼要這樣！」

「似乎我不能，」他說，「可是我想這樣。」

「你無法這樣，因爲這是假的，不可能的，」她說。

「我不信，」他回答說。

①《哈姆雷特》第五幕，第一場。